10|18

12, avenue d'Italie–Paris XIIIᵉ

Du même auteur
aux Éditions 10/18

UN ARTISTE DU MONDE FLOTTANT, n° 2121
LUMIÈRE PÂLE SUR LES COLLINES, n° 2122
LES VESTIGES DU JOUR, n° 2191

L'INCONSOLÉ

PAR

KAZUO ISHIGURO

Traduit de l'anglais
par Sophie MAYOUX

10|18

« *Domaine étranger* »
dirigé par Jean-Claude Zylberstein

CALMANN-LÉVY

Titre original :
The Unconsoled

Sur l'auteur

Né en 1954 à Nagasaki, Kazuo Ishiguro a suivi son père, un scientifique, en Angleterre en 1960. Étudiant en littérature aux universités de Kent et d'East Anglia, il fréquente les cours de « *creative writing* ». Salué par une critique unanime, Kazuo Ishiguro est parvenu, en trois romans, à s'imposer au premier plan de la scène littéraire britannique : *Lumière pâle sur les collines* (Prix du meilleur premier roman 1984), *Un artiste du monde flottant* (*Whitbread Prize,* meilleur livre de l'année 1986), *Les Vestiges du jour* (*Booker Prize* 1989), merveilleusement adapté au cinéma par James Ivory en 1993.

ISBN 2-264-02419-4

Pour Lorna et Naomi

PREMIÈRE PARTIE

1

Le chauffeur de taxi parut contrarié de constater que personne – pas même un employé de la réception – n'était là pour m'accueillir. Il erra dans le hall désert, espérant peut-être découvrir un membre du personnel caché derrière une plante verte ou un fauteuil. Finalement, il déposa mes valises près de la porte de l'ascenseur et, marmottant de vagues excuses, prit congé de moi.

Le hall était raisonnablement spacieux, si bien que plusieurs tables basses pouvaient s'y trouver réparties sans que les lieux parussent encombrés. Mais le plafond était bas et indéniablement affaissé, ce qui créait une ambiance quelque peu étouffante, et malgré le soleil qui brillait au-dehors l'éclairage était lugubre. En un seul endroit, à proximité de la réception, un beau rayon de soleil, dardé sur le mur, illuminait un pan de lambris sombre et un étalage de magazines en allemand, français et anglais. Je distinguai aussi une petite clochette en argent sur le bureau de la réception, et j'étais sur le point d'aller l'agiter lorsqu'une porte s'ouvrit quelque part derrière moi, laissant apparaître un jeune homme en uniforme.

« Bonjour, monsieur », dit-il d'un ton las ; s'installant au bureau de la réception, il commença la procédure d'inscription. Il eut beau s'excuser en bredouillant de son absence, il n'en resta pas moins, et pendant un moment, franchement désinvolte. Cependant, dès que j'eus mentionné mon nom, il sursauta et se redressa.

« Monsieur Ryder, je suis vraiment navré de ne pas vous avoir reconnu. M. Hoffman, le directeur, souhaitait vivement vous accueillir personnellement. Mais, malheureusement, il a dû se rendre à une réunion importante, où il se trouve actuellement.

– Bien sûr, je comprends parfaitement. Je serai heureux de le rencontrer plus tard. »

Le réceptionniste se hâta de remplir les formulaires d'inscription, sans cesser de marmonner que le directeur serait vraiment chagriné d'avoir raté mon arrivée. Il indiqua à deux reprises que les préparatifs de « jeudi soir » infligeaient à ce personnage des contraintes inaccoutumées, et l'éloignaient de l'hôtel bien plus qu'il n'en était coutume. Je me contentai d'un signe de tête, incapable de rassembler l'énergie nécessaire pour demander quelle était la nature exacte de ce « jeudi soir ».

« Au fait, M. Brodsky est en pleine forme, aujourd'hui, reprit le réceptionniste d'un air plus joyeux. Une forme éblouissante. Ce matin, il a fait répéter l'orchestre pendant quatre heures, sans interruption. Et écoutez-le maintenant ! Toujours sur la brèche, à mettre les choses au point lui-même. »

Il montra du doigt le fond du hall. Alors seulement je m'aperçus qu'on jouait du piano quelque part dans le bâtiment, de façon à peine audible à cause de la rumeur étouffée de la circulation extérieure. Je levai la tête et écoutai plus attentivement. Quelqu'un jouait une seule phrase brève – du deuxième mouvement de *Verticalité*, de Mullery –, ne cessant de la reprendre d'une manière lente et préoccupée.

« Naturellement, si le directeur était ici, disait le réceptionniste, il aurait certainement fait venir M. Brodsky pour vous le présenter. Mais je ne sais pas... » Il eut un petit rire. « Je ne sais pas si je peux le déranger. Vous comprenez, s'il est complètement concentré...

– Bien sûr, bien sûr. Une autre fois.

– Si le directeur était ici... » Il laissa la phrase en suspens et rit de nouveau. Puis, se penchant, il ajouta à voix basse : « Savez-vous, monsieur, que certains de nos clients ont eu le toupet de protester ? Parce que nous fermons le salon ainsi, chaque fois que M. Brodsky a besoin du piano ? C'est incroyable, la mentalité de certaines personnes ! Ils ont été deux, hier, à se plaindre chacun de leur côté à M. Hoffman. Soyez certain qu'ils ont été très rapidement remis à leur place.

– J'en suis certain. Brodsky, dites-vous. » Je réfléchis à ce nom, mais il ne m'évoquait rien. Puis je m'aperçus que le réceptionniste m'observait d'un air intrigué et repris promptement : « Oui, oui. Je serai heureux de rencontrer M. Brodsky, le moment venu.

– Si seulement le directeur était ici, monsieur.

– Ne vous inquiétez donc pas. Eh bien, si tout est réglé, j'aimerais beaucoup...

– Naturellement, monsieur. Vous devez être très fatigué après un aussi long voyage. Voici votre clé. Gustav que voilà va vous conduire à votre chambre. »

Je regardai derrière moi et vis qu'un porteur d'un certain âge attendait de l'autre côté du hall. Debout devant l'ascenseur ouvert, il en contemplait l'intérieur d'un air préoccupé. Il sursauta lorsque je m'approchai de lui. Puis il prit mes valises et me suivit précipitamment dans l'ascenseur.

Tandis que nous commencions notre montée, le vieux porteur restait cramponné aux deux valises et je le voyais rougir sous l'effort. Les valises étaient l'une et l'autre très lourdes, et, craignant réellement qu'il ne s'évanouisse sous mes yeux, je lui dis :

« Vous savez, vous devriez vraiment les poser.

– Je me réjouis que vous abordiez cette question, monsieur », dit-il ; sa voix était étonnamment peu marquée par les efforts physiques qu'il déployait. « Quand j'ai débuté dans cette profession, il y a maintenant de très nombreuses années, je mettais toujours les bagages par terre. Pour ne les reprendre que lorsque c'était indispensable. En cas de déplacement, pour ainsi dire. En fait, pendant les quinze premières années de mon travail ici, je dois dire que j'ai appliqué cette méthode. C'est encore le cas pour de nombreux jeunes porteurs, dans cette ville. Mais vous ne me prendrez pas à faire quoi que ce soit de ce genre, maintenant. D'ailleurs, monsieur, nous ne montons pas très haut. »

Nous continuâmes notre ascension en silence. Puis je repris :

« Il y a donc un certain temps que vous travaillez dans cet hôtel.

– Cela fait maintenant vingt-sept ans, monsieur. J'en ai vu beaucoup au long de cette période. Mais bien entendu, cet hôtel existait bien avant que je sois arrivé ici. On pense que Frédéric le Grand a passé une nuit ici au XVIIIe siècle, et selon tous les témoignages c'était déjà alors une hôtellerie établie de longue date. Ah oui, il s'est produit ici, au fil des années, des événements d'un grand intérêt historique. À un moment où vous ne serez pas aussi fatigué, monsieur, je serai heureux de vous rapporter quelques-uns de ces récits.

– Mais vous m'expliquiez pour quelle raison vous considériez comme une erreur de placer les bagages par terre.

– En effet, répondit le porteur. C'est une question intéressante. Voyez-vous, monsieur, comme vous pouvez l'imaginer, il y a dans une ville de ce genre de nombreux hôtels. De ce fait, beaucoup d'habitants de la ville ont tâté à un moment ou à un autre du travail de porteur. Ici, beaucoup de gens semblent croire qu'il suffit de revêtir un uniforme, et le tour sera joué : ils seront capables de remplir cet office. C'est une illusion particulièrement répandue dans cette ville. Appelez cela un mythe local, si vous voulez. Et j'avoue volontiers qu'il fut un temps où j'y souscrivais moi-même sans réfléchir. Et puis, une fois – oh, cela fait maintenant bien des années –, nous avons pris, ma femme et moi, de brèves vacances. Nous sommes allés en Suisse, à Lucerne. Ma femme est décédée aujourd'hui, monsieur, mais à chaque fois que je pense à elle, je me rappelle nos brèves vacances. C'est très beau là-bas, au bord du lac. Vous le connaissez certainement. Nous avons fait quelques charmantes promenades en bateau après le petit déjeuner. Pour revenir à la question, j'ai remarqué au cours de ce séjour que les habitants de cette ville ne formaient pas sur leurs porteurs les mêmes idées reçues que les gens d'ici. Comment dire, monsieur ? Là-bas, on accordait aux porteurs un bien plus grand respect. Les meilleurs étaient de véritables personnalités, et les principaux hôtels se battaient pour obtenir leurs services. Je dois dire que cela m'a ouvert les yeux. Mais dans cette ville-ci, ma foi, cette idée subsiste depuis des années et des années. C'est au point où je me demande si l'on pourra un jour l'éliminer. Attention : je ne veux pas dire que les gens d'ici sont grossiers avec nous. Pas du tout, j'ai toujours été traité avec politesse et considération. Mais comprenez-vous, monsieur, il reste toujours cette idée que n'importe qui pourrait faire ce travail pour peu que cela lui chante, que l'envie lui en vienne. La raison en est, je suppose, qu'il est arrivé à tout un chacun dans cette ville, à un moment ou à un autre, de porter des bagages d'un endroit à un autre. Parce qu'ils ont fait ça, ils croient qu'être un porteur d'hôtel n'est qu'un prolongement de cette activité. J'ai eu des personnes au fil des années, monsieur, dans ce même ascenseur, qui m'ont dit : " Peut-être qu'un de ces jours, je vais laisser tomber ce que je fais et devenir porteur. " Parfaitement. Oui, monsieur, un jour – c'était peu de temps après nos brèves vacances à Lucerne –, j'ai eu un de nos principaux conseillers municipaux qui a prononcé à peu de chose près ces paroles. " J'aimerais bien faire ça un jour ou l'autre, m'a-t-il dit en montrant les valises. Voilà une vie qui me conviendrait. Pas l'ombre d'un souci. " Je suppose qu'il voulait être aimable, monsieur. En laissant entendre que mon sort était enviable. En ce temps-là, j'étais plus jeune, monsieur. Je ne tenais pas les valises. Je les avais posées par terre, dans ce même ascenseur, et je suppose qu'à l'époque on pouvait me voir sous ce jour. Vous savez, sans souci, comme ce monsieur le laissait entendre. Eh bien, monsieur, je dois dire que la mesure était comble. Ce n'est pas que les paroles de ce monsieur m'aient vivement fâché, en elles-mêmes. Mais lorsqu'il m'a tenu ces propos, les choses se sont pour ainsi dire mises en place. Des choses auxquelles je pensais depuis un certain temps. Et comme je vous l'ai expliqué, monsieur, j'étais revenu depuis peu de nos brèves vacances à Lucerne où j'avais acquis un certain recul. J'ai donc pensé : il est plus que temps que les porteurs de cette ville entreprennent de changer l'attitude qui prévaut ici. Voyez-vous, monsieur, j'avais vu tout autre chose à Lucerne, et je me suis dit que ça n'était vraiment pas à la hauteur, ce qui se passait ici. J'y ai donc réfléchi sérieusement et j'ai décidé d'un certain nombre de mesures que je prendrais personnellement. Bien sûr, même alors, je pressentais sans doute que ce ne serait pas facile. Il se peut que j'aie déjà compris, il y a bien des années, qu'il était peut-être trop tard pour ma propre génération. Que les choses étaient allées trop loin. Mais si je parvenais seulement à accomplir ma tâche, me suis-je dit, et à changer les choses si peu que ce soit, du moins cela serait-il plus facile pour ceux qui viendraient après moi. Aussi ai-je adopté mes mesures, monsieur, et je m'y suis tenu, depuis le jour où le conseiller municipal a prononcé ces paroles. Et je le dis avec fierté, nombre de porteurs de cette ville m'ont emboîté le pas. Je ne prétends pas qu'ils ont adopté exactement les mêmes mesures. Mais disons que leurs mesures étaient... eh bien, compatibles.

– Je vois. Et l'une de vos mesures consistait, au lieu de poser les valises, à les garder à la main.

– Exactement, monsieur, vous avez parfaitement saisi le fond de ma pensée. Bien entendu, quand j'ai choisi de me conformer à ces règles, je dois dire que j'étais bien plus jeune et plus fort, et je suppose que je n'ai pas vraiment tenu compte que j'allais m'affaiblir avec l'âge. C'est curieux, monsieur : on n'y songe pas. Les autres porteurs ont fait des constatations similaires. Quand même, nous essayons tous de nous en tenir à nos vieilles résolutions. Nous sommes devenus un groupe assez soudé au fil des années, douze en tout, les survivants parmi ceux qui ont essayé d'introduire un changement, il y a bien des années. Si je devais revenir sur quoi que ce soit maintenant, monsieur, j'aurais le sentiment que je lâche les autres. Et si parmi eux, certains devaient revenir sur leurs anciennes règles, j'aurais le même sentiment. C'est qu'on ne peut pas en douter : il y a eu un certain progrès dans cette ville. Il reste bien du chemin à faire, c'est vrai, mais nous en avons souvent discuté – nous nous retrouvons tous les dimanches après-midi au Café hongrois, dans la vieille ville, vous pourriez venir vous joindre à nous, vous seriez vraiment le bienvenu, monsieur –, nous avons donc souvent discuté de ces questions et nous sommes tous d'accord, sans le moindre doute : il y a eu des améliorations significatives dans l'attitude à notre égard, dans cette ville. Les jeunes, ceux qui sont venus après nous, bien entendu qu'à leurs yeux, tout cela va de soi. Mais nous, le groupe du Café hongrois, nous savons que c'est grâce à nous qu'il y a une différence, fût-elle petite. Vous seriez le bienvenu parmi nous, monsieur. C'est avec bonheur que je vous présenterais au groupe. Nos règles sont beaucoup moins strictes qu'elles ne l'ont été, et il est entendu depuis quelque temps que dans des circonstances particulières, des invités peuvent être accueillis à notre table. C'est d'ailleurs fort agréable à cette époque de l'année, où un doux soleil brille dans l'après-midi. Notre table est située à l'ombre du store, et nous avons vue sur la vieille place. C'est fort agréable, monsieur ; je suis sûr que cela vous plairait. Mais pour revenir à ce que je vous disais, nous avons abondamment discuté de cette question au Café hongrois. Je veux dire, de ces résolutions prises anciennement par chacun de nous, il y a tant d'années. Vous comprenez, aucun de nous n'avait pensé à ce qui se passerait lorsque nous vieillirions. Nous étions tellement pris par notre travail, je suppose, que nous n'envisagions les choses qu'au jour le jour. Ou peut-être sous-estimions-nous le temps qu'il faudrait pour modifier ces attitudes profondément enracinées. Mais voilà, monsieur. J'ai l'âge que j'ai, et cela devient plus dur chaque année. »

Le porteur se tut un instant et, malgré la contrainte physique qu'il subissait, sembla se perdre dans ses pensées. Puis il reprit :

« Je ferais mieux d'être franc avec vous, monsieur. Ce n'est que justice. Dans ma jeunesse, lorsque je me suis fixé ces règles, je portais toujours jusqu'à trois valises, quels que soient leurs dimensions ou leur poids. Si un client en avait une quatrième, je posais celle-ci par terre. Mais trois... j'y parvenais toujours. Or, à dire la vérité, monsieur, il y a quatre ans j'ai eu une période de mauvaise santé, et j'éprouvai quelques difficultés : aussi en avons-nous discuté au Café hongrois. Finalement, mes collègues ont tous convenu qu'il n'était pas nécessaire que je me montre aussi exigeant pour moi-même. Après tout, me dirent-ils, il est simplement nécessaire de faire percevoir aux clients une part de la vraie nature de notre travail. Deux bagages ou trois, l'effet serait à peu de chose près semblable. Je n'avais qu'à réduire mon minimum à deux valises, et il n'y aurait pas de mal. J'ai entériné leurs propos, monsieur, mais je sais que ce n'est pas tout à fait vrai. Je vois bien que cela ne fait pas du tout le même effet lorsque les gens me regardent. La différence entre le porteur chargé de deux valises et celui qui en porte trois : même pour l'œil le moins exercé, vous devez reconnaître, monsieur, que l'effet est tout à fait différent. Je le sais, monsieur, et je n'hésite pas à vous dire que c'est une chose qu'il m'est difficile d'accepter. Mais pour en revenir au point de départ, j'espère que vous comprenez maintenant pourquoi je ne souhaite pas poser vos bagages. Vous n'en avez que deux. Au moins pendant encore quelques années, mes forces me permettront d'en porter deux.

– Eh bien, je ne peux que vous féliciter, répondis-je. En ce qui me concerne, l'effet désiré est assurément atteint.

– J'aimerais que vous sachiez, monsieur, que je ne suis pas le seul qui ait dû accepter quelques modifications. Nous discutons sans cesse de ces questions au Café hongrois, et, à la vérité, chacun de nous a dû procéder à quelques changements. Mais je ne voudrais pas que vous pensiez que nous admettons mutuellement une diminution de nos exigences. Si c'était le cas, tous les efforts déployés au long de toutes ces années seraient en pure perte. Nous serions rapidement en butte aux moqueries. Les passants se gausseraient de nous en nous voyant rassemblés à notre table, le dimanche après-midi. Non, non, monsieur, nous restons très stricts les uns avec les autres, et – je suis certain que Mlle Hilde vous le confirmera – nos concitoyens respectent désormais nos réunions du dimanche. Comme je vous l'ai dit, monsieur, nous serons très heureux de vous y accueillir. Le café et la place sont particulièrement agréables en ces après-midi ensoleillés. Et parfois, le patron du café fait venir des violonistes tziganes pour jouer sur la place. Le patron lui-même, monsieur, a pour nous le plus grand respect. Le café n'est pas grand, mais il veille toujours à ce qu'il y ait suffisamment de place pour que nous soyons installés à l'aise autour de notre table. Même quand le reste du café est bondé, le patron fait en sorte que la foule ne nous submerge pas et nous laisse en paix. Même lors des après-midi les plus chargés, si tous ceux qui sont installés autour de notre table se mettaient au même moment à tendre les bras et à les faire tourner, aucun contact ne serait établi entre nous. Voilà le respect dont le patron témoigne à notre égard, monsieur. Je suis sûr que Mlle Hilde confirmera mes paroles.

– Pardonnez-moi, mais qui est cette Mlle Hilde à laquelle vous faites allusion sans cesse ? »

À peine avais-je prononcé ces mots que je remarquai que le porteur fixait, par-dessus mon épaule, un endroit situé derrière moi. Je me tournai et sursautai en découvrant que nous n'étions pas seuls dans l'ascenseur. Une jeune femme de petite taille, vêtue d'un tailleur strict, était debout derrière moi, tassée dans l'encoignure. Comprenant que j'avais fini par la remarquer, elle sourit et fit un pas en avant.

« Excusez-moi, me dit-elle. J'espère que vous ne me trouverez pas indiscrète, mais je ne pouvais éviter d'entendre votre conversation. J'ai écouté ce que vous disait Gustav, et je dois dire qu'il est un peu injuste pour nous qui habitons cette ville. Il prétend que nous ne savons pas apprécier nos porteurs d'hôtel. Bien sûr que si ; et nous apprécions tout particulièrement Gustav que voici. Tout le monde l'adore. Vous remarquerez qu'il y a une contradiction dans ce qu'il vient juste de vous dire. Si nous sommes si indifférents, comment explique-t-il le grand respect avec lequel ils sont traités au Café hongrois ? Vraiment, Gustav, ce n'est pas gentil de votre part de donner une fausse idée de nous à M. Ryder. »

Bien que le ton de ces propos eût été indéniablement affectueux, le porteur sembla éprouver une véritable honte. Il rectifia sa position en s'écartant de nous, les lourdes valises lui heurtant les jambes tandis qu'il se déplaçait, et détourna les yeux d'un air humble.

« Ça lui apprendra, dit la jeune femme en souriant. Mais c'est le dessus du panier. Nous l'aimons tous. Il est excessivement modeste, de sorte qu'il ne vous le dira jamais lui-même, mais les autres porteurs d'hôtel de cette ville sont tous en admiration devant lui. En fait, on n'exagérerait pas en disant qu'ils ont de la vénération pour lui. Parfois, quand on les voit assis autour de leur table le dimanche après-midi, tant que Gustav n'est pas encore arrivé, ils ne commencent pas à parler. Ils ont l'impression que ce serait un manque de respect, comprenez-vous, d'entamer leurs discussions en son absence. On les voit souvent, à dix ou onze, assis là en silence devant leur café, à attendre. Au mieux, ils vont échanger quelques murmures, comme à l'église. Mais il faut que Gustav arrive pour qu'ils se détendent et qu'ils engagent la conversation. Cela vaut la peine d'aller au Café hongrois pour assister à l'arrivée de Gustav. Le contraste entre " avant " et " après " est remarquable, je vous assure. À un moment, on a toutes ces vieilles personnes à la mine renfrognée assises en silence à leur table. Et puis Gustav paraît et tous se mettent à crier et à rire. Ils se flanquent des bourrades amicales, des claques dans le dos. Parfois même, ils dansent, mais oui, sur les tables ! Ils font un numéro spécial, la " Danse des Porteurs ", pas vrai, Gustav ? Pas de doute, ils s'amusent. Mais pas question avant l'arrivée de Gustav. Bien sûr, jamais il ne vous racontera ça, lui. Trop modeste. Oui, nous l'aimons tous, dans cette ville. »

Pendant que la jeune femme parlait, Gustav avait certainement continué à s'écarter, car lorsque je le regardai de nouveau, il nous tournait le dos, le visage face à l'angle opposé de l'ascenseur. Le poids des valises faisait fléchir ses genoux et trembler ses épaules. Il avait la tête courbée au point que nous ne pouvions pratiquement plus la voir, mais il était difficile de savoir si cette posture était due à la timidité ou à l'épuisement.

« Oh, mes excuses, monsieur Ryder, reprit la jeune femme. Je ne me suis pas encore présentée. Je suis Hilde Stratmann. On m'a chargée de veiller à ce que tout se passe sans accrocs pendant votre séjour avec nous. Je suis ravie que vous soyez enfin arrivé. Nous commencions tous à être un peu inquiets. Ils ont tous attendu ce matin, aussi longtemps qu'ils le pouvaient, mais plusieurs d'entre eux avaient des rendez-vous importants, et, un à un, ils ont dû partir. Il m'incombe donc, à moi qui ne suis qu'une humble employée de l'Institut municipal des arts, de vous dire à quel point nous nous sentons tous honorés par votre visite.

– Je suis enchanté d'être ici. Mais, à propos de ce matin, vous venez bien de dire...

– Je vous en prie, monsieur Ryder, ne vous en faites pas pour ce matin. Personne ne s'est trouvé contrarié le moins du monde. L'important, c'est que vous soyez ici. Vous savez, monsieur Ryder, s'il y a un point sur lequel je peux tomber d'accord avec Gustav, c'est la vieille ville. Elle a vraiment beaucoup de charme, et je conseille toujours aux visiteurs de s'y rendre. Une ambiance merveilleuse, des cafés à terrasse, des boutiques d'artisanat, des restaurants. Ce n'est pas loin d'ici à pied : vous devriez sauter sur l'occasion, dès que votre programme vous le permettra.

– Certainement, j'y songerai. À ce propos, mademoiselle Stratmann, vous venez de mentionner mon programme... » Je m'interrompis à dessein, m'attendant que la jeune femme se récrie sur sa propre étourderie, plonge peut-être la main dans sa serviette, en sorte une feuille de papier ou même un dossier. Certes, elle reprit la balle au bond ; mais ce fut pour dire :

« C'est un programme dense, en effet. Mais j'espère qu'il n'est pas déraisonnable. Nous nous sommes efforcés de le limiter à l'indispensable. Inévitablement, nous avons été submergés, par un grand nombre de nos associations, par la presse locale, par tout le monde. Vous avez tant d'admirateurs dans cette ville, monsieur Ryder. Ici, de nombreuses personnes vous considèrent non seulement comme le meilleur pianiste vivant, mais comme, sans doute, le plus grand de ce siècle. Mais nous pensons avoir finalement réussi à le réduire à l'essentiel. Je veux croire qu'il n'y a là rien qui soit pour vous trop rebutant. »

À cet instant, la porte de l'ascenseur s'ouvrit et le vieux porteur s'engagea dans le couloir. Les valises le forçaient à traîner les pieds sur la moquette ; marchant derrière lui, nous devions, Mlle Stratmann et moi, modérer notre allure pour ne pas le doubler.

« J'espère que personne n'a été froissé, dis-je à la jeune femme chemin faisant. Je veux dire, du fait qu'ils n'ont pas pu trouver place dans mon programme.

– Pas du tout, ne vous inquiétez pas. Nous savons tous pourquoi vous êtes ici, et personne ne voudrait être soupçonné de vous avoir distrait abusivement. En fait, monsieur Ryder, à part deux mondanités plutôt importantes, tout ce qui figure à votre agenda est en rapport plus ou moins direct avec la soirée de jeudi. Mais vous avez évidemment eu la possibilité de prendre connaissance de votre programme. »

Quelque chose, dans la façon dont elle prononça cette dernière affirmation, rendit difficile pour moi d'y répondre avec une franchise totale. Je marmonnai donc : « Oui, évidemment.

– C'est un programme chargé. Mais nous avons été largement guidés par le désir que vous avez exprimé : que l'on vous laisse voir le maximum par vous-même. Une attitude hautement louable, permettez-moi de vous le dire. »

Devant nous, le vieux porteur s'arrêta au seuil d'une porte. Enfin, il posa mes valises et se mit à tripoter la serrure. Au moment où nous le rejoignions, Gustav reprit les valises et entra en titubant dans la chambre, tout en disant : « Si vous voulez bien me suivre, monsieur. » J'étais sur le point de le faire lorsque Mlle Stratmann posa une main sur mon bras.

« Je ne vous retiendrai pas. Mais je souhaitais simplement vérifier avec vous, dès maintenant, si quelque aspect de votre agenda se trouvait ne pas vous convenir. »

La porte se referma : nous restions debout dans le couloir.

« Ma foi, mademoiselle Stratmann, dans l'ensemble, il m'a semblé que c'était... un programme tout à fait équilibré.

– C'est précisément en tenant compte de votre demande que nous avons organisé la rencontre avec le Groupe de soutien mutuel des citoyens. Le Groupe de soutien est composé de simples citoyens de tous les milieux, réunis par le sentiment partagé d'avoir souffert de la crise actuelle. Vous pourrez entendre des récits de première main de ce que certaines personnes ont dû subir.

– Bien. Cela sera certainement très utile.

– Et comme vous l'aurez remarqué, nous avons également respecté votre vœu de rencontrer M. Christoff en personne. Étant donné les circonstances, nous comprenons parfaitement vos raisons de demander cette rencontre. Pour sa part, M. Christoff est enchanté, comme vous pouvez l'imaginer. Il a naturellement ses propres raisons de vouloir vous rencontrer. Ce que je veux dire, bien sûr, c'est qu'ils vont faire de leur mieux, lui et ses amis, pour vous amener à voir la situation de leur point de vue. Naturellement, ce ne sera qu'un tissu de fariboles, mais je suis sûre que cela vous aidera grandement à dresser un tableau d'ensemble de ce qui s'est passé ici. Monsieur Ryder, vous semblez très fatigué. Je ne vais pas vous retenir plus longtemps. Voici ma carte. Je vous en prie, n'hésitez pas à m'appeler au cas où vous auriez des problèmes ou des questions. »

Je la remerciai et la regardai repartir le long du couloir. Lorsque j'entrai dans ma chambre, j'étais encore occupé à retourner dans ma tête les diverses implications de cette conversation, et il me fallut un instant pour remarquer que Gustav était debout près du lit.

« Ah, vous voilà, monsieur. »

Après la surabondance de boiseries sombres omniprésentes dans le bâtiment, je fus surpris par l'aspect clair et moderne de la chambre. La paroi qui me faisait face était vitrée presque du sol au plafond, et le soleil fusait agréablement entre les stores verticaux dont cette baie était garnie. Mes valises avaient été placées côte à côte près de l'armoire.

« Et maintenant, monsieur, si vous voulez bien tolérer encore ma présence, dit Gustav, je vais vous montrer différents points concernant cette chambre. Ainsi, votre séjour ici sera aussi confortable que possible. »

Je fis le tour de la chambre avec Gustav qui m'indiqua les interrupteurs et autres détails pratiques. À un moment, il m'emmena dans la salle de bains et y poursuivit ses explications. J'avais été sur le point de l'interrompre, comme j'ai coutume de le faire lorsqu'un porteur me montre une chambre d'hôtel, mais quelque chose dans la diligence qu'il apportait à sa tâche, dans ses efforts pour personnaliser un discours qu'il répétait plusieurs fois par jour, me toucha suffisamment pour m'empêcher de lui couper la parole.

Puis, tandis qu'il poursuivait ses explications, désignant d'un geste de la main différentes parties de la pièce, l'idée me vint que, malgré son professionnalisme, malgré son désir réel de veiller à mon confort, une question qui l'avait préoccupé tout au long de la journée avait de nouveau pris le pas sur toutes ses autres pensées. En d'autres termes, il recommençait à s'inquiéter pour sa fille et pour le petit garçon de celle-ci.

Lorsque la suggestion lui avait été faite, plusieurs mois auparavant, Gustav n'avait guère imaginé qu'elle lui apporterait autre chose qu'une joie sans mélange. Pendant un après-midi, chaque semaine, il passerait environ deux heures à se promener dans la vieille ville avec son petit-fils, ce qui permettrait à Sophie de profiter d'un peu de temps libre. En outre, l'idée avait été couronnée de succès : quelques semaines avaient suffi pour que le grand-père et son petit-fils prennent des habitudes qui leur étaient extrêmement agréables à tous deux. Les après-midi où il ne pleuvait pas, le parcours commençait par le terrain de jeux, où Boris faisait la démonstration de ses dernières prouesses athlétiques. Si le temps était humide, ils commençaient par le musée des bateaux. Ensuite, ils flânaient dans les petites rues de la vieille ville, jetaient un coup d'œil aux boutiques de cadeaux, s'arrêtaient parfois sur la vieille place pour regarder un mime ou un acrobate. Comme le vieux porteur était bien connu dans le quartier, ils n'allaient jamais bien loin sans que quelqu'un les salue, et Gustav recevait de nombreux compliments au sujet de son petit-fils. Ils allaient ensuite jusqu'au vieux pont, d'où ils regardaient les bateaux passer. L'expédition se terminait dans leur café préféré, où ils commandaient un gâteau ou une glace et attendaient le retour de Sophie.

Au départ, ces petites sorties avaient apporté à Gustav une immense satisfaction. Mais les contacts plus fréquents avec sa fille et son petit-fils l'avaient obligé à remarquer certaines choses qu'il aurait naguère chassées de ses pensées, jusqu'au moment où il n'avait plus été en mesure de faire comme si tout allait bien. D'abord, il y avait la question de l'état d'esprit de Sophie. Les premières fois, elle les avait quittés gaiement, se hâtant de gagner le centre-ville pour faire les magasins ou retrouver une amie. Mais ces derniers temps, on l'avait vue partir en traînant les pieds, comme si elle ne savait pas quoi faire de sa peau. De plus, certains indices perceptibles prouvaient que le problème, quelle que fût sa nature, avait commencé à laisser son empreinte sur Boris. Certes, l'enfant était resté, pour l'essentiel, un garçonnet exubérant. Mais le porteur avait bien remarqué que, de temps à autre, et en particulier lorsque l'on mentionnait sa vie de famille, son petit-fils se rembrunissait. Enfin, deux semaines plus tôt, il s'était produit un événement que le vieux porteur n'était pas parvenu à chasser de son esprit.

Il passait en compagnie de Boris devant l'un des nombreux cafés de la vieille ville lorsqu'il avait aperçu sa fille assise à l'intérieur. Comme le store projetait son ombre sur la vitre, le regard portait jusqu'au fond de l'établissement, et Sophie s'était montrée à lui, seule, une tasse de café posée devant elle, affichant un air de découragement absolu. En découvrant qu'elle n'avait pas eu l'énergie de quitter la vieille ville – sans parler des sentiments que son visage exprimait –, le porteur éprouva un véritable choc, et, de ce fait, n'eut pas tout de suite l'idée de détourner l'attention de Boris. Lorsqu'il y pensa, il était trop tard ; Boris, suivant le regard du porteur, avait parfaitement vu sa mère. Le petit garçon avait aussitôt regardé ailleurs, et ils avaient tous deux poursuivi leur promenade sans la moindre allusion au spectacle dont ils avaient été témoins. Au bout de quelques minutes, Boris avait retrouvé sa bonne humeur, mais l'épisode n'en plongea pas moins le porteur dans un trouble extrême ; depuis lors, il l'avait tourné et retourné dans son esprit. En fait, s'il avait paru si préoccupé en bas, dans le hall, c'était parce qu'il se remémorait cet incident, et ce souvenir le tracassait encore tandis qu'il me montrait ma chambre.

Je m'étais pris d'affection pour le vieil homme, et je sentis monter en moi une vague de sympathie à son égard. Visiblement, il ruminait depuis déjà un certain temps des soucis qui menaçaient de prendre une ampleur sans précédent. J'eus l'idée d'aborder toute cette affaire avec lui, mais tandis que Gustav terminait sa tournée habituelle, la lassitude à laquelle j'avais été sujet par bouffées depuis que j'étais descendu de l'avion s'empara de nouveau de moi. Tout en décidant d'en discuter avec lui ultérieurement, je le congédiai avec un généreux pourboire.

Sitôt la porte refermée derrière lui, je m'effondrai tout habillé sur le lit et contemplai pendant quelque temps le plafond. Au début, je n'avais en tête que Gustav et ses différents problèmes. Mais tandis que j'étais étendu là, je me mis à ruminer de nouveau la conversation que j'avais eue avec Mlle Stratmann. De toute évidence, cette ville attendait de moi autre chose qu'un simple récital. Mais quand je m'efforçai de me remémorer quelques détails essentiels concernant mon séjour, je n'obtins que peu de résultats. Je me rendis compte que j'étais stupide de ne pas avoir parlé plus franchement à Mlle Stratmann. Si je n'avais pas reçu le programme de mes activités, la faute en incombait à elle et non à moi, et mon attitude défensive avait été absolument sans fondement. Je réfléchis de nouveau au nom de Brodsky, et j'eus cette fois-ci nettement l'impression que l'on m'en avait parlé, ou que j'avais lu quelque chose à son sujet, dans un passé pas très lointain. Puis il me revint tout à coup un souvenir du long voyage en avion que je venais d'accomplir. J'étais assis dans la cabine obscure, entouré de passagers endormis, et j'étudiais le programme de mon séjour sous le pinceau lumineux de la petite lampe de lecture. À un moment donné, mon voisin s'était réveillé et avait fait au bout de quelques minutes une réflexion anodine. En fait, si je me souvenais bien, il s'était penché vers moi et m'avait posé une question qui semblait tester mes connaissances : il s'agissait des footballeurs de la Coupe du monde. Ne souhaitant pas être distrait de l'examen attentif de mon emploi du temps, je l'avais envoyé promener assez froidement. Tout cela me revenait avec une certaine précision. Je me rappelais la texture du papier gris épais sur lequel le programme avait été tapé à la machine, la tache jaune et sans éclat que la lampe y projetait, le ronronnement des moteurs de l'avion – mais j'avais beau chercher, impossible de me rappeler ce qui s'était trouvé inscrit sur cette feuille.

Après quelques minutes, je sentis que ma fatigue prenait le dessus et jugeai que cela n'avait guère de sens de continuer à me tracasser tant que je n'aurais pas un peu dormi. Par expérience, je savais bien que les choses devenaient beaucoup plus claires une fois que l'on s'était reposé. J'irais alors voir Mlle Stratmann, je lui expliquerais notre malentendu, j'obtiendrais une copie de mon programme et je lui ferais clarifier les points qui nécessitaient un éclaircissement.

J'étais sur le point de m'assoupir lorsque quelque chose me fit ouvrir de nouveau les yeux et regarder au-dessus de moi. Je continuai pendant un moment à examiner le plafond, puis je m'assis sur le lit et observai ce qui m'entourait avec une impression de reconnaissance qui s'intensifiait à chaque instant. La chambre où je me trouvais n'était autre, je m'en apercevais maintenant, que la pièce qui m'avait tenu lieu de chambre à coucher pendant les deux ans où mes parents et moi avions vécu chez ma tante, à la frontière de l'Angleterre et du pays de Galles. Je parcourus de nouveau les lieux du regard, puis me recouchai et repris mon examen du plafond. Il avait été récemment replâtré et repeint, ses dimensions avaient été augmentées, on avait supprimé les corniches ; enfin, les ornements qui entouraient le plafonnier avaient été entièrement modifiés. Mais c'était indéniablement ce même plafond que j'avais si souvent contemplé du lit étroit et grinçant où je dormais en ce temps-là.

Je roulai sur le côté et regardai le sol, près du lit. L'hôtel avait placé un petit tapis de couleur sombre à l'endroit où mes pieds se poseraient. Je me rappelais maintenant que cet endroit avait jadis été recouvert d'une carpette verte usagée où, plusieurs fois par semaine, je disposais en formations soigneusement alignées mes soldats en plastique – dont le nombre s'élevait à plus de cent – que je conservais dans deux boîtes à biscuits métalliques. Je tendis une main et laissai mes doigts frôler le tapis fourni par l'hôtel, et ce faisant le souvenir me revint d'un après-midi où j'étais plongé dans mon univers de soldats en plastique et où une terrible querelle avait éclaté au rez-de-chaussée. La férocité des voix était telle que, même à l'âge de six ou sept ans, je m'étais rendu compte qu'il ne s'agissait pas d'une dispute ordinaire. Mais je m'étais persuadé que ce n'était rien, et, posant de nouveau la joue sur la carpette verte, j'avais repris l'élaboration de mes plans de bataille. Près du centre de cette carpette verte se trouvait un endroit déchiré qui avait toujours provoqué en moi une grande irritation. Mais cet après-midi, tandis que les éclats de voix faisaient rage au rez-de-chaussée, l'idée me vint pour la première fois que cette déchirure pouvait servir de terrain boisé à faire traverser à mes soldats. Je découvris donc qu'une imperfection qui avait toujours fait vaciller sur ses bases mon univers imaginaire pouvait y être incorporée, et cela souleva en moi un certain enthousiasme : ce « bosquet » devait devenir un élément déterminant de plusieurs des batailles que j'orchestrai par la suite.

Tout cela me revint tandis que je continuais à fixer le plafond. Bien entendu, je restais parfaitement conscient du fait que, partout dans la pièce, on avait modifié ou supprimé certains détails. Cependant, je savais qu'après une si longue période de temps j'étais de retour dans l'ancien refuge de mon enfance, et cette idée m'inspira un profond sentiment de paix. Je fermai les yeux et, l'espace d'un instant, ce fut comme si j'avais été de nouveau entouré de tous ces meubles d'autrefois. Dans le coin le plus éloigné, à ma droite, la haute armoire blanche à la poignée cassée. La peinture de la cathédrale de Salisbury, œuvre de ma tante, sur le mur au-dessus de ma tête. La table de chevet avec ses deux tiroirs exigus, remplis de mes petits trésors, de mes secrets. Toutes les tensions de la journée – le long voyage en avion, les confusions portant sur mon emploi du temps, les problèmes de Gustav – semblèrent se dissiper et je me sentis glisser dans le profond sommeil de l'épuisement.

2

Lorsque je fus réveillé par le téléphone placé à mon chevet, j'eus l'impression qu'il sonnait depuis un bon moment. Je pris le combiné et une voix dit :

« Allô ? Monsieur Ryder ?

– Lui-même.

– Ah, monsieur Ryder. Ici monsieur Hoffman. Le directeur de l'hôtel.

– Ah oui. Enchanté.

– Monsieur Ryder, nous sommes extrêmement heureux que vous soyez enfin ici parmi nous. Vous êtes le bienvenu.

– Merci.

– Vraiment, vous êtes le bienvenu. Ne vous faites surtout pas de souci en ce qui concerne votre retard. Je pense que Mlle Stratmann vous l'a dit : toutes les personnes présentes ont parfaitement compris. Après tout, lorsqu'on a comme vous de grandes distances à franchir, et tant d'engagements à tenir dans le monde entier – hé hé ! –, ce genre de choses est parfois inévitable.

– Mais...

– Sérieusement, monsieur, il est inutile de prononcer un mot de plus sur la question. Tous ces messieurs-dames, comme je vous l'ai dit, se sont montrés très compréhensifs. Ne songeons donc plus à cette question. L'important, c'est que vous soyez ici. Et pour cela seul, monsieur Ryder, notre gratitude à votre égard est sans limites.

– Je vous remercie, monsieur Hoffman.

– Et maintenant, monsieur, si vous n'êtes pas trop occupé, j'aurais un grand plaisir à vous saluer enfin face à face. À vous exprimer personnellement mes vœux de bienvenue dans notre ville et dans cet hôtel.

– C'est très aimable à vous, répliquai-je. Mais je fais en ce moment un petit somme...

– Un petit somme ? » Je perçus dans sa voix une brusque irritation. Un instant après, la jovialité était de nouveau seule présente. « Mais bien sûr, bien sûr. Vous devez être très fatigué. Vous avez fait un si long voyage. Eh bien, voyons-nous donc dès que vous serez prêt.

– Je serai heureux de vous rencontrer, monsieur Hoffman. À coup sûr, je ne tarderai pas à descendre.

– Je vous en prie, venez au moment qui vous conviendra. Pour ma part, je vais continuer à attendre ici – c'est-à-dire dans le hall, en bas – quel que soit le temps que vous mettrez. Ne vous pressez donc pas le moins du monde. »

Je réfléchis un instant à cette proposition. Puis je repris : « Mais, monsieur Hoffman, vous devez avoir bien d'autres choses à faire.

– En effet, c'est un moment extrêmement chargé de la journée. Mais pour vous, monsieur Ryder, je serai heureux d'attendre ici aussi longtemps qu'il sera nécessaire.

– Je vous en prie, monsieur Hoffman, ne perdez pas votre temps précieux à cause de moi. Je serai prêt d'une minute à l'autre, et je descendrai vous rejoindre.

– Monsieur Ryder, cela ne me gêne absolument pas. En fait, c'est pour moi un honneur de vous attendre. Je vous le répète : venez au moment où cela vous semblera bon. Je vous assure que je resterai ici jusqu'à ce que vous arriviez. »

Je le remerciai de nouveau et reposai le combiné. Je me redressai, regardai autour de moi et supposai d'après la lumière que l'après-midi tirait à sa fin. Je me sentais plus fatigué que jamais, mais je n'avais guère le choix : je devais descendre dans le hall. Je me levai et allai chercher dans une de mes valises une veste un peu moins fripée que celle que je portais encore. Tandis que je la passais, il me vint une forte envie de café, et je quittai ma chambre quelques instants après avec un sentiment proche de l'urgence.

Sortant de l'ascenseur, je trouvai le hall beaucoup plus animé qu'auparavant. Tout autour de moi, des clients installés dans des fauteuils feuilletaient des journaux ou bavardaient en buvant un café. Près de la réception, plusieurs Japonais échangeaient des salutations d'un air joyeux. Légèrement décontenancé par cette transformation, je ne remarquai pas le directeur de l'hôtel jusqu'au moment où il s'approcha de moi.

Il avait une bonne cinquantaine d'années, et sa corpulence était bien supérieure à ce que sa voix m'avait laissé imaginer au téléphone. Il me tendit la main avec une expression rayonnante. Je remarquai alors qu'il avait le souffle court et que son front était couvert d'une fine pellicule de sueur.

Pendant notre poignée de main, il revint avec insistance sur l'honneur que je faisais par ma présence à la ville et à cet hôtel en particulier. Puis il se pencha vers moi et dit sur un ton confidentiel : « Et permettez-moi de vous assurer, monsieur, que toutes les dispositions sont prises pour jeudi soir. Il n'y a vraiment pour vous aucun motif d'inquiétude. »

J'attendais qu'il poursuive, mais comme il se contentait de sourire, je répondis : « Eh bien, voilà une bonne nouvelle.

– Vraiment, monsieur, il n'y a aucun motif d'inquiétude. »

Il y eut une pause embarrassée. Au bout d'un instant, Hoffman parut sur le point de dire autre chose, mais il se retint, eut un petit rire et me tapota l'épaule – un geste qui me parut d'une familiarité déplacée. Il parla enfin : « Monsieur Ryder, s'il y a quoi que ce soit que je puisse faire pour rendre votre séjour ici plus confortable, faites-le-moi savoir sans retard, s'il vous plaît.

– Vous êtes bien gentil. »

Il y eut encore un silence. Puis il rit de nouveau, secoua un peu la tête et me frappa encore l'épaule.

« Monsieur Hoffman, dis-je, peut-être y avait-il quelque chose de particulier dont vous souhaitiez m'entretenir ?

– Oh, rien de particulier, monsieur Ryder. Je souhaitais simplement vous accueillir et veiller à ce que tout contribue à votre satisfaction. » Puis il poussa une exclamation soudaine. « Mais si. Maintenant que vous en parlez, il y avait en effet quelque chose. Mais il s'agit d'une affaire négligeable. » Encore une fois, il secoua la tête et rit. Puis il reprit : « Cela a à voir avec les albums de mon épouse.

– Les albums de votre épouse ?

– Mon épouse, monsieur Ryder, est une femme très cultivée. Évidemment, c'est une de vos grandes admiratrices. En fait, elle a suivi votre carrière avec un intérêt soutenu, et il y a des années qu'elle collectionne des coupures de presse à votre sujet.

– Ah oui ? Comme c'est aimable à elle !

– En fait, elle a rassemblé deux albums de coupures qui vous sont entièrement consacrés. Les entrées sont par ordre chronologique et remontent à plusieurs années. Je vais en venir au fait. Ma femme a toujours nourri l'espoir qu'un jour vous pourriez parcourir vous-même ces albums. Quand elle a appris que vous alliez venir dans notre ville, cet espoir s'en est évidemment trouvé ranimé. Elle savait cependant à quel point votre emploi du temps ici serait chargé, et elle a tenu à ce qu'on ne vous ennuie pas pour ça. Mais j'ai compris quelle était sa secrète espérance, et je lui ai donc promis qu'au moins j'évoquerais cette question auprès de vous. Si vous pouviez trouver ne serait-ce qu'une minute pour y jeter un coup d'œil, vous n'imaginez pas ce que cela représenterait pour elle.

– Il faut que vous exprimiez ma gratitude à votre épouse, monsieur Hoffman. C'est avec plaisir que je regarderai ses albums.

– Monsieur Ryder, comme c'est aimable à vous ! Vraiment trop aimable ! À vrai dire, j'ai apporté les albums ici, à l'hôtel, en prévision. Mais je me doute que vous devez être très occupé.

– En effet, mon emploi du temps est chargé. Je suis pourtant sûr que je pourrai trouver un moment pour les albums de votre femme.

– Vous êtes extrêmement aimable, monsieur Ryder ! Mais, je tiens à le souligner, la dernière chose que je souhaite faire serait de vous imposer une pression supplémentaire. Je me permets donc une suggestion. Je vais attendre que vous m'indiquiez le moment où vous serez prêt à consulter les albums. Tant que vous ne le ferez pas, je ne vous ennuierai pas. À tout instant, jour et nuit, quand vous sentirez que le moment est opportun, je vous en prie, venez me voir. En général, on me trouve très facilement, et je ne quitte les lieux que fort tard. Je m'interromprai dans mon activité et j'irai chercher les albums. Je me sentirai bien plus à l'aise si nous adoptons ce type de mesure. Il me serait vraiment insupportable de penser que je viens surcharger encore votre agenda.

– C'est très délicat de votre part, monsieur Hoffman.

– Écoutez, il me vient une idée, monsieur Ryder. Ces jours prochains, je risque de donner l'impression d'être terriblement surchargé. Mais j'aimerais que vous sachiez que jamais je ne serai trop affairé pour m'occuper de cette question. Même si j'ai l'air très sollicité, que cela ne vous décourage pas.

– Très bien. Je m'en souviendrai.

– Nous devrions peut-être nous entendre sur un signal quelconque. Je fais cette suggestion parce que, en venant à ma recherche, vous me verrez peut-être de l'autre côté d'une salle bondée. Ce serait très pénible pour vous de devoir vous frayer un chemin à travers cette foule grouillante. Et, de toute façon, lorsque vous atteindrez enfin l'endroit où vous m'aviez d'abord repéré, il se peut que je me sois moi-même déplacé. C'est pourquoi un signal serait opportun. Quelque chose de bien reconnaissable, que vous pourriez m'adresser au-dessus des têtes.

– En effet, cette idée paraît excellente.

– Parfait. Je suis enchanté de trouver en vous une personne aussi sympathique et gentille, monsieur Ryder. Si seulement on pouvait en dire autant de certaines autres célébrités que nous avons accueillies ici. Bien. Il nous reste donc à convenir d'un signal. Peut-être pourrais-je proposer... que diriez-vous de quelque chose de ce genre ? »

Il leva une main, la paume tournée vers l'extérieur, les doigts déployés en éventail, et dessina un mouvement comme pour essuyer une vitre.

« Ce n'est qu'un exemple, dit-il en mettant vivement sa main derrière son dos. Il se peut, bien sûr, qu'un autre signal vous convienne davantage.

– Pas du tout, ce signal est parfait. Je vous l'adresserai dès que je serai prêt à regarder les albums de votre femme. C'est vraiment très aimable à elle de s'être donné autant de mal.

– Je sais que cela lui a procuré une grande satisfaction.

Bien sûr, si vous pensez plus tard à un autre signal que vous préféreriez, veuillez me téléphoner de votre chambre, ou me laisser un message auprès d'un employé de l'hôtel.

– Vous êtes très aimable ; mais le signal que vous suggérez me semble tout à fait élégant. Dites-moi, monsieur Hoffman, je me demande si vous pourriez m'indiquer le moyen d'avoir du bon café. Il me vient comme une envie d'en boire plusieurs tasses. »

Le directeur eut un rire quelque peu théâtral. « Je connais très bien cette impression. Je vais vous conduire au jardin d'hiver. Suivez-moi, je vous prie. »

Il me guida vers l'angle du hall et me fit franchir de lourdes portes battantes. Nous nous trouvions dans un long et triste couloir dont les deux murs étaient lambrissés de bois sombre. L'éclairage naturel y était si réduit que même à ce moment de la journée on avait laissé allumée une rangée d'appliques de faible puissance. Hoffman, devant moi, marchait toujours d'un bon pas, se retournant de temps à autre pour sourire par-dessus son épaule. À mi-chemin ou à peu près, nous passâmes devant une porte d'apparence assez noble, et Hoffman, qui dut remarquer que je la regardais, dit :

« Ah, oui. Normalement, le café serait servi ici, au salon. Une pièce splendide, monsieur Ryder, très confortable. Et encore embellie désormais par quelques tables faites à la main que j'ai dénichées moi-même lors d'un récent séjour à Florence. Je suis certain que vous les apprécieriez. Toutefois, comme vous le savez, nous avons fermé cette pièce pour la laisser à M. Brodsky.

– En effet. Il s'y trouvait lorsque je suis arrivé.

– Il y est encore, monsieur. Je vous ferais bien entrer pour vous présenter l'un à l'autre, si ce n'est que... j'ai le sentiment que ce n'est peut-être pas tout à fait le moment. Il se peut que M. Brodsky... écoutez, disons que ce n'est sans doute pas encore le moment. Hé hé ! Mais pas d'inquiétude : de nombreuses autres occasions se présenteront pour que vous fassiez connaissance l'un avec l'autre, messieurs.

– M. Brodsky est actuellement dans cette pièce ? »

Je jetai un regard en arrière vers la porte en question, et peut-être ralentis-je quelque peu mon allure. Toujours est-il que le directeur me saisit le bras et m'entraîna fermement de l'avant.

« Mais oui, monsieur. Certes, il est pour l'instant assis en silence, mais je vous assure qu'il va s'y remettre d'une minute à l'autre. Et ce matin, savez-vous, il a fait répéter l'orchestre pendant quatre bonnes heures. Selon toutes nos informations, tout se déroule à la perfection. Je vous assure donc qu'il n'y a aucune raison de s'inquiéter. »

Le couloir dessina enfin un angle, après quoi il fut beaucoup mieux éclairé. En fait, sur toute la longueur d'un des murs, ce tronçon était pourvu de fenêtres par lesquelles entrait le soleil, formant des flaques de lumière sur le sol. Nous parcourûmes une certaine distance dans cette partie de couloir avant qu'Hoffman se décidât à me lâcher. Tandis que nous adoptions une allure plus paisible, le directeur eut un rire destiné à couvrir sa gêne.

« Nous arrivons au jardin d'hiver, monsieur. Ce n'est guère qu'un simple bar, mais le lieu est confortable ; on vous y servira du café et tout ce que vous pouvez désirer. Par ici, s'il vous plaît. »

Nous quittâmes le couloir et franchîmes une porte cintrée.

« Cette annexe, reprit Hoffman en me montrant le chemin, a été achevée il y a trois ans. Nous l'appelons le jardin d'hiver et nous en sommes plutôt fiers. Les plans ont été dessinés pour nous par Antonio Zanotto. »

Nous pénétrâmes dans une salle lumineuse et spacieuse. À cause de la verrière, bien haut au-dessus de nous, on avait l'impression d'accéder à une cour. Le sol était une vaste étendue de dalles blanches, au centre de laquelle, dominant tout le reste, se trouvait une fontaine : un méli-mélo de figures de marbre évoquant des nymphes d'où l'eau jaillissait en jets vigoureux. Il me sembla en fait que la pression de l'eau était quelque peu excessive ; on pouvait difficilement porter les yeux où que ce fût sans que la vue fût brouillée par la fine brume en suspension dans l'air. Même dans ces conditions, je parvins rapidement à constater que chaque coin du jardin avait son propre bar, muni d'un ensemble distinct de tabourets hauts, de fauteuils rembourrés et de tables. Des serveurs en uniforme blanc traversaient les lieux dans tous les sens et les clients disséminés çà et là semblaient en nombre non négligeable – encore que, avec une telle impression d'espace, on les remarquât à peine.

Je voyais le directeur m'observer d'un air satisfait, attendant que je fasse l'éloge du cadre où nous nous trouvions. Mais le besoin de café m'envahit avec une telle force que je m'écartai et me dirigeai vers le bar le plus proche.

J'étais déjà assis sur un tabouret, les coudes posés sur le comptoir, quand le directeur me rejoignit. Il héla d'un claquement de doigts le barman, qui d'ailleurs s'avançait déjà pour me servir, et lui dit : « M. Ryder voudrait un bon café. Donnez-lui du kenyan ! » Puis, se tournant de nouveau vers moi : « Rien ne me ferait davantage plaisir à l'heure actuelle que de vous tenir compagnie, monsieur Ryder. Pour converser à loisir de musique et de beaux-arts. Malheureusement, je suis sollicité par diverses obligations que je ne peux repousser plus longtemps. Aurez-vous la bonté de m'excuser, monsieur ? »

J'eus beau répéter que sa gentillesse avait été extrême, il passa encore plusieurs minutes à prendre congé de moi. Puis il regarda enfin sa montre, poussa une exclamation et partit précipitamment.

Me retrouvant seul, je fus sans doute rapidement plongé dans mes propres pensées, car je ne vis pas le barman revenir. Il avait pourtant dû le faire, puisque je me retrouvais à boire du café, contemplant au fond du bar une paroi couverte de miroirs dans laquelle je voyais non seulement mon propre reflet mais une bonne partie de la pièce qui s'étendait derrière moi. Au bout d'un moment, pour une raison quelconque, je me mis à repasser dans ma tête les moments clés d'un match de football auquel j'avais assisté bien des années auparavant – une rencontre entre l'Allemagne et les Pays-Bas. Je rectifiai ma position sur le tabouret, m'étant aperçu que j'étais trop voûté, et cherchai à me remémorer les noms des joueurs de l'équipe néerlandaise, cette année-là. Rep, Krol, Haan, Neeskens. Au bout de quelques minutes j'étais arrivé à me rappeler tous les joueurs sauf deux, mais ces deux-là restaient juste au-delà des limites de ma mémoire. Tandis que j'essayais de m'en souvenir, le bruit de la fontaine derrière moi que, au départ, j'avais trouvé plutôt apaisant, se mit à m'agacer. Il me semblait que si seulement ce bruit avait pu s'arrêter, ma mémoire se serait débloquée et j'aurais enfin retrouvé les noms qui me manquaient.

J'essayais encore de me souvenir lorsqu'une voix dit derrière moi :

« Excusez-moi ; vous êtes bien monsieur Ryder ? »

Me tournant, je vis un jeune homme au visage ouvert, qui n'avait pas plus de vingt-cinq ans. Lorsque je le saluai, il se dirigea joyeusement vers le bar.

« J'espère ne pas vous déranger, dit-il. Mais quand je vous ai vu, à l'instant, je n'ai pas pu m'empêcher de venir vous voir pour vous dire comme je suis heureux que vous soyez venu. Vous comprenez, je suis moi-même pianiste. En amateur, je le précise. Et, enfin, je vous ai toujours énormément admiré. Quand papa a appris que vous alliez vraiment venir, j'ai été fou de joie.

– Papa ?

– Oh, pardonnez-moi. Je suis Stephan Hoffman. Le fils du directeur.

– Ah, très bien. Enchanté.

– Vous voulez bien que je m'assoie ici un instant, n'est-ce pas ? » Le jeune homme s'installa sur le tabouret voisin du mien. « Vous savez, monsieur, papa est tout aussi excité que moi, sinon plus. Je le connais : il ne vous a peut-être pas dit à quel point il est content. Mais croyez-moi, ça a une énorme importance pour lui.

– À ce point ?

– Oui, absolument. Je n'exagère pas. Je me rappelle la période où papa attendait encore votre réponse. Il observait un silence tout à fait particulier chaque fois que quelqu'un prononçait votre nom. Et puis, quand la pression devenait réellement insoutenable, il se mettait à marmonner à mi-voix sur toute l'affaire. “ Encore combien de temps ? Combien de temps faudra-t-il pour qu'il réponde ? Il va nous envoyer bouler. Je le sens. ” Il a vraiment fallu que je m'évertue à lui remonter le moral. En tout cas, monsieur, vous pouvez imaginer ce que ça représente pour lui, que vous soyez ici. C'est un tel perfectionniste ! Quand il organise une soirée comme celle de jeudi, il faut que tout, absolument tout, soit tout à fait au point. Il récapitule tous les détails dans sa tête, sans relâche. Ça finit parfois par être un peu beaucoup, ce côté opiniâtre. Mais quoi, je suppose que s'il n'avait pas ce trait de caractère, il ne serait pas la personne qu'il est, et il ne ferait pas la moitié de ce qu'il fait.

– Je vois. C'est quelqu'un d'admirable, à ce qu'il semble.

– En fait, monsieur Ryder, reprit le jeune homme, j'avais bel et bien quelque chose à vous demander. Une requête à vous présenter. Si c'est impossible, dites-le, je vous en prie. Je ne le prendrai pas mal. »

Stephan Hoffman s'interrompit comme pour trouver le courage nécessaire. Je bus un peu de café tout en observant dans le miroir notre image à tous deux, assis côte à côte.

« Cela a aussi un rapport avec la soirée de jeudi, poursuivit-il. Vous comprenez, papa m'a demandé de jouer du piano à cette occasion. J'ai répété, je suis prêt, et ce n'est pas que je me fasse du souci ni rien... » Sur ces paroles, l'espace d'une seconde, sa façade assurée se craquela et j'eus la brève vision d'un adolescent angoissé. Mais déjà, presque aussitôt, il avait repris son aplomb et haussait des épaules nonchalantes. « Non, simplement, la soirée de jeudi a une telle importance que je ne veux pas le décevoir. Pour en venir au fait, je me demandais si vous auriez quelques minutes pour m'écouter interpréter mon morceau. J'ai décidé de jouer *Dahlia*, de Jean-Louis La Roche. Je ne suis qu'un amateur, et il faudrait que vous vous montriez très indulgent. Mais j'ai pensé que je pourrais répéter devant vous, et vous pourriez me donner quelques conseils sur les améliorations à apporter. »

J'y réfléchis un moment. « Ainsi, dis-je au bout de ce temps, vous vous apprêtez à jouer jeudi soir.

– Bien sûr, ce n'est qu'une très petite contribution à la soirée par rapport à, enfin... (il eut un petit rire) tout ce qui doit avoir lieu. Mais quand même, je souhaite que mon travail soit aussi bon que possible.

– Oui, je comprends cela. C'est avec plaisir que je ferai ce que je peux pour vous. »

Le visage du jeune homme s'éclaira. « Monsieur Ryder, j'en reste sans voix ! C'est exactement ce que je...

– Mais il y a quand même un problème. Vous vous en doutez, mon emploi du temps ici est très chargé. Il faudra que je trouve un moment où je disposerai de quelques minutes.

– Bien entendu. Lorsque cela vous conviendra, monsieur Ryder. Mon Dieu, je suis si flatté. Pour parler franchement, je croyais que vous alliez refuser sans ménagements. »

Un bip électronique résonna dans les vêtements du jeune homme. Stephan sursauta, puis enfonça la main dans sa veste.

« Toutes mes excuses, dit-il, mais celui-là, c'est l'urgence. Il y a longtemps que je devrais être ailleurs. Mais quand je vous ai vu assis ici, monsieur Ryder, je n'ai pas résisté à l'envie de venir vers vous. J'espère que nous pourrons continuer cette discussion très prochainement. Pour l'heure, je dois vous demander de m'excuser. »

Il se leva de son tabouret, mais sembla l'espace d'un instant tenté de reprendre la conversation. Puis le bip résonna de nouveau, et il partit précipitamment avec un sourire gêné.

Je me retournai vers mon reflet dans le miroir au fond du bar, et me remis à déguster mon café. Cependant, je n'arrivais pas à retrouver cette humeur contemplative et détendue qui avait été la mienne avant l'arrivée du jeune homme. Loin de là : je me sentais de nouveau troublé par l'idée qu'on attendait beaucoup de moi ici, et que pour le moment la situation n'était vraiment pas satisfaisante. En fait, la seule solution semblait être de joindre Mlle Stratmann et d'éclaircir certains points une bonne fois pour toutes. Il n'y avait pas de raison pour que cette entrevue soit pénible, et il serait assez facile d'expliquer ce qui s'était passé lors de notre dernière rencontre. « Mademoiselle Stratmann, lui dirais-je par exemple, j'étais très fatigué, l'autre fois, et quand vous m'avez interrogé sur mon emploi du temps, je vous ai mal comprise. J'ai cru que vous me demandiez si je serais prêt à le consulter immédiatement, à supposer que vous m'en présentiez un exemplaire sur-le-champ. » Je pouvais également adopter une attitude offensive, voire prendre un ton de reproche. « Mademoiselle Stratmann, je dois dire que j'éprouve une certaine préoccupation, et même, pour parler franchement, de la déception. Étant donné le degré de responsabilité que vous semblez vouloir me faire endosser, vous et vos concitoyens, je crois avoir le droit de réclamer un certain niveau de soutien administratif. »

J'entendis un mouvement près de moi ; levant les yeux, je vis que Gustav, le vieux porteur, était debout près de mon tabouret. Comme je me tournais vers lui, il sourit et dit :

« Bonjour, monsieur. Je passais par là, et je vous ai vu. J'espère que vous prenez plaisir à votre séjour.

– Mais oui, certainement. Malheureusement, je n'ai pas encore eu l'occasion de visiter la vieille ville, comme vous me l'avez recommandé.

– C'est dommage, monsieur. Parce que c'est vraiment un quartier très agréable de notre ville, et tout à fait proche. Et le temps qu'il fait est idéal, à mon avis. Un peu de fraîcheur dans l'air, mais ensoleillé. Juste assez chaud pour s'asseoir au-dehors – sans doute feriez-vous mieux cependant de porter un veston ou un pardessus léger. C'est le genre de journée qui convient le mieux pour voir la vieille ville.

– Quelques bouffées d'air frais, c'est peut-être exactement ce qu'il me faut, répondis-je.

– Je me permets de vous le recommander, monsieur. Ce serait vraiment désolant que vous en veniez à quitter notre ville sans avoir profité ne serait-ce que d'une brève promenade dans la vieille ville.

– Eh bien, je crois que je vais le faire. Je vais y aller immédiatement.

– Si vous trouvez un moment pour vous asseoir au Café hongrois, sur la vieille place, je suis sûr que vous ne le regretterez pas. Je vous suggère de commander du café avec un morceau de leur strudel aux pommes. À ce propos, monsieur, je me demandais... » Le porteur s'interrompit un instant. Puis il reprit : « Oui, je me demandais si je pourrais requérir de votre part un petit service. Je n'ai pas coutume de solliciter les faveurs de nos clients, mais, dans votre cas, j'ai le sentiment que nous avons maintenant lié connaissance.

– C'est avec plaisir que je ferais quelque chose pour vous si cela se révèle possible », répondis-je.

L'espace d'un instant, le porteur garda le silence.

« Ce n'est pas grand-chose, finit-il par dire. Vous comprenez, je sais qu'en ce moment même ma fille se trouve au Café hongrois. Le petit Boris sera avec elle. C'est une jeune femme très agréable, monsieur, je suis certain que vous aurez de la sympathie pour elle. C'est le cas de la plupart des gens. On ne peut pas dire qu'elle soit belle, mais elle a une apparence vraiment agréable. Foncièrement, c'est une personne d'un heureux naturel. Mais je crois qu'elle a toujours eu une certaine faiblesse. Peut-être à cause de la façon dont elle a été élevée, qui sait ? En tout cas, ce point faible a toujours été là. C'est-à-dire qu'elle a tendance à laisser parfois les choses la submerger, même lorsqu'elle aurait la capacité d'y faire face. Un petit problème se présente, et au lieu de prendre les quelques mesures simples qui s'imposent, elle se met à ruminer. Comme vous le savez, monsieur, c'est le meilleur moyen de transformer les petits problèmes en gros soucis. Il ne faut pas longtemps pour que tout lui paraisse très grave et que son humeur tourne au désespoir. Tout cela est d'une telle inutilité. Je ne sais pas exactement ce qui la travaille à l'heure actuelle, mais je suis sûr que cela n'a rien d'insurmontable. Je l'ai déjà vu si souvent. Mais maintenant, vous comprenez, Boris s'est aperçu de quelque chose. En fait, monsieur, si Sophie ne se ressaisit pas rapidement, j'ai peur que le petit ne s'inquiète sérieusement. Alors que c'est un enfant délicieux. Ouvert, complètement confiant. Je sais qu'il ne pourra pas rester comme ça sa vie durant ; ce n'est peut-être même pas souhaitable. Mais quand même, à l'âge qu'il a, je trouve qu'il lui faudrait encore croire pendant quelques années que le monde est plein de soleil et de rires. » Il se tut de nouveau et sembla pendant quelques instants plongé dans ses pensées. Puis, levant les yeux, il reprit : « Si seulement Sophie pouvait voir clairement ce qui se passe, je sais qu'elle reprendrait le contrôle de la situation. Foncièrement, elle est très consciencieuse, elle tient à agir au mieux pour les gens qui comptent dans sa vie. Mais le problème, pour Sophie, c'est qu'une fois qu'elle se met dans cet état, elle a besoin d'aide pour retrouver le sens des proportions. Une bonne conversation, voilà ce qu'il lui faut. Quelqu'un qui passe un moment avec elle et qui l'aide à regarder la réalité en face. Qui lui fasse comprendre où sont les vrais problèmes, quelles mesures elle devrait prendre pour les surmonter. Voilà ce qu'il lui faut, monsieur, une bonne conversation, qui lui redonnerait le sens des proportions. Elle se chargera du reste. Elle est capable d'être tout à fait raisonnable quand elle veut. Ce qui m'amène à l'objet de mes propos, monsieur. Si par hasard vous allez maintenant vous promener dans la vieille ville, je me demande si vous auriez la gentillesse de dire quelques mots à Sophie. Bien sûr, je me rends compte que cela peut vous déranger, mais puisque de toute façon vous allez par là, je me suis dit que je vous poserais la question. Vous n'avez pas besoin de lui parler pendant très longtemps. Une brève conversation, pour savoir ce qui la tracasse et lui redonner le sens des proportions. »

Le porteur se tut et me regarda d'un air suppliant. Au bout d'un instant, je lui dis en soupirant :

« Je serais heureux de me rendre utile, je vous le dis sincèrement. Mais en écoutant ce que vous dites, il me semble que les soucis de Sophie, quelle que soit leur nature, sont vraisemblablement en rapport avec des questions familiales. Et comme vous le savez, ce genre de problème est souvent extrêmement complexe. Quelqu'un comme moi, venu de l'extérieur, risque, à l'issue d'une discussion franche, d'arriver au fond d'un problème pour s'apercevoir qu'il existe un lien avec une autre question. Et ainsi de suite. À mon avis, et en toute franchise, pour aborder tout l'enchevêtrement des affaires familiales, je crois que vous êtes le mieux placé. Étant le père de Sophie et le grand-père du petit, vous êtes quand même doté d'une autorité naturelle dont je ne bénéficie pas. »

Le porteur sembla aussitôt accablé par le poids de ces paroles et je faillis regretter de les avoir prononcées. J'avais visiblement touché un point sensible. Il s'écarta légèrement et resta longuement en contemplation, tournant un regard vide dans la direction de la fontaine. Enfin, il répondit :

« J'entends bien ce que vous me dites, monsieur. Légitimement, ce serait en effet à moi de lui parler, je m'en rends compte. Mais en toute honnêteté... je ne sais pas bien comment vous expliquer ça... mais je vais être tout à fait franc avec vous. À la vérité, il y a bien des années que nous ne nous sommes pas parlé, Sophie et moi. Depuis son enfance, en réalité. Vous comprenez donc qu'il est un peu difficile pour moi de faire le nécessaire. »

Le porteur regarda ses pieds et sembla attendre ma réaction comme on attend le verdict d'un tribunal.

« Pardonnez-moi, dis-je au bout d'un moment. Mais j'ai du mal à saisir ce que vous me dites. Pendant toutes ces années, vous n'avez pas vu Sophie ?

– Non, ce n'est pas ça. Comme vous le savez, je la vois régulièrement, chaque fois que je viens chercher Boris. Ce que je veux dire, c'est que nous ne nous adressons pas la parole. Vous comprendrez peut-être mieux si je vous donne un exemple. Mettons que, Boris et moi, nous l'attendons après une de nos petites promenades dans la vieille ville. Nous sommes installés, disons, dans le café de M. Krankl. Boris est d'excellente humeur, il parle fort, tout le fait rire. Mais dès qu'il voit sa mère franchir le seuil, il se tait. Ce n'est pas qu'il soit attristé, mais il se contrôle. Il respecte le rituel, vous comprenez ? Puis Sophie s'approche de notre table et s'adresse à lui. Nous sommes-nous bien amusés ? Où sommes-nous allés ? Grand-père n'a-t-il pas eu trop froid ? Oui, oui, elle demande toujours de mes nouvelles. Elle a peur que je ne tombe malade, à me balader comme ça dans tout le quartier. Mais comme je vous le disais, nous n'échangeons pas un mot, Sophie et moi. “ Dis au revoir à Grand-Père ”, ordonne-t-elle à Boris en manière d'adieu ; et ils s'en vont tous les deux. Il en a été ainsi entre nous depuis bien des années, et il ne semble pas y avoir de raison impérative de modifier cet état de choses, à l'heure actuelle. Mais dans une situation pareille, voyez-vous, je me sens quelque peu désemparé. Je vois bien que ce qu'il faut, c'est une bonne conversation. Et à mon avis, quelqu'un dans votre genre, ce serait idéal. Rien que quelques mots, monsieur. Rien que pour l'aider à identifier la nature réelle des problèmes. Si vous pouvez faire ça, elle prendra le reste en main, vous pouvez en être sûr.

– Très bien, répondis-je après un moment de réflexion. Très bien, je verrai ce que je peux faire. Mais je tiens à souligner ce que j'ai dit tout à l'heure. Ces choses-là sont souvent trop compliquées pour quelqu'un qui vient de l'extérieur. Mais je verrai ce que je peux faire.

– Je vous en serai reconnaissant, monsieur. Elle sera au Café hongrois, à l'heure qu'il est. Vous ne devriez pas avoir de mal à la reconnaître. Elle a de longs cheveux bruns et plusieurs des traits de mon visage. Et dans le doute vous pouvez demander au patron ou à un employé de vous l'indiquer.

– Très bien, j'y vais de ce pas.

– Je vous en serai extrêmement reconnaissant, monsieur. Et même si pour une raison ou une autre il se révèle impossible de lui parler, je sais qu'une promenade dans ce quartier vous sera agréable. »

Je me levai de mon tabouret de bar. « Bon, repris-je. Je vous ferai savoir comment je m'en suis tiré.

– Merci infiniment, monsieur. »

3

Le trajet de l'hôtel à la vieille ville – environ quinze minutes de marche – n'avait rien de bien prometteur. Sur une bonne partie du chemin, des immeubles de bureaux abondamment vitrés m'écrasaient de leur hauteur, bordant des rues où bourdonnait la circulation de la fin de l'après-midi. Mais lorsque j'arrivai au fleuve et m'engageai sur le pont en dos d'âne qui menait à la vieille ville, je sentis que j'étais sur le point de pénétrer dans une atmosphère tout à fait différente. J'apercevais sur l'autre rive des stores et des parasols de café bigarrés. Je discernai le mouvement des serveurs et d'enfants qui couraient en tous sens. Un tout petit chien aboyait frénétiquement sur le quai : peut-être avait-il remarqué mon arrivée.

Quelques minutes plus tard, je me trouvais dans la vieille ville. Les rues étroites et pavées fourmillaient de passants qui marchaient d'un pas tranquille. Je déambulai sans but particulier pendant quelques instants, au milieu de toutes sortes de petites boutiques, marchands de souvenirs, confiseurs, boulangers. Je passai aussi devant plusieurs cafés et me demandai un moment si j'aurais du mal à repérer celui dont le porteur m'avait parlé. Mais sur ces entrefaites, je débouchai sur une grande place, au cœur du quartier, et le Café hongrois m'apparut aussitôt. À l'angle le plus éloigné, des tables couvraient une vaste étendue de pavés, et je constatai qu'elles dépendaient toutes d'une même petite porte surmontée d'un store rayé.

Je marquai une pause pour reprendre mon souffle et observer les lieux. Le soleil commençait à se coucher au-dessus de la place. Comme Gustav m'en avait averti, il soufflait un vent frais qui agitait parfois les parasols installés devant le café. Néanmoins, la majorité des tables était occupée. Les clients semblaient en grande partie être des touristes, mais je vis aussi parmi eux bon nombre de personnes qui me firent l'effet d'habitants de la ville ayant quitté leur travail de bonne heure et venus se détendre devant un café et un journal. De fait, en traversant la place, je passai devant plusieurs groupes d'employés de bureau, debout, leur porte-documents à la main, et bavardant gaiement.

Arrivé à la terrasse du café, je zigzaguai un moment entre les tables, cherchant quelqu'un qui fût susceptible d'être la fille du porteur. Deux étudiants discutaient d'un film. Un touriste lisait *Newsweek.* Une vieille dame jetait des morceaux de pain à des pigeons attroupés à ses pieds. Mais je ne vis aucune jeune femme aux longs cheveux bruns accompagnée d'un petit garçon. J'entrai dans le café et je découvris une petite salle plutôt sombre où l'on ne comptait guère que cinq ou six tables. Je compris pourquoi le problème d'encombrement mentionné par le porteur pouvait se poser sérieusement pendant les mois les plus froids ; mais pour l'instant, le seul occupant était un vieil homme coiffé d'un béret, assis dans le fond. Décidant d'abandonner toute l'affaire, je ressortis et cherchai des yeux un serveur à qui commander un café lorsque j'entendis une voix qui me hélait en m'appelant par mon nom.

Je me tournai pour voir une femme, installée avec un garçonnet à une table toute proche, qui me faisait signe de la main. Ils correspondaient tous deux à la description du porteur, et je ne compris pas comment j'avais pu ne pas les remarquer. J'étais un peu surpris, par ailleurs, qu'ils semblent s'attendre à ma venue, et je mis un moment à agiter la main en réponse et à me diriger vers eux.

Le porteur avait parlé d'une « jeune femme », mais Sophie avait atteint la maturité : elle devait avoir une quarantaine d'années. Cependant, elle était plus attirante que je ne l'avais imaginé. Assez grande, elle était svelte et ses longs cheveux bruns lui donnaient l'allure d'une gitane. L'enfant assis près d'elle était un peu potelé, et dévisageait sa mère d'un air mécontent.

« Alors ? » Sophie levait les yeux vers moi en souriant. « Vous ne voulez pas vous asseoir ?

– Mais si, mais si », répondis-je, me rendant compte que j'étais resté debout devant elle, l'air hésitant. « Si cela ne vous gêne pas. » Je fis un sourire au garçonnet, mais il me lança un regard courroucé.

« Cela ne nous gêne pas du tout. N'est-ce pas, Boris ? Boris, dis bonjour à M. Ryder.

– Bonjour, Boris », dis-je en m'asseyant.

L'enfant me regardait toujours d'un œil critique. Puis il s'adressa à sa mère : « Pourquoi lui as-tu dit de s'asseoir ? J'étais en train de t'expliquer quelque chose.

– C'est M. Ryder, Boris. C'est un bon ami. Bien sûr qu'il peut s'asseoir avec nous s'il le souhaite.

– Mais je t'expliquais comment *Voyager* fait pour voler. J'étais sûr que tu n'écoutais pas. Tu devrais apprendre à être attentive.

– Excuse-moi, Boris, dit Sophie en échangeant avec moi un bref sourire. Je faisais de mon mieux, mais toute cette science, ça me dépasse complètement. Et maintenant, pourrais-tu dire bonjour à M. Ryder ? »

Boris m'examina un instant, puis dit d'une voix boudeuse : « Bonjour. » Sur ces mots, il détourna les yeux.

« Je ne voudrais pas être une source de conflit, dis-je. S'il te plaît, Boris, poursuis tes explications. En fait, cela m'intéresse beaucoup d'apprendre comment fonctionne cet avion.

– Ce n'est pas un avion, rétorqua Boris d'un ton las. C'est un véhicule d'exploration des galaxies. Mais vous ne comprendrez pas mieux que maman.

– Ah bon ? Comment sais-tu que je ne comprendrai pas ? J'ai peut-être l'esprit très scientifique. Tu ne devrais pas porter un jugement aussi rapide sur les gens, Boris. »

Il poussa un profond soupir et continua à regarder ailleurs.

« Vous allez être comme maman. Vous manquerez de concentration.

– Allons, allons, Boris, intervint Sophie. Tu devrais être un peu plus agréable. M. Ryder est un très bon ami.

– Et en plus, dis-je, je suis un ami de ton grand-père. »

Pour la première fois, Boris m'examina d'un air intéressé.

« Parfaitement, insistai-je. Nous sommes devenus de bons amis, ton grand-père et moi. Je séjourne à son hôtel. »

Boris me scrutait toujours avec attention.

« Boris, dit Sophie, pourquoi ne dis-tu pas bonjour gentiment à M. Ryder ? Tu ne t'es pas du tout montré poli avec lui. Est-ce que tu voudrais qu'il reparte en pensant que tu es un jeune homme mal élevé ? »

Boris continua à m'observer pendant un moment. Puis, soudainement, il s'écroula sur la table, enfouissant sa tête entre ses bras. Au même moment, il se mit à balancer les pieds : j'entendais ses chaussures cogner contre le pied de table métallique.

« Je suis désolée, s'excusa Sophie. Il est de mauvaise humeur, aujourd'hui.

– En fait, lui dis-je à voix basse, j'aurais souhaité vous parler. Mais, euh... » J'indiquai Boris d'un mouvement d'yeux. Sophie me regarda, puis se tourna vers le petit garçon.

« Boris, il faut que je parle un peu avec M. Ryder. Pourquoi n'irais-tu pas regarder les cygnes ? Nous en avons pour une minute. »

Boris avait gardé la tête entre les bras comme s'il avait été endormi, mais ses pieds battaient toujours la cadence. Sophie le secoua doucement par l'épaule.

« Voyons, vas-y. Il y a même un cygne noir, là-bas. Va

t'installer près du grillage, à côté des bonnes sœurs. Tu le verras bien, de là. Tu peux revenir dans quelques minutes, et tu nous raconteras ce que tu as vu. »

Pendant quelques secondes, Boris continua à ne pas réagir. Puis il se redressa, poussa un autre soupir exténué et se leva mollement de sa chaise. Pour une raison qu'il était seul à connaître, il affectait les tics d'un homme complètement ivre et s'éloigna de la table en titubant.

Dès que le garçon fut à une distance suffisante, je me tournai de nouveau vers Sophie. Puis il me vint un doute sur la meilleure façon de commencer et je restai un instant hésitant. En tout état de cause, Sophie sourit et parla la première :

« J'ai de bonnes nouvelles. Ce M. Mayer a déjà appelé au sujet d'une maison. Elle est mise en vente aujourd'hui. Ça semble vraiment intéressant. J'y ai pensé toute la journée. Quelque chose me dit que c'est peut-être enfin celle que nous cherchons depuis si longtemps. Je lui ai dit que j'irais là-bas demain matin à la première heure pour la regarder de près. Vraiment, elle a l'air impeccable. À environ une demi-heure à pied du village, isolée sur un coteau, trois étages. D'après M. Mayer, ça fait des années qu'il n'a pas eu de maison avec d'aussi belles vues de la forêt. Je sais que tu es très occupé en ce moment, mais si je m'aperçois que cette maison tient ses promesses, je t'appellerai, et peut-être que tu pourrais venir faire un tour. Boris aussi. C'est peut-être exactement ce que nous cherchions. Je sais que ça a mis le temps, mais peut-être que je l'ai enfin trouvée.

– Ah oui. Tant mieux.

– Je prendrai le premier bus dans cette direction demain matin. Nous devons agir vite. Elle ne restera pas longtemps sur le marché. »

Elle se mit à me donner plus de détails sur la maison. Je restais silencieux, mais ce n'était qu'en partie parce que je m'interrogeais sur la meilleure façon de réagir. Car à vrai dire, pendant que nous étions assis là côte à côte, le visage de Sophie n'avait cessé de revêtir à mes yeux un aspect de plus en plus familier, au point qu'il me semblait maintenant pouvoir même me remémorer vaguement certaines discussions anciennes sur l'achat de ce genre de maison isolée au milieu des bois. Entre-temps, peut-être avais-je pris une expression préoccupée, car elle finit par s'interrompre, avant de reprendre d'une autre voix, plus hésitante :

« Je m'excuse, pour le coup de téléphone, l'autre fois. J'espère que tu ne continues pas à faire la tête à cause de ça.

– Faire la tête ? Oh, non.

– Je n'arrête pas d'y penser. Je n'aurais rien dû dire de tout ça. J'espère que tu ne l'as pas pris à cœur. Après tout, comment pourrait-on te demander de rester à la maison en ce moment ? Quelle maison ! Quand on pense à l'aspect de la cuisine ! Et j'ai mis si longtemps à trouver quelque chose pour nous. Mais cette maison, celle de demain, ça me remplit d'espoir. »

Elle se remit à parler de la maison. Pendant ce temps, je m'efforçai de me rappeler certains éléments de la conversation téléphonique à laquelle elle avait fait allusion. Au bout d'un moment, il me vint un souvenir flou d'avoir écouté cette même voix – ou plutôt une version plus dure, plus coléreuse de cette voix – sur une ligne téléphonique, dans un passé assez proche. Il me sembla même retrouver une certaine phrase que j'avais hurlée dans le combiné : « Tu vis dans un si petit monde ! » Elle avait continué à argumenter, et moi à répéter avec mépris : « Un si petit monde ! Tu vis dans un si petit monde ! » Néanmoins, à ma vive frustration, je constatai que rien d'autre ne me revenait de cette discussion.

J'avais dû me mettre à la regarder fixement dans mes efforts pour stimuler ma mémoire, car elle me demanda sur un ton gêné :

« Tu trouves que j'ai grossi ?

– Mais non, pas du tout. » Je détournai les yeux en riant. « Tu es splendide. »

Il me vint à l'esprit que je n'avais pas encore abordé l'affaire qui préoccupait son père, et j'essayai de nouveau de penser à une façon satisfaisante de mettre la question sur le tapis. Mais à cet instant quelque chose secoua ma chaise par-derrière, et je m'aperçus que Boris était revenu.

En fait, le garçonnet courait en rond à proximité de notre table, lançant des coups de pied dans un vieil emballage à la façon d'un footballeur. Ayant remarqué que je l'observais, il fit passer le carton d'un pied à l'autre, puis l'envoya sous ma chaise avec une grande énergie.

« Le Numéro Neuf ! cria-t-il en levant les bras au-dessus de sa tête. Un but magnifique réussi par le Numéro Neuf !

– Boris, dis-je, tu ne crois pas que tu devrais mettre ce carton à la poubelle ?

– Quand est-ce qu'on y va ? demanda-t-il en se tournant vers moi. Il va être trop tard. Il fera bientôt noir. »

En regardant la place, je vis que la lumière commençait en effet à baisser et que plusieurs des tables étaient maintenant désertées.

« Excuse-moi, Boris. Qu'est-ce que tu voulais faire, déjà ?

– Dépêche-toi ! » Le petit garçon me tirailla le bras. « Nous n'y arriverons jamais !

– Où est-ce que Boris veut aller ? demandai-je doucement à sa mère.

– Aux balançoires, évidemment. » Sophie soupira et se leva. « Il veut te montrer les progrès qu'il a faits. »

Apparemment, je ne pouvais que me lever, moi aussi, et un instant plus tard nous commencions tous les trois à traverser la place.

« Alors, dis-je à Boris qui alignait son pas sur le mien, tu vas donc me montrer de quoi tu es capable.

– L'autre fois, quand on y est allés, raconta-t-il en me prenant par le bras, il y avait un garçon, il était plus grand que moi, et il ne savait même pas faire une torpille ! Maman a dit qu'il avait au moins deux ans de plus que moi. Je lui ai montré cinq fois comment faire, mais il avait trop peur. À chaque fois, il allait en haut, et puis il n'osait pas !

– Ah oui. Et toi, bien sûr, tu n'as pas peur de faire ça. La torpille.

– Bien sûr que j'ai pas peur ! C'est facile ! C'est super facile !

– Formidable.

– Il avait trop peur ! Qu'est-ce que c'était drôle ! »

Quittant la place, nous nous engageâmes dans les petites rues pavées du quartier. Boris semblait bien connaître le chemin, filant souvent à quelques mètres en avant, dans son impatience. À un moment, il aligna de nouveau son pas sur le mien et demanda :

« Tu connais grand-père ?

– Mais oui, je te l'ai dit. Nous sommes de bons amis.

– Grand-père est très fort. C'est un des hommes les plus forts de la ville.

– C'est vrai ?

– Il se bat bien. Il a été soldat autrefois. Il est vieux, mais il se bat quand même mieux que la plupart des gens. Quelquefois, les voyous ne s'en doutent pas, et puis ils ont une mauvaise surprise. » Boris, tout en marchant, lança un coup de poing devant lui. « Avant qu'ils comprennent ce qui leur arrive, grand-père les envoie par terre.

– C'est vrai ? Eh bien, Boris, voilà qui est intéressant. »

À cet instant précis, alors que nous avancions le long des ruelles pavées, il me revint davantage de souvenirs de ma dispute avec Sophie. Cela s'était passé à peu près une semaine auparavant, et je m'étais alors trouvé dans une chambre d'hôtel, où je l'écoutais hurler au bout du fil :

« Pendant combien de temps s'imaginent-ils que tu vas continuer de cette façon ? Nous ne sommes plus si jeunes, ni l'un ni l'autre ! Tu as fait ta part maintenant ! Que quelqu'un d'autre prenne la relève !

– Écoute, lui avais-je dit d'une voix encore calme, la réalité, c'est que les gens ont besoin de moi. J'arrive quelque part, et le plus souvent je découvre de terribles problèmes. Des problèmes aux racines profondes, apparemment insolubles, et les gens me sont vraiment reconnaissants d'être venu.

– Mais pendant combien de temps pourras-tu continuer de faire tout cela pour les gens ? Et pour nous – je veux dire pour toi, moi et Boris – le temps file à toute allure. Avant que tu aies le temps de t'en apercevoir, Boris sera adulte. Personne ne peut exiger que tu poursuives indéfiniment. Et tous ces gens, pourquoi ne peuvent-ils pas démêler eux-mêmes leurs problèmes ? Cela leur ferait peut-être du bien !

– Tu ne sais pas ce que tu dis ! » Je ne retenais plus ma colère. « Tu n'y connais rien ! Dans certains endroits où je me rends, les gens sont complètement ignorants. Ils ne comprennent rien à la musique moderne et si on les laisse à eux-mêmes, il est évident que leurs ennuis ne pourront que s'aggraver. On a besoin de moi, comment peux-tu ne pas t'en rendre compte ? On a besoin de moi ici ! Tu ne sais pas de quoi tu parles ! » Et c'est à ce moment-là que je lui avais lancé : « Un si petit monde ! Tu vis dans un si petit monde ! »

Nous étions arrivés à une petite aire de jeux entourée d'un grillage. On n'y voyait personne et je trouvai à ce lieu un aspect plutôt mélancolique. Pourtant, Boris nous fit franchir le portillon avec enthousiasme.

« Regardez, c'est facile ! » s'exclama-t-il, en courant vers une de ces structures à escalader conçues pour les enfants.

Pendant un moment, nous restâmes, Sophie et moi, dans la lumière déclinante, à regarder la petite silhouette qui montait de plus en plus haut. Puis elle dit d'une voix tranquille :

« Tu sais, c'est bizarre. Quand j'écoutais ce M. Mayer, quand il décrivait la salle de séjour de la maison, je n'arrêtais pas d'avoir en tête des images de l'appartement que nous habitions quand j'étais petite. Tout le temps qu'il a parlé, ces images me sont revenues. Notre ancien séjour. Et maman et papa, comme ils étaient à l'époque. Sûrement que ça n'a rien à voir, je n'imagine rien de pareil. Je vais y aller demain et m'apercevoir que c'est tout à fait différent. Mais ça m'a remplie d'espoir. Tu sais, comme une espèce de signe. » Elle émit un petit rire, puis me toucha l'épaule. « Tu as vraiment l'air lugubre.

– Ah bon ? Excuse-moi. Avec tous ces voyages, je crois que je dois être un peu fatigué. »

Boris était parvenu au sommet de l'échafaudage, mais la lumière était maintenant si faible que c'était tout juste s'il se détachait devant le ciel. Il nous lança un cri, puis, s'agrippant à l'échelon supérieur, fit une cabriole autour de la barre.

« Il est si fier de réussir ce tour », dit Sophie. Puis elle appela : « Boris, il fait trop noir maintenant. Redescends.

– C'est facile. C'est plus facile dans le noir.

– Allons, descends, maintenant.

– Ce sont tous ces voyages, repris-je. Des chambres

d'hôtel, toujours des chambres d'hôtel. Sans jamais voir personne que l'on connaisse. C'est une grosse fatigue. Et même maintenant, dans cette ville-ci, je suis soumis à d'énormes tensions. Les gens d'ici. Visiblement, ils comptent sur moi. Je veux dire qu'il est évident que...

– Écoute, intervint Sophie doucement, en posant la main sur mon bras. Pourquoi ne pas oublier tout cela pour le moment ? Nous aurons tout le temps d'en parler. Nous sommes tous fatigués. Reviens à l'appartement avec nous. Ce n'est qu'à quelques minutes d'ici à pied, juste après la chapelle médiévale. Je suis sûre qu'un bon dîner et un peu de repos nous feraient du bien à tous. »

Elle avait prononcé ces paroles à voix presque basse, la bouche si près de mon oreille que son souffle m'effleurait. Ma lassitude antérieure m'envahissait de nouveau, et l'idée de me détendre dans la chaleur de son appartement – de paresser avec Boris sur le tapis, par exemple, pendant que Sophie préparerait notre repas – parut soudain extrêmement attirante. Tant et si bien que l'espace d'un instant, peut-être allai-je jusqu'à fermer les yeux, un sourire rêveur aux lèvres. Quoi qu'il en fût, je fus arraché à mes songes par le retour de Boris.

« C'est facile à faire, dans le noir », dit-il.

Je vis alors que Boris avait l'air transi et un peu défait. Toute son énergie semblait s'être évaporée et l'idée me vint que le numéro qu'il venait d'exécuter avait dû exiger de sa part de grandes ressources.

« Nous retournons tous à l'appartement, maintenant, lui dis-je. Là-bas, nous mangerons quelque chose de bon.

– Allons-y, lança Sophie en se mettant en marche. Le temps passe. »

Une petite pluie fine s'était mise à tomber et maintenant que le soleil était couché, l'air était beaucoup plus froid. Boris me prit de nouveau la main et, à la suite de Sophie, nous quittâmes le terrain de jeux pour nous engager dans une rue triste et déserte.

4

De toute évidence, la vieille ville était maintenant derrière nous. Les murs de brique crasseux qui s'élevaient de chaque côté, dépourvus de fenêtres, devaient être l'arrière d'une série d'entrepôts. En longeant cette rue, Sophie marchait d'un pas résolu et j'eus rapidement l'impression que Boris avait du mal à maintenir l'allure. Mais lorsque je lui demandai : « Allons-nous trop vite ? », il me jeta un regard furieux.

« Je peux aller bien plus vite ! » s'exclama-t-il, et il se mit à galoper en tirant sur ma main. Mais presque aussitôt il ralentit de nouveau, une expression douloureuse sur le visage. Au bout d'un moment, alors que je m'efforçais de conserver un rythme raisonnable, j'entendis que sa respiration était difficile. Il se mit alors à murmurer tout seul. Au début, je n'y fis guère attention, supposant qu'il essayait simplement de s'encourager lui-même. Mais ensuite, je l'entendis murmurer :

« Le Numéro Neuf... C'est le Numéro Neuf... »

Je lui jetai un coup d'œil curieux. Il semblait souffrir de l'humidité et du froid, et l'idée me vint qu'il fallait que je maintienne une conversation avec lui.

« Ce numéro neuf, c'est un footballeur ?

– Le plus grand footballeur du monde.

– Le numéro neuf. Oui, bien sûr. »

Loin devant nous, Sophie tourna à un coin de rue, sa silhouette devint invisible, et Boris me serra la main plus fort. Jusqu'alors, je ne m'étais pas rendu compte que nous avions laissé sa mère nous devancer à ce point, et nous eûmes beau forcer le pas, il me sembla que nous mettions un temps considérable pour atteindre le coin en question. Lorsque nous l'eûmes enfin tourné, je m'aperçus avec agacement que Sophie avait pris encore plus d'avance sur nous.

Nous longeâmes d'autres murs de brique sales, dont certains portaient de vastes taches d'humidité. Les pavés étaient raboteux et je voyais devant nous des flaques qui luisaient sous la lumière des réverbères.

« Ne t'inquiète pas, dis-je à Boris. Nous y sommes presque, maintenant. »

Boris continuait à murmurer tout seul, répétant au rythme de son souffle court : « Le Numéro Neuf... Le Numéro Neuf... »

D'emblée, ces mots prononcés par Boris, « le Numéro Neuf », avaient suscité en moi un écho lointain. Maintenant, en l'écoutant murmurer, je me rappelai que « le Numéro Neuf » n'était pas un vrai footballeur, mais l'un des joueurs miniatures du jeu de Boris. Les footballeurs, faits d'albâtre moulé et lestés à leur base, pouvaient, mus par une pichenette, dribbler, faire des passes ou shooter dans un minuscule ballon en plastique. En principe, deux personnes s'affrontaient à ce jeu, chacune tenant une équipe, mais Boris jouait toujours seul. Il passait des heures à plat ventre, à orchestrer des matchs pleins de rebondissements dramatiques et de retours saisissants. Il possédait six équipes complètes, ainsi que des buts miniatures pourvus de véritables filets et un tapis de feutre vert qui se déployait pour constituer le terrain. Boris dédaignait les présupposés du fabricant, qui assurait qu'il aurait plaisir à attribuer à ses équipes des identités « véritables », Ajax d'Amsterdam ou AC Milan : il leur avait donné des noms de son propre cru. En revanche, les joueurs – dont Boris connaissait pourtant à fond les forces et les faiblesses respectives – n'avaient jamais reçu de nom ; il préférait les désigner simplement par le numéro de leur maillot. Soit il ignorait la signification des numéros au football, soit son imagination avait encore une fois pris le dessus et battait la campagne ; toujours est-il que le numéro d'un joueur n'avait aucun rapport avec la position que Boris lui assignait dans la formation. Ainsi, le numéro dix d'une équipe pouvait très bien être un défenseur légendaire, jouant au centre, le numéro deux, pour sa part, étant un jeune ailier prometteur.

Le « Numéro Neuf » appartenait à l'équipe de prédilection de Boris, et c'était de loin le plus doué des joueurs. Cependant, malgré sa remarquable adresse, le Numéro Neuf était un grand capricieux. Sa position dans l'équipe se situait vers le milieu du terrain, mais souvent, pendant toute une partie du match, il partait bouder dans un coin sombre, sans paraître sensible au fait que son équipe se faisait battre à plates coutures. Parfois, le Numéro Neuf conservait ce comportement léthargique pendant plus d'une heure, de sorte que son équipe lâchait prise, l'écart allant jusqu'à cinq ou six buts, tandis que le commentateur – il y avait en effet un commentateur – disait d'une voix perplexe : « Jusqu'à présent, le Numéro Neuf n'a pas retrouvé sa forme. Je ne sais pas trop ce qui ne va pas. » Puis, à vingt minutes de la fin du match, par exemple, le Numéro Neuf donnait enfin un aperçu de ses véritables capacités, marquant un but grâce à quelque coup d'éclat. « Voilà qui est mieux ! s'exclamait le commentateur. Le Numéro Neuf nous montre maintenant de quoi il est capable ! » Dès lors, la forme du Numéro Neuf se montrait de plus en plus éblouissante, et il finissait par marquer but sur but ; alors, l'équipe adverse cherchait uniquement à empêcher à n'importe quel prix le Numéro Neuf de toucher le ballon. Mais, à un moment ou à un autre, il y parvenait ; dès lors, quel que soit le nombre de défenseurs qui s'interposaient entre lui et la cage, il se débrouillait pour forcer la voie et marquer. Bientôt, l'issue paraissait inévitable dès qu'il avait la balle au pied, si bien que le commentateur déclarait : « C'est un but » sur un ton d'admiration résignée, non pas à l'instant où le ballon pénétrait dans les filets, mais lorsque le Numéro Neuf en prenait possession – même s'il était alors bien à l'intérieur de ses lignes. Les spectateurs, eux aussi – car il y avait des spectateurs –, lançaient leurs ovations dès qu'ils voyaient le Numéro Neuf s'emparer du ballon, et la rumeur triomphale se poursuivait avec une égale intensité tandis que le joueur se frayait un chemin avec grâce au milieu de ses adversaires, envoyait la balle au-delà du gardien, et se retournait pour recevoir les cris d'adulation de ses coéquipiers reconnaissants.

Tandis que je me remémorais tout cela, il me revint un vague souvenir d'un problème survenu récemment, qui concernait le Numéro Neuf. J'interrompis le chuchotis de Boris en lui demandant :

« Comment va le Numéro Neuf ces jours-ci ? En pleine forme ? »

Boris fit quelques pas en silence, puis il dit : « Nous avons laissé la boîte.

– La boîte ?

– Le Numéro Neuf s'était détaché de sa base. Ça leur arrive assez souvent, ça se répare facilement. J'ai mis le Numéro Neuf dans une boîte spéciale et je voulais le réparer dès que maman aurait trouvé la bonne colle. Je l'ai mis dans la boîte, une boîte spéciale, pour ne pas oublier où il était. Mais nous l'avons laissée en partant.

– Je comprends. Vous l'avez laissée à l'endroit où vous habitiez avant.

– Maman a oublié de le déménager. Mais elle a dit qu'on pourrait y retourner bientôt. À l'ancien appartement, où on le retrouverait. Je peux le réparer, on a la colle qu'il faut maintenant. J'en ai gardé un peu.

– Je comprends.

– Maman dit que tout se passera bien, elle va s'occuper de tout. Vérifier que les gens ne le jettent pas par erreur. Elle a dit qu'on y retournerait bientôt. »

J'eus la nette impression que les paroles de Boris cachaient un sous-entendu, et lorsqu'il se tut de nouveau, je lui dis :

« Boris, si tu veux, je pourrais t'emmener. Oui, nous pourrions y retourner ensemble, tous les deux. Retourner à l'ancien appartement chercher le Numéro Neuf. Nous pourrions y aller bientôt. Demain, peut-être, si je trouve un moment de liberté. Et puis, comme tu dis, tu as la colle. Il aura retrouvé tous ses moyens dans peu de temps. Ne t'inquiète pas. Nous allons faire ça bientôt. »

Encore une fois, la silhouette de Sophie s'éclipsa, si brusquement que je crus qu'elle avait pénétré dans un immeuble. Boris me tirailla la main et nous nous hâtâmes de conserve vers l'endroit où elle avait disparu.

Nous constatâmes bientôt que Sophie s'était en fait engagée dans une ruelle, dont l'entrée n'était guère qu'une fente entre deux murs. Elle descendait en pente raide et semblait si étroite qu'on avait l'impression de ne pas pouvoir la suivre sans se racler le coude sur l'un ou l'autre des murs rugueux qui la bordaient. L'obscurité n'était percée que par la lumière de deux réverbères dont l'un se trouvait à mi-chemin et l'autre à l'extrémité de la ruelle.

Boris se cramponna à ma main quand nous entreprîmes la descente du raidillon, et peu après il se remit à haleter. Au bout d'un moment, je vis que Sophie était déjà arrivée en bas, mais apparemment elle s'était enfin rendu compte de nos difficultés ; debout sous le réverbère, elle nous regardait arriver d'un air légèrement soucieux. Lorsque nous la rejoignîmes enfin, je lui lançai avec colère :

« Tu n'as pas remarqué que nous avions du mal à maintenir l'allure que tu nous imposais ? La journée a été fatigante, aussi bien pour moi que pour Boris. »

Sophie eut un sourire rêveur. Puis, passant le bras autour de l'épaule de Boris, elle l'attira à elle. « Ne t'en fais pas, lui dit-elle doucement. Je sais que cet endroit n'est pas très agréable, et qu'il fait froid, et qu'il pleut. Mais ne t'inquiète pas, nous serons très bientôt à l'appartement. Il fera très chaud, nous y veillerons. Si chaud que nous pourrons tous nous promener en tee-shirts si nous voulons. Et il y a les grands fauteuils tout neufs où tu pourras te blottir. Un petit garçon comme toi pourrait se perdre dans des fauteuils pareils. Et tu pourras regarder tes livres, ou une cassette vidéo. Ou, si tu préfères, nous pouvons sortir de l'armoire quelques jeux de société. Je pourrais les sortir tous pour toi, et vous jouerez à celui que vous voulez, M. Ryder et toi. Vous mettrez les gros coussins rouges sur le tapis, et vous étalerez le jeu par terre, si vous voulez. Et pendant ce temps, je préparerai le dîner et je mettrai la table dans un coin. D'ailleurs, au lieu de faire un seul grand plat, je pourrais peut-être cuisiner un choix de petites gourmandises. Des boulettes de viande, des quiches miniatures, quelques petits gâteaux. Ne t'inquiète pas, je me rappellerai tout ce que tu préfères et je disposerai tout ça sur la table. Et puis nous mangerons, et ensuite nous pourrions continuer tous les trois à jouer. Bien sûr, si tu en as assez, on n'est pas forcé de continuer. Peut-être que tu auras envie de parler de football avec M. Ryder. Et quand tu seras vraiment fatigué, pas avant, tu iras te coucher. Je sais que ta nouvelle chambre est toute petite, mais elle est très confortable, tu me l'as dit toi-même. Je suis sûre que tu dormiras bien ce soir. À ce moment-là, tu auras complètement oublié cette marche désagréable dans le froid. En fait, tu l'auras oubliée à l'instant même où tu passeras la porte et où tu sentiras la bonne chaleur. Ne te décourage pas. On n'est plus très loin. »

Elle avait tenu Boris serré contre elle pendant qu'elle parlait, mais elle le lâcha subitement, se tourna et se remit à marcher. La brusquerie de ses mouvements me stupéfia – moi-même, je m'étais laissé bercer par ses paroles, et j'avais, l'espace d'un instant, fermé les yeux. Boris eut l'air tout aussi éberlué ; le temps que je lui reprenne la main, sa mère avait déjà filé en avant.

Je faisais attention à ne pas la laisser gagner trop de terrain, mais à cet instant je perçus un bruit de pas derrière nous et ne pus m'empêcher de perdre une seconde en tournant la tête pour observer la ruelle. La personne en question arrivait justement dans le rond de lumière projeté par le réverbère, et je vis qu'il s'agissait de quelqu'un que je connaissais. Il s'appelait Geoffrey Saunders et il avait été dans ma classe en Angleterre. Je ne l'avais pas vu depuis l'école, et je fus évidemment étonné de voir à quel point il avait vieilli. Même en tenant compte des effets peu flatteurs de l'éclairage et de la bruine, il paraissait terriblement miteux. Il portait un imperméable qui semblait avoir perdu toute aptitude à fermer, et qu'il agrippait devant lui tout en marchant. Je n'étais pas du tout sûr de vouloir lui montrer que je l'avais vu, mais, tandis que Boris et moi reprenions notre route, Geoffrey Saunders nous rejoignit.

« Salut, mon vieux, dit-il. Il me semblait bien que c'était toi. Quel temps pourri il s'est mis à faire ce soir !

– Oui, un sale temps, répondis-je. Et dire qu'il faisait si beau dans l'après-midi. »

Nous avions débouché sur une route sombre et déserte. Le vent soufflait, et la ville semblait lointaine.

« C'est ton gamin ? » demanda Geoffrey Saunders en indiquant Boris d'un coup de menton. Puis, avant que j'eusse le temps de répondre : « Beau garçon. Bravo. Il a l'air futé. Moi, je me suis jamais marié. J'y ai toujours pensé, mais le temps a filé à toute allure, et maintenant, j'imagine que c'est fichu. À vrai dire, je pense que le problème est plus compliqué que ça. Mais je ne vais pas t'embêter en te racontant toutes mes années de déveine.

Bon, il m'est aussi arrivé des trucs bien. Quand même. Bravo. Beau garçon. »

Geoffrey Saunders s'inclina légèrement et salua Boris. L'enfant, trop ému ou trop préoccupé, ne réagit pas.

La route descendait maintenant. Tandis que nous marchions dans l'obscurité, je me rappelais le temps de nos études : Geoffrey Saunders était toujours le chouchou de la classe, remportant d'excellents résultats aussi bien scolaires que sportifs. Son exemple était sans cesse mis en avant pour nous reprocher l'insuffisance de nos efforts, et tous supposaient qu'en dernière année il serait désigné comme élève chargé de la discipline. Mais ce ne fut jamais le cas – cela me revint – en raison d'un événement qui le contraignit à quitter l'établissement subitement au cours de notre cinquième année d'études.

« J'ai lu dans le journal que tu venais, me disait-il. Je m'attendais à avoir de tes nouvelles. À ce que tu me préviennes du jour de ton passage. Je suis allé acheter des gâteaux pour avoir de quoi accompagner la tasse de thé que je t'offrirais. Après tout, ma piaule est peut-être un peu triste, bon, je suis célibataire, et ainsi de suite, mais je compte quand même sur les gens pour venir me voir de temps en temps, et je me sens tout à fait capable de les accueillir correctement. Donc, quand j'ai appris que tu venais, j'ai fait un saut à la boulangerie pour acheter un assortiment de gâteaux. C'était avant-hier. Hier, ils me paraissaient encore présentables, bien que le glaçage se soit légèrement durci. Mais aujourd'hui, comme tu n'étais toujours pas venu, je les ai jetés. Un geste d'orgueil, je suppose. Bon, avec la réussite que tu as connue, toi, je n'ai pas envie que tu repartes en te disant que je mène une existence misérable dans un galetas et que je n'ai que des gâteaux rassis à offrir à mes visiteurs. Alors je suis allé à la boulangerie chercher de nouveaux gâteaux. Et j'ai mis un peu d'ordre dans ma chambre. Mais tu n'es pas venu. Je peux pas vraiment t'en vouloir, j'imagine. Dis donc... » Il se pencha de nouveau et observa Boris. « ... ça va, pour toi ? T'as l'air complètement essoufflé ».

Boris, qui peinait en effet de nouveau, ne sembla pas l'entendre.

« Mieux vaut ralentir pour le petit lambin, reprit Geoffrey Saunders. Le problème, c'est qu'à un moment, je n'ai pas eu beaucoup de chance en amour. Des tas de gens, dans cette ville, sont convaincus que je suis homosexuel. Parce que je vis seul dans une chambre louée, tout simplement. Au début, ça me chiffonnait, mais c'est terminé. D'accord, ils me prennent pour un homosexuel. Et alors ? Il se trouve que mes besoins sont satisfaits par des femmes. Tu sais, celles qu'on paie. Ça me convient parfaitement, et à mon avis il y en a qui sont des personnes très bien. Tout de même, au bout d'un moment, on se met à les mépriser, et elles se mettent à vous mépriser. Rien à faire. Je connais la plupart des putains de la ville. Je veux pas dire que j'ai couché avec toutes. Loin de là ! Mais elles me connaissent, et je les connais. Il y en a beaucoup à qui je fais un petit bonjour. Tu te dis sûrement que je mène une existence lamentable. Mais non. Tout dépend de la façon dont on voit les choses. De temps à autre, des amis me rendent visite. Je suis parfaitement capable de les recevoir, de leur servir une tasse de thé. Je fais ça très bien, et ensuite, il leur arrive souvent de parler du plaisir qu'ils ont trouvé à faire un saut chez moi. »

La route descendait en pente raide depuis un moment, mais elle s'aplanit enfin, et nous nous trouvâmes dans un lieu qui ressemblait à une cour de ferme désaffectée. Autour de nous, éclairées par la lune, se dressaient des formes sombres, granges et dépendances diverses. Sophie marchait toujours en tête, mais elle était maintenant à une certaine distance, et il m'arrivait de n'apercevoir sa silhouette qu'au moment où elle disparaissait au coin d'un bâtiment délabré.

Heureusement, Geoffrey Saunders semblait bien connaître le chemin, suivant dans le noir un trajet irrégulier sans presque avoir l'air d'y penser. Tandis que je lui emboîtais le pas, il me revint un souvenir de notre enfance, d'un froid matin d'hiver anglais, ciel plombé et sol givré. J'avais alors quatorze ou quinze ans et stationnais devant un pub en compagnie de Geoffrey Saunders, au fin fond de la campagne du Worcestershire. On nous avait chargés tous les deux d'orienter un cross, notre tâche consistant simplement à indiquer aux coureurs, au moment où ils émergeaient de la brume, la direction adéquate pour traverser un champ voisin. Je m'étais senti étrangement désemparé ce matin-là, et après être resté un quart d'heure avec mon compagnon à scruter le brouillard en silence, malgré tous mes efforts, j'avais éclaté en sanglots. À cette époque, je ne connaissais pas bien Geoffrey Saunders, même si j'avais toujours cherché, comme tous les autres, à lui faire bonne impression. Je fus donc fortement mortifié ; lorsque je fus enfin parvenu à me ressaisir, j'eus initialement le sentiment qu'il n'éprouvait à mon égard que dédain et indifférence. Mais Geoffrey Saunders s'était alors mis à parler, au début sans regarder dans ma direction, puis enfin en se tournant vers moi. Je ne pouvais plus me remémorer précisément ce qu'il avait dit en ce matin brumeux, mais je me rappelais assez bien l'effet produit sur moi par ses paroles. D'abord, même dans l'état d'apitoiement sur moi-même où j'étais plongé, j'avais pu me rendre compte de la générosité remarquable dont il témoignait, et j'en avais éprouvé une profonde gratitude. Ce fut aussi à cet instant que je compris, non sans frémir, que la personnalité de mon camarade ne se limitait pas à l'aspect « chouchou de l'école » – en lui, une dimension d'intense vulnérabilité le vouait à ne jamais être, dans l'avenir, à la hauteur des attentes qu'il suscitait maintenant. Tandis que nous cheminions ensemble dans l'obscurité, j'essayai une fois de plus de me rappeler exactement ce qu'il avait dit ce matin-là, mais en vain.

Maintenant que le terrain était plat, Boris semblait respirer plus aisément ; il s'était remis à chuchoter. Encouragé sans doute par le sentiment que nous allions bientôt atteindre notre destination, il trouva l'énergie de donner un coup de pied dans un caillou, en criant tout fort : « Numéro Neuf ! » La pierre roula sur le sol inégal et alla tomber dans l'eau, quelque part dans le noir.

« On dirait que ça va mieux, dit Geoffrey Saunders à Boris. C'est ta position, ça ? Numéro neuf ? »

Comme Boris ne répondait pas, j'intervins vivement : « Mais non, c'est son joueur préféré.

– Ah bon ? Je regarde souvent les matchs. À la télévision, je veux dire. » Il se pencha de nouveau vers Boris. « De quel numéro neuf s'agit-il ? »

J'intervins de nouveau : « C'est simplement son footballeur préféré.

– Pour ce qui est des avants-centres, poursuivit Geoffrey Saunders, j'ai un faible pour ce Hollandais, celui qui joue à Milan. Il se débrouille bien. »

J'étais sur le point de reprendre mes explications sur le Numéro Neuf, mais, à ce moment précis, nous nous arrêtâmes. Je m'aperçus que nous étions à la lisière d'un vaste pré. Je n'arrivais pas à évaluer avec précision ses dimensions, mais j'estimai qu'il s'étendait bien au-delà de la partie éclairée par la lune. Tandis que nous nous tenions à sa limite, une bourrasque mordante balaya l'herbage, soufflant dans les ténèbres.

« On dirait que nous sommes perdus, dis-je à Geoffrey Saunders. Tu connais les environs ?

– Très bien, j'habite à proximité. Malheureusement, je ne peux pas vous proposer de venir chez moi, parce que je suis très fatigué ; il faut que je me couche. Mais je serai disponible pour te recevoir demain. Disons, à partir de neuf heures. »

Mon regard se perdit dans l'obscurité, au-dessus du pré.

« Pour tout te dire, nous avons un petit problème. Tu comprends, nous nous dirigions vers l'appartement de cette femme, celle que nous suivions tout à l'heure. Et maintenant, nous sommes un peu perdus, et je n'ai pas la moindre idée de son adresse. Elle a fait allusion à une chapelle médiévale, qui serait proche de chez elle.

– La chapelle médiévale ? C'est dans le centre-ville.

– Ah ? Est-ce que nous y parviendrons en passant par là ? » J'indiquai le pré.

« Non, non, il n'y a rien par là. Rien que du vide. La seule personne qui vit dans cette direction, c'est ce type, Brodsky.

– Brodsky, dis-je. Hum. Je l'ai entendu répéter à l'hôtel, aujourd'hui. Vous avez tous l'air de connaître ce Brodsky, ici, dans cette ville. »

Geoffrey Saunders me jeta un regard qui me donna le sentiment que j'avais dit une bêtise.

« Ma foi, ça fait des années qu'il vit ici. Pourquoi est-ce qu'on ne le connaîtrait pas ?

– En effet ; naturellement.

– Difficile de croire que ce vieux cinglé ait la capacité de diriger un orchestre. Mais je suis prêt à lui laisser le bénéfice du doute. Les choses ne peuvent guère empirer. Et si, toi, tu commences à dire que Brodsky fait l'affaire, je suis mal placé pour m'inscrire en faux. »

Je ne voyais pas bien ce que j'aurais pu répondre. Quoi qu'il en fût, Geoffrey Saunders tourna brusquement le dos au pré et reprit :

« Non, non, la ville, c'est par là. Je peux te montrer le chemin, si tu veux.

– Nous t'en serions très reconnaissants », dis-je. Une rafale glaciale nous gifla le visage.

« Voyons voir. » Geoffrey Saunders parut s'absorber dans ses pensées. Puis il reprit : « À dire vrai, vous feriez mieux de prendre un bus. Si vous y allez à pied, vous en avez pour une bonne demi-heure. La femme t'a sans doute persuadé que son appartement était tout proche. Elles font toujours ça. C'est un de leurs trucs. Il ne faut jamais les croire. Mais ce n'est pas un problème si vous prenez l'autobus. Je vais te montrer où tu pourras en trouver.

– Nous t'en serions très reconnaissants, répétai-je. Boris commence à avoir froid. J'espère que l'arrêt des bus n'est pas trop éloigné.

– Non, c'est tout près. Suis-moi, mon vieux. »

Geoffrey Saunders fit demi-tour et nous conduisit à nouveau vers la cour de ferme abandonnée. Il me semblait pourtant que nous ne revenions pas sur nos pas ; en effet, au bout de peu de temps, nous nous retrouvâmes dans une rue étroite, qui traversait apparemment un faubourg peu fortuné. Des maisonnettes uniformes s'alignaient des deux côtés de la rue. Çà et là, j'apercevais des lumières aux fenêtres, mais la majorité des habitants semblaient être allés se coucher.

« Tout va bien, dis-je doucement à Boris, que l'épuisement guettait, je m'en rendis compte. Nous serons bientôt à l'appartement. Ta maman aura tout préparé pour nous quand nous y arriverons. »

Nous longions toujours des rangées de maisons. Boris se remit à marmonner :

« Le Numéro Neuf... C'est le Numéro Neuf...

– Enfin, de quel numéro neuf s'agit-il ? dit Geoffrey Saunders en se tournant vers lui. Tu parles de ce Hollandais, c'est bien ça ?

– Le Numéro Neuf, c'est le meilleur joueur qu'on ait jamais connu, affirma Boris.

– Oui, mais de quel numéro neuf parles-tu ? » La voix de Geoffrey Saunders se teintait d'impatience. « Comment s'appelle-t-il ? Quelle est son équipe ?

– Boris prend plaisir à l'appeler...

– Un jour, il a marqué dix-sept buts dans les dix dernières minutes ! lança Boris.

– C'est absurde. » Geoffrey Saunders semblait réellement agacé. « Je te croyais sérieux. Tu dis des bêtises.

– Il l'a fait ! cria Boris. C'est un record du monde !

– Parfaitement ! renchéris-je. Un record du monde ! » Puis, reprenant quelque peu mon calme, j'eus un petit rire. « Il ne peut guère en être autrement, pas vrai ? » J'adressai à Geoffrey Saunders un sourire implorant, mais il ne m'accorda pas la moindre attention.

« Enfin, de qui parles-tu ? C'est ce Hollandais ? En tout cas, mon garçon, il faut que tu le comprennes, marquer des buts, il n'y a pas que ça. Les défenseurs sont également importants. Les très grands joueurs sont souvent des défenseurs.

– Le Numéro Neuf est le meilleur joueur qu'on ait jamais connu ! s'exclama de nouveau Boris. Quand il est en forme, aucune défense ne peut l'arrêter !

– C'est exact, intervins-je. Le Numéro Neuf est incontestablement le plus grand du monde. Milieu de terrain, avant, et tout. Il sait tout faire. Sérieusement.

– Tu dis des bêtises, mon vieux. Vous ne savez pas ce que vous dites, ni l'un ni l'autre.

– Nous le savons parfaitement. » Je commençais à être vraiment en colère contre Geoffrey Saunders. « En fait, ce que nous disons est universellement reconnu. Quand le Numéro Neuf est en forme, vraiment en forme, le commentateur crie " but " dès qu'il obtient le ballon, quel que soit l'endroit du terrain...

– Bonté divine. » Geoffrey Saunders s'écarta, écœuré.

« Si c'est le genre d'âneries que tu fourres dans la tête de ton petit garçon, Dieu lui vienne en aide.

– Écoute un peu... » Je collai ma figure contre son oreille et murmurai d'un ton furieux. « Écoute un peu, es-tu incapable de comprendre...

– Foutaises, mon vieux. Tu fourres des âneries dans la tête de ce garçon.

– Mais il est jeune, c'est un petit garçon. Ne peux-tu pas comprendre...

– Ce n'est pas une raison pour lui mettre des âneries dans la tête. En plus, il n'a pas l'air si jeune que ça. À mon avis, un garçon de cet âge-là, il devrait contribuer de façon utile à la société, dès maintenant. Commencer à prendre des responsabilités. Apprendre, par exemple, à poser des papiers peints, ou du carrelage. Pas toutes ces fadaises sur des footballeurs imaginaires...

– Écoute, espèce d'idiot, tais-toi ! Tais-toi !

– Un garçon de cet âge-là, il est grand temps qu'il prenne ses responsabilités...

– C'est mon garçon, c'est moi qui déciderai quand il sera temps de...

– Du papier peint, du carrelage, ce genre de choses. À mon idée, voilà ce qu'il devrait...

– Enfin, qu'est-ce que tu en sais ? Qu'est-ce que tu sais, toi, malheureux célibataire solitaire ? Hein, qu'est-ce que tu en sais ? »

Je lui flanquai une bourrade dans l'épaule. Geoffrey Saunders sombra dans un abattement soudain. Il prit un peu d'avance sur nous en traînant les pieds, et continua à marcher, la tête un peu courbée, serrant toujours contre lui les pans de son imperméable.

« Tout va bien, dis-je doucement à Boris. Nous y serons bientôt. »

Boris ne réagit pas, et je vis qu'il regardait fixement la silhouette titubante de Geoffrey Saunders, à quelques pas de nous.

Tandis que nous marchions, ma colère contre mon vieux camarade s'apaisa. De plus, je n'avais pas oublié que nous dépendions entièrement de lui, puisqu'il devait nous indiquer l'arrêt du bus. Au bout de quelques instants, je me rapprochai de lui, me demandant si nous étions encore en assez bons termes pour nous adresser la parole. À ma vive surprise, j'entendis Geoffrey Saunders marmonner doucement :

« Oui, oui, nous parlerons de tout cela quand tu viendras prendre ton thé. Nous reparlerons de tout, passerons une heure ou deux de nostalgie à évoquer nos années d'école et nos anciens amis. J'aurai rangé ma chambre, et nous nous installerons dans les fauteuils, de chaque côté de la cheminée. Oui, en effet, on dirait à peu près le genre de chambre qu'on pourrait louer en Angleterre. Qu'on aurait pu louer il y a quelques années, du moins. C'est pour ça que je l'ai choisie. Ca me rappelait le pays. En tout cas, nous pourrions nous asseoir de chaque côté de la cheminée et parler de tout ça. Les profs, les copains, échanger les nouvelles des amis communs avec qui nous sommes encore en contact. Ah, nous y voilà. »

Nous venions de déboucher sur une petite place qui aurait pu être celle d'un village. Quelques magasins – où, sans doute, les habitants de ce quartier venaient acheter leurs provisions – étaient tous fermés et protégés pour la nuit par des rideaux de fer. Au milieu de la place s'étendait un petit bout de pelouse, à peine plus grand qu'un refuge pour piétons. Geoffrey Saunders m'indiqua un réverbère unique, situé devant les magasins.

« Ton garçon et toi, c'est là que vous devez attendre. Je sais, il n'y a pas de panneau, mais ne t'en fais pas, c'est un arrêt de bus officiel. Et maintenant, désolé, mais il va falloir que j'y aille. »

Nous regardâmes avec perplexité, Boris et moi, l'endroit qu'il nous désignait. La pluie ne tombait plus, mais des lambeaux de brume flottaient autour du pied du réverbère. Rien ne bougeait autour de nous.

« Tu es sûr qu'un bus va venir ? demandai-je.

– Absolument. Évidemment, à cette heure-là ça risque de prendre un petit moment. Mais je t'assure qu'il finira par venir. Il faudra être patient, c'est tout. Bien sûr, vous aurez peut-être un peu froid en attendant ici, mais croyez-moi, l'autobus en vaut la peine. Il va sortir de la nuit, brillamment illuminé. Et une fois que vous serez à bord, vous vous apercevrez qu'il est bien chauffé et confortable. Et on y trouve toujours une bande de passagers des plus joviaux. Ils rient, ils plaisantent, ils distribuent des boissons chaudes et des casse-croûte. Toi et ton garçon, ils vous feront bon accueil. Demande au chauffeur de te déposer à la chapelle médiévale. En bus, c'est un trajet très court. »

Geoffrey Saunders nous souhaita une bonne nuit, puis il se tourna et partit. Boris et moi, nous le regardâmes disparaître dans une ruelle entre deux maisons, puis nous nous dirigeâmes vers l'arrêt du bus.

5

Durant plusieurs minutes, nous restâmes debout sous le réverbère, dans le silence. Je finis par entourer Boris de mon bras en lui disant : « Tu dois avoir froid. »

Il se serra contre moi, mais resta muet, et quand je baissai les yeux vers lui je vis que son regard pensif s'enfonçait dans la rue obscure. Quelque part dans le lointain, un chien se mit à aboyer, puis se tut. Nous passâmes encore un moment dans cette position, puis je dis : « Boris, je suis désolé. J'aurais dû mieux organiser les choses. Je suis désolé. »

Le petit garçon garda le silence un instant. Il répondit enfin : « Ne t'inquiète pas. L'autobus va arriver. »

De l'autre côté de la petite place, je voyais des volutes de brume devant la courte rangée de magasins.

« Je ne suis pas sûr qu'un bus va arriver, Boris, finis-je par dire.

– Tout va bien. Il faut être patient. »

Nous continuâmes à attendre pendant un long moment. Puis je répétai : « Boris, je ne suis pas du tout sûr qu'un bus va venir. »

Le petit garçon se tourna vers moi et poussa un soupir de lassitude.

« Cesse donc de t'inquiéter. Tu n'as pas entendu ce qu'a dit le monsieur ? Il faut que nous attendions.

– Boris. Quelquefois, les choses ne se déroulent pas comme on s'y attend. Même quand quelqu'un te dit qu'elles vont se passer comme ça. »

Boris soupira de nouveau.

« Écoute, il l'a dit, le monsieur, non ? Et de toute façon, maman nous attend. »

J'essayais de trouver quelque chose à dire lorsqu'un bruit de toux nous fit sursauter tous les deux. Je me tournai et vis, juste au-delà de la nappe lumineuse répandue par le réverbère, quelqu'un qui se penchait par la portière d'une voiture arrêtée.

« Bonsoir, monsieur Ryder. Excusez-moi, mais je passais par là et je vous ai aperçu. Est-ce que tout va bien ? »

Je fis quelques pas en direction de la voiture et reconnus Stephan, le fils du directeur de l'hôtel.

« Mais oui, dis-je. Tout va bien, je vous remercie. Nous... c'est-à-dire, nous attendions l'autobus.

– Je pourrais peut-être vous emmener. Pour ma part, je me rendais quelque part... une mission plutôt délicate que mon père m'a confiée. Dites donc, il fait plutôt froid dehors. Et si vous montiez ? »

Le jeune homme descendit et ouvrit les portières côté passagers, à l'avant et à l'arrière. Tout en le remerciant, j'aidai Boris à s'installer à l'arrière et montai à l'avant. Un instant plus tard, la voiture s'était mise en mouvement.

« Voici donc votre petit garçon, dit Stephan tandis que nous filions le long de rues désertes. Quel plaisir de le rencontrer ! mais pour l'instant, il a l'air plutôt épuisé. Bon, laissons-le se reposer. Je lui serrerai la main un autre jour. »

En regardant derrière moi, je vis que Boris était en train de s'endormir, la tête posée sur l'accoudoir rembourré.

« Dites-moi, monsieur Ryder, reprit Stephan, je suppose que vous souhaitez retourner à l'hôtel ?

– En fait, nous nous rendions chez quelqu'un, Boris et moi. Un appartement situé dans le centre, près de la chapelle médiévale.

– La chapelle médiévale ? Euh...

– Est-ce que cela pose un problème ?

– Oh, non, pas vraiment. Aucune espèce de problème. »

Stephan négocia un virage serré et s'enfonça dans une autre

rue sombre et étroite. « Simplement, comme je le disais, je me dirigeais pour ma part vers une autre destination. Un rendez-vous. Alors, voyons...

– Votre rendez-vous a un caractère d'urgence ?

– En réalité, monsieur Ryder, le fait est qu'il est plutôt urgent. Il s'agit de M. Brodsky, comprenez-vous ? À vrai dire, l'affaire est assez essentielle. Euh... Je me demande si vous auriez la générosité, Boris et vous, de m'attendre quelques minutes pendant que je règle cette question. Je pourrai ensuite vous conduire où vous voudrez.

– Bien entendu, vous devez d'abord vous occuper de votre affaire. Mais je vous serais reconnaissant si le délai d'attente n'était pas trop long. Vous comprenez, Boris n'a pas encore dîné.

– Je serai aussi rapide que possible, monsieur Ryder. Je voudrais bien pouvoir vous emmener tout de suite, mais comprenez-moi, je n'ose pas être en retard. Comme je le disais, c'est une mission un peu délicate...

– Naturellement, occupez-vous de cela en priorité. Nous vous attendrons bien volontiers.

– J'essaierai de faire en sorte que cela aille vite. Mais pour être honnête, je ne suis pas certain de pouvoir écourter. En fait, c'est le genre de choses dont papa se chargerait, à l'ordinaire, ou bien un de ces messieurs, mais... il se trouve que Mlle Collins a toujours eu un faible pour moi. » Le jeune homme s'interrompit, saisi par l'embarras. Puis il reprit : « J'essaierai de ne pas être long. »

Nous traversions maintenant une zone plus salubre – plus proche, supposai-je, du centre de la ville. Les rues étaient beaucoup mieux éclairées et je vis que nous longions une ligne de tramway. On apercevait parfois un café ou un restaurant fermé la nuit, mais, pour l'essentiel, le quartier se composait d'élégants immeubles résidentiels. Toutes les fenêtres étaient sombres, et notre véhicule semblait, à des kilomètres à la ronde, être le seul élément qui vînt rompre le silence. Stephan Hoffman conduisit sans rien dire pendant quelques minutes. Puis il reprit brusquement la parole, comme s'il avait mis un moment à s'y préparer :

« Écoutez, je sais que c'est d'une impertinence terrible. Mais vous êtes vraiment sûr que vous ne voulez pas rentrer à l'hôtel ? C'est que, vous comprenez, il y a tous ces journalistes qui vous attendent là-bas, et tout ça...

– Des journalistes ? » Mon regard plongea dans la nuit. « Ah oui. Les journalistes.

– Mince, j'espère que vous ne me trouvez pas trop insolent. Simplement, je les ai vus par hasard, au moment où je partais. Assis dans le hall, avec leurs dossiers et leurs porte-documents sur les genoux, l'air très remontés à l'idée de vous rencontrer. Comme je le disais, ça ne me regarde pas, et, bien entendu, vous avez parfaitement réglé la question, j'en suis certain.

– Absolument, absolument », dis-je à mi-voix, sans cesser de regarder par la fenêtre.

Stephan s'enfonça dans le silence, estimant certainement qu'il ne convenait pas d'insister davantage. Mais je me mis, pour ma part, à penser aux journalistes, et au bout d'un moment il me sembla que, en effet, le souvenir d'un rendez-vous de cet ordre me revenait peut-être. Assurément, l'image évoquée par le jeune homme – tous ces gens assis avec leurs dossiers et leurs porte-documents – avait quelque chose de familier. Pour finir, cependant, il me fut impossible de me rappeler de façon précise la présence d'une obligation de cet ordre sur mon emploi du temps, et je décidai d'oublier toute la question.

« Ah, nous y voici, dit Stephan à mes côtés. Si vous voulez bien maintenant m'excuser un moment. Mettez-vous à l'aise autant que vous le pourrez. Je reviendrai le plus vite possible. »

Nous nous étions arrêtés devant un vaste immeuble blanc. Les balcons en fer forgé de couleur sombre qui l'ornaient à chacun de ses nombreux étages lui donnaient un caractère espagnol.

Stephan sortit de la voiture et je le regardai gagner la porte d'entrée. Il se pencha vers le tableau des boutons correspondant aux différents appartements, en pressa un, puis attendit, dans une posture qui trahissait sa nervosité. Un instant après, une lampe s'alluma dans le vestibule.

La porte fut ouverte par une femme âgée aux cheveux d'argent. Elle semblait svelte et fragile, mais une certaine grâce imprégnait ses gestes lorsque, le sourire aux lèvres, elle fit entrer Stephan. La porte se referma derrière lui, mais je m'aperçus qu'en m'enfonçant complètement dans mon siège je parvenais à les voir encore tous les deux, nettement éclairés, par la vitre étroite située sur le côté de la porte. Stephan s'essuyait les pieds sur le paillasson en disant :

« Excusez-moi de vous avoir avertie si tardivement de ma venue.

– Je vous ai dit bien souvent, Stephan, répondit la femme âgée, que je serais là toutes les fois que vous auriez besoin de discuter.

– C'est-à-dire qu'en fait, mademoiselle Collins, ce n'était pas... À la vérité, il ne s'agit pas des affaires habituelles. Je souhaitais vous parler d'un autre sujet, une question très importante. Papa serait volontiers venu lui-même, mais, enfin, il était si occupé...

– Ah ! interrompit la femme en souriant, encore une fois, ton père t'a chargé d'une corvée. Il continue à te laisser les tâches les plus pénibles. »

Une note amusée résonnait dans sa voix, mais Stephan ne sembla pas la relever.

« Pas du tout, rétorqua-t-il d'un ton grave. Au contraire, c'est une mission d'une nature particulièrement délicate et difficile. Papa me l'a confiée, et j'ai été très heureux d'accepter...

– Me voici donc promue au rang de mission ! Et, qui plus est, d'une nature délicate et difficile !

– Non, pas du tout. C'est-à-dire... » Stephan se tut, confus.

La femme âgée sembla estimer qu'elle s'était suffisamment moquée de Stephan. « Très bien, reprit-elle. Rentrons donc et discutons de cette affaire comme il convient, en buvant du xérès.

– Comme vous êtes gentille, mademoiselle Collins ! Mais en fait, je ne dois pas rester trop longtemps, il y a des gens qui m'attendent dans la voiture. » Il fit un signe dans notre direction, mais la femme âgée ouvrait déjà la porte qui menait à son appartement.

Je la regardai traverser, avec Stephan à sa suite, une petite entrée bien rangée, franchir une deuxième porte, suivre un couloir peu éclairé qu'ornaient sur chaque paroi des aquarelles encadrées. Le couloir donnait sur le salon de Mlle Collins, vaste pièce en forme de L située à l'arrière du bâtiment. Là, l'éclairage était tamisé et intime ; au premier coup d'œil, la pièce paraissait d'une élégance coûteuse et quelque peu vieillotte. À y regarder de plus près, cependant, je m'aperçus que bon nombre des meubles étaient extrêmement usagés ; ceux que j'avais d'abord pris pour des antiquités auraient trouvé leur place chez le brocanteur. Des divans et des fauteuils autrefois luxueux étalaient çà et là leur délabrement, et les longues tentures en velours étaient tachées et élimées. Stephan s'assit avec une aisance qui témoignait d'une longue familiarité avec ce cadre, mais ne se défit pas de son expression tendue tandis que Mlle Collins s'affairait devant l'armoire aux boissons. Lorsque, enfin, elle lui tendit un verre et vint s'asseoir près de lui, le jeune homme lâcha d'un trait : « Il s'agit de M. Brodsky.

– Ah ! dit Mlle Collins. Je m'en doutais un peu.

– C'est-à-dire qu'en fait, mademoiselle Collins, nous nous demandions si vous envisageriez de nous aider. Ou, plutôt, de l'aider, lui... » Stephan s'interrompit avec un rire et détourna les yeux.

Mlle Collins inclina la tête d'un air pensif. Puis elle demanda : « Vous voudriez que j'aide Leo ?

– Oh, nous ne vous demandons pas de faire quoi que ce soit qui pourrait vous être désagréable ou... disons, pénible. Papa comprend parfaitement ce que vous devez ressentir. » Il eut de nouveau un rire bref. « Simplement, votre aide pourrait prendre une importance décisive à ce stade de... la guérison de M. Brodsky.

– Ah ! » Mlle Collins hocha la tête et sembla retourner cette idée dans son esprit. Puis elle dit : « Dois-je en conclure, Stephan, que votre père ne rencontre avec Leo qu'un succès limité ? »

Dans sa voix, l'accent de raillerie me parut plus prononcé que jamais, mais, de nouveau, Stephan ne le remarqua pas.

« Pas du tout ! s'écria-t-il, fâché. Au contraire, papa a fait des merveilles, accompli des avancées énormes ! Cela n'a pas été facile, mais la persévérance de papa a été remarquable, même pour quiconque est accoutumé à sa façon de procéder.

– Peut-être n'a-t-il pas assez persévéré.

– Mais vous ne vous rendez pas compte, mademoiselle Collins ! Vous ne vous rendez pas compte ! Il lui est arrivé de rentrer à la maison épuisé après une journée éprouvante à l'hôtel, à tel point qu'il a dû monter immédiatement se coucher. Et comme maman est descendue se plaindre, il a fallu que je monte dans leur chambre pour trouver papa effondré en travers de leur lit, à ronfler sur le dos. Comme vous le savez, c'est un accord essentiel qui existe entre eux depuis des années : il doit s'endormir sur le côté, jamais sur le dos, sans quoi il ronfle terriblement. Vous pouvez donc imaginer la colère de maman en le découvrant dans cette posture. Généralement, c'est pour moi un travail infernal que de le réveiller, mais il faut que je le fasse parce que sans cela, je vous l'ai dit auparavant, sans cela maman refuse de rentrer dans la chambre à coucher. Elle déambule dans le couloir, l'air furieux, elle ne rentre pas tant que je ne l'ai pas réveillé, déshabillé, vêtu de son peignoir et mené à la salle de bains. Mais ce que je voulais vous dire, c'est que, même alors qu'il était dans cet état de fatigue, il est arrivé que le téléphone sonne, et c'était un employé qui appelait pour dire que M. Brodsky était à la limite, qu'il avait demandé à boire, eh bien, imaginez-vous que papa arrive à retrouver de l'énergie, Dieu sait où. Il se ressaisit, un certain regard brille dans ses yeux, il s'habille et il repart dans la nuit, pour ne revenir que des heures plus tard. Il a déclaré qu'il remettrait M. Brodsky en état et il s'y emploie de toutes ses forces, jusqu'au bout, pour mener à bien sa tâche.

– C'est extrêmement louable. Mais où en est-il, exactement ?

– Je vous assure, mademoiselle Collins, que les progrès ont été étonnants. Tous ceux qui ont vu M. Brodsky ces temps derniers en ont fait la remarque. Il y a maintenant une telle activité derrière ses yeux ! Et ses réflexions ; elles deviennent plus sensées de jour en jour. Mais le plus important, son aptitude, l'immense aptitude de M. Brodsky – elle revient, indéniablement. Selon tous les témoignages, les répétitions se sont déroulées de façon extrêmement prometteuse. L'orchestre – il les a littéralement conquis. Et quand il ne répète pas dans la salle de concert, il s'emploie à préciser les choses dans la solitude. Souvent, en se déplaçant dans l'hôtel, on entend des bribes de morceaux qu'il joue au piano. Quand papa entend ce piano, il se sent tellement encouragé qu'il serait prêt à sacrifier toutes ses heures de sommeil. »

Le jeune homme s'interrompit et regarda Mlle Collins. L'espace d'un instant, elle sembla distante, la tête penchée sur le côté comme si elle parvenait, elle aussi, à discerner les notes d'un piano lointain. Puis un doux sourire revint jouer sur ses lèvres et elle regarda de nouveau Stephan.

« Ce que l'on m'a raconté, dit-elle, c'est que votre père l'assied dans le salon de l'hôtel, qu'il l'assied devant le piano comme si c'était un mannequin, et que Leo reste assis là pendant des heures à se balancer tranquillement sur le tabouret sans toucher une seule note.

– Mademoiselle Collins, ce n'est pas juste ! Au début, peut-être, cela a pu se passer ainsi, mais maintenant, c'est une tout autre histoire. En tout cas, même s'il lui arrive de rester là en silence, vous vous en souvenez certainement, cela ne veut pas dire que rien ne se passe. Le silence, dans certains cas, peut indiquer que les idées les plus profondes sont en train de se former, que les énergies les plus fondamentales se mobilisent. En fait, l'autre jour, après un silence particulièrement long, papa est bel et bien entré dans le salon, et il a vu M. Brodsky qui contemplait les touches. Au bout d'un moment, il a levé les yeux vers papa et il a dit : " Les violons doivent être râpeux. Leur son doit être râpeux. " Voilà ce qu'il a dit. Le silence régnait peut-être ; mais dans sa tête, il y avait tout un univers de musique. Ce qu'il va nous montrer à tous jeudi soir, c'est une joie rien que d'y penser. À condition qu'il ne subisse pas de défaillance.

– Mais, Stephan, vous m'avez dit que vous aviez besoin de mon aide. »

Le jeune homme, qui s'était peu à peu enfiévré, se reprit.

« En effet. C'est la raison de ma visite de ce soir. Comme je le disais, M. Brodsky est en passe de retrouver tous ses moyens d'autrefois. Et, naturellement, en même temps que ses talents remarquables, différentes choses réapparaissent simultanément. Pour ceux qui ne l'ont jamais bien connu auparavant, c'est une sorte de révélation. Ces jours-ci, il est souvent si loquace, si courtois. En tout cas, la question, c'est qu'entre autres choses les souvenirs lui reviennent. Bref, je le dirai tout net, il parle de vous. Il pense à vous, il parle de vous tout le temps. La nuit dernière, pour vous donner un exemple – c'est gênant, mais il faut que je vous le dise –, la nuit dernière, il s'est mis à pleurer sans pouvoir s'arrêter. Il pleurait sans relâche, épanchant tous les sentiments qu'il éprouve pour vous. C'est la troisième ou quatrième fois que cela se produit, même si la nuit dernière constitue l'exemple le plus extrême. Il était presque minuit, M. Brodsky n'était pas sorti du salon, papa est donc allé écouter devant la porte et l'a entendu sangloter. Il est entré, il a trouvé la pièce plongée dans l'obscurité, et M. Brodsky penché au-dessus du piano, en larmes. Bon, une suite se trouvait libre à l'étage, et papa l'a donc emmené là-haut et a demandé à la cuisine qu'on fasse monter toutes les soupes préférées de M. Brodsky – il ne mange à peu près que de la soupe – et il lui a fait prendre du jus d'orange et d'autres boissons non alcoolisées, mais franchement, cette nuit-là, c'était tangent. Apparemment, il s'attaquait aux cartons de jus avec frénésie. Si papa n'avait pas été là, il se pouvait très bien qu'il craque, même à ce stade avancé. Et pendant tout ce temps il a continué de parler de vous. Bref, le point auquel je veux en venir – mon Dieu, il ne faut pas que je reste trop longtemps, il y a des gens qui attendent dans la voiture –, ce que je veux dire, puisque l'avenir de notre ville dépend en bonne partie de lui, c'est que nous devons tout faire pour qu'il se sorte bien de cette dernière période. Le Dr Kaufmann est d'accord avec papa : nous sommes dans l'étape ultime de la course d'obstacles. Vous voyez donc tout ce qui pèse dans la balance. »

Mlle Collins continuait à regarder Stephan avec le même demi-sourire lointain, sans rien dire. Au bout d'un moment, le jeune homme poursuivit :

« Mademoiselle Collins, je suis conscient que ce que je dis risque de rouvrir de vieilles blessures. Et je me rends compte que vous et M. Brodsky vous ne vous êtes pas adressé la parole depuis plusieurs années...

– Oh, ce n'est pas tout à fait exact. Cette année, il y a quelque temps, il m'a crié des obscénités pendant que je flânais au Volksgarten. »

Stephan rit d'un air gêné, ne sachant trop comment prendre le ton de Mlle Collins. Puis il poursuivit avec une certaine conviction : « Mademoiselle Collins, personne ne vous demande d'avoir avec lui des contacts poussés. Grands dieux, non. Vous souhaitez tourner la page. Papa, les autres, tous le comprennent. Tout ce que nous vous demandons, ce n'est qu'une petite chose, mais qui pourrait faire une telle différence, cela l'encouragerait énormément, cela compterait beaucoup à ses yeux. Nous espérons que vous ne nous en voudrez pas de vous soumettre au moins cette proposition.

– J'ai déjà accepté d'assister au banquet.

– Oui, oui, naturellement. Papa m'en a parlé. Nous sommes si reconnaissants...

– À la stricte condition qu'il n'y aura aucun contact direct...

– C'est parfaitement clair, bien entendu. Le banquet, oui. Mais en fait, mademoiselle Collins, c'était quelque chose de plus que nous voulions vous demander, si vous pouviez supporter ne serait-ce que d'y songer. Vous comprenez, certains de ces messieurs – et notamment M. von Winterstein – doivent emmener M. Brodsky au zoo demain. Apparemment, au cours de toutes ces années, il ne l'a jamais visité. Son chien ne peut pas entrer, évidemment, mais M. Brodsky a finalement accepté de le laisser en de bonnes mains pendant deux heures. On a eu le sentiment qu'une sortie de ce genre contribuerait à le calmer. Les girafes, en particulier ; nous avons pensé qu'elles auraient un effet apaisant. Bien, j'en arrive au fait. Ces messieurs se demandaient si vous pourriez envisager de rejoindre le groupe lorsqu'il sera au zoo. Et même de lui adresser un ou deux mots. Vous n'auriez pas à vous déplacer en ville avec le groupe, vous n'auriez qu'à les rejoindre là-bas, pendant quelques minutes, échanger avec lui une réflexion aimable, peut-être prononcer quelques paroles encourageantes, cela pourrait faire toute la différence. Rien que quelques minutes, et vous pourriez repartir. Je vous en prie, mademoiselle Collins ; réfléchissez-y. Votre décision pourrait avoir une influence déterminante. »

Pendant que Stephan parlait, Mlle Collins s'était levée et lentement approchée de sa cheminée. Elle conserva une immobilité presque complète pendant un long instant, une main appuyée sur le manteau de la cheminée comme pour assurer son équilibre. Lorsque enfin elle se tourna vers Stephan, je vis que ses yeux étaient humides.

« Vous connaissez mon problème, Stephan. Certes, j'ai été mariée avec lui. Mais depuis bien des années, les seules fois que je l'ai trouvé sur mon chemin, il m'a crié des insultes. Vous comprendrez donc qu'il me soit difficile de savoir quel type de conversation lui plairait le plus.

– Mademoiselle Collins, je vous le jure, c'est un autre homme désormais. Ces temps-ci il est si poli, si courtois, si... Mais certainement, vous vous souviendrez. Si vous pouviez ne serait-ce qu'y penser. L'enjeu est d'une telle importance. »

Mlle Collins buvait lentement son xérès, pensive. Elle semblait sur le point de répondre, mais à ce moment précis j'entendis Boris remuer derrière moi, à l'arrière de la voiture. Je me tournai et vis que le petit garçon était sans doute réveillé depuis quelque temps. Il regardait par sa fenêtre, observant la rue silencieuse et déserte, et je sentis chez lui une certaine tristesse. J'allais parler, mais il dut s'apercevoir que mon attention s'était portée sur lui, car il demanda doucement, sans bouger :

« Tu sais faire les salles de bains ?

– Faire les salles de bains ? »

Boris poussa un gros soupir et continua à contempler les ténèbres. Puis il dit : « Le carrelage, je n'en avais jamais posé. C'est pour ça que j'ai fait toutes ces erreurs. Si quelqu'un m'avait montré, j'aurais su m'y prendre.

– Mais oui, j'en suis sûr. C'est la salle de bains de votre nouvel appartement ?

– Si quelqu'un m'avait montré, j'aurais su le poser correctement. Et maman aurait été contente de la salle de bains. Elle aurait aimé la salle de bains, comme ça.

– Ah bon. Elle n'aime donc pas la salle de bains, pour le moment ? »

Boris me regarda comme si j'avais prononcé des paroles d'une extraordinaire stupidité. Puis, sur un ton pesamment ironique, il demanda : « Pourquoi est-ce que la salle de bains la ferait pleurer si elle l'aimait ?

– En effet, pourquoi ? Alors, la salle de bains la fait pleurer. Je me demande vraiment pourquoi. »

Boris se tourna de nouveau vers sa vitre, et je vis alors, à la lumière trouble qui pénétrait dans la voiture, qu'il faisait de son mieux pour ne pas fondre en larmes. Au dernier moment, il parvint à déguiser son émoi en bâillement et se frotta le visage avec ses poings.

« Nous finirons bien par arranger tous ces problèmes, dis-je. Tu verras.

– Je l'aurais fait correctement, si quelqu'un m'avait montré. Et maman n'aurait pas pleuré.

– Oui, je suis sûr que tu t'en serais parfaitement bien tiré. Mais bientôt, nous arrangerons tout ça. »

Je me redressai sur mon siège et regardai par le pare-brise. À peine voyait-on une fenêtre éclairée tout au long de la rue. Au bout d'un moment, je dis : « Boris, il faut que nous réfléchissions un bon coup maintenant. Tu m'écoutes ? »

Le silence régnait à l'arrière de la voiture.

« Boris, continuai-je, il faut que nous prenions une décision. Je sais que tout à l'heure nous étions partis rejoindre maman. Mais maintenant, il est très tard. Boris, tu m'écoutes ? »

Je jetai un coup d'œil par-dessus mon épaule et vis qu'il contemplait toujours l'obscurité d'un regard vide. Nous restâmes plongés dans le silence un long moment. Puis je repris :

« En fait, il est très tard maintenant. Si nous rentrions à l'hôtel, nous pourrions voir ton grand-père. Il serait ravi de te voir. Tu pourrais avoir une chambre à toi, ou, si tu préfères, nous pourrions leur demander de t'installer un lit dans ma chambre. Nous pourrions faire monter de bonnes choses à manger, et ensuite tu t'endormirais. Et puis, demain matin, nous prendrons le petit déjeuner et nous déciderons de ce que nous faisons. »

Toujours le silence derrière moi.

« J'aurais dû mieux organiser les choses. Je suis désolé. Je... je n'avais pas les idées claires, ce soir. Il y a eu un tel tourbillon, avant. Mais écoute, je te promets qu'on se rattrapera demain. Nous pourrons faire toutes sortes de choses demain. Si tu veux, nous pourrions retourner à l'ancien appartement pour récupérer le Numéro Neuf. Qu'est-ce que tu en penses ? »

Boris restait muet.

« Nous avons eu tous les deux une journée fatigante. Qu'est-ce que tu en penses, Boris ?

– Nous ferions mieux d'aller à l'hôtel.

– Je crois que c'est la meilleure idée. Bon, voilà qui est réglé. Quand le monsieur reviendra, nous l'informerons de notre décision. »

6

À ce moment précis, un mouvement attira mon attention ; tournant de nouveau les yeux vers l'immeuble, je vis que la porte d'entrée était ouverte. Mlle Collins raccompagnait Stephan, et, bien que leur séparation fût amicale, il y avait dans leur attitude à tous deux quelque chose qui donnait l'impression qu'un certain malaise avait présidé à la fin de leur entrevue. La porte se referma et Stephan se hâta vers la voiture.

« Désolé d'avoir mis si longtemps, dit-il en s'installant sur son siège. J'espère que Boris n'en a pas souffert. » Posant ses mains sur le volant, il laissa échapper un soupir troublé. Puis il se força à sourire : « Eh bien, allons-y.

– En fait, dis-je, nous avons eu une bonne discussion, avec Boris, pendant que vous n'étiez pas là. Nous pensons que nous allons retourner à l'hôtel, tout compte fait.

– Si je peux me permettre, monsieur Ryder, c'est sans doute une décision judicieuse. Alors, on repart à l'hôtel. Impeccable. » Il jeta un coup d'œil à sa montre. « Nous y serons en un rien de temps. Les journalistes n'auront aucune raison sérieuse de protester. Pas la moindre raison. »

Stephan démarra et nous reprîmes la route. Tandis que nous roulions le long des rues désertes, la pluie se remit à tomber et Stephan mit les essuie-glace en marche. Au bout d'un moment, il dit :

« Monsieur Ryder, je me demande si je pourrais avoir le toupet de vous rappeler la conversation que nous avons eue il y a quelques heures. Vous savez, cet après-midi, quand nous nous sommes rencontrés au jardin d'hiver.

– Ah, oui. Tout à fait : nous avons parlé de votre participation à la soirée de jeudi.

– Vous avez eu la grande gentillesse de me dire que vous pourriez peut-être trouver quelques minutes à me consacrer. Pour m'écouter interpréter le morceau de La Roche. Bien sûr, c'est probablement tout à fait impossible, mais... bref, j'ai cru pouvoir me permettre de vous poser la question. Voilà ce qu'il en est : je vais répéter encore un peu ce soir, quand nous serons de retour à l'hôtel. Je me demandais si, quand vous en auriez fini avec ces journalistes – je sais que c'est vraiment un embarras, mais si vous pouviez venir m'écouter ne serait-ce que pendant quelques minutes et me dire ce que vous en pensez... » Ses mots se perdirent dans un rire.

Voyant que la question était d'une importance considérable pour le jeune homme, j'étais tenté d'accéder à sa requête. Pourtant, après avoir réfléchi quelques instants, je répondis :

« Je regrette, mais je suis si fatigué ce soir que je dois impérativement me coucher le plus tôt possible. Mais ne vous inquiétez pas : une possibilité se présentera nécessairement dans un avenir proche. Écoutez, si nous nous en tenions là ? Je ne saurais dire précisément quand j'aurai des moments disponibles, mais dès que ce sera le cas j'appellerai la réception et je ferai en sorte qu'on aille vous prévenir. Si vous n'êtes pas à l'hôtel, je recommencerai ma tentative quand je serai de nouveau libre, et ainsi de suite. De cette façon, nous trouverons forcément bientôt un moment qui nous conviendra à tous les deux. Mais ce soir, franchement, si ça ne vous ennuie pas, j'ai vraiment besoin d'une bonne nuit de sommeil.

– Bien sûr, monsieur Ryder, je comprends parfaitement.

Nous allons suivre votre suggestion. C'est très aimable à vous. Dans ce cas, j'attendrai que vous me fassiez signe. »

Stephan s'était exprimé avec politesse, mais il semblait éprouver une déception excessive ; peut-être même prenait-il ma réponse pour une forme subtile de refus. De toute évidence, l'idée de se produire en public lui inspirait une telle anxiété que tout contretemps, si léger fût-il, était susceptible de lui donner des sueurs froides. Ressentant à son égard quelque compassion, je répétai d'un ton rassurant :

« Ne vous inquiétez pas, nous trouverons bientôt l'occasion favorable, j'en suis certain. »

La pluie continuait à tomber sans relâche tandis que nous progressions dans les rues enténébrées. Le jeune homme garda longuement le silence, et je me demandai s'il m'en voulait. Mais j'aperçus tout à coup son profil dans la lumière changeante, et je compris qu'il ressassait un incident survenu bien des années auparavant. C'était un épisode auquel il avait réfléchi à maintes reprises – en particulier la nuit, lorsqu'il ne trouvait pas le sommeil, ou bien seul au volant de sa voiture – et à l'instant, la peur de ne pas obtenir de moi l'aide qu'il espérait avait de nouveau placé ce souvenir au premier plan de ses pensées.

Cela s'était passé lors de l'anniversaire de sa mère. Ce soir-là, tandis qu'il garait sa voiture dans l'allée si familière – c'était du temps où il faisait ses études supérieures et vivait en Allemagne – , il s'était préparé mentalement à passer quelques heures pénibles. Mais son père lui avait ouvert la porte en murmurant d'un air excité : « Elle est de bonne humeur. D'excellente humeur. » Après quoi son père s'était tourné vers l'intérieur de la maison en criant : « Stephan est là, chérie ! Un peu en retard, mais il est bel et bien là. » Puis, reprenant son chuchotement : « D'excellente humeur. La meilleure depuis longtemps. »

Le jeune homme s'était dirigé vers le salon, où il avait trouvé sa mère à demi allongée sur un canapé, un verre d'apéritif à la main. Elle portait une robe neuve, et Stephan fut de nouveau frappé de voir à quel point sa mère était élégante. Elle ne se leva pas pour l'accueillir, ce qui l'obligea à s'incliner pour déposer un baiser sur sa joue ; cependant, le ton chaleureux sur lequel elle l'invita à s'installer dans le fauteuil qui lui faisait face le laissa passablement déconcerté. Derrière lui, son père, enchanté de la tournure que prenait la soirée, émit un petit rire, puis, montrant du doigt le tablier dont il était paré, regagna précipitamment la cuisine.

Se retrouvant tête à tête avec sa mère, Stephan éprouva d'abord un sentiment de terreur absolue : ne risquait-il pas de faire ou de dire quelque chose qui détruirait cette excellente humeur, réduisant ainsi à néant des heures, peut-être même des jours, d'efforts patients de la part de son père ? Il commença donc par répondre en termes brefs et guindés aux questions qu'elle posait sur l'université, mais, constatant qu'elle persistait à se montrer avenante, il se laissa aller à développer davantage ses propos. À un moment donné, il assura qu'un de ses professeurs ressemblait à « une version plus saine d'esprit de notre ministre des Affaires étrangères », expression dont il était particulièrement fier et qu'il avait utilisée bien des fois devant ses condisciples avec un succès considérable. Si les premiers échanges avec sa mère ne s'étaient pas déroulés de façon aussi heureuse, il ne se serait pas risqué à répéter cette formule devant elle. Mais il osa le faire, et ce ne fut pas sans une vive émotion qu'il vit un éclair d'amusement traverser son visage. Il fut pourtant soulagé d'entendre son père annoncer que le dîner était prêt.

Ils passèrent à la salle à manger, où le directeur de l'hôtel avait placé l'entrée sur la table. Le repas commença dans un climat tranquille. Puis son père, de façon quelque peu abrupte, sembla-t-il à Stephan, se mit à raconter une anecdote amusante sur un groupe de clients italiens de l'hôtel. Ayant terminé son récit, le directeur de l'hôtel insista pour que Stephan raconte lui aussi quelque chose ; comme Stephan se lançait, non sans hésitation, son père lui apporta le soutien d'éclats de rire excessifs. La soirée se poursuivit ainsi, Stephan et son père alternant les histoires cocasses et s'esclaffant mutuellement avec jovialité. La tactique parut efficace : en effet – Stephan avait du mal à le croire – , sa mère eut elle aussi des accès de rire prolongés. Quant au repas lui-même, il avait été préparé avec cette minutie fanatique qui caractérisait le directeur de l'hôtel, et c'était une œuvre culinaire prodigieuse. Le vin, de toute évidence, sortait très largement de l'ordinaire : lorsque les convives eurent dégusté une bonne partie du plat de résistance – délicieuse alliance d'oie et de baies sauvages –, l'humeur régnante était à la gaieté la plus authentique. Puis le directeur de l'hôtel, le visage rosi par le vin et les rires, se pencha en avant et dit :

« Stephan, parle-nous encore de cette auberge de jeunesse où tu as séjourné. Tu sais, celle qui était en plein bois, en Bourgogne. »

L'espace d'un instant, Stephan fut horrifié. Comment son père, qui jusqu'à présent avait tout mené à la perfection, pouvait-il commettre une erreur de jugement aussi flagrante ? L'anecdote à laquelle il faisait allusion comportait des références détaillées aux sanitaires de l'auberge, et, de toute évidence, ne pouvait convenir aux oreilles de sa mère. Mais, devant son hésitation, son père lui fit un clin d'œil qui semblait dire : « Si, si, crois-moi, ça va marcher. Elle va adorer ton histoire, le succès est garanti. » En dépit de ses doutes sérieux, Stephan eut suffisamment confiance en son père pour se lancer dans le récit demandé. Il n'alla cependant pas loin avant qu'une pensée lui traversât l'esprit : cette soirée dont la réussite avait jusqu'à présent été miraculeuse n'allait pas tarder à se transformer en désastre. Pourtant, aiguillonné par les éclats de rire joviaux de son père, il continua, et, à sa stupeur, entendit soudain sa mère s'esclaffer. Il leva les yeux et la vit secouer la tête, en proie à un rire irrépressible. Puis, alors qu'il avait presque terminé son récit, dans l'hilarité générale, Stephan surprit le regard que sa mère posait sur son mari : il était plein de tendresse. Ce n'était qu'un regard fugitif, mais on ne pouvait pas s'y tromper. Le directeur de l'hôtel, malgré les larmes de gaieté qui lui brouillaient les yeux, l'avait lui aussi aperçu et, se tournant vers son fils, lui lança un autre clin d'œil, de triomphe, celui-ci. À cet instant le jeune homme avait senti quelque chose de très fort monter dans sa poitrine. Mais avant qu'il eût pu identifier clairement cette sensation, son père lui dit :

« Eh bien, Stephan, nous avons besoin d'un peu de repos avant le dessert. Pourquoi ne pas jouer un morceau pour ta mère, le jour de son anniversaire ? » Sur ces mots, le directeur de l'hôtel indiqua d'un mouvement de la main le piano droit qui occupait un pan de mur.

Ce geste – cette façon désinvolte de désigner le piano de la salle à manger –, Stephan devait se le remémorer à maintes reprises, au fil des années. Et à chaque fois qu'il y pensait, il se sentait de nouveau parcouru par le tremblement de désarroi qui l'avait alors envahi. Il regarda d'abord son père avec incrédulité, mais ce dernier continuait à sourire d'un air satisfait, la main tendue vers le piano.

« Allons, Stephan. Quelque chose qui soit au goût de ta mère. Du Bach, peut-être. Ou un compositeur contemporain. Kazan par exemple. Ou Mullery. »

Le jeune homme, faisant un effort pour inclure sa mère dans le champ de son regard, vit sur son visage, où le rire avait tracé d'inhabituelles lignes de douceur, un sourire à lui destiné. Elle se tourna alors vers le directeur de l'hôtel plutôt que vers Stephan et dit : « Oui, chéri, Mullery, il me semble que ce serait exactement ce qui convient. Ce serait splendide.

– Allons, Stephan, reprit le directeur de l'hôtel d'un ton jovial. C'est l'anniversaire de ta mère, après tout. Ne la déçois pas. »

Une idée traversa l'esprit de Stephan – idée qu'il rejeta dès la seconde suivante : ses parents ne s'étaient-ils pas ligués en secret contre lui ? Assurément, à en juger par la façon dont ils le regardaient, les yeux pleins de fierté et d'attente, on aurait pu croire qu'ils n'avaient aucun souvenir des épisodes d'angoisse associés à sa pratique du piano. En tout cas, la protestation qu'il avait commencé à formuler s'étouffa dans sa bouche, et il se leva comme si quelqu'un d'autre l'avait fait à sa place.

La position du piano contre le mur était telle que, lorsque Stephan s'y fut assis, il se trouva en mesure d'apercevoir, à la limite de son champ de vision, les silhouettes de ses parents, les coudes sur la table, penchés légèrement l'un vers l'autre. Au bout d'un instant, il se tourna franchement et dirigea son regard vers eux, conscient, ce faisant, qu'il souhaitait les voir ainsi une dernière fois – ensemble et comme liés par un bonheur sans complication. Il se retourna alors vers le piano, totalement convaincu que la soirée allait vers l'effondrement. Bizarrement, il s'était rendu compte qu'il n'était plus du tout surpris par la tournure que prenaient les événements, qu'en fait il n'avait jamais cessé de s'y attendre et qu'il en éprouvait une sorte de soulagement.

Pendant quelques secondes, Stephan resta assis sans jouer, essayant désespérément de dissiper les effets du vin et de repasser dans son esprit le morceau qu'il était sur le point de jouer. Le temps d'un bref étourdissement, il eut la pensée – après tout, cette soirée n'avait-elle pas été riche en aspects étonnants ? – qu'il allait peut-être atteindre en jouant un niveau jamais égalé, et qu'au final il verrait ses parents sourire, applaudir et échanger des regards pleins d'affection. Mais à peine eut-il attaqué les premières mesures d'*Épicycloïde*, de Mullery, qu'il comprit l'impossibilité totale d'un tel scénario.

Il continua pourtant à jouer. Pendant un bon moment – presque toute la durée du premier mouvement –, les silhouettes situées à la limite de son champ visuel restèrent immobiles. Puis il vit sa mère se renverser légèrement en arrière et porter la main à son menton. Au bout de quelques mesures, son père cessa de regarder Stephan, posa ses deux mains sur ses genoux et inclina la tête de telle sorte qu'il semblait scruter un endroit précis de la table, juste devant lui.

Pendant ce temps, le morceau se déroulait interminablement, et, bien que le jeune homme eût éprouvé à plusieurs reprises la tentation d'abandonner, l'arrêt total semblait quand même la solution la plus désastreuse. Il continua donc ; lorsque le morceau fut enfin achevé, Stephan resta assis longuement, les yeux fixés sur le clavier, avant de rassembler assez de courage pour tourner la tête et regarder le spectacle qui l'attendait.

Ses parents ne le regardaient ni l'un ni l'autre. La tête de son père était maintenant inclinée au point que son front touchait presque la surface de la table. Quant à sa mère, elle regardait vers le côté opposé de la pièce, le visage empreint de l'expression glaciale que Stephan connaissait si bien, et dont l'absence depuis le début de la soirée avait été surprenante.

Il ne fallut qu'une seconde à Stephan pour évaluer la situation. Puis il se leva et regagna hâtivement la table, comme si ce déplacement avait pu abolir les minutes écoulées depuis qu'il l'avait quittée. Pendant un moment, ils restèrent tous trois assis en silence. Enfin, sa mère se leva et déclara :

« Cette soirée a été bien agréable. Je vous en remercie tous les deux. Mais je me sens fatiguée, et je crois qu'il est temps que j'aille me coucher. »

D'abord, le directeur de l'hôtel ne sembla pas avoir entendu. Mais quand la mère de Stephan se dirigea vers la porte, il releva la tête et dit à voix presque basse : « Le gâteau, ma chérie. Le gâteau. C'est... c'est une recette un peu spéciale.

– Tu es trop gentil, mais, tu sais, j'ai déjà beaucoup mangé. Maintenant, il faut que j'aille dormir.

– Bien sûr, bien sûr. » Le directeur de l'hôtel contempla de nouveau la table d'un air résigné. Mais au moment où la mère de Stephan s'apprêtait à franchir le seuil de la pièce, il se redressa brusquement et lança d'une voix forte : « Au moins, ma chérie viens le regarder. Rien qu'un coup d'œil. Comme je te l'ai dit, il sort de l'ordinaire. »

La mère de Stephan hésita, puis dit : « D'accord. Montre-le-moi en vitesse. Ensuite, il faudra vraiment que j'aille dormir. C'est peut-être à cause du vin, mais je me sens très fatiguée. »

Sur ces mots, le directeur de l'hôtel se leva d'un bond et entraîna rapidement sa femme hors de la salle à manger.

Le jeune homme écouta les pas de ses parents s'éloigner en direction de la cuisine, puis, au bout d'une minute à peine, résonner de nouveau dans le couloir et monter l'escalier. Ensuite, pendant quelque temps, Stephan resta assis devant la table. Il y eut quelques petits bruits à l'étage, mais il ne parvint pas à entendre la moindre voix. Finalement, il se dit que ce qu'il avait de mieux à faire, c'était de reprendre la route dès cette nuit et de regagner sa chambre d'étudiant. À coup sûr, sa présence au petit déjeuner n'aiderait guère son père qui allait devoir entreprendre une tâche laborieuse et colossale : rendre la bonne humeur à sa mère.

Il sortit de la salle à manger, résolu à quitter la maison discrètement, mais dans l'entrée il tomba sur son père qui descendait l'escalier. Le directeur de l'hôtel porta un doigt à ses lèvres et dit :

« Parlons doucement. Ta mère vient de se coucher. »

Stephan mit son père au courant de son intention de repartir pour Heidelberg. « Quel dommage ! répondit le directeur de l'hôtel. Ta mère et moi, nous pensions que tu allais pouvoir rester plus longtemps. Mais comme tu dis, tu as des cours demain matin. J'expliquerai cela à ta mère, je suis sûr qu'elle comprendra.

– Et maman ? demanda Stephan. J'espère qu'elle a passé une bonne soirée. »

Son père sourit, mais pendant la fraction de seconde qui précéda ce sourire Stephan vit une expression de désolation complète envahir son visage.

« Mais oui, j'en suis certain. Tout à fait certain. Elle était si contente que tu puisses, malgré tes études, trouver un moment de liberté pour faire tout ce chemin. Je sais qu'elle espérait que tu pourrais rester quelques jours, mais ne t'inquiète pas. Je lui expliquerai la situation. »

Cette nuit-là, en roulant sur les autoroutes désertes, Stephan retourna dans sa tête tous les aspects des événements de la soirée – comme il devait le refaire à maintes reprises ultérieurement. L'angoisse qu'il éprouvait chaque fois qu'il se rappelait son déroulement s'atténua peu à peu avec le temps, mais à mesure que l'échéance de jeudi soir se rapprochait, nombre de terreurs anciennes revenaient, de sorte que, à nouveau, tandis que nous roulions dans la nuit pluvieuse, il se sentit ramené à cette pénible soirée qui remontait à plusieurs années.

Éprouvant de la compassion pour le jeune homme, je rompis le silence en lui disant :

« Je sais que cela ne me regarde pas, et j'espère que je ne vous semblerai pas impoli, mais il me semble que vos parents n'ont pas été très justes avec vous en ce qui concerne votre pratique du piano. Je vous donnerais volontiers le conseil d'essayer de prendre autant de plaisir que vous le pouvez à en jouer, d'y trouver du sens et de la satisfaction, sans tenir compte de leur opinion. »

Le jeune homme réfléchit pendant un long moment à mes paroles. Puis il dit :

« Je vous suis reconnaissant, monsieur Ryder, de vous pencher sur ma situation et tout ça. Mais en fait – bon, je préfère ne pas tourner autour du pot – je ne crois pas que vous compreniez vraiment mon problème. Je sais que pour quelqu'un qui vient de l'extérieur, l'attitude de ma mère ce soir-là peut sembler, comment dire, manquer d'égards. Mais ce serait faire preuve d'injustice envers elle ; je serais réellement contrarié que vous restiez sur cette impression. Voyez-vous, il est nécessaire que vous compreniez l'ensemble du contexte. Sachez d'abord que dès l'âge de quatre ans, j'ai pris des cours de piano avec Mme Tilkowski. J'imagine qu'il n'y a pas de raison pour que ce nom vous dise grand-chose, monsieur Ryder, mais il faut que vous sachiez que Mme Tilkowski est un personnage très honoré dans cette ville, loin d'être un quelconque professeur de piano. Elle ne met pas ses services sur le marché de la manière habituelle – même si elle se fait payer, bien sûr, comme tout le monde. Ce que je veux dire, c'est qu'elle traite son travail avec le plus grand sérieux et n'accepte que les enfants de l'élite artistique et intellectuelle de la ville. Par exemple, Paulo Rozario, le peintre surréaliste, a vécu quelque temps ici, et Mme Tilkowski a donné des cours à ses deux filles. Aux enfants du Pr Diegelmann, aussi. Et aux nièces de la comtesse. Elle choisit ses élèves avec le plus grand soin, et vous voyez donc que j'ai eu beaucoup de chance de travailler avec elle, d'autant qu'à cette époque, papa n'occupait pas la place qu'il a acquise aujourd'hui dans la société. Mais j'imagine que mes parents avaient en ce temps-là une passion pour les arts aussi grande que celle qui les anime aujourd'hui. Tout au long de mon enfance, je me rappelle les avoir entendus parler des artistes, des musiciens, de l'importance de soutenir ces personnes. Aujourd'hui, maman est presque tout le temps à la maison, mais à l'époque elle sortait beaucoup plus. Si un musicien, par exemple, ou un orchestre, passait par la ville, elle tenait toujours a lui apporter son soutien. Non seulement elle assistait au concert, mais elle essayait à chaque fois de se rendre dans sa loge pour le féliciter personnellement.

Même si l'interprète s'en était mal tiré, elle allait quand même le voir ensuite pour lui prodiguer quelques encouragements et de discrets conseils. En fait, elle invitait souvent des musiciens à nous rendre visite à la maison, ou bien elle leur proposait de visiter la ville en sa compagnie. Généralement, leurs emplois du temps étaient bien trop chargés pour leur permettre d'accepter son offre, mais, comme vous pouvez certainement le confirmer vous-même, cette sorte d'invitation est toujours stimulante pour les interprètes. Quant à mon père, il était extrêmement occupé ; mais je me rappelle qu'il essayait de faire de son mieux, lui aussi. Assurément, si une réception avait lieu en l'honneur de telle ou telle célébrité de passage, il tenait toujours à s'y rendre en compagnie de maman, si occupé fût-il, afin de pouvoir participer en bonne et due forme à l'accueil du visiteur. Comme vous pouvez le constater, monsieur Ryder, d'aussi loin qu'il m'en souvienne, mes parents ont été des personnes très cultivées qui mesuraient pleinement l'importance de l'art dans notre société, et je suis sûr que c'est la raison pour laquelle Mme Tilkowski a fini par accepter de me prendre comme élève. Je me rends compte maintenant que cela a dû représenter pour mes parents, à l'époque, un véritable triomphe, et surtout pour maman qui avait tout organisé. Voilà que je suivais les cours de Mme Tilkowski, à l'instar des enfants de M. Rozario et du Pr Diegelmann ! Ils ont dû en être si fiers ! Et au cours des premières années, ça a vraiment bien marché, vraiment, tant et si bien que Mme Tilkowski a déclaré un jour que de tous les élèves qu'elle avait eus j'étais l'un des plus prometteurs. Tout s'est vraiment bien passé jusqu'à... ma foi, jusqu'à ce que j'atteigne l'âge de dix ans. »

Le jeune homme sombra soudain dans le silence, regrettant peut-être d'avoir parlé si librement. Mais je voyais bien qu'une partie de lui-même aspirait à aller au bout de ses révélations, et je lui demandai donc :

« Que vous est-il arrivé quand vous avez eu dix ans ?

– J'ai honte de l'avouer, surtout à vous, monsieur Ryder. Mais quand j'ai eu dix ans, j'ai tout simplement cessé de travailler. Je me présentais chez Mme Tilkowski sans avoir travaillé mes morceaux. Et quand elle me demandait pourquoi, je ne répondais pas. C'est quelque chose d'affreusement embarrassant, c'est comme si je parlais de quelqu'un d'autre, et je voudrais que d'un coup de baguette magique il puisse en être ainsi. Mais c'est la vérité : voilà, le fait est que j'ai eu ce comportement. Et au bout de quelques semaines, fatalement, il a fallu que Mme Tilkowski informe mes parents qu'en l'absence d'un changement elle ne pourrait pas me garder. Plus tard, j'ai appris que maman avait un peu perdu son calme, et qu'elle avait crié des choses à Mme Tilkowski. En tout cas, ça s'est plutôt mal terminé.

– Et après vous êtes allé chez un autre professeur ?

– Oui, une certaine Mlle Henze, dont le niveau était tout à fait correct. Mais elle n'arrivait pas à la cheville de Mme Tilkowski. Je continuais à ne pas travailler, mais Mlle Henze n'était pas aussi stricte. Et puis, quand j'ai eu douze ans, tout a changé. Difficile d'expliquer ce qui s'est passé ; ça paraît un peu bizarre. J'étais assis au salon, chez nous, un après-midi. Il y avait beaucoup de soleil, je me rappelle que je lisais un magazine de football, et mon père est entré dans la pièce. Je m'en souviens, il portait son gilet gris, ses manches de chemise étaient retroussées, et il s'est planté au milieu de la pièce, et il a regardé dans le jardin, par la fenêtre. Je savais que maman était là, dehors, assise sur le banc qui était installé en ce temps-là sous les arbres fruitiers, et je pensais que papa allait sortir et s'asseoir à côté d'elle. Mais non : il restait là, debout au milieu de la pièce. Il me tournait le dos, je ne voyais pas sa figure, mais à chaque fois que je levais les yeux je voyais bien qu'il regardait dans le jardin, et que ses yeux étaient fixés vers l'endroit où se trouvait ma mère. Je levais les yeux de temps en temps, et la troisième ou la quatrième fois, quand j'ai vu que papa n'était toujours pas sorti, quelque chose m'est apparu brusquement. Je veux dire que c'est à ce moment-là que j'ai compris. Que ma mère et mon père s'étaient à peine adressé la parole depuis des mois. C'était très étrange, cette révélation que j'ai eue subitement, qu'ils ne se parlaient pour ainsi dire plus. C'est bizarre que je ne m'en sois pas aperçu plus tôt, mais c'est un fait : il a fallu attendre cet instant précis. Mais là, je l'ai vu avec une grande évidence. D'un seul coup, toute une série de circonstances me sont revenues – des cas où mon père et ma mère se seraient naguère dit quelque chose mais où, en l'occurrence, ils ne s'étaient pas parlé. Je ne veux pas dire qu'ils étaient restés totalement silencieux. Mais, vous comprenez, il y avait entre eux comme une froideur, et je ne l'avais pas vue jusqu'à cet instant. Je vous assure, monsieur Ryder, ça a été une sensation très étrange, cette prise de conscience soudaine. Et, presque au même moment, il m'est venu une autre idée terrible : ce changement devait remonter à l'époque où j'avais perdu Mme Tilkowski. Je ne pouvais pas en être certain, parce qu'un laps de temps important s'était écoulé depuis, mais, dès que cette idée m'est venue, j'ai eu la conviction que tout avait commencé à ce moment-là. Je ne me rappelle plus si papa a fini par aller dans le jardin. Je n'ai rien dit, j'ai fait mine de continuer à lire mon magazine, puis au bout de quelque temps je suis monté dans ma chambre, je me suis allongé sur le lit et j'ai réfléchi à tout ça. C'est après cet épisode que je me suis remis à travailler dur. Je me suis mis à m'exercer avec une véritable application et j'ai dû faire beaucoup de progrès, parce qu'au bout de quelques mois maman est allée voir Mme Tilkowski pour lui demander si elle envisagerait de me reprendre. Je vois bien maintenant le côté humiliant que cette démarche a dû avoir pour maman, alors qu'elle avait crié l'autre fois, et elle a certainement dû beaucoup insister auprès de Mme Tilkowski. En tout cas, il s'en est suivi que Mme Tilkowski a accepté de me reprendre, et cette fois-ci j'ai travaillé dur sans arrêt, j'ai fait tous mes exercices. Mais, vous comprenez, j'avais perdu deux années cruciales. Les années entre dix et douze ans, vous savez mieux que personne à quel point elles sont cruciales. Croyez-moi, monsieur Ryder, j'ai essayé de rattraper ce temps perdu, j'ai fait tout ce que j'ai pu, mais il était trop tard, voilà tout. Même maintenant, il m'arrive souvent de me demander : “ Qu'est-ce qui a bien pu me prendre ? ” Que ne donnerais-je pas aujourd'hui pour récupérer ces années ! Mais, vous savez, je crois que mes parents n'ont pas vraiment compris à quel point la perte de ces deux ans était irréparable. Ils croyaient sans doute qu'une fois que j'aurais retrouvé Mme Tilkowski, si je travaillais dur, ça ne ferait pas une grosse différence. Je sais que Mme Tilkowski a essayé de leur expliquer, à plus d'une reprise, mais je crois qu'ils avaient tant d'amour pour moi, qu'ils étaient si fiers de moi qu'ils n'ont pas pu regarder en face la réalité de la situation. Pendant quelques années, ils ont continué à supposer que j'avançais bien, que j'avais un vrai talent. C'est quand j'ai eu dix-sept ans qu'ils ont vraiment compris. Il y avait un concours de piano à l'époque, le prix Jürgen Flemming, organisé par l'Institut municipal des arts pour les jeunes espoirs de la ville et relativement renommé, bien qu'il ait été supprimé plus tard pour des raisons financières. Quand j'ai eu dix-sept ans, mes parents ont eu l'idée que je devrais y participer, et ma mère était même sur le point de faire les démarches préliminaires à l'inscription. C'est à ce moment-là qu'ils se sont rendu compte que je n'étais pas du tout à la hauteur. Ils m'ont écouté jouer très attentivement – c'était sans doute la première fois qu'ils écoutaient vraiment – et ils ont compris que je ne ferais que m'humilier moi-même et humilier ma famille en me présentant. J'avais quand même envie d'essayer, mais mes parents ont estimé que cela aurait sur la confiance que j'avais en moi un effet négatif. Comme je le disais, c'était la première fois qu'ils remarquaient les faiblesses de mon jeu. Jusqu'à ce moment-là, leurs espérances, et, j'imagine, leur amour pour moi les avaient empêchés d'écouter avec la moindre objectivité. C'était la première fois qu'ils constataient de façon flagrante les dégâts provoqués par les deux années perdues. Ensuite, bien évidemment, mes parents sont devenus très désabusés. Maman, en particulier, a semblé se résigner à l'idée que tout avait été en pure perte, tous les efforts qu'elle avait faits, toutes les années de cours avec Mme Tilkowski, la fois où elle était allée la supplier de me reprendre, tout ce mal qu'elle s'était donné : à ses yeux, apparemment, tout n'était que gâchis. Elle était abattue, elle a mis fin à ses fréquentes sorties, elle a cessé d'aller aux concerts, aux réceptions. Mais papa, lui, n'a jamais perdu tout espoir quant à mes possibilités. C'est bien de lui, en fait. Il garde espoir, jusqu'au bout. De temps à autre, au moins une fois par an, il demande à m'entendre jouer, et à chaque fois je vois bien qu'il est plein d'espoir, je vois qu'il pense : " Cette fois-ci, cette fois ce sera différent. " Mais jusqu'à présent, toutes les fois que je m'arrête de jouer et que je lève les yeux, je m'aperçois qu'il est de nouveau consterné. Bien sûr, il fait de son mieux pour le cacher, mais c'est quand même évident. Mais il n'a jamais renoncé, et pour moi c'est très important. »

Nous filions maintenant le long d'une large avenue bordée de hauts immeubles de bureaux. Nous passions quelquefois devant des voitures stationnées en bon ordre, mais notre véhicule semblait toujours le seul à rouler à des kilomètres à la ronde.

« Et c'est votre père, demandai-je, qui a eu l'idée de vous faire monter en scène jeudi soir ?

– Oui. Voilà de la confiance, ou je ne m'y connais pas ! Il a lancé cette idée il y a six mois. Il y a presque deux ans qu'il ne m'a pas entendu jouer, mais il témoigne d'une confiance en moi indéniable. Bien sûr, il m'a laissé la possibilité de dire non, mais j'étais vraiment ému qu'il me fasse une telle confiance après toutes ces déceptions. Alors j'ai dit que je le ferais.

– C'était très courageux de votre part. J'espère que cette décision s'avérera justifiée.

– En fait, monsieur Ryder, j'ai accepté parce que... Je ne suis pas bien placé pour le dire, mais j'ai l'impression d'avoir avancé, ces temps derniers. Vous comprendrez peut-être ce que j'entends par là ; c'est difficile à expliquer. C'est comme s'il y avait eu quelque chose dans ma tête qui aurait fait obstacle à tout progrès, une sorte de barrage, et que d'un seul coup ça avait sauté, en laissant circuler librement une vitalité nouvelle. Je n'arrive pas bien à l'expliquer, mais le fait est là : je pense être devenu aujourd'hui un pianiste nettement meilleur que la dernière fois que papa m'a entendu. Quand il m'a demandé si je voulais jouer lors de la soirée de jeudi, j'ai donc accepté, voyez-vous, malgré mon anxiété. Si j'avais refusé, ce n'aurait pas été correct, après toute la confiance dont il a témoigné à mon égard. Ça ne veut pas dire que je ne m'inquiète pas, pour jeudi. J'ai travaillé très dur sur mon morceau, et je reconnais que je suis légèrement inquiet. Mais je sais que j'ai une possibilité réelle de surprendre mes parents. En tout cas, j'ai toujours eu un rêve, vous savez. Même du temps où mon jeu était vraiment désastreux. Mon rêve, c'était de passer des mois enfermé, Dieu sait où, à m'exercer sans relâche. Et puis un jour je rentrerais à la maison sans prévenir. Un dimanche après-midi, probablement. En tout cas, à un moment où papa aussi serait à la maison. J'entrerais, j'ouvrirais à peine la bouche, j'avancerais jusqu'au piano, je soulèverais le couvercle, je me mettrais à jouer. Je n'aurais même pas enlevé mon manteau. Je jouerais, je jouerais sans m'arrêter. Bach, Chopin, Beethoven. Et puis les pièces modernes. Grebel. Kazan. Mullery. Je jouerais, je jouerais sans cesse. Et mes parents m'auraient suivi dans la salle à manger et regarderaient ce spectacle avec étonnement. Cela dépasserait leurs espoirs les plus fous. Mais ils se rendraient compte ensuite, stupéfaits, que tout en jouant j'atteindrais des hauteurs de plus en plus vertigineuses. Des adagios sensibles, sublimes. Des morceaux de bravoure enflammés, ahurissants de virtuosité. Plus haut, toujours plus haut. Et eux seraient debout au milieu de la pièce, papa tenant toujours d'une main distraite le journal qu'il avait commencé à lire, et leur stupeur serait complète. Je terminerais sur un finale éblouissant, puis je me tournerais enfin vers eux et... là, je n'ai jamais trop su ce qui se passerait, à vrai dire. Mais c'est un rêve éveillé que je fais depuis l'âge de treize ou quatorze ans. La soirée de jeudi ne se passera peut-être pas exactement comme ça, mais on n'en sera sûrement pas très loin. Comme je le disais, quelque chose a changé, et je suis sûr que j'y suis presque. Ah, monsieur Ryder, nous voilà rendus. Juste à l'heure pour vos journalistes, j'en suis certain. »

Le centre-ville avait été si silencieux, si désert, que je ne l'avais pas reconnu. Mais, en effet, nous arrivions à l'entrée de l'hôtel.

« Si cela ne vous ennuie pas, continua Stephan, je vais vous déposer ici, Boris et vous. Il faut que j'aille garer la voiture de l'autre côté. »

À l'arrière, Boris semblait fatigué, mais il était encore éveillé. Nous sortîmes de la voiture, et je veillai à ce que le petit garçon remercie Stephan avant de le conduire dans l'hôtel.

7

Les lumières avaient été baissées dans le hall et tout l'hôtel semblait avoir sombré dans le silence. Le jeune réceptionniste que j'avais vu en arrivant était encore de service, mais il avait l'air profondément endormi dans son fauteuil, derrière le bureau de l'accueil. À notre venue, il leva les yeux, me reconnut et tenta de se réveiller.

« Bonsoir, monsieur », dit-il sur un ton plein d'entrain ; mais presque aussitôt sa lassitude parut prendre le dessus.

« Bonsoir. J'ai besoin d'une autre chambre. Pour Boris. » Je posai ma main sur l'épaule du petit garçon. « Aussi près de la mienne que possible, s'il vous plaît.

– Je vais voir ce que je peux faire, monsieur Ryder.

– En fait, votre porteur, vous savez, Gustav, il se trouve que c'est le grand-père de Boris. Je me demande si par hasard il serait encore dans l'hôtel.

– Mais oui, Gustav vit ici. Il a une petite chambre là-haut, sous les combles. Mais à cette heure-ci je pense qu'il doit dormir.

– Cela ne le gênerait peut-être pas qu'on le réveille. Je sais qu'il souhaitera voir Boris immédiatement. »

Le réceptionniste jeta à sa montre un regard soucieux. « Si c'est vous qui le dites, monsieur », répondit-il, l'air hésitant. Il décrocha le téléphone. Un instant s'écoula, et j'entendis qu'il était en ligne.

« Gustav ? Gustav, je vous prie de m'excuser. Ici Walter. Oui, oui, pardonnez-moi de vous réveiller. Oui, je sais, je vous prie de m'excuser. Mais écoutez-moi, s'il vous plaît. M. Ryder vient d'arriver. Votre petit-fils est avec lui. »

Pendant un moment, le réceptionniste resta à l'écoute, hochant la tête de temps en temps. Puis il posa le combiné et me fit un sourire.

« Il arrive immédiatement. Il me dit qu'il va s'occuper de tout.

– Formidable.

– Monsieur Ryder, vous devez être très fatigué maintenant.

– Oui, en effet. La journée a été épuisante. Mais je crois que j'ai encore un rendez-vous. Des journalistes sont censés m'attendre ici.

– Oh ! Ils ont fini par partir il y a environ une heure. Ils ont dit qu'ils organiseraient une autre rencontre. Je leur ai suggéré de s'entendre directement avec Mlle Stratmann pour ne pas vous déranger. Vraiment, monsieur, vous avez l'air très fatigué. Vous devriez cesser de vous faire du souci pour ce genre de choses et aller vous coucher.

– Oui, sûrement. Ils sont donc partis. Ils commencent par se présenter en avance, et puis ils s'en vont.

– En effet, monsieur, c'est très contrariant. Mais si j'ai un conseil à vous donner, monsieur Ryder, vous devriez aller dormir maintenant. Il faut que vous cessiez de vous inquiéter. Je suis convaincu que tout sera pris en charge comme il convient. »

J'étais reconnaissant au jeune employé de ces paroles apaisantes, et, de fait, pour la première fois depuis des heures, je commençai à éprouver une sensation de détente. Je posai mes coudes sur le bureau de la réception et, en un instant, je m'assoupis là, debout. Je ne m'endormis pourtant pas complètement, car je ne cessai de sentir que Boris laissait peser lourdement sa tête contre mon corps, et d'entendre la voix du réceptionniste qui poursuivait son bavardage rassurant, juste devant moi.

« Gustav ne sera pas long, disait-il, et il veillera à ce que votre garçon soit bien installé. Vraiment, monsieur, il n'y a plus aucune raison de se faire du souci. Quant à Mlle Stratmann, nous la connaissons depuis longtemps, dans cet hôtel. Une dame des plus efficaces. Elle s'est occupée des affaires de nombreux visiteurs importants, par le passé, et ils ont été unanimes à la trouver remarquable. Elle ne commet tout simplement aucune erreur. Vous pouvez donc la laisser se soucier de ces journalistes : il n'y aura pas de problème. Quant à Boris, nous allons lui donner une chambre proche de la vôtre, de l'autre côté du couloir. On y a une très belle vue, dont il pourra profiter demain matin. Je pense donc, monsieur Ryder, que vous devriez vraiment aller dormir, maintenant. Il n'y a rien d'autre, sérieusement, que vous puissiez faire aujourd'hui. En fait, si je peux me permettre, je vous recommanderais volontiers de laisser Boris à son grand-père une fois que vous serez tous montés à l'étage. Gustav va arriver d'une minute à l'autre, il met son uniforme, c'est ce qui le retient actuellement. Il sera bientôt ici, en grande tenue, ça c'est Gustav tout craché, l'uniforme impeccable, pas un détail qui cloche. Dès qu'il sera là, vous devriez lui demander de prendre soin de tout. Il va aussi vite qu'il peut. Il doit être en train de nouer les lacets de ses souliers, assis au bord de son petit lit. D'un instant à l'autre, il va être prêt, il va se redresser d'un bond, encore qu'il doive prendre garde à ne pas se cogner la tête contre les poutres. Un coup de peigne, et il sera dans le corridor. Oui, il sera là d'une seconde à l'autre, et vous pourrez gagner votre chambre, vous décontracter un peu avant de passer une nuit réparatrice. Je vous suggère de prendre un dernier verre, un des cocktails maison que vous trouverez tout prêts dans votre mini-bar. Ils sont vraiment excellents. À moins que vous ne préfériez vous faire monter une boisson chaude. Et vous pouvez écouter de la musique à la radio, quelque chose d'apaisant. Il y a un poste qui émet de Stockholm à cette heure-là, rien que du jazz très calme pour le milieu de la nuit, vraiment apaisant ; moi, je l'écoute souvent pour me délasser. Ou bien, si vous avez réellement besoin de vous changer les idées, puis-je vous suggérer d'aller voir le film ? Beaucoup de nos hôtes le font en ce moment même. »

Cette dernière remarque – cette histoire de film – me tira de ma somnolence. Je me redressai et demandai :

« Excusez-moi, de quoi venez-vous de parler ? Beaucoup de vos hôtes sont partis voir un film ?

– Oui, il y a un cinéma juste à côté. Une séance a lieu tard dans la nuit. Beaucoup de clients y font un saut ; ils trouvent que ça les aide à se détendre de voir un film, à la fin d'une dure journée. Vous aussi, vous pourriez essayer ça, à la place d'un cocktail ou d'une boisson chaude. »

Le téléphone placé près du réceptionniste sonna ; il s'excusa et décrocha. Je remarquai que, tout en écoutant, il me jetait des coups d'œil gênés. Puis il dit : « Il est ici même, madame », et me tendit le combiné.

« Allô ? » dis-je.

Au bout de quelques secondes de silence, une voix répondit : « C'est moi. »

Il me fallut un moment pour comprendre que c'était Sophie. Mais dès que j'eus compris, je fus saisi d'une rage intense à son égard, et n'eût été la présence de Boris j'aurais hurlé dans l'appareil. Je finis par dire froidement : « Ah. C'est toi. »

Il y eut un autre court silence avant qu'elle reprenne : « J'appelle de dehors. Dans la rue. Je t'ai vu entrer avec Boris. Il vaut sans doute mieux qu'il ne me voie pas, maintenant. L'heure où il se couche d'habitude est largement dépassée. Essaie qu'il ne sache pas que c'est avec moi que tu parles. »

Je baissai les yeux vers Boris, qui s'était assoupi tout debout, appuyé contre moi.

« Tu pourrais me dire à quoi tu joues ? » demandai-je.

Je l'entendis soupirer lourdement, puis elle dit :

« Tu as parfaitement raison d'être en colère. Je... je ne sais pas ce qui s'est passé. Je vois maintenant que j'ai vraiment fait l'idiote...

– Écoute, interrompis-je, craignant de ne pas pouvoir maîtriser encore longtemps ma colère, où te trouves-tu exactement ?

– De l'autre côté de la rue. Sous les arcades, devant les antiquaires.

– Je te rejoins dans une minute. Reste là où tu es. »

Je tendis le combiné au réceptionniste et constatai avec soulagement que Boris était resté endormi du début à la fin de la conversation. En tout état de cause, à cet instant précis, la porte de l'ascenseur s'ouvrit et Gustav s'avança sur la moquette.

En effet, son uniforme était impeccable. Ses cheveux blancs clairsemés avaient été humectés et peignés. Les yeux légèrement bouffis, la démarche un peu raide révélaient seuls qu'il était encore profondément endormi quelques minutes auparavant.

« Ah, bonsoir, monsieur, dit-il en se dirigeant vers nous.

– Bonsoir.

– Vous avez amené Boris. Comme c'est gentil à vous

d'avoir pris cette peine ! » Gustav se rapprocha encore de quelques pas, observant son petit-fils avec un doux sourire. « Mon Dieu, monsieur, regardez-le. Complètement endormi.

– Oui, il est très fatigué.

– Il a encore l'air si jeune quand il est en plein sommeil. » Le porteur passa un instant à contempler tendrement Boris. Puis il leva les yeux vers moi et reprit : « Je me demandais, monsieur, si vous étiez arrivé à parler à Sophie. Tout l'après-midi, j'ai pensé à la façon dont cela avait pu se passer.

– Eh bien oui, je lui ai parlé.

– Ah. Et vous avez obtenu des éléments ?

– Des éléments ?

– Sur ce qui la préoccupe ?

– Ah oui. Écoutez, bien qu'elle ait prononcé quelques phrases révélatrices... pour parler franchement, comme je vous l'ai dit tout à l'heure, il est très difficile pour quelqu'un qui vient de l'extérieur, comme moi, d'avoir une compréhension précise de ce genre de choses. Naturellement, je me suis quand même fait une vague idée de ce qui pouvait la perturber, mais, franchement, il me semble plus que jamais qu'il vaudrait mieux que vous lui parliez vous-même.

– Mais vous savez bien, monsieur, il me semble que je vous ai déjà expliqué...

– Oui, oui, vous ne vous adressez pas la parole, Sophie et vous, je m'en souviens, dis-je, éprouvant brusquement une grande impatience. Cependant, tout de même, si cette affaire a pour vous une telle importance...

– C'est pour moi une affaire de la plus grande importance. Oui, monsieur, en vérité, de la plus grande importance. Il s'agit de Boris, comprenez-vous. Si nous n'attaquons pas bientôt le fond du problème, il va être sérieusement angoissé, j'en suis certain. Il en présente déjà des signes évidents. Et il n'y a qu'à le regarder, tel qu'il est maintenant, monsieur, regardez-le maintenant, et vous verrez qu'il est encore bien jeune. Nous lui devons de l'aider à vivre encore quelque temps dans un monde protégé de telles inquiétudes, ne le pensez-vous pas, monsieur ? En fait, dire que cette question a de l'importance pour moi est largement au-dessous de la vérité. Ces temps-ci, je n'ai pratiquement pas cessé d'y songer avec anxiété, jour et nuit. Mais, vous comprenez... » Il se tut un instant, fixant d'un regard vide le sol à ses pieds. Puis il secoua un peu la tête et soupira. « Vous dites que je devrais parler moi-même à Sophie. Ce n'est pas si simple, monsieur. Vous devez comprendre l'historique de la situation. Voyez-vous, il y a tant d'années maintenant que nous avons ce... cet arrangement. Depuis sa jeunesse. Quand elle était vraiment petite, évidemment, les choses se passaient différemment. Jusqu'à ce qu'elle ait huit ou neuf ans, on se parlait tout le temps, Sophie et moi. Je lui racontais des histoires, nous allions faire de grandes promenades dans la vieille ville, la main dans la main, rien que tous les deux, et on parlait, on parlait. Comprenez-moi bien, monsieur, j'aimais Sophie tendrement en ce temps-là et c'est encore le cas aujourd'hui. Oui, monsieur. Nous étions très proches quand elle était petite. L'arrangement est apparu quand elle a eu huit ans. C'est ça, c'est l'âge qu'elle avait. Au fait, monsieur, notre arrangement, au départ, je n'imaginais pas que cela allait durer très longtemps. Je suppose que j'y voyais un état de choses qui allait se prolonger pendant quelques jours. C'était tout, monsieur, tout ce que j'envisageais. Le premier jour, je me rappelle que j'étais en congé et que j'essayais de poser une étagère dans la cuisine pour ma femme. Sophie n'arrêtait pas de me suivre partout, posant des questions, me proposant d'aller chercher telle ou telle chose, essayant de m'aider. J'ai gardé le silence, monsieur, je l'ai complètement gardé. Très vite, elle a été déconcertée, troublée, bien sûr, je m'en apercevais. Mais c'était ce que j'avais décidé et il fallait que je sois ferme. Ça n'a pas été facile pour moi, monsieur. Mon Dieu non, ça n'a pas du tout été facile, j'aimais ma petite fille plus que tout au monde, mais je me suis dit qu'il fallait que je sois fort. Trois jours, me suis-je dit, trois jours suffiraient, trois jours et on en verrait le bout. Rien que trois jours, et je pourrais rentrer du travail, la soulever de nouveau dans mes bras, la serrer contre moi, et nous nous dirions tout. Rattraper le temps perdu, pour ainsi dire. À l'époque, je travaillais à l'hôtel Alba, et vers la fin de ce troisième jour, comme vous pouvez l'imaginer, j'avais hâte que mes heures soient terminées pour pouvoir rentrer à la maison et retrouver ma petite Sophie. Vous pouvez donc vous figurer ma déception quand, à mon retour dans notre appartement, Sophie a refusé de venir m'accueillir, alors que je l'appelais. Pis encore, monsieur : quand je suis allé la trouver, elle a détourné les yeux de façon absolument délibérée et elle a quitté la pièce sans dire un mot. Comme vous pouvez l'imaginer, j'étais vraiment blessé. Et je suppose que j'ai dû me mettre un peu en colère – comme je le disais, j'avais eu une journée très dure et n'avais cessé de penser avec joie au moment où je la verrais. Je me suis dit, si c'est cette attitude-là qu'elle veut avoir, elle verra où ça mène. J'ai donc dîné avec ma femme, après quoi je suis allé me coucher sans avoir adressé la parole à Sophie. Je suppose que les choses se sont enclenchées comme ça. Un jour en a suivi un autre, et avant qu'on ait le temps de s'en rendre compte, c'est devenu la norme entre nous. Comprenez-moi bien, monsieur, nous n'étions pas exactement brouillés ; très vite, toute animosité a disparu entre nous. En fait, à l'époque, c'était exactement comme maintenant. Sophie et moi, nous sommes restés très attentifs l'un à l'autre. Simplement, nous évitions de nous parler. Je reconnais, monsieur, qu'à cette période, je n'imaginais pas que l'affaire se poursuivrait pendant si longtemps. Mon intention, j'imagine, avait toujours été de saisir un moment opportun, un jour particulier tel que son anniversaire, pour tourner la page et retrouver nos relations d'autrefois. Mais son anniversaire est venu, il est passé, et Noël aussi est venu, puis passé, et nous n'avons pas renoué. Et puis, quand elle a eu onze ans, un triste incident s'est produit. En ce temps-là, Sophie avait un petit hamster blanc. Elle l'appelait Ulrich, elle s'y était énormément attachée. Elle passait des heures d'affilée à lui parler, le promenant dans le creux de ses mains d'un bout de l'appartement à l'autre. Un jour, le petit animal a disparu. Sophie a fouillé partout. Sa mère et moi, nous avons également fouillé l'appartement, nous en avons parlé aux voisins, mais en vain. Ma femme a fait de son mieux pour rassurer Sophie, pour la convaincre qu'Ulrich allait bien, qu'il était simplement parti faire un petit voyage et ne tarderait pas à être de retour. Un soir, ma femme était sortie ; Sophie et moi, nous étions seuls dans l'appartement. J'étais dans la chambre, où j'écoutais la radio à fort volume – on diffusait un concert –, quand je me suis rendu compte que, dans le séjour, Sophie sanglotait sans pouvoir se retenir. Presque tout de suite, j'ai deviné qu'elle avait fini par retrouver Ulrich. Ou ce qu'il en restait – cela faisait quelques semaines qu'il avait disparu. Mais la porte entre la chambre à coucher et le séjour était fermée, et, comme je le disais, le son de la radio était monté à fond, et il aurait donc été parfaitement concevable que je ne l'entende pas. Je suis donc resté dans la chambre, l'oreille collée à la porte, avec le concert en bruit de fond. Bien sûr, j'ai pensé à plusieurs reprises à aller la trouver, mais plus je restais longtemps à la porte, plus il semblait bizarre que je fasse brusquement irruption. Vous comprenez, monsieur, ce n'était pas comme si elle avait sangloté très fort. Pendant un moment, je me suis même rassis, en essayant de me convaincre que je ne l'avais pas entendue. Mais, bien sûr, ça me déchirait de l'entendre sangloter comme ça, et je me suis retrouvé de nouveau debout contre la porte, le dos rond, m'efforçant d'écouter Sophie malgré la musique. Si elle m'appelle, me suis-je dit, si elle frappe ou qu'elle m'appelle, j'entrerai. Voilà ce que j'avais décidé. Si elle appelle « Papa ! », j'entrerai, j'expliquerai que je ne l'avais pas entendue plus tôt à cause de la musique. J'ai attendu, mais elle n'a ni appelé ni frappé. La seule chose qu'elle a faite, après avoir sangloté désespérément pendant quelque temps – ça allait droit au cœur, je vous assure, monsieur –, elle a lancé comme pour elle-même – j'insiste, monsieur, comme si elle s'était parlé à elle-même –, elle a crié : « J'ai laissé Ulrich dans la boîte ! C'est de ma faute ! J'ai oublié ! C'est de ma faute ! » Ce qui s'était passé, ai-je découvert plus tard, c'est que Sophie avait mis Ulrich dans un petit coffret qu'elle avait. Elle voulait l'emmener quelque part, elle l'emmenait souvent dehors pour lui « montrer » des choses. Elle l'avait mis dans ce petit coffret, tout prêt pour sortir, mais quelque chose s'était passé, elle avait été distraite, elle n'était finalement pas sortie, et entre-temps elle avait oublié qu'elle avait mis Ulrich dans la boîte. Le soir dont je vous parle, monsieur, des semaines après, elle s'était trouvée dans l'appartement, occupée à quelque chose, et subitement elle s'était souvenue. Pouvez-vous imaginer quel instant horrible cela a dû être pour ma petite fille ! Ce souvenir qui revient subitement, et peut-être l'espoir impossible de s'être trompée, et l'examen précipité du coffret. Bien sûr, Ulrich était toujours là. En écoutant à la porte, je ne pouvais pas, bien sûr, reconstituer exactement tout ce qui s'était passé, mais j'ai plus ou moins deviné au moment où elle a poussé son cri : " J'ai laissé Ulrich dans la boîte ! C'est de ma faute ! " Mais comprenez-moi bien, monsieur, elle avait l'air de se parler à elle-même. Si elle avait crié : " Papa ! Viens, s'il te plaît... " Mais non. Même dans ces conditions, je me suis quand même dit : " Si elle crie de nouveau, j'irai. " Mais non. Elle a continué à sangloter, c'est tout. Je me la représentais, tenant Ulrich du bout des doigts, espérant peut-être qu'on pouvait encore le sauver... Oh, monsieur, ce n'était pas facile pour moi ! Mais le concert continuait derrière moi et, voyez-vous, je suis resté dans la chambre à coucher. J'ai entendu ma femme rentrer, beaucoup plus tard, et leurs voix à toutes les deux, et Sophie pleurer encore. Ensuite, ma femme est entrée dans la chambre et m'a raconté ce qui s'était passé. " Tu n'as rien entendu ? " a-t-elle demandé, et moi : " Mon Dieu, non, rien du tout, j'écoutais le concert. " Le lendemain matin, au petit déjeuner, Sophie ne m'a rien dit, et je ne lui ai rien dit. En somme, nous avons maintenu notre arrangement. Mais je me suis rendu compte, il n'y avait pas à en douter, je me suis rendu compte que Sophie savait que j'avais écouté. Et, qui plus est, elle ne m'en voulait pas. Elle m'a passé le pot de lait, comme d'habitude, le beurre, elle a même enlevé mon assiette – un petit service supplémentaire. Ce que je dis, monsieur, c'est que Sophie comprenait notre accord et qu'elle le respectait. Ensuite, comme vous pouvez l'imaginer, les choses en sont plus ou moins restées là. Vous comprenez, vu que nous n'avions pas mis fin à notre arrangement au moment de l'histoire d'Ulrich, cela n'aurait pas paru correct d'y mettre fin tant que quelque chose d'au moins aussi conséquent ne survenait pas. À la vérité, monsieur, non seulement cela aurait été bizarre d'y mettre un terme subitement, n'importe quand, sans raison particulière, mais cela aurait dévalorisé la tragédie que représentait pour ma fille l'affaire d'Ulrich. J'espère que cela vous paraît clair, monsieur. En tout cas, comme je le disais, par la suite notre arrangement, si l'on peut dire, se trouva cimenté, et même dans les circonstances actuelles il ne me semble pas indiqué de rompre brusquement un accord si ancien. J'oserai dire que Sophie aurait certainement la même réaction. C'est pourquoi, monsieur, je vous ai demandé, à titre de faveur toute particulière, puisque vous vous trouviez passer par là cet après-midi...

– Oui, oui », interrompis-je, sentant monter en moi une autre vague d'impatience. Puis-je repris avec plus de douceur : « Je comprends quel climat s'est instauré entre votre fille et vous. Mais je me demande s'il ne se peut pas que cette situation même... cet arrangement qui existe entre vous. Ne se peut-il pas que cela soit précisément au cœur de ce qui la tracasse ? Que ce soit cet arrangement qui ait occupé ses pensées le jour où vous l'avez vue assise au café, l'air accablé ? »

Mes paroles semblèrent stupéfier Gustav, et pendant un moment il resta silencieux. Enfin il dit : « C'est une idée qui ne m'était jamais venue, ce que vous venez de suggérer. Il va falloir que j'y réfléchisse. Je dois dire que ça ne m'était jamais venu. » Il se tut de nouveau quelques instants, le visage troublé. Puis il leva les yeux et dit : « Mais pourquoi serait-elle si préoccupée par notre arrangement *maintenant* ? Alors que tout ce temps s'est écoulé ? » Il secoua lentement la tête. « Permettez-moi de vous demander, monsieur. C'est en parlant avec elle que cette idée vous est venue ? »

Subitement, j'éprouvais une immense lassitude et je souhaitai que toute l'affaire cessât de m'être confiée. « Je ne sais pas, je ne sais pas, dis-je. Comme je vous l'ai déjà dit, ces affaires de famille... Je ne suis qu'un étranger. Comment pourrais-je en juger ? Je voulais simplement signaler cette possibilité.

– Assurément, cela mérite réflexion de ma part. Dans l'intérêt de Boris, je suis prêt à envisager toutes les possibilités. Oui, je vais devoir y réfléchir. » Il sombra de nouveau dans le silence, l'air de plus en plus troublé. « Je me demande, monsieur, dit-il enfin, si je pourrais solliciter auprès de vous une autre faveur. Quand vous reverrez Sophie, peut-être auriez-vous la gentillesse d'enquêter sur cette possibilité. Je sais que vous vous y prendrez avec beaucoup de tact. Normalement, je ne me permettrais pas de demander une chose pareille, mais, comprenez-moi, je pense au petit Boris. Je vous en serais vraiment reconnaissant. »

Il me regarda d'un air suppliant. À la fin, je soupirai et obtempérai : « Bon, bon. Je ferai ce que je peux dans l'intérêt de Boris. Mais je tiens à répéter que pour quelqu'un comme moi, qui viens de l'extérieur... »

Fut-ce parce que son nom avait été prononcé, toujours est-il que Boris, à cet instant précis, se réveilla.

« Grand-père ! » s'exclama-t-il. Me lâchant, il fonça vers Gustav, évidemment résolu à l'embrasser. Mais, au dernier moment, le petit garçon sembla se ressaisir et tendit simplement la main.

« Bonsoir, grand-père, dit-il sur un ton de calme dignité.

– Bonsoir, Boris. » Gustav lui tapota doucement la tête. « Je suis content de te voir. Comment s'est passée ta journée ? »

Boris haussa les épaules d'un air désinvolte. « Un peu fatigante. Une journée comme les autres.

– Je vous demande une minute, reprit Gustav. Je vais m'occuper de tout. »

Le bras passé autour des épaules de son petit-fils, le porteur s'approcha du bureau de la réception. Pendant quelques instants, il s'entretint avec le réceptionniste en jargon hôtelier, à voix basse. Puis ils hochèrent la tête, s'étant mis d'accord, et le réceptionniste lui tendit une clé.

« Si vous voulez bien me suivre, monsieur, dit Gustav. Je vous montrerai où Boris va dormir.

– En fait, j'ai un autre rendez-vous.

– À cette heure-là ? Quelle vie affairée vous menez, monsieur ! Dans ce cas, puis-je vous proposer de conduire moi-même Boris à sa chambre et de l'y installer ?

– C'est une excellente idée. Je vous en serais très reconnaissant. »

Je les accompagnai jusqu'à l'ascenseur et fis un dernier signe de la main au moment où la porte se referma. Puis, d'un seul coup, l'exaspération et la colère que j'étais jusqu'alors parvenu à maîtriser revinrent en force, et, sans plus adresser la parole au réceptionniste, je traversai le hall et sortis de nouveau dans la nuit.

8

La rue était déserte et silencieuse. Il me fallut un moment pour repérer – un peu plus loin, de l'autre côté – les arcades de pierre dont Sophie avait parlé au téléphone. Pendant un instant, en marchant dans cette direction, je me demandai si elle avait perdu courage au point de s'enfuir. Mais je vis alors sa silhouette émerger de l'ombre et sentis ma rage m'envahir de nouveau.

Son expression n'était pas aussi humble que ce que j'avais imaginé. Elle m'observait attentivement, et dit presque calmement quand je m'approchai d'elle :

« Tu as toutes les raisons d'être en colère. Je ne sais pas ce qui s'est passé. Je devais être troublée. Oui, tu as toutes les raisons d'être en colère. »

Je la regardai avec nonchalance. « En colère ? Ah, je comprends. Tu parles de la façon dont tu t'es conduite en début de soirée. C'est vrai, je le reconnais, cela m'a beaucoup déçu à cause de Boris. Visiblement, il était bouleversé. Mais quant à moi, en toute franchise, je n'ai pas consacré beaucoup de temps à y penser. J'ai d'autres chats à fouetter.

– Je ne sais pas pourquoi ça s'est passé comme ça. Je sais à quel point tu dépendais de moi...

– Je n'ai jamais dépendu de toi. Il me semble que tu devrais te calmer un peu. » J'eus un rire bref et me mis à marcher lentement. « En ce qui me concerne, ce n'est vraiment pas un grand problème. J'ai toujours été prêt à m'acquitter de mes obligations, avec ou sans ton aide. Je suis déçu pour Boris, c'est tout.

– J'ai été tout à fait stupide, je m'en rends compte maintenant. » Sophie avait accordé son pas au mien. « Je ne sais pas trop, j'ai dû penser que Boris et toi... – essaie de voir les choses de mon point de vue – Boris et toi, vous traîniez derrière, et j'ai cru que vous n'étiez peut-être pas emballés par les propositions que j'avais faites pour la soirée, et j'ai pensé que vous alliez sans doute partir de votre côté, de toute façon... Écoute, si tu veux, je te dirai tout. Tout ce que tu désires savoir. Tous les détails... »

Je m'arrêtai de marcher et me tournai vers elle. « Apparemment, je me suis mal fait comprendre. Tout cela ne m'intéresse pas. Je suis sorti simplement parce que je voulais prendre l'air et me décontracter un peu. La journée a été dure. En fait, je suis sorti parce que je voulais aller voir un film avant d'aller au lit.

– Un film ? Quel film ?

– Comment le saurais-je ? Une séance nocturne. Il y a un cinéma, tout près. Je me suis dit que j'allais voir ce qu'ils passaient. La journée a été très dure. »

Je me remis à marcher, à une allure plus résolue. Au bout d'un moment, j'eus le plaisir d'entendre le bruit de ses pas qui me poursuivaient.

« C'est vrai, tu n'es pas en colère ? demanda-t-elle en arrivant à ma hauteur.

– Bien sûr que je ne suis pas en colère. Pourquoi le serais-je ?

– Je peux venir aussi ? Voir ce film ? »

Je haussai les épaules et continuai à marcher à un rythme soutenu. « Comme tu veux. Cela ne pose aucun problème. »

Sophie m'agrippa le bras. « Si tu le souhaites, je vais te dire tout ce que j'ai sur la conscience. Je te dirai tout. Tout ce que tu veux savoir...

– Écoute, combien de fois faudra-t-il que je te le répète ? Ça ne m'intéresse absolument pas. Tout ce que je souhaite, maintenant, c'est me détendre. Je vais être sous pression, pendant les quelques jours à venir. »

Elle me tenait toujours par le bras. Pendant un moment,

nous marchâmes de conserve en silence. Puis elle dit doucement : « C'est si généreux de ta part. De montrer autant de compréhension. »

Je ne répondis rien. Nous descendîmes du trottoir et dérivâmes peu à peu jusqu'au milieu de la chaussée déserte.

« Quand je nous aurai trouvé une maison correcte, finit-elle par dire, tout ira mieux. C'est forcé. Cet endroit que je vais visiter demain matin, je trouve ça vraiment prometteur. J'ai l'impression que c'est exactement ce que nous cherchons depuis toujours.

– Bon. Espérons-le.

– Tu pourrais te montrer un peu plus enthousiaste. C'est peut-être un véritable tournant que nous abordons. »

Je haussai de nouveau les épaules et continuai à marcher. Nous étions encore à quelque distance du cinéma, mais, comme c'était pratiquement le seul point éclairé de toute cette rue plongée dans l'obscurité, il y avait un moment que nos yeux étaient braqués sur lui. Lorsque nous arrivâmes à proximité, Sophie soupira et nous fit faire une halte.

« Je ne vais peut-être pas y aller, dit-elle en dégageant son bras. J'aurai besoin de beaucoup de temps pour visiter la maison, demain. Il faut que je parte tôt. Je ferais mieux de rentrer. »

Pour une raison qui m'échappe, ses paroles me prirent complètement au dépourvu et, l'espace d'une seconde, je m'interrogeai sur la meilleure façon de réagir. Je lançai un regard vers le cinéma, puis de nouveau vers Sophie.

« Mais je croyais que tu avais dit que tu voulais... », commençai-je. Puis, après m'être interrompu, je repris d'une voix plus calme : « Écoute, c'est un très bon film. Je suis sûr que tu trouveras ça bien.

– Tu ne sais même pas ce que c'est, comme film ! »

L'idée me vint tout d'un coup qu'elle s'amusait avec moi sans que je sache à quel jeu. Cependant, une panique étrange s'empara de moi et je ne pus empêcher ma voix de prendre un ton suppliant.

« Tu sais bien ce que je veux dire. C'est le réceptionniste. Il me l'a recommandé. Je sais qu'on peut lui faire confiance. Et l'hôtel doit soigner sa réputation. Il n'irait quand même pas conseiller... » Ma phrase resta en suspens, tant la panique montait à mesure que Sophie s'écartait de moi. « Écoute... » J'élevai la voix, cessant de me soucier d'être entendu par quiconque. « Je sais que ce sera un bon film. Et il y a si longtemps que nous n'avons pas été au cinéma ensemble. C'est vrai, non ? À quand remonte la dernière fois où nous avons fait ensemble ce genre de choses ? »

Sophie sembla prendre mes paroles en considération, puisqu'elle revint finalement près de moi en souriant.

« D'accord, dit-elle en me prenant le bras avec douceur. D'accord. Il est tard, mais je vais entrer avec toi. Comme tu dis, il y a une éternité que nous n'avons rien fait de pareil ensemble. Allons-y, et amusons-nous bien. »

J'éprouvai un énorme soulagement, et, en entrant dans le cinéma, j'eus du mal à ne pas la serrer étroitement contre moi. Sophie, apparemment, perçut ce qui se passait et blottit sa tête contre mon épaule.

« C'est si généreux de ta part, dit-elle à mi-voix. De ne pas être fâché contre moi.

– Pourquoi serais-je fâché ? » marmonnai-je en examinant le hall d'entrée.

À quelques pas devant nous, les dernières personnes d'une file d'attente pénétraient dans la salle. Je cherchai des yeux le lieu de vente des billets, mais la guérite était fermée, et l'idée me vint qu'il existait peut-être un accord particulier entre l'hôtel et le cinéma. D'ailleurs, lorsque nous rejoignîmes la fin de la queue, un homme en costume vert, campé sur le seuil, sourit et nous fit entrer à la suite des autres.

La salle était pratiquement comble. Les lumières n'étaient pas encore baissées et de nombreuses personnes déambulaient, choisissant leur place. Je cherchais où nous allions nous asseoir quand Sophie me pressa le bras fiévreusement.

« Si on prenait quelque chose ! Des glaces, du pop-corn, ou quoi ? »

Elle m'indiquait l'avant de la salle, où une petite queue s'était constituée devant une femme en uniforme qui tenait un panier de confiseries.

« Bien sûr, lui dis-je. Mais nous ferions mieux de nous presser, ou il ne restera plus de place. C'est bondé, ici. »

Nous gagnâmes le premier rang pour nous joindre à la file d'attente. Au bout d'un moment, pendant que je patientais, je sentis la colère m'envahir de nouveau, si bien que je fus obligé de m'écarter nettement de Sophie. Puis je l'entendis dire derrière moi :

« Il faut que je sois franche. En fait, ce n'est pas pour te retrouver que je suis venue à l'hôtel, ce soir. Je ne savais même pas que vous alliez y venir tous les deux.

– Ah bon ? » Je me penchai en avant, les yeux fixés sur les confiseries.

« Après ce qui s'était passé, continua Sophie, je veux dire, après avoir compris à quel point j'avais été bête, je ne savais plus quoi faire. Et puis, tout à coup, je me suis rappelé. Pour le pardessus d'hiver de papa. Je me suis rappelé que je ne le lui avais pas encore donné. »

Il y eut un bruit de froissement. Je me retournai et remarquai pour la première fois que Sophie portait à son bras un colis informe et volumineux entouré de papier d'emballage. Elle le leva en l'air, mais, visiblement, le poids n'en était pas négligeable et elle le baissa de nouveau.

« C'était idiot. Il n'y avait aucune raison de s'affoler. Mais, tu comprends, il m'a semblé soudain que je sentais l'hiver dans l'air. Et je me suis souvenue du manteau et j'ai voulu le lui faire parvenir sans retard. Alors je l'ai emballé et je suis sortie. Mais ensuite je suis allée jusqu'à l'hôtel et l'air du soir était doux. J'ai vu que je m'étais affolée pour rien, et je ne savais plus s'il fallait que j'entre tout de suite pour le lui donner ou pas. Je suis restée plantée là, il était de plus en plus tard, et j'ai fini par me dire que papa était sûrement couché. J'ai songé à le déposer à la réception, à son intention, mais je désirais le lui donner moi-même. Alors j'ai pensé, bon, je pourrai encore le lui donner dans quelques semaines, il fait si doux. C'est à ce moment que la voiture est arrivée et que vous en êtes sortis, Boris et toi. Voilà la vérité.

– Je vois.

– Je ne sais pas si j'aurais eu le courage de t'affronter, sans ça. Mais j'étais là, de l'autre côté de la rue, alors j'ai pris ma respiration et j'ai téléphoné.

– Ma foi, tu as bien fait. » Je montrai d'un geste le lieu

où nous nous trouvions. « Après tout, il y avait longtemps que nous n'étions pas allés au cinéma ensemble. »

Elle ne répondit pas ; quand je me tournai vers elle, elle regardait tendrement le paquet posé sur son bras. Elle le tapota de sa main libre.

« Le temps ne va pas changer d'ici à quelques semaines, murmura-t-elle, parlant au manteau autant qu'à moi. Ce n'est donc pas terriblement pressé. Nous pourrons le lui donner dans quelques semaines. »

Nous étions maintenant en tête de la file d'attente et Sophie se glissa devant moi pour scruter d'un œil avide le panier présenté par la femme en uniforme.

« Qu'est-ce que tu vas prendre ? demanda-t-elle. Moi, je crois que j'ai envie d'un petit pot. Non, un chocolat glacé. Un comme ça. »

En regardant par-dessus son épaule, je vis que le panier contenait l'assortiment habituel de glaces et de barres chocolatées. Mais, bizarrement, toutes ces friandises avaient été refoulées en désordre vers les bords pour laisser la place d'honneur à un gros livre endommagé. Je me penchai pour l'examiner.

« C'est un manuel très utile, monsieur, dit la femme en uniforme d'une voix enthousiaste. Je le recommande de tout cœur. Je suppose que je ne devrais pas le vendre ici, dans ces conditions. Mais le directeur accepte que nous vendions tel ou tel objet personnel, tant que nous ne le faisons pas trop souvent. »

Sur la couverture figurait une photographie d'un homme souriant en bleu de travail, perché sur un escabeau, un pinceau à la main, un rouleau de papier peint sous le bras. Quand je pris le livre je sentis la reliure se détacher.

« En fait, ça appartenait à mon fils aîné, continua la femme en uniforme. Mais il est adulte maintenant, et il est parti en Suède. Je me suis décidée à trier ses affaires la semaine dernière. J'ai gardé tout ce qui me semblait avoir une valeur affective et j'ai jeté le reste. Mais il y avait deux ou trois choses qui ne semblaient entrer dans aucune des deux catégories. Ce vieux manuel, monsieur, je ne peux pas dire au juste qu'il ait une valeur affective, mais c'est un ouvrage si utile, on y apprend à faire tant de choses dans une maison, tapisserie, carrelage, tout est expliqué étape par étape avec des figures très claires. Je me rappelle que mon fils l'a trouvé très utile dans sa jeunesse. Je sais bien qu'il est un peu dépenaillé maintenant, mais c'est vraiment un livre précieux. Je n'en demande pas cher, monsieur.

– Ça plairait peut-être à Boris, dis-je à Sophie tout en feuilletant l'ouvrage.

– Oh, si vous avez un garçon qui est en train de grandir, monsieur, c'est l'idéal. Je vous parle d'expérience. Notre fils en a tiré grand profit à cet âge-là. La peinture, le carrelage, tout est expliqué. »

Les lumières commençaient à baisser et je me souvins que nous n'avions toujours pas de places.

« Parfait, merci bien », dis-je.

Je payai la femme, qui me remercia avec effusion, et nous repartîmes avec le livre et les glaces.

« C'est gentil à toi de penser à Boris comme ça », dit Sophie pendant que nous remontions l'allée centrale. Puis elle leva de nouveau son paquet bruissant et le serra contre elle.

« C'est curieux de réaliser que papa a passé l'hiver dernier sans manteau convenable. Mais il était trop fier pour porter le vieux. Il n'a pas fait très froid l'année dernière, ce n'était donc pas si grave. Mais il ne peut pas tenir encore tout un hiver comme ça.

– Non, il ne doit pas le faire.

– J'y pense sans sentimentalité. Je sais que papa vieillit. Je réfléchis à tout cela. À son départ en retraite, par exemple. Il vieillit, il faut regarder ça en face. » Puis elle ajouta paisiblement : « Je le lui donnerai d'ici deux semaines. Ça sera parfait. »

Les lumières ne cessaient de baisser et le public se calmait dans l'attente du spectacle. Je constatai que la salle était de plus en plus bondée et me demandai si nous nous y prenions trop tard pour trouver des places. Mais au moment où l'obscurité nous entourait, un ouvreur descendit l'allée, muni d'une lampe, et nous indiqua deux sièges dans les premiers rangs. Nous nous frayâmes un chemin le long de la rangée en murmurant des excuses, et nous nous assîmes juste au moment où les publicités commençaient.

Ces annonces, qui vantaient surtout des commerçants locaux, semblaient se succéder interminablement. Quand le long métrage commença enfin, nous étions assis depuis au moins une demi-heure. Je vis avec un certain soulagement qu'il s'agissait du grand classique de la science-fiction, *2001, Odyssée de l'espace* – un de mes films de prédilection, que je ne me lassais jamais de voir. Dès que ces plans initiaux si impressionnants, évoquant un monde préhistorique, apparurent sur l'écran, je sentis que je me détendais, et bientôt je fus confortablement plongé dans le film. Nous étions en plein dans la partie centrale de la narration, Clint Eastwood et Yul Brynner étaient à bord du vaisseau spatial en route vers Jupiter, quand j'entendis Sophie dire à côté de moi :

« Mais le temps pourrait changer. Brusquement. »

Je crus qu'elle parlait du film et murmurai une formule d'acquiescement. Mais quelques minutes après, elle reprit :

« L'année dernière, c'était un bel automne ensoleillé, comme celui-ci. Ça a duré indéfiniment. Les gens étaient assis aux terrasses à boire leur café jusqu'en novembre. Et puis, d'un seul coup, pratiquement du jour au lendemain, il a fait si froid. Ça pourrait bien être la même chose cette année. On ne sait jamais, hein ?

– Non, sûrement pas. » Évidemment, j'avais fini par comprendre qu'elle parlait de nouveau du pardessus.

« Enfin, ce n'est pas encore urgent », murmura-t-elle.

Quand je lui jetai de nouveau un coup d'œil, elle semblait s'être remise à suivre le film. Je me retournai moi aussi vers l'écran, mais au bout de quelques secondes certains fragments de souvenirs commencèrent à affluer en moi dans l'obscurité de la salle, et de nouveau mon attention s'éloigna du film.

Je me remémorais avec une grande netteté certain jour où je m'étais trouvé assis dans un fauteuil inconfortable et peut-être sale. C'était sans doute le matin, un matin gris et morne, et je tenais devant moi un journal. Boris était allongé à plat ventre sur le tapis et dessinait sur un carnet de croquis avec un crayon de cire. D'après l'âge du garçonnet – il était encore tout petit –, je supposai que ce souvenir remontait à six ou sept ans ; mais quelle était cette chambre, et dans quelle maison, je ne m'en souvenais pas. Une porte donnant sur une pièce voisine était restée entrebâillée, et on entendait par cette ouverture un bavardage de voix féminines.

J'avais continué quelque temps à lire mon journal dans ce fauteuil inconfortable, jusqu'au moment où une modification subtile dans l'attitude ou la posture de Boris m'avait amené à lui jeter un regard. Un instant m'avait alors suffi pour saisir la situation. Boris était arrivé à dessiner sur sa feuille un Superman parfaitement reconnaissable. Il y avait des semaines qu'il essayait d'y parvenir, mais, malgré nos encouragements, il n'avait pu obtenir même une vague ressemblance. Mais là, sans doute grâce au mélange de chance et de progrès authentique qui survient si souvent dans la vie des enfants, il venait de réussir. Le dessin n'était pas tout à fait terminé – la bouche et les yeux avaient encore besoin de quelques finitions –, mais malgré tout j'avais pu voir aussitôt le triomphe fantastique que cela représentait pour lui. En fait, je lui aurais dit quelque chose si je n'avais pas remarqué sa façon de se pencher en avant, dans une tension extrême, le crayon en suspens au-dessus du papier. Je m'étais rendu compte qu'il se posait la question de perfectionner son dessin au risque de le gâcher. J'avais pu percevoir son dilemme avec acuité, et j'avais été tenté de dire à voix haute : « Arrête, Boris. Ça suffit. Arrête-toi là et montre à tout le monde ce que tu as réalisé. Montre-le-moi, puis montre-le à ta mère et ensuite à tous ces gens qui bavardent dans la pièce à côté. Qu'est-ce que ça fait qu'il ne soit pas complètement fini ? Tout le monde sera stupéfait, et tellement fier de toi. Arrête tout de suite, avant de tout perdre. » Mais je n'avais rien dit ; j'avais simplement continué de le regarder, par-dessus le bord de mon journal. Finalement, Boris s'était décidé et avait commencé à poser quelques touches supplémentaires, avec beaucoup de soin. Puis, prenant de l'assurance, il s'était penché encore davantage et avait commencé à utiliser le crayon en abandonnant toute précaution. Un instant après, il s'était arrêté abruptement, contemplant sa feuille en silence. Puis – et je me rappelais encore maintenant l'angoisse qui m'avait envahi – je l'avais regardé tenter de sauver son dessin, en ajoutant trait sur trait de crayon. En fin de compte, son visage s'était défait et, laissant tomber le crayon sur le papier, il s'était levé et avait quitté la pièce sans dire un mot.

Toute cette affaire m'avait affecté à un point étonnant, et j'étais encore en train de m'appliquer à maîtriser mes émotions quand la voix de Sophie avait lancé tout près de moi :

« Tu ne te rends pas du tout compte, hein ? »

J'avais abaissé mon journal, troublé par son ton amer, pour la voir me dévisager, plantée devant moi. Puis elle avait poursuivi :

« Tu ne te rends pas du tout compte de ce que ça m'a fait, d'observer cette scène. Ce ne sera jamais la même chose pour toi. Tu t'es regardé, plongé dans ton journal ? » Puis elle avait baissé la voix, lui donnant une intensité encore plus grande. « Voilà la différence ! Il n'est pas à toi. Tu auras beau dire, c'est différent. Tu n'éprouveras jamais à son égard les sentiments d'un vrai père. Regarde-toi ! Tu n'as aucune idée de ce que j'ai vécu à ce moment-là. »

Là-dessus, elle avait tourné les talons et était sortie de la pièce.

L'idée m'était venue de la suivre dans la pièce à côté, que les visiteuses soient encore là ou pas, et de la ramener pour discuter avec elle. Mais, pour finir, j'avais décidé de rester où j'étais et d'attendre son retour. Quelques minutes après, Sophie était en effet revenue dans la pièce, mais il y avait quelque chose dans son attitude qui m'avait retenu de lui adresser la parole, et elle était repartie. De fait, au cours de la demi-heure qui avait suivi, Sophie était entrée dans la pièce et en était repartie à plusieurs reprises ; cependant, j'avais beau être résolu à lui faire connaître mes sentiments, je n'en étais pas moins resté silencieux. En fin de compte, à un moment donné, je m'étais aperçu que toute possibilité d'aborder le problème sans avoir l'air ridicule avait maintenant disparu, et je m'étais replongé dans mon journal, me sentant à la fois blessé et fortement frustré.

J'entendis derrière moi une voix dire : « Excusez-moi » ; une main toucha mon épaule. Je me retournai et vis un homme assis derrière nous qui se penchait en avant et m'examinait attentivement.

« C'est bien monsieur Ryder, n'est-ce pas ? Mon Dieu,

c'est bien lui. Pardonnez-moi, depuis le temps que je suis assis là, je ne vous ai pas reconnu, il y a si peu de lumière. Je suis Karl Pedersen. J'étais si impatient de vous rencontrer à la réception de ce matin. Mais des circonstances imprévisibles vous ont évidemment empêché d'y assister. Quelle chance de vous rencontrer maintenant de cette façon ! »

L'homme avait des cheveux blancs, des lunettes, un visage aimable. Je changeai légèrement de position.

« Ah oui, monsieur Pedersen. Je suis très heureux de faire votre connaissance. C'est tout à fait regrettable, comme vous dites, pour ce matin. Moi aussi, j'étais impatient de, euh, de vous rencontrer tous.

– Il se trouve, monsieur Ryder, que sont présents ici ce soir plusieurs autres conseillers qui tous ont été désolés de votre absence ce matin. » Il fouilla l'obscurité du regard. « Si j'arrive à voir où ils sont assis, je serais heureux de vous présenter au moins à un ou deux d'entre eux. » Il pivota sur lui-même et tendit le cou pour explorer les rangs de derrière. « Malheureusement, pour l'instant je ne vois personne...

– Naturellement, je serais enchanté de rencontrer vos collègues. Mais il est assez tard maintenant, et s'ils prennent plaisir à regarder le film, nous devrions peut-être patienter jusqu'à la prochaine fois. À coup sûr, d'autres occasions se produiront.

– Je n'arrive à voir personne, reprit l'homme en se tournant de nouveau vers moi. Quel dommage ! Je sais qu'ils sont quelque part dans ce cinéma. En tout cas, monsieur, en tant que membre du conseil municipal, permettez-moi de vous dire que nous sommes tous ravis et honorés de votre visite.

– Vous êtes trop aimable.

– M. Brodsky, d'après tous les témoignages, a remarquablement bien avancé à la salle de concerts, cet après-midi. Trois ou quatre heures de répétitions sans dételer.

– Oui, c'est ce que j'ai appris. C'est formidable.

– Je me demande, monsieur, si vous avez trouvé moyen, aujourd'hui, de visiter notre salle de concerts.

– La salle de concerts ? Eh bien, non. Malheureusement, je n'en ai pas encore eu l'occasion...

– Bien entendu. Vous avez fait un long voyage pour venir ici. Enfin, nous avons encore du temps. Je suis sûr que vous allez apprécier notre salle de concerts, monsieur Ryder. C'est vraiment un beau bâtiment ancien, et même si nous avons laissé se détériorer certains lieux de notre ville, personne ne peut nous accuser de négliger notre salle de concerts. Un très beau bâtiment ancien, situé, de surcroît, dans un cadre particulièrement splendide. C'est-à-dire dans le parc Liebmann. Vous verrez ce que je veux dire, monsieur Ryder. Une promenade agréable parmi les arbres, puis on arrive à la clairière, et là ! la salle de concerts ! Vous verrez cela par vous-même, monsieur. Un lieu de rassemblement idéal pour les citoyens de la ville, loin du brouhaha des rues. Je me souviens, quand j'étais enfant, il y avait à l'époque un orchestre municipal, et le premier dimanche de chaque mois tout le monde se rassemblait dans la clairière avant le concert. Je me rappelle l'arrivée des différentes familles, tous étaient sur leur trente et un, et de plus en plus de gens arrivaient entre les arbres et échangeaient des salutations. Et nous, les enfants, nous courions partout. À l'automne nous avions un jeu bien particulier. Nous allions en courant ramasser toutes les feuilles mortes que nous trouvions, nous les portions jusqu'à la cabane du jardinier et nous les mettions en tas contre le mur. Il y avait une planche, à peu près à cette hauteur sur le mur de la cabane, une planche qui avait une tache. Ce que nous nous disions les uns aux autres, c'était que nous devions rassembler assez de feuilles pour que le tas atteigne cette fameuse tache avant que les adultes commencent à pénétrer dans le bâtiment. Si nous n'y parvenions pas, toute la ville allait exploser en un million de petits morceaux, une histoire dans ce goût-là. Et nous étions tous là à faire la navette au pas de course, les bras pleins de feuilles humides ! Quand on a mon âge, monsieur Ryder, on est facilement enclin à la nostalgie, mais, il n'y a pas de doute, cette ville a été très heureuse. Il y avait ici de grandes familles heureuses. Et des amitiés réelles et durables. Les gens se traitaient mutuellement avec chaleur et affection. Oui, nous avons eu ici une belle communauté. Pendant des années et des années. J'aurai soixante-seize ans à mon prochain anniversaire, et je peux donc vous le garantir personnellement. »

Pedersen se tut pendant un moment. Il était toujours penché en avant, le bras sur le dossier de mon siège, et lorsque je lui jetai un coup d'œil je remarquai que ses yeux, au lieu de regarder l'écran, étaient perdus dans le lointain. Nous arrivions alors à la partie du film au cours de laquelle les astronautes commencent à s'interroger sur les motivations de HAL, l'ordinateur qui régit tous les aspects de la vie à bord du vaisseau spatial. Clint Eastwood arpentait les couloirs oppressants, l'air sévère, armé d'un grand fusil. Je commençais à être captivé quand Pedersen se remit à parler.

« En toute franchise, je ne peux pas m'empêcher de le plaindre un tant soit peu. M. Christoff, je veux dire. Oui, aussi étrange que cela puisse vous paraître, je le plains. Je m'en suis ouvert à certains de mes collègues et ils se sont simplement dit : le vieux perd la tête, comment peut-on éprouver la moindre pitié pour ce charlatan ? Mais, comprenez-vous, j'ai une meilleure mémoire que la plupart. Je me rappelle ce qui s'est passé lorsque M. Christoff est arrivé dans cette ville. Bien sûr, j'éprouve à son égard une colère aussi vive que celle de mes collègues. Mais, voyez-vous, je sais bien qu'au début, juste au début, ce n'est pas M. Christoff qui s'est mis en avant. Non, non, c'est... eh bien, c'est nous. Je veux dire, des gens dans mon genre. Je ne le nie pas, j'avais un poste influent. Nous l'avons encouragé. Nous l'avons célébré, nous l'avons flatté, nous lui avons fait comprendre que nous comptions sur lui pour nous montrer la voie, pour prendre des initiatives. C'est à nous qu'incombe une part de la responsabilité de ce qui s'est passé. Mes collègues plus jeunes, peut-être n'étaient-ils pas aussi présents à l'époque. Ils connaissent M. Christoff sous son aspect de personnage dominateur autour de qui tout tournait. Ils oublient qu'il n'a jamais demandé à être placé dans cette situation. Oui, je me rappelle très bien l'arrivée de M. Christoff dans cette ville. C'était alors un homme encore jeune, isolé, très discret et même modeste. Si personne ne l'avait encouragé, je suis sûr qu'il se serait contenté de se fondre dans son environnement, de donner de temps à autre un récital privé, rien de plus. Mais le problème, c'est le moment où il est arrivé, monsieur Ryder. Il est tombé au mauvais moment. Lorsque M. Christoff a fait son apparition dans notre ville, nous traversions, comment dirai-je, une sorte de hiatus. M. Bernd, le peintre, et cet excellent compositeur, M. Völler, qui avaient tous deux tenu la barre de notre vie culturelle pendant longtemps, étaient décédés à quelques mois d'écart et il régnait un certain climat... un climat de désarroi. Tous, nous étions très tristes de la disparition de ces deux hommes remarquables, mais je crois aussi que tout le monde discernait la possibilité d'un changement. La possibilité de voir émerger du nouveau, de l'inédit. Inévitablement, si heureux que nous eussions été, après tant d'années où ces deux messieurs avaient été au centre de tout, certaines frustrations s'étaient accumulées. Comme vous pouvez l'imaginer, lorsque la rumeur a circulé que l'étranger logé chez Mme Roth était un violoncelliste professionnel, qui avait joué avec l'orchestre symphonique de Gothenburg et plusieurs fois sous la direction de Kazimierz Studzinski, la nouvelle a fait sensation. Je me souviens, personnellement, d'avoir participé activement au bon accueil fait à M. Christoff. Je me rappelle la façon dont cela s'est passé, voyez-vous, et aussi son attitude discrète, initialement. Maintenant que le présent éclaire le passé, je dirais même qu'il manquait d'assurance. Il avait certainement connu quelques revers avant de venir ici. Mais nous avons fait grand cas de lui, nous avons insisté pour avoir son point de vue sur tout, oui, tout a commencé comme ça. Je me rappelle avoir joué un rôle personnel en le persuadant de donner ce premier récital. Il manifestait une réticence authentique. Et, de toute façon, ce premier récital devait être initialement quelque chose d'intime, tenu chez la comtesse. Deux jours seulement avant la date prévue, lorsqu'on a su le nombre de personnes qui étaient décidées à y assister, la comtesse a été forcée de changer de lieu et la soirée s'est déroulée à la galerie Holtmann. Dès lors, les récitals de M. Christoff – nous en exigions au moins un tous les six mois – se sont tenus à la salle de concerts et sont devenus nos grands sujets de conversation, année après année. Mais il était réticent au début. Pas seulement la première fois. Pendant les quelques premières années, nous avons dû sans cesse le convaincre. Ensuite, tout naturellement, les ovations, les applaudissements, la flatterie ont fait leur effet, et bien vite M. Christoff a fait étalage de lui-même et de ses idées. “ Je me suis épanoui ici ”, voilà ce qu'on l'entendait souvent dire à cette époque. “ Je me suis épanoui depuis que je suis venu ici. ” Ce que je voudrais souligner, comprenez-vous, monsieur, c'est que c'est nous qui l'avons poussé. Et maintenant, oui, je le plains – encore que je sois certainement la seule personne de cette ville à le faire. Comme vous l'avez remarqué, on ressent beaucoup de colère à son égard. J'ai un point de vue réaliste sur la situation, monsieur Ryder. Il faut être impitoyable. Notre ville est au bord de la crise. La misère est partout. Nous devons redresser la situation, et il est sûrement judicieux de commencer par le centre. Nous devons être impitoyables, et même si je le plains je vois bien qu'il n'y a rien d'autre à faire. Lui et tout ce qu'il représente désormais doivent être aujourd'hui relégués dans un recoin ténébreux de notre histoire. »

J'étais resté légèrement tourné vers lui, de façon à montrer que je ne cessais pas de l'écouter, mais de nouveau mon attention était captée par le film. Clint Eastwood parlait au micro avec sa femme restée sur terre et des larmes ruisselaient sur son visage. Je m'aperçus que, bientôt, ce serait la scène célèbre où Yul Brynner entre dans la pièce et teste les réflexes de tireur d'Eastwood en frappant dans ses mains devant lui.

« Excusez-moi, dis-je. Cela fait combien de temps que M. Christoff est arrivé dans cette ville ? »

J'avais posé cette question sans trop y réfléchir, concentrant au moins la moitié de mon attention sur l'écran. En fait, je continuai à suivre le film pendant encore deux ou trois minutes avant de me rendre compte que, derrière moi, Pedersen avait baissé la tête et manifestait tous les signes de la honte. Sentant que je le regardais de nouveau, il leva les yeux et dit :

« Vous avez bien raison, monsieur Ryder. Bien raison de nous réprimander. Dix-sept ans et sept mois. Cela fait longtemps. Une erreur telle que la nôtre pouvait être commise n'importe où, mais ne pas l'avoir rectifiée pendant si longtemps... Je vois bien l'effet que nous devons faire à quelqu'un qui vient de l'extérieur, quelqu'un comme vous, monsieur, et j'ai terriblement honte, je tiens à le dire. Je ne cherche pas à nous excuser. Il nous a fallu une éternité pour reconnaître notre erreur. Pas pour la voir, sans doute. Mais la reconnaître, même entre nous, cela a été difficile et nous a pris longtemps. Nous étions allés loin avec M. Christoff, vous comprenez. Pratiquement tous les membres du conseil l'avaient invité chez eux à un moment ou à un autre. Il avait régulièrement été assis à côté de M. von Winterstein lors du banquet municipal annuel. Sa photographie avait orné la couverture de l'almanach de la ville. Il avait écrit la préface du programme de l'exposition Roggenkamp. Les répercussions étaient multiples. Les choses étaient allées très loin. Citons, par exemple, la malheureuse affaire de M. Liebrich. Ah, excusez-moi, je crois que je viens d'apercevoir M. Kollmann par là-bas. » Il tendit de nouveau le cou, le regard tourné vers le fond du cinéma. « Mais oui, c'est bien M. Kollmann, et en sa compagnie, si je ne m'abuse, c'est bien difficile d'y voir avec cette lumière, je crois que c'est M. Schaefer. Ces deux messieurs ont assisté à la réception de bienvenue de ce matin et je sais qu'ils seraient tous deux absolument enchantés de vous rencontrer. De plus, sur la question dont nous nous entretenons, je suis sûr que ces messieurs auront tous deux beaucoup à dire. Je me demande si vous accepteriez d'aller les rejoindre.

– J'en serais honoré. Mais vous alliez me raconter...

– Ah oui, bien sûr. La malheureuse affaire de M. Liebrich. Voyez-vous, monsieur, pendant de nombreuses années avant l'arrivée de M. Christoff, M. Liebrich a été un de nos professeurs de violon les plus respectés. Il avait pour élèves les enfants des meilleures familles. Il jouissait de l'admiration la plus vive. Or, peu de temps après son premier récital, on demanda à M. Christoff son avis sur M. Liebrich et il fit savoir qu'il n'avait vraiment pas beaucoup d'estime pour M. Liebrich. Ni pour son jeu ni pour ses méthodes d'enseignement. Lorsque M. Liebrich mourut, il y a quelques années, il avait pratiquement tout perdu. Ses élèves, ses amis, sa place dans la société. Ce n'est qu'un cas parmi d'autres qui viennent à l'esprit. Reconnaître que nous nous étions trompés tout du long en ce qui concerne M. Christoff – pouvez-vous imaginer l'impact d'une telle prise de conscience, monsieur ? Oui, je le reconnais, nous avons été faibles. Mais nous ne nous doutions pas que la situation atteindrait le niveau critique que nous connaissons aujourd'hui. Les gens, *grosso modo*, semblaient encore heureux. Les années se sont écoulées, l'une après l'autre, et si certains d'entre nous avaient des doutes, nous les gardions pour nous. Mais je ne plaide pas à décharge quant à notre négligence, monsieur : loin de moi cette idée. Pour moi, vu le poste que j'occupais au conseil à cette époque, je sais que je suis aussi coupable que quiconque. À la fin, et j'éprouve une grande honte à l'avouer, à la fin, c'est le peuple de la ville, ce sont les gens ordinaires qui nous ont forcés à regarder nos responsabilités en face. Les gens ordinaires, dont la vie devenait à cette période de plus en plus difficile, étaient au moins à un pas devant nous. Je me rappelle le moment précis où ce fait m'est apparu clairement. C'était il y a trois ans et je rentrais à pied chez moi après le récital le plus récent de M. Christoff – il s'agissait, je m'en souviens, des *Grotesqueries pour violoncelle et trois flûtes*, de Kazan. Je me hâtais de traverser le parc Liebmann plongé dans l'obscurité, il faisait plutôt froid, et j'ai vu M. Kohler, le pharmacien, qui marchait devant moi, à peu de distance. Je savais qu'il était allé au concert, lui aussi, je l'ai donc rattrapé et nous nous sommes mis à bavarder. Au début, j'ai pris soin de ne pas révéler le fond de ma pensée, mais j'ai fini par lui demander s'il avait apprécié le récital de M. Christoff. Oui, certainement, m'a répondu M. Kohler. Il devait y avoir quelque chose de particulier dans sa façon de le dire, parce que je me rappelle lui avoir demandé de nouveau, quelques instants plus tard, s'il avait apprécié le concert. Cette fois, M. Kohler m'a dit que, en effet, il avait passé une bonne soirée, mais que l'interprétation de M. Christoff était quelque peu fonctionnelle. Parfaitement : c'est le mot " fonctionnel " qu'il a utilisé. Comme vous pouvez l'imaginer, monsieur, j'y ai regardé à deux fois avant de reprendre la parole. Finalement, j'ai décidé de faire fi de toute prudence, et j'ai dit : " Monsieur Kohler, je suis assez d'accord avec vous. Tout cela était marqué par une certaine sécheresse. " Sur quoi M. Kohler m'a indiqué que le mot de " froideur " lui était venu à l'esprit. Nous avions alors atteint les portes du parc. Nous nous sommes souhaité une bonne nuit et nous nous sommes séparés. Mais je me rappelle que, cette nuit-là, je n'ai presque pas dormi, monsieur Ryder. De simples gens, des citoyens honnêtes comme M. Kohler exprimaient maintenant de pareilles positions. Il était évident qu'on ne pouvait plus préserver les faux-semblants. Il était temps pour nous – tous ceux d'entre nous à qui leur poste conférait de l'influence – de reconnaître notre erreur, quelles que soient les répercussions. Ah, excusez-moi, je vous prie, c'est indéniablement M. Schaefer qui est assis à côté de M. Kollmann. Ces deux messieurs auront, je le sais, des points de vue intéressants sur ce qui s'est produit. Membres de la génération qui suit la mienne, ils ont eu une vision légèrement différente de la situation. De plus, je sais qu'ils espéraient vivement vous rencontrer ce matin. Allons les rejoindre, si vous le voulez bien. »

Pedersen se leva et je regardai sa silhouette courbée se faufiler le long de la rangée en marmonnant des excuses. En atteignant l'allée centrale, il se redressa et me fit signe. Malgré ma lassitude, je ne pouvais pas faire autrement que de le suivre : je me levai donc à mon tour et me frayai un chemin vers l'allée. Ce faisant, je remarquai qu'une humeur de fête semblait se répandre dans le cinéma. Partout, les gens échangeaient des plaisanteries et des réflexions tout en regardant le film, et personne ne parut gêné par mon passage. Au contraire, les gens semblaient ravis de replier leurs jambes sur le côté ou de se mettre debout d'un bond. Quelques spectateurs se renversèrent même sur leur siège, les pieds en l'air, tout en poussant des petits cris de joie.

Dès que j'eus atteint l'allée centrale, Pedersen m'entraîna vers le haut de la pente recouverte de moquette. Arrivé vers les rangées du fond, il s'arrêta et me dit en me montrant le chemin d'un geste :

« Après vous, monsieur Ryder. »

Messieurs ! lança-t-il. M. Ryder et moi, nous nous etenions de...
Je ne lui ai jamais parlé. Sauf cette fois-là. Pour lui ander un catalogue.
Ah, Theo, qu'importe ? » L'homme aux taches de son qua une bourrade dans le dos de son ami, qui s'étala l'avant. « Qu'importe ? Regarde dans quelle triste ation elle se trouve aujourd'hui. »
heo semblait perdu dans ses pensées. « Elle était me ça pour tout, reprit-il. Pas seulement pour l'amour. n'avait de temps disponible que pour les membres du eu artistique, et, même parmi eux, c'est à l'élite qu'elle onsacrait. Impossible de se faire respecter d'elle si l'on était pas. Elle n'était pas aimée ici. Bien avant d'épou- Christoff, elle n'était pas aimée.
Si elle n'avait pas été aussi belle, me dit l'homme aux es de son, elle aurait été universellement haïe. En currence, il y avait toujours des hommes comme Theo étaient prêts à se laisser envoûter. Enfin, Christoff est vé dans cette ville. Violoncelliste professionnel, et doté curriculum largement positif, de surcroît ! Rosa lui a le grappin dessus de la façon la plus éhontée. Apparem- nt, elle se fichait bien de ce que nous pouvions penser. savait ce qu'elle voulait et elle a fait ce qu'il fallait s prendre de gants. C'était répugnant, mais aussi, en lque sorte, admirable. Christoff est tombé sous le rme et ils se sont mariés dès sa première année ici. istoff, c'était ce qu'elle attendait depuis toujours. Ma j'espère qu'elle en a eu pour son argent. Sa femme pen- t seize ans. Ça ne s'est pas si mal passé. Mais mainte- t ? Il est liquidé ici. Qu'est-ce qu'elle va pouvoir faire ?
Elle n'arrivera même pas à trouver un emploi dans une erie, poursuivit Theo. Elle nous a fait trop de mal, pen- t toutes ces années. Nous a blessés dans notre orgueil. compte est bon dans cette ville, tout autant que celui de istoff.
Selon une école de pensée, déclara l'homme aux es de son, Rosa quittera la ville avec Christoff et atten- pour le larguer qu'ils soient établis ailleurs. Mais Dremmler ici présent (il indiqua une personne de la ran- de devant) est convaincu qu'elle restera ici. »

9

De nouveau, il fallait que je me fraie un chemin entre des spectateurs, mais cette fois-ci Pedersen était derrière moi et murmurait des excuses en notre nom à tous deux. Nous arrivâmes bientôt près d'un groupe de plusieurs hommes qui paraissaient blottis les uns contre les autres. Je mis un moment à comprendre qu'une partie de cartes était en cours, les joueurs placés au rang de derrière se penchant en avant tandis que ceux de devant se penchaient en arrière. Ils levèrent les yeux à notre approche, et lorsque Pedersen me présenta ils se redressèrent tous, se mettant presque debout. Ils attendirent pour s'asseoir de nouveau que je sois confortablement installé parmi eux, et j'eus à serrer de nombreuses mains qui se tendaient dans l'obscurité.

L'homme le plus proche de moi était en costume trois-pièces, le col déboutonné, la cravate desserrée. Il sentait le whisky et je remarquai qu'il avait du mal à garder les yeux fixés sur moi. Son compagnon, qui regardait par-dessus son épaule, était maigre, le visage bizarrement saupoudré de taches de son, et semblait moins ivre, bien que son nœud de cravate fût également lâche. Je n'eus pas le temps d'observer le reste de la compagnie avant que l'ivrogne me serre de nouveau la main en disant :

« J'espère que vous appréciez le film, monsieur.

– Certes oui. En fait, il se trouve que c'est depuis toujours un de mes films préférés.

– Ah bon. Dans ce cas, c'est une chance que ce soit ça qu'ils projettent ce soir. Oui, moi aussi, j'aime ce film. Un classique. Monsieur Ryder, ça vous dirait de reprendre mon jeu ? » Il me brandit ses cartes en pleine figure.

« Non merci. Je vous en prie, n'interrompez pas votre partie pour moi.

– Je disais justement à M. Ryder, intervint Pedersen derrière moi, que la vie ici n'avait pas toujours été ce qu'elle est devenue aujourd'hui. Même vous, messieurs, qui êtes plus jeunes que moi, je suis sûr que vous serez à même de témoigner...

– Eh oui, le bon vieux temps, dit l'ivrogne d'une voix rêveuse. Eh oui. La vie était bonne ici au bon vieux temps.

– Theo pense à Rosa Klenner, dit l'homme aux taches de son, soulevant un fou rire général.

– Balivernes, protesta l'ivrogne. Et cessez de chercher à me ridiculiser devant notre hôte distingué.

– Mais si, mais si, poursuivit son ami. En ce temps-là, Theo, ici présent, était éperdument amoureux de Rosa Klenner. À savoir l'actuelle Mme Christoff.

– Je n'ai jamais été amoureux d'elle. D'ailleurs, j'étais déjà marié à l'époque.

– C'est d'autant plus déplorable, Theo. D'autant plus déplorable.

– Balivernes.

– Je me rappelle parfaitement, Theo, lança une voix nouvelle venue de la rangée de derrière. Tu nous ennuyais pendant des heures à parler de Rosa Klenner.

– J'ignorais alors sa vraie nature.

– C'était justement sa vraie nature qui te séduisait, continua la voix. Tu as toujours rêvé de femmes qui ne t'auraient pas regardé plus de trois secondes.

– Il y a du vrai là-dedans, releva l'homme aux taches de son.

– Il n'y a pas un mot de vrai...

– Allons, il faut que j'explique à M. Ryder. » L'homme aux taches de son posa la main sur l'épaule de son ami pris de boisson et se pencha vers moi. « L'actuelle Mme Christoff – encore aujourd'hui, nous l'appelons facilement Rosa Klenner –, c'est une fille d'ici, l'une d'entre nous, elle a grandi avec nous. C'est encore une belle femme, et en ce temps-là, ma foi, elle nous tenait tous sous le charme. Elle était très belle et très distante. Elle travaillait à la galerie Schlegel, qui est fermée désormais. Elle était derrière un bureau ; en fait, ce n'était guère qu'une sorte d'hôtesse. Elle s'y trouvait le mardi et le jeudi...

– Le mardi et le *vendredi*, interrompit l'ivrogne.

– Le mardi et le vendredi. Pardon. Évidemment, Theo se souvient. Après tout, il allait à la galerie – ce n'était jamais

qu'une petite pièce aux murs blancs –, il y a
temps et faisait semblant de regarder les œuv

– Balivernes...

– Tu n'étais pas le seul, hein, Theo ? Tu ava
de rivaux. Jürgen Haase. Erich Brull. Et m
Wodak. Tous des habitués.

– Et Otto Röscher, dit Theo sur un ton nosta
venait souvent.

– C'est vrai ? Oui, Rosa avait beaucoup d'a

– Je ne lui ai jamais parlé, dit Theo. Sauf un
lui ai demandé un catalogue.

– Ce qui est devenu évident chez Rosa
l'homme aux taches de son, dès notre adolesc
qu'à ses yeux tous les hommes du pays étaie
d'elle. Elle s'était fait la réputation de rep
avances de diverses façons, toutes cruelles
degré. Voilà pourquoi de pauvres hères comm
présent avaient la sagesse de ne pas lui adresser
revanche, dès que quelqu'un d'éminent passait p
artiste, musicien, écrivain, tous ceux-là, elle les
sait sans vergogne. Elle participait toujours à
comité, et de la sorte pouvait rencontrer pra
toutes les célébrités qui venaient en ville. Elle s
pour aller à toutes les réceptions, et une dem
s'était pas écoulée qu'elle avait acculé l'invité
dans un coin et lui parlait sans relâche, les yeu
yeux. Bien sûr, il y avait énormément de spécula
son comportement sexuel, j'entends –, cependan
n'a jamais rien pu prouver. Elle a toujours été
cieuse. Mais à voir la façon dont elle se jetait à la
célébrités de passage, on ne pouvait pas douter qu
des relations au moins avec certains d'entre eux
elle en a charmé un bon nombre, elle était ext
attirante. Mais les hommes de la ville, elle ne po
pas les yeux sur eux.

– Hans Jongboed a toujours prétendu qu'il av
aventure avec elle », intervint l'homme nom
Cette phrase provoqua maints éclats de rire, plus
répétant railleusement : « Hans Jongboed ! »
pour sa part, s'agitait d'un air gêné.

L'homme de la rangée de devant se retourna en entendant son nom. Il avait visiblement suivi la discussion, car il affirma avec une certaine autorité : « Un point dont on doit se souvenir, quand on parle de Rosa Klenner, c'est qu'elle a un côté craintif. J'étais à l'école avec elle, nous étions dans la même classe. Elle a toujours été comme ça, avec son côté craintif, et ça la perd. Cette ville n'est pas digne d'elle, mais elle est trop craintive pour partir. Vous remarquerez que, tout ambitieuse qu'elle soit, elle n'a jamais essayé de nous quitter. Ce côté craintif, beaucoup de gens ne le soupçonnent pas, mais il existe. C'est pourquoi je gage qu'elle restera. Elle va rester et tenter de nouveau sa chance ici. Elle aura l'espoir de harponner une autre célébrité de passage. Après tout, elle est encore belle pour son âge. »

Une voix haute et flûtée, non loin de là, lança : « Elle va peut-être tenter le coup avec Brodsky ! »

Cette phrase déclencha une explosion de rires, la plus forte qu'on eût encore entendue.

« C'est parfaitement possible, continua la voix sur un ton faussement blessé. D'accord, il est vieux, mais elle n'est plus si jeune. Et qui y a-t-il d'autre qui joue dans sa division ? » De nouveau les rires se déchaînèrent, incitant l'orateur à poursuivre. « En fait, Brodsky est pour elle l'option la plus indiquée. Je le lui recommanderais volontiers. Tout autre choix, et les griefs que la ville nourrit actuellement à l'égard de Christoff continueront à peser sur elle. Mais qu'elle devienne la maîtresse de Brodsky, voire l'*épouse* de Brodsky, ah ! N'est-ce pas le meilleur moyen d'effacer ses relations avec Christoff ? Et cela veut dire qu'elle peut conserver sa... sa situation actuelle. »

Les rires fusaient maintenant tout autour de nous ; jusqu'à trois rangées en avant, les gens se retournaient et affichaient leur joie. Près de moi, Pedersen s'éclaircit la gorge.

« Messieurs, je vous en prie, dit-il. Je suis déçu. Que va penser M. Ryder de tout cela ? Vous voyez encore M. Brodsky – *Monsieur* Brodsky, s'il vous plaît –, vous le voyez encore sous un jour ancien. Vous vous ridiculisez. M. Brodsky n'est plus un personnage comique. Quoi que l'on puisse penser de la suggestion faite par M. Schmidt en ce qui concerne Mme Christoff, M. Brodsky ne saurait en aucun cas être une solution divertissante...

– Vous êtes bien bon d'être venu ici, monsieur Ryder, interrompit Theo. Mais il est trop tard. La situation a atteint un point tel qu'il est tout simplement trop tard...

– Sottises, Theo, reprit Pedersen. Nous avons atteint un tournant, et même un tournant crucial. C'est pour nous le dire que M. Ryder est venu ici. N'est-ce pas, monsieur ?

– En effet...

– Il est trop tard. Nous avons perdu. Pourquoi ne pas nous résigner à n'être qu'une ville banale, froide et solitaire ? D'autres villes l'ont fait. Du moins serons-nous dans le courant général. L'âme de cette ville, monsieur Ryder, elle n'est pas malade, elle est morte. Il est trop tard maintenant. Il y a dix ans, peut-être. Il y avait encore une chance en ce temps-là. Mais plus maintenant. M. Pedersen (l'ivrogne indiqua mon compagnon d'un geste flasque), oui, vous, monsieur. Vous et M. Thomas. Et M. Stika. Vous tous, mes bons messieurs. Vous avez tous *temporisé*...

– Ne recommençons pas, Theo, intervint l'homme aux taches de son. M. Pedersen a raison. L'heure n'est pas encore à ce genre de résignation. Nous avons Brodsky – *Monsieur* Brodsky – et si cela se trouve, il sera peut-être...

– Brodsky, Brodsky. Il est trop tard. Nous sommes cuits. Soyons une ville froide et moderne et n'en parlons plus. »

Je sentis la main de Pedersen se poser sur mon bras. « Monsieur Ryder, je suis vraiment désolé...

– Vous avez temporisé, monsieur ! Dix-sept ans. Pendant dix-sept ans, on a toléré que Christoff continue sans rien remettre en cause. Et qu'est-ce que vous nous proposez maintenant ? Brodsky ! Il est trop tard, monsieur Ryder.

– Je suis vraiment désolé, me dit Pedersen, que vous ayez dû prêter l'oreille à de tels propos. »

Derrière nous, quelqu'un lança : « Theo, tu es ivre et déprimé, voilà tout. Demain matin, il faudra que tu ailles trouver M. Ryder et que tu lui fasses des excuses.

– En fait, dis-je, cela m'intéresse d'entendre tous les points de vue sur la question...

9

De nouveau, il fallait que je me fraie un chemin entre des spectateurs, mais cette fois-ci Pedersen était derrière moi et murmurait des excuses en notre nom à tous deux. Nous arrivâmes bientôt près d'un groupe de plusieurs hommes qui paraissaient blottis les uns contre les autres. Je mis un moment à comprendre qu'une partie de cartes était en cours, les joueurs placés au rang de derrière se penchant en avant tandis que ceux de devant se penchaient en arrière. Ils levèrent les yeux à notre approche, et lorsque Pedersen me présenta ils se redressèrent tous, se mettant presque debout. Ils attendirent pour s'asseoir de nouveau que je sois confortablement installé parmi eux, et j'eus à serrer de nombreuses mains qui se tendaient dans l'obscurité.

L'homme le plus proche de moi était en costume trois-pièces, le col déboutonné, la cravate desserrée. Il sentait le whisky et je remarquai qu'il avait du mal à garder les yeux fixés sur moi. Son compagnon, qui regardait par-dessus son épaule, était maigre, le visage bizarrement saupoudré de taches de son, et semblait moins ivre, bien que son nœud de cravate fût également lâche. Je n'eus pas le temps d'observer le reste de la compagnie avant que l'ivrogne me serre de nouveau la main en disant :

« J'espère que vous appréciez le film, monsieur.

– Certes oui. En fait, il se trouve que c'est depuis toujours un de mes films préférés.

– Ah bon. Dans ce cas, c'est une chance que ce soit ça qu'ils projettent ce soir. Oui, moi aussi, j'aime ce film. Un classique. Monsieur Ryder, ça vous dirait de reprendre mon jeu ? » Il me brandit ses cartes en pleine figure.

« Non merci. Je vous en prie, n'interrompez pas votre partie pour moi.

– Je disais justement à M. Ryder, intervint Pedersen derrière moi, que la vie ici n'avait pas toujours été ce qu'elle est devenue aujourd'hui. Même vous, messieurs, qui êtes plus jeunes que moi, je suis sûr que vous serez à même de témoigner...

– Eh oui, le bon vieux temps, dit l'ivrogne d'une voix rêveuse. Eh oui. La vie était bonne ici au bon vieux temps.

– Theo pense à Rosa Klenner, dit l'homme aux taches de son, soulevant un fou rire général.

– Balivernes, protesta l'ivrogne. Et cessez de chercher à me ridiculiser devant notre hôte distingué.

– Mais si, mais si, poursuivit son ami. En ce temps-là, Theo, ici présent, était éperdument amoureux de Rosa Klenner. À savoir l'actuelle Mme Christoff.

– Je n'ai jamais été amoureux d'elle. D'ailleurs, j'étais déjà marié à l'époque.

– C'est d'autant plus déplorable, Theo. D'autant plus déplorable.

– Balivernes.

– Je me rappelle parfaitement, Theo, lança une voix nouvelle venue de la rangée de derrière. Tu nous ennuyais pendant des heures à parler de Rosa Klenner.

– J'ignorais alors sa vraie nature.

– C'était justement sa vraie nature qui te séduisait, continua la voix. Tu as toujours rêvé de femmes qui ne t'auraient pas regardé plus de trois secondes.

– Il y a du vrai là-dedans, releva l'homme aux taches de son.

– Il n'y a pas un mot de vrai...

– Allons, il faut que j'explique à M. Ryder. » L'homme aux taches de son posa la main sur l'épaule de son ami pris de boisson et se pencha vers moi. « L'actuelle Mme Christoff – encore aujourd'hui, nous l'appelons facilement Rosa Klenner –, c'est une fille d'ici, l'une d'entre nous, elle a grandi avec nous. C'est encore une belle femme, et en ce temps-là, ma foi, elle nous tenait tous sous le charme. Elle était très belle et très distante. Elle travaillait à la galerie Schlegel, qui est fermée désormais. Elle était derrière un bureau ; en fait, ce n'était guère qu'une sorte d'hôtesse. Elle s'y trouvait le mardi et le jeudi...

– Le mardi et le *vendredi*, interrompit l'ivrogne.

– Le mardi et le vendredi. Pardon. Évidemment, Theo se souvient. Après tout, il allait à la galerie – ce n'était jamais qu'une petite pièce aux murs blancs –, il y allait tout le temps et faisait semblant de regarder les œuvres.

– Balivernes...

– Tu n'étais pas le seul, hein, Theo ? Tu avais une foule de rivaux. Jürgen Haase. Erich Brull. Et même Heinz Wodak. Tous des habitués.

– Et Otto Röscher, dit Theo sur un ton nostalgique. Il y venait souvent.

– C'est vrai ? Oui, Rosa avait beaucoup d'admirateurs.

– Je ne lui ai jamais parlé, dit Theo. Sauf une fois où je lui ai demandé un catalogue.

– Ce qui est devenu évident chez Rosa, continua l'homme aux taches de son, dès notre adolescence, c'est qu'à ses yeux tous les hommes du pays étaient indignes d'elle. Elle s'était fait la réputation de repousser les avances de diverses façons, toutes cruelles au dernier degré. Voilà pourquoi de pauvres hères comme Theo ici présent avaient la sagesse de ne pas lui adresser un mot. En revanche, dès que quelqu'un d'éminent passait par la ville, artiste, musicien, écrivain, tous ceux-là, elle les pourchassait sans vergogne. Elle participait toujours à tel ou tel comité, et de la sorte pouvait rencontrer pratiquement toutes les célébrités qui venaient en ville. Elle s'arrangeait pour aller à toutes les réceptions, et une demi-heure ne s'était pas écoulée qu'elle avait acculé l'invité d'honneur dans un coin et lui parlait sans relâche, les yeux dans les yeux. Bien sûr, il y avait énormément de spéculations – sur son comportement sexuel, j'entends –, cependant personne n'a jamais rien pu prouver. Elle a toujours été très astucieuse. Mais à voir la façon dont elle se jetait à la figure des célébrités de passage, on ne pouvait pas douter qu'elle avait des relations au moins avec certains d'entre eux. Pour sûr, elle en a charmé un bon nombre, elle était extrêmement attirante. Mais les hommes de la ville, elle ne posait même pas les yeux sur eux.

– Hans Jongboed a toujours prétendu qu'il avait eu une aventure avec elle », intervint l'homme nommé Theo. Cette phrase provoqua maints éclats de rire, plusieurs voix répétant railleusement : « Hans Jongboed ! » Pedersen, pour sa part, s'agitait d'un air gêné.

« Messieurs ! lança-t-il. M. Ryder et moi, nous nous entretenions de...

– Je ne lui ai jamais parlé. Sauf cette fois-là. Pour lui demander un catalogue.

– Ah, Theo, qu'importe ? » L'homme aux taches de son flanqua une bourrade dans le dos de son ami, qui s'étala vers l'avant. « Qu'importe ? Regarde dans quelle triste situation elle se trouve aujourd'hui. »

Theo semblait perdu dans ses pensées. « Elle était comme ça pour tout, reprit-il. Pas seulement pour l'amour. Elle n'avait de temps disponible que pour les membres du milieu artistique, et, même parmi eux, c'est à l'élite qu'elle se consacrait. Impossible de se faire respecter d'elle si l'on n'en était pas. Elle n'était pas aimée ici. Bien avant d'épouser Christoff, elle n'était pas aimée.

– Si elle n'avait pas été aussi belle, me dit l'homme aux taches de son, elle aurait été universellement haïe. En l'occurrence, il y avait toujours des hommes comme Theo qui étaient prêts à se laisser envoûter. Enfin, Christoff est arrivé dans cette ville. Violoncelliste professionnel, et doté d'un curriculum largement positif, de surcroît ! Rosa lui a mis le grappin dessus de la façon la plus éhontée. Apparemment, elle se fichait bien de ce que nous pouvions penser. Elle savait ce qu'elle voulait et elle a fait ce qu'il fallait sans prendre de gants. C'était répugnant, mais aussi, en quelque sorte, admirable. Christoff est tombé sous le charme et ils se sont mariés dès sa première année ici. Christoff, c'était ce qu'elle attendait depuis toujours. Ma foi, j'espère qu'elle en a eu pour son argent. Sa femme pendant seize ans. Ça ne s'est pas si mal passé. Mais maintenant ? Il est liquidé ici. Qu'est-ce qu'elle va pouvoir faire ?

– Elle n'arrivera même pas à trouver un emploi dans une galerie, poursuivit Theo. Elle nous a fait trop de mal, pendant toutes ces années. Nous a blessés dans notre orgueil. Son compte est bon dans cette ville, tout autant que celui de Christoff.

– Selon une école de pensée, déclara l'homme aux taches de son, Rosa quittera la ville avec Christoff et attendra pour le larguer qu'ils soient établis ailleurs. Mais M. Dremmler ici présent (il indiqua une personne de la rangée de devant) est convaincu qu'elle restera ici. »

ce qui concerne Mme Christoff, M. Brodsky ne saurait en aucun cas être une solution divertissante...

– Vous êtes bien bon d'être venu ici, monsieur Ryder, interrompit Theo. Mais il est trop tard. La situation a atteint un point tel qu'il est tout simplement trop tard...

– Sottises, Theo, reprit Pedersen. Nous avons atteint un tournant, et même un tournant crucial. C'est pour nous le dire que M. Ryder est venu ici. N'est-ce pas, monsieur ?

– En effet...

– Il est trop tard. Nous avons perdu. Pourquoi ne pas nous résigner à n'être qu'une ville banale, froide et solitaire ? D'autres villes l'ont fait. Du moins serons-nous dans le courant général. L'âme de cette ville, monsieur Ryder, elle n'est pas malade, elle est morte. Il est trop tard maintenant. Il y a dix ans, peut-être. Il y avait encore une chance en ce temps-là. Mais plus maintenant. M. Pedersen (l'ivrogne indiqua mon compagnon d'un geste flasque), oui, vous, monsieur. Vous et M. Thomas. Et M. Stika. Vous tous, mes bons messieurs. Vous avez tous *temporisé*...

– Ne recommençons pas, Theo, intervint l'homme aux taches de son. M. Pedersen a raison. L'heure n'est pas encore à ce genre de résignation. Nous avons Brodsky – *Monsieur* Brodsky – et si cela se trouve, il sera peut-être...

– Brodsky, Brodsky. Il est trop tard. Nous sommes cuits. Soyons une ville froide et moderne et n'en parlons plus. »

Je sentis la main de Pedersen se poser sur mon bras. « Monsieur Ryder, je suis vraiment désolé...

– Vous avez temporisé, monsieur ! Dix-sept ans. Pendant dix-sept ans, on a toléré que Christoff continue sans rien remettre en cause. Et qu'est-ce que vous nous proposez maintenant ? Brodsky ! Il est trop tard, monsieur Ryder.

– Je suis vraiment désolé, me dit Pedersen, que vous ayez dû prêter l'oreille à de tels propos. »

Derrière nous, quelqu'un lança : « Theo, tu es ivre et déprimé, voilà tout. Demain matin, il faudra que tu ailles trouver M. Ryder et que tu lui fasses des excuses.

– En fait, dis-je, cela m'intéresse d'entendre tous les points de vue sur la question...

L'homme de la rangée de devant se retourna en entendant son nom. Il avait visiblement suivi la discussion, car il affirma avec une certaine autorité : « Un point dont on doit se souvenir, quand on parle de Rosa Klenner, c'est qu'elle a un côté craintif. J'étais à l'école avec elle, nous étions dans la même classe. Elle a toujours été comme ça, avec son côté craintif, et ça la perd. Cette ville n'est pas digne d'elle, mais elle est trop craintive pour partir. Vous remarquerez que, tout ambitieuse qu'elle soit, elle n'a jamais essayé de nous quitter. Ce côté craintif, beaucoup de gens ne le soupçonnent pas, mais il existe. C'est pourquoi je gage qu'elle restera. Elle va rester et tenter de nouveau sa chance ici. Elle aura l'espoir de harponner une autre célébrité de passage. Après tout, elle est encore belle pour son âge. »

Une voix haute et flûtée, non loin de là, lança : « Elle va peut-être tenter le coup avec Brodsky ! »

Cette phrase déclencha une explosion de rires, la plus forte qu'on eût encore entendue.

« C'est parfaitement possible, continua la voix sur un ton faussement blessé. D'accord, il est vieux, mais elle n'est plus si jeune. Et qui y a-t-il d'autre qui joue dans sa division ? » De nouveau les rires se déchaînèrent, incitant l'orateur à poursuivre. « En fait, Brodsky est pour elle l'option la plus indiquée. Je le lui recommanderais volontiers. Tout autre choix, et les griefs que la ville nourrit actuellement à l'égard de Christoff continueront à peser sur elle. Mais qu'elle devienne la maîtresse de Brodsky, voire l'*épouse* de Brodsky, ah ! N'est-ce pas le meilleur moyen d'effacer ses relations avec Christoff ? Et cela veut dire qu'elle peut conserver sa... sa situation actuelle. »

Les rires fusaient maintenant tout autour de nous ; jusqu'à trois rangées en avant, les gens se retournaient et affichaient leur joie. Près de moi, Pedersen s'éclaircit la gorge.

« Messieurs, je vous en prie, dit-il. Je suis déçu. Que va penser M. Ryder de tout cela ? Vous voyez encore M. Brodsky – *Monsieur* Brodsky, s'il vous plaît –, vous le voyez encore sous un jour ancien. Vous vous ridiculisez. M. Brodsky n'est plus un personnage comique. Quoi que l'on puisse penser de la suggestion faite par M. Schmidt en que M. Brodsky soit vu au milieu des dignitaires. Quand les Ballets de Pékin sont venus ici, par exemple, nous l'avons installé dans la même loge que M. et Mme Weiss. Par ailleurs, au niveau personnel, nous nous sommes tous fait un devoir, lorsque nous parlions de lui, de n'employer que les termes les plus respectueux. Il y a maintenant deux ans que nous déployons tous ces efforts, et dans l'ensemble nous sommes très satisfaits. L'image globale que l'on se fait de lui a incontestablement évolué. Si bien que nous avons considéré qu'il était temps de franchir cette étape cruciale. Voilà pourquoi ce que nous venons de voir était si décourageant. Ces messieurs-là, ce sont précisément eux qui devraient donner l'exemple. S'ils prennent encore ce genre d'attitude dès qu'ils se laissent un peu aller, comment pouvons-nous espérer que le gros de la population... » Sa phrase resta en suspens et il secoua de nouveau la tête. « Je suis déçu. Pour moi et aussi pour vous, monsieur Ryder. »

Il sombra de nouveau dans le silence. Pendant un moment, nous restâmes muets l'un et l'autre, puis je dis en soupirant :

« Ce n'est jamais facile de faire évoluer l'opinion publique. »

Pedersen fit encore quelques pas sans parler et reprit enfin : « Il faut que vous teniez compte du point d'où nous sommes partis. Si vous voyez les choses de cette façon, si vous envisagez le point d'où nous sommes partis, vous verrez, je pense, que nous avons réellement fait de considérables progrès. Comprenez, monsieur, qu'il y a maintenant longtemps que M. Brodsky vit avec nous, et qu'au long de toutes ces années, personne ne l'avait entendu parler de musique, et encore moins en jouer. Certes, nous savions tous vaguement qu'il avait été chef d'orchestre jadis, dans son pays d'origine. Mais voyez-vous, comme nous n'avions jamais constaté *de visu* cet aspect de sa personnalité, nous ne pensions jamais à lui sous ce jour. En fait, pour parler sincèrement, jusqu'à une période récente, M. Brodsky ne se faisait vraiment remarquer que lorsqu'il se soûlait et titubait dans les rues en hurlant. Le reste du temps, ce n'était jamais qu'un reclus qui vivait avec son chien par là-bas, du côté de la route du nord. Enfin, ce n'est pas tout à fait exact, on le voyait aussi régulièrement à la bibliothèque. Deux ou trois matins par semaine, il s'y installait à sa place habituelle, près des fenêtres, et attachait son chien au pied de la table. Il est contraire au règlement de venir avec son chien, mais les bibliothécaires ont décidé il y a longtemps que le plus simple était de le laisser faire. Nettement plus simple que d'entrer en conflit avec M. Brodsky. On le voyait donc parfois, son chien à ses pieds, parcourir sa pile de livres, toujours les mêmes énormes volumes de livres d'histoire. Et si quelqu'un dans la salle se mettait à murmurer ne serait-ce que quelques mots, ou même se contentait de saluer un ami, il se levait et vociférait à l'intention du coupable. Théoriquement, bien sûr, il avait raison. Mais il faut dire que l'exigence de silence n'a jamais été très stricte dans notre bibliothèque. Les gens aiment bien se parler un peu quand ils se voient, après tout, comme dans tout autre lieu public. Et quand on pense que M. Brodsky lui-même enfreignait le règlement en amenant son chien, ce n'est pas étonnant qu'il ait eu la réputation de se conduire de façon déraisonnable. De temps à autre, cependant, certains matins, une humeur particulière s'emparait de lui. Il était à sa table en train de lire, et il prenait une expression désemparée. On le voyait assis là, les yeux perdus dans le vide et parfois pleins de larmes. Lorsque cela se produisait, les gens savaient qu'ils pouvaient parler sans problème. D'habitude, quelqu'un se jetait à l'eau. Et si M. Brodsky ne réagissait pas, très vite toute la salle se mettait à bavarder. Quelquefois – les gens sont si pervers ! – la bibliothèque devenait bien plus bruyante dans ces cas-là que lorsque M. Brodsky était absent. Je me rappelle un matin où je suis allé rendre un livre, et on se serait cru dans un hall de gare. J'ai été pratiquement forcé de crier pour me faire entendre au comptoir. Et M. Brodsky était là, très tranquille, au cœur de ce vacarme, enfermé dans un monde à lui. Je dois reconnaître que c'était un triste spectacle. La lumière du matin lui donnait l'air assez fragile. Une goutte pendait au bout de son nez, ses yeux semblaient très lointains et il avait tout à fait oublié le livre dont il tenait une page. Et j'ai eu le sentiment que c'était un peu cruel, la tournure que prenait l'ambiance autour de lui. C'était comme s'ils profitaient de lui, je ne sais trop dans quel sens exactement. Mais un autre jour, voyez-vous, il aurait pu les réduire au silence, tous tant qu'ils étaient, en une minute. Enfin bref, monsieur Ryder, ce que je veux dire, c'est que pendant des années, M. Brodsky, à nos yeux, a été ce personnage-là. Je suppose qu'on ne peut pas demander aux gens de changer complètement la vision qu'ils ont de lui en un temps relativement réduit. Des progrès considérables ont été réalisés, mais comme vous venez de le voir... » De nouveau, l'exaspération sembla prendre le dessus. « Mais quand même, ils devraient se montrer un peu plus conscients », marmonna-t-il comme pour lui-même.

Arrivés à un carrefour, nous nous immobilisâmes. Le brouillard s'était épaissi et j'étais désorienté. Pedersen jeta un coup d'œil autour de lui, puis se remit en marche, m'entraînant dans une rue étroite dont les trottoirs étaient occupés par des voitures en stationnement.

« Je vais vous accompagner jusqu'à votre hôtel, monsieur Ryder. Pour rentrer chez moi, ce chemin en vaut un autre. L'hôtel vous convient, j'espère ?

– Tout à fait ; il est très bien.

– M. Hoffman dirige un excellent établissement. C'est un remarquable gestionnaire, c'est d'ailleurs quelqu'un de remarquable sur tous les plans. Bien sûr, comme vous le savez, c'est à M. Hoffman que nous devons la, euh, guérison de M. Brodsky.

– Oui, bien sûr. »

Pendant un moment, les voitures garées sur le trottoir nous obligèrent à marcher l'un derrière l'autre. Puis nous passâmes insensiblement au milieu de la chaussée, et quand je rejoignis Pedersen je vis que son humeur s'était améliorée. Il sourit et dit :

« J'ai appris que vous alliez chez la comtesse demain pour écouter ces fameux disques. Notre maire, M. von Winterstein, je sais qu'il a l'intention de vous retrouver là-bas. Il souhaite ardemment discuter avec vous en aparté. Mais le principal, bien sûr, ce sont ces disques. Extraordinaire !

– Oui, j'attends ce moment avec une grande impatience.

– La comtesse est une femme remarquable. À maintes reprises, elle a témoigné d'une largeur de vue qui nous fait honte à tous. Je lui ai demandé plus d'une fois ce qui avait bien pu lui donner cette idée au départ. " Une intuition, répète-t-elle toujours. Je me suis réveillée un beau matin avec une intuition. " Quelle femme extraordinaire ! Ça n'a pas dû être facile, de trouver ces disques anciens. Mais elle s'est débrouillée, en faisant appel à un commerçant spécialisé de Berlin. Évidemment, nous autres, nous n'étions pas au courant à l'époque, et je présume que si nous avions su quelque chose nous aurions trouvé cette idée risible. Et voilà qu'un soir elle nous convoque à sa résidence. Cela a fait juste deux ans le mois dernier ; c'était une soirée très agréable, ensoleillée. Nous nous sommes donc tous rassemblés dans son salon, tous les onze, et personne ne savait exactement à quoi s'attendre. Elle nous a servi des rafraîchissements, puis presque tout de suite s'est adressée à nous. Nous nous étions agités assez longtemps, déclara-t-elle. Il était temps d'agir. Il était temps que nous reconnaissions nos erreurs, et que nous prenions quelques mesures positives pour réparer les dégâts du mieux que nous pouvions. Sans quoi nos petits-enfants et leurs enfants après eux ne nous pardonneraient jamais. Bon, rien de tout cela n'était très nouveau, il y avait alors des mois que nous nous répétions ce genre de formules et nous avons simplement opiné du bonnet en laissant entendre de vagues acquiescements. Mais la comtesse a continué. En ce qui concernait M. Christoff, a-t-elle dit, il n'était guère nécessaire d'agir davantage. Il était désormais parfaitement discrédité dans tous les milieux de la ville. Mais en soi, cela ne suffisait pas pour inverser le cycle de plus en plus rapide qui entraînait chaque jour plus avant dans le malheur la collectivité tout entière. Nous devions trouver le moyen d'édifier un climat nouveau, une ère nouvelle. Nous avons tous approuvé ces propos, mais, comme je l'ai dit, monsieur Ryder, c'étaient des notions que nous avions maintes fois abordées entre nous. Je crois d'ailleurs que M. von Winterstein en fit la remarque, de la façon la plus courtoise, bien entendu. Ce fut alors que la comtesse révéla avec plus de précision ce qu'elle avait en tête. La solution, déclara-t-elle, se trouvait peut-être parmi nous depuis le début. Elle entreprit de s'expliquer dans le détail et tout d'abord, naturellement, nous n'en crûmes pas nos oreilles. M. Brodsky ? L'homme de la bibliothèque et des déambulations d'ivrogne ? Parlait-elle sérieusement de ce M. Brodsky ? Si nous avions eu affaire à quelqu'un d'autre que la comtesse, je suis sûr que nous nous serions esclaffés. Mais la comtesse, je m'en souviens, conserva toute son assurance. Elle nous demanda de nous installer tous confortablement, car elle avait de la musique à nous faire écouter. À laquelle elle nous priait d'accorder la plus grande attention. Puis elle nous passa tous ces disques, l'un après l'autre. Nous étions assis là à écouter, tandis que le soleil déclinait dans le ciel. La qualité d'enregistrement n'était pas des meilleures. Le tourne-disque de la comtesse, comme vous le verrez demain, est quelque peu antique. Mais rien de tout cela n'avait d'importance. Au bout de quelques minutes, la musique nous avait tous envoûtés, nous avait entraînés en nous berçant au cœur de la sérénité. Certains avaient les larmes aux yeux. Nous avons su que nous écoutions quelque chose qui nous manquait depuis des années, et dont l'absence nous faisait souffrir. Soudain, on ne pouvait plus du tout comprendre comment on avait pu célébrer une personne du genre de M. Christoff. Enfin, nous écoutions de nouveau de la musique authentique. Le travail d'un chef d'orchestre dont le talent, certes, était immense, mais, surtout, qui partageait nos valeurs. Puis la musique a cessé, nous nous sommes levés, nous nous sommes dégourdi les jambes – cela faisait plus de trois heures que nous écoutions – et là, ma foi, la pensée de M. Brodsky – M. Brodsky ! – nous a paru aussi absurde que jamais. Ces enregistrements étaient très anciens, avons-nous souligné. Et M. Brodsky, pour des raisons à lui seul connues, avait abandonné la musique depuis longtemps. Et, de plus, il avait... il avait des problèmes. On pouvait difficilement voir en lui la même personne. Bientôt, nous nous sommes tous mis à manifester nos réticences. Mais, de nouveau, la comtesse prit la parole. Nous étions au bord de la crise. Nous devions rester ouverts à toutes les possibilités. Nous devions aller trouver M. Brodsky, nous entretenir avec lui, jauger l'état actuel de ses capacités. Aucun d'entre nous, n'est-ce pas, n'avait besoin qu'on lui rappelle le caractère urgent de la situation. Chacun pouvait évoquer des dizaines de cas affligeants. Des vies détruites par la solitude. Des familles résignées à ne jamais recouvrer le bonheur qu'elles avaient considéré jadis comme un acquis définitif. C'est à ce moment que le directeur de votre hôtel, M. Hoffman, s'est éclairci la gorge subitement avant d'annoncer qu'il s'occuperait de M. Brodsky. Il s'engageait – c'était une déclaration solennelle, il se mit même debout pour la faire – il s'engageait donc à évaluer la situation, et s'il existait le moindre espoir de remettre M. Brodsky sur la bonne voie, lui, M. Hoffman, s'en occuperait personnellement. Si nous voulions bien lui confier cette tâche, il nous jurait de ne pas décevoir la collectivité. Cela se passait, comme je vous l'ai dit, il y a à peine plus de deux ans. Depuis lors, nous avons été les spectateurs étonnés de la ferveur avec laquelle M. Hoffman a entrepris de tenir sa promesse. Les progrès n'ont pas toujours été réguliers, mais, dans l'ensemble, ils sont remarquables. Et maintenant M. Brodsky est, enfin, il se trouve dans son état actuel. Si bien qu'il nous a semblé que nous ne devions plus attendre avant de franchir l'étape capitale. Après tout, il y a des limites à ce que nous pouvons réaliser en nous contentant de présenter M. Brodsky sous un meilleur jour. À un moment donné, il faut que les gens de cette ville jugent de leurs propres yeux, de leurs propres oreilles. Disons qu'actuellement tout tend à prouver que notre ambition n'a rien eu d'excessif. M. Brodsky répète régulièrement, et selon tous les témoignages il s'est attiré le plus vif respect de la part de l'orchestre. Sans doute y a-t-il de très nombreuses années qu'il n'a pas donné de représentation publique, mais, apparemment, il n'a pas perdu grand-chose de ses moyens. Cette passion, cette force visionnaire qui nous a saisis dans le salon de la comtesse, lors de la fameuse soirée, tout cela couvait encore dans les profondeurs et se réveille graduellement aujourd'hui. Oui, nous sommes tous convaincus que jeudi soir il nous donnera toutes les raisons d'être fiers de lui. Entre-temps, pour notre part, nous avons fait tout ce qui était en notre pouvoir pour assurer le succès de la soirée. L'orchestre de la Fondation Nagel de Stuttgart, comme vous le savez, sans être du niveau le plus élevé, a une excellente réputation. Ses prestations ne sont pas fournies au rabais. Cependant, c'est à peine si le moindre désaccord s'est manifesté, que ce soit sur le choix de l'engager en une occasion si importante ou sur la durée de cet engagement. Au début, on avait songé à deux semaines de répétitions, mais finalement, avec le soutien sans réserves de la Commission des finances, nous avons étendu cette période à trois semaines. Trois semaines de gîte et de couvert pour un orchestre en visite, plus les rétributions, vous pouvez voir, monsieur, qu'il ne s'agit pas d'une bagatelle. Mais c'est à peine si un murmure d'opposition s'est fait entendre. Chaque membre du conseil comprend désormais l'importance de la soirée de jeudi. Tout le monde voit qu'il faut donner à M. Brodsky les meilleures chances de réussite. Pour autant... (Pedersen poussa un brusque soupir) pour autant, comme vous avez pu le voir ce soir, les préjugés bien enracinés sont difficiles à éliminer. Voilà précisément pourquoi votre aide, monsieur Ryder, votre venue dans notre modeste ville peut s'avérer absolument vitale pour nous. Les gens vous écouteront comme ils n'auraient jamais écouté aucun d'entre nous. En fait, monsieur, je me permets de vous le dire, l'ambiance de la ville a changé à la seule nouvelle de votre arrivée. Tout le monde attend avec impatience ce que vous aurez à nous dire jeudi soir. Dans les trams, dans les cafés, les gens n'ont pratiquement pas d'autre sujet de conversation. Bien entendu, je ne sais pas exactement ce que vous avez préparé à notre intention. Peut-être avez-vous pris soin de ne pas enjoliver outre mesure votre tableau de la situation. Vous allez peut-être nous mettre en garde, en insistant sur la dure besogne qui nous attend tous si nous voulons retrouver un jour le bonheur dont nous avons joui autrefois. Vous aurez bien raison de nous adresser de tels avertissements. Mais je sais aussi avec quelle habileté vous ferez appel au sens civique, à la mentalité positive de chaque membre du public. En tout cas, on peut être sûr d'une chose. Lorsque vous aurez fini de parler, aucun habitant de cette ville ne pourra plus poser les yeux sur M. Brodsky et voir en lui, comme autrefois, un vieux pochard minable. Ah, monsieur Ryder, je vois que vous prenez un air soucieux. N'ayez aucune inquiétude, je vous en prie. Nous faisons peut-être l'effet d'un trou perdu, mais dans certains cas, nous nous montrons parfaitement à la hauteur. M. Hoffman, en particulier, a déployé tous ses efforts pour organiser une soirée magnifique. Soyez tranquille, monsieur, tous les citoyens de haut rang seront présents. Quant à M. Brodsky lui-même, comme je vous l'ai dit, je suis sûr qu'il ne nous décevra pas. Il ira au-delà de toutes nos espérances, j'en suis certain. »

En fait, l'expression remarquée sur mon visage par Pedersen relevait moins d'une quelconque « inquiétude » que de l'exaspération croissante que je ressentais à mon propre égard. À la vérité, non seulement l'allocution que je devais adresser aux citoyens de cette ville était loin d'être prête, mais j'avais à peine entrepris le travail de documentation indispensable. Je ne comprenais pas comment quelqu'un d'aussi expérimenté que moi avait pu laisser les choses en venir là. Je me revis, au cours de l'après-midi de ce même jour, assis dans l'élégant jardin d'hiver de l'hôtel, savourant une tasse de café fort et amer ; je m'étais alors répété intérieurement qu'il me fallait organiser avec soin le reste de ma journée afin d'utiliser le mieux possible un laps de temps très réduit. Tout en contemplant la fontaine embrumée dans le miroir derrière le bar, je m'étais même imaginé dans une situation analogue à celle où je venais de me trouver au cinéma, devant une assemblée étonnée de me voir dominer avec brio l'ensemble des problèmes locaux, lançant spontanément aux dépens de Christoff au moins un mot d'esprit suffisamment mémorable pour être cité dans toute la ville le lendemain, alors que pendant tout le temps que j'avais passé au cinéma, je n'avais pas été capable d'énoncer la moindre réflexion digne d'attention. Peut-être avais-je même donné l'impression de ne pas être d'une grande courtoisie. De nouveau, je me sentis subitement furieux contre Sophie qui avait semé le chaos et m'avait obligé à rester complètement en deçà de mes exigences habituelles.

Nous nous arrêtâmes de nouveau et je m'aperçus que nous étions devant l'entrée de l'hôtel.

« Je suis ravi de vous avoir rencontré, dit Pedersen en me tendant la main. J'espère avoir encore le plaisir de votre compagnie au cours des journées à venir. Mais maintenant, il faut que vous vous reposiez. »

Je le remerciai, lui souhaitai une bonne nuit et pénétrai dans le hall tandis que le bruit de ses pas s'estompait dans l'obscurité.

Le jeune réceptionniste était encore de service.

« J'espère que le film vous a plu, monsieur, dit-il en me donnant ma clé.

– Oui, il m'a beaucoup plu. Merci de m'avoir fait cette suggestion. C'était une véritable détente.

– En effet, nos clients trouvent souvent que c'est une bonne façon de terminer la journée. Au fait, Gustav vous fait dire que Boris était très content de sa chambre et qu'il s'est endormi immédiatement.

– Ah, parfait. »

Je lui souhaitai une bonne nuit et me hâtai vers l'ascenseur.

En arrivant dans ma chambre, j'eus le sentiment d'être crasseux, après cette longue journée ; je me mis en robe de chambre et m'apprêtai à prendre une douche. Mais tandis que j'explorais la salle de bains, une vague d'épuisement déferla sur moi, et je parvins à peine à tituber jusqu'à mon lit et à m'y écrouler, pour sombrer aussitôt dans un profond sommeil.

10

Je ne dormais pas depuis longtemps quand le téléphone retentit près de mon oreille. Je le laissai sonner un moment, puis me décidai à m'asseoir et à décrocher.

« Ah, monsieur Ryder ! C'est moi. Hoffman. »

J'attendais qu'il explique pourquoi il me dérangeait, mais le directeur de l'hôtel resta muet. Après un silence embarrassé, il finit par me dire :

« C'est moi, monsieur. Hoffman. » Il y eut une autre pause, puis il continua : « Je suis en bas, dans le hall.

– Ah oui.

– Excusez-moi, monsieur Ryder, vous étiez peut-être occupé ?

– En fait, je faisais un petit somme. »

Cette information sembla sidérer Hoffman, car il y eut un autre silence. Je me hâtai de reprendre en riant :

« C'est-à-dire que je m'étais allongé, plus exactement. Naturellement, il n'est pas question que je dorme jusqu'à ce que... que toutes les obligations de la journée soient remplies.

– Bien sûr, bien sûr. » Hoffman paraissait soulagé. « Histoire de reprendre haleine, pour ainsi dire. Très compréhensible. Quoi qu'il en soit, je vous attendrai dans le hall, monsieur. »

Je reposai le combiné et, toujours assis sur le lit, m'interrogeai sur ce que j'allais faire. Je me sentais plus épuisé que jamais – je n'avais certainement pas dormi plus de quelques minutes – et la solution la plus tentante était d'oublier toute l'affaire et de me rendormir. Mais je finis par comprendre que c'était impossible et me levai.

Je m'aperçus que j'avais succombé au sommeil vêtu de ma seule robe de chambre, et j'étais sur le point de l'enlever et de m'habiller quand l'idée me vint que je pouvais aller retrouver Hoffman dans cette tenue. À cette heure-là de la nuit, après tout, je ne risquais guère de rencontrer quiconque, à l'exception d'Hoffman et du réceptionniste, et mon apparition ainsi vêtu soulignerait de façon subtile mais évidente qu'il était extrêmement tard et qu'il m'empêchait de dormir. Je sortis dans le couloir et gagnai l'ascenseur, en proie à un agacement considérable.

La robe de chambre sembla initialement produire l'effet voulu, car les premières paroles d'Hoffman, lorsque j'arrivai dans le hall, furent : « Je regrette d'avoir troublé votre repos, monsieur Ryder. Cela doit être si fatigant pour vous, tous ces voyages. »

Je ne fis aucun effort pour dissimuler ma lassitude. Passant la main dans mes cheveux, je répondis : « Cela ne pose aucun problème, monsieur Hoffman. Mais j'espère que cela ne va pas prendre trop de temps. En effet, je me sens assez fatigué.

– Non, nous n'en avons pas pour longtemps, pas longtemps du tout.

– Tant mieux. »

Je remarquai qu'Hoffman portait un imperméable et, dessous, une tenue de soirée complète, avec une ceinture de smoking et un nœud papillon.

« Vous êtes évidemment informé de la mauvaise nouvelle, dit-il.

– La mauvaise nouvelle ?

– Oui, c'est une mauvaise nouvelle, mais je tiens à le dire, monsieur, j'ai la certitude, la profonde certitude que cela n'entraînera aucune conséquence fâcheuse. Et avant que la soirée soit terminée, je suis sûr que vous en serez également convaincu, monsieur Ryder.

– J'en suis certain », dis-je avec un signe de tête rassurant. Puis, l'instant suivant, je jugeai la situation désespérée et demandai abruptement : « Excusez-moi, monsieur Hoffman, mais à quelle mauvaise nouvelle faisiez-vous allusion ? Il y a eu tant de mauvaises nouvelles ces temps derniers. »

Il me regarda d'un air affolé. « Tant de mauvaises nouvelles ? »

Je ris. « Oh, je parle des affrontements en Afrique, de tous ces problèmes. Partout, toutes ces mauvaises nouvelles. » Je ris de nouveau.

« Ah, je vois. Je faisais allusion, bien entendu, à ce qui est arrivé au chien de M. Brodsky.

– Bien sûr. Le chien de M. Brodsky.

– Vous en conviendrez, monsieur, c'est un événement bien malencontreux. Le moment auquel cela survient. On s'efforce de progresser avec le plus grand soin, et voilà que ce genre de choses se produit ! » Il poussa un soupir exaspéré.

« Oui, c'est terrible. Terrible.

– Mais comme je le disais, mes certitudes sont intactes. Oui, je suis certain que cela ne débouchera sur aucun contretemps désastreux. Puis-je maintenant suggérer que nous partions immédiatement ? En fait, quand j'y réfléchis, vous aviez tout à fait raison, monsieur Ryder. C'est une heure qui convient beaucoup mieux. De la sorte, nous n'arriverons ni trop tôt ni trop tard. Tout à fait juste : il faut prendre ces choses avec calme. Ne jamais céder à la panique. Eh bien, monsieur, partons.

– Euh... monsieur Hoffman, il semble que j'ai fait une petite erreur de jugement en ce qui concerne la tenue adéquate en de telles circonstances. Peut-être voudrez-vous bien me laisser quelques minutes pour regagner ma chambre et me changer ?

– Oh... (Hoffman me jeta un coup d'œil rapide.) Vous êtes parfait, monsieur Ryder. Ne vous inquiétez donc pas. Et maintenant... (Il regarda sa montre d'un air anxieux.) Je propose que nous y allions. Oui, c'est tout à fait l'heure qui convient. S'il vous plaît. »

Dehors, il faisait nuit noire et la pluie tombait dru. À la suite d'Hoffman, je contournai le bâtiment puis longeai une allée qui menait à un petit parking extérieur où se trouvaient cinq ou six véhicules. Une lampe unique, fixée à un poteau de clôture, me permit de distinguer de grandes flaques qui s'étendaient devant moi.

Hoffman courut jusqu'à une grosse voiture noire et ouvrit la portière du côté du passager. En avançant dans cette direction, je sentis l'humidité imprégner mes pantoufles. Au moment où je montais en voiture, mon pied s'enfonça dans une flaque et fut complètement trempé. Je poussai une exclamation, mais Hoffman filait déjà vers la place du conducteur.

Hoffman prit le volant, et nous quittâmes le parking tandis que je faisais de mon mieux pour me sécher les pieds sur le tapis de sol moelleux. Quand je levai les yeux, nous étions déjà dans la rue principale, et je vis avec surprise que la circulation était devenue dense. De plus, de nombreux magasins et restaurants étaient revenus à la vie, et des foules de clients se pressaient de l'autre côté des vitrines éclairées. Chemin faisant, le trafic ne cessa de croître, si bien qu'à proximité du centre-ville, malgré les trois voies de circulation, nous nous retrouvâmes dans l'incapacité d'avancer. Hoffman regarda sa montre, puis heurta le volant de sa main, dans son exaspération.

« Comme c'est fâcheux ! dis-je, compatissant. Pourtant, il n'y a pas si longtemps, j'étais dehors et toute la ville paraissait endormie. »

L'air très préoccupé, il répondit sur un ton distrait : « La circulation, dans cette ville, elle ne fait qu'empirer. Je ne sais pas ce qui pourrait résoudre ce problème. » De nouveau, il frappa violemment le volant.

Pendant quelques minutes, nous restâmes assis en silence, avançant au ralenti. Puis Hoffman dit d'une voix posée : « M. Ryder a beaucoup voyagé. »

Je crus que j'avais mal entendu, mais il répéta la même phrase – en l'accompagnant d'un geste délicat de la main – et je compris qu'il répétait ce qu'il allait dire à notre arrivée pour expliquer notre retard.

« M. Ryder a beaucoup voyagé. M. Ryder – a beaucoup *voyagé.* » Tandis que nous progressions dans le flot de circulation nocturne, Hoffman continua de temps à autre à marmonner à mi-voix des mots que je ne parvenais généralement pas à saisir. Il était désormais dans un univers qui lui était propre et paraissait de plus en plus tendu. À un moment, alors que nous venions de manquer un feu vert, je l'entendis murmurer : « Pas du tout, monsieur Brodsky ! Il était magnifique, un magnifique animal ! »

Enfin, nous bifurquâmes, franchissant les limites de la ville. Bientôt, les immeubles disparurent : nous étions sur une route bordée de chaque côté d'espaces dégagés, plongés dans l'obscurité – des terres agricoles, peut-être. La circulation se raréfia, et la puissante automobile put prendre de la vitesse. Je constatai qu'Hoffman se détendait, et lorsqu'il m'adressa de nouveau la parole, il avait retrouvé pour l'essentiel sa courtoisie accoutumée.

« Dites-moi, monsieur Ryder. Est-ce que votre séjour à l'hôtel vous donne satisfaction ?

– Mais oui. Tout va très bien, je vous remercie.

– Votre chambre vous convient ?

– Absolument.

– Votre lit. Il est confortable ?

– Très confortable.

– Je vous pose cette question parce que nous sommes assez fiers de nos lits. Nous remplaçons nos matelas à des intervalles très rapprochés. Aucun autre hôtel de la ville ne remplace autant ses matelas que nous. Je le sais de façon avérée. Les matelas que nous jetons seraient encore utilisés pendant de nombreuses années par plusieurs de nos prétendus rivaux. Saviez-vous, monsieur Ryder, que si l'on posait bout à bout, dans le sens de la longueur, tous les matelas usagés que nous jetons en cinq années civiles, on pourrait faire une rangée tout le long de la Grand-Rue, de la Maison des citoyens à la fontaine, en tournant le coin de la Sterngasse et jusqu'à la pharmacie de M. Winkler ?

– Ah, vraiment ? C'est très impressionnant.

– Monsieur Ryder, je voudrais vous parler franchement. J'ai beaucoup réfléchi à la question de votre chambre. Naturellement, pendant les journées qui ont précédé votre arrivée, j'ai passé un temps considérable a me demander quelle chambre vous donner. La plupart des hôtels auraient une réponse simple à la question : " Quelle est la meilleure chambre de la maison ? " Mais ce n'est pas le cas dans mon hôtel, monsieur Ryder. Au fil des ans, j'ai accordé la plus vive attention à un grand nombre de chambres différentes. Il y a même eu des périodes où je suis devenu – ha, ha ! –, d'aucuns diraient *obsédé*, oui, parfaitement, obsédé par telle ou telle chambre Une fois que je perçois le potentiel d'une chambre donnée, je passe des jours et des jours à y penser, et je m'applique ensuite à la faire rénover d'une façon aussi conforme que possible à ma vision. Je ne réussis pas toujours, mais, à plusieurs occasions, les résultats, après un énorme travail, se sont approchés de ce que je me représentais dans ma tête, et, bien sûr, c'est extrêmement satisfaisant. Mais, en fait – c'est peut-être une déficience qui m'est propre –, à peine ai-je parachevé à mon gré la rénovation d'une chambre que je me trouve envahi par la pensée de ce qu'une autre pourrait devenir. Et avant d'avoir le temps de m'en rendre compte, je me mets à consacrer mon temps et ma réflexion au nouveau projet. Oui, d'aucuns parleraient d'un comportement obsessionnel, mais cela ne me paraît pas si répréhensible. Peu de choses sont aussi ennuyeuses qu'un hôtel où toutes les chambres sont décorées selon les mêmes concepts galvaudés. Selon mon optique, chaque chambre doit faire l'objet d'une réflexion qui tienne compte de ses caractéristiques spécifiques. En tout cas, le point où je veux en venir, monsieur Ryder, c'est que je n'ai pas, à l'hôtel, de chambre de prédilection. Après mûre réflexion, je suis donc parvenu à la conclusion que la chambre qui vous conviendrait le mieux serait celle que vous occupez actuellement. Mais depuis que j'ai fait votre connaissance, je n'en ai plus la certitude.

– Pas du tout, monsieur Hoffman, l'interrompis-je. Ma chambre actuelle est parfaite.

– Mais j'y réfléchis de temps à autre, au fil de la journée, depuis que j'ai fait votre connaissance, monsieur. Il me semble qu'étant donné votre tempérament, vous seriez davantage en accord avec une autre chambre que j'ai en tête. Demain matin, peut-être, je vous la montrerai. Je suis convaincu qu'elle vous plaira mieux.

– Non, vraiment, monsieur Hoffman. La chambre actuelle...

– Je vais être franc, monsieur Ryder. Votre venue a mis à l'épreuve pour la première fois la chambre que vous occupez. Vous comprenez, c'est la première fois que j'accueille un véritable invité de marque dans cette chambre depuis qu'elle a été repensée, il y a quatre ans. Bien sûr, il m'était impossible de prévoir qu'un jour vous nous honoreriez de votre visite. Mais, à la vérité, j'ai travaillé à cette chambre en ayant en tête quelqu'un de très similaire à vous. J'essaie de vous dire, comprenez-vous, que c'est seulement aujourd'hui, avec votre arrivée, qu'elle est réellement utilisée aux fins pour lesquelles elle a été conçue. Et ma foi, je ne vois que trop bien que j'ai commis il y a quatre ans plusieurs graves erreurs de jugement. C'est si difficile, même avec mon expérience. Non, sans contredit, je suis mécontent. Ce n'est pas une bonne association. La proposition que je vous fais, monsieur, est de passer à la 343, qui est, me semble-t-il, bien plus appropriée à votre personnalité. Vous y serez bien plus au calme, vous dormirez mieux. Quant à votre chambre actuelle, j'y réfléchis de temps à autre, pendant la journée. J'ai bien envie de la faire démolir, sous sa forme actuelle.

– Monsieur Hoffman, vraiment, non ! »

J'avais crié, et Hoffman cessa de regarder la route pour

me dévisager avec surprise. Je ris et, me ressaisissant rapidement, repris :

« Je voulais simplement vous prier de ne pas entreprendre pour moi des travaux si coûteux et si absorbants.

– Ce serait pour ma propre tranquillité d'esprit, monsieur Ryder, je vous en assure. Mon hôtel est l'œuvre de ma vie. J'ai fait une grosse erreur en ce qui concerne cette chambre. Je ne vois qu'une solution : la démolition.

– Monsieur Hoffman, cette chambre... À la vérité, j'éprouve une vive affection pour elle. Je m'y sens vraiment très bien.

– Je ne comprends pas, monsieur. » Il semblait réellement perplexe. « Il est évident que la chambre ne vous convient pas. Maintenant que je vous connais, je peux l'affirmer avec une certaine conviction. Vous n'avez pas à vous montrer si poli. Je suis étonné de voir que vous y êtes particulièrement attaché. »

J'éclatai de rire, un peu trop bruyamment, peut-être. « Pas du tout. Particulièrement attaché ? »

Je ris de nouveau.

« Ce n'est qu'une chambre, et rien de plus. S'il faut la démolir, alors qu'elle soit démolie ! C'est avec joie que j'emménagerai dans une autre chambre.

– Ah, je suis très heureux que vous ayez cette vision de la situation. J'aurais été fortement peiné, monsieur Ryder, non seulement pendant la durée de votre séjour, mais au long de toutes les années ultérieures, à la pensée qu'il vous est arrivé de descendre à mon hôtel et que vous avez dû supporter une chambre aussi peu convenable. J'ai du mal à comprendre ce que j'ai pu avoir en tête il y a quatre ans. Une erreur d'appréciation totale ! »

Nous filions dans l'obscurité depuis un bon moment sans avoir vu les lumières d'autres véhicules. Au loin, je distinguais des formes qui étaient peut-être des bâtiments agricoles, mais, à cette exception près, rien ne semblait occuper le vide des ténèbres. Nous continuâmes à rouler en silence pendant un instant. Puis Hoffman reprit la parole :

« C'est une terrible malchance, monsieur Ryder. Ce chien, évidemment, il n'était pas jeune, mais il aurait bien pu durer encore deux ou trois ans. Et les préparatifs se déroulaient si bien. » Il secoua la tête. « Le moment est si inopportun. » Puis, se tournant vers moi avec un sourire, il continua : « Mais je suis tranquille. Oui, je suis tranquille. Il ne sera pas détourné de sa voie désormais, même par une affaire comme celle-ci.

– On devrait peut-être offrir un autre chien à M. Brodsky, lui faire une sorte de cadeau. Un petit chiot, peut-être. »

J'avais lancé cette suggestion sans trop y réfléchir, mais M. Hoffman fit mine de l'étudier avec un respect manifeste.

« Je ne sais pas trop, monsieur Ryder. Il faut que vous compreniez qu'il était extrêmement attaché à Bruno. Il n'avait guère d'autre compagnie. Il va être dans une situation de deuil. Mais vous avez peut-être raison : nous devons remédier à sa solitude maintenant que Bruno est parti. Un autre animal, peut-être. Quelque chose d'apaisant. Un oiseau en cage, par exemple. Plus tard, avec le temps, lorsqu'il sera prêt, un autre chien pourra être proposé. Je ne sais pas trop. »

Il resta muet pendant quelques minutes et je crus que ses pensées avaient pris une autre orientation. Mais, tout à coup, les yeux fixés sur la route obscure qui se déroulait devant nous, il marmonna d'une voix passionnée :

« Un bœuf ! Oui, un bœuf, un bœuf, un bœuf ! »

Mais je commençais à être fatigué de toute l'histoire du chien de Brodsky, et je me laissai aller sur mon siège sans rien dire, décidé à me détendre pour le restant du trajet. À un moment, souhaitant obtenir quelques renseignements sur le but de notre voyage, je m'adressai à mon compagnon : « J'espère que nous ne serons pas trop en retard.

– Non, non. Nous serons juste à l'heure », répondit Hoffman, mais son esprit semblait ailleurs. Puis, quelques minutes plus tard, je l'entendis de nouveau marmonner énergiquement : « Un bœuf ! Un bœuf ! »

Au bout de quelque temps, ayant quitté la grand-route, nous nous trouvâmes dans un quartier résidentiel des plus agréables. Je distinguais dans l'obscurité de grandes maisons entourées de parcs, souvent bornés par des murs élevés ou des haies. Hoffman suivait avec attention les avenues bordées d'arbres, et, de nouveau, je l'entendis répéter à mi-voix les phrases qu'il allait prononcer.

Nous franchîmes un imposant portail en fer, qui donnait accès à la cour d'une résidence de belle apparence. Déjà, de nombreux véhicules étaient garés çà et là, et le directeur de l'hôtel mit un moment à trouver une place. Puis il descendit et gagna précipitamment l'entrée principale.

Je restai assis encore un instant, cherchant sur la vaste maison des indices susceptibles de m'éclairer sur la réception à laquelle nous allions participer. La façade comportait une longue rangée d'immenses fenêtres qui arrivaient presque au niveau du sol. La plupart d'entre elles étaient éclairées derrière leurs rideaux, mais je ne pouvais rien voir de ce qui se passait à l'intérieur.

Hoffman sonna et me fit signe de le rejoindre. Quand je sortis de la voiture, la pluie s'était réduite à une fine bruine. Je resserrai autour de moi les pans de ma robe de chambre et marchai jusqu'à la maison, en veillant à éviter les flaques.

Une domestique vint ouvrir la porte et nous fit entrer dans un vestibule spacieux décoré de portraits imposants. La servante semblait connaître Hoffman, et ils échangèrent quelques mots tandis qu'elle lui prenait son imperméable. Hoffman s'arrêta devant le miroir pour redresser son nœud papillon, avant de m'entraîner vers l'intérieur du bâtiment.

Nous parvînmes à une vaste pièce baignée de lumière, où une soirée animée allait bon train. Une centaine de personnes au moins étaient rassemblées, vêtues d'élégantes tenues de soirée, debout, un verre à la main, et conversant. Sur le seuil, Hoffman tendit le bras devant moi comme pour me protéger et explora la pièce du regard.

« Il n'est pas encore ici », finit-il par marmonner. Puis, tournant vers moi son visage souriant, il précisa : « M. Brodsky n'est pas encore ici. Mais je suis certain, tout à fait certain qu'il y sera avant longtemps. »

Hoffman examina de nouveau la pièce et, l'espace d'une seconde, eut l'air perdu. Puis il reprit : « Si vous voulez bien rester là un instant, monsieur Ryder, je vais chercher la comtesse. Attendez : si cela ne vous ennuie pas, placez-vous par là-bas, en retrait – ah ah ! Qu'on ne vous voie pas :

rappelez-vous que vous êtes censé être la surprise de la soirée. Merci ; je ne serai pas long. »

Il entra dans la pièce et, pendant quelques instants, je le regardai évoluer parmi les invités ; son attitude soucieuse contrastait fortement avec l'ambiance de gaieté qui l'entourait. Je vis plusieurs personnes tenter de lui adresser la parole, mais à chaque fois Hoffman filait plus loin avec un sourire distrait. Je finis par le perdre de vue, et, sans doute, dans mes efforts pour le repérer de nouveau, me déplaçai-je moi-même un peu. En tout cas, je dus me rendre visible, car j'entendis une voix dire près de moi : « Ah, monsieur Ryder ! Vous êtes arrivé. Quel plaisir de vous avoir enfin avec nous. »

Une femme corpulente d'une soixantaine d'années avait posé la main sur mon bras. Je souris et bredouillai de vagues civilités, auxquelles elle rétorqua : « Tout le monde ici a hâte de vous rencontrer. » Là-dessus, elle m'entraîna avec résolution au cœur de la foule.

Tandis que je la suivais, me frayant un chemin parmi les invités, la femme corpulente commença à me poser des questions. Au début, c'étaient les interrogations habituelles sur ma santé ou sur mon voyage. Mais à mesure que nous progressions à travers la pièce, elle me soumit à une enquête approfondie au sujet de l'hôtel. Elle entrait dans des détails si pointilleux – le savon me convenait-il ? que pensais-je de la moquette du hall ? – que je la soupçonnai d'être une concurrente d'Hoffman, vexée de me voir séjourner dans un établissement rival du sien. Cependant, son attitude générale et sa façon d'adresser constamment des signes de tête et de décocher des sourires aux gens que nous croisions me convainquirent qu'elle était à coup sûr l'hôtesse de cette soirée, et j'en conclus que j'avais affaire à la comtesse en personne.

J'avais d'abord supposé qu'elle me conduisait vers un endroit ou vers un individu bien particulier, mais, au bout d'un moment, j'eus la nette impression que nous ne faisions que décrire lentement des cercles. En fait, j'eus à plusieurs reprises la certitude que nous étions déjà passés au moins deux fois dans telle ou telle partie de la pièce. Je remarquai également autre chose avec curiosité : les têtes se tournaient sur notre passage, on saluait mon hôtesse, et pourtant elle ne cherchait nullement à me présenter à quiconque. De plus, même si, de temps à autre, certains me souriaient poliment, personne ne semblait s'intéresser particulièrement à moi. Personne, en tout cas, n'interrompit une conversation en cours parce que je passais à proximité. Cette constatation m'inspira une certaine perplexité, car je m'étais préparé à l'avance à soutenir l'avalanche accoutumée de questions et de compliments.

Au bout d'un moment, je remarquai que l'atmosphère de la pièce avait dans son ensemble quelque chose de bizarre – un caractère quelque peu forcé, un étalage d'allégresse théâtrale –, mais d'abord je ne parvins pas à saisir de quoi il retournait. Finalement, nous nous arrêtâmes, car la comtesse avait engagé une conversation avec deux femmes couvertes de bijoux, et j'eus alors la possibilité de regarder autour de moi et de préciser mes impressions. Je compris enfin qu'il ne s'agissait pas du tout d'un cocktail, mais que toutes les personnes rassemblées en ce lieu attendaient qu'on les priât de passer à table ; or le dîner aurait dû être servi au moins deux heures plus tôt, mais la comtesse et ses collègues avaient été contraints d'en retarder le début en raison d'une double absence : celle de Brodsky, invité d'honneur officiel, et la mienne – j'étais quant à moi la grande surprise de la soirée. Puis, ne cessant pas de balayer la pièce du regard, je parvins peu à peu à comprendre exactement ce qui s'était produit avant notre arrivée.

Le dîner en question était à ce jour le plus important de tous ceux qui avaient été organisés en l'honneur de Brodsky. Comme c'était aussi le dernier avant la soirée cruciale de jeudi, on ne pouvait guère espérer que tout se passât dans un climat de détente, et le retard de Brodsky avait encore accru la tension. Au début, pourtant, les invités – qui avaient tous parfaitement conscience de constituer l'élite de la ville – restèrent calmes ; chacun évitait avec soin de faire la moindre remarque dont on pût supposer qu'elle laissait entendre que Brodsky n'était pas absolument digne de confiance. En fait, la plupart des personnes présentes s'arrangèrent pour ne pas prononcer le nom de Brodsky, n'exprimant leur anxiété que par des supputations sans fin sur l'heure à laquelle le dîner serait servi.

Ce fut alors qu'on apprit ce qui était arrivé au chien de Brodsky. Pourquoi la nouvelle circula-t-elle de façon aussi confuse ? Impossible de le savoir avec certitude. Il y eut peut-être un coup de téléphone, dont l'un des notables municipaux, croyant à tort calmer ainsi les esprits, révéla la teneur à quelques invités. En tout cas, il était facile de prévoir ce qui se passerait si on laissait pareille information se propager de bouche à oreille dans un rassemblement où régnait déjà un climat d'inquiétude aiguisée par la faim. Très vite, toutes sortes de rumeurs déraisonnables se répandirent dans la foule. On avait découvert Brodsky ivre mort, serrant dans ses bras le cadavre de son chien. On avait trouvé Brodsky couché dans une flaque, en pleine rue, tenant des discours sans suite. Brodsky, en proie à un chagrin insupportable, avait essayé de se tuer en buvant du pétrole. Cette dernière version prenait sa source dans un incident survenu plusieurs années auparavant : en effet, au cours d'une soûlerie, Brodsky avait été emmené d'urgence à l'hôpital par un agriculteur du voisinage après avoir bu une quantité de pétrole – on n'avait jamais su, à vrai dire, s'il avait commis cet acte à dessein de se tuer ou parce que l'alcool lui avait troublé l'esprit. Il ne fallut pas longtemps, dans le sillage de ces rumeurs, pour que des propos découragés fusent de toutes parts.

« Ce chien, c'était tout pour lui. Il ne s'en relèvera jamais. Nous devons regarder les choses en face : nous voilà de retour à la case départ.

– Il faut décommander la soirée de jeudi. Décommander tout de suite. Ce sera, ce ne peut être qu'un désastre. Si nous laissons les choses suivre leur cours, les habitants de cette ville ne nous feront pas de cadeau.

– Ce type a toujours représenté un risque excessif. Jamais nous n'aurions dû accepter d'aller si loin. Mais que faire maintenant ? Nous sommes perdus, nous sommes totalement perdus. »

Puis, alors même que la comtesse et ses collègues cherchaient à redevenir maîtres de la situation, des hurlements éclatèrent au centre de la pièce.

Si de nombreuses personnes se ruaient vers le lieu de l'incident, quelques-unes battaient en retraite, affolées.

Voici ce qui s'était produit : l'un des plus jeunes conseillers avait cloué au sol un personnage chauve et rondouillard en qui tout le monde reconnut rapidement le vétérinaire, Keller. On avait tenté de séparer de sa victime le jeune conseiller, mais il s'accrochait avec tant de ténacité au revers du vétérinaire que, en fait, on n'avait pu que remettre debout ensemble les deux antagonistes.

« J'ai fait de mon mieux ! criait Keller, rubicond. J'ai fait de mon mieux ! Qu'aurais-je pu faire de plus ? Il y a deux jours, l'animal allait bien !

– Escroc ! » hurla le jeune conseiller, avant de tenter une nouvelle offensive. De nouveau, on l'empoigna, mais, dès lors, quelques-uns des spectateurs, ayant flairé le bouc émissaire idéal, s'en prirent eux aussi à Keller. De tous côtés, les accusations se mirent à pleuvoir sur le vétérinaire : par sa négligence, l'homme avait mis en danger l'avenir de toute la ville. Une voix alla jusqu'à crier : « Et les chatons des Breuer ? Vous passez votre temps à jouer au bridge, vous avez laissé ces chatons mourir les uns après les autres...

– Je ne joue au bridge qu'une fois par semaine, et même quand... » protesta le vétérinaire, le souffle coupé ; cependant le chœur des critiques gagna aussitôt en vigueur. Subitement, tous les assistants semblèrent éprouver à l'égard de Keller telle ou telle vieille rancune liée au sort d'un animal chéri. Quelqu'un hurla ensuite que Keller lui devait de l'argent ; il ne lui avait jamais rendu la fourche de jardinier qu'il lui avait empruntée six ans avant, cria un autre. Bientôt, l'hostilité envers le vétérinaire atteignit un tel degré qu'il parut tout à fait naturel que ceux qui s'efforçaient de maîtriser le jeune conseiller relâchassent leur prise. Et lorsque ce dernier se jeta de nouveau sur l'objet de son animosité, il sembla le faire au nom de la grande majorité des personnes présentes. La situation semblait sur le point de s'envenimer complètement lorsqu'une forte voix retentit dans la pièce et ramena tout le monde à la raison.

Le silence soudain qui s'abattit alors était peut-être davantage dû à la surprise causée par l'identité de l'intervenant qu'à une autorité naturelle dont il aurait bénéficié. Car la personne juchée sur l'estrade vers laquelle tout le monde se retourna alors, et qui jetait sur l'assistance un regard furieux, n'était autre que Jakob Kanitz, connu dans toute la ville essentiellement pour son extraordinaire timidité. Frisant la cinquantaine, Jakob Kanitz avait toujours occupé, pour autant que quiconque s'en souvînt, le même poste de gratte-papier à la mairie. On l'avait rarement entendu avancer une opinion, et moins encore contredire ou argumenter. Il n'avait pas d'amis intimes et, plusieurs années auparavant, il avait quitté la petite maison qu'il partageait avec sa femme et leurs trois enfants pour louer une chambre mansardée située dans la même rue. Lorsque quelqu'un abordait la question, il laissait entendre qu'il ne tarderait pas à regagner le domicile familial, mais les années s'étaient écoulées et son mode de vie était resté le même. Entre-temps, en raison surtout de la serviabilité dont il faisait preuve, toujours prêt à s'acquitter des nombreuses besognes ennuyeuses entraînées par l'organisation d'un événement culturel, il s'était trouvé intégré au milieu artistique de la ville, où on le traitait cependant avec quelque condescendance.

L'assemblée eut à peine le temps de se remettre de sa surprise avant que Jakob Kanitz – qui sentait peut-être qu'il ne pourrait conserver son sang-froid au-delà d'un laps de temps réduit – ne prenne la parole.

« D'autres villes ! Et je ne parle pas simplement de Paris ! Ou de Stuttgart ! Je veux dire des petites villes comme la nôtre, d'autres villes. Rassemblez l'élite de leurs habitants, mettez-les face à une crise similaire, comment vont-ils réagir ? Ils seront calmes, assurés. Ces gens sauraient que faire, ils sauraient se tenir. Voilà ce que j'ai à dire : nous tous ici, nous sommes les meilleurs de la ville. Ce n'est pas au-delà de nos moyens. Ensemble, nous pouvons nous sortir de cette crise. Est-ce qu'ils se battraient à Stuttgart ? Nul besoin de s'affoler, pour le moment. Nul besoin de baisser les bras, de nous quereller entre nous. C'est vrai, le chien, c'est un problème, mais ce n'est pas la fin de tout, pour l'instant, ça n'a pas de conséquences. Quel que soit l'état actuel de M. Brodsky, nous pouvons encore le remettre sur les rails. Nous pouvons le faire, à condition que nous jouions tous notre rôle ce soir. Je suis sûr que nous pouvons, que nous devons le faire. Le remettre sur les rails. Sans ça, si nous ne le faisons pas, si nous ne nous reprenons pas, si nous ne redressons pas la situation dès ce soir, je vous le dis, il ne nous reste que le malheur ! Oui, le malheur le plus profond, le plus solitaire ! Il n'y a personne d'autre vers qui se tourner, il faut que ce soit M. Brodsky, il n'y a plus personne d'autre. Il est sans doute en route maintenant. Nous devons rester calmes. Et que faisons-nous ? Nous nous battons ! Est-ce qu'ils se battraient à Stuttgart ? Nous devons avoir les idées claires. À sa place, comment nous sentirions-nous ? Nous devons montrer que nous partageons tous sa peine, que toute la ville participe à son chagrin. Et puis aussi, chers amis, pensez-y, nous devons lui remonter le moral. Mais oui ! Pas question de passer toute la soirée dans le deuil, de le laisser repartir convaincu que tout est fini, qu'il peut aussi bien se remettre à... Non, non ! Trouver un équilibre ! Il faut que nous soyons en même temps joyeux, que nous lui fassions comprendre que la vie n'est pas finie, que nous comptons tous sur lui, que nous dépendons de lui. Oui, il faut que nous redressions la situation, au cours des heures à venir. Il est sûrement en route, en ce moment même, et Dieu sait dans quel état. Les heures à venir, elles sont cruciales, tout à fait cruciales. Nous devons faire ce qu'il faut. Autrement, ce sera le malheur. Nous devons... nous devons... »

Jakob Kanitz se trouva subitement submergé par la confusion. Il resta encore debout sur l'estrade quelques secondes, muet, un trouble extrême s'emparant progressivement de lui. Un reste de passion le poussa à jeter un dernier regard enflammé à son public, puis il se tourna humblement et descendit.

Mais son appel maladroit avait eu un effet immédiat. Même avant que Jakob Kanitz n'eût terminé, un murmure d'assentiment s'élevait doucement, et plus d'une personne, dans un mouvement évident de réprobation, venait frapper l'épaule du jeune conseiller – qui se tortillait maintenant d'un air honteux. Puis, progressivement, des conversations s'engagèrent partout dans la pièce : les gens discutaient sur un ton sérieux mais calme de ce qu'il faudrait faire lorsque Brodsky arriverait. Avant longtemps, un accord général se fit sur les propositions de Jakob Kanitz, qui semblaient à peu près acceptées. Il s'agissait en effet de trouver un judicieux équilibre entre le chagrin et la gaieté. L'atmosphère devrait être attentivement surveillée à tout moment par toutes les personnes présentes. Un sentiment de détermination s'empara de l'ensemble de l'assistance, puis, peu à peu, les gens commencèrent à se détendre, jusqu'au moment où tous se mirent à sourire, à bavarder, à se saluer sur un ton courtois, aimable, comme si les déplaisants incidents de la demi-heure précédente n'avaient jamais eu lieu. Ce fut à peu près à ce moment-là – pas plus de vingt minutes après l'intervention de Jakob Kanitz – que nous arrivâmes, Hoffman et moi. Rien d'étonnant à ce que j'aie perçu une nuance d'étrangeté sous la tonalité ambiante d'amusement raffiné.

Je songeais encore à tout ce qui s'était passé avant notre arrivée lorsque j'aperçus Stephan, de l'autre côté de la pièce, occupé à parler à une dame d'un certain âge. La comtesse semblait encore absorbée par sa conversation avec les deux femmes aux bijoux, aussi marmonnai-je une vague excuse avant de m'éloigner d'elles. Pendant que je me dirigeai vers lui, Stephan me vit et sourit.

« Ah, monsieur Ryder ! Vous êtes donc arrivé. Puis-je me permettre de vous présenter Mlle Collins ? »

Je reconnus alors la vieille dame maigre à qui Stephan avait rendu visite au début de la soirée. Elle portait une longue robe noire, simple mais élégante. Elle sourit, me tendit la main, et nous échangeâmes des salutations. Je m'apprêtais à lui adresser quelques paroles polies quand Stephan se pencha vers moi et dit à mi-voix :

« Quel imbécile j'ai été ! monsieur Ryder. Franchement, je ne sais pas quel parti prendre. Mlle Collins s'est montrée extrêmement gentille, comme d'habitude, mais j'aimerais connaître également votre opinion sur cette affaire.

– Vous voulez dire... au sujet du chien de M. Brodsky ?

– Oh... non, non. C'est affreux, bien sûr, je sais. Mais nous parlions de tout autre chose. Je serais vraiment content d'avoir votre point de vue à ce sujet. En fait, Mlle Collins venait juste de me suggérer de vous demander conseil, n'est-ce pas, mademoiselle Collins ? Vous comprenez, ça me gêne de vous enquiquiner avec ça, mais il y a une complication. Je parle de la pièce que je dois interpréter jeudi soir. Bon Dieu, quel imbécile j'ai été ! Comme je vous l'ai dit, monsieur Ryder, j'ai commencé à travailler *Dahlia*, de Jean-Louis La Roche, mais je n'en avais pas soufflé un mot à papa. Pas jusqu'à ce soir, en fait. Je m'étais dit que je lui ferais la surprise – il aime tellement La Roche. De plus, papa n'imaginerait jamais que je suis capable de venir à bout d'un morceau aussi difficile, aussi ai-je pensé que ce serait à double titre une excellente surprise. Mais ces jours-ci, alors que le grand soir approche, je me suis dit que ça n'était pas très pratique de continuer à garder le secret. D'abord, tout doit figurer sur le programme officiel, il y en aura un exemplaire à côté de chaque serviette, papa s'angoisse depuis un moment sur la maquette, la typographie, l'illustration du dos, tout ça. Je me suis rendu compte il y a quelques jours que j'allais devoir lui en parler, mais je voulais quand même que ça reste une sorte de surprise, et j'attendais le moment opportun pour ma révélation. Bon, tout à l'heure, après vous avoir déposé, Boris et vous, je suis allé dans son bureau pour ranger les clés de la voiture, et il était là, par terre, en train de classer des papiers. À quatre pattes, les papiers étalés autour de lui sur la moquette, un spectacle tout à fait ordinaire, papa travaille souvent comme ça. La pièce est petite et son bureau occupe une bonne partie de l'espace disponible ; j'ai fait le tour sur la pointe des pieds pour ranger les clés. Il m'a demandé comment ça allait, puis sans me laisser le temps de répondre il a eu de nouveau l'air de se plonger dans ses papiers. Enfin, je ne sais trop pourquoi, à l'instant précis où je partais, je l'ai vu installé comme ça sur la moquette et j'ai eu l'impression soudaine que c'était le bon moment pour lui parler. Une impulsion, tout simplement. Je lui ai donc dit comme en passant : “ Au fait, papa, jeudi soir, je vais jouer *Dahlia*, de La Roche. J'ai pensé que tu serais content de le savoir. ” Je ne lui ai pas parlé sur un ton spécial, je l'ai simplement mis au courant et j'ai attendu pour voir comment il réagissait. Bon, il a mis de côté le document qu'il parcourait, mais sans cesser d'avoir les yeux fixés sur la moquette, juste devant lui. Ensuite, il lui est venu un sourire, il a prononcé deux ou trois mots, du genre : “ Ah oui, *Dahlia* ”, et, pendant quelques secondes, il a eu l’air très heureux. Il ne levait pas les yeux, il était toujours à quatre pattes, mais il avait l’air très heureux. Puis il a fermé les yeux et s’est mis à fredonner les premières mesures de l’adagio, il s’est mis à fredonner ça en restant dans la même position et en remuant la tête en cadence. Il avait l’air si heureux, si tranquille, monsieur Ryder, qu’à ce moment je me suis félicité de mon choix. Puis il a rouvert les yeux, il m’a adressé un sourire rêveur et il a dit : “ Oui, c’est magnifique. Je n’ai jamais compris pourquoi ta mère détestait autant ce morceau. ” Comme je le disais à Mlle Collins, j’ai d’abord cru que j’avais mal entendu. Mais il l’a aussitôt répété. “ Ta mère déteste ce morceau. Oui, tu sais bien, depuis peu, elle s’est mise à détester de tout son cœur les œuvres tardives de La Roche. Elle ne me laisse écouter ses disques à aucun endroit de la maison, même si je mets le casque. ” Il a dû remarquer alors à quel point j’étais déconcerté et bouleversé. Parce que – ça, c’est papa tout craché ! – il a entrepris immédiatement de me remonter le moral. “ J’aurais dû te poser la question il y a longtemps, répétait-il. Tout est de ma faute. ” Puis il s’est frappé subitement le front comme s’il venait de se rappeler quelque chose : “ En fait, Stephan, je vous ai joué un sale tour à tous les deux. J’ai cru à l’époque que je faisais ce qu’il fallait en évitant de m’en mêler, mais je m’aperçois que je vous ai joué un sale tour. ” Et quand je lui ai demandé ce qu’il voulait dire, il m’a expliqué que maman n’avait qu’une envie, c’était de m’entendre jouer *Passions de verre*, de Kazan. Apparemment, il y avait déjà quelque temps qu’elle avait informé papa de ce souhait, et, bien entendu, maman supposait que papa allait tout arranger. Mais papa, lui, comprenez-vous, se mettait à ma place. Il est très sensible à ce genre de choses. Il savait qu’un musicien – même un amateur comme moi – préfère forcément faire son propre choix dans des circonstances aussi importantes. C’est pourquoi il ne m’avait rien dit : il était bien décidé à tout expliquer à maman dès que l’occasion se présenterait. Mais évidemment – enfin, je crois qu’il faut que je vous donne quelques explications supplémentaires, monsieur Ryder. Vous comprenez, quand je dis que maman a informé papa de son goût pour le morceau de Kazan, ne croyez pas qu'elle le lui a vraiment dit. C'est un peu difficile à expliquer à quelqu'un de l'extérieur. Voilà comment ça se passe : maman a dû faire en sorte, comprenez-vous, faire en sorte que papa soit au courant, mais sans jamais énoncer ce souhait de façon directe. Sa façon de faire, c'est d'émettre des signaux, qu'il perçoit, lui, de façon très claire. En l'occurrence, je ne sais pas précisément ce qu'elle a fait. Mettons qu'en rentrant à la maison, il a trouvé maman en train d'écouter *Passions de verre* sur la chaîne stéréo. Comme il est très rare qu'elle écoute un disque, ça constituerait un signe assez évident. Ou alors, papa est allé se coucher, après avoir pris son bain, et elle, elle était déjà au lit, avec un livre sur Kazan ; je ne sais pas, c'est comme ça que les choses se sont toujours passées entre eux. Comme vous pouvez le voir, ce n'est pas comme si papa avait pu dire à brûle-pourpoint : “ Non, il faut que Stephan fasse son choix lui-même. ” Papa attendait, il cherchait le meilleur moyen de faire parvenir sa réponse. Et, de plus, il ignorait que parmi tous les morceaux que j'aurais pu choisir j'avais jeté mon dévolu sur *Dahlia*, de La Roche. Bon Dieu, ce que j'ai pu être bête ! Je ne savais absolument pas que maman exécrait ce morceau ! Bref, il m'a exposé la situation, et quand je lui ai demandé quel parti il me conseillait de prendre, il a réfléchi et m'a dit que je devais persévérer dans mon choix, il était maintenant trop tard pour préparer autre chose. “ Maman ne t'en voudra pas, répétait-il. Elle ne t'en voudra pas un instant. C'est moi qu'elle tiendra pour responsable, et elle aura raison. ” Pauvre papa, quels efforts il faisait pour me réconforter, mais je voyais bien que tout cela le plongeait dans le désarroi. Au bout d'un moment, il contemplait la moquette – il était toujours par terre, mais il s'était ramassé sur lui-même, on aurait dit qu'il faisait des pompes –, il était là à regarder la moquette et je l'ai entendu qui marmonnait tout seul. “ J'encaisserai, je saurai encaisser. J'en ai vu d'autres. Je saurai encaisser. ” Comme il semblait avoir oublié ma présence, je suis parti discrètement, j'ai refermé la porte derrière moi. Et depuis, ma foi, monsieur Ryder, je n'ai pas pensé à grand-chose d'autre, tout au long de la soirée. Pour être honnête, je suis un peu perdu. Il reste si peu de temps. Et *Passions de verre* est un morceau si difficile, comment diable pourrais-je arriver à le préparer ? En fait, pour parler sincèrement, j'ai le sentiment que ce morceau se situerait un peu au-delà de mes capacités, même si j'avais encore un an pour le travailler. »

Le jeune homme se tut en émettant un soupir inquiet. Quelques secondes s'écoulèrent, et comme ni lui ni Mlle Collins ne prenaient la parole, j'en conclus qu'ils attendaient que j'exprime mon opinion. J'intervins donc :

« Bien sûr, cela ne me regarde absolument pas, vous devez prendre votre décision par vous-même. Mais j'ai le sentiment personnel qu'à ce stade tardif vous devriez tout simplement vous en tenir a ce que vous avez préparé...

– J'imaginais en effet que vous alliez dire ce genre de choses, monsieur Ryder. »

L'interruption provenait de Mlle Collins. Il y avait dans sa voix un cynisme si inattendu que je restai coi et me tournai vers elle. La vieille dame me regardait d'un air entendu et légèrement supérieur. « Sans aucun doute, continua-t-elle, parlerez-vous de – comment est-ce déjà ? –, ah oui, d' " intégrité artistique ".

– Pas exactement, mademoiselle Collins. Mais d'un point de vue pratique, j'ai dans l'idée qu'il est un peu tard, à ce stade...

– Mais comment savez-vous qu'il est trop tard, monsieur Ryder ? interrompit-elle de nouveau. Vous n'avez pas d'idée précise des capacités de Stephan. Sans parler des implications profondes de la crise qu'il traverse. Pourquoi vous permettez-vous de vous prononcer ainsi, comme si vous aviez le bonheur de bénéficier d'un sens supplémentaire dont nous autres nous serions dépourvus ? »

J'éprouvais un malaise de plus en plus grand depuis la première intervention de Mlle Collins, et pendant qu'elle prononçait ces paroles, je m'aperçus que je m'efforçais d'éviter son regard. Ne trouvant aucune réplique facile à ses questions, j'estimai au bout d'un instant qu'il valait mieux abréger cette entrevue, émis un petit rire et m'enfonçai dans la foule.

Pendant plusieurs minutes, j'errai sans but à travers la

vaste pièce. Comme cela s'était produit auparavant, certaines personnes se retournaient sur mon passage, mais aucune ne semblait me reconnaître. Je vis Pedersen, l'homme dont j'avais fait la connaissance au cinéma, qui bavardait en riant avec quelques invités et j'eus l'idée d'aller le rejoindre. Mais avant que j'aie réalisé ce projet, je sentis que quelque chose touchait mon coude et je me tournai pour voir Hoffman à côté de moi.

« Pardonnez-moi, j'ai été forcé de vous quitter pendant un moment. J'espère qu'on s'occupe bien de vous. Quelle situation ! »

Le directeur de l'hôtel respirait bruyamment, le visage couvert de sueur.

« Mais oui. J'ai passé d'excellents moments.

– Toutes mes excuses, j'ai dû aller répondre à un appel téléphonique. Mais maintenant ils sont en chemin, c'est certain, ils sont en chemin. M. Brodsky sera là d'une minute à l'autre. Mon Dieu ! » Il jeta un coup d'œil circulaire, puis se pencha vers moi et parla plus bas. « La liste des invités a été mal composée. Je les avais prévenus. Il y a de ces gens ici ! » Il secoua la tête. « Quelle situation !

– Du moins M. Brodsky est-il en route...

– Oh oui, en effet. Je dois dire, monsieur Ryder, que je suis vraiment soulagé de vous avoir avec nous ce soir. Au moment même où nous avons besoin de vous. À propos, je ne vois guère de raison de modifier votre allocution outre mesure en raison, euh, des circonstances. Peut-être une allusion rapide à la tragédie serait-elle bienvenue, mais nous allons nous arranger pour qu'une autre personne consacre quelques mots au chien, de sorte que, sérieusement, il n'est pas nécessaire que vous vous écartiez de ce que vous avez prévu. La seule chose, c'est que – ah ah ! – votre discours ne devrait pas être trop long. Mais, bien sûr, ce n'est pas à vous que... » Sa phrase resta en suspens, conclue par un petit rire. De nouveau, son regard balayait la pièce. « Il y a de ces gens ! dit-il encore. Très mal choisis. Je les avais prévenus. »

Hoffman ne cessait de scruter l'assistance, ce qui me permit, pendant un instant, de réfléchir au problème de ce discours que le directeur de l'hôtel venait de mentionner. Je finis par lui dire :

« Monsieur Hoffman, étant donné les circonstances où nous nous trouvons actuellement, je n'ai pas une idée vraiment précise du moment où il conviendrait que je me lève pour...

– Tout à fait, tout à fait. Comme vous percevez bien les choses ! Comme vous le dites, si vous vous levez simplement au moment habituel, comment savoir ce qui... oui, oui, voilà qui est clairvoyant de votre part. Je serai assis à côté de M. Brodsky et vous pouvez donc sans doute compter sur moi pour juger du moment le plus opportun. Peut-être aurez-vous la bonté d'attendre que je vous fasse signe. Mon Dieu, monsieur Ryder, comme c'est rassurant d'avoir quelqu'un comme vous avec nous dans une situation pareille !

– Je suis heureux de pouvoir vous être utile. »

Un bruit nous parvint depuis l'autre bout de la pièce, et Hoffman s'écarta brusquement. Il tendit le cou pour voir ce qui avait pu se passer, alors qu'il semblait évident qu'il ne s'agissait de rien d'important. Je toussai pour attirer de nouveau son attention.

« Monsieur Hoffman, encore un petit détail. Je me demandais (j'indiquai ma robe de chambre), je me disais que je pourrais peut-être revêtir un costume plus classique. Je me demandais s'il serait éventuellement possible d'emprunter des vêtements. Rien d'extraordinaire... »

Hoffman jeta à ma tenue un coup d'œil distrait, puis détourna le regard presque aussitôt en disant négligemment : « Ne vous en faites pas, monsieur Ryder. Ici, nous ne sommes pas du tout guindés. »

De nouveau, il tendait le cou pour voir ce qui se passait. Il me semblait évident qu'il n'avait pas du tout pris conscience de mon problème, et j'étais sur le point de soulever de nouveau la question quand il y eut du côté de l'entrée une soudaine agitation. Hoffman sursauta puis se tourna vers moi avec un sourire sinistre. « Il est ici ! » murmura-t-il. Il me toucha l'épaule et s'éloigna précipitamment.

Le silence s'abattit sur la pièce ; pendant quelques secondes, tous les yeux furent tournés vers la porte. J'essayai, moi aussi, de voir ce qui se passait, mais trop d'obstacles me bouchaient la vue. Puis, subitement, comme s'ils s'étaient souvenus de leur résolution, les gens qui m'entouraient reprirent leurs conversations sur un ton de gaieté contenue.

Je me frayai un chemin dans la foule jusqu'au moment où je parvins à voir Brodsky à qui l'on faisait traverser la pièce. La comtesse lui tenait un bras, Hoffman l'autre, et quatre ou cinq personnes s'agitaient autour d'eux fiévreusement. Brodsky, ne prenant visiblement pas garde à son escorte, fixait d'un air sombre le plafond décoré de la pièce. Il était plus grand et plus droit que je ne l'avais imaginé, même si, à ce moment précis, son maintien particulièrement raide et l'angle bizarre que dessinait son corps donnaient l'impression que son entourage le faisait avancer sur des roulettes. Il était mal rasé, mais pas au point que cela fût choquant, et sa veste de smoking était un peu de guingois, comme si quelqu'un d'autre la lui avait passée. Ses traits alourdis et vieillis avaient conservé quelque chose de jovial.

Je crus un instant qu'ils le conduisaient vers moi, mais je compris bientôt qu'ils se dirigeaient vers la salle à manger voisine. Un serveur campé sur le seuil fit entrer Brodsky et son escorte. Sitôt qu'ils furent disparus, le silence s'abattit de nouveau sur la pièce. Avant longtemps, les invités se remirent à bavarder, mais je sentis que l'air s'était chargé d'une tension nouvelle.

Je remarquai alors une chaise appuyée à un mur, isolée, et l'idée me vint qu'un changement de position me permettrait peut-être de mieux apprécier l'humeur dominante et de préciser ainsi le type d'allocution qu'il convenait de prononcer pendant le dîner. Je gagnai donc cet endroit, m'assis et entrepris d'observer la pièce pendant plusieurs minutes.

Les invités n'avaient cessé de rire et de bavarder, mais, de toute évidence, l'atmosphère était de plus en plus tendue. Dans ces conditions, et étant donné qu'une autre personne allait parler plus particulièrement du chien, il me parut judicieux de prononcer un discours aussi divertissant qu'il était décemment possible. Je décidai finalement que la meilleure solution serait de raconter quelques anecdotes amusantes, de faire par exemple le récit des mésaventures survenues dans les coulisses de ma récente tournée italienne. J'avais relaté ces histoires en public assez souvent pour faire confiance à leur capacité de décrispation et j'étais certain qu'elles seraient vivement appréciées dans les circonstances actuelles.

J'étais en train de tester mentalement différents exordes possibles lorsque je remarquai que la foule se raréfiait considérablement. À ce moment, je compris enfin que l'assistance passait peu à peu dans la salle à manger et je me levai.

Quelques personnes me sourirent vaguement tandis que je me mêlai au défilé des invités, mais nul ne m'adressa la parole. Cela ne me gêna guère, puisque j'étais encore occupé à former dans ma pensée un paragraphe d'ouverture réellement captivant. En m'approchant des portes de la salle à manger, j'étais encore indécis, balançant entre deux possibilités. La première était : « Au fil des années, mon nom a fini par être associé à diverses qualités. Un soin méticuleux apporté aux détails. La précision dans l'interprétation. La maîtrise attentive du processus dynamique. » Ce début pseudo-pompeux pourrait ensuite être rapidement mis en contraste avec le récit des événements cocasses survenus à Rome. Autre choix, celui de créer d'emblée un climat de farce : « Des rideaux de scène qui dégringolent ! Des rongeurs empoisonnés ! Des partitions mal imprimées ! Rares sont parmi vous, je pense, ceux qui associeraient spontanément mon nom à de tels phénomènes. » Chacun de ces exordes présentait des avantages et des inconvénients, et je décidai finalement d'attendre pour faire mon choix le moment où je serais parvenu à apprécier l'humeur dominante parmi les convives.

J'entrai dans la salle à manger et me trouvai entouré d'invités qui parlaient sur un ton excité. Je fus aussitôt frappé par l'immensité de cette salle. Alors que l'assemblée comptait plus de cent personnes, je compris pour quelle raison on n'avait pas éprouvé le besoin d'illuminer toute la pièce. Une quantité de tables rondes étaient couvertes de nappes blanches et d'argenterie, mais il semblait en rester un nombre au moins égal, nues et dépourvues de sièges, dont les rangées se perdaient dans l'obscurité. De nombreux invités étaient déjà installés et le tableau d'ensemble – scintillement des bijoux, blanc éclatant des vestes des serveurs, smokings noirs répondant aux ténèbres du fond de la salle – avait une certaine allure. Debout près du seuil, j'observais cette scène tout en veillant à rajuster les plis de ma robe de chambre lorsque la comtesse fit son apparition à côté de moi. Elle me prit par le bras et commença à me piloter comme elle l'avait fait auparavant en disant :

« Monsieur Ryder, nous vous avons placé là-bas, à une table où vous ne serez pas trop visible. Nous ne voulons pas que tout le monde vous voie et que la surprise soit gâchée ! Mais ne vous inquiétez pas, lorsque nous annoncerons votre présence et que vous vous lèverez, on vous verra et on vous entendra de partout. »

Certes, la table vers laquelle elle me conduisit se trouvait dans un coin, mais je ne compris pas ce qu'elle avait de particulièrement discret. Elle me fit asseoir, puis, accompagnant d'un rire quelques paroles que je ne parvins pas à saisir dans le brouhaha, s'éclipsa prestement.

Je me retrouvai en compagnie de quatre personnes, un couple d'un certain âge et un autre, un peu plus jeune, qui m'adressèrent des sourires machinaux avant de reprendre leurs propos. Le plus âgé des deux hommes expliquait pour quelle raison leur fils avait décidé de rester aux États-Unis, après quoi les différents enfants du couple firent tour à tour les frais de la conversation. De temps à autre, l'un des convives songeait à me donner une place dans la discussion, de façon purement formelle : en regardant dans ma direction ou en me souriant lorsqu'une plaisanterie était lancée. Mais personne ne m'adressait la parole directement et je cessai rapidement de m'efforcer de suivre.

Tandis qu'on commençait à servir le potage, je remarquai que la conversation devenait décousue et flottante. Enfin, au moment du plat de résistance, mes compagnons semblèrent renoncer à tout faux-semblant et abordèrent la question qui les préoccupait réellement. Jetant des regards à peine dissimulés vers la table à laquelle Brodsky était assis, ils échangèrent à mi-voix des conjectures sur l'état actuel du vieil homme. À un moment, la plus jeune des femmes lança :

« Quand même, quelqu'un devrait aller là-bas pour lui exprimer notre sympathie. Nous devrions tous aller là-bas. Apparemment, personne ne lui a adressé la parole jusqu'à présent. Regardez les gens qui sont près de lui, c'est à peine s'ils lui parlent. Nous devrions peut-être y aller, nous, pour déclencher le mouvement. Peut-être que tout le monde suivrait. Tout le monde attend peut-être, comme nous. »

Les autres se hâtèrent de l'assurer que nos hôtes maîtrisaient parfaitement la situation et que, d'ailleurs, Brodsky semblait tout à fait à l'aise, mais presque aussitôt ils se mirent à leur tour à lancer des regards inquiets dans la même direction.

Naturellement, je n'avais pas manqué, moi aussi, d'observer Brodsky attentivement. On l'avait placé à une table un peu plus grande que les autres. Hoffman le flanquait d'un côté, la comtesse de l'autre. Le reste de la compagnie était composé d'un cercle d'hommes cérémonieux aux cheveux gris. Ceux-ci semblaient conférer sans relâche à voix basse, ce qui donnait à cette tablée un climat de conspiration qui ne contribuait guère à améliorer l'ambiance générale. Quant à Brodsky lui-même, il ne manifestait aucun signe évident d'ébriété et mangeait sans enthousiasme apparent, mais avec application. Il semblait pourtant s'être retiré dans un univers qui lui était propre. Pendant que les convives terminaient le plat de résistance, Hoffman avait passé un bras dans le dos de Brodsky et lui parlait apparemment à l'oreille sans discontinuer, mais le vieil homme, regardant droit devant lui d'un air morne, ne réagissait pas. Lorsque la comtesse lui toucha le bras et lui adressa la parole, il ne répondit pas davantage.

Puis, alors que nous finissions le dessert – le repas, pour ne rien avoir d'extraordinaire, avait été substantiel –, je vis Hoffman avancer à grands pas au milieu du ballet des serveurs et je compris qu'il se dirigeait vers moi. Sitôt arrivé, il se pencha et me dit à l'oreille :

« M. Brodsky semble vouloir prononcer quelques mots, mais en toute franchise – ah, ah ! – nous nous sommes efforcés de l'en dissuader. Nous pensons qu'il convient de ne lui infliger ce soir aucun effort excessif. Monsieur Ryder, je vous serais donc reconnaissant de bien vouloir guetter mon signal et de vous lever rapidement dès que je l'aurai donné. Puis, dès que vous aurez terminé votre allocution, la comtesse mettra fin à la partie officielle de la soirée. Oui, vraiment, nous estimons qu'il est préférable de n'imposer à M. Brodsky aucun effort excessif. Le pauvre homme, ah, ah ! Vraiment, la liste des invités... (Il secoua la tête en soupirant.) Heureusement que vous êtes là, monsieur Ryder. »

Sans me laisser le temps de répondre, il se faufila de nouveau entre les serveurs, se hâtant de revenir à sa table.

Je passai les quelques minutes suivantes à examiner la salle et à soupeser les deux débuts possibles que j'avais préparés pour mon intervention. J'hésitais encore lorsque la rumeur ambiante s'apaisa subitement. Je m'aperçus alors qu'un homme au visage sévère, assis près de la comtesse, venait de se dresser.

Cet homme aux cheveux d'argent était assez âgé. Il émanait de lui une grande autorité et, presque tout de suite, un silence complet se fit dans la pièce. Pendant quelques secondes, l'homme au visage sévère regarda les convives assemblés d'un air réprobateur. Puis il dit d'une voix tout à la fois maîtrisée et sonore :

« Monsieur. Lorsqu'un compagnon d'une telle valeur, d'une telle noblesse disparaît, rares, très rares sont les mots prononcés par d'autres qui ne paraissent pas creux et superficiels. Cependant, nous ne pouvions laisser s'écouler cette soirée sans que quelques paroles solennelles, au nom de toute l'assistance, ne viennent exprimer à votre intention, monsieur Brodsky, la profonde sympathie que nous ressentons. » Il marqua une pause tandis qu'un murmure approbateur bruissait d'un bout à l'autre de la pièce. Puis il reprit : « Votre Bruno, monsieur, était l'objet de la vive affection de tous ceux d'entre nous qui le voyaient vaquer à ses occupations dans les rues de notre ville. Mais, mieux encore, il parvint à acquérir un statut dont peu d'êtres humains peuvent se targuer, sans parler de nos quadrupèdes. À la vérité, il devint un emblème. Parfaitement : il incarnait à nos yeux certaines vertus capitales. Une fidélité farouche. Une passion intrépide pour la vie. Le refus d'être méprisé. Le désir d'agir en accord avec ses propres principes, aussi singulier qu'en soit le résultat aux yeux d'observateurs plus prestigieux. Pour tout dire, les vertus mêmes qui ont contribué, au fil des années, à édifier notre fière cité dans toute son originalité. Et ces vertus, monsieur, oserai-je le dire (sa voix plus lente se fit lourde de sens), nous espérons les voir bientôt fleurir de nouveau ici, dans toutes les couches de la société. »

Il se tut à nouveau et balaya l'assistance des yeux. Pendant un long moment, tous restèrent figés sous ce regard glacial. Puis l'orateur conclut :

« Et maintenant, tous ensemble, observons une minute de silence à la mémoire de notre ami disparu. »

Il baissa les yeux et, partout, les gens courbèrent la tête ; un silence complet régna de nouveau. À un moment, je relevai un peu le menton et remarquai que certains des officiels installés à la table de Brodsky – souhaitant sans doute donner le bon exemple – avaient adopté les postures du chagrin le plus outrancier. Ainsi, l'un d'eux se pressait le front des deux mains. Brodsky, pour sa part, après être resté immobile pendant tout le discours, sans lever les yeux ni vers l'orateur ni vers l'assemblée, ne manifestait pas davantage d'animation et son corps semblait de nouveau avoir adopté un angle bizarre. On pouvait même se demander s'il ne s'était pas endormi sur sa chaise et si le bras d'Hoffman, passé derrière son dos, n'avait pas une utilité essentiellement physique.

La minute terminée, l'homme au visage sévère se rassit sans prononcer un mot de plus, ce qui créa un hiatus gênant dans le déroulement de la séance. Quelques personnes recommencèrent prudemment à bavarder, mais il y eut alors un mouvement à une autre table et je vis qu'un homme corpulent au crâne dégarni et à la peau marbrée s'était levé.

« Mesdames, messieurs ! » lança-t-il d'une voix puissante. Puis, se tournant vers Brodsky, il s'inclina légèrement et marmonna : « Monsieur. » Il baissa les yeux vers ses mains pendant quelques secondes, puis jeta sur l'assemblée un regard circulaire. « Comme le savent déjà beaucoup d'entre vous, c'est moi qui ai trouvé le corps de notre cher ami il y a quelques heures. J'espère donc que vous consentirez à m'écouter quelques instants, car je souhaite dire quelques mots au sujet de... au sujet de ce qui s'est passé. Voyez-vous, monsieur (il regarda de nouveau Brodsky), à la vérité, je dois implorer votre pardon. Je m'explique. » Le gros homme s'arrêta et avala sa salive. « Ce soir, comme à l'accoutumée, je faisais mes livraisons. J'avais alors presque fini, je n'avais plus que deux ou trois arrêts à faire, et j'ai pris un raccourci par la venelle qui passe entre la voie ferrée et la Schildstrasse. À l'ordinaire, je n'emprunte pas ce raccourci, surtout la nuit tombée, mais aujourd'hui j'étais en avance sur mon horaire habituel, et, comme vous le savez, il y a eu un beau coucher de soleil. J'ai donc pris le raccourci. Et là, environ à mi-chemin dans la venelle, je l'ai vu. Notre cher ami. Il s'était placé à un endroit discret, pratiquement caché entre le réverbère et la palissade. Je me suis agenouillé près de lui pour vérifier qu'il était réellement décédé. Ce faisant, bien des pensées ont traversé mon esprit. J'ai pensé à vous, naturellement, monsieur. À la grande amitié qui avait existé entre vous deux, et à la perte tragique que cela représenterait. Je me suis dit aussi que toute la ville porterait le deuil de Bruno, que ses citoyens s'associeraient à votre peine. Et permettez-moi, monsieur, de vous dire que, malgré le chagrin que j'éprouvais, j'ai remercié le destin de m'avoir accordé ce privilège. Oui, monsieur, un privilège. C'était à moi qu'il incombait de transporter le corps de notre ami jusqu'à la clinique vétérinaire. Enfin, monsieur, quant à ce qui s'est produit ensuite, je... je n'ai aucune excuse. À l'instant, tandis que M. von Winterstein s'adressait à nous, je me suis trouvé en proie à une douloureuse incertitude. Fallait-il que je me lève à mon tour pour prendre la parole ? À la fin, comme vous le voyez, j'ai décidé qu'il le fallait. Mieux vaut que M. Brodsky l'apprenne de ma propre bouche plutôt que demain par des racontars. Monsieur, j'éprouve une honte profonde de ce qui s'est passé ensuite. Tout ce que je peux dire, c'est qu'il n'entrait pas dans mes intentions, non, jamais de la vie, de... Je ne peux maintenant qu'implorer votre pardon. J'y ai réfléchi à maintes reprises au cours des heures qui viennent de s'écouler et je vois maintenant ce que j'aurais dû faire. J'aurais dû poser mes paquets. Vous comprenez, j'en portais encore deux, la fin de mes livraisons. J'aurais dû les poser. Ils n'auraient pas risqué grand-chose dans la venelle, coincés contre la palissade. Et même si quelqu'un les avait emportés, quelle importance ? Mais pour je ne sais quelle raison absurde, sans doute un stupide instinct professionnel, je ne l'ai pas fait. Je n'y ai pas pensé. C'est-à-dire qu'en soulevant le corps de Bruno je n'ai pas cessé de m'accrocher à mes paquets. Je ne sais pas à quoi je m'attendais. Mais à la vérité – vous en entendrez parler demain, donc je préfère vous le dire moi-même dès maintenant –, à la vérité, votre Bruno devait être là depuis un moment, car son corps, malgré la splendeur qu'il conservait dans la mort, s'était refroidi et, ma foi, il s'était raidi. Eh oui, monsieur, il était raide. Pardonnez-moi, car ce que je vais vous dire maintenant risque d'ajouter à votre tristesse, mais... mais permettez-moi de poursuivre. Afin de porter mes paquets – comme je le regrette ! ah, je l'ai déjà regretté un millier de fois –, afin, donc, de continuer à porter mes paquets, j'ai hissé Bruno sur mon épaule, sans tenir compte de sa rigidité. J'avais déjà longé la quasi-totalité de la venelle dans cet équipage lorsque j'ai entendu quelque part un enfant crier, ce qui m'a incité à m'arrêter. C'est alors que l'énormité de mon erreur m'est apparue. Mesdames, messieurs, monsieur Brodsky, faut-il que je mette les points sur les i ? Oui, je vois qu'il le faut. Eh bien, voilà. Étant donné la raideur de notre ami, étant donné que j'avais choisi une façon stupide de le transporter, perché sur mon épaule, c'est-à-dire pratiquement debout... En fait, donc, monsieur, la partie supérieure de son corps était visible par-dessus la palissade qui borde par-derrière les maisons de la Schildstrasse. Et, de plus, cruauté suprême, c'était précisément à l'heure de la soirée où la plupart des familles se rassemblent dans la pièce du fond pour prendre leur dîner. Sans doute les regards des dîneurs étaient-ils tournés vers leur jardin ; ils voyaient ainsi notre noble ami se déplacer en l'air, les pattes tendues en avant – quelle indignité ! De maison en maison ! Cette image me hante, monsieur, je ne cesse d'avoir ce spectacle devant les yeux. Pardonnez-moi, monsieur, pardonnez-moi, je ne pouvais rester assis un instant de plus sans me décharger de ce... de ce témoignage de mon imbécillité. Quel malheur que ce triste privilège soit échu à un balourd comme moi ! Monsieur Brodsky, je vous en prie, je vous supplie d'accepter mes excuses, si insuffisantes soient-elles, pour l'humiliation que j'ai infligée à votre noble compagnon, si peu de temps après son trépas. Et les braves gens de la Schildstrasse, dont certains sont peut-être présents ici même, ils éprouvaient sans doute, comme tout le monde, une vive affection pour Bruno. Avoir eu de lui, en guise de dernier souvenir, une telle vision... Je vous implore, monsieur, je vous implore, j'implore votre pardon. »

Le gros homme s'assit en secouant la tête d'un air désolé. Puis une femme assise à une table proche de la sienne se leva en s'effleurant les yeux avec un mouchoir.

« C'est indubitable, déclara-t-elle. C'était le meilleur chien de sa génération. Indubitablement. »

Un murmure approbateur se fit entendre dans toute la pièce. Les officiels assis autour de Brodsky manifestaient leur accord avec force hochements de tête, mais Brodsky, quant à lui, n'avait toujours pas levé le nez.

Nous attendions que la femme continuât son intervention, mais elle restait debout sans rien dire, à sangloter et à se tamponner les yeux. Un moment s'écoula, et son voisin, un homme vêtu d'un costume en velours, se leva et l'aida doucement à se rasseoir. Pour sa part, il ne se rassit pas et jeta à droite et à gauche des regards courroucés. Puis il prit la parole :

« Une statue. Une statue en bronze. Je propose que nous érigions un monument à Bruno, en bronze, afin que son souvenir se perpétue. Quelque chose d'important, de digne. Dans la Walserstrasse, par exemple. Monsieur von Winterstein (il se tourna vers l'homme au visage sévère), décidons ici même, dès ce soir, d'ériger un monument à Bruno ! »

Quelqu'un lança : « Bravo, bravo ! » et une clameur de voix approbatrices s'éleva. L'homme au visage sévère, mais aussi tous les officiels installés à la table de Brodsky, parurent subitement troublés. Plusieurs regards affolés furent échangés et, enfin, l'homme au visage sévère dit, sans se lever :

« Bien entendu, monsieur Haller, nous étudierons avec attention votre suggestion. De même, bien sûr, que d'autres idées portant sur la meilleure façon de commémorer...

– Cela dépasse les bornes ! interrompit une voix masculine venue de l'autre bout de la pièce. Quelle idée absurde ! Une statue pour ce chien ? Si cet animal mérite une statue en bronze, dans ce cas notre tortue, Petra, en mérite une cinq fois plus grosse. Elle qui a connu une fin si cruelle. Penser que ce chien a attaqué Mme Rahn il y a seulement quelques mois... »

Le reste de l'intervention fut submergé par le vacarme qui s'éleva dans toute la pièce. On aurait pu croire que tout le monde criait en même temps. L'homme qui avait parlé, toujours debout, se tourna vers un de ses voisins de table et se lança dans une dispute furieuse. Au milieu de ce chaos, je m'aperçus qu'Hoffman me faisait signe. Plus exactement, il esquissait un geste bizarre de la main – comme s'il avait essuyé une vitre invisible –, et je me souvins vaguement que c'était pour lui un signal de prédilection. Je me levai et m'éclaircis la gorge avec force.

Le silence se fit presque aussitôt et tous les yeux se tournèrent vers moi. L'homme qui ne voulait pas de la statue cessa de discuter et se rassit précipitamment. Je m'éclaircis la gorge une deuxième fois et j'allais prendre la parole quand je m'aperçus subitement que ma robe de chambre s'était ouverte et laissait voir tout le devant de mon corps, absolument nu. Plongé dans la confusion, j'hésitai un instant avant de me rasseoir. Presque aussitôt, une femme se leva de l'autre côté de la pièce et cria d'une voix stridente :

« Si l'idée d'un monument ne convient pas, pourquoi ne pas donner son nom à une rue ? Nous avons souvent changé le nom des rues pour commémorer les morts. Quand même, monsieur von Winterstein, ce n'est pas trop demander. La Meinhardstrasse, par exemple. Ou même la Jahnstrasse. »

Un concert d'acclamations salua cette proposition et les gens se mirent tous à lancer le nom de rues qui pouvaient faire l'affaire. De nouveau, les officiels semblaient extrêmement mal à l'aise.

Un homme barbu, de grande taille, attablé non loin de moi, se dressa et lança d'une voix sonore : « Je suis d'accord avec M. Holländer. Cela dépasse les bornes. Bien sûr, nous compatissons tous avec M. Brodsky. Mais regardons les choses en face : ce chien était un danger public, aussi bien pour ses congénères que pour les êtres humains. D'ailleurs, si M. Brodsky avait pensé à le peigner de temps en temps et à soigner l'infection de la peau dont il souffrait visiblement depuis des années... »

L'homme fut englouti sous un tumulte de protestations furieuses. Partout on criait : « Scandaleux ! » ou : « Quelle honte ! », et plusieurs personnes quittèrent leur table pour faire la leçon au fauteur de troubles. Hoffman avait recommencé à me faire signe : il essuyait l'air avec rage, le visage déformé par un affreux rictus. J'entendais la voix du barbu qui retentissait toujours au-dessus du tohu-bohu : « C'est la vérité. Cet animal était répugnant. »

Je vérifiai que ma robe de chambre était bien attachée et m'apprêtais à me lever de nouveau lorsque je vis Brodsky s'agiter brusquement et se mettre debout.

Sa tablée réagit bruyamment quand il se leva et toutes les têtes se tournèrent vers lui. En un instant, ceux qui avaient quitté leurs sièges se rassirent et un silence général régna.

L'espace d'une seconde, je crus que Brodsky allait s'effondrer sur la table. Mais il conserva l'équilibre, observant la pièce pendant un moment. Lorsqu'il parla, sa voix était douce et voilée.

« Enfin, qu'est-ce qui se passe ? Vous croyez que ce chien avait une telle importance pour moi ? Il est mort et c'est tout. Je veux une femme. Trop de solitude quelquefois. Je veux une femme. » Il s'interrompit et sembla se perdre dans ses pensées. Puis il dit sur un ton rêveur : « Nos marins. Nos marins ivres. Qu'adviendrait-il d'eux aujourd'hui ? Elle était jeune alors. Jeune et belle. » Il s'abîma de nouveau dans ses pensées, le regard levé vers les lustres suspendus tout là-haut, et je crus pour la deuxième fois qu'il allait s'écrouler sur la table. Sans doute Hoffman partageait-il mes craintes, car il se leva, plaça une main délicatement dans le dos de Brodsky et lui murmura quelque chose à l'oreille. Brodsky tarda à réagir, mais finit par marmonner : « Elle m'a aimé autrefois. M'a aimé pardessus tout. Nos marins ivres. Où sont-ils maintenant ? »

Hoffman s'esclaffa comme si Brodsky avait lancé un mot d'esprit. Il adressa à l'assemblée entière un large sourire puis chuchota de nouveau à l'oreille de son voisin. Celui-ci sembla enfin se rappeler où il se trouvait et, se tournant plus ou moins vers le directeur de l'hôtel, se laissa persuader de se rasseoir.

Dans le silence qui suivit, tous restèrent immobiles. Puis la comtesse se leva avec un sourire radieux.

« Mesdames et messieurs, voici venue l'heure de la soirée où je dois vous révéler une merveilleuse surprise ! Il n'est ici que depuis cet après-midi, il doit être bien fatigué, et pourtant il a consenti à être notre invité-surprise. Oui, mes chers amis ! M. Ryder est parmi nous ! »

La comtesse fit un effet de manche dans ma direction et des exclamations enthousiastes éclatèrent d'un bout à l'autre de la pièce. Avant que je puisse réagir, mes voisins de table avaient déjà fondu sur moi et essayaient de me serrer la main. Un instant plus tard, je me sentais entouré d'une quantité de gens qui poussaient des cris de joie, me saluaient, tendaient la main vers moi. Je répondis à ces avances avec autant de courtoisie que possible, mais lorsque je jetai un coup d'œil par-dessus mon épaule – on ne m'avait pas laissé la possibilité de me mettre debout – je vis s'amasser derrière moi une foule de gens qui se bousculaient et se dressaient sur la pointe des pieds. Je compris qu'il me fallait maîtriser la situation avant qu'elle ne tourne au chaos. Puisque tant de gens étaient déjà debout, j'en conclus que la meilleure solution serait de m'élever au-dessus d'eux sur un piédestal quelconque. Tout en vérifiant hâtivement que ma robe de chambre était bien fermée, je me hissai sur ma chaise.

La clameur cessa aussitôt, et les gens se figèrent à l'endroit où ils se trouvaient en braquant le regard sur moi. Depuis mon poste d'observation, je pus constater que plus de la moitié des invités avaient quitté leur table et je décidai de commencer sans retard.

« Des rideaux de scène qui dégringolent ! Des rongeurs empoisonnés ! Des partitions mal imprimées ! »

Je remarquai alors une personne qui se dirigeait vers moi au milieu des groupes stationnaires. À son arrivée,

Mlle Collins s'empara d'une chaise empruntée à la tablée voisine, s'assit et se mit à me regarder. Son attitude me perturba au point de m'empêcher temporairement de retrouver le fil de mon discours. Me voyant hésiter, elle croisa les jambes et dit sur un ton inquiet :

« Monsieur Ryder, vous ne vous sentez pas bien ?

– Je me sens parfaitement bien, merci, mademoiselle Collins.

– J'espère, continua-t-elle, que vous n'avez pas pris trop à cœur ce que je vous ai dit tout à l'heure. Je voulais vous retrouver pour vous présenter mes excuses, mais je ne vous voyais plus nulle part. Sans doute me suis-je exprimée de façon plus caustique qu'il n'était souhaitable. J'espère que vous voudrez bien me pardonner. Que voulez-vous, aujourd'hui encore, lorsque je rencontre quelqu'un qui pratique votre métier, certains souvenirs me reviennent brusquement et je me mets à prendre ce ton-là.

– Tout va bien, mademoiselle Collins, dis-je tranquillement en lui adressant un sourire. Ne vous inquiétez surtout pas. Je n'étais pas du tout froissé. Si je me suis éloigné de façon un peu abrupte, c'est parce qu'il m'a semblé que vous souhaitiez peut-être parler tranquillement avec Stephan.

– Vous vous montrez vraiment compréhensif, répondit Mlle Collins. Je suis navrée de m'être quelque peu irritée. Mais croyez-moi, monsieur Ryder : ce n'était pas seulement de la colère. Je souhaite sincèrement pouvoir vous être utile. Je serais si affligée de vous voir commettre sans cesse les mêmes erreurs. Je voulais vous dire, maintenant que nous avons fait connaissance, que je vous accueillerais avec plaisir si vous passez prendre le thé un après-midi. Je serais réellement ravie de discuter avec vous, quels que soient les problèmes qui vous préoccupent. Vous bénéficierez d'une écoute bienveillante, je vous assure.

– C'est très gentil à vous, mademoiselle Collins. Je suis convaincu que vos intentions sont excellentes. Mais, si je peux me permettre, il semblerait que ce que vous avez vécu par le passé n'ait guère pu vous laisser bien disposée à l'égard, pour reprendre vos propres termes, des gens qui pratiquent mon métier. Je ne suis pas du tout sûr que vous seriez heureuse de recevoir ma visite. »

Mlle Collins sembla réfléchir à mes paroles. Puis elle reprit : « Je comprends vos réticences. Mais j'ai le sentiment qu'il nous serait parfaitement possible d'avoir des rapports empreints de civilité. Si vous le souhaitez, votre visite peut être courte. Si vous constatez qu'elle vous a été agréable, vous pourrez toujours revenir. Nous pourrions peut-être même faire une petite promenade. Le jardin Sternberg est très proche de mon appartement. Monsieur Ryder, j'ai pu méditer sur le passé pendant bien des années et je suis réellement disposée à tourner la page. J'aimerais beaucoup rendre de nouveau service à quelqu'un comme vous. Bien entendu, je ne saurais promettre des réponses à toutes les questions. Mais je vous écouterai avec bienveillance. Et soyez certain que je ne risque pas de vous idéaliser ou de me laisser emporter par un excès de sentiment, comme pourrait le faire une personne moins expérimentée.

– Je songerai attentivement à votre invitation, mademoiselle Collins. Mais je ne peux m'empêcher de penser que vous m'avez pris pour quelqu'un que je ne suis visiblement pas. Si je dis cela, c'est parce que le monde semble rempli de gens qui prétendent être des génies d'une espèce ou d'une autre, et qui ne sont en fait remarquables que pour leur incapacité colossale à organiser leur propre vie. Mais, Dieu sait pourquoi, il y a toujours une véritable file d'attente de gens dans votre genre, mademoiselle Collins – des gens pleins de bonnes intentions qui veulent se précipiter au secours de ces prétendus génies. Il se peut que je me flatte, mais je vous assure que je ne fais pas partie de leur catégorie. En fait, je suis en mesure d'affirmer qu'à ce moment précis je n'ai aucun besoin de secours. »

Mlle Collins secouait la tête depuis un moment. Elle dit enfin : « Vraiment, monsieur Ryder, je serais attristée de vous voir continuer à commettre sans cesse les mêmes erreurs. Et dire que j'ai été tout le temps ici, à vous observer sans rien faire. Je pense sincèrement que je pourrais vous être utile dans vos difficultés actuelles. Bien sûr, quand j'étais avec Leo (elle agita vaguement la main dans la direction de Brodsky), j'étais trop jeune, j'étais loin d'en savoir assez, je ne pouvais pas voir clairement ce qui se passait. Mais maintenant, j'ai pu réfléchir à tout cela pendant de nombreuses années. Et quand j'ai appris que vous veniez dans notre ville, je me suis dit qu'il était largement temps que j'apprenne à contenir le sentiment d'amertume. J'ai vieilli, mais je suis loin d'être finie. Il y a des choses de la vie que j'arrive maintenant à comprendre, à bien comprendre, et il n'est pas trop tard, il faut que j'essaie de mettre mon savoir à profit. C'est dans cet esprit que je vous invite à venir me voir, monsieur Ryder. Je vous demande de nouveau de me pardonner pour avoir été un peu vive avec vous tout à l'heure. Cela ne se reproduira pas, je vous le promets. Je vous en prie, dites que vous viendrez. »

Tandis qu'elle parlait, la vision de son salon – la lumière tamisée et douce, les tentures en velours élimé, les meubles délabrés – était apparue devant moi, et, l'espace d'un instant, l'idée de se laisser aller sur un de ses divans, loin des pressions de la vie, sembla particulièrement séduisante. J'inspirai profondément et poussai un soupir.

« Je garderai à l'esprit votre aimable invitation, mademoiselle Collins. Mais à présent je dois aller me coucher ; j'ai besoin de repos. Il faut que vous compreniez, je suis en voyage depuis des mois, et depuis mon arrivée ici c'est à peine si je me suis arrêté une minute. Je suis extrêmement fatigué. »

Pendant que je prononçais ces paroles toute ma fatigue m'envahit de nouveau. J'avais des démangeaisons autour des yeux et je me frottai le visage avec la paume de la main. J'étais encore en train de me frotter lorsqu'on me toucha le coude. Une voix me dit avec douceur :

« Je vais vous ramener à votre chambre, monsieur Ryder. »

Stephan tendait le bras pour m'aider à descendre de la chaise. Je pris appui sur son épaule et revins à terre.

« Moi aussi, je suis très fatigué, dit Stephan. Je vais vous ramener.

– Me ramener ?

– Mais oui, je vais dormir dans une des chambres ce soir. Je le fais souvent quand je suis de service tôt le matin. »

Pendant un instant, ses paroles continuèrent à m'intriguer. Puis, en portant le regard au-delà des groupes d'invités, les uns debout, les autres assis, au-delà des serveurs et des tables, jusqu'à la zone d'obscurité dans laquelle se perdait la vaste salle, il m'apparut soudain que nous nous trouvions dans le jardin d'hiver de l'hôtel. Je ne l'avais pas reconnu parce que auparavant j'y avais pénétré par l'autre côté et l'avais observé sous un angle différent. C'était tout au fond, dans les ténèbres, que devait se trouver le bar où j'avais bu mon café tout en préparant les activités de la journée.

Je n'eus cependant pas la possibilité de m'attarder sur cette révélation, car Stephan me pressait de partir avec une insistance surprenante.

« Allons-y, monsieur Ryder. De plus, il y a quelque chose dont je voudrais vous parler.

– Bonne nuit, monsieur Ryder », lança Mlle Collins sur notre passage.

Je me retournai pour lui rendre son salut et l'aurais fait de façon moins désinvolte si Stephan n'avait pas continué à m'entraîner. D'ailleurs, à mesure que nous traversions la vaste salle, je ne cessai d'entendre de tous côtés des gens me souhaiter une bonne nuit, et j'eus beau sourire et agiter la main de mon mieux, je me rendis compte que ma sortie aurait pu être plus courtoise. Mais Stephan était visiblement préoccupé, et alors même que je continuais à rendre des saluts par-dessus mon épaule il me tira par la manche et dit :

« Monsieur Ryder, j'ai réfléchi. Peut-être que j'ai des idées de grandeur, mais je crois vraiment que je devrais essayer Kazan. Je me suis rappelé le conseil que vous m'avez donné, de m'en tenir à ce que j'avais préparé. Mais, sérieusement, j'ai réfléchi et j'ai le sentiment de pouvoir dominer *Passions de verre*. C'est à ma portée maintenant, je le crois vraiment. Le vrai problème, c'est les délais. Mais si je m'y mets sérieusement, si je travaille ce morceau à fond, la nuit, tout ça, je crois que je peux y arriver. »

Nous avions atteint la partie sombre du jardin d'hiver. Les talons de Stephan résonnaient dans l'espace désert, tandis que le bruit mou de mes pantoufles donnait le contrepoint. Je discernais dans la pénombre, vers la droite, le marbre pâle de l'imposante fontaine, maintenant silencieuse et inactive.

« Cela ne me regarde pas, j'en suis conscient, répondis-je. Mais, dans votre situation, je continuerais à travailler le morceau que vous aviez initialement prévu de jouer. C'est ce que vous avez choisi et ça devrait faire l'affaire. De toute façon, à mon avis, ce n'est jamais une bonne idée de modifier un programme à la dernière heure...

– Mais, monsieur Ryder, vous ne voyez pas bien le problème. C'est à cause de maman. Elle...

– J'ai parfaitement retenu tout ce que vous m'aviez dit. Et je le répète : je ne veux pas me mêler de ce qui ne regarde que vous. Mais, cela dit, je pense qu'il y a dans la vie de chacun un moment où l'on doit se tenir aux décisions qu'on a prises. Où l'on doit dire : " Voilà, c'est moi, c'est ce que j'ai choisi de faire. "

– Monsieur Ryder, je suis sensible à ce que vous me dites. Mais je pense que, peut-être, si vous me le dites – je sais que vous êtes animé par les meilleures intentions –, mais je pense que si vous me donnez ce conseil, c'est parce que vous ne croyez pas qu'un amateur comme moi serait capable d'arriver à une interprétation correcte de l'œuvre de Kazan, surtout avec le peu de temps dont je dispose. Mais, voyez-vous, j'y ai réfléchi à fond pendant tout le dîner, et je crois vraiment...

– Vraiment, vous me comprenez mal, coupai-je, commençant à m'impatienter. Vous me comprenez vraiment mal. Ce que je dis, c'est que vous devez prendre position. »

Mais le jeune homme n'écoutait apparemment pas. « Monsieur Ryder, poursuivit-il, je sais qu'il est terriblement tard et que vous commencez à être fatigué. Mais je me posais une question. Si vous pouviez me consacrer ne serait-ce que quelques minutes, jusqu'à quinze minutes, disons. Nous irions tout de suite au salon et je vous jouerais un passage de Kazan, pas la totalité, rien qu'un passage. Vous pourriez alors me conseiller, me dire si j'ai le moindre espoir d'être à la hauteur jeudi soir. Ah, excusez-moi. »

Nous étions arrivés au fond du jardin d'hiver et nous restâmes un instant dans l'obscurité pendant que Stephan ouvrait avec sa clé la double porte donnant sur le couloir. Je tournai la tête : la partie de la salle où nous avions dîné n'était guère plus qu'une tache lumineuse au milieu de l'obscurité. Les invités semblaient s'être de nouveau assis, et je voyais le ballet des serveurs qui passaient avec leurs plateaux.

Le couloir était très faiblement éclairé. Stephan referma derrière nous la porte du jardin d'hiver et nous reprîmes notre marche côte à côte, sans parler. Au bout d'un moment, comme le jeune homme m'avait lancé plusieurs brefs regards, je compris qu'il attendait ma réponse. Je soupirai et dis :

« Je serais heureux de vous aider, bien sûr. Je sympathise avec vous, connaissant votre situation actuelle. Mais c'est qu'il est extrêmement tard et...

– Monsieur Ryder, je sais que vous commencez à être fatigué. Puis-je vous faire une proposition ? Si j'entrais tout seul au salon, et que vous, vous restiez devant la porte, à écouter ? Dès que vous en aurez entendu assez pour vous faire une idée, vous pourrez filer vous coucher. Bien entendu, je ne saurai pas si vous êtes encore là ou non, et je serai donc poussé à donner la meilleure interprétation possible jusqu'à la fin – c'est exactement le type de stimulation qu'il me faut. Demain matin, vous pourrez me dire si j'ai ma chance pour jeudi soir. »

Je réfléchis un instant. « Très bien, répondis-je enfin. Votre proposition me paraît très raisonnable. Elle concilie nos besoins à tous deux de la façon la mieux adaptée. Très bien, nous ferons ce que vous suggérez.

– Monsieur Ryder, vous êtes drôlement sympa ! Vous n'imaginez pas à quel point vous me rendez service. J'étais vraiment dans l'embarras. »

Dans son enthousiasme, le jeune homme pressa le pas. Le couloir dessina un angle et devint extrêmement obscur, de sorte que je dus plus d'une fois, tandis que nous avancions à vive allure, tendre la main par peur de me cogner à un des murs. Sauf tout au bout, où une faible lumière passait par la double porte vitrée menant au hall de l'hôtel, il ne semblait pas y avoir le moindre éclairage. Je notais la nécessité d'aborder ce point auprès d'Hoffman à notre prochaine entrevue lorsque Stephan lança : « Ah, nous y voilà ! » et s'arrêta. Je constatai alors que nous étions arrivés devant la porte du salon.

Stephan fit tinter d'autres clés ; quand la porte fut enfin ouverte, je ne discernai de l'autre côté rien que l'obscurité. Mais le jeune homme pénétra avec entrain dans la pièce, puis se pencha vers le couloir.

« Laissez-moi un petit moment pour trouver la partition, dit-il. Elle est dans le tabouret du piano, mais il y a un tel fouillis ici !

– Soyez tranquille, je ne m'en irai pas avant de m'être fait une idée claire.

– Monsieur Ryder, je vous en suis très reconnaissant. J'en ai pour une seconde.

La porte claqua et, pendant quelques minutes, le silence fut total. Debout dans le noir, je lançai de temps à autre un regard vers l'extrémité du couloir et la lumière du hall.

Enfin, Stephan attaqua le mouvement initial de *Passions de verre*. Après les premières mesures, je m'aperçus que j'écoutais avec une attention croissante. On voyait tout de suite que le jeune homme était loin de bien connaître l'œuvre et pourtant, sous l'incertitude et la raideur, je discernais une imagination dont l'originalité et la subtilité émotionnelle me surprirent. Même sous sa forme encore heurtée, l'exécution du morceau de Kazan par le jeune homme semblait présenter des dimensions inexistantes dans la grande majorité des interprétations.

Je m'appuyai contre la porte, m'efforçant de capter chacune de ses nuances hésitantes. Mais soudain, vers la fin du mouvement, la fatigue m'envahit et je me rappelai l'heure tardive. Il me vint à l'esprit qu'il n'était pas indispensable d'en entendre davantage – à condition qu'il eût le temps voulu, l'œuvre de Kazan était visiblement à sa portée –, et je me dirigeai lentement vers le hall.

DEUXIÈME PARTIE

11

Je fus réveillé par la sonnerie du téléphone posé sur la table de chevet. Ma première impression fut que, de nouveau, on me dérangeait au bout de quelques minutes, mais d'après la lumière je vis que la matinée était déjà bien avancée. Je décrochai, craignant brusquement d'être resté au lit trop longtemps.

C'était Hoffman : « Ah, monsieur Ryder ! Vous avez bien dormi, j'espère.

– Merci, monsieur Hoffman, j'ai très bien dormi. Mais, bien évidemment, j'étais en train de me lever. Avec la journée surchargée qui m'attend (j'eus un petit rire), il est grand temps pour moi de me mettre sur les rails.

– En effet, monsieur, quelle journée vous avez devant vous ! Je comprends parfaitement votre désir de préserver votre énergie autant qu'il est possible en ce début de matinée. Très judicieux, je me permets de le dire. Et d'autant plus que vous avez payé de votre personne hier au soir. Ah, quelle allocution merveilleusement spirituelle vous nous avez adressée ! La ville entière ne parle que de cela ce matin ! En tout cas, monsieur Ryder, comme je savais que vous vous lèveriez à peu près vers cette heure-ci, je me suis dit que je vous appellerais pour vous informer de la situation. J'ai le plaisir de vous faire savoir que la 343 est maintenant tout à fait prête. Puis-je vous suggérer d'entreprendre immédiatement de vous y installer ? Vos affaires, si vous n'y voyez pas d'objection, y seront transférées pendant que vous prendrez votre petit déjeuner. La

343, j'en suis convaincu, sera beaucoup plus satisfaisante que votre chambre actuelle. Je vous présente de nouveau mes excuses pour cette erreur. Je suis peiné à la seule pensée de l'avoir commise. Mais, comme je crois vous l'avoir expliqué hier soir, il est parfois très difficile d'évaluer ce genre de choses.

– Oui, oui, je comprends parfaitement. » Je promenai mes regards sur la pièce et sentis une implacable tristesse m'envahir. « Mais, monsieur Hoffman (je parvins non sans mal à maîtriser le ton de ma voix), il y a une petite complication. Mon garçon, Boris, se trouve actuellement avec moi à l'hôtel et...

– Mais oui, et nous sommes très heureux d'accueillir ici ce jeune homme. Je me suis penché sur la question et il a été transféré dans la 342, la chambre voisine de la vôtre. En fait, Gustav a veillé ce matin au déménagement du jeune homme. Vous n'avez donc aucune espèce de souci à vous faire. Veuillez, je vous prie, gagner la 343 après le petit déjeuner. Vous y retrouverez toutes vos affaires. C'est à l'étage au-dessus de votre chambre actuelle, et je suis convaincu qu'elle sera beaucoup plus à votre goût. Mais, bien entendu, si elle ne vous convient pas, faites-le-moi savoir immédiatement. »

Je le remerciai et raccrochai. Je sortis du lit, regardai de nouveau autour de moi et respirai profondément. Dans la lumière du matin, ma chambre n'avait rien de bien particulier – une chambre d'hôtel typique, sans plus – et je songeai qu'en effet l'attachement que je manifestais à son égard était quelque peu déplacé. Cependant, tandis que je prenais ma douche et m'habillais, j'éprouvai de nouveau une émotion de plus en plus vive. Puis, subitement, l'idée me vint qu'avant d'aller déjeuner, avant toute chose, je devais aller voir Boris pour vérifier que tout se passait bien. Pour autant que je sache, il se trouvait, à cet instant précis, plus ou moins désorienté dans sa nouvelle chambre. Je terminai rapidement mes préparatifs et sortis en jetant derrière moi un dernier coup d'œil.

Je longeais le couloir du troisième étage en cherchant la 342 quand j'entendis un bruit et vis Boris courir vers moi depuis le fond du corridor. Il courait de façon bizarre et je m'arrêtai net à sa vue. Puis je m'aperçus qu'il bougeait les mains comme s'il avait tenu un volant et devinai qu'il imitait le conducteur d'une voiture lancée à pleine vitesse. Il grommelait furieusement à l'intention d'un passager invisible assis à sa droite et ne sembla pas me remarquer lorsqu'il passa en trombe à côté de moi. Une porte était entrebâillée un peu plus loin ; en s'en approchant, Boris hurla : « Attention ! » et fit un écart pour y pénétrer. À l'intérieur, on entendit des sons produits par Boris pour imiter le bruit d'objets qui se fracassent. Je gagnai cette porte et, après avoir vérifié que c'était bien la 342, y pénétrai.

Je trouvai Boris allongé sur le lit, les pieds en l'air.

« Boris, lui dis-je, tu ne devrais pas courir partout comme ça en poussant des cris. C'est un hôtel, ici. Il y a peut-être des gens qui sont en train de dormir.

– De dormir ! À cette heure-là ! »

Je fermai la porte derrière moi. « Tu ne devrais pas faire autant de bruit. Il risque d'y avoir des plaintes.

– Tant pis pour eux s'ils se plaignent. Je demanderai à grand-père de leur régler leur compte. »

Ses pieds étaient toujours en l'air et il se mit languissamment à faire claquer ses chaussures l'une contre l'autre. Je pris une chaise et l'observai pendant un moment.

« Boris, il faut que je te parle. Je veux dire que nous devons parler tous les deux. Ça nous fera du bien. Tu dois te poser des tas de questions. Sur toute cette histoire. Ce que nous faisons ici, à l'hôtel. »

Je m'interrompis pour voir s'il allait dire quelque chose. Boris continuait à battre des pieds.

« Boris, tu t'es montré extrêmement patient, poursuivis-je. Mais je sais qu'il y a beaucoup de questions que tu as envie de poser. Je regrette d'avoir été trop occupé jusqu'à présent pour rester avec toi et t'en parler comme il le faudrait. Et je suis désolé de ce qui s'est passé hier soir. C'était une déception pour nous deux. Boris, tu dois t'en poser, des questions ! Il y en a auxquelles il sera difficile de répondre, mais j'essaierai quand même, aussi bien que je pourrai. »

Je ne sais pourquoi, au moment où je prononçais ces paroles – peut-être cela avait-il à voir avec mon ancienne chambre et avec l'idée que, maintenant, je l'avais peut-être quittée pour toujours –, le sentiment d'une perte immense jaillit en moi et je fus obligé de me taire pendant un instant. Boris continua encore un peu à battre des pieds. Puis, apparemment, ses jambes se fatiguèrent et il les laissa retomber sur le lit. Je m'éclaircis la gorge et dis :

« Bon. Par quoi est-ce qu'on commence ?

– *Solar Man!* glapit brusquement Boris, sur quoi il entonna les premières mesures d'un générique quelconque et roula à terre, disparaissant dans la ruelle entre le lit et le mur.

– Boris, je suis sérieux. Pour l'amour de Dieu. Il faut que nous discutions de tout ça. Boris, s'il te plaît, sors de là. »

Aucune réponse. Je soupirai et me levai.

« Boris, je veux que tu le saches : à chaque fois que tu auras envie de me poser une question, n'hésite pas. Je m'arrêterai de faire ce que je suis en train de faire et je viendrai discuter avec toi. Même si je suis avec des gens qui ont l'air très importants, je tiens à ce que tu le comprennes, ils sont moins importants pour moi que toi. Boris, tu m'entends ? Boris, sors de là !

– Je ne peux pas. Je ne peux pas bouger.

– Boris, je t'en prie.

– Je ne peux pas bouger, je me suis cassé trois vertèbres.

– Très bien, Boris. Nous en reparlerons peut-être quand tu te sentiras mieux. Je vais descendre maintenant prendre le petit déjeuner. Boris, écoute. Si tu veux, après le petit déjeuner, nous pourrions retourner à l'ancien appartement. Si tu veux, nous pourrions faire ça. Nous irons chercher cette boîte là-bas. Celle où il y a le Numéro Neuf. »

Toujours pas de réponse. J'attendis encore un instant, puis je dis : « Bon, tu n'as qu'à y réfléchir, Boris. Je descends prendre mon petit déjeuner. »

Là-dessus, je quittai la pièce en fermant doucement la porte derrière moi.

On me fit entrer dans une longue pièce baignée de soleil qui jouxtait la partie antérieure du hall. Apparemment, les vastes fenêtres donnaient sur la rue au niveau du trottoir, mais on avait utilisé du verre opaque pour les vitres du bas afin de préserver une certaine discrétion, et la rumeur de la circulation ne parvenait que de façon étouffée. De grands palmiers et des ventilateurs de plafond donnaient à ce lieu un aspect vaguement exotique. Les tables étaient disposées en deux longues rangées et, tandis que le serveur suivait devant moi l'allée qui les séparait, je remarquai que la plupart des tables avaient déjà été débarrassées.

Le serveur m'installa vers le fond de la salle et me servit du café. Il s'éloigna ; je vis alors que les seuls autres clients présents étaient un couple qui bavardait en espagnol du côté de l'entrée et un vieil homme qui lisait le journal à quelques tables de la mienne. Je me dis que j'étais peut-être le dernier à venir prendre le petit déjeuner mais, après tout, j'avais eu une nuit particulièrement prenante et ne voyais de ce fait aucune raison d'éprouver la moindre culpabilité.

Au contraire, tandis que je regardais les palmiers onduler doucement au souffle des ventilateurs, une sensation de contentement se répandit en moi. J'avais quand même de bonnes raisons d'être satisfait de ce que j'avais accompli dans le bref laps de temps qui s'était écoulé depuis mon arrivée. Naturellement, bien des aspects de la crise locale restaient troubles, voire mystérieux. Mais cela ne faisait pas vingt-quatre heures que j'étais là et les réponses aux diverses questions se présenteraient nécessairement d'ici peu. Plus tard dans la journée, par exemple, je rendrais visite à la comtesse, chez qui j'aurais la possibilité de me remettre en mémoire le travail de Brodsky en écoutant ses vieux disques, et aussi de discuter en détail de l'ensemble de la crise avec la comtesse et le maire. Il y aurait aussi la réunion avec les citoyens les plus directement affectés par les problèmes actuels, dont j'avais souligné l'importance auprès de Mlle Stratmann la veille, et la rencontre avec Christoff lui-même. En d'autres termes, plusieurs de mes rendez-vous les plus déterminants étaient encore à venir, et il était absurde, à ce stade, de chercher à tirer de véritables conclusions ou même de penser à l'élaboration définitive de mon discours. Pour le moment, j'étais en droit de me réjouir de la quantité d'informations que j'avais déjà recueillies, et je pouvais certainement m'autoriser quelques minutes de détente et de laisser-aller pendant mon petit déjeuner.

Le serveur revint, apportant une assiette de viandes froides, des fromages, une corbeille de petits pains frais, et je me mis à manger sans hâte, versant de temps à autre un peu de café fort dans ma tasse. Lorsque enfin Stephan Hoffman fit son apparition, j'étais dans une humeur proche de la tranquillité.

« Bonjour, monsieur Ryder, dit le jeune homme en venant vers moi, le sourire aux lèvres. On m'a dit que vous veniez de descendre. Je ne veux pas vous déranger pendant que vous déjeunez, je ne resterai donc pas longtemps. »

Debout près de ma table, l'air hésitant, le sourire toujours aux lèvres, il attendait visiblement que je parle. Je me rappelai alors seulement l'accord que nous avions conclu la nuit d'avant.

« Ah, oui, dis-je. Kazan. Ah, oui. » Je posai mon couteau à beurre et regardai le jeune homme. « Évidemment, il s'agit d'une des œuvres les plus difficiles jamais composées pour le piano. Étant donné que vous venez à peine de commencer à la travailler, je n'ai guère été surpris de percevoir un certain manque de fini. Rien de plus grave que cela : un manque de fini. Avec cette œuvre, il n'y a pas grand-chose d'autre à faire que d'y consacrer du temps. Beaucoup de temps. »

Je me tus de nouveau. Sur le visage de Stephan, le sourire s'était éteint.

« Mais dans l'ensemble, repris-je, et je ne dis pas ce genre de choses à la légère, j'ai trouvé votre interprétation de la nuit dernière exceptionnellement prometteuse. Pour peu que vous disposiez d'assez de temps, je suis certain que vous saurez même vous tirer avec mérite de cette œuvre difficile. Bien sûr, le problème qui subsiste... »

Mais le jeune homme n'écoutait plus. S'approchant de moi, il dit :

« Monsieur Ryder, je voudrais être sûr de comprendre. Vous dites que tout ce qu'il faut, c'est du travail ? Que c'est à ma portée ? » Soudain, le visage de Stephan se déforma, son corps se plia en deux et il martela de son poing son genou levé. Puis il se redressa, inspira profondément et prit un air radieux. « Monsieur Ryder, vous n'avez aucune idée, vous ne pouvez pas avoir idée de ce que cela représente pour moi. Quel encouragement fantastique, vous n'imaginez pas ! Je sais que cela ne semble guère modeste, mais, je vous assure, j'ai toujours senti, au plus profond de moi-même, j'ai toujours senti que j'en étais capable. Mais vous entendre le dire, vous, entre tous ! Mon Dieu, c'est inestimable. La nuit dernière, monsieur Ryder, j'ai joué à n'en plus finir. Chaque fois que je sentais la fatigue m'envahir, chaque fois que j'étais tenté de m'arrêter, une petite voix intérieure me disait : " Attends. M. Ryder est peut-être encore dehors. Il a peut-être besoin d'en entendre un peu plus pour se faire une idée. " Et je m'investissais encore plus dans mon jeu, j'y mettais tout ce que je pouvais, et je continuais. Quand je me suis arrêté, il y a environ deux heures, je dois avouer que je suis allé jusqu'à la porte pour jeter un coup d'œil dans le couloir. Bien sûr, j'ai constaté que vous étiez allé vous coucher – à juste raison. Mais vous avez été très généreux de rester aussi longtemps que vous l'avez fait. J'espère seulement que vous ne m'avez pas sacrifié une trop longue période de sommeil.

– Mais non, pas du tout. Je suis resté à la porte un... un certain temps. Ce qu'il fallait pour me faire une idée.

– C'était si gentil à vous, monsieur Ryder. Je me sens un autre homme ce matin. Les nuages qui assombrissaient ma vie se sont dissipés !

– Comprenez-moi bien, je vous en prie. Tout ce que je dis, c'est que ce morceau est à votre portée. Mais aurez-vous assez de temps avant le...

– Je ferai en sorte d'avoir assez de temps. Je sauterai sur toutes les occasions possibles d'aller m'exercer au piano. Je ne penserai plus au sommeil. Ne vous en faites pas, monsieur Ryder. Je ferai honneur à mes parents, demain soir.

– Demain soir ? Ah oui...

– Oh, me voilà encore en train de parler de moi, quel égoïsme ! Je ne vous ai même pas raconté l'effet sensationnel que vous aviez fait hier soir. Au dîner, je veux dire.

Tout le monde en parle, dans toute la ville. C'était vraiment un discours tout à fait délicieux.

– Merci. Je suis content qu'il ait été apprécié.

– Et je suis sûr que cela a fortement contribué à créer l'atmosphère dans laquelle s'est déroulée la suite des événements. Oui, apparemment... – ça, c'est la bonne nouvelle par excellence, et j'aurais dû vous en informer tout de suite – comme vous avez pu le voir, Mlle Collins est venue hier soir. Eh bien, à un moment donné, au moment où elle partait, ils ont apparemment échangé un sourire, elle et M. Brodsky. Mais oui, parfaitement ! Beaucoup de gens en ont été témoins. Papa lui-même l'a vu. Il n'avait fait aucun effort pour provoquer entre eux un contact direct, il avait pris grand soin que les choses n'aillent pas trop vite, d'autant plus que Mlle Collins était en train de réfléchir, pour le zoo et tout ça. Mais ça s'est passé juste au moment où elle partait. Apparemment, M. Brodsky a vu qu'elle s'en allait et s'est levé. Il était resté assis à sa table toute la soirée, alors même que les gens avaient commencé à déambuler à leur gré comme ils le font toujours. Mais là, M. Brodsky s'est levé, il a porté le regard jusqu'à l'autre côté de la pièce, jusqu'à la porte devant laquelle Mlle Collins disait au revoir à quelques personnes. Un des messieurs, je pense que c'était M. Weber, l'accompagnait déjà vers la sortie, mais un instinct a dû l'alerter. En tout cas, elle s'est retournée vers la salle et, bien sûr, elle a vu M. Brodsky, debout, qui la regardait. Papa s'en est aperçu, et quelques autres aussi, et toute l'assistance est donc devenue nettement plus silencieuse, et papa dit que pendant un instant terrible il a cru qu'elle allait lui jeter un regard glacial et amer, car son visage avait pris ce type d'expression-là. Mais, au dernier moment, elle a souri. Oui, elle a souri à M. Brodsky ! Et puis elle est sortie. M. Brodsky... Bon, vous pouvez imaginer ce que ça représentait pour lui. Vous vous imaginez, après tant d'années ! D'après papa, que je viens de voir, M. Brodsky s'est mis au travail ce matin avec une énergie nouvelle. Ça fait déjà une heure qu'il est au piano ! Heureusement que j'en suis parti à temps ! Papa dit qu'il a une attitude complètement différente ce matin, et, évidemment, pas question d'avoir besoin de boire un verre. Tout cela a représenté un triomphe pour papa, mais pas seulement pour lui, et je suis sûr que votre intervention a joué un rôle capital dans toute l'affaire. Nous attendons encore d'avoir des nouvelles de Mlle Collins, de sa venue au zoo, je veux dire, mais, après ce qui s'est passé la nuit dernière, il est difficile de ne pas être optimiste. Quelle matinée en perspective ! Bon, monsieur Ryder, je ne veux pas vous retenir plus longtemps, je suis sûr que vous avez envie de terminer votre déjeuner. Je voudrais simplement vous remercier encore pour tout. Je suis sûr que nous aurons l'occasion de nous croiser de nouveau dans la journée : je vous mettrai au courant de la façon dont ça se passe, pour Kazan. »

Je lui souhaitai bonne chance et le regardai quitter la pièce d'un pas résolu.

Mon entrevue avec le jeune homme me laissa encore plus satisfait. Pendant plusieurs minutes, je continuai à déguster mon déjeuner sans me presser, me régalant en particulier du savoureux beurre local. Le serveur me rapporta une pleine verseuse de café puis repartit. Au bout d'un moment, pour une raison qui m'échappe, je me mis à essayer de me rappeler la réponse à une question que m'avait posée un jour un homme assis à côté de moi dans un avion. Trois paires de frères avaient joué ensemble lors de finales de la Coupe du monde, m'avait-il dit. Pouvais-je me souvenir d'eux ? J'avais invoqué une quelconque excuse pour me replonger dans mon livre, n'ayant pas le désir de faire la conversation. Mais depuis lors, dans les rares occasions où je me trouvais avoir quelques minutes pour moi, la question de cet homme me revenait à l'esprit. Ce qui était agaçant, c'était qu'au fil des années j'étais parvenu épisodiquement à me rappeler ces trois paires de frères, pour m'apercevoir d'autres fois que j'avais oublié l'un ou l'autre des tandems. Il en était ainsi ce matin. Je me rappelai que les frères Charlton avaient joué pour l'Angleterre en 1966, et les frères van der Kerkhof pour la Hollande lors de la finale de 1978. Mais, malgré tous mes efforts, pas moyen de me rappeler la troisième paire. Au bout d'un moment, je commençai à m'en vouloir, et je pris même la décision de ne pas quitter la table du petit déjeuner, de ne m'acquitter d'aucune des obligations prévues en ce jour avant d'avoir réussi à me rappeler les deux derniers frères.

Je fus arraché à ma rêverie quand je m'aperçus que Boris venait d'entrer dans la pièce et se dirigeait vers moi. Ses déplacements étaient progressifs ; il sinuait nonchalamment d'une table vide à une autre, comme si le seul hasard l'entraînait vers l'endroit où je me trouvais. Il évitait de me regarder, et même lorsqu'il fut arrivé à la table la plus proche de la mienne, il resta là à tripoter la nappe en me tournant le dos.

« Boris, as-tu pris ton petit déjeuner ? » lui demandai-je.

Il continuait à tortiller la nappe. Puis il demanda sur un ton qui laissait entendre que la réponse, quelle qu'elle fût, lui était indifférente : « Est-ce qu'on va aller à l'ancien appartement ?

– Si tu veux. Je t'ai promis qu'on irait si tu le souhaitais. Tu veux y aller, Boris ?

– Tu n'as pas de travail ?

– Si, mais je peux m'arranger pour le faire plus tard. Nous pouvons aller à l'ancien appartement, si tu en as envie. Mais si nous y allons, il faut que nous partions tout de suite. Comme tu dis, j'ai une journée plutôt chargée devant moi. »

Boris sembla soupeser le pour et le contre. Il me tournait toujours le dos et jouait avec la nappe.

« Alors, Boris ? On y va ?

– Il sera là, le Numéro Neuf ?

– Oui, sûrement. » Jugeant que je devais prendre l'initiative, je me levai et jetai ma serviette à côté de mon assiette. « Boris, partons tout de suite. Apparemment, il y a du soleil dehors. Nous n'avons même pas besoin de monter prendre un vêtement. Allons-y tout de suite. »

Boris avait encore l'air hésitant, mais je lui passai le bras autour des épaules et l'entraînai vers la sortie.

Tandis que nous traversions le hall, je vis que le réceptionniste me faisait signe de la main.

« Oh, monsieur Ryder, dit-il. Les journalistes sont revenus tout à l'heure. J'ai pensé qu'il valait mieux les renvoyer pour l'instant et je leur ai suggéré de revenir dans une heure. Ne vous en faites pas, ils se sont montrés tout à fait accommodants. »

Je réfléchis un instant, puis répondis : « Malheureusement, je suis actuellement pris par une affaire importante. Peut-être pourriez-vous demander à ces messieurs de passer par Mlle Stratmann pour fixer un rendez-vous précis. Je vous prie de nous excuser, mais nous devons partir. »

Ce ne fut qu'une fois sortis de l'hôtel, lorsque nous nous trouvâmes sur le trottoir ensoleillé, que je me rendis compte que je n'avais aucun souvenir du chemin à prendre pour aller à l'ancien appartement. Pendant quelques secondes, j'observai le flot de voitures qui se déplaçait lentement devant nous. Puis Boris, devinant peut-être le problème qui me gênait, dit : « Nous pouvons prendre le tram. Devant la caserne de pompiers.

– Parfait. D'accord, Boris, montre-moi le chemin. »

La circulation était si bruyante que, pendant quelques minutes, nous n'échangeâmes pas deux mots. Nous avançâmes avec difficulté sur des trottoirs étroits et encombrés, traversâmes deux petites rues pleines d'animation, puis débouchâmes sur une large avenue partagée entre des lignes de tramway et plusieurs voies où la circulation était très ralentie. Le trottoir était beaucoup plus large et il y était plus facile de marcher au milieu des piétons, le long de banques, de bureaux, de restaurants. Soudain, j'entendis le bruit d'une course derrière moi et sentis une main sur mon épaule.

« Monsieur Ryder ! Vous voilà enfin ! »

L'homme que je vis en me retournant ressemblait à un chanteur de rock vieillissant. Il avait un visage buriné et de longs cheveux douteux divisés par une raie au milieu. Sa chemise et son pantalon étaient amples, de couleur crème.

« Bonjour, dis-je prudemment, constatant que Boris dévisageait l'homme d'un œil soupçonneux.

– Quelle désolante série de malentendus ! s'exclama l'homme en riant. On nous a donné tant de rendez-vous différents ! Et hier soir nous avons attendu longtemps, plus de deux heures, mais tant pis. Ce sont des choses qui arrivent. J'imagine que rien de tout cela n'est de votre faute, monsieur. En fait, j'en suis sûr.

– Oui, en effet. Et vous attendiez de nouveau ce matin. Oui, oui, le réceptionniste me l'a signalé.

– Ce matin, il y a eu de nouveau je ne sais quel malentendu. » L'homme aux cheveux longs haussa les épaules. « Ils nous ont dit de revenir dans une heure. On était donc en train de tuer le temps là-bas, dans ce café, le photographe et moi. Mais puisque vous êtes là, je me demande si nous ne devrions pas faire l'interview et les photos tout de suite. Comme ça, nous n'aurons plus jamais besoin de venir vous embêter. Bien sûr, nous comprenons que, pour quelqu'un comme vous, un entretien avec un petit journal local comme le nôtre n'occupe pas la première place parmi vos priorités...

– Au contraire, me hâtai-je de dire, j'attribue toujours une place prépondérante à des périodiques comme le vôtre. Vous détenez la clé de l'opinion locale. Les gens comme vous, je considère qu'ils comptent au nombre des contacts les plus précieux que je puisse avoir dans une ville.

– Comme c'est aimable à vous, monsieur Ryder. Et, si je peux me permettre, cela témoigne de votre perspicacité.

– Cependant, j'étais sur le point de vous dire qu'à cet instant précis, malheureusement, j'étais pris par une autre occupation.

– Mais oui, bien sûr. C'est bien pour cette raison que je proposais de régler tout de suite notre affaire, de façon à ne pas continuer de vous embêter toute la journée. Notre photographe, Pedro, est là-bas, dans ce café. Il peut prendre deux ou trois photos en vitesse pendant que je vous poserai quelques questions. Puis vous pourrez courir là où vous souhaitez aller, vous et le jeune homme. Toute l'histoire ne prendra que quatre ou cinq minutes. Cela semble être de beaucoup la solution la plus simple.

– Hum. Quelques minutes, dites-vous ?

– Oh, nous serions vraiment enchantés que vous nous accordiez quelques minutes. Nous sommes tout à fait conscients des nombreuses obligations importantes auxquelles vous faites face. Comme je vous le disais, nous nous sommes installés là-bas. Ce café, là. »

Il indiquait un endroit, à quelque distance de là, où des tables et des chaises étaient éparpillées sur le trottoir. Ce n'était pas le genre de lieu que j'aurais choisi pour une interview, mais il m'apparut que c'était peut-être la façon la plus simple d'en finir avec le problème des journalistes.

« Très bien, dis-je. Mais, je tiens à le souligner, mon emploi du temps est particulièrement chargé ce matin.

– Monsieur Ryder, comme c'est gentil à vous ! Et pour un petit journal de rien du tout comme le nôtre ! Bon, finissons-en le plus vite possible. Par ici, s'il vous plaît. »

Le journaliste aux cheveux longs nous fit rebrousser chemin sur le trottoir, manquant entrer en collision avec un autre piéton dans sa hâte de retourner à son café. Il se trouva bientôt à quelques pas devant nous et j'en profitai pour dire à Boris :

« Ne t'inquiète pas, ça ne prendra pas beaucoup de temps. J'y veillerai. »

Comme Boris arborait toujours un air maussade, j'ajoutai :

« Écoute, tu pourras t'asseoir et manger quelque chose de bon en attendant. Une glace, du gâteau au fromage blanc. Après, nous repartirons tout de suite. »

Nous nous arrêtâmes devant une terrasse étroite encombrée de parasols.

« Nous y voici, dit le journaliste en indiquant d'un geste une des tables. Nous sommes assis là.

– Si vous n'y voyez pas d'inconvénient, répondis-je, je vais d'abord installer Boris à l'intérieur. Je vous rejoindrai dans une minute.

– Excellente idée. »

Alors que de nombreuses tables étaient occupées à la terrasse, il n'y avait aucun client à l'intérieur. Le décor était simple et moderne, et la pièce était baignée de soleil. Une jeune serveuse potelée au physique nordique se tenait derrière un comptoir vitré à l'intérieur duquel était exposé tout un choix de gâteaux et pâtisseries. Tandis que Boris s'asseyait à une table située en coin, la jeune femme s'approcha de nous en souriant.

« Qu'est-ce qui vous ferait plaisir ? demanda-t-elle à Boris. Ce matin, nous avons les gâteaux les plus frais de la ville. Ils sont arrivés il y a à peine dix minutes. Tout est parfaitement frais. »

Boris soumit la jeune femme à un interrogatoire en règle sur ses gâteaux avant d'opter pour le gâteau au fromage blanc avec amandes et chocolat.

« Bon, je n'en ai pas pour longtemps, lui dis-je. Je vais aller voir ces gens et revenir très vite. Si tu as besoin de quelque chose, je serai la, dehors. »

Boris haussa les épaules, son attention fixée sur la serveuse qui avait entrepris d'extraire de la vitrine une pâtisserie monumentale.

12

Lorsque je regagnai la terrasse, je ne vis nulle part le journaliste aux cheveux longs. Je déambulai pendant un moment entre les parasols, examinant les visages des gens assis çà et là. Après avoir bouclé un premier tour de la terrasse, je fis une pause, me demandant s'il était possible que le journaliste eût changé d'avis et fût reparti. Mais cela semblait à peine imaginable, et je lançai de nouveau un regard circulaire. Diverses personnes lisaient le journal en buvant un café. Un vieil homme parlait aux pigeons attroupés à ses pieds. Puis j'entendis quelqu'un prononcer mon nom ; je me tournai et vis le journaliste, attablé juste derrière moi. Il était en pleine conversation avec un homme trapu et basané qui devait être le photographe. Poussant une exclamation, je m'approchai d'eux, mais, bizarrement, les deux hommes poursuivirent leur discussion sans lever les yeux sur moi. Même lorsque je pris la chaise restée libre pour m'asseoir près d'eux, le journaliste – qui venait de commencer une phrase – ne me jeta qu'un coup d'œil hâtif. Puis, se tournant de nouveau vers le photographe basané, il continua :

« Ne fais surtout aucune référence à la signification du bâtiment. Il faut que tu inventes une justification esthétique, une raison pour laquelle il doit nécessairement se trouver tout le temps devant.

– Pas de problème, acquiesça le photographe. Pas de problème.

– Mais ne le bouscule pas. Apparemment, c'est comme ça que Schulz s'est planté, à Vienne, le mois dernier. Et rappelle-toi : comme tous ces gens-là, il est très vaniteux. Alors fais-toi passer pour un de ses grands admirateurs. Dis-lui que le journal n'en savait rien quand on t'a chargé de ce travail, mais qu'il se trouve que tu es un super admirateur. Ça va l'épater. Mais ne fais pas allusion au bâtiment Sattler jusqu'à ce que nous ayons noué un rapport.

– OK, OK. » Le photographe approuvait toujours de la tête. « Mais moi je croyais que, tout ça, c'était déjà arrangé. Je croyais que tu t'étais déjà assuré de son accord.

– Je voulais essayer d'arranger ça au téléphone, mais là-dessus, Schulz m'a prévenu que ce salaud n'était vraiment pas commode. » En prononçant ces paroles, le journaliste se tourna vers moi et me décocha un sourire poli. Le photographe, suivant le regard de son compagnon, m'adressa un vague signe de tête, puis ils reprirent tous les deux leur discussion.

« Le problème de Schulz, dit le journaliste, c'est qu'il ne les flatte jamais assez. Et il a une attitude... on le croirait tout ce qu'il y a de plus impatient, même quand il ne l'est pas. Avec ces gars-là, il faut maintenir la flatterie sans arrêt. Tout le temps que tu mitrailleras, n'arrête pas de crier : " Génial ! " Pousse des exclamations. Continue à alimenter son ego.

– OK, OK. Pas de problème.

– Bon, je commencerai en... » Le journaliste poussa un soupir exténué. « Je commencerai par parler de sa prestation à Vienne, ou un truc comme ça. J'ai des notes là-dessus, je blufferai. Mais ne perdons pas trop de temps. Au bout de quelques minutes, raconte que tu as eu une inspiration subite, l'idée d'aller au bâtiment Sattler. Au début, je ferai mine d'être un peu contrarié, mais je finirai par reconnaître que c'est une idée géniale.

– OK, OK.

– Tu es sûr de toi ? Pas d'erreur, hein. Rappelle-toi que ce salopard est susceptible.

– Je comprends.

– Si quelque chose déraille, tu lui sors un truc flatteur.

– Parfait, parfait. »

Les deux hommes échangèrent un signe de tête. Puis le journaliste respira profondément, joignit les mains et se tourna vers moi ; ce faisant, il sembla s'épanouir.

« Ah, monsieur Ryder, vous voilà ! Comme c'est aimable à vous de nous consacrer un peu de votre temps si précieux. Et le jeune homme, il est content, j'espère ?

– Oui, oui. Il a commandé une énorme part de gâteau au fromage blanc. »

Les deux hommes eurent un rire réjoui. Le photographe basané sourit jusqu'aux oreilles et dit :

« Du gâteau au fromage blanc. Ouais, mon dessert préféré. Depuis tout petit.

– Au fait, monsieur Ryder, voici Pedro. »

Le photographe sourit et me tendit la main d'un air enthousiaste. « Ravi de faire votre connaissance, monsieur. C'est vraiment une chance pour moi, je vous le garantis. On m'a confié cette mission ce matin même. En sortant de mon lit, la seule perspective que j'avais, c'était une séance de photos dans la salle du conseil. Là-dessus, le téléphone sonne pendant que je prenais ma douche. Tu veux le faire ? ils me demandent. Si je veux le faire ? Ce type-là, c'est mon héros depuis que je suis gamin, je leur dis. Si je veux le faire ? Bon Dieu, j'accepterais de le faire pour rien. Je veux bien vous payer pour le faire, je leur dis. Dites-moi où il faut que j'aille. Je vous jure que c'est la première fois qu'un travail me met dans cet état.

– Pour tout vous dire, monsieur Ryder, intervint le journaliste, le photographe qui était avec moi hier soir à l'hôtel, bon, on avait attendu quelques heures, et il s'est mis à s'impatienter. Évidemment, je me suis fâché. “ Tu n'as pas l'air de te rendre compte, lui ai-je dit. Si M. Ryder est en retard, c'est forcément en raison d'obligations de la plus grande importance. S'il a la bonté de consentir à nous consacrer un peu de son temps et que nous sommes amenés à l'attendre, nous attendrons. " Je vous assure, monsieur, que je me suis sérieusement fâché contre lui. Et à mon retour j'ai dit au rédacteur en chef que ça ne collait pas. " Trouvez-moi un autre photographe pour demain matin, je lui ai demandé. Je veux quelqu'un qui comprenne bien la situation de M. Ryder et lui témoigne la gratitude qu'il mérite. " Oui, je crois que je me suis un peu emporté. Enfin, on a Pedro maintenant, qui s'avère être un de vos admirateurs, presque autant que moi.

– Davantage, davantage ! protesta Pedro. Quand j'ai eu ce coup de fil, ce matin, je n'arrivais pas à y croire. Mon héros est en ville et je suis chargé de le photographier. Bon Dieu, je vais faire le meilleur boulot que j'aie jamais fait, voilà ce que je me suis dit pendant que je prenais ma douche. Un type pareil, il faut faire le meilleur boulot qu'on ait jamais fait. Je vais le prendre devant le bâtiment Sattler. C'est ça, l'idée que j'ai eue. Je voyais toute la composition se dessiner dans ma tête pendant que je prenais ma douche.

– Allons, Pedro, dit le journaliste en le regardant sévèrement. Cela m'étonnerait fort que M. Ryder s'amuse à aller jusqu'au bâtiment Sattler pour nous permettre de prendre quelques belles photos. Bon, c'est à quelques minutes à peine en voiture, mais quelques minutes, ce n'est pas rien pour un homme qui a un emploi du temps aussi serré. Non, Pedro, il va falloir que tu fasses de ton mieux ici, que tu prennes quelques photos de M. Ryder pendant que nous bavarderons à cette table. D'accord, une terrasse de café, c'est plutôt galvaudé, on ne peut pas dire que ça va mettre en valeur le charisme extraordinaire dont M. Ryder est entouré. Mais il faudra s'en contenter. Non, je reconnais que ton idée de prendre M. Ryder devant le bâtiment Sattler, c'est une bonne inspiration. Mais il n'a pas le temps, voilà tout. Il va falloir qu'on se contente d'une photo nettement plus ordinaire. »

Pedro frappa de son poing la paume de l'autre main et secoua la tête. « Ouais, je crois que tu as raison. Mais c'est dur, bon Dieu. L'occasion de faire des photos du grand Ryder, le genre d'occasion qui se présente une fois dans une vie, et il faut que je me résigne à un quelconque décor de café. Voilà comment la vie distribue les cartes. » Il secoua de nouveau la tête, tristement. Puis, pendant un moment, ils restèrent tous les deux à me regarder.

« Bon, finis-je par dire, ce bâtiment dont vous parlez. Il est vraiment à quelques minutes d'ici en voiture ? »

Pedro se redressa brutalement, le visage éclairé par l'enthousiasme.

« Sérieusement ? Vous acceptez de poser devant le bâtiment Sattler ? Bon Dieu, quelle chance ! J'étais sûr que vous seriez un type super !

– Attendez un instant...

– Vous êtes sûr, monsieur Ryder ? dit le journaliste en m'empoignant le bras. Vous êtes vraiment sûr ? Je sais que votre emploi du temps est chargé. Écoutez, c'est vraiment formidable ! Honnêtement, ça ne mettra que trois minutes en taxi. En fait, monsieur, si vous voulez bien attendre ici, je vais tout de suite en chercher un. Pedro, si tu prenais quand même quelques photos de M. Ryder pendant qu'il attend ? »

Le journaliste partit en courant. Un instant plus tard, je le vis au bord du trottoir, penché vers le flot de la circulation, un bras tendu.

« Monsieur Ryder, s'il vous plaît ! »

Pedro, en appui sur un genou, me regardait à travers le viseur de son appareil. Je modifiai ma position, adoptant une attitude détendue mais pas trop indolente, et arborant un sourire avenant.

Pedro actionna plusieurs fois l'obturateur. Puis il recula à quelque distance et s'accroupit de nouveau, à côté d'une table inoccupée, dérangeant quelques pigeons qui picoraient des miettes. J'étais sur le point de changer de position lorsque le journaliste revint précipitamment.

« Monsieur Ryder, pas moyen de trouver un taxi, mais un tram vient d'arriver. Dépêchez-vous, nous avons juste le temps de monter. Pedro, vite, le tram.

– Mais cela ira-t-il aussi vite qu'un taxi ? demandai-je.

– Oui, oui. En fait, avec une circulation pareille, le tram ira plus vite. Vraiment, monsieur Ryder, vous n'avez pas à vous inquiéter. Le bâtiment Sattler est très proche. En fait... (il mit une main en visière et regarda dans le lointain) en fait, vous le voyez presque d'ici. N'était cette tour grise là-bas, nous verrions le bâtiment Sattler à cet instant précis. Oui, nous en sommes très proches. En fait, si quelqu'un d'une taille normale – pas plus grand que vous ou moi –, si cette personne grimpait sur le toit du bâtiment Sattler, s'y tenait debout et brandissait un objet quelconque du genre perche – un balai, par exemple – par une matinée comme celle-ci, nous distinguerions facilement l'objet au-dessus de la tour grise. Vous voyez bien que nous y serons en un éclair. Mais, s'il vous plaît, le tram : nous devons nous presser. »

Pedro était déjà au bord du trottoir. Je le voyais, portant à l'épaule son lourd sac de matériel, tenter de convaincre le machiniste de nous attendre. Je quittai la terrasse du café, emboîtant le pas au journaliste, et montai dans le véhicule.

Le tram démarra tandis que nous avancions le long de l'allée centrale. Il était bondé, et nous dûmes nous séparer pour nous asseoir. Je me glissai sur un siège à l'arrière de la voiture, entre un vieil homme de petite taille et une mère opulente, un jeune enfant sur ses genoux. Le siège était étonnamment confortable, et, au bout d'un moment, je commençai à trouver ce trajet plutôt agréable. En face de moi, trois vieux messieurs lisaient un journal unique, tenu par celui du milieu. Les cahots du tram semblaient leur poser quelques problèmes et ils se chamaillaient parfois pour s'emparer de telle ou telle page.

Nous roulions depuis quelque temps quand je perçus autour de moi une certaine animation et vis qu'une contrôleuse s'approchait le long de l'allée centrale. L'idée me vint que mes compagnons avaient sûrement pris un ticket pour moi – pour ma part, je ne m'en étais pas occupé en montant à bord. Regardant de nouveau par-dessus mon épaule, je constatai que la contrôleuse, une femme menue dont l'uniforme noir peu seyant ne parvenait pas à masquer la silhouette attrayante, était presque arrivée à mon niveau. Autour de moi, les gens préparaient leur ticket ou leur carte d'abonnement. Refoulant un sentiment de panique, j'entrepris de mettre au point une formulation qui serait à la fois digne et convaincante.

La contrôleuse était penchée au-dessus de nous et mes voisins tendirent tous leur ticket. Sans attendre qu'elle eût fini de les poinçonner, je déclarai avec fermeté :

« Je n'ai pas de ticket, mais dans mon cas il existe des circonstances particulières que je vous expliquerai, si vous m'y autorisez. »

La contrôleuse me regarda. Puis elle dit : « Ne pas avoir de ticket, c'est une chose. Mais en plus, tu m'as vraiment fait faux bond, hier au soir. »

Dès qu'elle eut prononcé ces paroles, je reconnus Fiona Roberts, une fille de mon école primaire de village, dans le Worcestershire, avec qui j'avais noué une vive amitié quand j'avais à peu près neuf ans. Elle vivait près de chez nous, sur le même chemin, dans une petite maison similaire à la nôtre, et bien souvent j'avais franchi cette courte distance pour passer l'après-midi à jouer avec elle, surtout pendant la période difficile qui avait précédé notre départ pour Manchester. Je ne l'avais jamais revue depuis lors, et je fus donc déconcerté par son ton accusateur.

« Ah oui, dis-je. Hier au soir. Oui. »

Fiona Roberts ne cessait de me regarder. Cela avait peut-être à voir avec son expression réprobatrice, mais je me remémorai un après-midi de notre enfance où nous nous étions trouvés ensemble chez elle, sous la table de la salle à manger. Nous nous étions comme d'habitude confectionné une « cachette » en faisant pendre un assortiment de couvertures et de rideaux sur les côtés de la table. Cet après-midi-là, le temps était chaud et ensoleillé, mais nous persistions à rester tapis dans notre cachette étouffante et obscure. Je venais de dire quelque chose à Fiona, de lui tenir certainement des propos assez longs et empreints d'émotion. Plus d'une fois elle avait essayé de m'interrompre, mais j'avais continué. Enfin, quand j'eus terminé, elle me dit :

« C'est idiot. Ça veut dire que tu seras tout seul. Tu te sentiras seul.

– Ça m'est égal. J'aime me sentir seul.

– Tu dis toujours des bêtises. Personne n'aime se sentir seul. Moi, je vais avoir une grande famille. Cinq enfants au moins. Et tous les soirs je leur ferai un dîner délicieux. »

Puis, comme je ne réagissais pas, elle reprit : « Tu dis des bêtises. Personne n'aime la solitude.

– Moi, oui. J'aime ça.

– Comment est-ce qu'on peut aimer être seul ?

– C'est comme ça. J'aime ça. »

En fait, c'est avec une certaine conviction que j'avais énoncé cette affirmation. Cet après-midi-là, cela faisait déjà plusieurs mois que j'avais commencé à « m'entraîner » ; d'ailleurs, cette obsession particulière avait sans doute atteint son apogée précisément à cette époque.

Mes « séances d'entraînement » commencèrent à l'improviste. Je jouais tout seul sur le chemin un après-midi brumeux – plongé dans un monde imaginaire, ne cessant de descendre dans un fossé à sec qui passait entre une rangée de peupliers et un pré et d'en remonter – lorsque j'éprouvai soudain un sentiment de panique et le besoin de retrouver la compagnie de mes parents. Notre maison n'était pas loin : j'en distinguais l'arrière, de l'autre côté du pré. Pourtant, le sentiment de panique ne cessa de croître jusqu'au moment où je fus presque submergé par le désir de rentrer à la maison en courant dans les herbes folles. Mais, je ne sais pourquoi – peut-être associai-je rapidement cette sensation à un état d'immaturité –, je me forçai à retarder mon départ. Il ne cessa jamais d'être évident que je commencerais bientôt à traverser le pré en courant. Il fallait simplement repousser un peu ce moment, tenir encore quelques secondes au moyen d'un effort de volonté. Le mélange étrange de peur et d'euphorie que j'éprouvai tandis que je restai comme paralysé dans le fossé à sec me devint très familier au cours des semaines qui suivirent. Quelques jours suffirent pour que mes « séances d'entraînement » s'intègrent pleinement à ma vie, dont elles devinrent un aspect important et régulier. Au fil du temps, un rituel s'élabora : dès que je ressentais les premiers symptômes de mon besoin de rentrer à la maison, je me forçais à gagner un endroit bien particulier du chemin, sous un gros chêne, où je restais debout pendant plusieurs minutes à lutter contre mes émotions. Souvent, je décidais que j'en avais fait assez, que je pouvais partir maintenant, mais rebroussais chemin aussitôt, me contraignant à rester sous l'arbre encore quelques secondes. On ne pouvait mettre en doute l'étrange excitation qui accompagnait alors la montée de la peur et de la panique, sensation qui expliquait peut-être l'emprise quelque peu obsédante que mes « séances d'entraînement » en vinrent à avoir sur moi.

« Mais tu sais, hein, me dit Fiona cet après-midi-là, son visage proche du mien dans l'obscurité, quand tu te marieras, toi, ça ne se passera pas forcément comme entre ta maman et ton papa. Ça ne sera pas du tout pareil. Entre mari et femme, on ne se dispute pas toujours sans arrêt. On se dispute seulement quand... quand il y a des choses qui se passent.

– Quelles choses ? »

Fiona resta muette pendant un moment. J'étais sur le point de répéter ma question, sur un ton plus agressif, quand elle reprit de façon assez grave :

« Tes parents. S'ils se disputent comme ça, ce n'est pas seulement parce qu'ils ne s'entendent pas. Tu ne sais pas ? Tu ne sais pas pourquoi ils se disputent tout le temps ? »

Puis, subitement, une voix furieuse lança un appel, loin de notre cachette, et Fiona disparut. Et moi, toujours assis seul dans le noir, sous la table, je captai les bruits d'une dispute dans la cuisine : Fiona et sa mère discutaient à voix basse. À un moment, j'entendis Fiona répéter d'un air blessé : « Mais pourquoi pas ? Pourquoi est-ce que je ne dois pas lui dire ? Tout le monde le sait, sauf lui. » Et sa mère, toujours à voix basse : « Il est plus jeune que toi. Il est trop jeune. Tu ne dois pas lui dire. »

Ces réminiscences furent interrompues quand Fiona Roberts se rapprocha de quelques pas et me dit :

« J'ai attendu jusqu'à dix heures et demie. Et puis j'ai dit à tout le monde de manger. Les gens mouraient de faim.

– Bien sûr. Naturellement. » Je ris faiblement et regardai autour de moi. « Dix heures et demie. À cette heure-là, forcément, les gens commencent à avoir faim...

– Et à cette heure-là, il était évident que tu n'allais pas venir. Personne n'y croyait plus.

– Non, bien sûr. À une heure pareille, fatalement...

– Au début, ça se passait bien, continua Fiona. Je n'avais jamais organisé un truc pareil, mais ça se passait bien. Elles étaient toutes là, Inge, Trude, toutes dans mon appartement. J'étais un peu nerveuse, mais ça se passait bien, et je me sentais plutôt enthousiaste. Certaines femmes, elles avaient préparé un tas de choses, pour la soirée, elles étaient arrivées avec des classeurs pleins d'informations et de photos. Ce n'est que vers neuf heures qu'on a commencé à s'agiter, et à ce moment-là l'idée m'est venue que peut-être tu n'allais pas venir. Je n'arrêtais pas d'aller et venir, d'apporter du café, de garnir les raviers d'amuse-gueule, d'essayer de maintenir l'ambiance. Je voyais bien qu'elles commençaient toutes à chuchoter, mais je continuais à penser " bon, il va peut-être arriver quand même, sûrement qu'il est coincé dans un embouteillage ". Et puis il se faisait de plus en plus tard, et elles ont fini par parler, par murmurer sans se cacher. Même quand j'étais là, tu vois. Dans mon propre appartement ! C'est à ce moment-là que je leur ai dit de manger. Je ne voulais plus qu'une chose : que ça soit fini. Bon, elles se sont toutes mises à manger, j'avais préparé plein de petites omelettes, et même pendant qu'elles mangeaient il y en avait, comme cette Ulrike, qui continuaient de chuchoter et de ricaner. Mais en fait, tu sais, je préférais presque celles qui ricanaient. Je les préférais au genre Trude, qui faisait semblant de sympathiser avec moi, prenant grand soin d'être gentille jusqu'au bout, ce que je peux la détester, cette femme ! Je l'ai vue, au moment où elle partait, j'ai vu qu'elle pensait : " La pauvre. Elle vit dans un univers imaginaire. On aurait dû s'en douter. " Oh, je les hais toutes tant qu'elles sont, je me méprise moi-même de m'être liée à elles. Mais tu comprends, il y avait quatre ans que j'habitais ce grand ensemble, je ne m'étais pas fait un seul véritable ami, j'étais très isolée. Pendant tout un temps, ces femmes, celles qui étaient chez moi hier soir, elles n'auraient rien voulu avoir à faire avec moi. Elles se prennent pour l'élite de la résidence, tu comprends. Elles se sont baptisées la " Fondation féminine pour l'art et la culture ". C'est idiot, ce n'est pas une fondation au sens véritable du terme, mais elles croient que ça a de la classe. Elles aiment s'affairer dès que quelque chose se passe en ville. Quand les Ballets de Pékin sont venus, par exemple, c'est elles qui ont fait toutes les banderoles pour la réception de bienvenue. En tout cas, elles se prennent pour un groupe très fermé, et, jusqu'à ces derniers temps, elles n'auraient pas voulu avoir à faire avec quelqu'un dans mon genre. Cette Inge, elle ne m'aurait même pas dit bonjour si elle m'avait croisée dans la résidence. Mais tout ça a changé, bien sûr, dès que le bruit s'est répandu. Je veux dire, comme quoi je te connaissais. Je ne sais pas trop comment ça s'est fait, je ne m'en vantais pas spécialement. Je suppose que j'ai dû en parler à quelqu'un. Enfin bref, comme tu peux l'imaginer, ça a tout changé. Inge elle-même m'a abordée il y a quelque temps, dans l'escalier, et m'a invitée à une de leurs réunions. Je n'avais pas vraiment envie de me mêler à elles, mais j'y suis allée : j'ai dû croire que j'allais enfin me faire des amies, je ne sais pas trop. Enfin, au départ, certaines d'entre elles, Inge et Trude aussi, elles ne savaient pas trop s'il fallait le croire ou pas, que j'étais une vieille amie à toi. Mais elles ont suivi le mouvement, au bout du compte ça devait quand même les valoriser, j'imagine. Toute cette idée de s'occuper de tes parents, ça ne venait pas de moi, mais, visiblement, le fait que je te connaissais jouait un rôle important. Quand on a appris ta venue, Inge est allée soumettre l'idée à M. von Braun, en lui disant que la Fondation était prête maintenant, après les Ballets de Pékin, prête à assumer une tâche vraiment importante, et qu'en plus un membre du groupe était une vieille amie à toi. Etc. Bref, la Fondation s'est vu confier cette mission, de s'occuper de tes parents pendant leur séjour ici, et, bien sûr, tout le monde était surexcité, même si certaines de ces femmes étaient assez inquiètes de prendre une telle responsabilité. Mais Inge leur a remonté le moral en leur disant que nous méritions bien ça, maintenant. Nous avions tout le temps des réunions où nous proposions des idées pour le séjour de tes parents. Inge nous a dit – ça m'a fait de la peine de l'apprendre – qu'ils ne vont très bien ni l'un ni l'autre, en conséquence de quoi les idées les plus évidentes, visite touristique de la ville, ce genre de chose, n'étaient pas vraiment praticables. Mais des idées, il y en avait des tas, et tout le monde commençait à s'exciter. Là-dessus, à la dernière réunion, quelqu'un a dit : “ Pourquoi est-ce qu'on ne lui demanderait pas, à lui, de venir nous voir pour faire notre connaissance ? Et on discuterait de ce qui plairait à ses parents. " Pendant un moment, il y a eu un silence total. Et puis Inge a dit : " Pourquoi pas ? Après tout, nous disposons d'un atout unique pour lancer cette invitation. " Et voilà qu'elles se sont toutes mises à me regarder. À la fin, j'ai dit : " J'imagine qu'il va être plutôt occupé, mais si vous voulez je pourrais l'inviter. " Et j'ai vu qu'elles frémissaient toutes d'excitation quand j'ai dit ça. Et puis, quand ta réponse est arrivée, je suis devenue une vraie princesse, elles m'ont traitée avec la plus grande considération, me souriant, me caressant chaque fois qu'elles me rencontraient, apportant des cadeaux pour les enfants, proposant de faire telle ou telle chose pour moi. Je te laisse imaginer l'effet produit hier au soir, quand tu n'es pas venu. »

Elle poussa un grand soupir et resta un instant silencieuse, regardant d'un œil morne les bâtiments qui défilaient de l'autre côté de la vitre. Elle reprit enfin :

« Je suppose que je ne peux pas te faire de reproches. Après tout, cela fait bien longtemps que nous ne nous sommes pas vus. Mais je pensais que tu voudrais venir à cause de tes parents. Tout le monde avait un tas d'idées sur ce qu'on pourrait faire pour eux ici. Ce matin, elles parlent sûrement toutes de moi. Pratiquement aucune d'entre elles ne travaille à l'extérieur, elles ont des maris qui rapportent de bonnes paies, elles sont toutes en train de se téléphoner ou de se rendre visite, et elles bavardent : " Pauvre femme, elle vit dans un monde à elle. Nous aurions dû nous en rendre compte plus tôt. Je voudrais bien faire quelque chose pour l'aider, sauf que, franchement, elle est si *fatigante*. " Je les entends d'ici : elles s'en donnent à cœur joie. Et Inge ! D'un côté, elle sera très en colère. " La petite garce, va-t-elle penser, elle nous a roulées. " Mais aussi elle sera contente, elle sera soulagée. Inge, tu comprends, ça lui plaisait, l'idée que je te connaissais, mais en même temps elle trouvait ça menaçant. Et la façon dont les autres m'ont toutes traitée ces dernières semaines, depuis ta réponse, ça lui a donné à réfléchir. Un vrai déchirement pour elle, et pour les autres. Enfin, elles doivent se régaler ce matin, ça, j'en suis sûre. »

Naturellement, en écoutant Fiona, j'eus l'impression que j'aurais dû éprouver un remords considérable à cause de ce qui s'était passé la veille au soir. Cependant, malgré sa description évocatrice des scènes dont son appartement avait été le théâtre, je ne parvins à retrouver que le plus vague souvenir d'un tel engagement sur mon agenda. De plus, ses paroles m'avaient secoué en me forçant à constater que, jusqu'à présent, mes réflexions ne s'étaient guère portées sur l'arrivée imminente de mes parents dans cette ville. Comme l'avait souligné Fiona, ils n'étaient pas en bonne santé et on pouvait difficilement les laisser se débrouiller tout seuls. De fait, en regardant par la fenêtre le grouillement de la circulation et les bâtiments vitrés que nous longions, je sentis monter en moi un fort sentiment protecteur à l'égard de mes vieux parents. En fait, charger un groupe de femmes de la ville de veiller sur leur bien-être, c'était la solution idéale, et j'avais été profondément stupide de ne pas sauter sur l'occasion de rencontrer ces femmes. Subitement, la panique m'envahit : que fallait-il faire pour mes parents ? Je n'arrivais pas à comprendre comment j'avais pu réfléchir aussi peu à cet aspect de mon séjour, et mes pensées s'emballèrent. Je vis ma mère et mon père, fluets, les cheveux blancs, voûtés par l'âge, debout à la sortie de la gare, entourés de bagages qu'ils ne pouvaient espérer transporter par leurs propres moyens. Je les voyais observer la ville inconnue qui s'étendait autour d'eux ; mon père, son orgueil l'emportant sur son bon sens, prenait deux valises, puis trois, tandis que ma mère essayait vainement de l'en empêcher, posant sur son bras une main émaciée, et disant : « Non, non, tu ne peux pas porter tout ça. Ça fait trop, beaucoup trop. » Et mon père, le visage durci par sa détermination, écartait ma mère : « Mais qui d'autre va les porter ? Comment allons-nous arriver à notre hôtel ? Qui va nous aider ici si nous ne nous aidons pas nous-mêmes ? » Pendant ce temps, des voitures et des camions vrombissaient autour d'eux et la foule des banlieusards fonçait vers les quais. Ma mère, se résignant tristement, regardait mon père trébucher sous son lourd fardeau, quatre pas, cinq, puis, à bout de forces, poser les valises, les épaules affaissées, le souffle bruyant. Ma mère allait ensuite vers lui et posait doucement la main sur son bras. « Ne t'inquiète pas. Nous allons trouver de l'aide. » Et mon père, résigné désormais, satisfait peut-être d'avoir au moins fait preuve de sa force spirituelle, scrutait sereinement le fourmillement ambiant, cherchant quelqu'un qui fût venu à leur rencontre, qui s'occuperait de leurs bagages, les accueillerait par des paroles de bienvenue et les emmènerait à l'hôtel dans une voiture confortable.

Toutes ces images envahirent mon esprit pendant que Fiona parlait, si bien que, pendant un moment, il me fut difficile de prêter attention à ses propres malheurs. Mais je l'entendis soudain dire :

« Elles vont parler des précautions supplémentaires qu'elles vont devoir prendre dorénavant. Je les entends d'ici. “ Nous avons acquis un tel prestige maintenant, il est fatal que toutes sortes de personnes essaient de se faufiler dans nos rangs. Il faut que nous fassions attention, d'autant plus que nous avons désormais une responsabilité importante. Cette petite garce doit nous servir de leçon. ” Etc. Dieu sait quelle vie je vais pouvoir mener maintenant dans cette résidence. Et mes enfants, ils sont forcés de grandir là...

– Écoute, intervins-je, je ne peux pas te dire à quel point je suis peiné de ce qui s'est passé. Mais ce qu'il y a, c'est que quelque chose de complètement imprévisible s'est passé hier soir, je ne vais pas t'ennuyer en te racontant ça ici. Bien sûr, j'étais extrêmement contrarié de devoir te laisser tomber, mais je ne pouvais même pas avoir accès à un téléphone. J'espère que tu ne t'étais pas donné trop de mal.

– Je m'étais donné beaucoup de mal. Ce n'est pas facile pour moi, tu sais, seule avec deux jeunes enfants...

– Tu sais, je suis vraiment désolé de toute cette affaire. Je voudrais te faire une proposition. En ce moment, je suis occupé avec ces journalistes qui sont assis là-bas, mais ce ne sera pas long. Je vais les quitter aussi vite que possible, sauter dans un taxi et venir chez toi. J'y serai dans, disons une demi-heure – quarante-cinq minutes au maximum. Et voici ce que nous pourrions faire : nous allons nous promener ensemble dans toute la résidence, et tous ces gens, tes voisines, cette Inge, cette Trude, elles verront de leurs propres yeux que nous sommes de vieux amis. Ensuite, nous rendrons visite aux plus influentes d'entre elles, la nommée Inge, par exemple. Tu pourrais me présenter, et je m'excuserai pour hier soir, j'expliquerai qu'au dernier moment j'ai subi un contretemps inévitable. Une par une, nous les récupérerons et nous réparerons le mal que je t'ai fait hier soir. En fait, si nous nous y prenons bien, ta réputation auprès de tes amies sera peut-être mieux établie qu'elle n'aurait pu l'être autrement. Qu'est-ce que tu en penses ? »

Pendant un moment, Fiona continua à contempler le paysage qui défilait. Elle répondit enfin : « Mon premier instinct serait de dire : “ N'en parlons plus. ” Ça ne m'a menée nulle part, de raconter que j'étais une vieille amie à toi. En plus, peut-être que je n'ai pas vraiment besoin de faire partie du cercle d'Inge. C'est vrai que je me sentais très seule, dans cette résidence, mais maintenant que j'ai une idée de leur façon de se conduire, je ne suis pas sûre que je ne me sentirais pas mieux en me contentant de la compagnie de mes enfants. Je pourrais passer la soirée à lire un bon livre ou à regarder la télévision. Mais il faut aussi que je pense à mes enfants, pas seulement à moi. Eux, ils doivent grandir dans la résidence, ils doivent se faire accepter. Dans leur intérêt, je devrais sauter sur ta proposition. Comme tu dis, si nous faisons ce que tu me proposes, ma situation sera peut-être meilleure qu'elle ne l'aurait été même si ma réception s'était déroulée à la perfection. Mais il faut que tu promettes, que tu jures sur tout ce qui t'est cher que tu ne me feras pas faux bond une deuxième fois. Tu comprends, si nous réalisons ton projet, ça veut dire que, sitôt mon travail terminé, je vais devoir donner une série de coups de téléphone pour organiser notre tournée. Il n'est pas question d'aller frapper aux portes sans prévenir, ça ne se fait pas dans ce quartier. Tu imagines l'effet que ça ferait si je prenais tous ces rendez-vous et que tu ne viennes pas. Je n'aurais plus qu'à faire mon porte-à-porte toute seule et à expliquer de nouveau ton absence. Alors il faut que tu promettes que tu ne me feras pas faux bond.

– Je te le promets. Comme je te le disais, il faut que je m'acquitte de cette corvée, après quoi je sauterai dans un taxi et je te rejoindrai. Ne t'inquiète pas, Fiona, tout va s'arranger. »

Au moment où je prononçais ces paroles, je sentis qu'on me touchait le bras. En me retournant, je vis Pedro, debout, son gros sac de nouveau pendu à son épaule.

« Monsieur Ryder, s'il vous plaît », dit-il en m'indiquant la porte de sortie.

À l'avant, le journaliste s'apprêtait à descendre.

« Nous sommes arrivés, monsieur Ryder, lança-t-il en me faisant un signe de la main. Si vous voulez bien... »

Je constatai que le tramway ralentissait, puis s'arrêtait. Je me levai, m'extirpai de ma place et gagnai la sortie.

13

Le tramway s'éloigna bruyamment, nous laissant tous trois en rase campagne, entourés de champs balayés par le vent. La brise me parut rafraîchissante ; pendant quelques instants, je regardai le tramway disparaître au milieu des champs, vers l'horizon.

« Monsieur Ryder, par ici, s'il vous plaît. »

Le journaliste et Pedro attendaient à quelques pas de là. Je les rejoignis et nous entreprîmes de traverser un pré. De temps à autre, de fortes rafales fouettaient nos vêtements et couchaient l'herbe en longues ondulations. Enfin, nous parvînmes au pied d'une colline où nous marquâmes une pause pour reprendre notre souffle.

« C'est tout de suite là, en haut », dit le journaliste en indiquant le sommet de la colline.

Après notre marche difficile dans l'herbe, je fus content de voir qu'un chemin de terre conduisait au sommet.

« Bon, dis-je, je n'ai pas beaucoup de temps, il faudrait peut-être y aller.

– Bien sûr, monsieur Ryder. »

Le journaliste marcha en tête sur le chemin abrupt qui dessinait un lacet. J'arrivais à soutenir son allure, le suivant à un ou deux pas de distance. Pedro, que son fardeau devait ralentir, se trouva bientôt distancé. Tout en grimpant, je me mis à penser à Fiona, à la déception dont j'avais été la cause la veille au soir, et il m'apparut que, malgré l'assurance dont j'avais jusqu'à présent fait preuve au cours de ce séjour, malgré ce que j'avais déjà réalisé, ma façon de traiter certaines affaires – en tout cas selon mes propres normes – laissait quelque peu à désirer. Indépendamment de la situation pénible dans laquelle j'avais mis Fiona, alors que l'arrivée de mes parents dans cette ville était imminente, il était extrêmement contrariant de penser que j'avais laissé échapper l'occasion de débattre de leurs besoins multiples et complexes avec les personnes aux soins desquelles ils devaient être confiés. Le souffle de plus en plus court, je sentis remonter en moi une vive irritation vis-à-vis de Sophie qui avait semé la confusion dans mes activités. Ce n'était quand même pas trop lui demander que de s'efforcer, à une période de ma vie si déterminante pour moi, de garder son chaos pour elle. Toutes sortes de choses que j'avais brusquement envie de lui dire se mirent à envahir mon esprit, et, si je n'avais pas été si essoufflé, j'aurais été tenté de les marmonner tout fort.

Après trois ou quatre tournants, nous nous arrêtâmes pour nous reposer. Levant les yeux, je m'aperçus que nous dominions maintenant une vaste étendue de la campagne environnante. Les champs se succédaient jusque dans le lointain. Il fallait porter le regard vers l'horizon pour distinguer ce qui semblait être un groupe de bâtiments agricoles.

« Quelle vue superbe ! haleta le journaliste en écartant ses cheveux de son visage. C'est revigorant de monter jusqu'ici. L'air frais va nous tonifier pour toute la journée. Enfin, mieux vaut ne pas perdre de temps, si agréable que soit ce moment. » Il eut un rire jovial, puis se remit à marcher.

Comme auparavant, je le suivais de près, tandis que Pedro traînait derrière. À un moment donné, alors que nous gravissions péniblement un tronçon particulièrement abrupt, Pedro, en contrebas, lança quelques mots. Je crus qu'il nous demandait de ralentir, mais le journaliste ne changea pas d'allure, criant simplement par-dessus son épaule, dans une rafale : « Qu'est-ce que tu dis ? »

J'entendis que Pedro s'efforçait avec peine de gagner un peu de terrain. Puis je l'entendis crier :

« Je disais qu'apparemment on a convaincu ce salopard. Je crois qu'il va faire ce qu'on lui demande.

– Ouais, cria le journaliste, jusqu'à présent, il a coopéré, mais ces types-là, tu peux jamais en être sûr. Faut que tu continues à le flatter. Il a grimpé avec nous jusqu'ici et il a l'air d'accord. Mais, tu sais, je crois que ce crétin n'a même pas idée de ce que représente ce bâtiment.

– Qu'est-ce qu'on lui dit s'il pose la question ? cria Pedro. Il va forcément la poser.

– Change de sujet. Demande-lui de prendre une autre pose. Si tu lui parles de son apparence, ça détournera son attention. S'il insiste, on sera forcés de lui dire, au bout du compte, mais à ce moment-là on aura déjà tout un tas de photos et il ne pourra rien y faire, ce salaud.

– Je serai content quand tout ça sera fini, dit Pedro, de plus en plus essoufflé. Bon Dieu, cette façon qu'il a de se caresser les mains, ça me donne la chair de poule.

– On y est presque. On s'en est bien tirés jusqu'à présent, n'allons pas tout gâcher au dernier moment.

– Excusez-moi, interrompis-je, il faut que je fasse une petite pause.

– Bien sûr, monsieur Ryder, je ne pense vraiment à rien ! » dit le journaliste. Nous fîmes halte. « Personnellement, je suis un marathonien, poursuivit-il. J'ai donc un avantage anormal. Mais je dois dire, monsieur, que vous semblez en excellente forme. Pour un homme de votre âge – si je connais votre âge, c'est grâce à mes petites fiches, sans quoi je n'aurais jamais deviné –, eh bien, vous avez complètement distancé le pauvre Pedro. » Puis il cria à Pedro qui arrivait à notre hauteur : « Presse-toi, lambin. M. Ryder est en train de se moquer de toi.

– Ce n'est pas juste, dit Pedro en souriant. M. Ryder est si doué, et en plus de tout le reste c'est un véritable athlète. Tout le monde n'a pas autant de chance. »

Nous contemplions le panorama en reprenant notre souffle. Puis le journaliste dit :

« Nous y sommes presque. Remettons-nous en marche. N'oublions pas que M. Ryder a beaucoup de choses à faire aujourd'hui. »

La dernière étape du trajet était la plus ardue. Le sentier, de plus en plus raide, était fréquemment interrompu par des flaques boueuses. Devant moi, le journaliste avançait à une cadence soutenue, mais je voyais qu'il se courbait sous l'effort. Tandis que je cheminais cahin-caha derrière lui, mon esprit s'emplit de nouveau de tout ce que j'avais envie de dire à Sophie. « Est-ce que tu te rends compte ? me surpris-je à marmonner entre mes mâchoires serrées, au rythme de mes pas. Est-ce que tu te rends compte ? » Je ne sais pourquoi, la phrase n'allait pas plus loin, mais à chaque pas, soit dans ma tête, soit à mi-voix, je répétais cette formule sans relâche, tant et si bien que les mots eux-mêmes en vinrent à nourrir mon irritation.

Enfin, le sentier s'aplanit et je découvris un bâtiment blanc au sommet de la colline. Le journaliste et moi, nous nous en approchâmes en chancelant ; un instant plus tard, nous étions adossés au mur, haletants. Encore un moment, et Pedro nous rejoignit, la respiration difficile et sifflante. Il s'effondra contre le mur, tombant à genoux, et je craignis, l'espace d'une seconde, qu'il ne fût victime d'une syncope. Mais, sans cesser de haleter et de suffoquer, il se mit à ouvrir la fermeture Éclair de sa sacoche. Il en sortit un appareil photo, puis un objectif. Cependant l'effort nécessaire sembla alors trop grand pour lui, et, plaçant un bras contre le mur, il enfouit sa tête au creux de son coude et continua à chercher sa respiration.

Lorsque je me sentis enfin suffisamment reposé, je reculai de quelques pas afin de voir distinctement le bâtiment. Une bourrasque manqua me plaquer contre le mur, mais je parvins à atteindre un emplacement d'où je pus contempler un cylindre élevé de briques blanches, sans fenêtres à l'exception d'une seule fente verticale proche du sommet. On aurait cru qu'une tour avait été détachée d'un château médiéval et transportée au sommet de cette colline.

« Monsieur Ryder, quand vous voudrez. »

Le journaliste et Pedro s'étaient campés à une dizaine de mètres du bâtiment. Pedro, qui avait visiblement récupéré, avait monté son trépied et regardait dans son viseur.

« Debout, le dos au mur, si vous voulez bien, monsieur Ryder », lança le journaliste.

Je regagnai le bâtiment. « Messieurs, dis-je en m'efforçant de couvrir le bruit du vent, avant de commencer, j'aimerais que vous m'expliquiez la nature exacte de ce décor que nous avons choisi.

– Monsieur Ryder, s'il vous plaît ! cria Pedro en agitant la main. Mettez-vous bien contre le mur. Un bras appuyé dessus, peut-être. Comme ça. » Il pointa un coude en l'air.

Je me rapprochai du mur et fis ce qu'on me demandait. Pedro se mit à mitrailler, déplaçant parfois son trépied ou changeant d'objectif. Pendant ce temps, le journaliste restait à proximité, regardant par-dessus l'épaule de Pedro et discutant avec lui.

« Messieurs, repris-je au bout d'un moment, il n'y a rien de déraisonnable à ce que je vous demande...

– Monsieur Ryder, s'il vous plaît ! dit Pedro en bondissant de derrière son appareil. Votre cravate ! »

Le vent avait fait voler ma cravate par-dessus mon épaule. Je la remis en place et j'en profitai pour me recoiffer.

« Monsieur Ryder, lança Pedro, ça serait bien d'en avoir quelques-unes avec votre main levée comme ça. Oui, oui ! Comme si vous guidiez quelqu'un vers le bâtiment. C'est ça, parfait, parfait. Mais souriez avec fierté, s'il vous plaît. Une grande fierté, comme si ce bâtiment était votre bébé. Bon, c'est parfait. Oui, vous êtes superbe. »

Je fis de mon mieux pour obéir aux directives, encore qu'il me fût difficile, sous la violence des rafales, de conserver une expression suffisamment cordiale.

Un moment s'écoula, et je me rendis compte que quelqu'un se tenait à ma gauche. J'eus l'impression qu'il s'agissait d'un homme vêtu d'un manteau sombre, tapi contre le mur, mais j'étais obligé de garder une pose et je ne le discernais qu'à la limite de mon champ de vision. Pedro continuait à crier des consignes qui couvraient le bruit du vent – je devais bouger légèrement le menton vers le côté, sourire plus largement –, et il fallut un certain temps pour que je sois enfin libre de me tourner et de regarder ce personnage. Lorsque je le fis, l'homme – de grande taille et maigre comme un échalas, le crâne dégarni, les traits anguleux – s'avança aussitôt vers moi. Il serrait son imperméable contre lui, mais en s'approchant il me tendit la main.

« Monsieur Ryder, comment allez-vous ? C'est un honneur de vous rencontrer.

– Ah, oui, dis-je en l'observant attentivement. Je suis enchanté de vous rencontrer, monsieur... euh... ? »

Le grand échalas parut déconcerté. Puis il dit : « Christoff. Je suis Christoff.

– Ah, monsieur Christoff. » Une bourrasque particulièrement forte nous obligea à nous arc-bouter pendant quelques secondes, ce qui me permit de me ressaisir un tant soit peu. « Bien sûr, monsieur Christoff. Parfaitement. J'ai beaucoup entendu parler de vous.

– Monsieur Ryder, dit Christoff en se penchant vers moi, puis-je vous dire d'entrée de jeu à quel point je vous suis reconnaissant de participer à ce déjeuner ? Je savais que vous étiez éminemment civilisé et je n'ai donc pas été le moins du monde surpris quand vous avez répondu de façon positive. Je savais, voyez-vous, que vous étiez du genre à nous donner au moins l'occasion de nous exprimer. Du genre à éprouver même le désir d'entendre notre point de vue sur la situation. Non, je n'ai pas été du tout surpris, mais je n'en suis pas moins immensément reconnaissant. Bon... (Il regarda sa montre.) Nous sommes un peu en retard, mais ça n'est pas grave. La route ne sera sans doute pas trop encombrée. Par ici, s'il vous plaît. »

Je suivis Christoff de l'autre côté du bâtiment blanc. Ici, le vent était moins fort et un ensemble de tuyaux qui sortaient de la maçonnerie de briques émettait un sourd bourdonnement. Christoff continua à montrer le chemin, m'entraînant vers un emplacement marqué par deux poteaux de bois, au bord de la colline. J'imaginai un précipice au-delà des poteaux, mais en y parvenant je découvris un long escalier de pierre aux marches délabrées qui dévalait la pente vertigineuse. Loin, tout en bas, l'escalier rejoignait une route pavée où je distinguais les contours d'une voiture noire qui, vraisemblablement, nous attendait.

« Après vous, monsieur Ryder, dit Christoff. Descendez à votre rythme, je vous en prie. Aucune raison de se dépêcher. »

Je remarquai pourtant qu'il jetait de nouveau à sa montre un coup d'œil inquiet.

« Désolé que nous soyons en retard, dis-je. Cette séance de photos a pris un peu plus longtemps que je n'avais prévu.

– Ne vous inquiétez surtout pas, monsieur Ryder. Je suis sûr que nous arriverons à temps. Après vous, je vous en prie. »

J'éprouvai quelque nervosité à négocier les premières marches. Il n'y avait pas de rampe et j'étais obligé de me concentrer, de crainte de manquer une marche et de rouler jusqu'au pied de la colline. Mais, heureusement, le vent était moins pénible et au bout d'un moment je constatai que je prenais de l'assurance – ce n'était pas si différent de n'importe quel autre escalier –, à tel point qu'il m'arriva de cesser de regarder mes pieds pour contempler la vue panoramique qui s'offrait à nos yeux.

Le ciel était encore chargé, mais le soleil commençait à poindre au milieu des nuages. Je vis que la route où était garée la voiture traversait un plateau. De l'autre côté, la colline continuait à descendre, couverte de frondaisons. Encore au-delà, je voyais des champs qui s'étendaient au loin, dans toutes les directions. À peine visible, la ville se découpait sur l'horizon.

Christoff était toujours sur mes talons. Pendant quelques minutes, sans doute conscient du trouble que m'inspirait cette descente, il évita toute conversation. Mais lorsque j'eus trouvé mon rythme, il soupira et dit :

« Ces bois, monsieur Ryder. En bas, sur la droite. Ce sont les bosquets Werdenberger. Plusieurs des personnes les plus fortunées de la ville apprécient d'y posséder un chalet. Les bosquets Werdenberger sont bien agréables. À peu de distance de la ville, et pourtant on se sent loin de tout. Une fois dans la voiture, quand nous descendrons à flanc de montagne, vous verrez les chalets. Il y en a qui sont perchés pile au bord d'un précipice. La vue doit être spectaculaire. Rosa aurait aimé un de ces chalets. En fait, nous en avions un en tête, je vous l'indiquerai quand nous passerons par là. Parmi les plus modestes, mais quand même très charmant. Le propriétaire actuel l'utilise à peine, au plus deux ou trois semaines par an. Si je lui avais fait une offre intéressante, il y aurait certainement réfléchi sérieusement. Mais désormais ce n'est plus la peine d'y penser. Tout ça est terminé. »

Il sombra un moment dans le silence. Puis sa voix s'éleva de nouveau derrière moi.

« Rien de bien luxueux. Rosa et moi, nous n'avons même pas vu comment c'était à l'intérieur. Mais nous sommes si souvent passés devant en voiture que nous imaginons l'aspect des lieux. La maison est perchée sur ce petit promontoire, il y a un précipice, on doit avoir la sensation qu'on est suspendu en plein ciel. On doit voir des nuages par toutes les fenêtres quand on se déplace d'une pièce à l'autre. Rosa aurait adoré ça. Toujours, quand on passait par là, on ralentissait et parfois même on s'arrêtait et on restait là à l'imaginer, à nous représenter comment c'était à l'intérieur, pièce par pièce. Ma foi, comme je le disais, tout ça est du passé maintenant. Inutile de s'attarder là-dessus. En tout cas, monsieur Ryder, si vous avez accepté de nous consacrer des moments précieux, ce n'est pas pour entendre parler de ça. Pardonnez-moi. Revenons à des questions plus importantes. Vous savez, monsieur, nous sommes tous infiniment flattés que vous acceptiez de venir vous entretenir avec nous. Et quel contraste révélateur avec ces personnes, ces hommes qui prétendent être les premiers de nos citoyens ! À trois reprises, nous les avons invités à participer à l'un de nos déjeuners, à venir discuter des questions qui nous préoccupent, tout comme vous êtes sur le point de le faire. Mais ils n'ont même pas voulu y songer. Pas une seconde ! Beaucoup trop orgueilleux, tous autant qu'ils sont. Von Winterstein, la comtesse, von Braun, eux tous. C'est qu'ils ne sont pas sûrs d'eux, voyez-vous. Au fond de leurs cœurs ils savent qu'ils ne comprennent rien, et ils refusent donc de venir parler franchement avec nous. Trois fois, nous les avons invités : à chaque fois, un refus brutal. Mais ç'aurait été en pure perte, de toute façon. Ils n'auraient pas compris la moitié de ce que nous disons. »

Je restai de nouveau muet. Il me semblait que j'aurais dû dire quelque chose, mais, pour me faire entendre, il aurait fallu que je me retourne et que je crie, et je n'étais pas prêt à quitter des yeux l'escalier. Pendant encore quelques minutes, nous continuâmes donc notre descente en silence. Derrière moi, la respiration de Christoff devenait de plus en plus pénible. Puis je l'entendis reprendre la parole :

« Pour être tout à fait juste, ce n'est pas de leur faute. Les formes modernes, elles sont si complexes aujourd'hui. Kazan, Mullery, Yoshimoto. Même pour un musicien exercé comme moi, c'est dur maintenant, très dur. Des gens comme von Winterstein ou la comtesse, comment peuvent-ils s'en sortir ? Ils sont complètement dépassés. Pour eux, ce n'est que du vacarme, un tourbillon de rythmes étranges. Ils se sont peut-être convaincus au fil des années qu'ils y entendent quelque chose, des émotions, des significations. Mais, à la vérité, ils n'y connaissent rien. Ils sont dépassés, ils ne comprendront jamais comment fonctionne la musique moderne. Dans le temps, c'était simplement Mozart, Bach, Tchaïkovski. Même M. Tout-le-monde pouvait formuler des hypothèses raisonnables sur ce genre de musique. Mais les formes modernes ! Comment est-ce que ce genre de personnes, des provinciaux sans formation, comment est-ce qu'ils peuvent comprendre des choses pareilles, quel que soit leur sens du devoir vis-à-vis de l'ensemble des citoyens ? C'est sans espoir, monsieur Ryder. Ils sont incapables de distinguer une cadence cassée d'un motif éclaté. Ou une indication de mesure fracturée d'une séquence de soupirs exhalés. Et voilà qu'ils déchiffrent toute la situation de travers ! Ils veulent que tout reparte dans l'autre sens ! Monsieur Ryder, si vous êtes fatigué, nous pourrions faire une petite pause ? »

En fait, je m'étais arrêté un bref instant parce qu'un oiseau m'avait presque frôlé le visage et, m'alarmant, avait failli me faire perdre l'équilibre.

« Non, non, tout va bien, lançai-je en me remettant à descendre.

– Ces marches sont un peu trop sales pour qu'on puisse s'y asseoir. Mais, si vous voulez, nous pouvons nous reposer debout.

– Non, pas du tout, merci. Je me sens très bien. »

Nous reprîmes notre marche en silence pendant encore quelques minutes. Puis Christoff dit :

« Aux heures où je me sens particulièrement détaché, je vais jusqu'à avoir de la peine pour eux. Je ne les blâme pas. Après tout ce qu'ils ont fait, après tout ce qu'ils ont dit sur mon compte, il m'arrive encore parfois de voir la situation de façon objective. Et je me dis : Non, ce n'est pas vraiment leur faute. Ce n'est pas leur faute si la musique est devenue si difficile, si compliquée. Il est déraisonnable de s'attendre que quelqu'un, dans un endroit pareil, y comprenne quelque chose. Et pourtant ces gens, ces notables municipaux, ils doivent donner l'impression de comprendre ce qu'ils fabriquent. Ils se répètent donc certaines choses dans leur tête, et, au bout d'un certain temps, ils commencent à se prendre pour des autorités. Vous comprenez, dans un endroit pareil, il n'y a personne pour les contredire. Faites très attention à ces quelques marches, monsieur Ryder. Elles sont un peu effritées sur le côté. »

Je descendis les marches suivantes à toute petite allure. Puis, jetant un coup d'œil vers le sommet, je m'aperçus qu'il ne nous restait plus beaucoup de chemin à faire.

« Cela aurait été inutile, dit la voix de Christoff derrière moi. Même s'ils avaient accepté notre invitation, cela aurait été inutile. Ils n'en auraient pas compris la moitié. Vous, monsieur Ryder, du moins comprendrez-vous nos arguments. Même si nous ne parvenons pas à vous convaincre, je suis certain que vous repartirez en éprouvant un certain respect pour notre position. Mais, bien entendu, nous espérons vous persuader. Vous convaincre qu'indépendamment de mon avenir personnel il faut à tout prix maintenir le cap actuel. Certes, vous êtes un musicien remarquable, un des plus talentueux qui soient actuellement à l'œuvre dans le monde entier. Mais, néanmoins, même un expert de votre calibre doit appliquer ses connaissances à un ensemble particulier de conditions locales. Chaque groupe humain a son histoire propre, ses besoins spécifiques. Les gens auxquels je vais vous présenter tout à l'heure, monsieur Ryder, comptent parmi les rares, les très rares habitants de cette ville que l'on puisse raisonnablement considérer comme des intellectuels. Ils ont pris la peine d'analyser les conditions particulières qui règnent ici et, de plus, contrairement aux von Winterstein et autres de la même eau, ils comprennent, eux, quelque chose au fonctionnement des formes modernes. Avec leur aide et, naturellement, de la façon la plus civilisée et la plus respectueuse, j'espère vous persuader, monsieur Ryder, de modifier votre opinion actuelle. Bien sûr, toutes les personnes que vous allez rencontrer ont le plus grand respect pour vous et tous les principes que vous défendez. Mais nous avons l'impression que malgré votre intelligence pénétrante, il se peut que certains aspects de la situation locale vous aient à ce jour échappé. Nous y voilà. »

Il nous restait en fait encore une vingtaine de pas avant d'atteindre la route. Christoff resta silencieux pendant cette dernière étape de la descente. J'en fus soulagé, car ses propos commençaient à m'agacer. Sa façon de laisser entendre que j'étais plus ou moins ignorant des circonstances locales, que j'étais du genre à tirer des conclusions sans me préoccuper de pareils éléments, était passablement insultante. Je me remémorai mes efforts depuis mon arrivée en ville, malgré mon emploi du temps chargé, malgré ma fatigue, pour me familiariser avec la situation. Je me rappelais, par exemple, que la veille, alors que j'aurais pu passer l'après-midi à profiter d'un repos bien mérité dans le confort du jardin d'hiver de l'hôtel, j'avais préféré partir dans les rues pour recueillir des impressions. Décidément, plus je pensais aux paroles de Christoff, plus j'en étais irrité, de sorte que, lorsque nous arrivâmes enfin à la voiture et qu'il m'ouvrit la portière du côté du passager, je m'installai sans dire un mot.

« Nous ne sommes pas trop en retard, dit-il en s'asseyant derrière le volant. Si ça roule bien, nous y serons en un rien de temps. »

En l'entendant parler ainsi, je me rappelai d'un seul coup mes nombreuses autres obligations du jour. Il y avait Fiona, par exemple, qui m'attendait à coup sûr chez elle d'une minute à l'autre. La situation, je m'en aperçus, allait exiger une certaine fermeté de ma part.

Il démarra et bientôt nous descendîmes une route aux virages serrés. Christoff, qui semblait bien la connaître, prenait chaque virage avec assurance. À mesure que nous nous rapprochions de la vallée la route devenait moins vertigineuse et les chalets dont il avait parlé, souvent perchés en position précaire, firent leur apparition d'un côté et de l'autre. Je finis par me tourner vers lui et par lui dire :

« Monsieur Christoff, la perspective de ce déjeuner avec vous et vos amis m'est extrêmement agréable. Je me réjouis de prendre connaissance de votre point de vue. Mais plusieurs événements inattendus sont survenus ce matin, en conséquence de quoi j'ai une journée très occupée devant moi. En fait, au moment même où je parle...

– Monsieur Ryder, je vous en prie, vous n'êtes pas forcé de vous expliquer. Nous savions déjà à quel point vous risquiez d'être occupé et toutes les personnes présentes, je vous le garantis, seront parfaitement compréhensives. Si vous partez au bout d'une heure et demie, ou même d'une heure, personne, je vous le promets, n'en sera le moins du monde froissé. Ce sont des gens valables, les seuls de toute la ville à avoir la capacité de penser et de sentir les choses à ce niveau. Quelle que soit l'issue de ce déjeuner, monsieur Ryder, je suis sûr que vous serez content de les avoir rencontrés. Je me souviens de beaucoup d'entre eux, du temps où ils étaient jeunes et enthousiastes. Une bonne équipe ; je peux témoigner pour chacun. À une époque, je suppose qu'ils se seraient considérés comme mes protégés. Ils me manifestent encore un certain respect. Mais désormais nous sommes des collègues, des amis, peut-être même quelque chose de plus profond. Ces dernières années n'ont fait que nous rapprocher les uns des autres. Évidemment, certains m'ont quitté, c'est inévitable. Mais ceux qui sont restés, ah, ils n'ont pas bougé d'un pouce, ceux-là. Je suis fier d'eux, je les aime tendrement. Ils sont l'espoir même de la ville, même si je sais qu'on ne leur accordera aucune influence ici avant longtemps. Ah, monsieur Ryder, nous allons bientôt passer devant le chalet dont je vous parlais. Juste après ce tournant. Il sera de votre côté. »

Il sombra dans le silence, et quand je le regardai je vis qu'il était au bord des larmes. J'éprouvai un élan de sympathie à son égard et lui dis avec douceur :

« On ne sait jamais ce que l'avenir tient en réserve, monsieur Christoff. Votre femme et vous, peut-être qu'un jour vous trouverez un chalet très similaire à celui-ci. Si ce n'est pas ici, ce sera dans une autre ville. »

Christoff secoua la tête. « Je sais que vous voulez être gentil, monsieur Ryder. Mais franchement, ça ne sert à rien. Tout est fini entre Rosa et moi. Elle va me quitter. Je le sais depuis quelque temps. En fait, toute la ville le sait. Vous avez certainement entendu les cancans.

– Le fait est que j'ai entendu deux ou trois choses...

– Je suis sûr que les cancans vont bon train. Ça ne me gêne plus tellement maintenant. L'essentiel, c'est que Rosa va bientôt me quitter. Elle ne va pas supporter beaucoup plus longtemps d'être ma femme, après ce qui s'est passé. Ne vous y trompez pas. Nous en sommes venus à nous aimer au fil des années, à nous aimer tendrement. Mais, comprenez-vous, entre nous, il y a toujours eu un accord, dès le début. Ah, nous y voilà, monsieur Ryder. À votre droite. Souvent, Rosa était à la place où vous vous trouvez maintenant et nous passions lentement devant le chalet. Un jour, nous roulions si lentement, nous étions tellement plongés dans nos pensées, que nous avions failli entrer en collision avec un véhicule qui montait la pente. Il est certain que cet accord existait entre nous. Tant que je jouissais d'une certaine autorité dans cette cité, elle était capable de m'aimer. Oui, elle m'aimait, et d'un amour authentique. Je le dis avec une absolue conviction, monsieur Ryder. Parce que pour Rosa, comprenez-vous, rien dans la vie ne pouvait être plus important que d'être mariée à quelqu'un qui soit dans ma position. Ça donne peut-être l'impression de quelqu'un d'un peu superficiel. Mais je ne voudrais pas que vous la compreniez mal. À sa façon, la seule qu'elle connaissait, elle m'aimait profondément. En tout état de cause, il est absurde de croire que les gens continuent à s'aimer indépendamment de ce qui se produit. Simplement, dans le cas de Rosa, c'est comme ça qu'elle est, elle n'est capable de m'aimer que dans certaines circonstances. Son amour pour moi n'en est pas moins réel. »

Pendant un moment, Christoff fut de nouveau silencieux, apparemment absorbé dans ses pensées. La route décrivait un virage ouvert et offrait une vue plongeante de mon côté. Je contemplai la vallée en contrebas et distinguai une zone bâtie, un quartier résidentiel aisé, semblait-il, où de vastes maisons disposaient chacune d'un terrain d'environ un demi-hectare.

« J'étais en train de me rappeler, dit Christoff, mon arrivée dans cette ville. La fièvre qui s'est emparée d'eux. Et Rosa, la première fois, quand elle est venue à moi à la Maison des Arts. » Il se tut un instant. Puis il reprit : « Vous savez, en ce temps-là, je ne me faisais pas de grandes idées sur mon propre compte. À cette période de ma vie, je m'étais résigné à ne pas être un génie. À être très loin du génie. J'avais une espèce de carrière, mais divers événements m'avaient forcé à admettre mes propres limites. Quand je suis arrivé dans cette ville, j'avais le projet de vivre paisiblement – j'ai de petits revenus personnels – en donnant quelques cours, par exemple, ce genre de choses. Mais les gens d'ici, ils ont manifesté une telle admiration pour mon petit talent, ils étaient si contents que je sois venu dans leur ville ! Au bout de quelque temps, je me suis mis à réfléchir. Après tout, j'avais travaillé dur, très dur, en essayant de m'adapter aux méthodes musicales modernes. J'y comprenais quelque chose, d'ailleurs. J'ai regardé autour de moi et je me suis dit : ma foi, je pourrais me rendre utile ici. Dans une ville comme celle-ci, dans la situation où elle se trouvait alors, je voyais le bien que je pouvais faire. Je voyais le moyen d'apporter une contribution notable. Écoutez, monsieur Ryder, après toutes ces années, je conserve la conviction de m'être vraiment montré utile. Je le crois sincèrement. Ce n'est pas simplement mes protégés – mes collègues, devrais-je dire, mes amis, que vous n'allez pas tarder à rencontrer –, ce n'est pas seulement eux qui m'ont insufflé cette idée. Non, j'en suis convaincu, je le pense avec la dernière fermeté. J'ai fait quelque chose d'utile ici. Mais vous savez ce que c'est. Une ville pareille. Tôt ou tard, les choses commencent à dérailler dans la vie des gens. L'insatisfaction prend de l'ampleur. Et la solitude. Et ces gens-là, qui ne comprennent presque rien à la musique, ils se disent : Aïe, nous devons avoir tout fait de travers. Prenons le parti opposé. Les accusations qu'ils lancent contre moi ! Ils disent que mon interprétation met en valeur les aspects les plus mécaniques, que je réprime les émotions naturelles. Quel manque d'intelligence ! Comme nous n'allons pas tarder à vous en faire la démonstration, monsieur Ryder, j'ai simplement mis en œuvre une démarche, un système susceptible de permettre à ce genre de personnes de pénétrer dans l'univers de Kazan ou de Mullery, par exemple. Un moyen de découvrir une signification, une valeur aux œuvres. Quand je suis arrivé ici, monsieur, je vous garantis que c'était précisément ce qu'ils demandaient à cor et à cri. Ils voulaient un ordonnancement, un système qu'ils parviennent à saisir. Les gens d'ici, ils perdaient pied, tout s'effondrait. Ils avaient peur, et sentaient que la situation leur échappait. J'ai le dossier complet avec moi, vous allez tout voir prochainement. Vous verrez alors, j'en suis sûr, à quel point le consensus actuel repose sur des bases fausses. Très bien, je suis un médiocre, jusque-là, je ne dis pas le contraire. Mais vous verrez que j'ai toujours été sur la bonne voie. Le peu que je suis parvenu à réaliser était un début, une contribution utile. Ce qu'il faut maintenant – vous le reconnaîtrez, j'espère, monsieur Ryder ; si seulement vous le reconnaissez, tout ne sera peut-être pas perdu pour cette ville –, ce qu'il faut, c'est quelqu'un, quelqu'un de plus doué que moi, certes, mais quelqu'un qui poursuive, qui construise sur les bases que j'ai jetées. J'ai apporté une contribution, monsieur Ryder. J'en ai la preuve, vous le verrez en arrivant. »

Nous avions débouché sur une route à grande circulation, large, droite, et devant nous s'ouvrait une vaste étendue de ciel. Dans le lointain, je distinguais deux poids lourds qui roulaient sur la voie centrale mais, à cette exception près, la route était pratiquement déserte.

« Vous ne croyez pas, j'espère, reprit Christoff au bout d'un moment, qu'en vous amenant aujourd'hui à ce déjeuner je monte une ultime machination pour retrouver ici ma prééminence ancienne ? Je me rends bien compte que ma position personnelle est devenue impossible. De plus, je n'ai plus rien à donner. J'ai tout donné ; tout ce que j'avais, je l'ai donné à la ville. Je souhaite m'en aller maintenant, partir loin, dans un endroit tranquille, tout seul, et ne plus rien avoir à faire avec la musique. Mes protégés, bien entendu, ils seront bouleversés, eux, quand je partirai. Ils ne l'ont pas encore accepté. Ils veulent que je résiste. Un mot de ma part, et ils se mettraient au travail, ils feraient le maximum, ils iraient jusqu'à faire du porte-à-porte. Je leur ai dit comment la situation se présente, je le leur ai expliqué très franchement, mais ils n'arrivent pas à l'accepter. C'est trop difficile pour eux. Ils se sont si longtemps tournés vers moi, ils ont toujours trouvé leurs repères en se référant à moi. Ils vont être anéantis. Mais ça ne change rien : il faut que ça se termine maintenant. Je veux que ça s'arrête. Même Rosa. Chaque instant de notre mariage m'a été cher, monsieur Ryder. Mais savoir que cela va finir, sans savoir pour quand est la fin – cela, ç'a été terrible. Je veux que tout s'arrête maintenant. Je souhaite que Rosa soit heureuse. J'espère qu'elle trouvera quelqu'un d'autre, quelqu'un de l'envergure voulue. J'espère seulement qu'elle aura le bon sens de chercher au-delà de cette ville. Cette ville ne peut pas lui fournir le genre de personnage qui lui ferait un mari convenable. Personne ici ne comprend la musique comme il faut. Ah, si seulement j'avais votre talent, monsieur Ryder! Alors, Rosa et moi, nous pourrions vieillir ensemble. »

Le ciel s'était plombé. Il y avait toujours très peu de circulation; nous doublions régulièrement des camions de transports internationaux, puis nous recommencions à foncer. Des forêts denses apparurent de chaque côté de la route, puis laissèrent place à des étendues de plaines agricoles. La fatigue des jours précédents s'empara de moi peu à peu et, tandis que je continuais à regarder la route se dérouler devant nous, j'avais du mal à lutter contre la somnolence. Puis j'entendis la voix de Christoff dire : « Ah, nous y voilà », et j'ouvris de nouveau les yeux.

14

Nous avions ralenti et nous arrivions à proximité d'un petit café, simple baraque blanche plantée au bord de la route. C'était apparemment le genre d'établissement où les routiers font halte pour manger un sandwich; pourtant, tandis que Christoff manœuvrait pour garer la voiture sur l'aire de stationnement couverte de gravier, aucun autre véhicule ne s'offrait aux regards.

« C'est ici que nous déjeunons ? demandai-je.

– Oui. Notre petit cercle, ça fait des années qu'on se retrouve ici. Tout cela se passe sans façons. »

Nous descendîmes et gagnâmes le café. À mesure que nous nous rapprochions, j'aperçus des cartons de couleurs vives accrochés au store, annonçant les spécialités de la maison.

« Tout cela se passe sans façons, dit de nouveau Christoff en m'ouvrant la porte. Faites donc comme chez vous. »

À l'intérieur, le décor était remarquablement neutre. Des fenêtres panoramiques faisaient tout le tour de la pièce. Çà et là, des affiches vantant les mérites de boissons non alcoolisées ou de cacahuètes étaient fixées par des bouts de scotch. Le soleil avait parfois fané leurs couleurs et l'une d'elles n'était plus qu'un rectangle bleu pâle. Même maintenant, alors que le ciel était couvert, la lumière qui pénétrait dans la salle avait quelque chose de dur.

Huit ou neuf convives étaient déjà là, assis aux tables du fond. Ils avaient tous devant eux des écuelles fumantes qui semblaient contenir de la purée de pommes de terre. Ils y plongeaient goulûment de longues cuillères en bois, mais ils s'arrêtèrent tous pour me regarder. Deux ou trois d'entre eux esquissèrent le geste de se lever, mais Christoff les salua d'un air affable et leur fit signe de rester assis. Puis, se tournant vers moi, il dit :

« Comme vous pouvez le constater, le déjeuner a commencé sans nous. Mais, étant donné notre retard, vous les excuserez certainement. Quant aux autres, eh bien, je suis sûr qu'ils ne vont pas tarder. En tout cas, nous ne devons plus perdre de temps. Si vous voulez bien venir par ici, monsieur Ryder, je vais vous présenter à mes bons amis ici présents. »

J'étais sur le point de le suivre quand nous nous aperçûmes qu'un homme trapu et barbu portant un tablier rayé, debout derrière le comptoir, nous faisait des signes furtifs.

« D'accord, Gerhard. » Christoff se tourna vers ce personnage en haussant les épaules. « Je vais commencer par toi. Voici M. Ryder. »

Le barbu me serra la main et dit : « Votre déjeuner va être prêt dans un instant, monsieur. Vous devez avoir très faim. » Puis il marmonna rapidement quelques mots à Christoff, tout en jetant un coup d'œil vers le fond du café.

Christoff et moi suivîmes son regard. Comme s'il avait attendu que nous nous intéressions à lui, un homme qui était assis, seul, dans le coin le plus éloigné, se leva alors. Il était corpulent, les cheveux gris, sans doute âgé d'environ cinquante-cinq ans, vêtu d'une veste et d'une chemise d'un blanc éclatant. Il s'avança dans notre direction, puis, s'immobilisant au milieu de la salle, décocha un sourire à Christoff.

« Henri ! » dit-il en tendant les bras dans un geste d'accueil.

Christoff posa sur l'homme un regard glacial et se détourna. « Rien de ce qui se passe ici ne te concerne », affirma-t-il.

L'homme à la veste blanche ne sembla pas entendre. « Je t'ai observé, Henri, poursuivit-il sur un ton jovial en indiquant l'extérieur. Je t'ai vu faire le trajet depuis ta voiture. Tu marches toujours avec le dos voûté. C'était une sorte d'affectation, dans le temps, mais maintenant on dirait que c'est pour de vrai. Ce n'est pas nécessaire, Henri. Peut-être que tout ne va pas comme tu veux, mais ça ne sert à rien de te voûter. »

Christoff tournait toujours le dos à l'homme.

« Allons, Henri. C'est puéril.

– Je t'ai déjà informé que nous n'avions rien à nous dire », déclara Christoff.

L'homme à la veste blanche haussa les épaules et fit quelques pas dans notre direction.

« Monsieur Ryder, puisque Henri est décidé à ne pas nous présenter l'un à l'autre, je me présenterai moi-même. Je suis le docteur Lubanski. Comme vous le savez, il fut un temps où nous étions très proches, Henri et moi. Mais maintenant, vous voyez, il ne m'adresse même plus la parole.

– Tu n'es pas le bienvenu. » Christoff continuait à ne pas regarder l'homme. « Personne ne veut de toi ici.

– Vous voyez, monsieur Ryder ? Henri a toujours eu un

côté puéril. C'est idiot. Pour ma part, il y a longtemps que j'ai accepté le fait que nos chemins aient divergé. Autrefois, nous passions des heures à discuter. Pas vrai, Henri ? À disséquer telle ou telle œuvre, à l'analyser sous tous les angles devant une bière, à la Schoppenhaus. J'ai encore des souvenirs attendris de tous ces jours passés à la Schoppenhaus. Quelquefois, je regrette même d'avoir eu le bon sens de ne plus être d'accord. Si seulement nous pouvions nous retrouver ensemble ce soir, passer encore des heures à nous disputer sur la musique, sur l'interprétation de tel ou tel morceau. Je vis seul, monsieur Ryder. Comme vous pouvez l'imaginer (il eut un rire léger), il m'arrive de traverser des moments de solitude. Et puis je me rappelle comment c'était à l'époque. Et je me dis en moi-même : Comme ce serait bon d'être de nouveau en compagnie d'Henri et de parler d'une partition qu'il est en train de préparer ! Il fut un temps où il n'aurait rien fait sans me consulter au préalable. Pas vrai, Henri ? Allons, ne soyons pas puérils. Soyons au moins courtois.

– Pourquoi aujourd'hui, pourquoi précisément aujourd'hui ? cria soudain Christoff. Personne ne veut de toi ici ! Ils continuent tous à être remontés contre toi ! Regarde ! Regarde par toi-même ! »

Le docteur Lubanski, sans tenir compte de cet éclat, se lança dans l'évocation d'un autre souvenir de sa relation avec Christoff. L'objet de son anecdote m'échappa rapidement et mon regard, divaguant au-delà de lui, se trouva posé sur les convives des tables du fond, qui observaient la scène avec nervosité.

Aucun d'entre eux ne semblait avoir plus de quarante ans. Il y avait trois femmes et l'une d'elles, remarquai-je, m'examinait avec une intensité toute particulière. Elle avait à peine plus de trente ans, portait de longs vêtements noirs et des lunettes avec de petits verres épais. J'aurais volontiers étudié les autres plus attentivement, mais à cet instant je me rappelai de nouveau que j'avais un emploi du temps chargé et que je devais impérativement me montrer ferme auprès de mes hôtes actuels si je ne voulais pas être retenu sur les lieux au-delà du temps imparti.

Quand le docteur Lubanski s'interrompit, je touchai le

bras de Christoff et lui dis doucement : « Je me demande si les autres vont encore tarder longtemps.

– Ma foi... » Christoff balaya la salle du regard. Puis il dit : « Apparemment, ce sera tout pour aujourd'hui. »

J'eus l'impression qu'il espérait être contredit. Comme personne ne disait rien, il se tourna de nouveau vers moi avec un petit rire.

« Un rassemblement restreint, mais du moins avons-nous... nous avons ici les meilleurs esprits de la ville, je vous assure. Monsieur Ryder, si vous voulez bien... »

Il entreprit de me présenter ses amis. Chacun faisait un sourire crispé et prononçait une formule de salutation lorsque son nom était donné. Pendant ce temps, je vis que le docteur Lubanski regagnait lentement le fond de la salle, sans quitter des yeux la scène qui se déroulait. Puis, comme Christoff achevait les présentations, le docteur Lubanski éclata d'un rire sonore ; l'autre se tut aussitôt et lui jeta un regard de rage froide. Le docteur Lubanski, qui était retourné s'asseoir à sa table dans le coin, s'esclaffa de nouveau :

« Allons, Henri, tu as peut-être perdu beaucoup de choses au fil des années, mais pas ton culot. Tu vas reprendre toute la saga Offenbach à l'intention de M. Ryder ? De M. *Ryder* ? » Il secoua la tête.

Christoff dévisageait toujours son ancien ami. Il semblait avoir sur le bord des lèvres une réplique cinglante, mais au dernier moment il se détourna sans parler.

« Chasse-moi si ça te chante, dit le docteur Lubanski en attaquant de nouveau sa purée de pommes de terre. Mais on commence à avoir l'impression que... (il désigna toute la salle en agitant sa cuillère) que les personnes ici rassemblées ne trouvent pas toutes ma présence si fâcheuse. Nous pourrions peut-être mettre cela aux voix. Je m'en irai volontiers si je suis réellement indésirable. Si l'on votait à main levée ?

– Si tu tiens à rester, ça ne me gêne pas le moins du monde, déclara Christoff. Cela ne change rien. Les faits sont là. J'ai toutes les pièces. » Il brandit un classeur bleu, sorti d'on ne savait où, et le frappa de la main. « Je sais où je mets les pieds. Tu peux faire ce que tu veux. »

Le docteur Lubanski se tourna vers les autres avec un haussement d'épaules qui semblait dire : « Que pouvez-vous espérer d'un type pareil ? » La jeune femme aux verres épais détourna aussitôt le regard, mais ses compagnons, dans l'ensemble, parurent troublés, et un ou deux d'entre eux répondirent même par un timide sourire.

« Monsieur Ryder, lança Christoff, asseyez-vous, je vous en prie, et mettez-vous à l'aise. Dès que Gerhard reviendra, il vous servira à déjeuner. Et maintenant... (il joignit les mains et sa voix prit les intonations d'un discours adressé à une vaste assemblée) mesdames et messieurs, je dois avant tout remercier M. Ryder, au nom de toute l'assistance présente ici en ce jour, d'avoir accepté de venir débattre avec nous au cours d'un séjour certainement très chargé...

– Tu es vraiment culotté, lança le docteur Lubanski au fond de la salle. Rien ne te fait peur, ni moi, ni même M. Ryder. Vraiment culotté, Henri.

– Si je n'ai pas peur, rétorqua Christoff, c'est que les faits sont de mon côté ! Les faits sont les faits ! Je les ai ici ! Les preuves ! En effet, même M. Ryder, oui, monsieur (il se tourna vers moi), même un homme de votre réputation, même vous vous devez vous incliner devant les faits !

– Eh bien, cela vaut la peine d'être entendu, dit aux autres le docteur Lubanski. Un violoncelliste de province qui fait la leçon à M. Ryder. Très bien, écoutons ça ; écoutons ce qu'il a à dire. »

L'espace d'un instant, Christoff hésita. Puis, d'un air résolu, il ouvrit son classeur en disant : « Je partirai d'un cas particulier qui, à mon avis, nous mène droit au cœur de la controverse concernant les harmonies annelées. »

Pendant quelques minutes, Christoff retraça l'historique d'une dynastie locale d'hommes d'affaires, feuilletant son classeur, y puisant parfois une citation ou des données statistiques. Il présentait apparemment son exposé avec la compétence voulue, mais sa façon de s'exprimer – son élocution d'une lenteur excessive, son habitude d'expliquer les choses à deux ou trois reprises – ne tarda pas à m'agacer. En fait, l'idée me vint que le docteur Lubanski n'avait pas tout à fait tort. Il était quelque peu absurde de voir ce musicien raté, à la renommée purement locale, se permettre de me faire un cours.

« C'est ça que tu appelles un fait ? » intervint soudain le docteur Lubanski tandis que Christoff lisait le procès-verbal de la réunion d'une commission municipale. « Vraiment ! Les " faits " d'Henri sont toujours intéressants, n'est-ce pas ?

– Laissez-lui la parole ! Laissez Henri présenter son point de vue à M. Ryder ! »

Le jeune homme qui avait élevé la voix avait un visage joufflu et un court blouson de cuir. Christoff lui adressa un sourire approbateur. Le docteur Lubanski leva les mains en disant : « Très bien, très bien.

– Laissez-lui la parole ! répéta le jeune homme joufflu. Ainsi nous verrons. Nous verrons quelles conclusions en tire M. Ryder. Ensuite, nous saurons une fois pour toutes ce qu'il en est. »

Christoff sembla mettre plusieurs secondes à assimiler les implications de ces derniers mots. Au début, il resta figé, tenant le classeur à bout de bras. Puis il regarda les visages qui l'entouraient comme s'il les voyait pour la première fois. L'espace d'un instant, Christoff parut sérieusement ébranlé. Détournant les yeux, il murmura, presque *in petto* :

« Ce sont bel et bien des faits. J'ai rassemblé des preuves. Chacun de vous peut les voir, consulter le dossier. » Il plongea le regard dans son classeur. « Je résume simplement les différents éléments pour être bref. C'est tout. » Puis il sembla faire un effort pour se ressaisir. « Monsieur Ryder, reprit-il, je vous demande encore un peu de patience. Je pense que les choses ne vont pas tarder à s'éclaircir. »

Christoff développa son argumentation, la voix empreinte d'une légère tension, mais, à cela près, de manière très similaire au début de son intervention. Tandis qu'il parlait, je me rappelai que, la veille au soir, j'avais renoncé à de précieuses heures de sommeil pour effectuer une enquête poussée sur la situation locale. Bien qu'exténué, j'étais resté au cinéma où j'avais abordé des questions clés avec les principaux citoyens de la ville. Christoff semblait décidément faire de mon ignorance un postulat – à cet instant précis, il se lançait dans une longue digression pour élucider un point parfaitement évident à mes yeux – et cette attitude provoquait en moi une exaspération croissante.

Apparemment, je n'étais pas le seul à éprouver de l'impatience. Plusieurs des personnes présentes s'agitaient, mal à leur aise. Je remarquai que la jeune femme aux verres épais jetait des regards irrités qui allaient du visage de Christoff au mien, et elle sembla plusieurs fois sur le point de l'interrompre. Mais, finalement, ce fut un homme aux cheveux ras, assis à une table située derrière la mienne, qui intervint.

« Un instant, un petit instant. Avant d'aller plus loin, il y a quelque chose que nous devrions régler. Une fois pour toutes. »

De nouveau, le rire du docteur Lubanski fusa dans le fond du café. « Claude et son arpège pigmenté ! Tu n'as pas encore résolu cette affaire ?

– Claude, dit Christoff, ce n'est pas vraiment le moment...

– Pas du tout ! Maintenant que M. Ryder est là, je veux que la question soit réglée.

– Claude, ce n'est pas le moment de soulever de nouveau cette question. Je présente une argumentation destinée à prouver...

– Peut-être que ça n'a pas d'importance. Mais tirons ça au clair. Monsieur Ryder, monsieur Ryder, est-il exact que les arpèges pigmentés ont une valeur émotionnelle intrinsèque quel que soit le contexte ? Qu'en pensez-vous ? »

Je sentis que je devenais le point de mire de l'assistance. Christoff me décocha un bref regard, où la supplication se mêlait à la crainte. Mais, étant donné le ton fervent de cette interrogation – sans parler du comportement présomptueux adopté jusque-là par Christoff –, je ne vis aucune raison de ne pas répondre de la façon la plus franche. Je répondis donc :

« Un arpège pigmenté n'a pas de propriétés émotionnelles intrinsèques. En fait, sa couleur émotionnelle peut connaître des changements importants liés non seulement au contexte, mais aussi au volume. Telle est mon opinion personnelle. »

Tous restèrent muets, mais l'impact de ma déclaration fut évident. Un par un, des regards durs se posèrent sur Christoff, qui feignait d'être plongé dans son classeur. Puis l'homme appelé Claude dit tranquillement :

« Je le savais. Je l'ai toujours su.

– Mais il t'a convaincu que tu avais tort, dit le docteur Lubanski. Il t'a terrorisé pour te forcer à croire que tu avais tort.

– Qu'est-ce que cela a à voir avec tout le reste ? s'exclama Christoff. Écoute, Claude, tu nous as entraînés sur un chemin de traverse. Et M. Ryder a très peu de temps. Nous devons revenir à l'affaire Offenbach. »

Mais Claude semblait perdu dans ses pensées. Il finit par se tourner vers le docteur Lubanski, qui lui fit un signe de tête en souriant gravement.

« M. Ryder a très peu de temps, répéta Christoff. Si vous voulez bien me le permettre, je vais donc m'efforcer de résumer mon argumentation. »

Christoff entreprit de récapituler ce qu'il considérait comme les aspects cruciaux de la tragédie de la famille Offenbach. Il affectait un air de nonchalance, mais il était dorénavant évident aux yeux de tous qu'il était extrêmement contrarié. En tout état de cause, je cessai alors de prêter attention à ses propos, car sa remarque sur le peu de temps dont je disposais m'avait subitement rappelé que Boris m'attendait là-bas, au café.

Un temps considérable, je m'en rendis compte, s'était écoulé depuis que je l'avais quitté. J'eus une vision intérieure du petit garçon, peu après mon départ, assis dans son coin avec sa boisson et son gâteau au fromage blanc, encore tout excité à la pensée de l'expédition qu'il allait faire. Je le voyais lancer des regards joyeux vers les autres clients installés à la terrasse ensoleillée, et observer parfois, pardessus leur tête, les véhicules qui circulaient dans la rue, en se disant qu'avant longtemps il allait se déplacer lui aussi dans ce flux. Il se remémorerait de nouveau l'ancien appartement, le placard dans le coin de la salle de séjour où, il en était de plus en plus certain, il avait laissé la boîte contenant le Numéro Neuf. Puis, à mesure que les minutes passaient, les doutes qui n'avaient jamais cessé de couver au fond de lui, des doutes qu'il était jusqu'à présent parvenu à enfouir, commenceraient à remonter sournoisement à la surface. Mais, pendant encore un moment, Boris réussirait à garder le moral. J'avais subi un empêchement imprévisible. Ou alors j'étais allé acheter de quoi faire un pique-nique pendant notre expédition. De toute façon, la journée était à peine entamée. Puis la serveuse, la Scandinave plantureuse, lui demanderait s'il voulait autre chose, et il y aurait dans sa voix un accent d'inquiétude que Boris ne manquerait pas de déceler. Il s'appliquerait donc de nouveau à ne pas paraître inquiet et commanderait peut-être par bravade un deuxième milk-shake. Mais les minutes continueraient à s'écouler. Boris verrait à la terrasse des clients arrivés longtemps après lui replier leur journal, se lever et partir. Il verrait le ciel se couvrir de nuages, le matin céder place à l'après-midi. Il penserait de nouveau au vieil appartement qu'il avait tant aimé, au placard du séjour, au Numéro Neuf, et, lentement, en grignotant les miettes du gâteau, il se résignerait à l'idée que, une fois de plus, on allait le laisser tomber, que cette expédition, au bout du compte, nous n'allions pas la faire.

Des cris s'élevaient autour de moi. Un jeune homme en costume vert s'était dressé et tentait de défendre son point de vue face à Christoff, tandis que trois autres au moins soulignaient leurs arguments en agitant le doigt.

« Mais c'est en dehors du sujet ! criait Christoff en couvrant leur voix. Et, de toute façon, ce n'est que l'opinion personnelle de M. Ryder... »

Ces paroles provoquèrent un assaut généralisé, presque toutes les personnes présentes cherchant à répondre simultanément. Mais, pour finir, Christoff parvint de nouveau à crier plus fort qu'eux.

« Oui ! Oui ! Je sais parfaitement qui est M. Ryder ! Mais les conditions locales, les conditions locales, c'est une tout autre affaire ! Il ne connaît pas encore nos circonstances spécifiques ! Tandis que moi... J'ai ici... »

La fin de cette intervention se perdit dans le brouhaha, mais Christoff brandit le classeur bleu au-dessus de sa tête et l'agita.

« Quel culot ! Quel culot ! lança le docteur Lubanski, hilare, au fond de la salle.

– Sauf votre respect, monsieur (Christoff s'adressait maintenant à moi directement), sauf votre respect, je suis surpris que vous ne cherchiez pas à en savoir plus sur notre situation locale. En fait, je suis sincèrement étonné, malgré vos compétences, je suis étonné de vous voir conclure aussi hâtivement... »

Le concert de protestations s'éleva de nouveau, plus furieux que jamais.

« Par exemple..., hurla Christoff plus fort que tout le monde. Par exemple, j'ai été très étonné que vous laissiez la presse vous photographier devant le monument Sattler ! »

À ma consternation, cette phrase provoqua un silence immédiat.

« Parfaitement ! » Christoff était visiblement ravi de l'effet qu'il avait produit. « Je l'ai vu ! Tout à l'heure, en allant le chercher. Debout devant le monument Sattler. Et il souriait, et il le montrait avec de grands gestes ! »

Il régnait toujours un silence scandalisé. Certains des assistants paraissaient gênés, alors que d'autres – notamment la jeune femme à lunettes – me fixaient d'un air perplexe. Je souris et j'étais sur le point de faire une déclaration quelconque lorsque la voix du docteur Lubanski, maintenant calme et autoritaire, retentit dans le fond :

« Si M. Ryder choisit de faire un geste pareil, cela ne peut indiquer qu'une chose. Nous sommes donc encore plus dans l'erreur que nous ne pouvions le soupçonner. »

Tous les yeux se tournèrent vers lui lorsqu'il se leva et fit quelques pas en direction du groupe. Le docteur Lubanski s'arrêta et pencha la tête sur le côté, comme s'il écoutait la rumeur lointaine de la grand-route. Puis il continua :

« Son message, chacun de nous doit l'examiner attentivement et le prendre à cœur. Le monument Sattler ! Bien sûr, il a raison ! Cela n'a rien d'excessif, absolument rien ! Et dire que vous êtes encore en train de vous cramponner aux billevesées d'Henri ! Même ceux d'entre nous qui ont perçu la vraie nature de ses idées, même nous, à la vérité, nous sommes restés complaisants. Le monument Sattler ! Mais oui ; c'est cela. Cette ville a atteint un point critique. Un point critique ! »

J'étais reconnaissant au docteur Lubanski d'avoir immédiatement montré l'absurdité de la déclaration de Christoff, tout en soulignant le message fort que j'avais souhaité transmettre aux citoyens de la ville. Cependant, mon indignation à l'égard de Christoff était désormais considérable et je décidai qu'il était grand temps que je lui rabaisse son caquet. Mais, de nouveau, toute la salle résonnait de cris. L'homme appelé Claude cognait sur une table pour souligner ce qu'il expliquait à un personnage grisonnant portant des bretelles et chaussé de brodequins boueux. Quatre personnes au moins, dans divers endroits de la salle, lançaient à Christoff des propos peu amènes. La situation semblait proche du chaos et l'idée me vint que l'occasion était aussi bonne qu'une autre pour prendre congé. Mais, au moment où je me levais, la jeune femme à lunettes se matérialisa devant moi.

« Monsieur Ryder, je vous en prie, dites-nous. Allons au fond du problème. Henri a-t-il raison de croire que nous ne pouvons à aucun prix abandonner la dynamique circulaire chez Kazan ? »

Elle n'avait pas parlé fort, mais sa voix avait un timbre pénétrant. Toute l'assistance entendit sa question et fit immédiatement silence. Certains de ses compagnons prirent une expression intriguée, mais elle leur lança un regard de défi.

« Si, je la poserai, cette question, reprit-elle. C'est une occasion unique. Nous ne pouvons la laisser passer. Je pose la question. Monsieur Ryder, je vous en prie. Dites-le-nous.

– Mais je détiens tous les faits, marmonna Christoff piteusement. Ici. Tous les faits. »

Personne ne lui accorda la moindre attention, tous les regards étant de nouveau braqués sur moi. Comprenant que je devrais peser tous les mots que j'allais prononcer, je ménageai une pause. Puis je dis :

« À mon point de vue, Kazan ne gagne jamais à ce qu'on lui impose des contraintes formalisées. Ni dynamique circulaire, ni même structure à double barre. Il y a tout simplement trop de strates, trop d'émotions, surtout dans les œuvres les plus récentes. »

Je ressentis presque physiquement la marée de respect

qui déferlait vers moi. Le jeune homme joufflu me contemplait avec une expression proche de la vénération. Une femme vêtue d'un anorak bordeaux marmonnait : « C'est cela, c'est cela », comme si je venais de formuler quelque chose qu'elle s'efforçait d'exprimer depuis des années. L'homme appelé Claude s'était levé et fit quelques pas vers moi en hochant la tête vigoureusement. Le docteur Lubanski hochait la tête, lui aussi, mais lentement, les yeux fermés, comme pour dire : « Oui, oui, voici enfin quelqu'un qui a un véritable savoir. » La jeune femme aux verres épais, quant à elle, était restée immobile et silencieuse et ne cessait de m'observer attentivement.

« Je peux comprendre, continuai-je, la tentation de recourir à de tels moyens. On craint naturellement que la musique ne submerge les ressources du musicien. Mais la réponse, sûrement, consiste à relever ce défi et non à recourir à des contraintes. Bien entendu, la barre peut être placée trop haut, auquel cas la solution serait de renoncer à Kazan. En tout état de cause, on ne devrait pas essayer de transformer ses insuffisances en vertu. »

Sur cette dernière remarque, plusieurs des assistants ne semblèrent plus parvenir à maîtriser leurs sentiments. L'homme grisonnant aux brodequins boueux se mit à applaudir vigoureusement, tout en jetant à Christoff des regards furieux. Plusieurs autres recommencèrent à vociférer contre Christoff, et la femme en anorak bordeaux répétait de nouveau, plus fort : « C'est cela, c'est cela. » J'éprouvai une étrange sensation d'euphorie et, élevant la voix pour dominer le tohu-bohu, poursuivis :

« Ces défaillances de l'audace sont, si j'en crois mon expérience, très souvent associées à d'autres traits peu sympathiques. Une hostilité à l'égard du ton introspectif, bien souvent caractérisée par un usage excessif de la cadence cassée. Un faible pour l'association inconséquente de passages fragmentés. Et, à un niveau plus personnel, une mégalomanie masquée par une attitude modeste et affable... »

Je fus obligé de m'interrompre parce que, dans la salle, tout le monde se déchaînait contre Christoff. Quant à lui, il brandissait son classeur bleu dont il feuilletait en même temps les pages tout en gémissant : « Les faits sont là ! Ils sont là ! »

« Bien entendu, criai-je en dominant le vacarme, nous avons ici une autre erreur fort répandue ! La conviction selon laquelle il suffit de glisser quelque chose dans un classeur pour le transformer en fait ! »

Mon intervention fut saluée par un éclat de rire général au cœur duquel couvait une rage prête à exploser. Puis la jeune femme à lunettes se leva et s'approcha de Christoff. Elle fit ces quelques pas très calmement, empiétant sur la petite zone qui avait jusqu'alors été préservée autour du violoncelliste.

« Vieil imbécile, dit-elle – et de nouveau sa voix résonna clairement au milieu du tintamarre. Vous nous avez attirés tous au fond du trou en même temps que vous. » Après un instant de réflexion, elle frappa la joue de Christoff du revers de la main.

Il y eut un silence stupéfait. Puis, subitement, les gens se mirent debout, se bousculèrent dans leur effort pour s'approcher de Christoff, le désir de suivre l'exemple de la jeune femme s'emparant visiblement d'eux de façon pressante. Je sentis qu'une main me secouait l'épaule mais, à ce moment précis, je me trouvais trop préoccupé par ce qui se déroulait devant moi pour y prêter attention.

« Non, non, ça suffit ! » Le docteur Lubanski était parvenu à atteindre Christoff le premier et levait les mains au ciel. « Non, laissez Henri tranquille ! À quoi pensez-vous ? Ça suffit ! »

Ce fut vraisemblablement l'intervention du docteur Lubanski qui sauva Christoff d'une attaque massive. J'aperçus le visage désemparé et terrifié de Christoff, puis il fut cerné par une horde furieuse et disparut à mes yeux. De nouveau, une main me secouait l'épaule et je me tournai pour découvrir le barbu en tablier – il me revint qu'il s'appelait Gerhard – tenant une écuelle fumante de purée de pommes de terre.

« Souhaitez-vous prendre votre déjeuner, monsieur Ryder ? demanda-t-il. Toutes mes excuses pour le petit retard. Mais, vous comprenez, nous avons dû démarrer une nouvelle marmite.

– Je vous en remercie, lui dis-je, mais, en fait, il faut vraiment que je parte. Mon petit garçon m'attend. » Puis, l'emmenant dans un endroit plus calme, je lui dis : « Je me demande si vous pourriez me montrer comment on rejoint l'autre côté. » Je venais en effet à l'instant de me rappeler que ce café et celui où j'avais laissé Boris faisaient en réalité partie du même bâtiment, car il s'agissait d'un de ces établissements qui comportent des salles différentes, ne donnant pas sur la même rue et accueillant des clientèles bien distinctes.

Le barbu fut visiblement déçu par mon refus de déjeuner, mais il se ressaisit rapidement : « Bien sûr, monsieur Ryder. C'est par ici. »

Je le suivis vers l'entrée de la salle et me faufilai avec lui derrière le comptoir. Là, il déverrouilla une petite porte et me fit signe de passer. Ce faisant, je regardai une dernière fois derrière moi et vis l'homme joufflu debout sur une table, agitant dans l'air le classeur bleu de Christoff. Des éclats de rire se mêlaient maintenant aux cris de colère, tandis qu'on entendait la voix du docteur Lubanski qui implorait avec une certaine émotion : « Non, Henri s'en est pris assez ! S'il vous plaît ! Ça suffit ! »

Je débouchai dans une vaste cuisine entièrement carrelée de blanc. Cela sentait fortement le vinaigre et j'aperçus une grosse femme penchée au-dessus d'un fourneau crépitant, mais déjà le barbu avait traversé la pièce et ouvrait une deuxième porte, à l'autre bout de la cuisine.

« Par ici, monsieur », dit-il en me montrant le chemin.

La porte était particulièrement haute et étroite. Si étroite, à vrai dire, que je constatai que je ne pourrais y passer que de profil. De plus, j'eus beau scruter l'espace au-delà du seuil, je n'y vis que du noir ; rien ne donnait à penser qu'il y eût là autre chose qu'un placard à balais. Mais le barbu refit le même geste pour me montrer le chemin et dit : « Faites bien attention aux marches, monsieur Ryder. »

Je vis alors que trois marches – qui semblaient formées de caisses en bois superposées et clouées – s'élevaient tout de suite après le seuil. Je me glissai dans l'embrasure et les gravis une à une avec prudence. En atteignant la marche du haut, je vis devant moi un petit rectangle de lumière. Deux pas en avant m'y conduisirent, et je me trouvai les yeux fixés sur un panneau de verre donnant sur une pièce ensoleillée. Je vis des tables et des chaises et reconnus enfin le café où j'avais laissé Boris. La jeune serveuse bien en chair était là – mon poste d'observation était situé derrière son comptoir – et, plus loin, dans un coin, Boris, les yeux dans le vide, arborait une mine maussade. Il avait fini son gâteau et traînait distraitement sa fourchette sur la nappe. À l'exception d'un jeune couple assis près des fenêtres, l'intérieur du café était désert.

Je sentis une pression sur le côté de mon corps et me rendis compte que le barbu s'était glissé près de moi et, accroupi dans le noir, faisait tinter un trousseau de clés. Un instant après, toute la cloison s'ouvrit devant moi et je pus pénétrer dans le café.

La serveuse se tourna vers moi et sourit. Puis elle lança à Boris : « Regarde qui est là ! »

Boris regarda dans ma direction et fit la grimace. « Où est-ce que tu étais ? dit-il sur un ton las. Ça fait une éternité que tu es parti !

– Je suis vraiment désolé, Boris », répondis-je. Puis je demandai à la serveuse : « Est-ce qu'il a été sage ?

– Oh, c'est un véritable séducteur ! Il m'a longuement parlé de l'endroit où vous habitiez dans le temps. Cette résidence, près du lac artificiel.

– Ah oui, le lac artificiel. Justement, nous étions sur le point de nous y rendre.

– Mais tu as mis une éternité à revenir ! dit Boris. On va être en retard maintenant !

– Je suis vraiment désolé, Boris. Mais ne t'inquiète pas, on a encore plein de temps. Et l'ancien appartement ne va pas s'envoler, hein ? Cela dit, tu as tout à fait raison, nous ferions mieux de partir tout de suite. Voyons un peu. » Je m'adressai de nouveau à la serveuse qui avait engagé une conversation avec le barbu. « Excusez-moi, mais peut-être pourriez-vous nous indiquer le moyen le plus facile de parvenir à ce lac artificiel ?

– Le lac artificiel ? » La serveuse fit un signe dans la

direction de la fenêtre. « Le bus qui attend, là-bas. Il vous y mènera directement. »

Je regardai l'endroit qu'elle indiquait et vis, au-delà des parasols de la terrasse, un autobus stationné dans la rue animée, presque exactement en face de nous.

« Il y a déjà un certain temps qu'il attend, continua la serveuse. Vous feriez mieux de vous presser. Je crois qu'il va partir d'une minute à l'autre. »

Je la remerciai et, faisant signe à Boris, sortis le premier du bâtiment et gagnai l'extérieur ensoleillé.

15

Nous montâmes dans l'autobus au moment précis où le chauffeur commençait à faire tourner son moteur. Tandis que je lui achetais des tickets, je vis que le véhicule était plein et dis sur un ton soucieux :

« J'espère que nous pourrons nous asseoir côte à côte, mon petit garçon et moi.

– Oh, ne vous inquiétez pas, répondit le chauffeur. C'est une bande bien sympathique. Faites-moi confiance. »

Là-dessus, il se tourna et hurla quelques mots par-dessus son épaule. L'autobus, qui avait été le théâtre d'un joyeux brouhaha, s'apaisa aussitôt. Puis, un instant après, d'un bout à l'autre du véhicule, des voyageurs se levèrent, se mirent à gesticuler, à faire de grands signes et à discuter tous ensemble de la meilleure façon de nous installer. Une grosse femme s'inclina vers l'allée centrale et lança : « Par ici ! Vous pouvez vous asseoir ici ! » Mais une autre voix, à un autre endroit de l'autobus, répliqua : « Si vous avez un petit garçon, il vaut mieux venir ici, il ne sera pas malade. Je vais aller me mettre à côté de M. Hartmann. » Puis un nouveau débat sembla se déclencher sur le meilleur parti que nous pouvions prendre.

« Comme vous voyez, ils sont bien sympathiques, dit le chauffeur joyeusement. Les nouveaux venus bénéficient toujours d'un excellent accueil. Bon, si vous voulez bien vous installer confortablement, nous allons nous mettre en route. »

Boris et moi nous dépêchâmes de gagner l'endroit où deux voyageurs, debout dans l'allée centrale, nous indiquaient nos sièges. Je laissai Boris s'asseoir près de la fenêtre et pris place au moment même où l'autobus démarrait.

Presque tout de suite, je sentis une petite tape sur mon épaule : quelqu'un, derrière moi, se penchait vers nous pour proposer un paquet de bonbons.

« Ça fera peut-être plaisir au petit garçon, dit une voix masculine.

– Merci », répondis-je. Puis, parlant plus fort pour me faire entendre de tout l'autobus, je repris : « Merci. Merci à VOUS tous. Vous vous *êtes tous* montrés extrêmement courtois.

– Regarde ! » Boris m'agrippa le bras fiévreusement. « Nous prenons la route du Nord. »

Avant que j'aie eu le temps de répondre, une femme d'un certain âge apparut près de moi dans l'allée centrale. Se cramponnant à l'appuie-tête de mon siège pour conserver son équilibre, elle me tendit un morceau de gâteau posé sur une serviette en papier.

« C'est un monsieur, à l'arrière, il en avait trop, dit-elle. Il se demandait si ça ferait plaisir au jeune homme. »

J'acceptai avec gratitude, remerciant de nouveau l'ensemble de l'autobus. Puis, tandis que la femme s'éloignait, j'entendis une voix, à quelques sièges de là, qui disait : « Ça fait du bien de voir un père et son fils s'entendre si bien. Les voilà qui partent en promenade tous les deux. On ne voit pas assez souvent ce genre de choses par les temps qui courent. »

Je sentis un grand élan de fierté monter en moi à ces mots et coulai un regard vers Boris. Peut-être avait-il entendu, lui aussi, car il me fit un sourire qui laissait entrevoir une indubitable complicité.

« Boris, dis-je en lui donnant le gâteau, c'est un bus formidable, non ? Tu ne trouves pas que ça valait la peine d'attendre ? »

Boris sourit de nouveau, mais il était occupé à examiner le gâteau et ne dit rien.

« Boris, continuai-je, il y a quelque chose que je voulais te dire. Quelquefois, tu te poses peut-être des questions. Tu comprends, Boris, je ne pouvais rien espérer de mieux que... » Je ris subitement. « J'ai l'air idiot. Ce que je veux dire, c'est que je suis très heureux. À cause de toi. Très heureux que nous soyons ensemble. » Je ris de nouveau. « C'est amusant, non, cette balade en autobus ? »

Boris hocha la tête, la bouche pleine de gâteau. « C'est bon, dit-il.

– Moi, ça me plaît, en tout cas. Et comme ces gens sont gentils ! »

À l'arrière de l'autobus, quelques-uns des voyageurs se mirent à chanter. Je me sentais très détendu et m'enfonçai dans mon siège. Dehors, le temps était de nouveau couvert. Nous étions encore dans une partie bâtie de la ville, mais je vis passer deux panneaux indicateurs successifs qui annonçaient : Route du Nord.

« Excusez-moi, dit derrière nous une voix masculine. Je vous ai entendu dire au chauffeur que vous alliez au lac artificiel. J'espère qu'il ne fera pas trop froid pour vous de ce côté-là. Si vous cherchez simplement un endroit agréable où passer l'après-midi, je vous recommande de descendre quelques arrêts auparavant, aux jardins Maria Christina. Il y a un étang avec des barques, cela pourrait plaire au jeune homme. »

L'homme qui parlait ainsi se trouvait juste derrière nous. Les dossiers de nos sièges étaient hauts et je n'arrivais pas à le voir distinctement, même en me retournant et en tendant le cou. Quoi qu'il en fût, je le remerciai de son conseil visiblement bien intentionné et entrepris de lui expliquer le caractère particulier de notre expédition au lac artificiel. Je n'avais pas eu le projet d'entrer dans les détails, mais, après avoir commencé, je m'aperçus que le climat amical qui nous environnait m'incitait à continuer à parler. En fait, je me trouvai plutôt content du ton général de mon intervention, où se mêlaient de façon équilibrée le sérieux et la jovialité. De plus, il m'apparut, d'après les murmures compréhensifs que j'entendais derrière moi, que l'homme écoutait avec attention et sympathie. En tout cas, je me mis assez vite à expliquer l'histoire du Numéro Neuf et ses caractéristiques spécifiques. J'étais en train de relater le concours de circonstances qui avait amené Boris à l'oublier dans sa boîte lorsque le voyageur m'interrompit par une petite toux polie.

« Permettez, dit-il. Une expédition de ce genre entraîne presque forcément une certaine inquiétude. C'est parfaitement naturel. Mais, franchement, si je peux donner mon avis, je pense que vous avez toutes les raisons d'être optimistes. » Il s'était vraisemblablement penché vers l'avant sur son siège, car sa voix, calme et apaisante, provenait d'un endroit situé juste derrière le point de contact entre l'épaule de Boris et la mienne. « Je suis sûr que vous allez trouver ce Numéro Neuf. Bien entendu, vous êtes inquiet, à l'instant présent. Vous pensez à tout ce qui aurait pu mal tourner. C'est tout à fait naturel. Mais, d'après ce que vous venez de me dire, je suis certain que tout se passera bien. Bien sûr, quand vous frapperez à la porte, les nouveaux occupants risquent de ne pas savoir qui vous êtes, de se montrer quelque peu soupçonneux. Mais une fois que vous aurez tout expliqué, ils vont forcément vous faire entrer. Si c'est la femme qui est venue ouvrir, elle dira : " Ah, enfin ! Nous nous demandions quand vous viendriez. " Oui, je suis sûr que c'est ce qu'elle dira. Et elle se tournera pour crier à son mari : " C'est le petit garçon qui habitait ici avant ! " Et puis le mari fera son apparition, ce sera un homme aimable, peut-être qu'il sera en train de refaire les peintures de l'appartement. Et il dira : " Vous voilà enfin. Venez donc prendre le thé. " Et il vous conduira dans la pièce principale, pendant que sa femme filera à la cuisine préparer des rafraîchissements. Et vous remarquerez tout de suite à quel point les lieux ont changé depuis que vous en êtes partis, le mari s'en apercevra et au début il sera un peu contrit. Mais, une fois que vous lui aurez fait comprendre que vous ne leur en voulez absolument pas d'avoir changé l'aspect du logement, il va certainement vous faire tout visiter, tout l'appartement, indiquant tel changement, puis tel autre, la plupart étant le fruit de son propre travail, l'œuvre de ses mains, et suscitant sa fierté. Là-dessus, la femme arrivera dans le séjour, apportant le thé et des petits gâteaux qu'elle a faits elle-même, et vous vous installerez, vous serez à votre aise, mangeant et buvant, à écouter ce couple raconter qu'il apprécie énormément l'appartement et la résidence. Bien sûr, pendant tout ce temps, vous penserez tous les deux au Numéro Neuf et vous attendrez le moment le plus opportun pour expliquer le but de votre visite. Mais j'imagine qu'ils seront les premiers à évoquer cette question. J'imagine que la femme dira, lorsque vous aurez tous passé un bon moment à bavarder en prenant le thé, qu'elle va dire : “ Vous êtes peut-être revenus chercher quelque chose ? Quelque chose que vous avez oublié ? ” Et là, ce sera le moment où vous pourrez aborder la question du Numéro Neuf et de sa boîte. Et, forcément, elle dira : “ Mais oui, nous avons rangé cette boîte à un endroit particulier. Nous avons bien vu que c'était important. ” Et, tout en disant cela, elle fera un petit signe à son mari. Peut-être qu'elle ne lui fera même pas signe : les époux communiquent presque par télépathie quand ils ont derrière eux de longues et heureuses années de vie commune, comme ce couple. Bien entendu, ça ne veut pas dire qu'ils ne se disputent jamais. Pas du tout, ils se sont peut-être même souvent disputés, il est même possible, au fil des années, qu'il y ait eu des périodes de grave mésentente. Mais vous verrez quand vous les rencontrerez, ce genre de couple, vous verrez que ces choses-là s'arrangent d'elles-mêmes au bout du compte et que, pour l'essentiel, ils sont très heureux ensemble. Donc, le mari ira chercher la boîte, qui était rangée à un endroit où ils conservent les choses importantes, il l'apportera, peut-être qu'elle sera enveloppée dans du papier de soie. Et, bien sûr, vous l'ouvrirez tout de suite et ce Numéro Neuf sera là, à l'intérieur, exactement comme vous l'y avez laissé, attendant encore d'être collé à sa base. Vous n'aurez plus qu'à refermer la boîte, et ces gens si gentils vous proposeront de reprendre du thé. Puis, au bout d'un moment, vous direz que vous devez y aller, vous ne voulez pas vous imposer outre mesure. Mais la femme insistera pour que vous repreniez du gâteau. Et le mari souhaitera vous faire faire encore le tour de l'appartement à tous les deux, pour que vous admiriez ses travaux de rénovation. Pour finir, ils vous diront au revoir sur le seuil, en vous demandant de venir les voir quand vous passerez de nouveau dans le coin. Bien sûr, tout ne se déroulera peut-être pas exactement ainsi, mais, d'après ce que vous m'avez dit, je suis sûr, dans les grandes lignes, que c'est ce qui se passera. Il n'y a donc aucune raison de s'inquiéter, vraiment aucune raison... »

La voix de cet homme qui se coulait dans mon oreille, associée au doux balancement de l'autobus qui avançait sur la grand-route, produisait un effet merveilleusement délassant. J'avais fermé les yeux sitôt qu'il avait commencé à parler, et, à peu près à ce moment-là, m'enfonçant davantage dans mon siège, je m'assoupis avec contentement.

Je me rendis compte que Boris me secouait par l'épaule. « On doit descendre maintenant », disait-il.

Émergeant de ma somnolence, je m'aperçus que l'autobus s'était arrêté et que nous étions les seuls voyageurs restants. À l'avant, le chauffeur s'était levé et attendait patiemment que nous quittions son véhicule. Tandis que nous longions l'allée centrale, le chauffeur nous dit :

« Faites bien attention. L'air est très froid par ici. Ce lac, à mon avis, il faudrait le combler. Il n'a que des désavantages : chaque année, plusieurs personnes s'y noient. Certes, il y a quelques suicides, et je suppose que si le lac n'était pas là ils risqueraient de choisir une méthode encore plus déplaisante. Mais, à mon sens, le lac devrait être comblé.

– En effet, dis-je. Visiblement, le lac provoque des controverses. Personnellement, je ne suis pas d'ici, et je suis donc enclin à ne pas me mêler a ces débats.

– Tout à fait judicieux, monsieur. Il me reste à vous souhaiter une bonne journée. » Puis, saluant Boris, il lui dit : « Amusez-vous bien, jeune homme. »

Boris et moi sortîmes de l'autobus ; tandis qu'il s'éloignait, nous observâmes le lieu où nous nous trouvions. Nous étions au bord extérieur d'un vaste cirque cimenté. À quelque distance, au centre du cirque, s'étendait le lac artificiel, en forme de haricot, ce qui lui donnait l'aspect d'une version géante de ces piscines vulgaires que les stars hollywoodiennes étaient naguère censées posséder. Je ne pus m'empêcher d'admirer la façon dont le lac et, à vrai dire, toute la résidence proclamaient fièrement leur artificialité. Pas le moindre brin d'herbe n'était visible. Même les maigres arbrisseaux qui parsemaient les pentes en ciment avaient tous été enfermés dans des caissons métalliques dont l'emplacement était entaillé avec précision dans le dallage. Dominant ce décor, les fenêtres innombrables et identiques des immeubles d'habitation nous encerclaient complètement. Je remarquai que la façade de chacun de ces bâtiments de haute taille présentait une légère courbe, ce qui créait un effet de cercle ininterrompu évoquant l'apparence d'un stade. Mais, en dépit de tous les appartements qui nous entouraient – au moins quatre cents, estimai-je –, on ne voyait presque personne. Je discernai quelques silhouettes qui marchaient d'un pas vif de l'autre côté du lac : un homme avec un chien, une femme poussant un landau ; mais, visiblement, l'atmosphère du lieu incitait les gens à rester chez eux. Comme le chauffeur de l'autobus nous en avait avertis, le climat n'avait rien d'encourageant. Alors même que nous nous tenions là, Boris et moi, un vent cinglant souffla à la surface de l'eau et vint nous fouetter.

« Allons, Boris, dis-je, nous ferions mieux de démarrer. »

Le petit garçon semblait avoir perdu tout son enthousiasme. Il fixait le lac d'un regard vide et ne bougea pas. Je me tournai vers l'immeuble situé derrière nous, m'efforçant de marcher d'un pas allègre, mais je me souvins alors que je ne savais pas à quel endroit, dans tout ce vaste ensemble, était situé notre appartement.

« Et si tu montrais le chemin, Boris ? Eh bien, qu'est-ce qui se passe ? »

Boris soupira et se mit enfin en mouvement. Je gravis à sa suite plusieurs volées d'escalier en béton. À un moment, alors que nous tournions pour prendre une nouvelle série de marches, il poussa un hurlement et se figea dans une posture empruntée aux arts martiaux. Je sursautai, mais vis aussitôt qu'il n'y avait d'assaillant que dans l'imagination du garçonnet. Je dis simplement : « Très bien, Boris. »

Ensuite, il reproduisit le hurlement et la posture avant chaque nouvelle volée d'escalier. Puis, à mon soulagement

– je commençais à être essoufflé –, Boris nous fit quitter l'escalier et nous engagea sur une coursive extérieure. De ce point de vue élevé, la forme en haricot du lac était encore plus évidente. Le ciel était d'un blanc terne et, bien que la coursive fût couverte – deux ou trois autres, sans doute, passaient juste au-dessus – on y était à peine abrité et des rafales nous giflaient avec une force sauvage. À notre gauche se trouvaient les appartements : de courts escaliers en béton se succédaient, reliant la coursive au bâtiment comme de petits ponts jetés sur une douve. Certains escaliers montaient vers la porte d'un appartement alors que d'autres descendaient. Chemin faisant, je me surpris à examiner les portes une à une, mais, au bout de quelques minutes, comme aucune d'entre elles n'avait éveillé fût-ce le plus vague souvenir, je renonçai et regardai du côté où l'on avait vue sur le lac.

Boris, pendant tout ce temps, marchait d'une foulée résolue à quelques pas devant moi, l'enthousiasme que lui inspirait notre expédition étant apparemment revenu. Il murmurait tout seul, et plus nous marchions, plus son murmure semblait gagner en intensité. Puis il se mit à faire des bonds, décochant des coups de karaté en l'air, le claquement produit par ses pieds retentissant autour de nous à chaque fois qu'il retombait. Mais il se retenait de hurler comme il l'avait fait dans les escaliers, et, comme nous n'avions pas encore rencontré une seule personne sur la coursive, j'estimai qu'il n'y avait aucune raison de le rappeler à l'ordre.

Au bout d'un moment, je jetai un regard dans la direction du lac et constatai avec surprise que mon angle de vue avait complètement changé. Je compris enfin que la coursive décrivait progressivement un cercle qui faisait tout le tour de la résidence. Il était parfaitement possible de marcher en rond indéfiniment. J'observai Boris qui cabriolait devant moi, concentré sur ses sauts et sur ses positions : je me demandai s'il se rappelait mieux que moi le chemin de l'appartement. En fait, il me vint à l'idée que je n'avais vraiment pas bien organisé notre expédition. J'aurais au moins dû prendre la peine de contacter à l'avance les nouveaux occupants de l'appartement. Après tout, quand on y réfléchissait, il n'y avait aucune raison pour qu'ils aient particulièrement envie de nous recevoir. Une vision pessimiste de toute notre entreprise commençait à m'envahir.

« Boris, lançai-je, j'espère que tu fais attention. Il ne faudrait pas qu'on passe devant sans s'en apercevoir. »

Il tourna les yeux vers moi sans cesser de marmonner furieusement, puis partit en courant et recommença un peu plus loin ses mouvements de karaté.

J'eus subitement l'impression que nous marchions depuis un temps considérable et, lorsque je regardai de nouveau en contrebas, dans la direction du lac, je m'aperçus que nous avions fait au moins un tour complet. Devant moi, Boris continuait à marmonner d'un air absorbé.

« Écoute, attends un peu ! lui lançai-je. Boris, attends. »

Il s'arrêta et me jeta un regard boudeur quand j'arrivai à sa hauteur.

« Boris, dis-je doucement, es-tu certain que tu te rappelles le chemin de l'ancien appartement ? »

Il haussa les épaules et détourna les yeux. Puis il répondit sans conviction : « Bien sûr que oui.

– Mais on dirait bien que nous avons fait tout le tour. »

Boris haussa de nouveau les épaules. Il semblait s'intéresser vivement à sa chaussure, qu'il orientait dans une direction, puis dans une autre. Il finit par dire : « Ils l'auraient gardé, le Numéro Neuf, hein ?

– Oui, Boris, je crois. Il était dans une boîte, le genre de boîte qui a l'air important. Une chose comme ça, on la met de côté soigneusement. Sur l'étagère du haut, ou ce genre d'endroit. »

Pendant un instant, Boris continua à examiner sa chaussure. Puis il dit : « On est passés devant. Deux fois, on est passés devant.

– Quoi ? Tu veux dire que nous n'arrêtons pas de tourner en rond dans ce vent glacial pour rien ? Pourquoi ne l'as-tu pas dit, Boris ? Je ne te comprends pas. »

Il resta muet, remuant son pied dans un sens, puis dans l'autre.

« Bon, tu crois qu'il vaut mieux revenir sur nos pas ? demandai-je. Ou est-ce qu'il faut que nous fassions encore une fois le tour du lac ? »

Boris soupira et sembla d'abord plongé dans ses pensées. Puis il leva les yeux et dit : « D'accord. C'est par là. Derrière nous, pas loin. »

Nous rebroussâmes chemin sur la coursive. Rapidement, Boris s'arrêta devant l'un des escaliers et leva les yeux vers la porte de l'appartement Puis, presque aussitôt, il lui tourna le dos et recommença à examiner sa chaussure.

« Ah oui », dis-je en examinant soigneusement la porte. En fait, cette porte, peinte en bleu et que pratiquement rien ne distinguait de ses voisines, n'éveillait pas en moi le moindre souvenir.

Boris regarda par-dessus son épaule, dans la direction de l'appartement, puis détourna de nouveau les yeux, faisant mine d'enfoncer son orteil dans le sol. Pendant un moment, je restai au bas de l'escalier, sans savoir au juste ce que j'allais faire ensuite. Je finis par dire :

« Boris, tu ne veux pas attendre ici une minute ? Je vais monter voir s'il y a quelqu'un. »

Le petit garçon continuait à pousser son pied contre le sol. Je montai les marches et frappai à la porte. Pas de réponse. Lorsque j'eus frappé une deuxième fois, toujours sans résultat, j'approchai mon visage du petit panneau vitré. Le verre était dépoli et je ne pus rien voir.

« La fenêtre ! cria Boris derrière moi. Regarde par la fenêtre. »

Je vis sur ma gauche une sorte de balcon, ou plutôt une corniche longeant la façade du bâtiment, trop étroite pour y poser ne fût-ce qu'une simple chaise. Je tendis la main vers sa balustrade en fer et, en penchant mon corps au-dessus du muret de l'escalier, parvins tout juste à couler un regard par la fenêtre la plus proche. J'avais sous les yeux un séjour-salle à manger ; une table se trouvait contre un des murs. L'ameublement était de style moderne, plutôt daté.

« Tu la vois ? criait Boris. Tu vois la boîte ?

– Attends un peu. » J'essayais de me pencher encore plus loin au-delà du mur, tout en ayant conscience de l'abîme qui s'ouvrait au-dessous de moi.

« Tu la vois ?

– Attends un peu, Boris. »

La pièce prenait sous mes yeux un aspect de plus en plus

familier. La pendule triangulaire accrochée au mur, le canapé en mousse de couleur crème, le meuble stéréo à trois étagères ; je retrouvais successivement chaque objet, dès que mon regard s'y posait, et j'éprouvais à chaque fois le choc poignant de la reconnaissance. Cependant, tandis que je continuais à scruter la pièce, il me vint la nette impression que l'ensemble de la portion du fond qui, associée à la partie principale, formait un L, n'existait pas du tout auparavant et qu'il s'agissait d'une addition très récente. Toutefois, à mesure que je l'observais, cette partie du fond me parut elle-même fortement chargée de souvenirs, et au bout d'un moment je me rendis compte qu'elle ressemblait trait pour trait au fond du salon de la maison où nous avions vécu plusieurs mois, mes parents et moi, à Manchester. Cette bâtisse étroite, intégrée à une rangée de maisons urbaines identiques, était humide et avait sérieusement besoin d'être rénovée, mais nous nous étions résignés à y vivre puisque nous devions la quitter dès que le travail de mon père nous permettrait d'emménager dans un endroit beaucoup plus agréable. Pour l'enfant de neuf ans que j'étais, la maison en vint bientôt à représenter non seulement une nouveauté attrayante, mais aussi l'espoir qu'un chapitre plus heureux était sur le point de s'ouvrir pour nous tous.

« Vous ne trouverez personne ici », dit une voix d'homme derrière moi. Me redressant, je vis que la personne qui parlait venait de sortir de l'appartement voisin. Il était debout devant sa porte, en haut d'un escalier parallèle à celui sur lequel je me tenais. L'homme avait une cinquantaine d'années et des traits épais qui évoquaient un bouledogue. Il était peu soigné et son tee-shirt portait une marque humide au niveau de la poitrine.

« Ah, dis-je, cet appartement est donc vide ? »

L'homme haussa les épaules. « Peut-être qu'ils vont revenir. Ma femme et moi, ça ne nous plaît pas, un appartement vide à côté de chez nous, mais, après tous ces problèmes, on est soulagés, je dois dire. Nous ne sommes pas des sauvages, mais, après toutes ces histoires, finalement, on préfère que l'appartement soit comme maintenant. Vide.

– Ah oui. Il est donc vide depuis quelque temps. Des semaines ? Des mois ?

– Disons un mois au moins. Ils vont peut-être revenir, mais ça ne nous gênerait pas qu'ils ne reviennent pas. Remarquez, ça m'est arrivé de les plaindre. Nous ne sommes pas des sauvages. Et nous aussi nous avons connu des périodes difficiles. Mais quand ça se passe comme ça, bon, on a plutôt envie de les voir partir. On préfère que ça reste vide.

– Je vois. Beaucoup de problèmes.

– Ça oui. Pour être juste, je ne pense pas qu'il y ait eu des violences physiques. Mais, quand même, quand il fallait les écouter crier en pleine nuit, c'était plutôt perturbant.

– Excusez-moi, mais si vous voulez bien... » Je m'approchai de lui et, avec force clins d'œil, je cherchai à lui faire comprendre que Boris entendait tout.

« Non, ma femme n'aimait vraiment pas ça du tout, continua l'homme sans faire attention à mes mimiques. À chaque fois que ça commençait, elle s'enfonçait la tête dans l'oreiller. Même à la cuisine, une fois. Je suis rentré et elle était en train de faire à manger avec un oreiller autour de la tête. Ce n'était pas agréable. Chaque fois qu'on le voyait, lui, il était à jeun, très respectable. Il nous saluait rapidement, il partait. Mais ma femme était convaincue que c'était ça, le problème. Vous voyez, quoi : l'alcool...

– Écoutez, murmurai-je avec colère en me penchant par-dessus le muret de béton qui nous séparait, vous ne voyez pas que j'ai mon petit garçon avec moi ? Est-ce que c'est le genre de sujet à aborder devant lui ? »

L'homme tourna les yeux vers Boris d'un air surpris. Puis il reprit : « Mais il n'est pas si petit que ça ! Vous ne pouvez pas le protéger de tout. Enfin, si vous n'aimez pas ce genre de conversation, parfait, parlons d'autre chose. Trouvez donc un meilleur sujet, si vous pouvez. Moi, je vous racontais comment ça se passait, voilà tout. Mais si vous ne voulez pas en parler...

– En effet, je ne veux pas en parler ! Je n'ai pas le moindre désir de savoir...

– Bon, ça n'a pas d'importance. C'était juste pour dire que j'avais naturellement tendance à prendre plutôt son parti à lui que celui de sa femme. S'il s'était montré réellement violent, bon, j'aurais vu les choses différemment, mais on n'a jamais eu aucune preuve de violence. Donc, j'avais plutôt tendance à la critiquer, elle. C'est vrai qu'il était souvent absent, mais, apparemment, il n'avait pas le choix, c'était à cause de son travail. Ce n'était pas une raison, c'est ce que je voulais dire, ce n'était pas une raison pour qu'elle se conduise comme elle le faisait...

– Écoutez, allez-vous vous taire ? Vous n'avez donc aucun bon sens ! Le garçon ! Il peut entendre...

– D'accord, peut-être qu'il écoute. Et alors ? Les enfants finissent toujours par entendre ce genre de choses. J'expliquais simplement pourquoi j'avais tendance à prendre son parti à lui, et c'est pour ça que ma femme a parlé de l'alcool. Les absences, c'est une chose, disait toujours ma femme, mais l'alcool, c'est autre chose...

– Écoutez, si vous continuez comme ça, je vais être forcé de mettre fin à cette conversation immédiatement. Je vous préviens. Je le ferai.

– Vous ne pouvez pas espérer protéger votre garçon éternellement, vous savez. Quel âge a-t-il ? Il n'a pas l'air si jeune que ça. Ça n'est pas bien de les surprotéger. Il faut qu'il accepte le monde tel qu'il est, sans enjolivures...

– Ce n'est pas encore nécessaire ! Pas tout de suite ! En outre, vos opinions m'indiffèrent. En quoi est-ce que ça vous regarde ? C'est mon garçon, j'en suis responsable, je refuse d'entendre ce genre de propos...

– Je ne sais pas pourquoi vous vous fâchez comme ça. Je bavarde, c'est tout. Je vous disais juste comment on avait ressenti la situation. Ces gens-là n'étaient pas méchants, c'est pas qu'on les ait détestés, mais, quelquefois, ça dépassait les bornes. Remarquez, je crois que ça a toujours l'air bien pire quand on entend ça de l'autre côté d'un mur. Écoutez, ça ne sert à rien de vouloir cacher ce genre de choses à un garçon de cet âge. Vous défendez une cause perdue. Et à quoi bon...

– Vos opinions ne m'intéressent pas ! Pas d'ici plusieurs années ! Non, non, il n'entendra pas parler de ce genre de...

– Vous êtes idiot. Les choses dont je parle, c'est la vie. Même ma femme et moi, on a eu des hauts et des bas. C'est pour ça que je sympathisais avec lui. Je sais quel effet ça fait, le moment où on se rend compte pour la première fois, brusquement...

– Je vous préviens ! Je vais mettre fin à cette conversation ! Vous êtes prévenu !

– Mais c'est vrai que je n'ai jamais bu. Être souvent absent, c'est une chose, mais boire comme ça...

– C'est le dernier avertissement ! Si vous continuez, je m'en vais !

– Il était cruel quand il buvait. Pas brutal, c'est un fait, mais on en entendait beaucoup, il était vraiment cruel. On n'arrivait pas à distinguer tout ce qu'ils disaient, mais, souvent, on restait assis dans le noir, à écouter...

– Ça suffit ! Ça suffit ! Je vous avais prévenu ! Maintenant, je m'en vais ! Je m'en vais ! »

Tournant le dos à l'homme, je dévalai les marches jusqu'à l'endroit où se trouvait Boris. Je lui pris le bras et partis en courant, mais l'homme nous poursuivit de ses cris :

« Vous défendez une cause perdue ! Il faut qu'il sache ce que c'est ! C'est la vie ! Ça n'a rien d'horrible ! C'est la vie comme elle est, et voilà tout ! »

Boris, intrigué, regardait derrière lui et j'étais obligé de le tirer par le bras. Pendant un bon moment, nous continuâmes à vive allure. Plus d'une fois, je sentis que Boris essayait de ralentir, mais je gardais la cadence, tenant à ce que le risque de nous faire poursuivre par cet homme soit complètement écarté. Lorsque enfin nous nous arrêtâmes, je m'aperçus que j'étais tout à fait hors d'haleine. Titubant jusqu'au parapet – qui était étonnamment bas, m'arrivant à peine au-dessus de la taille – je m'y accoudai et me penchai en avant. Je contemplai le lac, les hauts bâtiments qui se dressaient de l'autre côté, le ciel vaste et pâle, et attendis que ma poitrine cessât de palpiter.

Au bout d'un moment, je m'aperçus que Boris était debout près de moi. Il me tournait le dos et tripotait un bout de maçonnerie qui s'était détaché du parapet. Je commençais à me sentir quelque peu gêné de ce qui venait de se produire et me rendis compte qu'il faudrait que je lui présente une sorte d'explication. J'étais encore en train de chercher ce que je pourrais bien dire lorsque Boris, sans cesser de me tourner le dos, marmonna :

« Il était fou, cet homme, non ?

– Oui, Boris, complètement fou. Aliéné, même. »

Boris continua à tripoter le parapet. Puis il reprit : « Ça n'a plus d'importance. On n'a pas besoin de récupérer le Numéro Neuf.

– S'il n'y avait pas eu cet homme, Boris...

– Ça n'a pas d'importance. Ça n'a plus du tout d'importance. » Puis Boris se tourna vers moi et sourit. « Pour le moment, la journée a été super, dit-il joyeusement.

– Tu t'amuses bien ?

– Oui, c'est super. La balade en bus, tout ça. Super. »

J'eus une brusque envie de le serrer très fort dans mes bras, mais l'idée me vint qu'il serait dérouté et peut-être effrayé par ce geste. Finalement, je lui ébouriffai doucement les cheveux puis me remis à regarder le paysage.

Le vent n'avait plus rien de pénible et, pendant un moment, nous restâmes paisiblement côte à côte, contemplant la vue de la résidence. Je parlai enfin :

« Boris, je sais que tu dois te poser des questions. Je veux dire, pourquoi est-ce que nous n'arrivons pas à nous installer, à vivre tranquillement tous les trois. Tu dois, je sais que tu dois te demander pourquoi je suis tout le temps forcé de partir, alors même que ça rend ta mère malheureuse. Écoute, il faut que tu comprennes, la raison pour laquelle je pars tout le temps en voyage, ce n'est pas du tout que je ne t'aime pas, que je n'aie pas un profond désir d'être avec toi. D'une certaine façon, il n'y a rien que je désire davantage que de rester à la maison avec toi et ta maman, de vivre dans un appartement comme celui-là, là-bas, ou n'importe où. Mais, comprends-tu, ce n'est pas si simple. Il faut que je continue à faire ces voyages parce que, tu sais, on ne peut jamais dire quand ça va arriver. Je veux dire, le jour où ça comptera vraiment, le voyage qui va compter, qui va être vraiment très important, pas seulement pour moi mais pour tout le monde, pour le monde entier. Comment est-ce que je pourrais t'expliquer, Boris, tu es si jeune. Tu sais, ça serait facile de rater ça. De dire, rien qu'une fois, non, je ne pars pas, je me repose Et puis, plus tard, je découvrirais que c'était celui-là, celui qui était vraiment très important. Et, tu comprends, une fois qu'on l'a raté, plus question de revenir en arrière, il est trop tard. Je pourrais toujours voyager sans relâche après, ça ne changerait rien, il serait trop tard, et toutes les années que j'aurais passées n'auraient servi à rien. J'ai vu ce genre de choses arriver à d'autres gens, Boris. Ils passent des années à voyager, jusqu'au jour où ils se sentent fatigués, ou peut-être deviennent un peu paresseux. Mais bien souvent, c'est précisément le moment, le grand moment. Et ils le ratent. Et, tu sais, ils le regrettent leur vie durant. Ils deviennent amers, tristes. Lorsque vient le jour de leur mort, ils sont brisés. Tu comprends, Boris, voilà pourquoi. Voilà pourquoi je dois continuer pour le moment, je dois voyager sans arrêt. Ça rend la situation très difficile pour nous, j'en suis conscient. Mais nous devons être forts et patients, tous les trois. Ce ne sera plus bien long, j'en suis sûr. Il va arriver, le voyage vraiment important, et ensuite ce sera fait, je pourrai me détendre, me reposer. Je pourrai rester à la maison tant que je voudrai, ça n'aura pas d'importance, nous pourrons passer de bons moments ensemble, rien que tous les trois. Nous pourrons faire tout ce que nous n'avons jamais pu faire. Ce ne sera plus long maintenant, j'en suis certain, mais nous devons être patients. Boris, j'espère que tu es capable de comprendre ce que je suis en train de dire. »

Boris garda le silence pendant un bon moment. Puis il se redressa brusquement et dit d'une voix sévère : « Décampez sans faire d'histoires. Tous tant que vous êtes. » Là-dessus, il s'éloigna de quelques pas en courant et recommença ses mouvements de karaté.

Pendant quelques minutes, je restai accoudé au parapet, contemplant la vue, écoutant les murmures rageurs de Boris. Lorsque je posai de nouveau le regard sur lui, je compris qu'il se représentait en imagination la version la plus récente d'une scène qu'il n'avait cessé de repasser dans sa tête au cours des semaines précédentes. À coup sûr, nous étions si proches de son cadre authentique qu'il n'avait pu résister au désir de la revivre d'un bout à l'autre. Le scénario, en effet, mettait en jeu Boris et son grand-père qui repoussaient victorieusement une bande nombreuse de voyous, sur cette même coursive, juste devant l'ancien appartement.

Je continuai à le regarder s'activer à plusieurs mètres de

moi et supposai qu'il en était arrivé à l'épisode où son grand-père et lui, debout épaule contre épaule, se préparaient à un nouvel assaut. Déjà une masse de corps inconscients jonchaient le sol, mais plusieurs des voyous les plus obstinés se regroupaient maintenant pour reprendre l'offensive. Boris et son grand-père attendaient calmement côte à côte, pendant que les mauvais garçons élaboraient à mi-voix leur tactique dans la pénombre de la coursive. Dans cette aventure – c'était d'ailleurs le cas dans tous les scénarios de ce type –, Boris était plus âgé, sans que l'on pût préciser jusqu'à quel point. Pas vraiment adulte, car cela aurait repoussé l'événement dans un avenir trop lointain, sans parler des difficultés liées à l'âge qu'aurait alors eu son grand-père, mais assez mûr, pourtant, pour que les prouesses physiques requises soient plausibles.

Boris et Gustav laissaient aux voyous tout le temps nécessaire pour se mettre en formation. Puis, lorsque déferlait la vague, le grand-père et le petit-fils, fonctionnant en équipe parfaitement coordonnée avec une efficacité empreinte de tristesse, réglaient leur compte aux assaillants qui fondaient sur eux de toutes parts. Enfin, le combat était terminé – mais non : un dernier voyou jaillissait de l'ombre en brandissant une effroyable arme blanche. Gustav, qui était le plus proche, lui assenait une manchette rapide sur la nuque. La bataille était finie.

Pendant quelques instants de silence, Boris et son grand-père examinaient gravement les corps qui gisaient tout autour d'eux. Puis Gustav, jetant une dernière fois sur la scène le regard d'un homme d'expérience, hochait la tête, et ils s'éloignaient tous les deux avec l'expression d'hommes qui ont effectué une besogne qu'ils devaient faire mais dont ils ne se sont pas réjouis. Ils gravissaient les quelques marches qui menaient à la porte de l'ancien appartement, contemplaient une dernière fois les voyous mis en échec, dont certains commençaient maintenant à geindre ou à se traîner sur le sol, puis rentraient.

« Tout va bien maintenant, déclarait Gustav sur le seuil. Ils sont partis. »

Sophie et moi apparaissions alors dans l'entrée, l'air inquiet. Boris, arrivé sur les pas de son grand-père, ajoutait :

« Mais ce n'est pas tout à fait terminé. Ils attaqueront encore une fois, sans doute avant l'aube. »

Cette analyse de la situation, qui semblait si évidente au grand-père et à son petit-fils qu'ils n'avaient même pas pris la peine d'en discuter, était accueillie avec angoisse par Sophie et moi.

« Non, je n'en peux plus ! » gémissait Sophie, sur quoi elle éclatait en sanglots. Je la serrais dans mes bras, cherchant à la réconforter, mais mon propre visage se décomposait. Face à ce spectacle pathétique, Boris et Gustav ne se montraient pas le moins du monde désobligeants. Gustav plaçait sur mon épaule une main rassurante et disait : « Ne vous en faites pas. Boris et moi, on reste ici. Et après la dernière attaque, ce sera fini pour de bon.

– C'est exact, confirmait Boris. Un combat de plus, c'est le maximum de ce qu'ils peuvent encaisser. » Puis, se tournant vers Gustav, il disait : « Grand-père, la prochaine fois, peut-être que je vais de nouveau essayer de discuter avec eux. Leur donner la possibilité de battre en retraite.

– Ils n'écouteront pas, répondait Gustav en secouant la tête gravement. Mais tu as raison. Il faut leur laisser encore une chance. »

Sophie et moi, terrassés par la peur, reculions dans les profondeurs de l'appartement, enlacés et pleurant. Boris et Gustav échangeaient un regard, poussaient un soupir exténué, puis ils ouvraient le verrou de la porte d'entrée et sortaient de nouveau.

La coursive était sombre, silencieuse et déserte.

« Nous ferions mieux de nous reposer, disait Gustav. Dors en premier, Boris. Je te réveillerai si je les entends venir. »

Boris acquiesçait, s'asseyait sur la marche supérieure de l'escalier et, adossé à la porte de l'appartement, s'endormait rapidement.

Un peu plus tard, un frôlement sur son bras suffisait à le faire bondir, instantanément réveillé. Déjà son grand-père regardait durement les voyous qui se rassemblaient sous leurs yeux dans la coursive. Ils étaient plus nombreux que jamais, le dernier affrontement les ayant contraints à enrôler tous leurs congénères dans les recoins les plus obscurs de la ville. Et maintenant ils étaient tous rassemblés, vêtus de cuir déchiré, de blousons militaires, de ceintures agressives, brandissant des barres de fer ou des chaînes de bicyclette – car leur sens personnel de l'honneur leur interdisait de s'équiper d'armes à feu. Boris et Gustav descendaient lentement l'escalier à leur rencontre, s'arrêtant peut-être deux ou trois marches avant le bas. Puis Boris, sur un signal de son grand-père, prenait la parole, élevant la voix si bien qu'elle résonnait parmi les piliers de béton.

« Nous vous avons souvent combattus. Vous êtes encore plus nombreux cette fois-ci, je le vois. Mais certainement vous savez tous, et chacun au fond de lui-même, que vous ne pouvez vaincre. Vous avez sans doute tous eu un foyer jadis. Une mère, un père. Peut-être des frères et sœurs. Je veux que vous compreniez ce qui se passe actuellement. Ces attaques que vous livrez, cette terreur que vous infligez à notre appartement ont pour résultat que ma mère ne cesse de pleurer. Elle est tendue, irritable, et cela l'amène à me gronder souvent sans raison. Cela fait aussi que papa est forcé de partir pendant de longues périodes, et parfois même à l'étranger, ce qui ne plaît pas à maman. Tout cela, c'est le résultat de la terreur que vous infligez à notre appartement. Peut-être que vous faites ça simplement parce que vous êtes pleins d'énergie, parce que vous venez de foyers brisés, et que vous ne savez pas ce que vous faites. C'est pourquoi j'essaie de vous aider à comprendre ce qui se passe réellement, les conséquences réelles de votre conduite inconsidérée. Voici ce qui risque de se produire un jour ou l'autre : papa ne rentrera plus du tout. Peut-être même devrons-nous quitter l'appartement. C'est pour cette raison que j'ai dû faire venir grand-père ici, en le forçant à délaisser ses fonctions importantes de responsable d'un grand hôtel. Nous ne pouvons vous laisser poursuivre vos activités. Et voilà pourquoi nous vous combattons. Maintenant que je vous ai tout expliqué, vous avez la possibilité de réfléchir et de repartir. Sinon, grand-père et moi n'aurons pas le choix et nous devrons vous combattre de nouveau. Nous ferons de notre mieux pour vous assommer sans causer de dommages durables, mais, dans une bataille de cette envergure, malgré notre compétence, nous ne pouvons garantir que certains d'entre vous ne souffriront pas de contusions graves ou même de fractures. Profitez donc de la chance que nous vous laissons et repartez. »

Gustav saluait ce discours d'un petit sourire approbateur, puis, tous les deux, ils observaient de nouveau les visages bestiaux qui s'offraient à leur regard. Bon nombre d'entre eux échangeaient des regards hésitants, la peur plutôt que la raison les incitant à réfléchir. Mais leurs chefs, horribles personnages grimaçants, poussaient un grognement belliqueux qui se propageait rapidement dans leurs rangs. Puis ils s'élançaient. Vivement, Boris et son grand-père se mettaient en position, dos à dos, et se déplaçaient en formation, précis, employant leur propre technique de combat, mélange soigneusement élaboré de karaté et d'autres arts martiaux. Les voyous avaient beau leur foncer dessus de toutes les directions, ils les envoyaient rouler, ils repartaient en titubant ou tombaient après une projection en poussant des cris de surprise épouvantée, et de nouveau le sol était couvert de corps sans connaissance. Pendant encore quelques instants, Boris et Gustav restaient campés à attendre, à l'affût, jusqu'au moment où les mauvais garçons commençaient à remuer, gémissant, secouant parfois la tête dans leur effort pour savoir où ils étaient. Alors Gustav faisait un pas en avant et déclarait :

« Et maintenant, partez. Point final. Laissez cet appartement en paix. Cette maisonnée était très heureuse avant que vous ne commenciez à la terroriser. Si vous revenez, nous n'aurons pas le choix, mon petit-fils et moi : il nous faudra vous casser les os. »

À vrai dire, ce discours n'avait rien d'indispensable. Les voyous savaient que cette fois-ci ils avaient été battus à plate couture, qu'ils pouvaient s'estimer heureux de ne pas avoir subi de pires dommages. Lentement, péniblement, ils se remettaient debout et partaient en boitillant, se soutenant mutuellement à deux ou à trois ; certains gémissaient de douleur.

Dès que le dernier d'entre eux avait disparu, Boris et Gustav échangeaient un regard de satisfaction tranquille, tournaient les talons et remontaient à l'appartement. Lorsqu'ils rentraient, Sophie et moi – nous avions suivi toute la scène par la fenêtre – les accueillions avec enthousiasme. « Dieu merci, c'est terminé ! m'exclamais-je. Dieu merci.

– J'ai déjà commencé à préparer un repas de fête, annonçait Sophie, rayonnante, toute trace de tension effacée de son visage. Nous vous sommes si reconnaissants, Boris, à grand-père et à toi. Et si on jouait tous à un jeu de société ce soir ?

– Il faut que je parte, disait Gustav. J'ai beaucoup de travail à l'hôtel. S'il y a encore un problème, prévenez-moi. Mais je suis convaincu que c'est fini. »

Nous faisions de grands au revoir à Gustav qui descendait l'escalier. Puis, après avoir refermé la porte, Boris, Sophie et moi nous installions pour la soirée. Sophie, qui préparait le repas, filait fréquemment à la cuisine, tandis que Boris et moi étions absorbés par notre jeu de société, par terre dans la salle de séjour. Puis, alors que nous jouions depuis une bonne heure, à un moment où Sophie ne se trouvait pas dans la pièce, je regardais Boris d'un air grave et lui disais tranquillement :

« Merci de ce que tu as fait, Boris. Maintenant, les choses peuvent redevenir comme avant. Redevenir ce qu'elles étaient autrefois.

– Regarde ! cria Boris, et je vis qu'il était de nouveau debout près de moi, le doigt tendu au-delà du parapet. Regarde ! C'est Tante Kim ! »

Et, en effet, au niveau du sol, au-dessous de nous, une femme agitait le bras frénétiquement pour attirer notre attention. Elle portait un gilet vert qu'elle serrait étroitement contre elle et ses cheveux étaient décoiffés par les rafales. Constatant que nous l'avions enfin remarquée, elle cria quelque chose, mais ses mots se perdirent dans le vent.

« Tante Kim ! » lança Boris.

La femme gesticula et cria de nouveau.

« Descendons », dit Boris qui ouvrit la marche, rempli soudain d'un nouvel enthousiasme.

Je suivis Boris qui dévala plusieurs volées d'escalier en béton. Dès que nous parvînmes au niveau le plus bas, le vent nous gifla avec une force impressionnante, mais Boris arriva quand même à exécuter à l'intention de la femme un mouvement de flexion et de tournoiement qui évoquait la réception au sol d'un parachutiste.

« Tante Kim » était une femme boulotte d'une quarantaine d'années dont le visage quelque peu sévère m'était indubitablement familier.

« Vous devez être sourds, tous les deux, dit-elle en nous voyant arriver. On vous a vus descendre de l'autobus, et on vous a appelés, on s'est époumonées, mais vous n'écoutiez pas, apparemment. Et là-dessus je descends pour vous remettre la main dessus, mais pas moyen de vous retrouver.

– Désolé, dis-je. Nous n'avons rien entendu, pas vrai, Boris ? C'est sûrement à cause du vent. Alors comme ça (je balayai les alentours du regard) vous nous observiez depuis votre appartement ? »

La femme boulotte indiqua d'un geste vague une des innombrables fenêtres qui nous dominaient. « On criait, on n'arrêtait pas de crier. » Puis, se tournant vers Boris, elle dit : « Ta mère est là-haut, mon petit gars. Elle a une envie folle de te voir.

– Maman ?

– Tu ferais mieux de monter tout de suite, elle a terriblement envie de te voir. Et devine ! Elle a fait la cuisine tout l'après-midi, elle a préparé un festin incroyable pour quand tu rentreras à la maison, ce soir. Tu ne vas pas le croire, elle dit qu'elle a tout préparé, tous tes plats préférés, tout ce que tu peux imaginer. Elle était en train de me raconter ça, et puis on regarde par la fenêtre et on vous voit descendre du bus. Écoutez, je viens de passer une demi-heure à vous chercher, les gars, je suis gelée. Il faut vraiment qu'on reste plantés là dehors ? »

Elle tendait la main depuis un moment. Boris la prit et nous partîmes tous vers la partie du bâtiment qu'elle avait indiquée. Comme nous nous en rapprochions, Boris partit en courant, ouvrit d'une poussée une porte coupe-feu et disparut à l'intérieur. La porte se refermait d'elle-même quand la femme boulotte et moi y arrivâmes. Elle la tint ouverte à mon intention tout en disant : « Ryder, vous n'êtes pas censé être ailleurs ? Sophie me disait que son téléphone n'avait pas arrêté de sonner tout l'après-midi. Des gens qui essaient de vous retrouver.

– Vraiment ? Ah bon. Comme vous voyez, je suis ici. » Je ris. « J'ai amené Boris ici. »

La femme haussa les épaules. « J'imagine que vous savez ce que vous faites. »

Nous nous tenions dans un espace mal éclairé, au pied d'un escalier. Sur le mur, près de moi, se trouvaient une rangée de boîtes aux lettres et du matériel contre l'incendie. Tandis que nous montions la première série de marches – il y en avait au moins cinq autres au-dessus de nous –, le bruit des galopades de Boris résonna dans les hauteurs, puis je l'entendis crier : « Maman ! » Il y eut des exclamations de joie, de nouveaux bruits de pas, et la voix de Sophie dit : « Oh, mon chéri, mon chéri ! » Sa voix avait quelque chose d'étouffé qui donnait à penser qu'ils étaient dans les bras l'un de l'autre ; lorsque nous atteignîmes le palier, la femme boulotte et moi, ils avaient disparu à l'intérieur de l'appartement.

« Ne faites pas attention au désordre », dit la femme en me faisant entrer.

Je franchis une entrée minuscule pour pénétrer dans une grande pièce sans cloisons meublée de façon simple et moderne. Une vaste baie en constituait le trait le plus remarquable, et lorsque j'entrai je vis Sophie et Boris debout devant cette fenêtre, leurs corps réduits à des silhouettes se détachant sur le ciel gris. Sophie me fit un bref sourire et reprit sa conversation avec Boris. Ils semblaient éprouver une vive excitation et Sophie ne cessait de prendre Boris par les épaules. Comme ils montraient sans arrêt quelque chose par la fenêtre, j'en conclus que Sophie racontait peut-être comment elles nous avaient repérés un peu plus tôt, elle et la femme boulotte. Mais en m'approchant j'entendis Sophie dire :

« Oui, absolument. Pratiquement, tout est prêt. Il y aura juste deux ou trois bricoles à réchauffer, les friands à la viande, par exemple. »

Boris fit une réflexion que je ne saisis pas, sur quoi Sophie répondit :

« Mais oui, bien sûr. Nous jouerons à ce que tu veux. Tu choisiras ton jeu une fois que nous aurons fini de manger. »

Boris regarda sa mère d'un air interrogateur et je remarquai qu'il avait pris une attitude plus réservée, qui l'empêchait d'être aussi enthousiaste que Sophie l'aurait peut-être souhaité. Puis, tandis qu'il s'éloignait vers une autre partie de la pièce, Sophie s'approcha de moi et secoua la tête tristement.

« Je suis désolée, dit-elle doucement. Ça n'allait pas du tout. Elle était peut-être encore pire que celle du mois dernier. Les vues sont spectaculaires, elle est construite juste au bord d'un abrupt, mais elle n'est visiblement pas assez solide. M. Mayer a fini par en convenir. Il pense que le toit pourrait tomber en cas de tempête, peut-être même dans les prochaines années. Je suis revenue sans traîner, j'étais à la maison dès onze heures. Je suis désolée. Tu es déçu, je m'en rends bien compte. » Elle jeta un coup d'œil à Boris, qui examinait un baladeur abandonné sur une étagère.

« Ça ne sert à rien de se décourager, dis-je en soupirant. Je suis sûr que nous trouverons bientôt quelque chose.

– Mais j'ai réfléchi, reprit Sophie. Dans le car, en revenant. Je me disais qu'il n'y avait aucune raison pour que nous ne nous mettions pas à faire plein de choses ensemble maintenant, qu'il y ait une maison ou pas. Alors dès que je suis rentrée, je me suis mise à faire la cuisine. Je me suis dit que ce soir on pourrait s'offrir un grand festin, rien que nous trois. Je me suis rappelé la façon dont maman s'y prenait quand j'étais petite, avant qu'elle ne tombe malade. Elle préparait des tas de petites choses différentes et elle disposait tout ça à notre intention, pour qu'on choisisse. C'étaient des soirées formidables et je me suis dit : après tout, ce soir, il n'y a pas de raison qu'on ne fasse pas le même genre de choses, rien que nous trois. Je n'y avais pas vraiment pensé avant, je ne pensais pas pouvoir faire ça dans cette cuisine-là, mais je l'ai bien regardée et je me suis aperçue que c'était des bêtises. C'est vrai qu'elle n'est vraiment pas idéale mais, en gros, ça peut quand même aller. Alors je me suis mise à cuisiner. J'y ai passé tout l'après-midi. Et je suis arrivée à préparer à peu près tout. Tout ce que Boris préfère. Tout est là, ça n'attend que nous, il faudra juste réchauffer. Nous aurons un vrai festin ce soir.

– Bonne nouvelle. Je m'en réjouis à l'avance.

– Il n'y a aucune raison pour qu'on ne puisse pas, même

dans cet appartement. Et tu t'es montré si compréhensif à propos de... à propos de tout. J'ai pensé à tout ça. Dans le car, en revenant. Nous devons tourner la page maintenant. Nous devons recommencer à faire des choses ensemble. De bonnes choses.

– Oui. Tu as tout à fait raison. »

Sophie regarda un instant par la fenêtre. Puis elle reprit : « Oh, j'ai failli oublier. Cette femme qui n'a pas arrêté de téléphoner. Tout le temps, pendant que je faisais la cuisine. Mlle Stratmann. Elle me demandait si je savais où tu étais. Est-ce qu'elle est arrivée à te joindre ?

– Mlle Stratmann ? Non, pas du tout. Qu'est-ce qu'elle voulait ?

– Apparemment, elle pensait qu'il y avait eu une confusion au sujet de certains de tes rendez-vous d'aujourd'hui. Elle était très polie, elle s'excusait sans arrêt de me déranger. Elle disait qu'elle était sûre que tu contrôlais parfaitement la situation, qu'elle appelait simplement pour vérifier, rien de plus, elle ne s'inquiétait pas le moins du monde. Mais un quart d'heure après le téléphone sonnait de nouveau, et c'était encore elle.

– Je t'assure qu'il n'y a pas du tout de problème. Euh... elle avait l'impression que j'aurais dû me trouver ailleurs que là où j'étais, c'est ça ?

– Je ne sais pas exactement ce qu'elle avait à dire. Elle était très gentille, mais elle n'arrêtait pas de téléphoner. J'ai laissé trop cuire une fournée de tartelettes au poulet à cause de ça. Et puis, la dernière fois qu'elle a téléphoné, elle m'a demandé si j'étais contente d'y aller. À la réception de ce soir, à la galerie Karwinsky. Tu ne m'en avais pas parlé, mais elle y a fait allusion comme si j'étais invitée. Alors j'ai dit que oui, j'étais très très contente d'y aller. Ensuite elle m'a demandé si Boris était content, et j'ai dit que oui, lui aussi, et que toi aussi, ça te faisait vraiment plaisir d'y aller. Apparemment, ça l'a rassurée. Elle m'a dit qu'elle n'était pas du tout inquiète, qu'elle préférait simplement en parler. J'ai raccroché ; au début,j'étais quand même un peu déçue. Je me suis dit que cette réception allait nous empêcher de faire notre petite fête. Et puis je me suis rendu compte que j'avais le temps de tout préparer et que nous pourrions y aller tous les trois et revenir : à condition que nous ne soyons pas forcés de rester trop longtemps, nous pourrions quand même profiter de notre soirée ensemble. Et je me suis dit, bon, c'est quand même une bonne chose. Aussi bien pour moi que pour Boris, c'est une bonne chose d'aller à ce genre de réception. » Elle tendit brusquement les bras vers Boris, que ses errances avaient finalement rapproché de nous, et l'étreignit avec une force presque brutale. « Boris, tu vas avoir beaucoup de succès, hein ? Ça ne te gênera pas qu'il y ait tant de monde. Sois toi-même, tout simplement, et tu verras que tu t'amuseras. Tu vas avoir beaucoup de succès. D'un seul coup, tu verras, ça sera déjà l'heure de rentrer à la maison, et après on passera une soirée formidable, rien que nous trois. J'ai tout préparé, tous tes plats préférés. »

Boris, lassé, repoussa l'étreinte de sa mère et repartit. Sophie l'observa en souriant, puis se tourna vers moi et dit :

« Nous aurions intérêt à partir bientôt, non ? La galerie Karwinsky, on risque de mettre un bon moment pour y arriver.

– Oui, dis-je en jetant un coup d'œil à ma montre. Oui, je crois que tu as raison. » Je me tournai vers la femme boulotte, qui venait de rentrer dans la pièce. « Vous pourriez peut-être nous conseiller. Je ne suis pas très sûr du bus qu'il faut prendre pour se rendre à la galerie. Est-ce que vous savez s'il passe bientôt ?

– Pour aller à la galerie Karwinsky ? » La femme boulotte me décocha un regard méprisant, et seule la présence de Boris sembla l'empêcher d'y ajouter un commentaire sarcastique. Puis elle dit : « À partir d'ici, aucun bus ne vous emmènera à la galerie Karwinsky. Il faudrait que VOUS repartiez vers le centre-ville. Et là, il vous faudrait attendre un tram devant la bibliothèque. Vous n'y arriverez jamais à temps.

– Ah. C'est ennuyeux. J'espérais que nous pourrions prendre un bus. »

La femme boulotte me lança de nouveau un regard dédaigneux et dit : « Prenez ma voiture. Je n'en aurai pas besoin ce soir.

– C'est vraiment très gentil à vous, répondis-je. Mais êtes-vous sûre que nous ne...

– Arrêtez de déconner, Ryder. Vous avez besoin de la voiture. Sans cela, jamais vous ne serez à la galerie Karwinsky à l'heure. Même avec la voiture, vous feriez mieux de partir tout de suite.

– Oui, dis-je. C'est bien ce que je pensais. Mais quand même, nous ne voudrions pas vous mettre dans l'embarras.

– Vous n'avez qu'à emporter quelques caisses de livres. Je ne pourrai pas les prendre si je dois y aller en bus demain.

– Mais oui, bien sûr. Si nous pouvons faire quelque chose...

– Déposez-les au magasin d'Hermann Roth demain matin, avant dix heures.

– Ne t'inquiète pas, Kim, dit Sophie avant que j'aie le temps d'ouvrir la bouche. Je m'en occuperai. Tu es trop gentille.

– Bon, les gars, vous feriez mieux de décoller. Dis donc, mon gaillard (la femme boulotte fit signe à Boris), et si tu m'aidais à charrier ces bouquins ? »

Pendant quelques minutes, je me retrouvai seul devant la fenêtre, à contempler la vue. Les autres avaient disparu dans une chambre et je les entendais parler et rire derrière moi. La pensée que j'aurais dû aller les aider me traversa l'esprit, mais il m'apparut aussitôt que j'avais intérêt à profiter de cette occasion pour me concentrer en prévision de la soirée qui m'attendait ; je continuai donc à observer le lac artificiel. Des enfants faisaient rebondir un ballon sur la clôture, de l'autre côté de l'eau, mais à cela près les zones périphériques étaient désertes.

J'entendis enfin la femme boulotte m'appeler et je compris qu'ils étaient prêts à partir. Ayant gagné l'entrée, je retrouvai Sophie et Boris, portant chacun un carton et déjà sur le palier. Ils se mirent à discuter avec animation d'un sujet quelconque tout en s'engageant dans l'escalier.

La femme boulotte tenait ouverte à mon intention la porte d'entrée. « Sophie est décidée à ce que les choses se passent bien ce soir, dit-elle en baissant la voix. Ne recommencez pas à la laisser tomber, Ryder.

– Ne vous inquiétez pas, dis-je. Je veillerai à ce que tout se passe bien. »

Elle me jeta un regard sévère, puis se retourna et descendit l'escalier en faisant tinter ses clés.

Je lui emboîtai le pas. Nous entamions notre deuxième volée de marches lorsque je vis une femme qui gravissait l'escalier d'un air fatigué. Cette personne croisa avec difficulté la femme boulotte, en marmonnant : « Excusez-moi », et elle nous avait déjà dépassés lorsque je m'aperçus qu'il s'agissait de Fiona Roberts, encore vêtue de son uniforme de contrôleuse. Elle ne sembla pas non plus me reconnaître jusqu'au dernier moment – l'escalier était mal éclairé –, mais elle se tourna avec lassitude, une main sur la rampe métallique, et dit :

« Ah, te voilà. C'est gentil à toi d'avoir été si ponctuel. Excuse-moi, j'ai mis un peu plus longtemps que prévu. Il y a eu une modification d'itinéraire, un tram qui a suivi le circuit Est, et mon horaire a été considérablement rallongé. J'espère qu'il n'y a pas trop longtemps que tu attends.

– Non, non. » Je remontai une ou deux marches vers elle. « Pas du tout. Mais, malheureusement, mon agenda est de plus en plus surchargé...

– Pas de problème, je ne te prendrai pas plus de temps qu'il n'est nécessaire. En fait, il faut que je te dise, j'ai téléphoné aux filles, comme on avait dit, je les ai appelées de la cantine du dépôt pendant la pause. Je leur ai dit que j'allais passer avec un ami, mais je ne leur ai pas dit que ce serait toi. Au début, je comptais le faire, comme nous en avions convenu, mais j'ai commencé par Trude et dès que j'ai entendu cette voix, sa façon de dire : " Ah oui, c'est toi, ma chérie ", j'ai perçu tellement de choses dans cette voix, tant d'aigreur condescendante... J'ai tout de suite su que toute la journée elle avait parlé de moi, des coups de fil en série, avec Inge et toutes les autres, à parler de la soirée d'hier, et toutes ces femmes qui feignaient de me plaindre, qui disaient qu'il allait falloir me témoigner de la compassion, j'étais comme une malade, en somme, c'était leur devoir d'être bonnes. Mais, bien sûr, elles ne pourraient pas me garder, comment est-ce que quelqu'un comme moi pouvait faire partie de la Fondation ? Oh, elles se sont régalées aujourd'hui, j'ai tout entendu, rien qu'à sa façon de me parler quand j'ai téléphoné : " Ah oui, c'est toi, ma chérie. " Et je me suis dit, parfait, je ne te préviens pas. Voyons à quoi ça t'amène de ne pas me croire. Voilà ce que j'ai pensé. Je me suis dit, espérons que tu seras complètement prise au dépourvu quand tu ouvriras la porte et que tu verras qui est là, à côté de moi. Espérons que tu porteras ce qu'il y a de pire dans ta garde-robe, un jogging, par exemple, et que ton maquillage sera complètement parti, pour que le gros bouton près de ton nez saute bien aux yeux, et que tes cheveux seront tirés en arrière comme tu le fais quelquefois de façon à te vieillir d'au moins quinze ans. Et espérons que ton appartement sera en pagaille, avec tous ces magazines idiots, ces feuilles à scandales et ces romans roses qui sont ta lecture préférée étalés sur tous les meubles, et que tu seras tellement éberluée que tu ne sauras pas quoi dire, tu seras trop gênée par la situation et tu aggraveras les choses en ne disant que des inepties. Et tu proposeras de boire un verre avant de t'apercevoir que tu n'as plus rien, et tu te sentiras vraiment idiote de ne jamais m'avoir crue. Je me suis dit : Allons-y. Donc, je ne lui ai rien expliqué, ni à elle ni aux autres. J'ai juste annoncé que je passerais en compagnie d'un ami. » Elle marqua une pause et se calma un peu. Puis elle reprit : « Excuse-moi. J'espère que je n'ai pas l'air vindicatif. Mais j'ai attendu ce moment toute la journée. Ça m'a aidée à tenir le coup, à contrôler tous ces tickets, oui, ça m'a aidée. Les voyageurs ont dû se demander pourquoi j'avais un tel entrain, les yeux brillants. Bon, si tu es très pris, je crois qu'on ferait mieux d'y aller tout de suite. Commençons par Trude. Inge est sûrement avec elle, c'est généralement le cas à cette heure-là, on s'occupera donc de ces deux-là en priorité. Les autres, ça m'est un peu égal. Ce que je veux, c'est voir la tête que vont faire ces deux-là. Bon, allons-y. »

Elle se lança dans l'escalier ; sa lassitude était dissipée. Les marches semblaient se succéder indéfiniment, volée après volée, si bien que je finis par être à bout de souffle. Fiona, pour sa part, ne semblait pas éprouver la moindre fatigue. Pendant que nous montions, elle continuait à parler, la voix baissée comme si nous avions pu être écoutés.

« Tu n'as pas besoin de leur dire grand-chose, me murmura-t-elle à un moment donné. Laisse-les simplement s'extasier sur toi pendant quelques minutes. Mais, bien sûr, tu souhaiteras peut-être aborder avec elles la question de tes parents. »

Lorsque nous cessâmes enfin notre ascension, ma respiration était sifflante ; mon état d'essoufflement m'empêcha de porter une grande attention à ce qui m'entourait. J'eus conscience de longer un couloir obscur bordé de nombreuses portes, derrière Fiona qui marchait en tête sans prendre garde à mes difficultés. Subitement, elle s'arrêta et frappa à une porte. Ayant couru pour la rejoindre, je fus obligé d'appuyer une main au montant de la porte, la tête courbée, pour essayer de reprendre haleine. Quand la porte s'ouvrit, sans doute présentais-je une apparence plutôt défaite, à côté de la glorieuse Fiona.

« Trude, dit Fiona, je suis venue avec un ami. »

Je m'efforçai de me redresser et fis un aimable sourire.

16

La femme qui venait d'ouvrir la porte, âgée d'environ cinquante ans, avait des cheveux blancs coupés court et un certain embonpoint. Elle portait un pull-over flottant de couleur rose et un ample pantalon rayé. Trude me jeta un regard rapide puis, ne remarquant rien qui sortît de l'ordinaire, se tourna vers Fiona et dit : « Bon. Eh bien, entre donc, puisque tu es là. »

Sa condescendance était évidente, mais cela ne fit apparemment qu'intensifier l'impatience de Fiona, qui me lança un sourire complice pendant que nous entrions sur les pas de Trude.

« Inge est ici avec toi ? demanda Fiona tandis que nous pénétrions dans une minuscule entrée.

– Oui, nous venons d'arriver, dit Trude. Il se trouve que nous avons beaucoup de choses à raconter. Et puisque le hasard veut que tu sois là, tu seras la première à connaître les nouvelles du jour. Tu as vraiment de la chance. »

Cette dernière remarque semblait dépourvue de toute

ironie. Trude disparut alors de l'autre côté d'une porte, nous laissant debout dans la petite entrée, et nous entendîmes sa voix, dans l'appartement, qui disait : « Inge, c'est Fiona. Avec un ami à elle. J'imagine qu'on devrait lui raconter ce qui nous est arrivé cet après-midi.

– Fiona ? » La voix d'Inge avait un accent vaguement offensé. Puis, faisant un effort sur elle-même, elle concéda : « Bon, je suppose qu'il faut la faire entrer. »

En entendant ces propos, Fiona me lança de nouveau un sourire joyeux. Puis la tête de Trude apparut à la porte et l'on nous fit entrer au salon.

La pièce rappelait la salle de séjour de la femme boulotte, étant d'une taille et d'une forme similaires, mais l'ameublement était plus prétentieux et les motifs floraux dominaient. Il se pouvait que l'orientation de l'appartement fût différente, ou que le ciel se fût dégagé. En tout cas, le soleil de l'après-midi entrait à flots par la vaste fenêtre et, en avançant dans la lumière, je m'attendais que les deux femmes me reconnussent aussitôt. Visiblement, il en était de même pour Fiona, car je remarquai qu'elle prit soin de se placer sur le côté au cas où sa présence aurait diminué l'impact de mon identification. Mais ni Trude ni Inge ne semblèrent réagir le moins du monde. Elles me jetèrent un regard rapide et indifférent, puis Trude nous proposa de nous asseoir, sur un ton plutôt froid. Nous prîmes place côte à côte sur un canapé étroit. Fiona, d'abord désarçonnée, sembla penser au bout du compte que la tournure inattendue prise par les événements contribuerait à intensifier l'effet de la révélation lorsque, enfin, le moment viendrait ; elle me lança à nouveau un petit sourire amusé.

« C'est moi qui lui raconte, ou tu veux le faire ? » demandait Inge.

Trude, dont le respect pour son amie plus jeune était évident, répondit : « Non, vas-y, Inge. Tu l'as bien mérité. Mais, Fiona (elle se tourna vers nous), il ne faut pas que tu ailles parler de ça à quiconque, pour l'instant. Nous voudrions que ce soit une surprise pour la réunion de ce soir, c'est la moindre des choses. Au fait, on ne t'avait pas informée de la réunion de ce soir ? Bon, eh bien voilà, tu es au courant. Tu n'as qu'à venir si tu as le temps. Mais, évidemment, vu que tu as un ami en visite chez toi (elle fit un signe de tête dans ma direction), nous comprendrons tout à fait que tu ne puisses pas venir. Allez, Inge, raconte : sérieusement, tu l'as mérité.

– Fiona, je suis sûre que ça va t'intéresser : nous avons eu une journée passionnante. Comme tu le sais, M. von Braun nous avait invitées aujourd'hui à son bureau pour discuter personnellement avec lui de nos projets en ce qui concerne les parents de M. Ryder. Ah, tu ne savais pas ? Je croyais que vous étiez toutes au courant. Enfin, ce soir, nous ferons un rapport détaillé sur le déroulement de cette rencontre. Pour l'instant, je te dirai seulement que ça s'est passé de la façon la plus agréable, même si l'entrevue a dû être écourtée. Oh, M. von Braun a exprimé tous ses regrets, il n'aurait pas pu se montrer plus courtois, n'est-ce pas, Trude ? Il a exprimé tous ses regrets parce qu'il était forcé de nous quitter, mais lorsque nous en avons appris la raison, nous avons parfaitement compris. C'était à cause de cette excursion très importante qui avait été organisée : la promenade au zoo. Tu peux bien rire, chère Fiona, il ne s'agissait pas de n'importe quelle promenade au zoo. Un groupe de personnalités officielles, y compris M. von Braun en personne, évidemment, devait y emmener M. Brodsky. Imagine-toi que M. Brodsky n'était jamais allé au zoo ! Mais ce qui était vraiment important, c'est qu'on avait persuadé Mlle Collins de s'y trouver. Oui, au zoo ! Te rends-tu compte ? Après tant d'années ! Et M. Brodsky le mérite bien, c'est ce que nous avons dit tout de suite, toutes les deux. Mais oui, Mlle Collins devait se trouver là quand ils arriveraient, elle attendrait en un lieu convenu à l'avance, et le groupe des notables la retrouverait, et elle échangerait quelques mots avec M. Brodsky. Tout était arrangé. Tu te rends compte ? Ils allaient se rencontrer et même se parler après tout ce temps ! Nous avons dit que nous comprenions parfaitement la nécessité d'abréger notre entrevue, mais M. von Braun a été très gentil avec nous, il se sentait visiblement très gêné, et il nous a dit : “ Et vous, mesdames, pourquoi ne viendriez-vous pas au zoo, vous aussi ? Je puis difficilement vous proposer de vous joindre au groupe des officiels, mais vous pourriez peut-être observer la scène de loin. " Nous l'avons assuré que nous en serions absolument ravies. Et c'est à ce moment-là qu'il nous a dit : " De plus, si vous acceptez ma proposition, non seulement vous aurez un aperçu de la première rencontre de M. Brodsky avec sa femme, après tant d'années, mais de plus... " et là, il a marqué une pause, pas vrai, Trude ? il a marqué une pause et puis il a dit, comme si de rien n'était : " Vous aurez aussi la possibilité de voir de près M. Ryder, qui a aimablement accepté de faire partie du groupe des officiels. Et si une occasion appropriée s'offre – mais cela, je ne puis le garantir –, je vous ferai signe, mesdames, et je vous présenterai à lui, toutes les deux. " Nous étions absolument soufflées ! Mais, bien entendu, quand nous y avons réfléchi ensuite, en rentrant à la maison, c'est ce que nous nous disions tout à l'heure, quand on y réfléchit sérieusement, ce n'est quand même pas si étonnant. Après tout, nous avons bien progressé au cours de ces dernières années, depuis les banderoles pour la troupe de Pékin, sans parler du soin que nous avons mis à préparer les sandwichs pour le lunch d'Henri Ledoux...

– Les Ballets de Pékin, voilà le moment décisif, intervint Trude.

– Oui, ça a été le moment décisif. Mais je crois qu'on n'a jamais pris le temps d'y penser, on ne faisait qu'aller de l'avant, déployer tous nos efforts, sans doute que nous ne nous sommes jamais rendu compte des progrès que nous faisions dans l'estime de tous. Pour dire la vérité, en toute franchise, nous sommes devenues un élément très important de la vie dans cette ville. Il est grand temps que nous nous en apercevions. Regardons les choses en face : c'est la raison pour laquelle M. von Braun nous convie personnellement dans son bureau, c'est pour cela qu'il finit par nous faire des propositions comme celle d'aujourd'hui. " Si une occasion appropriée s'offre, je vous présenterai à lui. " C'est ce qu'il a dit, pas vrai, Trude ? " Je sais que M. Ryder serait enchanté de faire votre connaissance, d'autant plus que vous allez vous occuper de ses parents, ce qui est pour lui une question de la plus haute importance. " Évidemment, nous avions toujours dit, n'est-ce pas, qu'une fois qu'on nous aurait confié cette responsabilité, nous aurions une chance sérieuse d'être présentées à M. Ryder. Mais nous ne nous étions pas attendues que cela se produise aussi vite, et ça nous a vraiment emballées. Fiona, qu'est-ce qui ne va pas, ma chère ? »

À côté de moi, Fiona s'agitait, impatiente, essayant d'interrompre le flot de paroles d'Inge. Comme Inge s'était tue un instant, Fiona me donna un coup de coude et me lança un regard qui voulait sans doute dire : « Maintenant ! C'est le moment ! » Malheureusement, j'étais encore un peu essoufflé à cause des escaliers, et ce fut probablement la cause de mon hésitation. En tout cas, il survint un moment gênant où les trois femmes me dévisageaient fixement. Puis, comme je ne disais rien, Inge reprit :

« Bon, Fiona, si ça ne te dérange pas, je vais terminer ce que j'étais en train de dire. Je suis sûre que tu as beaucoup de choses passionnantes à nous raconter, et nous avons hâte de t'entendre. Certainement, tu as encore passé une journée on ne peut plus intéressante dans ton tram pendant que nous, nous étions en ville, à nous occuper de tout ce que je viens de te dire, mais si tu veux bien attendre encore une minute, tu vas peut-être apprendre quelque chose qui éveillera ton intérêt. Après tout (et là, le ton de sa voix me parut sarcastique au point de dépasser les limites de la civilité), il s'agit quand même d'un vieil ami à toi, de ton vieil ami M. Ryder...

– Inge, voyons ! » intervint Trude ; mais un sourire errait sur ses lèvres et les deux femmes échangèrent un clin d'œil narquois.

De nouveau, Fiona me donna un coup de coude. Je lui jetai un regard et vis que sa patience était à bout. Elle souhaitait que ses tortionnaires reçoivent la monnaie de leur pièce sans attendre davantage. Je me penchai en avant, m'éclaircis la gorge, mais avant que j'eusse le temps d'articuler un mot, Inge avait déjà repris la parole.

« En fait, pour revenir à ce que je disais, le type de traitement dont nous avons bénéficié correspond bel et bien à ce que nous méritons désormais. En tout cas, c'est visiblement ce que pense M. von Braun. Il n'a jamais cessé d'être très aimable et courtois avec nous, n'est-ce pas ? Il s'est confondu en excuses quand il a dû partir pour la mairie, pour y retrouver le groupe des personnalités. “ Nous arriverons au zoo dans une demi-heure environ, répétait-il. J’espère bien que vous y serez, mesdames. ” Cela ne poserait aucun problème, nous a-t-il dit, si nous nous approchions à cinq ou six mètres du groupe. Après tout, ce n’était pas comme si nous avions simplement fait partie du grand public ! Au fait, excuse-moi, Fiona, nous n’avions pas oublié, nous étions sur le point de signaler à M. von Braun qu’une personne de notre groupe, c’est de toi que je parle, ma chère, que l’une de nous, donc, était une amie très chère de M. Ryder, une amie très chère depuis de nombreuses années. Nous avions bien l’intention de le signaler, mais, je ne sais pas pourquoi, nous n’en avons pas eu l’occasion, n’est-ce pas, Trude ? »

De nouveau, les deux femmes échangèrent un regard narquois. Fiona les dévisagea, en proie à une rage froide. Je vis alors que les choses étaient allées trop loin et résolus d’intervenir. Cependant, deux manières possibles de le faire se présentèrent aussitôt à moi. Je pouvais attirer l’attention sur mon identité d’une façon qui se serait intégrée élégamment au cours des propos tenus par Inge. Par exemple, j’aurais pu lancer calmement : « Ma foi, nous n’avons pas eu le plaisir de nous rencontrer au zoo, mais peu importe, puisqu’il nous est permis de nous retrouver dans le confort de votre appartement » – ou toute autre phrase analogue. L’autre solution consistait à me lever brusquement, peut-être en déployant les bras, et à déclarer à brûle-pourpoint : « Je suis Ryder ! » Naturellement, je souhaitais choisir la méthode dont l’impact serait le plus grand, mais l’hésitation due à ce dilemme me fit manquer de nouveau l’instant favorable, car, déjà, Inge s’était remise à parler.

« Nous sommes allées au zoo et nous avons attendu, oh, environ vingt minutes, n’est-ce pas, Trude ? Nous étions près de cette buvette où l’on peut prendre un café, et au bout d’une vingtaine de minutes nous avons vu les voitures arriver pile devant le portail, et tout le groupe en est sorti, rien que des personnes très distinguées. Ils étaient dix ou onze, rien que des messieurs ; il y avait M. von Winterstein, M. Fischer, M. Hoffman. Et M. von Braun, évidemment.

Et, au milieu du groupe, M. Brodsky, qui avait une allure extrêmement distinguée, n'est-ce pas, Trude ? Rien de commun avec son apparence ancienne. Bien sûr, nous avons tout de suite cherché des yeux M. Ryder, mais il n'était pas là. Trude et moi, nous examinions tous les visages, mais ce n'était que des figures connues, les conseillers, tu vois. L'espace d'une seconde, on a pris M. Reitmayer pour M. Ryder, au moment où il descendait de la voiture. Quoi qu'il en soit, il n'était pas avec eux, et nous nous sommes dit : il va sûrement arriver plus tard, son emploi du temps est chargé. Ils étaient là, tous ces messieurs, ils suivaient l'allée, tous vêtus de pardessus sombres, sauf M. Brodsky qui avait un manteau gris, très distingué, avec un chapeau assorti. Ils ont dépassé les érables, marchant à une allure tranquille, et ils sont arrivés à la première cage. M. von Winterstein jouait apparemment le rôle de l'hôte, guidant M. Brodsky, lui montrant les animaux dans chaque cage. Mais on voyait bien que personne ne faisait très attention aux animaux : ils étaient trop remontés par la perspective de la rencontre de M. Brodsky avec Mlle Collins. Et nous, nous n'avons pas pu résister, n'est-ce pas, Trude ? Nous sommes allées plus loin, nous avons tourné le coin jusqu'au carrefour central et, là, effectivement, Mlle Collins regardait les girafes. Quelques autres promeneurs se trouvaient là, mais ils ne se doutaient évidemment de rien, il a fallu que le groupe des personnalités apparaisse pour que les gens se rendent compte qu'il se passait quelque chose et s'écartent respectueusement ; Mlle Collins était encore devant la cage des girafes, l'air plus solitaire que jamais, et on l'a vue jeter un coup d'œil au groupe des personnalités au moment où il se rapprochait. Elle paraissait si calme qu'on ne pouvait pas imaginer ce qui se passait en elle. Et M. Brodsky, nous avons vu son expression ; très raide, il lançait des regards furtifs vers Mlle Collins, alors qu'ils étaient encore à une bonne distance l'un de l'autre : ils étaient séparés par toutes les cages des singes et des ratons laveurs. M. von Winterstein semblait présenter tous les animaux à M. Brodsky, comme les invités officiels d'un banquet, pas vrai, Trude ? Nous ne comprenions pas pourquoi ces messieurs n'auraient pas pu aller tout droit jusqu'aux girafes et à Mlle Collins, mais, visiblement, c'était comme ça que ça avait été organisé. Et c'était si fort, si émouvant, que, pendant un moment, on a même oublié qu'il se pouvait que M. Ryder se manifeste. On voyait l'haleine de M. Brodsky, toute vaporeuse, et aussi celle de tous les autres messieurs ; et puis, alors qu'il ne restait plus que quelques cages, M. Brodsky a semblé se désintéresser complètement des animaux, et il a ôté son chapeau. C'était tout à fait un geste à l'ancienne, Fiona, comme empreint de respect. Nous nous sommes senties privilégiées de pouvoir en être spectatrices.

– C'était si parlant, interrompit Trude. Tant de choses s'exprimaient dans sa façon de le faire, puis de tenir son chapeau contre sa poitrine. C'était comme une déclaration d'amour, et en même temps un acte de contrition. C'était très émouvant.

– C'est moi qui raconte l'histoire, si tu veux bien, Trude. Mlle Collins, elle est si élégante, jamais on ne devinerait l'âge qu'elle a, en la voyant de loin. Une silhouette si juvénile. Elle s'est tournée vers lui avec une grande nonchalance, séparée de lui par une cage ou deux. Tout ce qu'il avait pu y avoir de simples badauds s'étaient alors éloignés ; Trude et moi, nous nous sommes rappelé ce que nous avait dit M. von Braun, l'histoire des cinq mètres, et nous nous sommes rapprochées discrètement, autant que nous l'osions, mais c'était un tel instant d'intimité qu'il n'était pas question d'aller trop près. D'abord, ils se sont fait un signe de tête et ils ont échangé des salutations tout à fait banales. Puis M. Brodsky a fait subitement quelques pas en avant et il a tendu le bras, très rapidement, c'était comme s'il avait prévu de le faire à l'avance, du moins c'est ce que Trude a pensé...

– Oui, comme s'il avait répété ce geste en privé pendant des jours...

– Absolument, c'était ça. Je suis d'accord. C'était exactement comme ça. Il a tendu le bras, il a pris sa main et il y a déposé un baiser léger, très délicatement, et puis il l'a lâchée. Et Mlle Collins, elle a simplement incliné la tête d'un geste gracieux, puis elle a aussitôt consacré son attention aux autres messieurs, qu'elle a salués en souriant, mais nous étions trop loin pour saisir les propos qu'ils échangeaient. Bon, ils étaient donc tous là, et pendant un moment personne n'a semblé savoir ce qu'il fallait faire ensuite. Et puis M. von Winterstein a pris l'initiative, il s'est mis à raconter quelque chose sur les girafes à M. Brodsky et à Mlle Collins, en s'adressant à eux comme s'il avait eu affaire à un couple – pas vrai, Trude ? On aurait pu croire que c'était un couple, deux vieilles personnes sympathiques qui seraient arrivées ensemble. Oui, ils étaient là, M. Brodsky et Mlle Collins, après toutes ces années, debout côte à côte, sans se toucher, simplement côte à côte, contemplant tous deux les girafes et écoutant M. von Winterstein. Ça a continué pendant quelque temps, et on voyait les autres messieurs discuter à voix basse de ce qu'ils devaient faire ensuite. Et puis, progressivement, sans en avoir l'air, les messieurs ont tous battu en retraite, ils s'y sont vraiment très bien pris, de façon très courtoise, ils ont tous fait mine d'être en conversation avec tel ou tel et se sont éloignés en douce, petit à petit, si bien qu'à la fin il n'y avait plus que M. Brodsky et Mlle Collins tête à tête devant les girafes. Bien entendu, nous observions la scène avec la plus grande attention et tous les autres aussi, certainement, mais bien sûr tout le monde faisait semblant de ne pas regarder. Et nous avons vu M. Brodsky se tourner très gracieusement vers Mlle Collins, lever une main en indiquant la cage des girafes et dire quelque chose. C'était sans doute une phrase qui venait du fond du cœur et Mlle Collins a très légèrement penché la tête ; même elle, elle ne pouvait pas rester insensible – et puis M. Brodsky a continué à parler, on le voyait parfois lever de nouveau la main, comme ça, très doucement, dans la direction des girafes. Nous ne pouvions pas savoir s'il parlait des girafes ou d'autre chose, mais il n'arrêtait pas de lever la main vers la cage. Mlle Collins avait quand même l'air d'être sous le choc, mais c'est une dame qui a tant d'élégance ! Elle s'est redressée, elle a souri et puis ils sont venus d'un pas de promenade jusqu'à l'endroit où bavardaient les autres messieurs. On l'a vue échanger quelques mots avec ces messieurs, très aimable, très polie, elle a eu l'air de s'entretenir assez longtemps avec M. Fischer, et puis elle leur a dit au revoir à eux tous, un par un. Elle s'est légèrement inclinée à l'intention de M. Brodsky ; on voyait à quel point tout ça enchantait M. Brodsky. Il était là, debout, plongé dans une sorte de rêve, tenant son chapeau contre sa poitrine. Ensuite elle s'est engagée dans l'allée, jusqu'à la buvette, puis jusqu'à la fontaine, et on l'a perdue de vue lorsqu'elle a dépassé l'enclos des ours blancs. Après son départ, ces messieurs ont semblé laisser tomber le rôle qu'ils avaient joué et ils se sont rassemblés autour de M. Brodsky, on voyait bien que tout le monde était très content, enthousiaste, ils avaient tous l'air de le féliciter. Oh, comme nous aurions aimé savoir ce que M. Brodsky avait dit à Mlle Collins ! Nous aurions peut-être dû être plus audacieuses, nous rapprocher un peu plus, on aurait peut-être pu capter au moins un mot ou deux. Mais, maintenant que nous avons acquis un certain statut, nous nous devons de faire attention. En tout cas, c'était absolument merveilleux. En plus, les arbres du zoo sont vraiment magnifiques à cette époque de l'année. Je me demande quand même ce qu'ils ont bien pu se dire. Trude pense qu'ils vont se remettre ensemble maintenant. Tu savais qu'ils n'avaient jamais divorcé ? C'est intéressant, non ? Pendant toutes ces années, et bien que Mlle Collins tienne à se faire appeler Mlle Collins, ils n'ont jamais divorcé. M. Brodsky mérite de la reconquérir. Au fait, excuse-moi, tout ça est si passionnant qu'on n'a même pas abordé le point principal ! À propos de M. Ryder ! Tu comprends, dans la mesure où M. Ryder n'était pas avec le groupe des personnalités, il nous a semblé que nous ne pouvions pas trop nous approcher, même après le départ de Mlle Collins. Après tout, M. von Braun nous avait proposé de rejoindre le groupe précisément pour rencontrer M. Ryder. En tout cas, alors même que nous observions M. von Braun attentivement, et que nous étions parfois assez proches d'eux, il ne nous a jamais regardées : sans doute était-il trop absorbé par M. Brodsky. Donc, nous ne nous sommes pas approchées davantage. Mais, au moment où ils partaient, nous les observions au moment où ils allaient franchir le portail, ils se sont tous arrêtés et ils ont été rejoints par quelqu'un, un homme, mais ils étaient arrivés si loin qu'il nous était impossible de le distinguer nettement. Mais Trude était convaincue que c'était M. Ryder qui s'était joint à eux – elle voit mieux que moi de loin, d'autant plus que je n'avais pas mes lentilles. Elle en était sûre, pas vrai, Trude ? Elle était certaine que c'était lui, qu'il avait fait preuve de tact en restant à l'écart pour ne pas rendre les choses encore plus difficiles à M. Brodsky et Mlle Collins, et qu'il retrouvait maintenant le groupe des personnalités devant le portail. J'ai d'abord eu l'impression que ce n'était que M. Braunthal, mais je n'avais pas mis mes lentilles et Trude, elle, était convaincue que c'était M. Ryder. Et ensuite, quand j'y ai réfléchi, moi aussi, j'ai eu le sentiment que c'était peut-être bel et bien M. Ryder. Nous avons manqué l'occasion de lui être présentées ! Ils étaient trop loin à ce moment-là, tu comprends, déjà arrivés au portail, et les chauffeurs ouvraient déjà les portières des voitures. Même si nous nous étions précipitées, nous ne serions pas arrivées à temps. Donc, au sens le plus strict du terme, nous n'avons pas rencontré M. Ryder. Mais nous étions justement en train d'en parler, Trude et moi, et nous disions que dans presque tous les autres sens concevables, je veux dire au point de vue de ce qui compte vraiment, il est légitime de dire que nous l'avons rencontré aujourd'hui. Après tout, s'il avait été avec le groupe des personnalités, il est certain qu'après le départ de Mlle Collins, devant la cage des girafes, M. von Braun nous aurait bel et bien présentées. Ce n'est quand même pas notre faute si nous n'avons pas imaginé le tact dont M. Ryder allait faire preuve en restant du côté du portail. En tout cas, quoi qu'il en soit, la question ne se pose pas : nous aurions pu lui être présentées, ce n'aurait été que justice. C'est cela qui compte. De toute évidence, c'est ce que pensait M. von Braun : nous tenons désormais une place telle que cela n'aurait été que justice. Et sais-tu, Trude ? »

Elle se tourna vers son amie.

« En y réfléchissant, je suis d'accord avec toi. Nous ferions aussi bien d'annoncer à la réunion de ce soir que nous l'avons rencontré. Comme tu le disais, c'est plus près de la vérité que de dire que nous ne l'avons pas vu. Et nous avons tant de choses à discuter ce soir, nous n'avons vraiment pas le temps de tout expliquer en long et en large. Après tout, c'est un caprice du destin qui nous a empêchées de lui être présentées officiellement ; voilà tout. Pratiquement, nous l'avons rencontré. Il entendra certainement parler de nous, si cela n'a pas déjà été le cas : il va nécessairement prendre des renseignements détaillés sur les dispositions prises pour s'occuper de ses parents. Donc, nous l'avons rencontré, ou c'est tout comme, et, comme tu le disais, ce ne serait pas juste que les gens se fassent une autre idée des choses. Mais pardonne-moi, je t'en prie (Inge se tourna brusquement vers Fiona), j'oubliais que je parlais à une vieille amie de M. Ryder. Nous devons avoir l'air de faire bien des histoires pour pas grand-chose, devant une si vieille amie...

– Inge, intervint Trude, la pauvre Fiona, elle est dans tous ses états. Ne te moque pas d'elle. » Puis elle fit un sourire à Fiona : « Ne t'en fais pas, ma chère, tout va bien. »

Tandis que Trude parlait, il me revint des souvenirs de la vive amitié qui nous liait, Fiona et moi, quand nous étions enfants. Je me rappelais la maisonnette blanche où elle vivait, à quelques pas de chez nous, en bordure d'un chemin boueux du Worcestershire, et les heures passées à jouer tous les deux sous la table de leur salle à manger. Je me remémorais toutes les fois où j'avais traîné jusqu'à la maisonnette ma détresse et mon trouble, et sa façon de me consoler, capable de m'aider à oublier rapidement la scène qui avait provoqué ma fuite, si dure fût-elle. Me rendant compte que cette précieuse amitié était sous mes yeux l'objet de railleries, je sentis la rage monter en moi ; certes, Inge s'était remise à parler, mais j'estimai que je ne pouvais pas laisser une pareille situation prévaloir une seconde de plus. Résolu à ne pas commettre de nouveau l'erreur de temporiser, je me penchai en avant avec détermination, pensant interrompre Inge en énonçant carrément mon identité, puis m'enfoncer de nouveau dans mon siège tandis que ma déclaration ferait son effet sur l'assistance. Hélas, j'eus beau mettre en jeu une grande énergie, il n'émergea de moi qu'un vague grognement étranglé, suffisamment sonore pourtant pour amener Inge à faire silence et les trois femmes à se tourner vers moi en me dévisageant. Il y eut un instant de gêne, avant que Fiona, certainement désireuse de me tirer d'embarras – et retrouvant peut-être en partie son ancienne tendance à me protéger –, n'explose :

« Toutes les deux, vous ne savez pas à quel point vous paraissez stupides ! Vous savez pourquoi ? Non, vous ne vous en douterez jamais, vous deux, vous ne pouvez pas savoir à quel point vous avez l'air idiotes, lamentablement ridicules. Vous ne risquez pas de vous en douter, c'est typique, c'est vraiment tout à fait vous. Oh, il y a si longtemps que j'ai envie de vous le dire, depuis le jour où je vous ai rencontrées ! Eh bien, maintenant, vous pouvez en juger par vous-mêmes, vous avez les moyens de mesurer votre propre bêtise. Regardez ! »

Fiona fit un geste de la tête dans ma direction. Inge et Trude, aussi éberluées l'une que l'autre, me dévisagèrent de nouveau. Je fis encore une fois un effort déterminé pour me présenter, mais, à mon désarroi, je ne parvins qu'à pousser un nouveau grognement, plus vigoureux que le précédent mais pas plus articulé. Je respirai profondément, me trouvant en proie à un début de panique, et fis une autre tentative sans pouvoir émettre autre chose qu'un « ahan » un peu plus prolongé.

« Mais qu'est-ce qu'elle nous chante là, Trude ? dit Inge. Pourquoi diable cette petite garce nous parle-t-elle sur ce ton ? Comment ose-t-elle ? Qu'est-ce qui lui prend ?

– C'est ma faute, répondit Trude. Je me suis trompée. C'est moi qui ai eu l'idée de l'accueillir dans notre groupe. Ce n'est pas plus mal qu'elle se révèle telle qu'elle est réellement avant l'arrivée des parents de M. Ryder. Elle est jalouse, et voilà tout. Elle est jalouse parce que nous avons rencontré M. Ryder aujourd'hui. Alors que, de son côté, elle n'a rien d'autre que ses petites histoires pitoyables...

– Qu'est-ce que tu racontes, vous l'avez rencontré aujourd'hui ? explosa Fiona. Tu viens de dire toi-même que tu n'avais pas...

– Tu sais parfaitement que ça revient exactement au même ! N'est-ce pas, Trude ? Nous sommes parfaitement en droit de dire que nous l'avons rencontré. Il va bien falloir que tu te résignes à cette idée, Fiona...

– Eh bien, dans ce cas (Fiona s'était presque mise à hurler), essayez donc, vous, de vous résigner à ceci ! » Elle lança le bras dans ma direction comme si elle annonçait la plus sensationnelle des entrées en scène. Une fois de plus, je fis de mon mieux pour coopérer. Cette fois-ci, alimenté par un sentiment de colère et de frustration de plus en plus violent, le grognement émis fut plus intense que jamais et je sentis le canapé ébranlé par mon effort.

« Mais qu'est-ce qui lui arrive, à ton fameux ami ? » demanda Inge en me remarquant tout à coup. Mais Trude ne s'intéressait pas du tout à moi.

« Je n'aurais jamais dû t'écouter, disait-elle amèrement à Fiona. J'aurais dû voir dès le début que tu n'étais qu'une petite menteuse. Et dire que nous avons laissé nos enfants jouer avec tes mioches ! Sans doute que ce sont eux aussi des petits menteurs et qu'ils ont appris à tous nos enfants l'art et la manière de mentir. Quelle chose ridicule que ta réception d'hier soir ! Et la façon dont tu as décoré ton appartement ! Quelle absurdité ! Nous en avons toutes ri, ce matin...

– Pourquoi ne m'aides-tu pas ! » Fiona, pour la première fois, s'adressa directement à moi. « Qu'est-ce qui se passe, pourquoi n'interviens-tu pas ? »

À vrai dire, mon état de tension n'avait fait que s'aggraver. Au moment où Fiona se tournait vers moi, j'eus un aperçu de mon apparence dans un miroir accroché au mur d'en face. Je constatai que mon visage était devenu rouge vif ; mes traits contractés avaient quelque chose de porcin, tandis que mes poings, serrés au niveau de ma poitrine, tremblaient à l'instar de tout mon torse. À me voir moi-même dans cet état, j'en perdis tous mes moyens. Découragé, je m'effondrai de nouveau dans l'angle du canapé en haletant bruyamment.

« Je crois, ma chère Fiona, disait Inge, qu'il est temps que vous partiez, toi et ton... ton ami. À mon avis, ta présence à la réunion de ce soir n'est pas indispensable.

– C'est hors de question ! cria Trude. Nous avons des responsabilités maintenant. Nous ne pouvons pas nous permettre de prendre en charge des petits oiseaux aux ailes brisées dans son genre. Nous ne sommes plus un simple groupe de bénévoles. Nous avons des tâches très importantes à accomplir et quiconque n'est pas à la hauteur doit être rejeté. »

Je vis des larmes apparaître dans les yeux de Fiona. Elle

me regarda de nouveau, avec une amertume croissante, et l'idée me vint d'essayer une fois de plus de décliner mon identité, mais, pensant à l'image que j'avais aperçue dans le miroir, je décidai finalement de n'en rien faire. Je me relevai donc en chancelant et partis à la recherche de la sortie. Mes pénibles efforts m'avaient essoufflé ; quand j'atteignis la porte, je fus obligé de m'appuyer un moment au chambranle. Derrière moi, j'entendais les deux femmes qui continuaient à discuter avec animation. À un moment, Inge dit : « Et quelle personne répugnante à inviter chez soi ! » Haletant, je traversai en courant l'entrée exiguë et, après avoir trituré frénétiquement les verrous de la porte palière, je parvins à gagner le couloir de l'immeuble. Presque aussitôt, je commençai à me sentir mieux et me dirigeai vers l'escalier d'un pas plus apaisé.

17

En descendant les volées d'escalier successives, je regardai ma montre et vis qu'il était grand temps de partir pour la galerie Karwinsky. J'éprouvais évidemment un regret considérable à l'idée de la situation que je laissais derrière moi, mais, de toute évidence, j'avais pour obligation prioritaire de faire en sorte que nous nous présentions ponctuellement à l'événement important de la soirée.

Lorsque j'atteignis enfin le rez-de-chaussée, je fus accueilli par un panneau fixé au mur, portant le mot Parking et indiquant la direction au moyen d'une flèche. Je passai devant plusieurs placards de rangement et franchis une porte donnant sur l'extérieur.

J'étais maintenant à l'arrière des immeubles, de l'autre côté par rapport au lac artificiel. Le soleil était très bas dans le ciel. Des étendues verdoyantes se déroulaient devant moi et s'estompaient peu à peu dans le lointain. Le parking se trouvait juste devant moi ; ce n'était qu'un rectangle d'herbe que l'on avait entouré d'une clôture, à la façon du corral d'un ranch américain. On n'avait pas cimenté le sol, mais les allées et venues des véhicules l'avaient pratiquement transformé en terre battue. Il y avait assez de place pour accueillir une cinquantaine de voitures, mais leur nombre se limitait pour l'instant à sept ou huit, garées à quelque distance les unes des autres, le soleil du soir ricochant sur les carrosseries. Presque à l'autre bout du parking, j'aperçus la femme boulotte et Boris qui remplissaient le coffre d'un break. En m'approchant d'eux, je découvris Sophie assise à l'avant, à la place du passager, contemplant d'un air absent le coucher de soleil à travers le pare-brise.

La femme boulotte fermait le coffre au moment où je les rejoignis.

« Excusez-moi, lui dis-je. Je ne savais pas que vous aviez tant de choses à charger. Je vous aurais volontiers donné un coup de main, mais...

– Pas de problème. Ce gaillard-là m'a fourni toute l'aide dont j'avais besoin. » La femme boulotte ébouriffa les cheveux de Boris, puis elle lui dit : « Ne t'en fais pas, d'accord ? Vous allez tous passer une soirée formidable. Sérieusement. Elle a préparé tout ce que tu préfères. »

Elle se pencha et, d'un geste rassurant, serra Boris dans ses bras, mais le petit garçon semblait perdu dans un rêve et regardait au loin. La femme boulotte me tendit les clés de la voiture.

« Il doit y avoir largement assez d'essence. Conduisez avec précaution. »

Je la remerciai et la regardai se diriger vers les immeubles. Quand je me tournai vers lui, Boris contemplait le soleil. Je lui touchai l'épaule et le guidai vers la voiture. Il s'installa à l'arrière sans dire un mot.

Manifestement, le soleil couchant avait un effet hypnotique : quand je me glissai au volant, Sophie avait, elle aussi, le regard perdu dans le lointain. Elle sembla à peine remarquer mon arrivée, mais, tandis que je me familiarisais avec le tableau de bord, elle dit d'une voix douce :

« Nous ne devons pas laisser cette histoire de maison nous déprimer, tous tant que nous sommes. Nous ne pouvons pas nous le permettre. Nous ne savons pas quand viendra le jour où tu seras de nouveau de retour auprès de nous.

Maison ou pas, nous devons commencer à faire des choses ensemble, des choses bien. Je me suis rendu compte de ça ce matin, en revenant, dans l'autobus. Même avec cet appartement. Et cette cuisine.

– Oui, oui, dis-je en mettant le contact. Allons. Est-ce que tu sais comment on va à la galerie ? »

Cette question arracha Sophie à sa transe. « Oh ! » dit-elle en portant les mains à sa bouche comme si elle venait de se rappeler quelque chose. Puis elle reprit : « Je saurais sans doute y aller en partant du centre-ville. Mais d'ici, je n'en sais rien. »

Je poussai un grand soupir. Il me semblait que la situation menaçait de nouveau d'échapper à tout contrôle, et je sentais revenir en moi le mécontentement intense que j'avais éprouvé dès le début de la journée, à voir Sophie introduire ainsi le chaos dans ma vie. Mais, soudain, j'entendis près de moi sa voix joyeuse :

« Et si nous demandions au gardien du parking ? Il saura peut-être. »

Elle indiquait l'entrée du parking, où se trouvait en effet une petite guérite en bois occupée par un personnage en uniforme, dont la partie supérieure du corps était seule visible.

« D'accord, dis-je. Je vais lui poser la question. »

Je descendis et gagnai la guérite. Une voiture qui quittait les lieux s'était arrêtée au niveau du petit édifice et, en m'approchant, je vis le gardien – un gros homme chauve – penché à son guichet, un sourire jovial aux lèvres, et faisant de grands gestes à l'intention du conducteur. Leur conversation se poursuivit pendant un moment et j'étais sur le point de les interrompre lorsque la voiture démarra enfin. Même alors, le gardien continua à suivre le véhicule des yeux tandis qu'il s'éloignait sur la longue route sinueuse qui dessinait le périmètre de la résidence. En fait, il semblait être lui aussi fasciné par le coucher de soleil : j'avais beau tousser en me plaçant juste devant le guichet, il ne cessait de regarder rêveusement dans la direction de la voiture. À la fin, j'aboyai sèchement : « Bonsoir ! »

Le gros homme sursauta puis, baissant les yeux vers moi, répondit : « Oh, bonsoir, monsieur.

– Excusez-moi de vous déranger, mais nous sommes quelque peu pressés. Nous devons nous rendre à la galerie Karwinsky, mais, voyez-vous, je suis de passage dans cette ville, et je ne sais trop quelle est la façon la plus rapide d'y parvenir en partant d'ici.

– La galerie Karwinsky. » L'homme réfléchit un instant, puis reprit : « Eh bien, pour être franc, ce n'est pas tout simple, monsieur. À mon avis, la meilleure solution serait que vous suiviez le monsieur qui vient de partir. Dans la voiture rouge. » Il montra du doigt le lointain. « Ce monsieur, par un heureux hasard, habite à proximité de la galerie Karwinsky. Bien sûr, je pourrais essayer de vous indiquer la route, mais il faudrait d'abord que je passe un bon moment à préparer mes explications, avec tous les embranchements qu'il faut prendre, surtout vers la fin du trajet. Quand vous quittez la grand-route, c'est ce que je veux dire, et qu'il vous faudra choisir entre toutes les petites routes qui desservent les fermes. Beaucoup plus simple, monsieur, de suivre le conducteur de cette voiture rouge. Si je ne me trompe, il habite plus loin que la galerie Karwinsky, après encore deux ou trois embranchements. C'est un coin bien agréable ; ce monsieur, avec sa femme, ça leur plaît énormément. C'est la campagne, là-bas, monsieur. Il m'a dit qu'il avait une vraie chaumière, avec des poules dans la cour et un pommier. Un endroit bien agréable pour une galerie d'art, même si c'est un peu en dehors des sentiers battus. Ça vaut le voyage, monsieur. Le monsieur à la voiture rouge, il dit qu'il ne voudrait déménager pour rien au monde, et pourtant cela lui fait quand même beaucoup de chemin, de venir tous les jours dans cette résidence. Mais oui, il travaille ici, il travaille au bâtiment administratif (l'homme se pencha subitement jusqu'à sortir de son guichet et indiqua des fenêtres situées derrière lui), ce bâtiment-là, monsieur. Mais non, ce ne sont pas que des immeubles résidentiels, loin de là. Gérer une résidence de cette taille, ça entraîne un tas de paperasserie. Le monsieur à la voiture rouge, il travaille ici depuis le jour où la compagnie des eaux a commencé à faire construire. Et maintenant, c'est lui qui supervise tous les travaux d'entretien. C'est un emploi très prenant, monsieur, et il a un trajet important à faire tous les jours, mais il dit qu'il n'a pas du tout envie de s'installer plus près. Et je le comprends, c'est bien agréable par là-bas. Mais je bavarde, je bavarde, et vous devez être pressé. Je vous demande pardon, monsieur. Comme je vous le disais, vous n'avez qu'à suivre cette voiture rouge, c'est de loin la façon la plus simple de vous y prendre. Je suis sûr que vous apprécierez la galerie Karwinsky. C'est un coin bien agréable, et quant à la galerie, on m'a dit qu'on y trouvait de très beaux objets. »

Je le remerciai brièvement et regagnai la voiture. Quand je repris place au volant, Sophie et Boris continuaient à contempler le coucher de soleil. Je démarrai sans dire un mot. Nous passâmes en cahotant devant la guérite en bois – je fis au gardien un petit signe de la main – et ce ne fut qu'à ce moment que Sophie demanda : « Alors, tu connais le chemin ?

– Oui, oui. Nous n'avons qu'à suivre la voiture rouge qui vient de partir. »

En prononçant ces paroles, je me rendis compte que j'étais encore en colère contre elle. Mais je ne dis rien de plus et engageai la voiture sur la route qui faisait le tour de la résidence.

Nous dépassâmes une succession de bâtiments ; le soleil couchant se réfléchissait sur les innombrables fenêtres. Puis la résidence disparut et un embranchement nous mena sur une voie à grande circulation, bordée de chaque côté par des forêts de sapins. La route était presque déserte, ce qui permettait une grande visibilité, et avant longtemps j'aperçus la voiture rouge, petit point lointain se déplaçant à une allure modérée. Il y avait si peu de véhicules qu'il ne me parut pas nécessaire de serrer de près mon guide ; je ralentis donc à mon tour en maintenant entre nous une distance respectueuse. Pendant tout ce temps, Sophie et Boris étaient restés plongés dans un silence rêveur et je finis, moi aussi, par me laisser aller à un sentiment de tranquillité, en regardant le soleil se coucher au-dessus de la route vide.

Au bout d'un moment, je me mis à repasser dans ma mémoire le deuxième but marqué par l'équipe de football des Pays-Bas, opposée à l'Italie dans une demi-finale de la Coupe du monde, quelques années auparavant. Ç'avait été un étonnant dégagement et je le plaçais au rang de mes meilleurs souvenirs sportifs, mais je m'aperçus avec agacement que j'avais oublié l'identité du buteur. Le nom de Rensenbrink me revenait vaguement ; certes, il participait à ce match, mais, réflexion faite, j'étais sûr qu'il n'avait pas marqué ce but. Je voyais de nouveau le ballon voler dans la lumière, dépasser les défenseurs italiens, étrangement paralysés, et continuer sa trajectoire au-delà de la main tendue du gardien. C'était frustrant d'avoir oublié un détail aussi important. Je récapitulais systématiquement les noms de tous les footballeurs néerlandais de cette époque que j'arrivais à me rappeler lorsque Boris, derrière moi, dit subitement :

« Nous sommes trop près du milieu de la route. Nous allons avoir un accident.

– C'est idiot, répliquai-je. Nous sommes là où il faut.

– C'est pas vrai ! » Je le sentais cogner dans le dossier de mon siège. « Nous sommes trop près du milieu. Si une voiture arrive de l'autre côté, nous aurons un accident ! »

Sans rien dire, je ramenai légèrement la voiture vers le bord de la route. Cela sembla rassurer Boris, qui fit de nouveau silence. Puis Sophie parla :

« Tu sais, je dois reconnaître qu'au début je n'ai pas été très contente quand j'ai appris ça. Cette réception, je veux dire. Je pensais que ça gâcherait notre soirée. Mais quand j'y ai un peu plus réfléchi, et surtout quand je me suis rendu compte que ça ne nous obligeait pas à renoncer à notre repas de ce soir, je me suis dit que c'était une bonne chose. D'une certaine façon, c'est exactement ce qu'il nous faut. Je sais que je peux m'en tirer très bien, et Boris aussi. Nous nous en tirerons bien tous les deux et, comme ça, nous aurons quelque chose à fêter à notre retour. Toute cette soirée pourrait être réellement décisive pour nous. »

Avant que je puisse répondre quoi que ce soit, Boris cria de nouveau :

« Nous sommes bien trop près du milieu !

– Je n'ai pas l'intention de changer de voie, dis-je. Nous sommes là où nous devons être.

– Peut-être qu'il a peur, me dit Sophie doucement.

– Mais non, il n'a pas peur.

– J'ai peur ! Nous allons avoir une terrible collision !

– S'il te plaît, Boris, tiens-toi tranquille. Je conduis très prudemment. »

J'avais parlé avec une certaine sévérité et Boris se tut. Mais, alors que je continuais à conduire, je me rendis compte que Sophie me regardait d'un air embarrassé. Elle tournait parfois les yeux vers Boris, puis son regard se posait de nouveau sur moi. Elle finit par dire d'une voix calme :

« Et si nous nous arrêtions quelque part ?

– Nous arrêter quelque part ? Pour quoi faire ?

– Nous sommes largement dans les temps pour la galerie. Une pause de quelques minutes ne nous mettra pas en retard.

– À mon avis, nous devrions d'abord trouver l'endroit. »

Sophie sombra dans le silence pendant quelques minutes. Puis elle se tourna de nouveau vers moi et dit : « À mon avis, nous devrions nous arrêter. Nous boirions tous un verre, nous prendrions quelque chose. Ça t'aiderait à te détendre.

– Qu'est-ce que tu veux dire, me détendre ?

– Je veux qu'on s'arrête ! cria Boris à l'arrière.

– Qu'est-ce que tu veux dire, me détendre ?

– C'est tellement important que vous ne recommenciez pas à vous disputer tous les deux, ce soir, répondit Sophie. Je le vois venir de nouveau. Mais pas ce soir. Je ne l'admettrai pas. Nous devrions tous nous décontracter un peu. Pour être dans l'humeur appropriée.

– Qu'est-ce que tu veux dire, l'humeur appropriée ? Aucun de nous n'a le moindre problème.

– Je veux qu'on s'arrête ! J'ai peur ! Je vais être malade !

– Regarde ! » Sophie indiqua un panneau au moment où nous le dépassions. « Nous allons arriver à une station-service. S'il te plaît, arrêtons-nous là.

– C'est totalement inutile...

– Tu es en train de te fâcher. Et c'est une soirée si importante. Il ne faut pas que ça se passe comme ça ce soir.

– Je veux qu'on s'arrête ! Je veux aller aux toilettes !

– La voilà, c'est là. S'il te plaît, arrêtons-nous. Arrangeons les choses avant que ça se dégrade.

– Arrangeons quoi ? »

Sophie ne répondit pas, mais continua à regarder d'un air anxieux au-delà du pare-brise. Nous traversions maintenant une région montagneuse. Les forêts de sapins avaient disparu ; à leur place, des pentes rocheuses se dressaient de chaque côté. La station-service était visible à l'horizon, pareille à un vaisseau spatial posé au milieu des escarpements. Toute ma colère contre Sophie était revenue avec une intensité nouvelle, mais malgré tout, et presque malgré moi, je pris la voie de droite en ralentissant.

« Tout va bien, nous allons nous arrêter, dit Sophie à Boris. Ne t'inquiète pas.

– Il n'a jamais été inquiet », dis-je avec froideur. Mais Sophie ne sembla pas entendre.

« Nous allons manger un morceau, annonça-t-elle au petit garçon. Nous nous sentirons tous beaucoup mieux ensuite. »

Suivant la direction indiquée par un panneau, je m'engageai sur une route étroite et raide. Nous prîmes un certain nombre de virages, puis la route s'aplanit et nous rejoignîmes un parking. Plusieurs camions étaient garés côte à côte, ainsi qu'une bonne dizaine de voitures.

Je descendis et m'étirai. Lorsque je me retournai, je vis Sophie aider Boris à sortir de la voiture. Je le regardai faire quelques pas sur le sol bitumé, l'air plutôt somnolent. Puis, comme pour se réveiller, il leva son visage vers le ciel et poussa un hurlement à la Tarzan, allant même jusqu'à se frapper la poitrine.

« Boris, arrête ! criai-je.

– Mais il ne dérange personne, dit Sophie. Personne ne peut l'entendre. »

Nous étions effectivement au sommet d'une hauteur et nous nous tenions à quelque distance de la construction vitrée qui constituait la station-service. Le soleil couchant était maintenant rouge sombre et se réfléchissait sur toutes les surfaces du bâtiment. Sans mot dire, je passai devant mes deux compagnons et me dirigeai vers l'entrée.

« Je ne dérange personne ! » me lança Boris. Puis vint un deuxième hurlement à la Tarzan, qui s'acheva par des vocalises tyroliennes. Je continuai sans me retourner. Ce ne fut qu'en arrivant à l'entrée que je marquai un temps d'arrêt, en maintenant ouverte à leur intention la lourde porte de verre.

Nous traversâmes une sorte de hall équipé d'une batterie de téléphones publics, puis franchîmes une deuxième porte de verre qui conduisait à la cafétéria. Des effluves de viande grillée nous accueillirent. La salle était vaste, meublée de longues rangées de tables ovales. Il y avait de tous côtés d'immenses baies vitrées par lesquelles on voyait de vastes étendues de ciel. Dans le lointain, on entendait la rumeur de la grand-route.

Boris courut jusqu'au comptoir en libre-service et s'empara d'un plateau. Demandant à Sophie de prendre une bouteille d'eau minérale pour moi, je partis choisir une table. Il n'y avait pas beaucoup de clients – quatre ou cinq tables au plus étaient occupées –, mais je gagnai l'extrémité d'une des longues rangées et m'assis en tournant le dos aux nuages.

Au bout de quelques minutes, Boris et Sophie apparurent dans l'allée, tenant chacun un plateau. Ils s'assirent devant moi et commencèrent à disposer leurs consommations sur la table d'une manière étrangement feutrée. Je remarquai alors que Sophie faisait des clins d'œil à Boris et supposai que, pendant leur passage au comptoir, elle était intervenue auprès du petit garçon pour qu'il me dise quelque chose, qu'il répare par ses paroles les dégâts provoqués par notre récente altercation. Jusqu'alors, il ne m'était pas apparu qu'une quelconque réconciliation fût nécessaire entre Boris et moi ; je fus agacé de voir Sophie s'ingérer si gauchement dans la situation. M'efforçant d'alléger l'atmosphère, je fis une remarque plaisante sur le décor futuriste qui nous entourait, mais Sophie répondit d'un ton distrait et lança de nouveau un regard en coin à Boris. Il y avait là un tel manque de subtilité qu'elle aurait aussi bien pu lui donner un coup de coude. Boris, de façon bien compréhensible, ne semblait guère vouloir se prêter à ses désirs et continuait à tortiller d'un air grincheux un sachet de cacahuètes qu'il avait acheté. Il finit par marmonner sans lever les yeux :

« J'ai lu un livre écrit en français. »

Je haussai les épaules et regardai le coucher de soleil. Je sentis que Sophie poussait Boris à en dire davantage. Il finit par lâcher, boudeur :

« J'ai lu un livre entier, tout en français. »

Je me tournai vers Sophie : « Personnellement, je ne m'en suis jamais trop bien tiré avec la langue française. J'ai plus de problèmes en français qu'en japonais. Non, c'est vrai. Je me débrouille mieux à Tokyo qu'à Paris. »

Sophie, à qui cette réponse ne devait guère convenir, braqua sur moi un regard sévère. Irrité par son attitude autoritaire, je me tournai de l'autre côté et regardai de nouveau le coucher de soleil par-dessus mon épaule. Un moment s'écoula, puis j'entendis Sophie dire :

« Boris fait beaucoup de progrès dans les langues étrangères, maintenant. »

Comme ni Boris ni moi ne réagissions, elle se pencha vers le petit garçon et reprit :

« Boris, il va falloir que tu fasses encore un effort. Nous allons bientôt arriver à la galerie. Il va y avoir énormément de monde. Certains de ces gens auront l'air très important, mais tu n'auras pas peur, hein ? Maman ne va pas avoir peur d'eux, et toi non plus. Nous allons montrer à tout le monde que nous sommes à la hauteur. Nous aurons beaucoup de succès, d'accord ? »

Pendant un moment, Boris continua à tortiller son petit sachet entre ses doigts. Puis il leva les yeux et poussa un soupir.

« Ne t'inquiète pas, dit-il. Je sais ce qu'il faut faire. » Puis il se redressa sur son siège et poursuivit : « Il faut mettre une main dans sa poche. Comme ça. Et puis tenir haut son verre, comme ça. »

Il garda la position quelque temps, tout en arborant une expression pleine de morgue. Sophie éclata de rire. Quant à moi, je ne pus m'empêcher de sourire légèrement.

« Et quand des gens viennent te voir, continua Boris, tu leur répètes simplement : " Tout à fait remarquable ! Tout à fait remarquable ! " Ou, si tu préfères, tu peux leur dire : " Magnifique ! Magnifique ! " Et quand le serveur arrive avec des choses sur un plateau, on lui fait ça. » Boris prit un air revêche et agita un doigt de gauche à droite.

Sophie riait encore. « Boris, tu vas avoir un succès fou ce soir. »

Le visage rayonnant, Boris était visiblement content de lui. Puis il se leva brusquement et dit : « Je vais aux toilettes. J'avais oublié que je voulais y aller. J'en ai pour un instant. »

Il exécuta de nouveau à notre intention son mouvement de doigt dédaigneux, puis partit en courant.

« Il lui arrive d'être très amusant », dis-je.

Sophie observait par-dessus son épaule Boris qui s'éloignait entre les tables. « Il grandit si vite », dit-elle. Puis elle soupira et son expression devint plus pensive. « Il sera bientôt adulte. Nous n'avons plus beaucoup de temps. »

Je restai muet, attendant qu'elle poursuive. Pendant quelques secondes elle continua à regarder par-dessus son épaule. Puis, se tournant vers moi, elle dit doucement : « C'est son enfance qui est en train de s'échapper. Il sera bientôt adulte et il n'aura jamais rien connu de mieux.

– À t'entendre, on croirait qu'il mène une vie horrible. Ça se passe parfaitement bien pour lui.

– Tu as raison, je sais, sa vie n'est pas si affreuse. Mais c'est son enfance. Je sais à quoi elle devrait ressembler. Parce que je me rappelle comment c'était, tu comprends. Quand j'étais toute petite, avant que maman ne tombe malade. La vie était bonne en ce temps-là. » Elle se tourna face à moi, mais ses yeux semblaient fixés sur les nuages, derrière mon dos. « Voilà le genre de choses que je lui souhaite.

– Allons, ne t'inquiète pas. Nous réussirons bientôt à redresser la situation. En attendant, Boris est en pleine forme. Il n'y a aucune raison de s'en faire.

– Tu es exactement comme tout le monde. » Sa voix se teintait maintenant de colère. « Tu parles comme si on avait tout le temps qu'on veut. Tu ne te rends pas compte, hein ? Papa, il lui reste peut-être encore quelques bonnes années devant lui, mais il ne rajeunit pas. Un jour, il ne sera plus là ; ce jour-là, il n'y aura plus que nous. Toi, moi, Boris. C'est pour ça qu'il faut qu'on avance. Qu'on commence bientôt à construire quelque chose pour nous-mêmes. » Elle respira profondément et secoua la tête, les yeux baissés vers la tasse de café posée devant elle. « Tu ne te rends pas compte. Tu ne sais pas quel lieu de solitude le monde peut devenir si on ne fait pas bouger les choses. »

Toute discussion semblait inutile. « Très bien, c'est ce que nous allons faire, dis-je. Nous allons bientôt trouver une solution.

– Tu ne te rends pas compte qu'il ne reste pas beaucoup de temps. Regarde-nous. Nous démarrons à peine. »

La tonalité accusatrice de sa voix était de plus en plus prononcée. Par ailleurs, elle semblait avoir tout à fait oublié que son propre comportement n'avait pas été pour rien dans notre incapacité à « faire bouger les choses ». J'éprouvai la tentation soudaine de lui faire part de toute une série de remarques, mais finalement je gardai le silence. Enfin, comme aucun de nous deux ne parlait depuis un moment, je me levai et dis :

« Excuse-moi. Après tout, je vais me chercher quelque chose à manger. »

Sophie contemplait de nouveau le ciel et sembla à peine remarquer mon départ. Je gagnai le libre-service et pris un plateau. Tandis que j'examinai les pâtisseries, je me rappelai brusquement que je ne savais pas comment aller à la galerie Karwinsky et que nous dépendions toujours entièrement de la voiture rouge. Je pensai à cette voiture rouge qui filait en ce moment même sur la grand-route et s'éloignait de nous de plus en plus ; je m'aperçus que nous ne pouvions nous permettre de perdre encore beaucoup de temps à traîner dans la station-service. En fait, l'idée me vint que nous devions repartir sans tarder; j'étais sur le point de poser mon plateau et de regagner précipitamment notre table quand je me rendis compte que deux personnes assises à proximité étaient en train de parler de moi.

Je tournai la tête et vis qu'il s'agissait de deux femmes d'un certain âge, élégamment vêtues. Elles étaient penchées l'une vers l'autre au-dessus de leur table et parlaient à voix basse. Selon toute apparence, elles ne se doutaient absolument pas que j'étais aussi près d'elles. Elles ne me désignaient presque jamais par mon nom et, de ce fait, je ne fus pas tout de suite certain d'être le sujet de leur conversation, mais il fut rapidement impossible de supposer qu'elles parlaient de quelqu'un d'autre.

« Mais oui, disait l'une des femmes. Ils ont eu je ne sais combien de contacts avec cette Stratmann. Elle leur affirme toujours qu'il va venir faire une inspection, mais pour l'instant il n'en a rien été. D'après Dieter, ça ne les embête pas trop, ce n'est pas comme s'ils avaient énormément de travail, mais ils sont tous vraiment à cran, maintenant, à force de se dire qu'il risque de se présenter à tout moment. Et, naturellement, M. Schmidt n'arrête pas de venir leur crier aux oreilles qu'ils doivent mettre de l'ordre : et s'il arrivait et qu'il trouve la salle de concerts municipale dans cet état ? D'après Dieter, ils sont tous inquiets, même cet Edmundo. Avec ces génies, on ne sait jamais ce qu'ils vont décider de critiquer. Ils se rappellent tous le jour où Igor Kobyliansky est venu faire une inspection, et où il a tout vérifié méticuleusement. Il s'était mis à quatre pattes, tous les autres étaient debout en cercle autour de lui sur la scène, et ils l'ont tous regardé se déplacer en tapotant chaque lame de plancher et en y collant l'oreille. Depuis deux jours, Dieter n'est plus lui-même, il est sur les nerfs quand il part au travail. C'est affreux pour eux, tous autant qu'ils sont. Chaque fois qu'il ne se présente pas à l'heure annoncée, ils attendent une heure environ, puis ils rappellent la Stratmann. Elle se montre toujours confuse, elle trouve toujours des excuses et elle leur donne un autre rendez-vous. »

En écoutant ces propos, une pensée qui m'était venue à plusieurs reprises au cours des heures qui venaient de s'écouler prit une place centrale dans mon esprit : je me dis qu'il serait judicieux de ma part de contacter Mlle Stratmann plus fréquemment que je ne l'avais fait jusqu'à présent. En fait, il me parut même opportun de lui téléphoner d'un des postes publics que j'avais vus dans le hall. Mais avant que j'aie le temps de réfléchir plus sérieusement à cette idée, la femme poursuivit :

« Et tout ça alors que la Stratmann assurait depuis des semaines qu'il tenait énormément à effectuer cette inspection, que ce qui le préoccupait ce n'était pas seulement l'acoustique et ce genre de choses, mais aussi ses parents, le confort dont ils allaient bénéficier dans la salle au cours de la soirée. Apparemment, ils ne sont ni l'un ni l'autre en très bonne santé, il leur faut donc des sièges spéciaux, un équipement spécial, il faut que des professionnels soient disponibles à proximité au cas où l'un ou l'autre aurait une attaque ou un problème quelconque. Les dispositions à prendre sont très compliquées et, d'après la Stratmann, il souhaitait revoir chaque détail avec tout le personnel. Bon, tout ça, ça avait un côté très touchant, de témoigner d'une telle sollicitude vis-à-vis de ses vieux parents. Résultat, il ne se montre même pas ! Mais, bien entendu, c'est peut-être dû à cette Stratmann plutôt qu'à lui. C'est ce que pense Dieter. Selon tout le monde, il a, lui, une excellente réputation, il n'a pas l'air d'être du genre à poser des problèmes comme ça sans arrêt. »

Ces femmes m'avaient quelque peu énervé et je fus naturellement soulagé d'entendre ces dernières réflexions. Mais ce fut ce qu'elles avaient dit à propos de mes parents, en évoquant la nécessité de satisfaire à leurs besoins particuliers, qui me persuada que je ne pouvais remettre encore à plus tard mon coup de téléphone à Mlle Stratmann. Abandonnant mon plateau sur le comptoir, je courus jusqu'au hall d'entrée.

J'entrai dans une cabine tout en fouillant mes poches à la recherche de la carte de Mlle Stratmann. Je finis par la trouver et composai le numéro. J'obtins une réponse immédiate de Mlle Stratmann en personne.

« Monsieur Ryder, comme c'est gentil d'appeler ! Je suis ravie que tout se passe si bien.

– Ah ! Vous pensez donc que tout se passe bien ?

– Mais oui, à la perfection ! Vous avez eu un grand succès partout. Les gens sont enchantés. Quant à votre allocution d'hier au soir, après le dîner, vous savez, tout le monde en parle, tout le monde l'a trouvé spirituelle et divertissante. C'est un plaisir, je me permets de le dire, de travailler avec quelqu'un comme vous.

– Mademoiselle Stratmann, je vous remercie. Vous êtes trop aimable. C'est un plaisir d'être l'objet de soins si attentifs. Je vous appelle maintenant parce que... comment dire ? Parce que je souhaite vérifier certains points relatifs à mon agenda. Évidemment, des contretemps inévitables se sont produits aujourd'hui, d'où ont découlé quelques conséquences malencontreuses. »

Je m'interrompis, supposant que Mlle Stratmann allait réagir, mais ma correspondante resta muette. J'eus un petit rire et poursuivis : « Quoi qu'il en soit, nous sommes à présent en route vers la galerie Karwinsky. Je veux dire qu'à l'instant même nous en sommes à mi-chemin. Naturellement, nous souhaitions y parvenir en ayant du temps devant nous ; je vous assure que nous nous réjouissons de participer à cette soirée. On me dit que la campagne qui entoure la galerie Karwinsky est magnifique. Oui, nous sommes très heureux de nous y rendre.

– Vous m'en voyez ravie, monsieur Ryder. » Mlle Stratmann semblait hésitante. « J'espère bien que cette soirée vous plaira. » Puis elle dit brusquement : « Monsieur Ryder, j'espère que nous ne vous avons pas froissé.

– Froissé ?

– Nous ne voulions vraiment pas insinuer quoi que ce soit. Je veux dire, en vous proposant d'aller ce matin chez la comtesse. Nous savions tous que vous connaissiez parfaitement l'œuvre de M. Brodsky ; personne n'aurait pu imaginer le contraire. Simplement, certains de ces enregistrements sont très rares ; la comtesse et M. von Winterstein ont donc supposé tous les deux... Mon Dieu, j'espère vraiment que vous n'êtes pas froissé, monsieur Ryder ! Nous ne voulions vraiment pas insinuer quoi que ce soit.

– Je ne suis pas froissé le moins du monde, mademoiselle Stratmann. Au contraire, je craignais que la comtesse et M. von Winterstein ne soient froissés parce que je n'ai pas eu la possibilité de m'y rendre...

– Je vous en prie, monsieur Ryder, n'ayez aucune inquiétude à ce sujet.

– J'étais extrêmement désireux de les rencontrer et de m'entretenir avec eux, mais lorsque les circonstances m'ont interdit de faire tout ce que nous avions espéré à l'origine, j'ai pensé qu'ils comprendraient d'autant plus, comme vous le soulignez, qu'il n'était pas vraiment nécessaire que j'écoute les enregistrements de M. Brodsky...

– Monsieur Ryder, je suis sûre que la comtesse et M. von Winterstein comprennent tous deux parfaitement la situation. En tout état de cause, je m'en aperçois maintenant, il était fort présomptueux de prétendre organiser un tel rendez-vous, d'autant plus que votre temps est précieux. J'espère sincèrement que vous n'êtes pas froissé.

– Je vous assure que je ne suis pas froissé. Mais en fait, mademoiselle Stratmann, si je peux me permettre, je vous appelais pour aborder certains aspects – d'autres aspects – de mon emploi du temps ici.

– Oui, monsieur Ryder ?

– Par exemple, ma visite d'inspection de la salle de concerts.

– Ah oui. »

Je me tus, dans l'attente d'une autre réponse de sa part, mais, comme elle restait muette, je repris : « Oui. Je souhaitais simplement m'assurer que tout était en ordre en prévision de ma venue. »

Mlle Stratmann réagit enfin au ton troublé de ma voix. « Ah, je vois, dit-elle. Je comprends votre préoccupation. Je n'ai pas prévu beaucoup de temps pour votre visite d'inspection. Mais comme vous pouvez le voir... (elle marqua une pause et j'entendis le froissement d'une feuille de papier) comme vous pouvez le voir, avant et après la visite de la salle de concerts, vous avez deux rendez-vous très importants. Il m'est apparu que s'il y avait un endroit où le temps pouvait vous être un peu compté, c'était à la salle de concerts. Vous pourrez toujours y retourner à un autre moment si cela s'avère indispensable. Par contre, vous comprendrez qu'il nous était vraiment impossible de consacrer moins de temps aux deux autres rendez-vous. Par exemple, la réunion avec le Groupe de soutien mutuel des citoyens : je sais toute l'importance que vous attachez aux rencontres avec les gens ordinaires, touchés par...

– Oui, bien sûr, vous avez parfaitement raison, je suis tout à fait d'accord avec ce que vous dites. Comme vous le soulignez, je peux toujours caser une deuxième visite à la salle de concerts à un moment ultérieur. Oui, oui. Simplement, je m'inquiétais un peu de, euh, des dispositions prises. En ce qui concerne mes parents. »

De nouveau, ce fut le silence à l'autre bout du fil. Je m'éclaircis la gorge et poursuivis :

« C'est-à-dire que, comme vous le savez, ma mère et mon père sont tous deux des personnes âgées. Il sera nécessaire de prendre des dispositions particulières pour eux à la salle de concerts.

– Mais oui, bien sûr. » Mlle Stratmann semblait légèrement désarçonnée. « Du personnel médical à proximité en cas d'événement fâcheux. Oui, tout est prévu, comme vous le verrez quand vous effectuerez votre inspection. »

Je réfléchis un instant à ce qu'elle venait de dire. Puis je repris la parole : « Mes parents. C'est bien d'eux que nous parlons ? Il n'y a pas de confusion sur ce point, j'espère ?

– Pas du tout, monsieur Ryder. Je vous en prie, ne vous inquiétez pas. »

Je la remerciai et m'éloignai des cabines téléphoniques. En rentrant dans la cafétéria, je m'arrêtai un instant sur le seuil. Le soleil couchant jetait de longues ombres dans la salle. Les deux femmes d'un certain âge discutaient encore avec animation, mais j'ignorais si j'étais encore le sujet de leur conversation. À l'autre bout, je voyais Boris expliquer quelque chose à Sophie ; ils riaient tous les deux gaiement. Je restai encore là quelques instants, retournant dans ma tête l'entretien que je venais d'avoir avec Mlle Stratmann. À y repenser, il me semblait qu'il y avait en effet quelque chose de présomptueux à supposer qu'il me serait profitable d'écouter chez la comtesse les vieux disques de Brodsky. Bien certainement, la comtesse et von Winterstein s'étaient réjouis à l'idée de m'initier à cette musique, étape par étape. Cette idée m'irrita et je me félicitai d'avoir été contraint de manquer ce rendez-vous.

Puis je regardai ma montre et vis que, malgré les assurances que j'avais données à Mlle Stratmann, nous risquions d'arriver en retard à la galerie Karwinsky. Je gagnai notre table et, sans m'asseoir, déclarai :

« Il faut que nous reprenions la route tout de suite. Cela fait un moment que nous sommes ici. »

Je m'étais exprimé sur un ton assez pressant, mais Sophie se contenta de lever les yeux en disant :

« Boris pense que ces beignets sont les meilleurs qu'il ait jamais mangés. C'est bien ce que tu disais, n'est-ce pas, Boris ? »

Je regardai Boris et vis qu'il m'ignorait. Je me remémorai alors notre altercation récente – cette petite fâcherie m'était momentanément sortie de l'esprit – et j'eus l'impression qu'il serait utile de prononcer quelques paroles de conciliation.

« Alors, d'après toi, les beignets sont bons ? Est-ce que tu veux bien me laisser y goûter ? »

Boris regardait toujours dans la direction opposée. J'attendis un instant, puis je haussai les épaules.

« D'accord, dis-je. Si tu ne veux pas parler, pas de problème. »

Sophie toucha l'épaule de Boris ; elle était sur le point de le supplier, mais je me détournai en disant : « Venez, il faut que nous nous mettions en route. »

De nouveau, Sophie donna une petite poussée à Boris. Puis elle me dit, d'une voix teintée de découragement : « Restons encore un peu. Tu as à peine passé un moment avec nous. Et Boris est vraiment content d'être ici. Pas vrai, Boris ? »

Boris fit encore comme s'il n'entendait rien.

« Écoutez, nous devons vraiment partir d'ici, dis-je. Nous allons être en retard. »

De nouveau, Sophie regarda Boris, puis moi, ses traits marqués par une colère croissante. Puis elle commença enfin à se lever. Je tournai les talons et sortis de la cafétéria sans les regarder.

18

Lorsque j'eus fini de descendre le raidillon sinueux pour retrouver enfin la grand-route, le soleil était très bas dans le ciel. La circulation était toujours aussi fluide et je roulai pendant quelque temps à bonne vitesse, cherchant à distinguer la voiture rouge à l'horizon. En quelques minutes, nous avions quitté les montagnes et traversions de vastes étendues de terres agricoles. Des deux côtés de la route, les champs se déroulaient jusque dans le lointain. Ce fut à un moment où la route dessinait une ample courbe sur terrain plat que je repérai de nouveau la voiture. Elle était encore assez loin de nous, mais je voyais que le conducteur, comme auparavant, roulait à une allure modérée. Je réduisis ma propre vitesse et commençai bientôt à apprécier le décor qui se déployait devant moi : champs du crépuscule, soleil bas dardant ses derniers rayons derrière des arbres lointains, groupes dispersés de bâtiments – et toujours la voiture rouge devant nous, qui apparaissait et disparaissait à chaque virage. Puis j'entendis Sophie dire à côté de moi :

« Il y aura combien de gens, à ton avis ?

– À la réception ? » Je haussai les épaules. « Comment veux-tu que je sache ? Écoute, j'ai l'impression que tu te tracasses beaucoup trop. C'est une réception comme une autre, sans plus. »

Sophie contemplait le paysage. Puis elle dit : « Les gens, ce soir. Il y en aura beaucoup qui étaient déjà au banquet pour Rusconi. C'est pour ça que je suis inquiète. Je croyais que tu comprenais. »

Je m'efforçai de me rappeler le banquet auquel elle faisait allusion, mais ce nom ne m'évoquait pas grand-chose.

« Je commençais à faire quelques progrès pour ce genre de choses, jusqu'à cette fois-là, poursuivit Sophie. Ces gens ont été épouvantables avec moi. Je ne m'en suis pas encore vraiment remise. Il y aura fatalement plus ou moins les mêmes personnes. »

J'essayai encore, sans succès, de me remémorer cette soirée. « Tu veux dire que les gens se sont montrés impolis avec toi ?

– Impolis ? Oui, on pourrait sans doute employer ce terme. Ce qui est certain, c'est qu'ils sont arrivés à me donner l'impression d'être une petite chose lamentable. En tout cas, j'espère qu'ils ne seront pas tous là ce soir.

– Si jamais quelqu'un est impoli avec toi, ce soir, tu n'as qu'à venir me le dire. Et en ce qui me concerne, tu peux leur rendre leur impolitesse autant que tu veux. »

Sophie se tourna pour regarder Boris, assis sur la banquette arrière. Au bout d'un moment, je me rendis compte que le petit garçon s'était endormi. Sophie continua à le regarder pendant encore un certain temps, puis elle se tourna de nouveau vers moi.

« Pourquoi est-ce que tu recommences ? demanda-t-elle

d'une voix toute différente. Tu sais que ça le bouleverse. Tu es en train de tout recommencer comme avant. Tu as l'intention de faire ça longtemps, cette fois-ci ?

– De faire quoi ? demandai-je avec lassitude. De quoi diable parles-tu ? »

Sophie me regarda pendant un moment, puis tourna la tête dans l'autre sens. « Tu ne te rends pas compte, dit-elle comme pour elle-même. Nous n'avons pas de temps à perdre à ce genre de choses. Tu ne te rends vraiment pas compte, hein ? »

Je me sentis à bout de patience. Tout le chaos que la journée m'avait infligé me submergea de nouveau et je me mis à dire d'une voix forte :

« Enfin, qu'est-ce qui te permet de penser que tu as le droit de me critiquer comme ça sans arrêt ? Au cas où tu ne t'en serais pas aperçue, je te signale que je suis absolument sous pression en ce moment. Et toi, au lieu de me soutenir, tu choisis de critiquer, critiquer sans cesse. Et maintenant, voilà qu'apparemment tu t'apprêtes à me décevoir à cette réception. Du moins sembles-tu préparer le terrain avec soin précisément à cette fin...

– Très bien ! Nous n'entrerons pas, dans ce cas-là ! Boris et moi, nous attendrons dans la voiture. Tu n'as qu'à y aller tout seul !

– Ce n'est pas nécessaire. Je disais simplement que...

– Je parle sérieusement ! Vas-y tout seul. Comme ça, nous ne risquons pas de te décevoir. »

Ensuite, nous roulâmes pendant plusieurs minutes sans ouvrir la bouche. Je finis par dire :

« Bon, excuse-moi. Tu vas sûrement être très bien à cette réception. En fait, je suis certain que tu t'en tireras bien. »

Elle ne répondit pas. Nous roulions toujours en silence ; chaque fois que je lui jetais un coup d'œil, je la voyais fixer d'un regard vide la voiture rouge dans le lointain. Une étrange sensation de panique commençait à monter en moi, et je finis par dire :

« Écoute, même si ça ne se passe pas bien ce soir, ça n'a pas d'importance. Ce que je veux dire, c'est que ça ne change absolument rien en ce qui concerne les choses importantes. Nous n'avons pas besoin de nous conduire comme des idiots. »

Sophie fixait toujours la voiture rouge. Puis elle dit : « Est-ce que j'ai l'air d'avoir grossi ? Sois franc.
– Pas du tout. Tu es superbe.
– Mais, en fait, j'ai pris un peu de poids.
– Ça n'a pas d'importance. Il peut se passer n'importe quoi ce soir, ça ne fera aucune différence. Écoute, il n'y a aucun souci à se faire. Bientôt, tout sera arrangé. Nous aurons une maison et tout ça. Il n'y a vraiment aucun souci à se faire. »

Pendant que je prononçais ces paroles, il me revint des souvenirs du banquet auquel elle avait fait allusion. En particulier, une image me venait à l'esprit : Sophie, vêtue d'une robe du soir pourpre, était debout, seule, l'air embarrassé, au milieu d'une pièce pleine de monde, pendant que tout autour d'elle des gens rassemblés en petits groupes parlaient et riaient. Songeant à l'humiliation qu'elle avait dû éprouver, je finis par lui toucher doucement le bras. À mon soulagement, elle répondit à ce contact en posant la tête sur mon épaule.

« Tu verras, dit-elle presque en un murmure. Je vais te surprendre. Et Boris aussi. Peu importent les gens qui seront là : nous te surprendrons.
– Mais oui. J'en suis sûr. Vous allez être formidables. »

Quelques minutes plus tard, je remarquai que le clignotant de la voiture rouge signalait qu'elle allait quitter la grand-route. Je réduisis la distance entre nous ; bientôt, nous suivions notre guide sur une route tranquille qui s'élevait au milieu de prés. La rumeur de la grand-route se fit de plus en plus lointaine tandis que nous poursuivions notre ascension et nous nous retrouvâmes ensuite sur des chemins de terre qui ne se prêtaient guère aux moyens de transport modernes. À un moment, une haie touffue racla le côté de la voiture ; peu après, nous traversions avec force cahots une cour boueuse pleine de machines agricoles détériorées. Nous rejoignîmes enfin de bonnes routes de campagne qui serpentaient paisiblement parmi les champs et pûmes reprendre de la vitesse. Tout à coup, j'entendis Sophie crier : « Nous y voilà ! » et je vis sur un arbre un panneau de bois qui annonçait la galerie Karwinsky.

Je passai à toute petite vitesse juste avant le portail. Deux montants rouillés se dressaient encore, mais les battants avaient disparu. Tandis que la voiture rouge continuait sa route, échappant finalement à notre regard, je manœuvrai entre les montants pour gagner un grand champ envahi par la végétation.

Un chemin de terre traversait le champ et, pendant un moment, nous gravîmes lentement une colline. Quand nous atteignîmes le sommet, nous découvrîmes une vue magnifique. Le champ descendait jusqu'à une vallée peu profonde, au creux de laquelle s'inscrivait une demeure imposante, construite à la manière d'un château français. Le soleil se couchait dans les bois derrière le bâtiment et, même de loin, je voyais que cette demeure était empreinte d'un charme désuet, qui évoquait le lent déclin d'une famille rêveuse de propriétaires terriens.

Je rétrogradai et roulai prudemment jusqu'au bas de la colline. Dans le rétroviseur, je voyais Boris, tout à fait réveillé maintenant, qui regardait à gauche et à droite ; mais l'herbe était si haute qu'on ne pouvait rien distinguer par les vitres latérales.

Je constatai en arrivant à proximité qu'une grande partie du champ qui bordait la maison était occupée par des voitures. Je pris cette direction et vis qu'il y avait au moins une centaine de véhicules dont un grand nombre avaient été astiqués en l'honneur de cette soirée. Je fis un petit tour, m'efforçant de trouver un bon emplacement où me garer, et m'arrêtai enfin non loin du mur d'enceinte délabré.

Je sortis de la voiture et me dégourdis les bras et les jambes. Lorsque je tournai les yeux, je vis que Sophie et Boris étaient descendus ; Sophie s'inquiétait de l'apparence de Boris.

« Rappelle-toi bien ceci, l'entendis-je lui dire. Dans toute la pièce, personne n'est plus important que toi. Tu n'as qu'à te le répéter sans cesse. De toute façon, nous ne resterons pas longtemps. »

J'étais sur le point de me diriger vers la maison lorsque mon attention fut distraite par quelque chose que j'aperçus du coin de l'œil. Je me tournai et vis qu'une vieille voiture hors d'usage avait été abandonnée dans l'herbe, près de l'endroit où je me tenais. Les autres invités avaient laissé autour d'elle un espace vide, comme si sa rouille et son état de dégradation générale avaient risqué de se communiquer à leurs propres véhicules.

Je fis quelques pas vers l'épave. Elle était partiellement enfoncée dans la terre et l'herbe avait poussé tout autour, si bien que j'aurais pu ne pas la remarquer du tout si le soleil couchant n'était pas venu luire sur son capot. Il n'y avait plus de roues et la portière du conducteur était arrachée de ses gonds. La peinture avait été refaite à plusieurs reprises et l'auteur de l'ultime tentative semblait avoir utilisé de la peinture pour les murs avant de renoncer à mi-chemin. Les deux ailes arrière avaient été remplacées par des substituts mal assortis prélevés sur d'autres véhicules. Malgré tout, et avant même de l'examiner plus attentivement, je sus que je regardais les restes de l'ancienne voiture familiale, que mon père avait conduite pendant des années.

Il y avait pourtant longtemps que je n'avais pas posé les yeux sur elle. À la revoir en ce triste état, je me remémorai ses derniers jours parmi nous, alors qu'elle était si vieille que j'éprouvais une gêne violente à l'idée que mes parents continuent à se déplacer dans ce véhicule. Vers la fin, je me le rappelais, je m'étais mis à inventer des stratagèmes compliqués pour éviter de monter dans la voiture, tant j'avais peur d'être aperçu par un camarade de classe ou un professeur. Mais cela, c'était seulement vers la fin. Pendant des années, je m'étais cramponné à la conviction que notre automobile, malgré son faible coût, était mystérieusement supérieure à presque toutes celles qui se trouvaient en circulation, et que c'était pour cette raison que mon père ne souhaitait pas en changer. Je la revoyais garée dans l'allée de notre petite maison du Worcestershire, astiquée, étincelant de tous ses chromes ; et moi, je la contemplais pendant de longues minutes, ressentant à sa vue une immense fierté. Combien d'après-midi, en particulier le dimanche, avais-je passés à jouer dans la voiture et tout autour ! Parfois je prenais des jouets, par exemple ma collection de soldats en plastique, et je les disposais sur la banquette arrière. Mais le plus souvent je me contentais d'élaborer d'interminables scénarios centrés sur la voiture : je me postais derrière les vitres pour tirer au pistolet, ou je me mettais au volant pour livrer des poursuites effrénées. De temps à autre, ma mère sortait de la maison pour me dire d'arrêter de faire claquer les portières, car ce bruit la rendait folle ; si je recommençais, elle m' « écorcherait vif ». Je la revoyais très nettement, debout à la porte de derrière et lançant des cris dans la direction de la voiture. La maison n'était pas grande mais, comme elle se trouvait au fin fond de la campagne, elle était entourée d'une vingtaine d'ares de prairie. Un chemin passait devant notre barrière, conduisant à la ferme, et, deux fois par jour, les vaches y défilaient, menées par des bouviers munis de bâtons boueux. Mon père laissait toujours la voiture dans l'allée, l'arrière tourné vers ce chemin, et souvent j'interrompais mes activités pour observer la procession des vaches par la vitre arrière.

Ce que nous appelions notre « allée » n'était qu'une bande herbue, sur le côté de la maison. On ne l'avait jamais cimentée, et lors de pluies abondantes la voiture baignait dans l'eau jusqu'à une certaine hauteur : à coup sûr, ce n'était pas très bon pour une carrosserie qui avait tendance à rouiller, et peut-être cela avait-il contribué à la dégradation dont j'étais maintenant le témoin. Mais dans mon enfance j'avais apprécié tout particulièrement les journées pluvieuses. Non seulement la pluie créait une ambiance particulièrement douillette à l'intérieur de la voiture, mais elle me donnait l'occasion de faire des prouesses, puisque je devais sauter par-dessus des ruisseaux de boue à chaque fois que j'entrais ou que je sortais. Au début, mes parents avaient manifesté leur désapprobation en affirmant que je laissais des traces sur le revêtement des sièges, mais, lorsque le véhicule avait été vieux de plusieurs années, ils avaient cessé de s'en soucier. Le claquement des portières, en revanche, avait continué à exaspérer ma mère pendant tout le temps où nous avions conservé la voiture. C'était ennuyeux car, justement, ce bruit était essentiel à l'exécution de mes scénarios, où il venait invariablement ponctuer les moments cruciaux de l'intrigue. La situation était d'autant plus compliquée que ma mère laissait parfois passer des semaines, voire des mois, sans se plaindre des portières, tant et si bien que j'oubliais presque qu'elles étaient source de conflit. Là-dessus, alors que j'étais complètement absorbé par un épisode dramatique, elle apparaissait subitement, décomposée, et m'annonçait que, la prochaine fois, elle allait m' « écorcher vif ». Parfois la menace était lancée lorsqu'une des portières était en fait entrebâillée, et je me retrouvais de ce fait plongé dans la perplexité – devais-je la laisser ouverte lorsque j'aurais fini de jouer, même si cette situation risquait de persister pendant toute la nuit, ou devais-je courir le risque de la fermer en faisant le moins de bruit possible ? Ce dilemme me tourmentait ensuite pendant tout le temps où je jouais avec la voiture et gâtait complètement mon plaisir.

« Qu'est-ce que tu fais ? dit derrière moi la voix de Sophie. Nous devrions rentrer. »

Je me rendis compte qu'elle me parlait, mais j'étais tellement occupé par la découverte de notre vieille voiture que je marmonnai une réponse quelconque sans vraiment y réfléchir. Puis je l'entendis dire :

« Qu'est-ce qui te prend ? On croirait que tu es amoureux de cette ferraille. »

Ce fut alors seulement que je m'aperçus que ma position ressemblait à une étreinte : ma joue reposait sur le toit de la voiture tandis que mes mains dessinaient des mouvements doux et circulaires sur sa surface écailleuse. Je me redressai vivement en riant et me tournai pour voir Sophie et Boris me dévisager.

« Amoureux de cette chose ? Tu plaisantes. » Je ris de nouveau. « C'est scandaleux, la façon dont les gens abandonnent de pareilles épaves n'importe où. »

Comme ils continuaient à me regarder fixement, je criai : « Quel tas de boue répugnant ! » et flanquai quelques coups de pied à la voiture. Cela sembla les satisfaire et ils s'écartèrent. Je vis alors que Sophie, malgré ses efforts démonstratifs pour me faire aller plus vite, était encore préoccupée par l'apparence de Boris et venait de se remettre à le peigner.

Je me tournai de nouveau vers la voiture, craignant de l'avoir endommagée par mes coups de pied. Un examen attentif m'apprit que je n'avais rien fait de pire que de décoller quelques éclats rouillés, mais déjà mon comportement brutal m'emplissait de remords. Je marchai dans l'herbe pour gagner l'autre côté du véhicule et scrutai l'intérieur par la vitre arrière. Un projectile était venu heurter cette vitre mais le verre n'avait pas éclaté, et je pus contempler derrière les fêlures en toile d'araignée la banquette où j'avais passé jadis tant d'heures bienheureuses. Je constatai qu'elle était en grande partie couverte de moisissures. De l'eau de pluie s'était accumulée dans un coin, à la jointure entre le coussin du siège et l'accoudoir. Quand je tirai la portière vers moi, elle s'ouvrit sans trop de difficulté mais se coinça à mi-chemin dans l'herbe épaisse. L'entrebâillement était tout juste suffisant pour me permettre de me faufiler à l'intérieur et, au prix de quelques efforts, je parvins à me hisser sur la banquette.

Sitôt à l'intérieur, je m'aperçus qu'un des côtés de la banquette s'était effondré et passait à travers le plancher, et que je me trouvais excessivement bas. Par la vitre la plus proche de ma tête je voyais des brins d'herbe et les teintes roses du crépuscule. Me redressant, je tirai sur la porte jusqu'à ce qu'elle fût presque refermée – quelque chose l'empêchait de se fermer complètement – et, au bout d'un moment, parvins à m'installer assez confortablement.

Avant longtemps, un profond sentiment de repos s'empara de moi et je laissai mes yeux se fermer un instant. Ce faisant, je retrouvai le souvenir de l'une des expéditions les plus heureuses que nous ayons effectuées dans ce véhicule, un jour où nous avions circulé dans la campagne à la recherche d'une bicyclette d'occasion pour moi. C'était un dimanche après-midi ensoleillé et nous étions allés de village en village, examinant toute une succession de bicyclettes ; mes parents discutaient ardemment à l'avant tandis que j'étais assis à l'arrière, précisément sur cette banquette, et que je regardais défiler le paysage du Worcestershire. En ce temps-là, les téléphones privés n'étaient pas encore monnaie courante en Angleterre, et ma mère avait étalé sur ses genoux un exemplaire du journal local dans lequel les personnes qui cherchaient à vendre différents articles faisaient figurer leur adresse complète. Il n'était pas nécessaire de prendre rendez-vous ; une famille comme la nôtre pouvait se présenter simplement au seuil d'une maison et dire : « On vient pour la bicyclette du gamin », sur quoi l'annonceur emmenait ses visiteurs dans la cabane à outils pour leur montrer l'engin en question. Les gens les plus hospitaliers proposaient une tasse de thé, que mon père refusait à chaque fois en faisant la même réflexion badine. Mais une vieille dame – qui s'avéra avoir mis en vente non pas un « vélo d'enfant » mais la bicyclette de son mari, mort depuis peu – insista pour que nous entrions chez elle. « C'est toujours un grand plaisir, nous dit-elle, de recevoir des gens comme vous. » Puis, pendant que nous étions installés dans son petit salon ensoleillé avec nos tasses de thé, elle avait de nouveau employé en parlant de nous l'expression « des gens comme vous » et, tout à coup, alors que j'écoutais mon père parler du genre de bicyclette qui convenait le mieux à un garçon de mon âge, il m'apparut que, pour cette vieille dame, nous représentions, mes parents et moi, l'exemple idéal de la famille heureuse. Une terrible tension succéda à cette révélation et ne fit que s'intensifier pendant la demi-heure que dura notre visite. Je ne craignais pas vraiment de voir mes parents cesser de présenter leur façade accoutumée : on ne pouvait imaginer qu'ils déclenchent ne serait-ce que la version la plus aseptisée de leurs altercations. Mais je m'étais convaincu que, d'une minute à l'autre, un signe quelconque, peut-être même une odeur, amènerait la vieille dame à comprendre l'énormité de son erreur et j'attendais dans l'effroi le moment où elle allait subitement se figer, horrifiée, devant nous.

Assis à l'arrière de la vieille voiture, je m'efforçais de me rappeler de quelle façon cet après-midi s'était terminé, mais, à la place, mes pensées déviàrent vers un tout autre après-midi, où tombait une pluie battante et où j'avais gagné la voiture, le refuge de cette banquette arrière, pour échapper aux conflits qui faisaient rage dans la maison. Cet après-midi-là, je m'étais allongé sur le dos en travers de la banquette, le haut de la tête coincé sous l'accoudoir. Dans cette position, je ne pouvais voir par les vitres que la pluie qui ruisselait sur le verre. À ce moment-là, mon souhait le plus fervent était que l'on me permît de rester couché en ce lieu sans me déranger, pendant des heures et des heures.

Mais l'expérience m'avait appris que mon père finirait par sortir de la maison, qu'il longerait la voiture, gagnerait la barrière du jardin, irait enfin sur le chemin ; aussi étais-je resté longtemps à tendre l'oreille, guettant dans le bruit de la pluie le cliquetis du verrou de la porte de derrière. Lorsque enfin je l'entendis, je me dressai d'un bond et je me mis à jouer. Je mimai une bagarre endiablée autour d'un pistolet tombé à terre, afin qu'il fût évident que j'étais bien trop occupé pour remarquer ce qui se passait autour de moi. J'attendis d'avoir entendu ses pas s'éloigner dans la boue jusqu'à l'extrémité de l'allée avant d'oser m'arrêter. Puis, m'agenouillant précipitamment sur la banquette, je jetai un regard prudent par la vitre arrière, à temps pour distinguer la silhouette de mon père dans son imperméable, debout devant la barrière, légèrement courbé tandis qu'il ouvrait son parapluie. Un instant après, il s'avançait d'un air résolu sur le chemin et disparaissait à ma vue.

Sans doute m'étais-je assoupi ; je me réveillai en sursaut et m'aperçus que j'étais assis à l'arrière de la voiture cassée, dans l'obscurité la plus complète. Légèrement affolé, j'imprimai une poussée à la portière la plus proche de moi. Au début, elle resta coincée, mais elle finit par s'entrouvrir et j'arrivai peu à peu à élargir suffisamment l'ouverture pour m'extirper du véhicule.

Tout en nettoyant mes vêtements du revers de la main, je regardai autour de moi. La maison était brillamment éclairée – je distinguais des lustres étincelants de l'autre côté des hautes fenêtres – et, un peu plus loin, près de notre voiture, Sophie s'affairait toujours à recoiffer Boris. Je me tenais au-delà de la zone de lumière répandue par la maison, mais Sophie et Boris semblaient être sous le feu d'un projecteur. Pendant que je les observais, Sophie se pencha vers le rétroviseur pour retoucher quelques détails de son maquillage.

Boris se tourna vers moi au moment où j'arrivais dans la lumière. « Tu en as mis, un temps ! dit-il.

– Je sais, excuse-moi. Il faudrait y aller maintenant.

– Encore une petite seconde, murmura confusément Sophie, toujours penchée vers le rétroviseur.

– Je commence à avoir faim, me dit Boris. À quelle heure est-ce qu'on rentre à la maison ?

– Ne t'inquiète pas, nous n'allons pas rester longtemps. Tous ces gens, ils voudraient nous rencontrer, alors il faut bien que nous allions leur dire bonjour. Mais nous partirons assez vite. Et après, nous rentrerons à la maison passer une bonne soirée. Entre nous.

– On pourra jouer à *Warlord*?

– Bien sûr, répondis-je, ravi de constater que le petit garçon semblait avoir enfin oublié notre fâcherie. On jouera à ce que tu veux. Même si on commence à jouer à un jeu et qu'à mi-chemin tu as envie de t'arrêter et d'en changer, parce que tu t'ennuies ou parce que tu perds, pas de problème, Boris. Ce soir, nous jouerons à tous les jeux auxquels tu veux jouer. Et même si tu as envie de t'arrêter complètement et de bavarder un moment, de parler de foot, par exemple, eh bien, c'est ce que nous ferons. Ça va être une soirée merveilleuse, rien que nous trois. Mais commençons par entrer et par nous débarrasser de cette histoire. Ça n'a rien de si pénible.

– Très bien, me voilà prête », annonça Sophie ; mais, là-dessus, elle se pencha une dernière fois vers le rétroviseur.

Nous passâmes sous une voûte en pierre qui donnait sur la cour. Tandis que nous nous dirigions vers la porte d'entrée, Sophie déclara : « En fait, je suis contente d'y aller, maintenant. Je me sens tout à fait tranquille.

– Tant mieux, dis-je. Détends-toi et sois naturelle. Tout ira bien. »

19

La porte fut ouverte par une femme de chambre corpulente. Au moment où nous pénétrions dans le hall spacieux, elle marmonna :

« C'est un plaisir de vous revoir, monsieur. »

Il me fallut l'entendre prononcer ces paroles pour me rendre compte que je connaissais déjà la maison ; en fait, c'était précisément là qu'Hoffman m'avait amené la veille au soir.

« Eh oui, dis-je en regardant les lambris de chêne, c'est un plaisir de revenir ici. Cette fois-ci, comme vous voyez, j'ai amené ma famille. »

La bonne ne répondit pas. Peut-être témoignait-elle ainsi de sa déférence, mais lorsque je jetai un bref coup d'œil à cette femme, debout près de la porte, l'air renfrogné, je ne pus m'empêcher d'éprouver une impression d'hostilité. Ce fut alors que je remarquai sur un guéridon en bois, à côté du porte-parapluies, mon propre visage qui se détachait d'un étalage de magazines et de journaux. Gagnant la table, je pris ce qui s'avéra être l'édition du soir du journal local, dont la une était tout entière occupée par une photo de moi, prise apparemment dans un champ balayé par le vent. Puis je repérai le bâtiment blanc à l'arrière-plan et me rappelai la séance du matin, au sommet de la colline. Je me rapprochai d'une lampe, le journal à la main, et plaçai la photo sous la lumière jaune.

La force du vent rabattait complètement mes cheveux en arrière. Ma cravate tendue volait derrière une de mes oreilles. Ma veste aussi voltigeait derrière moi, de sorte que j'avais l'air de porter une cape. Ce qu'il y avait de plus curieux, c'est que mes traits arboraient une expression de férocité effrénée. Mon poing était levé vers le ciel et je semblais être en train d'émettre un rugissement guerrier. Je n'arrivais pas, malgré tous mes efforts, à comprendre comment s'expliquait cette pose. Le gros titre – il n'y avait pas d'autre texte à la une – proclamait : RYDER LANCE UN APPEL MOBILISATEUR.

Un peu inquiet, j'ouvris le journal et me retrouvai devant une double page de six ou sept photos plus petites, qui n'étaient que des variantes de l'effigie qui figurait à la une. Mon attitude belliqueuse était évidente partout, à deux exceptions près. Dans ces dernières, je semblais présenter fièrement le bâtiment blanc situé derrière moi, et j'arborais, ce faisant, un sourire étrange qui révélait largement mes dents du bas sans rien montrer de ma mâchoire supérieure. En parcourant du regard les colonnes de texte figurant au-dessous des photos, j'aperçus des références répétées à un nommé Max Sattler.

J'aurais volontiers consacré davantage de temps à mon

examen du journal, mais, comme je pressentais que l'hostilité de la bonne était précisément liée à cette série de photographies, je commençai à éprouver un vif malaise. Je posai le périodique et m'éloignai de la table, résolu à étudier attentivement l'article dès que j'en aurais l'occasion.

« Il est temps que nous entrions », dis-je à Sophie et à Boris qui attendaient d'un air hésitant au milieu du hall. J'avais parlé assez fort pour me faire entendre de la bonne et j'étais convaincu qu'elle allait nous conduire jusqu'au lieu de la réception. Mais elle n'esquissa pas le moindre mouvement et, ayant laissé s'écouler quelques secondes embarrassées, je lui souris en disant : « Évidemment, je me rappelle le chemin, depuis hier soir. » Sur ces mots, je guidai mes compagnons vers l'intérieur de la demeure.

En fait le bâtiment était fort différent du souvenir que j'en avais gardé ; nous nous retrouvâmes dans un long couloir lambrissé qui m'était tout à fait inconnu. Cela s'avéra pourtant ne pas poser de problème, car un brouhaha se fit entendre sitôt que nous eûmes fait quelques pas. Avant longtemps, nous nous tînmes à l'entrée d'une pièce étroite bondée de gens en tenue de soirée, un verre à la main.

Au premier coup d'œil, cette pièce semblait de dimensions beaucoup moins vastes que l'imposante salle de bal où les invités s'étaient rassemblés la veille au soir. À y regarder de plus près, je compris qu'à l'origine il ne s'était sans doute pas agi d'une véritable pièce mais d'un simple couloir, ou plutôt d'une longue galerie incurvée. Cette forme arrondie donnait à penser que l'ensemble de la pièce décrivait un demi-cercle, mais il était impossible d'en avoir la certitude en l'observant depuis l'entrée. Je distinguais, du côté externe, les immenses fenêtres que voilaient maintenant des rideaux, disposées le long de la courbe, tandis que le mur intérieur semblait garni de plusieurs portes. Le sol était de marbre, des lustres pendaient au plafond et, çà et là, dispersés dans toute la pièce, des objets d'art étaient posés sur des piédestaux ou présentés dans d'élégantes vitrines.

Nous restâmes un instant sur le seuil à contempler ce spectacle. Je cherchais des yeux quelqu'un qui viendrait nous accueillir et nous introduire, ou peut-être même annoncerait notre arrivée, mais nous eûmes beau séjourner quelque temps dans l'encadrement de la porte, personne ne s'approcha de nous. Parfois, quelqu'un avançait à grandes enjambées dans notre direction, mais au dernier moment on voyait cette personne mettre le cap sur un autre invité.

Je jetai un coup d'œil à Sophie. Elle avait passé un bras autour des épaules de Boris et, tous les deux, ils examinaient la foule avec appréhension.

« Allons-y, entrons », dis-je d'un ton nonchalant. Nous fîmes quelques pas à l'intérieur de la pièce, pour nous arrêter de nouveau presque aussitôt.

Je balayai du regard l'assemblée, cherchant à reconnaître quelqu'un, Hoffman ou Mlle Stratmann, par exemple ; mais je ne voyais personne. Puis, tandis que je dévisageais les gens, un par un, l'idée me vint que beaucoup d'entre eux avaient sans doute assisté à la réception lors de laquelle Sophie avait essuyé un traitement révoltant. Du même coup, je me rendis compte de façon aiguë de ce que Sophie avait dû endurer et je sentis une colère dangereuse monter en moi. En fait, à force d'observer l'assistance, je finis par repérer au moins un groupe d'invités – ils se tenaient non loin de l'endroit où la pièce, en s'incurvant, disparaissait à ma vue – qui avaient presque à coup sûr compté parmi les principaux coupables. Je les examinai à travers la foule : les hommes au sourire satisfait, leur manière pompeuse de fourrer leur main dans la poche de leur pantalon puis de l'en sortir, comme pour montrer à tous et à chacun qu'ils étaient parfaitement à l'aise dans ce type de rassemblement ; et les femmes aux toilettes ridicules, dont la tête oscillait dans un mouvement de balancier lorsqu'elles s'abandonnaient au rire. Il était invraisemblable – totalement absurde – que de tels individus eussent l'audace de dédaigner ou de railler quiconque, encore moins quelqu'un comme Sophie. En fait, je ne voyais aucune raison de ne pas me diriger immédiatement vers ce groupe pour leur apprendre à vivre, sous le regard de leurs congénères. Après avoir murmuré quelques mots rassurants à l'oreille de Sophie, j'entrepris de traverser la salle.

En me frayant un chemin parmi la foule, je vis que la pièce décrivait en effet un demi-cercle très ouvert. Je découvris aussi les serveurs, plantés comme des sentinelles tout le long de la cloison, tenant des plateaux chargés de verres et de canapés. Parfois, je me fis bousculer par des invités qui s'excusaient aimablement ou j'échangeai un sourire avec des personnes qui tentaient d'avancer dans la direction opposée à la mienne ; mais, bizarrement, personne ne sembla me reconnaître. À un moment, je dus me faire tout petit pour contourner trois hommes d'un certain âge qui secouaient la tête d'un air accablé, et je remarquai que l'un d'eux avait sous le bras un exemplaire du journal du soir. J'aperçus sous son coude mon visage fouetté par le vent et me demandai vaguement si la publication des photographies avait quelque chose à voir avec l'indifférence bizarre qui avait jusqu'à présent entouré notre arrivée. Mais j'étais maintenant pratiquement au niveau des gens vers lesquels je m'étais dirigé et je cessai de me préoccuper de cette idée.

Remarquant ma venue, deux membres du groupe s'écartèrent comme pour m'offrir une place dans leur cercle. Ils étaient occupés, je pus le constater, à discuter des objets d'art qui nous entouraient ; lorsque je les rejoignis, ils approuvaient tous de la tête une réflexion que l'un d'eux venait de faire. Puis une des femmes dit :

« Oui, c'est évident, on pourrait tracer une ligne à travers la pièce, juste après le Van Thillo. » Elle indiqua une statuette blanche posée sur un guéridon, non loin de nous. « Le jeune Oskar n'a jamais eu le coup d'œil. Et, pour être juste, il le savait, mais il se sentait lié par une obligation, un devoir vis-à-vis de sa famille.

– Je regrette, mais je suis d'accord avec Andreas, intervint un des hommes. Oskar était trop orgueilleux. Il aurait dû déléguer. À des personnes qualifiées. »

Là-dessus, un autre homme s'adressa à moi avec un sourire aimable : « Et vous, monsieur, quel est votre sentiment à ce sujet ? En ce qui concerne la contribution d'Oskar à la collection ? »

Je fus momentanément pris au dépourvu par cette question, mais je n'étais pas d'humeur à me laisser détourner de mon but.

« C'est bien joli, mesdames et messieurs, d'être là à disserter sur l'incompétence d'Oskar, commençai-je. Mais il serait plus important et plus opportun...

– Ce serait aller trop loin, interrompit une femme, que de traiter le jeune Oskar d'incompétent. Ses goûts étaient très différents de ceux de son frère et, incontestablement, il lui est arrivé de commettre quelques erreurs, mais, globalement, je suis d'avis qu'il a su apporter une dimension nouvelle à la collection. Ses interventions rompent avec une certaine austérité. Sans cela, comment dire, la collection serait comme un bon dîner sans dessert. Ce vase à la chenille, là-bas (elle l'indiqua à travers la foule), franchement, il est charmant, non ?

– C'est bien joli..., repris-je avec vigueur, mais avant que je puisse continuer, un homme dit d'un ton convaincu :

– Le vase à la chenille est absolument le seul de tous ses choix qui mérite sa place ici. Son problème, c'est qu'il n'avait aucune compréhension de la collection dans son ensemble, de l'équilibre d'un tout. »

Je me sentais à bout de patience.

« Écoutez, criai-je, vous allez vous taire ! Rien qu'une seconde, taisez-vous, mettez fin à ce bavardage inepte ! Arrêtez-vous, ne serait-ce qu'une seconde, et laissez parler quelqu'un d'autre, quelqu'un qui vient de l'extérieur, qui n'appartient pas à ce petit monde fermé où vous semblez tous si contents de demeurer ! »

Je me tus et braquai sur eux un regard furieux. Ma fermeté était récompensée, car tous tant qu'ils étaient – quatre hommes et trois femmes – me fixaient d'un air stupéfait. Maintenant que j'avais enfin attiré leur attention, j'avais la sensation délicieuse de maîtriser parfaitement ma colère, comme une arme que j'aurais pu manier conformément à ma volonté. Je baissai la voix – j'avais crié un peu plus fort que je n'en avais eu l'intention – et poursuivis :

« Est-il étonnant, est-il le moins du monde étonnant que dans cette petite ville, la vôtre, vous ayez autant de problèmes, vous souffriez de cette crise, selon le terme qu'emploient certains d'entre vous ? Que vous soyez si nombreux à être malheureux et aigris ? Est-ce que cela intrigue quiconque, je parle des gens de l'extérieur ? Est-ce que c'est une surprise ? Nous autres, observateurs venus d'un monde plus vaste, plus large, nous grattons-nous la tête dans notre perplexité ? Est-ce que nous sommes là à nous dire : comment se peut-il que dans une ville comme celle-ci... (je sentis quelqu'un me tirer par le bras, mais j'étais décidé à aller au bout de ce que j'avais à dire) qu'une ville, un ensemble de citoyens comme celui-ci ait une crise pareille sur les bras ? Sommes-nous intrigués, déconcertés ? Non ! Absolument pas ! Il suffit d'arriver, et que voit-on aussitôt partout ? Le parfait exemple, mesdames et messieurs, en est donné par des gens comme vous, mais oui, vous, ici ! Vous êtes typiques – toutes mes excuses si je suis injuste, si l'on peut trouver des exemples encore plus énormes, plus monstrueux, sous les pierres et les pavés de cette ville –, mais à mes yeux, vous, monsieur, et vous, madame, oui, j'ai le regret de vous en informer, indéniablement, vous constituez l'exemple même de tout ce qui ne va pas ici ! » La main qui tirait sur ma manche appartenait, je m'en rendis compte, à une des femmes à qui je m'adressais ; je ne sais pourquoi, elle tendait le bras derrière l'homme qui se tenait à côté de moi. Je jetai un bref regard dans sa direction, puis repris : « Au premier chef, vous êtes dénués de la politesse la plus élémentaire. Regardez la manière dont vous vous traitez mutuellement. Regardez la manière dont vous traitez ma famille. Et même moi qui suis une personnalité distinguée et votre hôte ; regardez-vous vous-mêmes, vous ne pensez qu'à la collection d'objets d'art rassemblée par Oskar ! En d'autres termes, vous êtes obsédés, trop obsédés par les petits troubles intérieurs de cette chose que vous appelez votre société, bien trop obsédés pour manifester ne serait-ce qu'un minimum de courtoisie à notre égard. »

La femme qui me tirait par le bras se déplaça de façon à se trouver juste derrière moi et je m'aperçus qu'elle m'adressait la parole, dans son effort pour me distraire de mon dessein. Je fis comme si de rien n'était et poursuivis :

« Et c'est ici, entre tous les lieux, quelle cruelle ironie ! Oui, c'est ici, en ce lieu-ci, que mes parents doivent venir. Entre tous les lieux, ici, pour recevoir votre prétendue hospitalité. Quelle ironie, quelle cruauté, entre tous les lieux, après tant d'années, il fallait que ce fût un endroit pareil et des gens comme vous ! Mes pauvres parents, faire un si long trajet pour m'entendre jouer pour la toute première fois ! Croyez-vous que cela rende ma tâche plus facile, d'être contraint de les laisser entre les mains de gens comme vous, oui, vous, et vous !

– Monsieur Ryder, monsieur Ryder... » La femme qui s'était approchée de moi tiraillait avec insistance depuis un moment et je me rendis compte alors que ce n'était nulle autre que Mlle Collins. Cette découverte me fit vaciller et, en moins de temps qu'il n'en faut pour le dire, elle était parvenue à m'écarter du groupe.

« Ah, mademoiselle Collins ! dis-je, légèrement troublé. Bonsoir.

– Savez-vous, monsieur Ryder, dit Mlle Collins en m'entraînant plus loin, que je suis réellement surprise, je dois l'avouer ? Je parle du degré de fascination que cette affaire a suscité. Une amie vient de m'assurer que toute la ville en parlait. Oh, dans les termes les plus aimables, selon elle ! Mais, franchement, je ne vois pas pourquoi faire tant d'histoires. Tout ça parce que je suis allée au zoo aujourd'hui ! Non, je n'y comprends rien. J'ai accepté parce qu'ils m'ont convaincue que c'était dans l'intérêt général, vous comprenez, pour que Leo s'en tire bien demain soir. J'ai donc simplement accepté d'être là, voilà tout. Et je suppose, pour dire la vérité, que j'avais envie d'adresser à Leo quelques mots d'encouragement, étant donné que ça fait pas mal de temps qu'il s'est arrêté de boire. Il fallait que je marque le coup d'une manière ou d'une autre, ce n'était que justice. Je vous assure, monsieur Ryder, que s'il s'était arrêté de boire pendant une période aussi longue à n'importe quel moment de ces vingt dernières années, je me serais comportée de la même manière. Simplement, ça ne s'est pas produit jusqu'à présent. Franchement, ma présence au zoo aujourd'hui n'avait aucun intérêt particulier. »

Elle avait cessé de m'entraîner, mais elle me tenait toujours par le bras et nous nous mîmes à déambuler lentement au milieu de la foule.

« J'en suis convaincu, mademoiselle Collins, affirmai-je. Et je vous le garantis, lorsque je me suis approché de votre groupe, je n'avais nullement l'intention d'aborder le thème de vos relations avec M. Brodsky. Contrairement à la grande majorité des habitants de cette ville, je ne désire pas me mêler de vos affaires privées.

– J'apprécie votre grande correction, monsieur Ryder. Quoi qu'il en soit, comme je le disais, notre rencontre de cet après-midi ne revêtait aucune importance particulière. Les gens seraient bien déçus s'ils savaient. Tout ce qui s'est passé, c'est que Leo est venu vers moi et m'a dit : " Vous êtes très en beauté aujourd'hui. " Exactement le genre de choses qu'on s'attend à entendre de la bouche de Leo après vingt ans de soûlographie. Et, ma foi, je crois que toute l'affaire s'est réduite à cela. Bien entendu, je l'ai remercié, et je lui ai dit que je ne lui avais pas vu une aussi bonne mine depuis longtemps. À ce moment-là, il a regardé ses pieds : je ne me rappelle pas l'avoir vu faire ça dans sa jeunesse. Jamais il n'avait une attitude aussi timide. Oui, sa flamme est consumée, je le vois bien. Mais il y a maintenant autre chose à la place : une certaine gravité. Enfin, il était là, à regarder ses pieds, et M. von Winterstein et les autres messieurs traînaient à quelques pas en arrière, les yeux tournés dans la direction opposée, feignant de nous avoir oubliés. J'ai adressé une remarque quelconque à Leo, à propos du temps qu'il faisait ; il a levé les yeux et il a dit qu'en effet les arbres étaient magnifiques. Là-dessus, il s'est mis à me raconter quels étaient ses animaux préférés, parmi tous ceux qu'il venait de voir. Il était évident qu'il n'avait pas du tout fait attention ; il m'a dit : " J'adore tous ces animaux. L'éléphant, le crocodile, le chimpanzé. " Certes, les cages des singes n'étaient pas éloignées et ils avaient dû venir par là, mais ils n'étaient certainement passés ni devant les éléphants ni devant les crocodiles ; je l'ai fait remarquer à Leo. Mais il a balayé mes paroles comme si j'avais dit quelque chose de complètement absurde. Et puis il a eu l'air d'avoir un petit accès de panique. Peut-être y avait-il un rapport avec le fait que M. von Winterstein se soit rapproché un peu juste à ce moment-là. Vous comprenez, il avait été convenu initialement que je dirais quelques mots à Leo, littéralement quelques mots. M. von Winterstein m'avait assuré qu'il interviendrait au bout de quelques minutes. Bon, c'étaient les conditions que j'avais moi-même fixées, mais une fois que nous avons commencé à nous parler, en fait, ça semblait terriblement court. Je me suis mise à redouter, moi aussi, de voir M. von Winterstein venir trop près de nous. En tout cas, Leo savait que nous avions très peu de temps devant nous parce que, à ce moment-là, il s'est carrément lancé. " Peut-être que nous pourrions essayer de nouveau, m'a-t-il dit. De vivre ensemble. Il n'est pas trop tard. " Vous devez reconnaître, monsieur Ryder, qu'une telle proposition avait quelque chose de brutal après tant d'années, même en tenant compte des limitations de temps imposées cet après-midi. J'ai répondu simplement : " Mais que ferions-nous ensemble ? Nous n'avons pratiquement plus rien en commun, désormais. " L'espace d'une ou deux secondes, il a pris un air égaré, comme si j'avais souligné un détail qui ne lui était jamais venu à l'esprit. Puis il m'a montré la cage située devant nous et m'a dit : " Nous pourrions nous occuper d'un animal. Nous pourrions l'aimer, prendre soin de lui ensemble. C'est peut-être cela que nous n'avons pas partagé auparavant. " Je n'ai rien trouvé à répondre ; nous sommes restés plantés là et je voyais M. von Winterstein qui commençait à s'approcher, mais il a dû se rendre compte de quelque chose, sentir qu'il y avait quelque chose de particulier dans notre façon de nous tenir, à Leo et à moi, parce qu'il a changé d'avis ; il s'est éloigné de nouveau et s'est mis à parler à M. von Braun. Ensuite, Leo a levé un doigt – ça, c'est un geste d'autrefois –, il a levé le doigt et il a dit : " J'avais un chien, comme vous le savez, mais il est mort hier. Un chien, ça ne colle pas. Nous allons choisir un animal qui vit longtemps. Vingt ou vingt-cinq ans. Comme ça, si nous nous en occupons bien, nous mourrons avant lui et nous n'aurons pas à le pleurer. Nous n'avons jamais eu d'enfant ; c'est ça que nous devons faire. " Et moi, j'ai répliqué : " Vous n'avez pas réfléchi sérieusement. Mettons que notre animal chéri nous survive à tous deux, il est peu vraisemblable que nous mourrions en même temps, vous et moi. Vous n'aurez peut-être pas à pleurer l'animal ; mais supposons que je meure avant vous, vous devrez me pleurer, moi. – Ça vaut mieux que de n'avoir personne pour vous pleurer après votre décès, m'a-t-il répondu du tac au tac. – Mais je n'ai pas la moindre inquiétude à ce sujet ", lui ai-je dit. Je lui ai fait remarquer qu'au fil des années j'avais aidé bon nombre des habitants de cette ville ; lorsque je mourrais, il ne manquerait pas de gens pour porter mon deuil. " Qui sait ? a-t-il objecté. Il se peut que tout aille mieux pour moi dorénavant. Moi aussi, il se peut que de nombreuses personnes me pleurent après ma mort. Des centaines, peut-être. " Et puis il a continué : " Mais à quoi bon, si aucun d'entre eux n'a une véritable affection pour moi ? Je veux bien tous les échanger. Contre quelqu'un que j'aimerais et qui m'aimerait. " Je dois avouer, monsieur Ryder, que cette conversation me rendait un peu triste ; je n'arrivais pas à trouver autre chose à lui dire. Alors Leo m'a dit : " Si nous avions eu des enfants à l'époque, quel âge auraient-ils ? Ils seraient beaux aujourd'hui. " Comme s'ils mettaient des années à devenir beaux ! Et puis il a recommencé : " Nous n'avons jamais eu d'enfant ; c'est ça que nous devons faire à la place. " Quand il a répété cette phrase, je crois que j'ai commencé à me sentir troublée ; par-dessus son épaule, j'ai jeté un coup d'œil à M. von Winterstein, qui s'est avancé vers nous immédiatement en faisant une remarque plaisante, et nous en sommes restés là. Notre conversation était finie. »

Nous avions continué à déambuler à travers la pièce, son bras toujours passé au mien. Je restai un instant à digérer ce qu'elle venait de me dire. Puis je parlai :

« Quelque chose vient de me revenir, mademoiselle Collins. La dernière fois que nous nous sommes vus, vous avez eu la gentillesse de m'inviter chez vous pour que nous puissions discuter de mes problèmes. Paradoxalement, il semble maintenant y avoir bien davantage matière à discussion en ce qui concerne vos propres choix dans la vie. Je me demande vraiment ce que vous allez décider. Si j'ose m'exprimer ainsi, vous vous trouvez aujourd'hui à la croisée des chemins. »

Mlle Collins éclata de rire. « Mon Dieu, monsieur Ryder, je suis bien trop vieille pour me trouver à la croisée de je ne sais quels chemins. Quant à Leo, il est beaucoup trop tard pour qu'il se mette à parler comme ça. Si tout cela s'était produit ne serait-ce que sept ou huit ans plus tôt... » Elle soupira et, pendant un bref instant, une tristesse profonde effleura son visage. Puis, de nouveau, elle arbora son doux sourire. « Ce n'est pas vraiment le moment de redémarrer à zéro avec tout un assortiment d'espoirs, de craintes, de rêves. Je sais, je sais, vous allez me dire que je ne suis pas si vieille, que ma vie est loin d'être finie, et je vous en remercie. Mais, à la vérité, la journée est quand même bien avancée, et ce n'est pas... enfin, disons que ce n'est pas la peine de tout compliquer maintenant. Ah, ce Mazursky ! Il a toujours le don de me fasciner ! » Elle montra d'un geste du bras un chat en argile rouge juché sur une sellette, devant lequel nous passions. « Non, Leo m'a déjà suffisamment compliqué la vie. Il y a longtemps que je me suis construit une vie différente, et si vous posez la question aux gens de cette ville j'espère que la plupart d'entre eux vous répondront que je m'en suis plutôt bien sortie. Que je me suis montrée utile à beaucoup d'entre eux tout au long d'une période de plus en plus difficile. Bien sûr, mon action n'a jamais atteint l'envergure de la vôtre, mon cher Ryder. Mais cela ne veut pas dire que je ne peux pas éprouver une certaine satisfaction quand je tourne la tête et que je regarde ce que je suis parvenue à faire. Oui, dans l'ensemble, je suis plutôt contente de la vie que je me suis créée après Leo, et cela me convient d'en rester là.

– Mais quand même, mademoiselle Collins, vous auriez sûrement intérêt à réfléchir avec attention à la situation actuelle. Je ne comprends pas pourquoi ce ne serait pas à vos yeux une belle récompense, après tout l'excellent travail que vous avez fait, de partager le soir de votre vie avec un homme dont... excusez-moi : un homme dont on a l'impression que, d'une certaine façon, vous l'aimez encore. Si je dis cela, c'est qu'on ne voit pas, sinon, pourquoi vous auriez continué, pendant toutes ces années, à demeurer dans cette ville. Et pourquoi n'avez-vous jamais songé à vous remarier ?

– Mais j'ai songé à me remarier, monsieur Ryder. Il y a au moins trois hommes, pendant toutes ces années, avec qui j'aurais aisément pu m'établir. Mais ils... ils ne convenaient pas. Peut-être, en fait, y a-t-il du vrai dans ce que vous dites. Leo n'était pas loin, et cela m'interdisait d'éprouver des sentiments assez forts à l'égard de ces personnes. Enfin, quoi qu'il en soit, ce sont des temps révolus. La question que vous posez, et sans doute se justifie-t-elle, c'est : pourquoi ne finirais-je pas mes jours avec Leo ? Très bien, réfléchissons-y un instant. Leo est sobre et calme, pour le moment. Cela sera-t-il le cas longtemps ? Peut-être. C'est une possibilité, je le concède. Surtout s'il est désormais reconnu ici, s'il redevient un homme célèbre, chargé de grandes responsabilités. Mais si j'accepte de revenir vers lui, alors là, ce sera une autre histoire. Il décidera au bout de quelque temps de détruire tout ce qu'il a édifié, comme il l'a déjà fait auparavant. Et à quoi cela nous amènera-t-il tous ? À quoi cela amènera-t-il cette ville ? À vrai dire, monsieur Ryder, j'ai dans l'idée qu'il m'incombe, par sens civique, de ne pas accepter les propositions qu'il me fait.

– Pardonnez-moi, mademoiselle Collins, mais j'ai quand même l'impression que vous êtes moins convaincue par vos propres arguments que vous n'aimeriez l'être. Qu'au fond de vous-même vous n'avez jamais cessé d'attendre que recommence votre vie ancienne, votre vie avec M. Brodsky. Que tous les efforts que vous avez déployés et dont les gens de la ville, je n'en doute pas, vous seront toujours reconnaissants, n'ont été pourtant, à vos yeux, dans le fond, que des activités à mener pour occuper votre attente. »

Mlle Collins pencha la tête et réfléchit à mes paroles avec un sourire amusé.

« Il y a peut-être du vrai dans ce que vous dites, monsieur Ryder, finit-elle par dire. Peut-être que je n'étais pas vraiment consciente de l'allure à laquelle le temps passait. Ce n'est que récemment – l'année dernière, en fait – que j'en ai pris pleinement conscience. J'ai compris alors que nous vieillissions tous les deux ; qu'il était peut-être trop tard pour envisager de retrouver ce que nous avions eu jadis. Oui, vous avez peut-être raison. Quand je l'ai quitté, je n'imaginais pas une séparation définitive. Mais est-ce que j'attendais, comme vous l'affirmez ? Je ne sais pas, à vrai dire. Pour moi, les problèmes se posaient au jour le jour. Et je m'aperçois maintenant que le temps s'est écoulé. Mais quand je regarde tout ça, maintenant, toute ma vie, ce que j'en ai fait, ça ne me paraît pas si mal. J'aimerais aller jusqu'au bout, maintenant, de la façon dont je vis ma vie maintenant. Pourquoi est-ce que je me laisserais embarquer dans les histoires de Leo et de son animal ? Non, c'est vraiment trop compliqué. »

J'étais sur le point d'exprimer de nouveau, de la façon la plus délicate, mon scepticisme sur son adhésion réelle à ses propres déclarations, lorsque je m'aperçus que Boris se trouvait près de moi. « Il va falloir que nous rentrions vite à la maison, me dit-il. Maman ne se sent pas bien. »

Je tournai les yeux dans la direction qu'il indiquait. Sophie était debout à quelques pas de l'endroit où je l'avais laissée initialement, complètement isolée, ne parlant avec personne. Un pauvre sourire errait sur ses lèvres, alors même que personne n'était là pour le remarquer. Ses épaules étaient affaissées et son regard semblait fixé sur les chaussures du groupe d'invités le plus proche.

La situation était visiblement désespérée. Contenant la rage que je ressentais contre l'ensemble de l'assistance, je dis à Boris : « Oui, tu as raison. Nous ferions mieux de nous en aller. Amène ta mère par ici. Nous allons essayer de nous éclipser sans que les gens nous remarquent. Nous avons assisté à cette soirée ; personne ne peut nous faire de reproche. »

Je me souvenais, grâce à la réception de la veille, que la maison était mitoyenne de l'hôtel. Tandis que Boris disparaissait dans la foule, je me tournai vers les portes qui garnissaient le mur, m'efforçant d'identifier celle qui nous avait permis, à Stephan Hoffman et à moi, d'accéder au couloir de l'hôtel. Mais à ce moment-là Mlle Collins, qui n'avait pas lâché mon bras, se remit à parler :

« Pour être franche, parfaitement franche, il faut bien que je le reconnaisse. C'est vrai, aux heures les moins sensées, j'ai eu ce rêve.

– C'est-à-dire, mademoiselle Collins ?

– Eh bien, tout ça. Tout ce qui se passe en ce moment. Le rêve de voir Leo se ressaisir, de le voir trouver dans cette ville une situation à la hauteur de ses mérites. J'ai imaginé que tout irait bien de nouveau, que les années terribles seraient derrière nous pour toujours. Oui, je dois le reconnaître, monsieur Ryder. On peut bien, pendant la journée, être sage et raisonnable. Mais la nuit, c'est une autre affaire. Tant de fois, au long de toutes ces années, je me suis réveillée dans l'obscurité, aux premières heures du jour, et je suis restée là à songer à tout ça, à penser que quelque chose de cet ordre pourrait se produire. Maintenant que ça commence à arriver réellement, c'est plutôt troublant. Mais vous savez, ce n'est pas vrai que ça commence à arriver. Certes, Leo est bien capable de parvenir à faire quelque chose ici, il avait beaucoup de talent, autrefois, tout ça ne peut pas s'être évaporé. Et il est vrai qu'on ne lui a jamais donné sa chance, non, pas vraiment, là où nous étions. Mais pour nous deux, il est trop tard. Quoi qu'il dise, il est sûrement trop tard.

– Mademoiselle Collins, j'aurais plaisir à discuter plus longuement avec vous de toutes ces questions. Mais malheureusement, je crains d'être maintenant obligé de m'en aller. »

Pendant que je prononçais ces paroles, je vis Sophie et Boris traverser la pièce dans ma direction. Me dégageant de Mlle Collins, je cherchai de nouveau à déterminer la bonne porte, reculant d'un pas pour apercevoir celles qui échappaient à ma vue à cause du tournant de la pièce. Lorsque je les examinais une par une, chaque porte me rappelait vaguement quelque chose, mais, en réalité, je ne me sentais certain d'aucune d'elles. Je songeai à demander conseil à quelqu'un, mais je rejetai cette idée de peur d'attirer l'attention sur notre départ anticipé.

Toujours aussi perplexe, je guidai Sophie et Boris vers les portes. Je ne sais pourquoi, j'avais en tête toute une série de scènes de cinéma où un personnage qui souhaite faire une sortie spectaculaire ouvre la mauvaise porte d'un geste résolu et se retrouve dans un placard. Mon état d'esprit était à l'inverse – je souhaitais que nous partions de façon si discrète que, lors de discussions ultérieures, personne ne saurait exactement à quel moment nous avions quitté les lieux –, mais, dans cette optique, il était également indispensable d'éviter ce genre de catastrophe.

Je choisis finalement la porte la plus centrale de la rangée, tout simplement parce que c'était la plus imposante. Des incrustations de nacre ornaient ses panneaux concaves et des colonnes de pierre l'encadraient. À cet instant précis, devant chaque colonne était campé un serveur en uniforme roide comme une sentinelle. Une porte aussi prestigieuse, raisonnai-je, ne nous donnerait pas nécessairement un accès direct à l'hôtel, mais du moins nous conduirait-elle à un endroit identifiable où nous pourrions élaborer notre itinéraire à l'abri des regards indiscrets.

Faisant signe à Sophie et Boris de me suivre, je m'avançai jusqu'à la porte d'un pas désinvolte et, adressant à un des plantons un signe de tête qui voulait dire : « Inutile de vous déranger, je sais ce que je fais », je tirai sur la poignée. Là-dessus, à mon horreur, la calamité redoutée se produisit : j'avais bel et bien ouvert un placard à balais, bourré, de surcroît, au-delà de sa capacité. Plusieurs têtes-de-loup s'abattirent à grand fracas sur le pavement en marbre, éparpillant une matière moutonneuse et grisâtre dans toutes les directions. Jetant un coup d'œil dans le placard, je vis un tas désordonné de seaux, de chiffons crasseux et de bombes à aérosol.

« Excusez-moi », marmonnai-je à l'homme en uniforme le plus proche tandis qu'il accourait pour ramasser les balais. Sous les regards réprobateurs qui se braquaient maintenant sur nous, je me hâtai vers la porte d'à côté.

Décidé à ne pas répéter la même erreur, j'ouvris cette deuxième porte avec force précautions. Je m'y pris très lentement ; alors même que je sentais une foule d'yeux dardés sur mon dos, alors que je discernais un crescendo dans le brouhaha et que j'entendais près de moi une voix dire : « Mon Dieu, ne serait-ce pas M. Ryder ? », je résistai à la tentation de m'affoler, tirant la porte vers moi centimètre par centimètre tout en scrutant l'entrebâillement afin d'être certain que rien n'allait tomber. Lorsque j'eus constaté avec soulagement que la porte donnait sur un couloir, je me glissai vivement dans l'ouverture et fis signe à Sophie et Boris de me suivre sans tarder.

20

Je refermai la porte derrière eux et nous regardâmes tous les trois autour de nous. Avec un sentiment de triomphe, je constatai que, dès la seconde tentative, j'avais choisi exactement la bonne porte et que nous nous trouvions maintenant dans le long couloir sombre qui donnait accès au salon de l'hôtel et menait jusqu'au hall. Au début, nous restâmes immobiles, un peu éberlués par le silence qui succédait au brouhaha de la galerie. Puis Boris bâilla et dit : « Cette réception était vraiment embêtante.

– Épouvantable, dis-je, éprouvant de nouveau une vive colère à l'égard de toutes les personnes présentes à la réception. Un tas de minables. Pas la moindre notion de ce que c'est qu'un comportement civilisé. » Puis j'ajoutai : « Maman était de loin la plus belle de toutes les femmes présentes. Pas vrai, Boris ? »

Sophie pouffa dans l'obscurité.

« Parfaitement, insistai-je. De loin la plus belle. »

Boris était apparemment sur le point de dire quelque chose, mais à cet instant précis nous entendîmes tous une sorte de frôlement, quelque part dans les ténèbres qui nous entouraient. Puis, comme mes yeux commençaient à s'accoutumer, je parvins à distinguer, plus loin dans le couloir, la forme d'une bête de bonne taille qui s'approchait lentement de nous, produisant ce bruit à chaque mouvement. Sophie et Boris l'avaient eux aussi aperçue ; l'espace d'un instant, nous semblâmes tous frappés de paralysie. Puis Boris s'exclama tout bas :

« C'est grand-père ! »

Je vis alors que la bête n'était autre que Gustav, plié en deux. Une valise coincée sous un bras, il en tenait une autre par la poignée et en traînait une troisième derrière lui, ce qui provoquait le frôlement que nous avions entendu. Pendant un moment, nous eûmes l'impression qu'il n'avançait presque pas, mais se balançait simplement sur un rythme lent.

Boris se hâta dans sa direction, tandis que Sophie et moi suivions d'un pas plus hésitant. Comme nous nous rapprochions de lui, Gustav, ayant enfin remarqué notre présence, s'arrêta et se redressa partiellement. Dans l'obscurité, je ne discernais pas l'expression de son visage, mais sa voix parut joyeuse lorsqu'il lança :

« Boris ! Quelle bonne surprise !

– C'est grand-père ! » s'exclama de nouveau Boris. Puis il demanda : « Tu es occupé ?

– Oui, il y a beaucoup de travail.

– Tu dois être très occupé. » Une tension étrange transparaissait dans la voix de Boris. « Très, très occupé.

– Oui, dit Gustav en reprenant son souffle. En ce moment, on est très occupé. »

Je m'approchai de Gustav et lui dis : « Excusez-nous de vous interrompre en pleine activité. Nous venons d'assister à une réception, mais nous nous apprêtons à rentrer à la maison. Pour manger un bon dîner.

– Ah, répondit le porteur en nous regardant. Ah oui. C'est drôlement bien. Je suis très content de vous voir ainsi tous rassemblés. » Puis il s'adressa à Boris : « Comment vas-tu, Boris ? Et comment va ta mère ?

– Maman est un peu fatiguée, dit Boris. Nous sommes impatients d'aller dîner. Après, on va jouer à *Warlord.*

– Eh bien, ça me paraît un excellent programme. Je suis sûr que vous allez bien vous amuser. Bon... » Gustav resta un instant muet. Puis il reprit : « Je ferais mieux de me remettre au travail. Nous sommes très occupés en ce moment.

– Oui », dit Boris doucement.

Gustav ébouriffa les cheveux de Boris. Puis il se voûta de nouveau et se remit à traîner son fardeau. Tendant la main vers Boris, j'écartai le petit garçon pour que la voie soit libre pour Gustav. Peut-être parce qu'il nous avait pour spectateurs, ou bien parce que cette brève pause lui avait rendu une partie de son énergie, le porteur sembla cette fois, en passant devant nous dans l'obscurité, progresser de façon beaucoup plus assurée. Je commençai à entraîner mes compagnons vers le hall, mais Boris ne se montrait guère désireux de suivre le mouvement, les yeux tournés en arrière vers l'autre extrémité du couloir, où l'on distinguait encore vaguement la silhouette voûtée de son grand-père.

« Allons, pressons, insistai-je en enveloppant son épaule de mon bras. Nous commençons tous à avoir très faim. »

J'avais repris mon cheminement lorsque j'entendis Sophie dire derrière moi : « Non, c'est par ici. » Je me retournai et la vis accroupie devant une petite porte que je n'avais pas remarquée jusqu'alors. À vrai dire, à supposer que je l'eusse remarquée, j'aurais sans doute imaginé qu'elle donnait accès à un placard, car c'est à peine si elle m'arrivait à l'épaule. Pourtant, Sophie la tenait maintenant ouverte et Boris, apparemment fort accoutumé à emprunter ce passage, se glissa par l'ouverture. Sophie tenait toujours la porte et, après un instant d'hésitation, je me baissai à mon tour et me faufilai à la suite de Boris.

Je m'étais plus ou moins attendu à me retrouver dans un tunnel, contraint de ramper à quatre pattes, mais j'étais en fait dans un autre couloir. Il était plutôt plus spacieux que celui que nous venions de quitter, mais son usage était visiblement réservé au personnel. Le sol était nu et des canalisations apparentes couraient le long des murs. De nouveau, nous étions dans une quasi-obscurité ; un peu plus loin, cependant, une bande de lumière électrique rayait le sol. Nous fîmes quelques pas dans cette direction, puis Sophie s'arrêta de nouveau et actionna la barre d'une porte coupe-feu. L'instant d'après nous étions dehors, dans une petite rue paisible.

La nuit était belle et le ciel piqueté de nombreuses étoiles. En balayant la rue du regard, je vis qu'elle était déserte et que tous les magasins étaient fermés. Tandis que nous reprenions notre marche, Sophie dit d'un ton allègre :

« Une vraie surprise, de rencontrer grand-père comme ça. Pas vrai, Boris ? »

Boris ne répondit pas. Il avançait devant nous à grandes enjambées, marmonnant doucement tout seul.

« Toi aussi, tu dois avoir très faim, murmura Sophie en se tournant vers moi. J'espère que le repas sera assez copieux. Je me suis prise au jeu en préparant toutes ces petites choses, et j'ai oublié de prévoir un vrai plat de résistance. Cet après-midi, il me semblait que c'était largement suffisant, mais maintenant que j'y pense...

– Ne dis pas de bêtises, ce sera parfait. C'est exactement le genre de choses dont j'ai envie, de toute façon. Toutes sortes de petites bouchées, les unes après les autres. Je comprends que Boris apprécie ce genre de repas.

– Maman faisait toujours comme ça quand j'étais petite. Pour nos soirs de fête. Pas les anniversaires, ni Noël : ces jours-là, on faisait comme tout le monde. Mais certains soirs que nous voulions rendre spéciaux, rien que pour nous trois, maman faisait comme ça. Des tas de petites choses délicieuses, les unes après les autres. Mais après, on a déménagé, et maman n'allait pas bien, et on a perdu cette habitude. J'espère que j'en ai préparé assez pour vous. Vous devez avoir tellement faim, tous les deux. » Puis elle ajouta brusquement : « Je suis désolée. Je n'ai pas vraiment été à la hauteur, ce soir, hein ? »

Je la revis, debout au milieu de la cohue, seule, vulnérable, et je tendis le bras et le passai autour de ses épaules. Elle réagit en se serrant contre moi et nous marchâmes ainsi pendant quelques minutes, sans parler, empruntant une série de petites rues désertes. À un moment, Boris se laissa rejoindre et demanda :

« Je peux manger assis sur le canapé, ce soir ? »

Sophie réfléchit un peu avant de répondre : « Oui, d'accord. Pour ce repas-ci, c'est d'accord. »

Boris resta encore un moment à notre niveau puis formula une nouvelle requête : « Je peux m'allonger par terre pour manger ? »

Sophie rit. « Ce soir seulement, Boris. Demain matin, pour le petit déjeuner, il va falloir que tu t'assoies de nouveau à table. »

Cette perspective sembla ravir Boris, qui repartit en courant, plein d'enthousiasme.

Nous nous arrêtâmes enfin au seuil d'une porte coincée entre un salon de coiffure et une boulangerie. La rue était étroite et le passage y était d'autant plus difficile que le trottoir était encombré d'automobiles en stationnement. Tandis que Sophie cherchait la bonne clé, je levai les yeux et vis qu'au-dessus des boutiques s'élevaient encore quatre étages. Certaines des fenêtres étaient éclairées et j'entendais vaguement une télévision.

Je suivis mes compagnons, qui gravirent deux volées de marches. Pendant que Sophie ouvrait la porte palière, l'idée me vint que j'étais peut-être censé me comporter comme si je connaissais l'appartement. Il était également possible que l'on s'attendît à me voir adopter l'attitude d'un invité. En franchissant le seuil, je décidai d'observer attentivement les faits et gestes de Sophie et d'en déduire la conduite à tenir. Comme par hasard, à peine Sophie eut-elle fermé la porte derrière nous qu'elle annonça qu'elle devait allumer le four et disparut au fin fond de l'appartement. Quant à Boris, il se défit prestement de son blouson et détala en émettant des bruits de sirène d'alarme.

Laissé à moi-même dans l'entrée, j'en profitai pour examiner ce qui m'entourait. Très probablement, aussi bien Sophie que Boris étaient convaincus que les lieux m'étaient familiers ; de fait, à mesure que je contemplais les diverses portes qui s'entrebâillaient devant moi, le papier peint d'un jaune terni orné de fleurs aux teintes fanées, la tuyauterie apparente qui montait du sol au plafond derrière le portemanteau, je sentais revenir lentement en moi de vagues souvenirs de cette entrée.

Au bout de quelques minutes, je passai dans la salle de séjour. Certes, quelques meubles m'étaient inconnus – les deux vieux fauteuils défoncés qui flanquaient la cheminée désaffectée étaient à coup sûr des acquisitions récentes –, mais j'eus l'impression que cette pièce était plus nettement présente à ma mémoire que ne l'avait été l'entrée. La grande table ovale poussée contre le mur, la deuxième porte qui donnait sur la cuisine, le canapé informe, de teinte foncée, le tapis orange élimé, tout cela m'était indéniablement familier. Le plafonnier – une ampoule unique protégée par un abat-jour en chintz – projetait çà et là des ombres éparses, si bien que je me demandai, sans pouvoir en être sûr, si le papier peint ne portait pas, par endroits, des marques d'humidité. Boris était couché par terre et roula sur le dos lorsque je pénétrai dans la pièce.

« J'ai décidé de faire une expérience, déclara-t-il, s'adressant au plafond autant qu'à moi. Je vais garder mon cou dans cette position. »

Je me penchai et vis qu'il se raccourcissait le cou en s'enfonçant le menton entre les clavicules.

« Je vois. Pendant combien de temps comptes-tu rester dans cette position ?
– Au moins vingt-quatre heures.
– Très bien, Boris. »

Je l'enjambai et gagnai la cuisine. C'était une pièce longue et étroite, qui m'était, elle aussi, indubitablement connue. Les murs crasseux, les bribes de toiles d'araignées accrochées aux moulures, le séchoir délabré, tout remuait en moi des souvenirs insistants. Sophie avait mis un tablier ; agenouillée devant le four, elle y disposait quelque chose. Elle leva les yeux à mon approche, fit une réflexion sur ses préparatifs culinaires en montrant du doigt l'intérieur du four et éclata d'un rire joyeux. Je ris à mon tour, puis, non sans jeter un dernier regard à la cuisine, tournai les talons et regagnai la salle de séjour.

Boris était toujours allongé par terre. Lorsque j'entrai, il s'enfonça de nouveau la tête dans les épaules. Je ne lui accordai aucune attention et m'assis sur le canapé. Un journal gisait sur le tapis et je le ramassai, pensant que c'était peut-être celui où figuraient les photos de moi. En fait, il remontait à plusieurs jours, mais je décidai quand même de le parcourir. Pendant que je lisais l'article de tête – une interview du nommé von Winterstein, à propos des projets de préservation de la vieille ville –, Boris resta allongé sur le tapis sans parler, se contentant d'émettre de temps à autre un couinement électronique. À chaque fois que je lui jetais furtivement un coup d'œil, je constatais que son cou était toujours tassé ; je résolus de ne pas lui adresser la parole tant qu'il n'aurait pas mis fin à ce jeu ridicule. Se raccourcissait-il le cou lorsqu'il sentait que j'étais sur le point de le regarder ou le conservait-il en permanence dans cet état de contraction, je n'en savais rien et cessai rapidement de m'en préoccuper. « Qu'il reste donc vautré sur son tapis », pensai-je en poursuivant ma lecture.

Au bout d'une vingtaine de minutes, Sophie entra enfin dans la pièce, portant un plat chargé de nourriture. J'identifiai des vol-au-vent, des aumônières, des godiveaux ; tout pouvait être tenu dans la main, et le raffinement des préparations sautait aux yeux. Sophie posa le plat sur la table.

« Vous êtes bien calmes, dit-elle en promenant ses

regards sur la pièce. Allons, amusons-nous maintenant. Regarde, Boris ! Et il y a encore un autre plat comme ça. Tout ce que tu préfères ! Écoute, si tu choisissais un jeu de société, pendant que je vais chercher le reste ? »

Dès que Sophie se fut éclipsée dans la cuisine, Boris se mit debout d'un bond, s'approcha de la table et se fourra un godiveau dans la bouche. Je fus tenté de faire remarquer que son cou avait repris sa taille habituelle, mais je continuai en fin de compte à lire le journal en silence. Boris lança de nouveau son hurlement de sirène, traversa rapidement la pièce et s'arrêta à l'autre bout devant un grand placard. Je me souvins que c'était dans ce placard que l'on rangeait les jeux de société, en un empilement précaire de boîtes en carton larges et plates posées sur des jouets et des ustensiles ménagers. Boris contempla le placard pendant un bon moment, après quoi il en ouvrit la porte d'un geste brusque.

« À quoi est-ce qu'on va jouer ? » demanda-t-il.

Je fis comme si je n'entendais pas et continuai à lire. Je l'apercevais à la limite de mon champ de vision : après s'être tourné vers moi, commençant à comprendre que je n'allais pas répondre, il se retourna vers le placard. Pendant quelque temps, il resta là à examiner sa pile de jeux, tendant parfois la main pour toucher le bord d'une des boîtes.

Sophie revint, apportant le reste du repas. Tandis qu'elle s'occupait de mettre la table, Boris s'approcha d'elle et je les entendis discuter à mi-voix.

« Tu avais dit que je pourrais manger par terre », soutenait Boris.

Un moment s'écoula, puis il s'affala de nouveau sur le tapis, à mes pieds, posant près de lui une assiette chargée de nourriture.

Je me levai et gagnai la table. Sophie resta près de moi, la mine inquiète, pendant que je prenais une assiette et que j'examinais les diverses préparations.

« Tout cela a l'air délicieux », dis-je en me servant.

Revenant à mon canapé, je constatai que si je posais mon assiette sur un coussin placé près de moi, il me serait possible de manger sans cesser de lire mon journal. J'avais pris auparavant la décision d'étudier ce journal avec la plus grande attention, en déchiffrant même les annonces publicitaires des entreprises et commerces locaux, et je continuai à réaliser ce projet, tendant à l'occasion la main vers mon assiette sans quitter des yeux le texte imprimé.

Entre-temps, Sophie s'était assise par terre près de Boris, à qui elle posait parfois une question : cette tourte à la viande lui plaisait-elle ? Que devenait tel ou tel camarade de classe ? Mais à chaque fois qu'elle essayait d'amorcer la conversation de cette manière, Boris avait la bouche trop pleine pour répondre autrement que par un grognement. Sophie dit enfin : « Alors, Boris, tu as décidé à quel jeu tu voulais jouer ? »

Je sentis que le regard de Boris se tournait vers moi. Il déclara alors d'un ton paisible :

« Ça m'est égal, à quel jeu on joue.

– Ça t'est égal ? » Sophie paraissait incrédule. Il y eut une longue pause, après quoi elle répondit : « Bon, d'accord. Si ça t'est vraiment égal, c'est moi qui vais choisir. » J'entendis qu'elle se mettait debout. « Je vais en choisir un tout de suite. »

Cette stratégie sembla temporairement efficace auprès de Boris. Il se leva avec un certain entrain et suivit sa mère jusqu'au placard ; je les entendis discuter tous les deux devant la pile de boîtes, baissant la voix comme pour ne pas me déranger dans ma lecture. Ils revinrent enfin et s'installèrent de nouveau par terre.

« Allons, mettons tout ça en place, ordonna Sophie. Nous pouvons commencer à jouer tout en mangeant. »

Lorsque je leur jetai un coup d'œil, un peu plus tard, le plateau de jeu était déplié et Boris disposait les cartes et les jetons en plastique avec un certain enthousiasme. Ce fut donc avec surprise que je saisis, quelques instants après, les paroles de Sophie :

« Mais qu'est-ce qui se passe ? Tu m'as dit que tu voulais celui-là.

– C'est vrai.

– Alors qu'est-ce qui se passe, Boris ? »

Il y eut un silence, puis Boris répondit : « Je suis trop fatigué. Comme papa. »

Sophie soupira. Puis elle annonça brusquement d'une voix plus joyeuse :

« Boris, il y a quelque chose que papa t'a acheté. »

Je ne pus résister à l'envie de regarder par-dessus le bord du journal ; Sophie me lança à ce moment-là un sourire de conspiratrice.

« Je peux le lui donner maintenant ? » demanda-t-elle.

Je ne savais absolument pas de quoi elle parlait et lui renvoyai un regard perplexe, mais elle se remit debout et quitta la pièce. Elle revint presque immédiatement en brandissant le vieux manuel de bricolage que j'avais acheté au cinéma la veille au soir. Boris, oubliant sa prétendue fatigue, se dressa d'un bond, mais Sophie, moqueuse, fit en sorte qu'il ne pût attraper le livre.

« Hier soir, on est sortis ensemble, papa et moi. C'était une soirée formidable et, au beau milieu, il a pensé à toi et il t'a acheté ça. Tu n'as jamais rien eu de pareil, pas vrai, Boris ?

– Ne lui raconte pas que c'est un truc merveilleux, dis-je, caché derrière mon journal. Ce n'est qu'un manuel usagé.

– Il est gentil, papa, tu ne trouves pas ? »

Je glissai de nouveau un regard furtif. Sophie avait laissé Boris prendre le livre et il s'était mis à genoux pour l'examiner.

« C'est génial, murmura-t-il en le feuilletant. C'est vraiment génial. » Il tomba en arrêt devant une page qu'il observa attentivement. « Ça explique comment tout faire. »

Il tourna encore quelques pages et, là-dessus, le livre craqua sèchement et se sépara en deux morceaux. Boris continua à tourner les pages comme si de rien n'était. Sophie, qui avait amorcé un mouvement dans sa direction, s'arrêta en voyant la réaction de Boris et se redressa.

« Ça explique tout, reprit Boris. C'est vraiment bien. »

J'avais la nette impression qu'il essayait de s'adresser à moi. Je poursuivis ma lecture et, quelques secondes après, j'entendis Sophie dire doucement : « Je vais chercher du Scotch. Ça fera parfaitement l'affaire. »

J'entendis Sophie quitter la pièce et continuai de lire. Du coin de l'œil, je voyais Boris qui tournait encore les pages. Au bout d'un moment, il leva les yeux vers moi :

« Il y a un genre de brosse spéciale qu'on peut se procurer si on veut poser du papier peint. »

Je lisais toujours. Sophie finit par revenir, l'air un peu égaré.

« C'est bizarre, je n'arrive pas à retrouver le Scotch, marmonnait-elle.

– Ce livre est génial, lui annonça Boris. Ça t'explique comment on fait tout.

– C'est bizarre. Peut-être qu'on l'a terminé. » Sophie repartit dans la cuisine.

J'avais un vague souvenir de différents rouleaux de ruban adhésif rangés dans le même placard que les jeux de société, dans un des petits tiroirs, en bas à droite. Je songeais à poser mon journal et à entreprendre une recherche lorsque Sophie revint dans la pièce.

« Ça ne fait rien, affirma-t-elle. J'achèterai du Scotch demain matin et on pourra réparer le livre. Allez, viens, Boris, commençons la partie ou on n'aura jamais le temps de finir avant de se coucher. »

Boris ne répondit pas. Je l'entendais sur le tapis, toujours occupé à tourner les pages.

« Très bien, si tu ne veux pas jouer, déclara Sophie, je vais commencer toute seule. »

On perçut alors le bruit d'un dé qui roule dans un cornet. Toujours plongé dans mon journal, je ne pus m'empêcher d'éprouver à l'égard de Sophie une certaine compassion, vu la tournure que prenait la soirée. Mais après tout, elle ne pouvait guère s'attendre à semer un chaos d'une telle ampleur sans que nous ayons à en payer le prix, d'une manière ou d'une autre. De surcroît, on ne pouvait même pas dire qu'elle se fût surpassée sur le plan culinaire. Elle n'avait pas pensé, par exemple, à préparer des sardines sur des petits toasts triangulaires, ni des brochettes de fromage et de saucisse. Elle n'avait pas prévu la moindre omelette ; pas de pommes de terre fourrées au fromage, ni de croquettes de poisson. Il n'y avait pas non plus de poivrons farcis. Ni de cubes de pain garnis de pâte d'anchois, ni de morceaux de concombre coupés dans le sens de la longueur, ni même de tranches d'œuf dur au bord cranté. Quant au dessert, elle n'avait fait ni barquettes aux prunes ni d'allumettes à la crème au beurre ; pas même un roulé à la confiture.

Je me rendis compte peu à peu que Sophie mettait un temps invraisemblable à secouer son cornet. En fait, le bruit avait changé de caractère depuis qu'elle avait commencé à jouer avec le dé. Elle semblait l'agiter maintenant avec une lenteur alanguie, comme si elle avait marqué la mesure d'une mélodie qui se déroulait dans son esprit. J'abaissai le journal, en proie à un sentiment d'inquiétude.

Par terre, Sophie s'appuyait sur un bras raidi, position dans laquelle ses longs cheveux tombaient librement sur son épaule et cachaient entièrement son visage. Elle semblait complètement absorbée par son occupation ; sa masse avait basculé en avant de façon bizarre, si bien qu'elle était en équilibre au-dessus du plateau de jeu. Tout son corps oscillait doucement. Boris l'observait d'un air boudeur, tout en effleurant de ses mains l'endroit où son livre s'était cassé en deux.

Sophie continua à secouer le dé, sans s'arrêter, pendant trente ou quarante secondes, avant de le laisser enfin rouler devant elle. Elle l'examina rêveusement, déplaça quelques pièces sur le plateau, puis se remit à secouer le dé. Je sentis que le climat devenait dangereux et décidai qu'il était temps de prendre la situation en main. Jetant mon journal, je tapai dans mes mains et me mis debout.

« Il faut que je rentre à l'hôtel, annonçai-je. Et je vous conseille fermement d'aller tous les deux vous coucher. La journée a été longue pour tout le monde. »

J'aperçus une expression de surprise sur le visage de Sophie tandis que je gagnais l'entrée à grandes enjambées. Un instant après, elle était derrière moi.

« Tu pars déjà ? Mais est-ce que tu as assez mangé ?

– Excuse-moi, je sais que tu as travaillé dur pour préparer ce repas. Mais il se fait trop tard maintenant. Demain, j'ai une matinée très chargée. »

Sophie soupira et prit un air accablé. « Je suis désolée, dit-elle enfin. Cette soirée n'a pas été très réussie. Je suis désolée.

– Ne t'en fais pas. Ce n'est pas ta faute. Nous étions tous un peu fatigués. Et maintenant, il faut vraiment que je parte. »

Sophie m'ouvrit la porte, la mine renfrognée, en m'assurant qu'elle m'appellerait le lendemain matin.

Je passai ensuite un bon moment à errer dans les rues

désertes, m'efforçant de retrouver le chemin de l'hôtel. Je parvins enfin à une rue que je reconnus et savourai avec un certain plaisir le calme de la nuit et le privilège d'être seul avec mes pensées et le bruit de mes pas. Avant longtemps, cependant, j'éprouvai une pointe de regret en pensant à la façon dont la soirée s'était terminée. Mais c'était un fait indubitable : sans parler de bien d'autres aspects, Sophie avait réussi à créer le chaos dans mon emploi du temps soigneusement organisé. Et j'en étais là, au bout de ma deuxième journée en ville : je n'étais pas allé au-delà d'une compréhension superficielle de la crise que j'étais venu évaluer. Il me revint que l'on m'avait même empêché de me rendre à mon rendez-vous matinal avec la comtesse et le maire, où j'aurais enfin eu la possibilité d'entendre moi-même quelques interprétations de Brodsky. Bien entendu, j'avais encore largement le temps de rattraper les occasions perdues ; plusieurs réunions importantes m'attendaient, notamment la rencontre avec le Groupe de soutien mutuel des citoyens, et me donneraient certainement une vision beaucoup plus complète de la situation. Cependant, j'avais indéniablement été soumis à toutes sortes de tensions, et Sophie ne pouvait guère se plaindre de ce qu'en fin de journée je ne sois pas d'humeur totalement détendue.

Je franchissais d'un pas de flâneur un pont de pierre pendant que ces pensées me traversaient l'esprit. Tandis que je m'arrêtais pour contempler l'eau et la rangée de réverbères qui bordait le canal, l'idée me vint que j'avais encore la possibilité d'accepter l'invitation de Mlle Collins. Elle avait bel et bien laissé entendre qu'elle était, mieux que quiconque, en mesure de m'aider ; maintenant que le laps de temps qui me restait se trouvait de plus en plus réduit, il m'apparaissait qu'une bonne conversation avec elle pourrait faire avancer les choses considérablement, en m'apportant pratiquement toutes les informations que j'aurais pu recueillir par mes propres efforts si Sophie n'avait pas eu le champ libre. Je repensai au salon de Mlle Collins, aux tentures de velours, aux meubles fatigués, et j'éprouvai le désir soudain de m'y trouver à l'instant même. Je repris ma marche, passant le pont et m'enfonçant dans les rues sombres, résolu à lui rendre visite dans la matinée, dès que j'en aurais l'occasion.

TROISIÈME PARTIE

21

Je me réveillai dans un flot de soleil qui se déversait entre les lames verticales du store et fus saisi d'épouvante à l'idée que j'avais déjà laissé s'écouler une bonne partie de la matinée. Mais je me souvins alors de ma décision, prise la veille au soir, d'aller rendre visite à Mlle Collins, et je me levai d'humeur bien plus calme.

La chambre était plus petite et nettement plus étouffante que celle où je résidais auparavant ; de nouveau, j'éprouvai de l'agacement à l'égard d'Hoffman, qui m'avait obligé à déménager. Mais cette affaire des chambres ne semblait plus avoir autant d'importance que la veille. Tout en me lavant et en m'habillant, je n'eus pas de difficulté à fixer mon attention sur la rencontre avec Mlle Collins, échéance importante dont dépendait la résolution de maints problèmes. Lorsque je quittai ma chambre, j'avais tout à fait cessé de m'inquiéter de mon sommeil tardif – ce sommeil, je le savais, s'avérerait indispensable dans la suite des événements –, et je m'apprêtais à prendre un bon petit déjeuner au cours duquel je pourrais mettre au net mes idées sur les questions que je souhaitais aborder avec Mlle Collins.

Je fus donc étonné, en arrivant dans la salle à manger du matin, d'être accueilli par le ronflement d'un aspirateur. La porte de la salle était fermée ; lorsque je l'entrebâillai, je vis deux femmes en blouse qui nettoyaient la moquette, les tables et les chaises étant poussées contre les murs. La perspective d'aborder une rencontre aussi déterminante sans avoir pris le moindre repas était assez contrariante, et, en regagnant le hall, j'étais loin d'être satisfait. Je passai devant un groupe de touristes américains et m'approchai du bureau de la réception. Le réceptionniste, assis, lisait un magazine, mais en me voyant il se leva d'un bond.

« Bonjour, monsieur Ryder.

– Bonjour. Je suis un peu déçu de constater qu'on ne sert pas le petit déjeuner. »

L'espace d'un instant, le réceptionniste parut perplexe. Puis il reprit ses esprits : « Normalement, monsieur, même à l'heure qu'il est, quelqu'un aurait dû pouvoir vous servir le petit déjeuner. Mais bien entendu, ce jour n'est pas un jour comme les autres, et, tout naturellement, une grande partie de notre personnel a été envoyée à la salle de concert pour participer aux préparatifs. M. Hoffman lui-même se trouve là-bas depuis les premières heures de la matinée. Je le regrette, mais nos effectifs sont à peu près réduits de moitié. Malheureusement, le jardin d'hiver a également dû être fermé jusqu'à l'heure du déjeuner. Bien sûr, si vous souhaitez simplement un café et quelques brioches...

– Je vous en prie, rétorquai-je froidement. Je n'ai tout simplement pas le temps d'attendre que tout cela soit mis en route. Ce matin, il faudra que je me passe de petit déjeuner. »

Le réceptionniste se répandit de nouveau en excuses, mais je l'interrompis d'un geste de la main et m'éloignai.

Je quittai l'hôtel pour me retrouver au grand soleil. Alors que j'avais déjà parcouru une certaine distance le long d'une chaussée embouteillée, je me rendis compte brusquement que je n'étais pas du tout certain de l'endroit où se trouvait l'appartement de Mlle Collins. Je n'avais pas fait très attention le soir où Stephan nous y avait emmenés ; de surcroît, à une heure du jour où les rues étaient encombrées de piétons et de véhicules, rien n'était reconnaissable. Je m'arrêtai un moment sur le trottoir et songeai à demander mon chemin à un passant. On pouvait imaginer que Mlle Collins fût suffisamment connue en ville pour que cette démarche fût possible. En fait, j'étais sur le point d'accoster un homme en complet veston qui s'avançait vers moi à grands pas lorsque je sentis, derrière moi, quelqu'un me toucher l'épaule.

« Bonjour, monsieur. »

Je me retournai et vis Gustav, chargé d'un énorme carton qui cachait pratiquement la moitié supérieure de son corps. Il haletait bruyamment ; était-ce uniquement en raison de son fardeau ou parce qu'il avait couru pour me rattraper, je ne savais. En tout cas, lorsque je le saluai et lui demandai où il allait, il lui fallut un moment pour me répondre.

« J'emportais ça à la salle de concert, monsieur, finit-il par expliquer. Les articles les plus volumineux ont été transportés en camion hier au soir, mais il manque encore beaucoup de choses. Depuis le début de la matinée, j'ai dû faire des aller et retour entre l'hôtel et la salle de concert. Là-bas, tout le monde est déjà drôlement excité, monsieur, je vous le garantis. Il y a vraiment de l'ambiance.

– Je suis ravi de l'apprendre, dis-je. Moi aussi, j'attends cette soirée avec une grande impatience. Mais je me demande si vous pourriez m'aider. Voyez-vous, j'ai rendez-vous ce matin chez Mlle Collins, mais pour le moment j'ai un peu perdu mon chemin.

– Mlle Collins ? Ma foi, vous n'êtes pas loin du tout. C'est par ici, monsieur. J'irai avec vous, si vous le permettez. Non, monsieur, ne vous inquiétez pas, c'est tout à fait dans ma direction. »

Son carton n'était peut-être pas aussi lourd qu'il le paraissait : dès que nous nous mîmes en route, Gustav marcha d'un bon pas, se maintenant à ma hauteur.

« Je suis bien content d'être tombé sur vous comme ça, monsieur, continua-t-il, parce que, pour être tout à fait honnête, je souhaitais vous entretenir d'une certaine affaire. En fait, je voulais en parler depuis que nous avons fait connaissance, mais, je ne sais pas pourquoi, une chose en chassant une autre, je n'en ai jamais eu l'occasion. Et maintenant, la soirée est presque là et je ne vous ai pas encore posé la question. Ça remonte à quelques semaines, lors d'une de nos assemblées du dimanche, au Café hongrois. Il n'y avait pas longtemps qu'on avait appris que vous alliez venir dans notre ville, et, bien sûr, comme tout le monde, nous en parlions. Et quelqu'un, je crois que c'était Gianni, a dit que, d'après ce qu'il avait lu à votre sujet, vous étiez quelqu'un de très correct, tout ce qu'il y a de plus différent de toutes ces espèces de prime donne, que vous aviez la réputation d'être très attentif aux gens ordinaires, il disait tout ça, monsieur. Nous étions tous là autour de la table, huit ou neuf d'entre nous, Josef n'était pas là ce soir-là, nous regardions le soleil se coucher au-dessus de la place, et je crois que nous avons tous eu la même idée au même moment. Au départ, nous sommes restés assis là en silence, parce que personne n'osait énoncer ça à voix haute. À la fin, c'est Karl, ça lui ressemble bien, c'est Karl qui a dit ce que nous pensions tous. « Pourquoi est-ce qu'on ne lui demanderait pas ? il a dit. Qu'est-ce que nous avons à perdre ? Nous devrions au moins lui demander. Il a l'air d'être tout à fait différent de l'autre bonhomme. Qui sait, il sera peut-être même d'accord. Pourquoi ne pas lui demander, c'est peut-être notre dernière chance. » Et là, nous nous sommes tous retrouvés à parler, à en parler sans nous arrêter, et depuis ce jour, monsieur, pour vous dire la vérité, jamais nous ne sommes restés bien longtemps ensemble sans que quelqu'un mette la question sur le tapis. On était là à parler d'autre chose, tout le monde riait, et puis ce silence s'abattait sur nous et nous nous rendions compte que, de nouveau, nous étions tous en train d'y penser. C'est pour ça que je commençais à me trouver un peu pitoyable, monsieur. Je me disais : Je l'ai déjà vu plusieurs fois, j'ai eu l'honneur de m'entretenir avec lui, et pourtant je n'ai pas trouvé le courage de lui demander. Et maintenant, nous y voilà, le grand événement va avoir lieu dans quelques heures à peine, et je n'ai pas encore parlé. Comment est-ce que je vais pouvoir expliquer ça aux copains, dimanche ? Pour tout vous dire, monsieur, quand je me suis levé ce matin je me suis dit : Il faut que je le trouve, il faut au moins que je soumette le problème à M. Ryder, les copains comptent là-dessus. Mais il y avait une telle agitation, et vous, vous aviez forcément tant de choses à faire, que je me suis dit : Bon, peut-être bien que j'ai loupé ma chance. Voilà pourquoi je suis bien content d'être tombé sur vous comme ça, et j'espère que ça ne vous gênera pas que je vous en parle, et, bien sûr, si vous pensez que nous demandons l'impossible, alors, naturellement, on s'arrête là, les copains n'y trouveront rien à redire, rien du tout. »

Nous avions tourné à un coin pour nous retrouver sur un boulevard animé. Gustav sombra dans le silence tandis que nous traversions à un feu rouge, et ce ne fut que de l'autre côté, le long d'une rangée de cafés italiens, qu'il parla enfin :

« Je suis sûr que vous avez deviné ce que je vais vous demander, monsieur. Tout ce que nous souhaitons, c'est une brève mention. C'est tout, monsieur.

– Une brève mention ?

– Rien qu'une brève mention, monsieur. Comme vous le savez, beaucoup d'entre nous se sont efforcés sans relâche, au fil des années, de changer l'attitude régnant dans cette ville à l'égard de notre profession. Peut-être avons-nous eu un certain impact, mais, dans l'ensemble, nous ne sommes pas parvenus à ce que l'effet soit vraiment général ; de ce fait, et ça se comprend, la frustration s'installe. Nous ne sommes pas en train de rajeunir, on a le sentiment que la situation n'évoluera jamais. Mais dites un petit mot ce soir, monsieur, et il se peut que tout change. Ce sera peut-être un tournant historique pour notre profession. En tout cas, c'est ce que croient les copains. Ils sont quelques-uns, monsieur, à penser que c'est notre dernière chance, en tout cas pour ce qui est de notre génération. Quand aurons-nous de nouveau une occasion pareille ? Voilà ce qu'ils ne cessent de demander. Bon, voilà, ça y est, je vous ai exposé notre demande, monsieur. Bien sûr, si vous avez le sentiment que ce n'est guère possible, je pourrais parfaitement comprendre que vous réagissiez comme ça, vous êtes quand même venu ici pour aborder des questions capitales, et ce dont je vous parle c'est de la petite bière. Pour nous, c'est vital, mais d'un point de vue global je me rends bien compte que c'est de la petite bière. S'il vous semble que c'est impossible, monsieur, je vous en prie, dites-le, et vous n'en entendrez plus jamais parler. »

Je réfléchis pendant un instant, conscient de son regard braqué sur moi avec intensité, par-dessus l'arête du carton.

« Ce que vous suggérez, dis-je au bout d'un moment,

c'est que je fasse brièvement allusion à vous au cours de... au cours de l'allocution que je vais adresser aux habitants de cette ville.

– Quelques mots, sans plus, monsieur. »

Assurément, l'idée de voler ainsi au secours du vieux porteur et de ses collègues ne manquait pas de charme. Je réfléchis encore un instant et repris : « Très bien. C'est avec plaisir que je prononcerai quelques mots en votre faveur. »

J'entendis Gustav respirer une grande goulée d'air tandis que la pleine portée de ma réponse lui apparaissait. Puis il dit, d'une voix plutôt paisible :

« Nous vous en serons éternellement redevables, monsieur. »

Il était sur le point de poursuivre, mais je m'étais mis en tête, je ne sais pourquoi, de décourager pendant un moment ses efforts pour m'exprimer sa gratitude.

« Voyons, réfléchissons, comment pourrions-nous faire ? lançai-je vivement, tout en affectant une mine préoccupée. Voilà, je pourrais dire en arrivant à la tribune quelque chose du genre : " Avant de commencer, j'aimerais faire une petite remarque, qui ne manque pourtant pas d'importance. " Une phrase dans ce genre-là. Oui, ça serait assez facile. »

Je vis tout à coup avec une grande netteté le rassemblement de vieillards robustes autour d'une table de café, et les expressions qui parcouraient leurs visages – incrédulité, joie sans pareille – au moment où Gustav leur annonçait la nouvelle. Je me vis moi-même arriver parmi eux, discret, modeste, tous les visages tournés vers moi. Pendant ce temps, j'avais conscience de la présence de Gustav qui marchait à mes côtés, débordant certainement d'envie de compléter ses remerciements, mais je n'en continuai pas moins à parler.

« Oui, c'est cela. " Une petite remarque, qui ne manque pourtant pas d'importance ", voilà ce que je pourrais leur dire. " Moi qui ai vu bien d'autres villes dans le monde, j'ai été frappé ici par quelque chose de bizarre... " Peut-être que " bizarre ", c'est un mot trop fort. Je pourrais peut-être dire " excentrique ".

– Ah oui, monsieur, interrompit Gustav. " Excentrique ", ce serait un mot superbe. Aucun de nous ne veut susciter d'antagonisme. Mais voilà précisément pourquoi vous représentez pour nous une occasion unique. Comprenez-vous, même si, dans quelques années, une autre célébrité tombait d'accord pour venir dans notre ville, même si nous réussissions à la persuader de dire un mot en notre faveur, quel espoir de la voir dotée d'un tact comparable au vôtre, monsieur ? " Excentrique ", ce serait une manière parfaite d'en parler, monsieur.

– Oui, oui, poursuivis-je, et je pourrais peut-être marquer alors une pause, les regarder d'un air légèrement accusateur, de sorte que tout le monde, la salle entière, se tairait, dans l'expectative. Je dirais alors enfin quelque chose comme... Voyons voir, je pourrais dire par exemple : " Mesdames, messieurs, pour vous qui vivez ici depuis bien des années, certaines caractéristiques en viennent sans doute à paraître normales, des caractéristiques qu'une personne venue de l'extérieur estime aussitôt *frappantes...* " »

Subitement, Gustav cessa de marcher. Je crus d'abord que c'était peut-être parce que son désir de formuler ses remerciements était trop fort pour lui. Mais, en le regardant, je compris que ce n'était pas le cas. Il s'était figé sur le trottoir, la tête poussée sur le côté par son fardeau, si bien que sa joue était écrasée contre le carton. Il avait les yeux fermés et une expression un peu soucieuse, comme s'il avait essayé de faire de tête un calcul difficile. Puis, tandis que je l'observais, sa pomme d'Adam se mit à descendre et à remonter lentement le long de son cou – une fois, deux fois, trois fois.

« Ça va ? demandai-je en passant un bras derrière lui. Mon Dieu, vous feriez mieux d'aller vous asseoir quelque part. »

J'entrepris de lui prendre son carton, mais les mains de Gustav ne lâchaient pas prise.

« Mais non, mais non, monsieur, dit-il, les yeux toujours fermés. Je me sens parfaitement bien.

– Vous êtes sûr ?

– Oui, oui. Je me sens parfaitement bien. »

Pendant encore quelques secondes, il resta absolument immobile. Puis il ouvrit les yeux, regarda autour de lui, émit un petit rire et se remit en marche.

« Vous n'imaginez pas à quel point cela compte pour nous, monsieur, reprit-il lorsque nous eûmes fait quelques pas ensemble. Après tant d'années ! » Il secoua la tête en souriant. « Je communiquerai la nouvelle aux copains dès que j'en aurai l'occasion. Il y a beaucoup de travail ce matin, mais un coup de téléphone à Josef, ça fera l'affaire. Il transmettra aux autres. Pouvez-vous imaginer, monsieur, ce que cela signifiera pour eux ? Ah, c'est ici que vous tournez. Moi, il faut que j'aille encore un peu plus loin. Ne vous en faites pas, monsieur, je me sens parfaitement bien. L'appartement de Mlle Collins, comme vous le savez, est tout de suite là, sur la droite. Vraiment, monsieur, je ne peux pas vous dire à quel point je vous suis reconnaissant. Les copains vont attendre ce soir comme ils n'ont pas attendu grand-chose dans leur vie. J'en suis convaincu, monsieur. »

En lui souhaitant une bonne journée, je pris le tournant qu'il m'avait indiqué. Après avoir fait quelques pas, je regardai derrière moi : Gustav était resté debout au coin de la rue et m'observait par-dessus son carton. Me voyant tourner la tête, il fit un signe énergique du menton – le carton l'empêchait de saluer de la main – puis reprit son chemin.

La rue dans laquelle je me trouvais était essentiellement résidentielle. Au bout de quelques pâtés de maisons, elle devenait plus calme ; je vis enfin apparaître les immeubles aux balcons de style espagnol dont je me souvenais depuis la nuit où j'avais longé cette artère dans l'automobile de Stephan. Ils se succédaient sur une distance considérable et, tout en marchant, je me mis à craindre de ne pas reconnaître celui devant lequel nous avions patienté, Boris et moi, l'autre soir. Mais je me surpris à m'arrêter de moi-même devant une entrée qui m'était indéniablement familière ; au bout d'un instant, je m'en approchai et coulai un regard par les panneaux vitrés qui encadraient la porte.

Le vestibule était meublé de façon banale et ordonnée, de sorte que je ne pouvais presque rien en déduire. Je me rappelai alors que, l'autre soir, j'avais regardé Stephan et Mlle Collins discuter un instant dans un petit salon avant de s'avancer vers le fond de l'appartement ; au risque d'être pris pour un indiscret, je passai une jambe par-dessus le muret et me penchai pour jeter un coup d'œil par la fenêtre la plus proche. Le soleil était si éclatant que j'avais du mal à voir à l'intérieur, mais je parvins à distinguer un petit homme râblé, portant une chemise blanche et une cravate, seul, assis dans un fauteuil, plus ou moins face à la fenêtre. Ses yeux semblaient fixés sur moi, mais son visage n'exprimait rien et il était difficile de savoir s'il avait vraiment perçu ma présence ou s'il regardait simplement par la fenêtre, perdu dans ses pensées. Rien de tout cela ne m'apprenait grand-chose, mais, lorsque j'observai de nouveau la porte, j'eus la conviction que c'était en effet la bonne. J'appuyai donc sur la sonnette correspondant au rez-de-chaussée.

Après une brève attente, j'eus la satisfaction de distinguer à travers les panneaux vitrés la silhouette de Mlle Collins qui s'avançait vers moi.

« Ah, monsieur Ryder, dit-elle en ouvrant la porte. Je me demandais si j'allais vous voir ce matin.

– Comment allez-vous, mademoiselle Collins ? Après mûre réflexion, j'ai décidé de tirer profit de votre aimable proposition en venant vous rendre visite. Mais je vois que vous avez déjà un invité ce matin. » D'un geste, j'indiquai le petit salon. « Vous préféreriez peut-être que je revienne à un autre moment.

– Il n'est pas question que vous repartiez, monsieur Ryder. À vrai dire, vous laissez entendre que je suis occupée, mais par rapport à la plupart des matinées c'est plutôt calme, aujourd'hui. Comme vous le voyez, je n'ai qu'une personne qui attend. En ce moment, je me trouve en compagnie d'un jeune couple. Il y a déjà une heure que je leur parle, mais ils ont des problèmes qui remontent loin, ils ont beaucoup de choses à dire et n'ont jamais eu la possibilité d'en parler jusqu'à aujourd'hui. Je n'ai pas le cœur de les expédier. Mais si cela ne vous ennuie pas d'attendre dans le petit salon, ça ne devrait plus durer trop longtemps. » Puis, baissant brusquement la voix, elle continua : « Quant au monsieur qui attend en ce moment, le pauvre homme, il est malheureux, solitaire, et il a besoin de quelqu'un qui l'écoute en parler pendant quelques minutes, voilà tout. Il ne sera pas long, je vais le renvoyer assez rapidement. Il vient presque tous les matins, ça ne lui fait rien que je le bouscule de temps à autre, je lui consacre une bonne partie de mon temps. » Sa voix reprit alors sa tonalité normale : « Je vous en prie, monsieur Ryder, entrez donc, ne restez pas planté là sur le seuil, même si, à ce que je vois, la journée est très belle. Si cela vous plaît, si personne n'attend à ce moment-là, nous pourrions aller nous promener au jardin Sternberg. C'est tout près et nous avons beaucoup de choses à discuter, j'en suis sûre. En fait, j'ai déjà longuement réfléchi à votre situation.

– Comme c'est gentil à vous, mademoiselle Collins ! À vrai dire, je me doutais que vous risquiez d'être occupée ce matin, et j'aurais évité de m'imposer de cette façon si la situation ne présentait pas une certaine urgence. Vous comprenez, le fait est que... (je poussai un profond soupir et secouai la tête) le fait est que, pour je ne sais quelle raison, je n'ai pas pu me mettre au travail comme je l'avais prévu initialement, et maintenant nous en sommes là, le temps file, et... En particulier, comme vous le savez, c'est ce soir que je dois m'adresser aux gens de cette ville, et pour me montrer tout à fait franc avec vous, mademoiselle Collins... » Je faillis m'interrompre, mais je vis qu'elle me regardait avec bonté et fis un effort pour continuer. « Pour être franc, il existe un certain nombre de problèmes, des problèmes locaux, sur lesquels j'aimerais avoir votre avis avant de... avant de pouvoir parachever... (je marquai une pause, cherchant à empêcher ma voix de trembler) avant de pouvoir parachever mon intervention. Après tout, ces gens comptent tellement sur moi...

– Monsieur Ryder, monsieur Ryder ! (Mlle Collins avait posé sa main sur mon épaule) je vous en prie, calmez-vous. Et entrez donc, s'il vous plaît. Voilà qui est mieux ; entrez par ici. Maintenant, je vous en prie, cessez de vous tracasser. C'est tout à fait compréhensible que vous soyez un peu agité à ce stade, c'est parfaitement naturel. En fait, que vous preniez à ce point les choses à cœur, voilà qui mérite des éloges. Nous pourrons discuter de toutes ces questions, des problèmes locaux, ne vous inquiétez pas, nous le ferons très prochainement. Mais je voudrais vous dire quelque chose tout de suite, monsieur Ryder. Je pense, en fait, que vous vous inquiétez à tort. C'est vrai, ce soir, la responsabilité qui pèsera sur vos épaules sera importante, mais vous vous êtes déjà trouvé dans des situations similaires à maintes et maintes reprises, et, selon tous les témoignages, vous vous êtes acquitté de votre tâche de façon plus qu'honorable. Pourquoi en serait-il autrement cette fois-ci ?

– Mais, mademoiselle Collins, ce que je voudrais précisément vous expliquer, c'est que, cette fois-ci, la situation est toute différente. Cette fois-ci, je n'ai pas pu me mettre au travail... » Je poussai de nouveau un profond soupir. « Le fait est que je n'ai pas eu la possibilité de préparer les bases de mon intervention comme je le fais d'ordinaire...

– Nous reparlerons de tout cela bientôt. Mais, monsieur Ryder, je suis convaincue que vous donnez à ce problème une importance disproportionnée. Quelle raison avez-vous de vous inquiéter à ce point ? Votre compétence est inégalée, votre génie est reconnu dans le monde entier, sérieusement, qu'avez-vous à craindre ? À la vérité... » Elle baissa de nouveau la voix. « Les gens d'une ville comme celle-ci, vous pouvez leur proposer n'importe quoi et ils vous en seront reconnaissants. Vous n'avez qu'à leur parler de vos impressions générales, ils ne risquent pas de se plaindre. Vous n'avez absolument rien à craindre. »

J'acquiesçai, voyant bien qu'il y avait du vrai dans ce qu'elle disait, et presque aussitôt je sentis que ma tension se dissipait.

« Mais nous allons en discuter de façon approfondie dans un petit moment. » Mlle Collins, la main toujours posée sur mon épaule, m'entraînait vers son petit salon. « Je vous promets de ne pas mettre trop longtemps. Prenez un siège, mettez-vous à l'aise. »

Je pénétrai dans une petite pièce carrée pleine de soleil et de fleurs coupées. L'assortiment disparate de fauteuils évoquait la salle d'attente d'un dentiste ou d'un médecin, de même que les magazines posés sur la table basse. En voyant Mlle Collins, le petit homme râblé se leva aussitôt d'un bond, soit par courtoisie, soit parce qu'il espérait qu'elle allait le faire maintenant passer au salon. Je pensais qu'elle allait faire les présentations, mais le protocole en vigueur semblait être en effet celui d'une salle d'attente, car Mlle Collins se contenta d'adresser un sourire au petit homme avant de s'éclipser par la porte donnant sur l'intérieur, tout en murmurant sur le ton de l'excuse et apparemment à notre intention à tous les deux : « Je ne serai pas longue. »

L'homme râblé se rassit et contempla le plancher. Je crus pendant un instant qu'il allait dire quelque chose, mais comme il restait silencieux je m'écartai et allai m'asseoir sur une banquette en osier disposée sous la baie inondée de soleil par laquelle j'avais jeté un regard quelques instants plus tôt. La vannerie émit un craquement rassurant lorsque je m'y installai. Une large bande de lumière s'étalait sur mes genoux ; un grand vase de tulipes était posé près de mon visage. J'éprouvai une sensation de confort immédiate et me sentis à l'égard de ce qui m'attendait dans une tout autre humeur que celle où je m'étais trouvé lorsque j'avais actionné la sonnette, quelques minutes à peine auparavant. Évidemment, Mlle Collins avait tout à fait raison. Une ville de cette espèce serait reconnaissante de ce que j'aurais à lui donner, quelle que fût, pratiquement, la nature de ce don. On pouvait à peine imaginer que les habitants de ce lieu examinassent attentivement mes remarques ou portassent sur mon discours un regard critique. Et comme Mlle Collins l'avait de nouveau souligné, le nombre de fois où je m'étais trouvé dans une situation analogue était incalculable. Même si je n'avais pas préparé les bases de mon discours avec tout le sérieux voulu, je n'en serais pas moins capable d'intervenir avec compétence. Tandis que je continuais à prendre le soleil sur ma banquette, je me sentis envahi par une tranquillité croissante, et de plus en plus étonné de m'être mis dans un tel état d'angoisse.

« Au fait, je me demandais, me dit soudain l'homme râblé. Tu es encore en contact avec des gens de la bande ? Tom Edwards, par exemple ? Ou les deux filles qui habitaient à la Ferme inondée ? »

Je me rendis compte alors que l'homme râblé était Jonathan Parkhurst, avec qui j'avais été assez lié quand j'étais à l'université en Angleterre.

« Non, lui répondis-je, malheureusement, j'ai plus ou moins perdu le contact avec mes connaissances de cette époque. Vu que je suis forcé d'aller de pays en pays, c'est vraiment impossible. »

Il hocha la tête sans sourire. « J'imagine que c'est difficile. En tout cas, eux, ils se souviennent de toi. Oui, oui. L'année dernière, quand je suis revenu en Angleterre, j'en ai rencontré quelques-uns. Apparemment, ils se retrouvaient à peu près une fois par an. Quelquefois, je les envie, mais dans l'ensemble je suis content de ne pas m'être enfermé dans ce genre de cercle. C'est pour ça que j'aime vivre ici : ici, je peux être la personne que j'ai envie d'être, les gens ne comptent pas sur moi pour faire le clown en permanence. Mais, tu sais, quand je suis revenu là-bas, quand je les ai retrouvés au pub, ils ont remis ça illico. Ils ont tous crié : " Ça alors, c'est le vieux Parkers ! " Ils m'appellent toujours comme ça, comme si le temps s'était arrêté. " Parkers ! C'est le vieux Parkers ! " Je t'assure, ils se sont tous mis à pousser des braiments d'âne pour me saluer quand je suis entré, bon Dieu, je ne peux pas te dire, une vraie horreur. J'ai senti que je redevenais le clown pathétique que j'ai fui en venant ici, au moment même où ils se sont mis à braire. C'était un pub bien agréable, remarque, un pub campagnard de la vieille Angleterre, tout ce qu'il y a de plus typique, une vraie flambée dans l'âtre, des petits trucs en bronze pour décorer les briques, une vieille épée au-dessus de la cheminée, un patron chaleureux qui lançait des blagues joviales, tout ça était très nostalgique, oui, ça me manque maintenant que je vis ici. Mais le reste, bon Dieu, je frémis rien que d'y penser. Ils se sont mis à pousser leurs braiments, ils s'attendaient que je cabriole jusqu'à leur table en faisant le clown. Et d'un bout à l'autre de la soirée, ils n'ont pas arrêté de mentionner des noms, toute une succession de noms, ce n'était pas comme s'ils avaient parlé de ces gens, ils se contentaient de faire des bruits ou d'éclater de rire dès qu'un nouveau nom était prononcé. Tu vois le genre, ils prononçaient le nom de Samantha, et tout le monde s'esclaffait, poussait des hourras ou des quolibets. Là-dessus, ils lançaient un autre nom, Roger Peacock, mettons, et ils entonnaient tous un genre de beuglante de footballeurs. C'était totalement affreux. Mais le pire, c'est qu'ils s'attendaient tous que je joue de nouveau le clown, et moi, je ne pouvais vraiment rien y faire. C'était comme s'il avait été inimaginable que je puisse être devenu quelqu'un de différent, alors j'ai tout recommencé, les accents rigolos, les grimaces, si, si, je me suis aperçu que je pouvais encore très bien m'en tirer. Je suppose qu'ils n'avaient pas de raison d'imaginer que je ne continuais pas à faire ce genre de choses par ici. En fait, il y en a un qui s'est exprimé exactement dans ce sens. C'est Tom Edwards, je crois, à un moment de la soirée, ils étaient tous complètement ivres, il m'a flanqué une bourrade dans le dos et il m'a dit : " Parkers ! Je suis sûr qu'ils t'adorent tous là-bas ! Hein, Parkers ! " Je suppose que je venais juste de faire un de mes numéros à leur intention, je leur avais peut-être décrit je ne sais quel aspect de la vie ici et j'avais tourné ça à la rigolade, quelque chose dans ce goût-là, en tout cas il m'a sorti ça et tous les autres se sont pliés en deux de rire. Ça, pour sûr, j'ai eu du succès. Ils n'arrêtaient pas de dire que je leur manquais terriblement, que j'avais toujours été un sacré rigolo, il y avait bien longtemps que je n'avais entendu quelqu'un me dire une chose pareille, que je n'avais pas été accueilli comme ça, l'ambiance était vraiment chaleureuse et amicale. Et pourtant, pourquoi diable est-ce que je recommençais à faire ce genre de choses ? J'avais juré de ne plus jamais me conduire comme ça, c'est la raison pour laquelle je suis venu ici. Alors même que je me dirigeais vers le pub, je me l'étais répété à moi-même tout le long du chemin, il faisait très froid ce soir-là, il y avait du brouillard et il faisait froid, et je me répétais tout le long du chemin : ça fait des années, je ne suis plus comme ça, je vais leur montrer comment je suis maintenant, je me le suis dit et répété en essayant de me donner des forces, mais dès que je suis entré dans le pub et que j'ai vu la flambée et qu'ils ont poussé leur braiment pour saluer mon arrivée, ah, j'ai connu une telle solitude ici. D'accord, ici je n'ai pas besoin de faire de grimaces ni de prendre des accents marrants, mais, au moins, ça marchait, tout ça. C'était peut-être intolérable, mais ça marchait, ils m'adoraient tous, mes vieux potes de l'université, les pauvres couillons, ils doivent croire que je suis toujours comme ça. Ils ne peuvent pas imaginer qu'aux yeux de mes voisins, je suis un Anglais solennel et plutôt ennuyeux. Poli, pensent-ils, mais très ennuyeux. Très solitaire et très ennuyeux. Bon, ça vaut toujours mieux que de redevenir

Parkers. Ce braiment, c'était lamentable, un groupe d'hommes d'âge mûr qui font ce genre de bruit, et moi avec mes grimaces et mes accents idiots, bon Dieu, c'était franchement écœurant. Mais je ne pouvais rien y faire, il y avait bien longtemps que je n'avais pas été au cœur d'un groupe d'amis. Et toi, Ryder, tu ne regrettes jamais cette époque ? Même toi, avec ton succès ? Ah oui, c'est de ça que je voulais te parler. Peut-être que tu ne te souviens pas d'eux très nettement, mais eux, en tout cas, ils se souviennent de toi. À chaque fois qu'ils tiennent une de ces petites réunions, apparemment il y a une partie de la soirée qui t'est tout particulièrement consacrée. Mais oui, j'y ai assisté. Ils commencent par plusieurs des autres noms, ils ne veulent pas s'occuper de toi tout de suite, tu comprends, ils préfèrent s'échauffer un bon coup. Ils marquent même des petites pauses où ils font tous semblant de ne plus se rappeler personne de cette époque. Et puis il y en a un qui lance : " Et Ryder ? Qui est-ce qui a eu des nouvelles de lui, ces temps derniers ? " Là, c'est l'explosion générale, ils font un bruit absolument dégoûtant, à mi-chemin entre la huée et la nausée. Ils font ça tous ensemble, à plusieurs reprises ; sans mentir, c'est tout ce qu'ils font pendant à peu près une minute après que ton nom a été mentionné. Ensuite ils se mettent à rire, et après ils se mettent tous à faire semblant de jouer du piano, tu sais, comme ça (Parkhurst affecta une expression hautaine et joua sur un clavier invisible avec des gestes maniérés), ils font tous ça, et puis ils font encore des bruits de vomissement. Ensuite ils attaquent les anecdotes, des petites histoires qu'ils se rappellent à ton sujet, et on voit bien qu'ils se les sont déjà racontées plus d'une fois parce qu'ils savent tous, ils savent exactement les endroits où ils doivent faire leurs bruits, les moments où ils doivent dire : " Non ! Sans blague ! ", etc. Ça, pour s'amuser, ils s'amusent. La fois où j'étais là, quelqu'un s'est rappelé le soir où les examens de dernière année s'étaient terminés, où ils s'étaient tous apprêtés à sortir prendre une biture pour fêter ça, et qu'ils t'avaient vu arriver sur la route, l'air très sérieux. Et ils t'avaient dit : " Allez, Ryder, viens donc te rétamer la cervelle avec nous ! " et apparemment, tu avais répondu, alors là, la personne qui raconte l'histoire prend cette expression, apparemment, donc, tu avais dit (de nouveau, Parkhurst adopta une mine hautaine et sa voix prit un ton absurdement pompeux) : “ Je suis beaucoup trop occupé. Je ne peux pas me permettre de ne pas m'exercer ce soir. Cela fait deux jours que je ne peux pas travailler à cause de ces horribles examens ! ” Là, ils font tous de nouveau leur bruit de vomissement ensemble, ils jouent du piano en l'air, et c'est à ce moment-là qu'ils commencent... Écoute, je ne vais pas te raconter tout ce qu'ils trouvent moyen de faire, c'est tout à fait répugnant, ils sont haïssables et très malheureux, presque tous, complètement aigris et frustrés. »

Pendant que Parkhurst parlait, une bribe de souvenir m'était revenue de mes années estudiantines, et me donna pendant un moment un grand sentiment de paix, si bien que je me préoccupais à peine des propos de Parkhurst. Je me rappelais une belle matinée, un peu comme celle-ci, où je m'étais aussi trouvé confortablement installé sur un sofa près d'une fenêtre ensoleillée. J'étais dans ma petite chambre, dans la vieille ferme que je partageais avec quatre autres étudiants. Sur mes genoux reposait la partition d'un concerto que j'étudiais nonchalamment depuis une heure, non sans songer à l'abandonner en faveur d'un des romans du XIXe siècle qui gisaient en tas sur le plancher à proximité de mes pieds. Par la fenêtre ouverte entrait une brise légère, et l'on entendait au-dehors les voix de quelques étudiants assis dans l'herbe haute et discutant de philosophie, de poésie ou de quelque autre sujet de cet ordre. Ma chambre exiguë n'abritait pas beaucoup de meubles à part ce sofa – rien qu'un matelas sur le sol et, dans un coin, un petit bureau et une chaise à dossier droit – mais j'y étais très attaché. Souvent, le sol s'était trouvé complètement recouvert par les livres et les magazines que je parcourais au fil de ces longs après-midi, et j'avais pris l'habitude de laisser ma porte entrebâillée pour que quiconque passant par là puisse venir bavarder. Je fermai les yeux et fus envahi un instant par un immense désir de me retrouver de nouveau dans cette petite ferme, entouré de champs sans limites et de compagnons allongés dans l'herbe haute, et il fallut quelque temps pour que le récit de Parkhurst parvienne jusqu'à ma conscience. À ce moment-là seulement, je compris que ces jeunes gens dont les visages se confondaient maintenant dans ma mémoire, que j'avais jadis accueillis avec indolence lorsqu'ils passaient la tête par l'entrebâillement de ma porte, avec qui j'avais passé une heure ou deux de détente à débattre d'un romancier ou d'un guitariste espagnol, c'étaient eux, ou certains d'entre eux, dont Parkhurst m'entretenait maintenant. Mais, même ainsi, j'éprouvais un plaisir si vif, presque sensuel, à rester à demi allongé sur la banquette en osier de Mlle Collins, devant la fenêtre baignée de soleil, que les paroles de Parkhurst ne provoquaient en moi qu'une gêne vague et lointaine.

Il parlait toujours et j'avais depuis longtemps cessé de prêter la moindre attention à ses propos lorsque je fus arraché à ma rêverie par un bruit : quelqu'un frappait à la vitre, derrière moi. Parkhurst ne semblait pas vouloir entendre et continuait son récit ; j'essayai, moi aussi, de ne pas tenir compte de cette interruption, comme on néglige un réveil dont la sonnerie vous dérange au milieu d'un sommeil délicieux. Mais le tapotement persistait et Parkhurst finit lui-même par réagir en disant : « Ah, mon Dieu, c'est ce Brodsky. »

J'ouvris les yeux et regardai par-dessus mon épaule. En effet, Brodsky regardait à l'intérieur avec attention. La forte lumière, ou peut-être des problèmes de vue dont il souffrait, semblait rendre cet effort difficile. Son visage était écrasé contre la vitre et il abritait ses yeux de ses mains, mais il semblait pourtant ne pas nous voir et l'idée me vint qu'il frappait à la vitre parce qu'il croyait que Mlle Collins elle-même se trouvait dans la pièce.

Parkhurst finit par se lever en déclarant : « Je crois que je ferais peut-être bien d'aller voir ce qu'il veut. »

22

J'entendis Parkhurst ouvrir la porte, puis un brouhaha de voix dans l'entrée. Parkhurst finit par revenir dans la pièce, me regarda en roulant les yeux et soupira.

Brodsky entra derrière lui. Il paraissait plus grand que la dernière fois que je l'avais vu, à l'autre bout d'une pièce pleine de monde, et je remarquai de nouveau sa singulière façon de se tenir – légèrement à l'oblique, comme s'il allait basculer –, mais je vis aussi qu'il était complètement à jeun. Il portait un nœud papillon écarlate et un costume noir qui lui donnait une allure de dandy et paraissait flambant neuf. Les pointes de col de sa chemise blanche étaient dardées vers l'avant, sans qu'il me fût possible de savoir si cet effet était délibéré ou résultait d'un excès d'amidon. Il tenait un bouquet de fleurs et ses yeux étaient tristes et las. Brodsky s'arrêta sur le seuil et glissa un regard hésitant dans la pièce, espérant peut-être y découvrir Mlle Collins.

« Je vous dis qu'elle est occupée, affirma Parkhurst. Écoutez, il se trouve que je suis un confident de Mlle Collins et je suis en mesure de vous assurer qu'elle ne souhaite pas vous voir. » Parkhurst me jeta un coup d'œil, espérant m'entendre confirmer ses dires, mais j'avais décidé de ne pas me mêler de cette affaire et me contentai d'adresser à Brodsky un vague sourire. Alors seulement, il me reconnut.

« Monsieur Ryder », dit-il avec une grave inclinaison de la tête. Puis il se tourna de nouveau vers Parkhurst. « Si elle est là, je vous en prie, allez la chercher. » Il indiqua son bouquet comme si cet objet avait suffi à expliquer pourquoi il était impératif qu'il la vît. « Je vous en prie.

– Je vous ai dit que je ne pouvais rien faire pour vous. Elle ne veut pas vous voir. De plus, elle est en entretien avec certaines personnes.

– D'accord, murmura Brodsky. D'accord. Vous refusez de m'aider. D'accord. »

Là-dessus, il s'avança vers la porte par laquelle Mlle Collins avait disparu quelque temps auparavant. Parkhurst lui barra vivement le chemin et, pendant un instant, la grande carcasse dégingandée de Brodsky et le petit corps râblé de Parkhurst s'affrontèrent. La méthode employée par ce dernier pour empêcher Brodsky d'avancer était simple : elle consistait à pousser sur son torse avec les deux mains. Pendant ce temps, Brodsky avait posé une main sur l'épaule de Parkhurst et regardait au-delà, dans la direction de la porte, comme si, coincé dans une foule, il avait essayé poliment de voir par-dessus la personne qui se trouvait devant lui. Pendant tout ce temps, il ne cessait de remuer les pieds en les frottant sur le sol, en marmonnant par intermittence les mots : « Je vous en prie. »

« Bon, ça va ! finit par crier Parkhurst. Bon, ça va, je vais lui parler. Je sais ce qu'elle va dire, mais bon, ça va ! »

Ils se séparèrent. Puis Parkhurst dit, un doigt dressé :

« Mais vous, vous attendez ici ! Vous avez intérêt à attendre ici ! »

En décochant à Brodsky un dernier regard furieux, Parkhurst tourna les talons et franchit la porte, qu'il ferma résolument derrière lui.

Au début, Brodsky resta à contempler fixement la porte et je crus qu'il s'apprêtait à suivre Parkhurst. Mais, finalement, il fit volte-face et s'assit.

Pendant un moment, Brodsky sembla répéter quelque chose dans sa tête, ses lèvres articulant un mot par-ci, par-là, et il ne me parut pas opportun de lui adresser la parole. De temps à autre, il examinait le bouquet comme si l'avenir entier en avait dépendu, le moindre défaut devant entraîner un revers désastreux. Puis, alors que nous étions assis en silence depuis quelque temps, il finit par poser les yeux sur moi :

« Monsieur Ryder, je suis très content de faire enfin votre connaissance.

– Comment allez-vous, monsieur Brodsky ? Bien, j'espère.

– Oh... » Il agita la main vaguement. « Non, je ne peux pas dire que je vais bien. J'ai... comment dire ? Une douleur.

– Ah ? Une douleur ? » Puis, comme il restait muet, j'ajoutai : « Vous voulez dire une douleur morale ?

– Mais non, mais non. C'est une blessure. Cela m'est arrivé il y a des années, mais je n'ai jamais cessé d'en souffrir. De vraies souffrances. C'est peut-être pour cela que j'ai autant bu. Si je bois, je ne sens rien. »

Je lui laissai le temps d'en dire plus, mais il sombra dans le silence. Au bout d'un moment, je repris :

« C'est d'une blessure au cœur que vous parlez, monsieur Brodsky ?

– Au cœur ? Non, mon cœur ne va pas trop mal. Non, non, c'est un problème de... » Il éclata subitement de rire. « Je vois, monsieur Ryder. Vous croyez que je fais de la poésie. Mais non, pas du tout. Je veux tout simplement dire que j'ai reçu une blessure. J'ai été blessé, très gravement, il y a de nombreuses années. En Russie. Les médecins n'étaient pas très bons, ils ont mal fait leur travail. Et la douleur reste présente. La cicatrisation ne s'est pas bien faite. Il y a très longtemps de ça, et pourtant j'ai toujours mal.

– Je suis désolé. Cela doit être extrêmement pénible.

– Pénible ? » Il y réfléchit un instant, puis rit de nouveau. « Si vous voulez, monsieur Ryder, mon ami. Pénible. Ç'a été sacrément pénible pour moi. » Il sembla se rappeler brusquement qu'il tenait ses fleurs. Il les huma en prenant une grande aspiration. « Mais n'en parlons pas. Vous m'avez demandé comment j'allais et je vous ai répondu, mais je n'avais pas l'intention d'en parler. J'essaie de traiter cette blessure avec courage. Pendant des années, je n'en ai pas parlé, mais maintenant que je suis vieux et que je ne bois plus, ça devient très douloureux. En fait, ça n'a jamais vraiment cicatrisé.

– Il y a sûrement quelque chose à faire. Vous avez vu un médecin ? Un spécialiste, peut-être ? »

Brodsky regarda de nouveau ses fleurs et sourit. « Je veux lui faire encore l'amour, dit-il presque pour lui-même. Avant que cette blessure ne s'aggrave. Je veux lui faire encore l'amour. »

Il y eut un silence insolite. Puis je parlai :

« Si votre blessure est si ancienne, monsieur Brodsky, je n'aurais pas cru qu'elle risquerait de s'aggraver.

– Ces vieilles blessures. » Il haussa les épaules. « Elles ne bougent pas pendant des années. On s'imagine qu'on en a pris la mesure. Et puis on vieillit et elles se mettent à évoluer de nouveau. Mais ça ne va pas trop mal, pour l'instant. Peut-être que je peux encore faire l'amour. Je suis vieux, maintenant, mais quelquefois... » Il se pencha en avant, dans l'attitude de la confidence. « J'ai essayé. Tout seul, vous comprenez. Je peux encore le faire. Je peux oublier la douleur. Quand j'étais ivre, ma queue, vous savez, ce n'était rien, rien du tout. Je n'y pensais jamais. Pour aller au petit coin, c'est tout. Mais maintenant je peux le faire, malgré la douleur. J'ai essayé, avant-hier soir. Je n'y arrive pas nécessairement, vous comprenez, pas tout à fait jusqu'au bout, pas complètement. Ma queue est vraiment vieille et pendant toutes ces années c'était seulement, enfin, c'était pour aller au petit coin, voilà. Ah ! » Il s'enfonça dans son fauteuil et regarda au-delà de mon épaule, vers la lumière du soleil. Ses yeux s'étaient emplis d'une expression pensive. « J'ai tellement envie de lui faire de nouveau l'amour. Mais nous ne pourrions pas vivre ici. Pas dans cet appartement. Je l'ai toujours détesté. Je venais quelquefois par ici, je l'avoue, je venais par ici la nuit, tard, quand personne ne risquait de me voir. Elle n'en a jamais rien su, mais je venais souvent et je restais là, dehors, à regarder l'immeuble. Je détestais cette rue, cet appartement. Nous ne vivrions pas ici. Vous savez, c'est la première fois, la toute première fois que je pénètre dans cet endroit épouvantable. Pourquoi a-t-elle choisi un endroit pareil ? Ce n'est pas ça qu'elle aime. Nous vivrons en dehors de la ville. Si elle ne veut pas revenir à la ferme, c'est d'accord. Nous trouverons un autre endroit, une autre petite maison, peut-être. Avec de l'herbe et des arbres tout autour, pour que notre animal se sente bien. Notre animal, il ne serait pas heureux ici. » Il observa attentivement les murs et le plafond, semblant s'interroger pendant un moment sur les mérites réels de cet appartement. Puis il conclut : « Non, comment notre animal pourrait-il se sentir bien ici ? Nous vivrons quelque part avec de l'herbe, des arbres, des prés. Vous savez, dans un an, dans six mois, si la douleur dépasse les bornes, ma queue ne pourra plus rien faire, nous ne pourrons plus faire l'amour, ça m'est égal. Si du moins j'ai la possibilité de faire encore l'amour avec elle rien qu'une fois. Non, une fois ne suffirait pas, il faut que nous soyons de nouveau, vous comprenez, comme nous étions autrefois. Six fois, voilà, six fois et nous nous serons tout rappelé, c'est tout ce que je désire. Après ça, bon, bon, ça va. Si quelqu'un, un médecin, Dieu, s'il disait : Vous pouvez lui faire encore l'amour six fois, et puis c'est tout, vous serez trop vieux, votre blessure vous fera trop mal, après ça c'est la fin, plus rien que le petit coin, ça me serait égal. Je dirais d'accord, ça me convient. Tant que je peux encore la prendre dans mes bras, six fois ça suffit, pour que nous soyons de nouveau comme nous étions autrefois, retour au point de départ, eh bien ça m'est égal, après, ça m'est égal. Nous aurons notre animal, de toute façon. Nous n'aurons pas besoin de faire l'amour. C'est bon pour les jeunes amoureux qui ne se connaissent pas assez bien, qui ne se sont jamais détestés puis aimés de nouveau ensuite. Vous savez, je peux encore y arriver. J'ai essayé, tout seul, avant-hier soir. Pas jusqu'au bout, mais j'arrivais à la raidir. »

Il s'interrompit et me fit un petit signe de tête, l'air grave.

« Vraiment dis-je en souriant. C'est merveilleux. »

Brodsky s'enfonça dans son fauteuil et regarda de nouveau par la fenêtre. Puis il reprit : « C'était différent, pas comme quand on est jeune. Quand on est jeune, on pense à des putains, vous savez, des putains en train de faire des trucs dégoûtants, des choses dans ce genre. Tout ça m'est bien égal maintenant, il n'y a plus qu'une chose que je demande à ma queue de faire, je veux lui faire encore l'amour comme autrefois, reprendre là où on s'est arrêtés, voilà tout. Ensuite, si ma queue veut se reposer, d'accord, je ne lui en demande pas davantage. Mais je veux faire ça de nouveau, six fois, ça suffit, comme on le faisait autrefois. Quand nous étions jeunes, nous n'étions pas de grands amoureux. Nous ne faisions pas ça à tous les coins de rue comme les jeunes d'aujourd'hui le font peut-être, je ne sais pas. Mais il y avait entre nous... disons, une bonne entente. Oui, quelquefois, c'est vrai, quand j'étais jeune je m'en lassais, de recommencer tout pareil à chaque fois. Mais elle, elle était comme ça, elle... elle ne voulait pas faire autrement. Je me mettais en colère, et elle ne comprenait pas pourquoi. Mais maintenant je veux reprendre nos vieilles habitudes, étape par étape, exactement ce que nous faisions autrefois. Avant-hier soir, quand je, vous savez, pendant que j'essayais, j'ai pensé à des putains, des filles imaginaires, des putains fantastiques en train de faire des trucs inouïs, et rien, rien de rien. Et puis je me suis dit, bon, ça se comprend. Ma vieille queue, elle n'a plus qu'une dernière mission, pourquoi l'agacer avec toutes ces putains, qu'est-ce que ma vieille queue a à faire de tout ça maintenant ? Il n'y a plus qu'une dernière mission, c'est à ça qu'il faut que je pense. Alors j'y ai pensé. Couché dans le noir, des souvenirs, des souvenirs, et encore des souvenirs. J'arrivais à me rappeler tout ce que nous faisions, étape par étape. Et c'est comme ça que nous allons faire de nouveau. Bien sûr, nos corps sont âgés maintenant, mais j'y ai bien réfléchi. Nous allons faire exactement comme autrefois. Et elle se rappellera, elle n'aura pas oublié, chaque étape s'enchaînant à la précédente. Une fois que nous serons dans l'obscurité, sous le drap, nous n'avons jamais été très audacieux, vous savez, c'était elle, elle était pudique, elle voulait que ça se passe de cette façon. Ça me contrariait à l'époque, j'avais toujours envie de lui dire : " Tu ne pourrais pas faire comme les putains ? T'exposer en pleine lumière ? " Mais maintenant ça ne me gêne pas, je veux qu'on fasse exactement comme autrefois, qu'on fasse semblant de s'endormir, qu'on reste tranquille pendant dix minutes, un quart d'heure. Et puis je dirai quelque chose brusquement, quelque chose d'osé et de cochon dans le noir. " Je veux qu'ils te voient toute nue, je dirai. Des marins ivres dans un bar. Une taverne dans un port de mer, des hommes ivres, dégoûtants, je veux qu'ils te voient nue, sur le sol. " Oui, monsieur Ryder, je disais ce genre de choses, subitement, alors que nous étions allongés depuis un moment à faire semblant de nous endormir, oui, je brisais subitement le silence, subitement, c'est important. Bien sûr, elle était jeune en ce temps-là, elle était belle, maintenant cela paraît bizarre, une vieille femme nue sur le sol d'une taverne, mais je dirai ça quand même parce que c'est comme cela que nous commencions. Elle gardera le silence et j'en dirai donc davantage. " Je veux qu'ils te regardent tous. À quatre pattes, sur le sol. " Mais vous pouvez imaginer ça ? Une vieille femme frêle qui ferait ça ? Qu'est-ce qu'ils diraient maintenant, nos marins ivres ? Mais, après tout, peut-être qu'ils ont vieilli avec nous, nos marins de la taverne du port, peut-être qu'avec les yeux de l'esprit ils la verront exactement comme elle était à l'époque et que ça leur sera égal. " Oui, ils vont te regarder ! Tous autant qu'ils sont ! " Et je la toucherai, sur le côté de la hanche, je me souviens de ça, elle aimait que je la touche sur le côté, je la toucherai exactement comme je le faisais toujours, et puis je me rapprocherai d'elle et je murmurerai : " Je te ferai travailler dans un bordel. Nuit après nuit. " Vous vous imaginez ? Mais je le dirai, parce que c'était comme ça. Et je rejetterai les draps, je me pencherai au-dessus d'elle, je lui écarterai les cuisses, il y aura peut-être un petit bruit, l'articulation entre la cuisse et la hanche craquera peut-être légèrement : quelqu'un disait qu'elle s'était fait mal à la hanche, peut-être que désormais elle ne peut plus écarter largement les cuisses. Enfin, nous ferons ça aussi bien que nous pourrons parce que c'était ce qui venait ensuite. Ensuite je me pencherai pour lui faire un baiser sur la chatte, je ne m'attendrai pas qu'elle sente toujours la même odeur, non, j'y ai réfléchi, ça sentira peut-être mauvais, le vieux poisson, tout son corps, peut-être, sentira mauvais, j'y ai sérieusement réfléchi. Et moi, mon corps, regardez-moi maintenant, ça n'a rien de formidable. Ma peau, j'ai des bouts de peau qui se détachent, comme des écailles, je ne sais pas ce que c'est. Quand ça a commencé, l'année dernière, ce n'était que le cuir chevelu. Quand je me peignais, il y avait ces énormes pellicules, de vraies écailles de poisson, on voyait à travers, et il en tombait des quantités. C'était seulement le cuir chevelu, mais maintenant il y en a partout, mes coudes, puis mes genoux, et mon torse aussi. En plus, elles sentent le poisson, ces écailles. Enfin, il en tombe tout le temps, je ne sais pas quoi faire pour empêcher ça, il faudra qu'elle se fasse une raison, et moi je ne me plaindrai pas de l'odeur de sa chatte ou de ses cuisses qu'on n'arrive pas à écarter sans les faire craquer. Je ne me fâcherai pas, on ne me verra pas essayer de les manipuler en forçant comme avec une machine détraquée, non, non. Nous ferons exactement comme autrefois. Et ma vieille queue, peut-être à moitié raide seulement, mais le moment venu elle tendra la main et elle murmurera : " Oui, je vais les laisser ! Je vais laisser tous les marins me voir ! Je vais les allumer jusqu'à ce qu'ils n'en puissent plus ! " Vous l'imaginez ? Avec l'allure qu'elle a maintenant ? Mais ça nous sera égal. Et de toute façon, comme je disais, peut-être que les marins auront vieilli en même temps que nous. Elle tendra la main vers ma vieille queue, à l'époque elle aurait été très dure, rien au monde n'aurait pu la ramollir sauf... enfin, peut-être que maintenant elle sera seulement à moitié raide, c'est ce que j'ai pu obtenir de mieux l'autre nuit, mais qui sait, peut-être que là elle sera en pleine forme, et nous essaierons de l'enfoncer, mais sa moule à elle sera peut-être fermée, enfin, on essaiera. Et juste au bon moment nous nous en souviendrons, même si rien ne se passe par là, nous saurons comment terminer notre affaire, parce qu'à ce moment-là nous nous serons tout rappelé tellement bien que rien ne pourra nous arrêter, même si rien ne se passe par là, en bas, même si nous nous serrons simplement l'un contre l'autre sans rien faire, ça n'aura pas d'importance, nous le dirons quand même exactement au bon moment. “ Ils vont te prendre ! Ils vont te prendre, tu les a allumés trop longtemps ! ” Et elle : “ Oui, ils vont m'avoir, tous les marins, ils vont m'avoir ! ” Et même si rien ne se passe par en bas, nous pourrons quand même nous serrer l'un contre l'autre, nous nous serrerons l'un contre l'autre et nous dirons ça comme nous le faisions toujours, ça n'aura pas d'importance. La douleur sera peut-être trop forte pour ma vieille queue, à cause de ma blessure, vous savez, mais ça n'aura pas d'importance, elle se rappellera, elle, comment on faisait. Après toutes ces années ! Mais elle se rappellera, étape par étape. Monsieur Ryder, vous n'avez pas de blessure ? »

Il s'était mis à me regarder.

« Une blessure ?

– Moi, j'en ai une, une vieille. C'est peut-être pour ça que je bois. Ça me fait tellement mal.

– Quel malheur ! » Puis, après un bref silence, j'ajoutai : « Si, je me suis quand même fait une foulure assez douloureuse à un orteil au cours d'un match de football. J'avais dix-neuf ans. Ce n'était pas très grave.

– En Pologne, monsieur Ryder, quand j'étais chef d'orchestre, même à l'époque, je n'imaginais pas que cette blessure cicatriserait un jour. Pendant que je dirigeais l'orchestre, je touchais toujours ma blessure, je la caressais, même. Parfois je tripotais les bords ou je la serrais fort entre mes doigts. On s'en rend compte assez vite, quand une blessure est partie pour ne pas cicatriser. La musique, même quand j'étais chef d'orchestre, je savais ce que c'était : une consolation, sans plus. Ça aidait, pendant un moment. J'aimais cette sensation, appuyer sur la blessure, ça me fascinait. Une bonne blessure peut avoir cet effet-là : elle devient fascinante. Elle paraît un peu différente chaque jour. Est-ce qu'elle a changé ? On se pose la question. Peut-être que la cicatrisation a enfin commencé. On la regarde dans la glace, elle a l'air différente. Mais ensuite on la touche et on se rend compte qu'elle est toujours pareille, votre vieille amie. Et on continue, année après année, et puis on sait qu'elle ne va pas cicatriser, et à la fin on s'en fatigue. On est tellement fatigué. » Il se tut et observa de nouveau son bouquet. Puis il reprit : « On est tellement fatigué. Vous n'êtes pas encore fatigué, monsieur Ryder ? On est tellcment fatigué.

– Peut-être, lançai-je prudemment, Mlle Collins a-t-elle le pouvoir de guérir votre blessure.

– Elle ? » Il éclata de rire puis se tut de nouveau. Au bout d'un moment il dit tranquillement : « Elle, ça sera comme la musique. Une consolation. Une merveilleuse consolation. C'est tout ce que je demande désormais. Une consolation. Mais guérir la blessure ? » Il secoua la tête. « Si je vous la montrais maintenant, mon ami, je pourrais vous la montrer, vous comprendriez que c'est une impossibilité. Une impossibilité médicale. Tout ce que je désire, tout ce que je demande maintenant, c'est une consolation. Même si ça se passe comme je l'ai dit, rien qu'à moitié raide, et qu'on ne fait rien que de danser, six fois de plus, ça suffira. Après ça, la blessure fera ce qui lui plaira. Nous aurons notre animal alors, l'herbe, les prés. Pourquoi a-t-elle choisi un endroit pareil ? »

Il regarda de nouveau autour de lui et secoua la tête. Cette fois-ci, il garda longuement le silence, pendant deux bonnes minutes, peut-être trois. J'étais sur le point de parler quand il se pencha brusquement en avant.

« Monsieur Ryder, j'avais un chien, Bruno, il est mort. Je... je ne l'ai pas encore enterré. Il est dans une boîte, une sorte de cercueil. C'était un vrai ami. Rien qu'un chien, mais un vrai ami. J'ai prévu une petite cérémonie, pour dire au revoir, tout simplement. Rien d'extraordinaire. Bruno, il fait partie du passé maintenant, mais une petite cérémonie pour dire tout simplement au revoir, qui pourrait y trouver à redire ? Monsieur Ryder, je voulais vous demander... de nous accorder une petite faveur, à Bruno et moi. »

La porte s'ouvrit brusquement et Mlle Collins entra dans la pièce. Là-dessus, comme Brodsky et moi nous levions, Parkhurst entra derrière elle et referma la porte.

« Je vous présente mes excuses, mademoiselle Collins, dit-il en lançant à Brodsky un regard furieux. Il n'y a pas eu moyen de le persuader de respecter votre vie privée. »

Brodsky était planté comme un piquet au milieu de la pièce. Quand Mlle Collins s'approcha, il s'inclina et j'aperçus le reflet de l'élégance considérable dont il avait dû être doté jadis. Il lui tendit le bouquet en déclarant : « Un petit cadeau. Je les ai cueillies moi-même. »

Mlle Collins prit les fleurs sans leur prêter la moindre attention. « J'aurais pu me douter que VOUS viendriez ici de cette manière, monsieur Brodsky. Je suis venue au zoo hier et vous croyez maintenant que vous pouvez prendre toutes les libertés, au gré de vos désirs. »

Brodsky baissa les yeux. « Mais il reste si peu de temps, dit-il. Nous ne pouvons plus nous permettre de perdre du temps, maintenant.

– Perdre du temps pour quoi faire, monsieur Brodsky ? C'est tout à fait ridicule de vous présenter ici comme cela. Vous devez savoir que je suis occupée le matin.

– Je t'en prie. » Il leva la main, paume en avant. « Je t'en prie. Nous sommes vieux maintenant. Nous n'avons pas besoin de nous chamailler comme autrefois. Je suis seulement venu te donner ces fleurs. Et te faire une simple proposition. Voilà tout.

– Une proposition ? De quel genre de proposition s'agit-il, monsieur Brodsky ?

– Je te propose simplement de me retrouver cet après-midi au cimetière Saint-Pierre. Une demi-heure, c'est tout. Pour nous retrouver seuls et discuter un peu.

– Mais il n'y a rien à discuter. Visiblement, j'ai fait une erreur en venant au zoo hier. Et c'est bien du cimetière que vous me parlez ? Quelle singulière idée de proposer un endroit pareil pour un rendez-vous ! Avez-vous complètement perdu la tête ? Un restaurant, un café, ou peut-être un parc ou un lac. Mais vous, vous proposez un cimetière !

– Je suis désolé. » Brodsky semblait réellement catastrophé. « Je n'ai pas réfléchi. J'avais oublié. Je veux dire, j'avais oublié que le cimetière Saint-Pierre était un cimetière.

– Ne soyez pas ridicule.

– C'est-à-dire que j'y suis allé si souvent... Nous trouvions cet endroit si paisible, Bruno et moi. Même quand la situation était désastreuse, je ne me sentais pas trop mal quand j'étais là-bas, c'était paisible, c'était très beau, nous aimions cet endroit. C'est pour ça que je te l'ai proposé. Sérieusement, j'avais oublié. Qu'il y avait des morts là-bas.

– Et quelle occupation envisagiez-vous pour nous ? Nous asseoir sur une tombe et nous souvenir des jours anciens ? Monsieur Brodsky, vous devriez réfléchir un peu plus attentivement à vos propositions.

– Mais nous aimions cet endroit, Bruno et moi. Je me suis dit que ça te plairait aussi.

– Ah, je comprends. Maintenant que ton chien est mort, tu souhaites que je le remplace.

– Mais non, ce n'est pas ça du tout. » Brodsky perdit subitement toute sa réserve et un éclair d'impatience passa sur son visage. « Ce n'est pas du tout ce que je voulais dire, tu le sais. Tu as toujours fait ça. Je prends énormément de temps pour réfléchir, j'essaie de trouver quelque chose qui nous fasse du bien, et toi, tu dédaignes mon idée, tu en ris, tu affirmes que c'est ridicule. De la part de quelqu'un d'autre, tu trouverais ça charmant. Tu as toujours fait ça. C'est comme la fois où je me suis arrangé pour que nous soyons assis au premier rang pour le concert de Kobyliansky...

– C'était il y a plus de trente ans. Comment pouvez-vous continuer à parler de ce genre de choses ?

– Mais c'est pareil, exactement pareil. J'ai une idée, je pense à quelque chose qui nous ferait du bien, parce que je sais qu'au fond de toi-même tu aimes les choses qui sortent un peu de l'ordinaire. Et toi, tu te gausses. C'est peut-être que mes idées, le cimetière, par exemple, en fait, elles te plaisent, au fond de toi-même, et tu t'aperçois que ton cœur est connu de moi. Alors tu feins de...

– C'est une absurdité. Il n'y a aucune raison pour que nous discutions de ces questions. Il est beaucoup trop tard, nous n'avons rien à discuter, monsieur Brodsky. Je ne peux pas vous retrouver dans un cimetière, que cela me plaise ou pas, parce que je n'ai rien à discuter avec vous...

– Je souhaitais simplement m'expliquer. Dire pourquoi ça s'est passé, et tout ça, pourquoi j'étais comme ça...

– Il est bien trop tard pour ça, monsieur Brodsky. Au moins vingt ans trop tard. De plus, il me serait insupportable de vous écouter tenter à nouveau de vous excuser. Même aujourd'hui, j'en suis sûre, je ne pourrais pas entendre d'excuses de votre part sans frémir de tout mon corps. Pendant tant et tant d'années, à chaque fois que vous me faisiez des excuses, ce n'était pas la fin mais le début. Le début d'un nouveau cycle de souffrance et d'humiliation. Oh, pourquoi ne me laissez-vous pas seule maintenant ? Il est trop tard, voilà tout. De plus, vous vous êtes mis à vous vêtir de façon absurde depuis que vous ne buvez plus. Que sont ces vêtements que vous portez maintenant ? »

Brodsky hésita, puis répondit : « C'est ce qu'on m'a conseillé de porter. Les personnes qui m'aident en ce moment. Je dois redevenir un chef d'orchestre. Il faut que je m'habille de façon que les gens me voient sous ce jour.

– J'ai failli vous le dire hier au zoo. Ce pardessus gris ridicule ! Qui vous a dit de porter ça ? M. Hoffman ? Vraiment, vous devriez être un peu plus attentif à votre propre apparence. Ces gens vous attifent comme un pantin, et vous, vous les laissez faire. Regardez-vous, maintenant ! Ce costume ridicule. Vous vous imaginez sans doute que vous avez l'air d'un artiste ? »

Brodsky baissa le regard sur sa tenue avec une expression blessée. Puis il leva les yeux : « Tu es une vieille femme, dit-il. Tu n'es pas au courant des modes actuelles.

– C'est la prérogative des vieux de déplorer les vêtements des jeunes. Mais que toi tu t'habilles de cette manière, voilà ce qui est ridicule. Vraiment, ça ne sert à rien ; ce n'est tout simplement pas ton style. Pour parler franchement, je pense que la ville te préférerait avec les vêtements que tu portais il y a quelques mois. Des nippes plutôt élégantes, à vrai dire.

– Ne te moque pas de moi. Je ne suis plus comme ça. Il se peut que, bientôt, je sois de nouveau un chef d'orchestre. Ce sont mes habits maintenant. Quand je me suis regardé, j'ai trouvé que ça m'allait bien. Tu as oublié, mais à Varsovie je mettais ce genre de vêtements. Un nœud papillon comme celui-ci. Tu as oublié. »

L'espace d'un instant, les yeux de Mlle Collins se teintèrent de tristesse. Puis elle reprit :

« Évidemment que j'oublie. Pourquoi me rappellerais-je ce genre de détails ? Il y a eu des choses beaucoup plus frappantes à garder en mémoire, au long de toutes les années qui se sont écoulées.

– Ta robe, dit-il brusquement. Elle est très bien. Très élégante. Mais tes souliers, ils sont aussi mal choisis que jamais, un vrai désastre. Tu ne t'es jamais résignée à avoir de grosses chevilles. Pour une femme aussi mince, tu as toujours eu de grosses chevilles. Et regarde-moi ça, même maintenant ! » Il montra du doigt les pieds de Mlle Collins.

« Ne soyez pas puéril. Croyez-vous être encore à Varsovie, où il suffisait d'une remarque de votre part pour me faire changer complètement de toilette à quelques minutes de notre départ ? À quel point vous vivez dans le passé, monsieur Brodsky ! Croyez-vous que cela ait la moindre importance pour moi, ce que vous pensez de mes chaussures ? Et croyez-vous que je ne sais pas maintenant que tout cela n'était qu'une ruse de votre part, car vous attendiez délibérément le dernier moment pour lancer votre critique ? Bien entendu, je me changeais de pied en cap, je sortais vêtue d'une tenue que j'avais enfilée dans une précipitation terrible. Et puis, une fois que nous étions dans la voiture, ou même à la salle de concert, je m'apercevais que mon ombre à paupières jurait avec la couleur de ma robe, ou que le collier allait horriblement mal avec les souliers. Et tout cela avait une telle importance pour moi, à l'époque. La femme du chef d'orchestre ! C'était si important pour moi, et vous le saviez. Pensez-vous qu'aujourd'hui je ne comprenne pas clairement quel jeu vous jouiez ? Votre façon de dire : “ Bien, bien, très joli ”, jusqu'au moment où il ne restait plus que quelques minutes. Et puis, oui, la phrase qui sortait était exactement similaire. “ Tes souliers sont un désastre ! ” Comme si tu y connaissais quelque chose ! Qu'est-ce que tu peux connaître aux modes d'aujourd'hui, tu viens de passer deux décennies en état d'ébriété...

– Néanmoins, rétorqua Brodsky, un air impérieux traversant son visage, néanmoins, ce que je dis est vrai. Ces souliers donnent à la moitié inférieure de ton corps un aspect absurde. C'est la vérité.

– Regardez-moi ce costume ridicule ! Une création italienne, certainement. Le genre de chose qu'un jeune danseur pourrait porter. Et vous croyez que cela vous conférera davantage de crédibilité aux yeux des habitants de cette ville ?

– Absurdes, ces souliers. Tu ressembles à ces soldats de plomb qui sont munis d'une base pour ne pas tomber.

– Il est temps que vous partiez ! Comment osez-vous venir ici, de cette façon, troubler ainsi ma matinée ! Ces jeunes gens qui sont là, ils sont très désemparés, ils ont plus que jamais besoin de mes conseils, et voilà, vous nous avez dérangés. C'est notre dernière conversation. J'ai fait une erreur en vous retrouvant hier au zoo.

– Le cimetière. » Soudain, une intonation désespérée résonnait dans sa voix. « Il faut que tu me retrouves là-bas, cet après-midi. D'accord, je n'y ai pas pensé, il y a les morts, je n'avais pas réfléchi. Mais je t'ai expliqué. Nous devons nous parler avant... avant ce soir. Sinon, comment pourrai-je ? Comment pourrai-je le faire ? Tu ne vois pas à quel point c'est important, ce soir ? Nous devons nous parler, il faut que tu me retrouves...

– Dites donc, vous. » Parkhurst s'avança et dévisagea Brodsky d'un air rageur. « Vous avez entendu ce que disait Mlle Collins. Elle vous a prié de quitter son domicile. Disparaissez de sa vue, disparaissez de sa vie. Elle est trop polie pour prononcer ces mots, je le fais donc en son nom. Après tout ce que vous avez fait, vous n'avez pas le droit, pas l'ombre d'un droit de formuler la moindre demande.

Comment pouvez-vous rester là à solliciter un rendez-vous comme si rien ne s'était jamais passé ? Vous prétendrez peut-être que vous étiez si ivre que vous ne vous souvenez de rien. Très bien, je vais vous rafraîchir la mémoire. Il n'y a pas si longtemps, vous étiez là, dehors, dans cette rue, à uriner sur le mur de cet immeuble en hurlant des obscénités dans la direction de la fenêtre, celle-ci précisément. Finalement, c'est la police qui vous a emmené, qui vous a entraîné de force pendant que vous hurliez des horreurs au sujet de Mlle Collins. C'était il y a un an tout au plus. À coup sûr, vous supposez que Mlle Collins a tout oublié de cette affaire. Mais je vous assure que ce n'est qu'un incident entre bien d'autres du même ordre. Quant à vos opinions sur la mode, cela fait moins de trois ans, n'est-ce pas, qu'on vous a trouvé sans connaissance dans le Volksgarten, tous vos vêtements couverts de vomi, après quoi l'on vous a conduit à l'église de la Sainte-Trinité où il s'avéra que vous aviez des poux ? Pensez-vous que Mlle Collins va se préoccuper des jugements d'un pareil individu sur l'opportunité de ses choix vestimentaires ? Regardons les choses en face, monsieur Brodsky : un homme qui est tombé aussi bas est irrécupérable. Jamais, au grand jamais, vous ne pourrez reconquérir l'amour d'une femme, je puis vous l'affirmer avec autorité. Ni son amour ni même son respect. Sa pitié peut-être ; rien de plus. Chef d'orchestre ! Croyez-vous que cette ville, en vous regardant, verra un jour autre chose qu'une épave répugnante ? Je vous le rappelle, monsieur Brodsky : il y a quatre ans, cinq peut-être, vous vous en êtes pris brutalement à Mlle Collins non loin de la Bahnhofplatz, et, sans l'intervention de deux étudiants qui passaient par là, vous l'auriez sans doute sérieusement blessée. Et tout en essayant de la frapper, vous ne cessiez de crier les pires...

– Non, non ! gémit tout à coup Brodsky en secouant la tête et en couvrant ses oreilles de ses mains.

– Vous ne cessiez de crier les pires obscénités. À caractère sexuel, d'une perversion totale. Certains ont estimé que vous méritiez la prison. Et puis, bien sûr, il y a eu l'histoire de la cabine téléphonique de la Tillgasse...

– Non, non ! »

Brodsky attrapa Parkhurst par le revers de sa veste, et l'autre recula, effrayé. Mais Brodsky n'alla pas plus loin dans l'agression, se contentant d'agripper le revers de Parkhurst comme on se cramponne à une bouée de sauvetage. Pendant quelques secondes, Parkhurst s'efforça de détacher les doigts de Brodsky. Lorsqu'il y parvint enfin, toute la carcasse de Brodsky sembla s'affaisser. Le vieillard ferma les yeux et soupira, puis il fit volte-face et quitta la pièce sans mot dire.

Tout d'abord, nous restâmes tous trois plongés dans le silence, sans savoir que dire ni que faire. Puis le claquement de la porte d'entrée nous ramena à la vie ; Parkhurst et moi, nous gagnâmes la fenêtre.

« Le voilà qui part, dit Parkhurst, le front collé à la vitre. Soyez sans inquiétude, mademoiselle Collins, il ne reviendra pas. »

Mlle Collins ne sembla pas entendre. Elle se dirigea vers la porte d'une démarche hésitante, puis rebroussa chemin.

« Je vous prie de m'excuser, je dois... je dois... » Songeuse, elle s'approcha de la fenêtre et regarda au-dehors. « Excusez-moi, je dois... Voyez-vous, j'espère que vous comprenez... »

Elle ne s'adressait particulièrement ni à l'un ni à l'autre. Puis sa confusion sembla se dissiper et elle déclara : « Monsieur Parkhurst, vous n'aviez pas le droit de parler à Leo de cette façon. Au cours de l'année qui vient de s'écouler, il a fait preuve d'un courage remarquable. » Elle décocha à Parkhurst un regard perçant, puis sortit précipitamment. Un instant après, nous entendions de nouveau la porte claquer.

J'étais encore près de la fenêtre et pus voir Mlle Collins s'éloigner en toute hâte. Elle avait repéré Brodsky qui avait déjà pris de l'avance ; au bout de quelques secondes, elle se mit à courir à petites foulées, car sans doute ne souhaitait-elle pas, par souci de sa dignité, l'appeler pour lui demander de l'attendre. Mais Brodsky, malgré son étrange démarche de guingois, maintenait une allure étonnamment rapide. Il était visiblement bouleversé et l'idée qu'elle allait chercher à le rejoindre ne devait même pas l'avoir effleuré.

Mlle Collins, de plus en plus essoufflée, le poursuivit tout au long des alignements d'immeubles résidentiels, puis le long des commerces qui bordaient l'autre extrémité de la rue, sans réduire sensiblement la distance qui les séparait. Brodsky marchait toujours d'un bon pas ; il tourna le coin où j'avais naguère quitté Gustav et longea les cafés italiens sur le large boulevard. Le trottoir était encore plus encombré que lorsque je l'avais arpenté en compagnie de Gustav, mais Brodsky avançait sans lever les yeux, de sorte qu'il faillit plus d'une fois entrer en collision avec les passants.

Enfin, au moment où Brodsky s'approchait du passage pour piétons, Mlle Collins sembla se rendre compte qu'elle n'arriverait jamais à le rattraper. S'immobilisant, elle arrondit ses mains devant sa bouche, mais parut alors en proie à un dernier dilemme, qui portait peut-être sur le nom qu'elle devait employer : fallait-il crier « Leo » ou s'en tenir, comme elle l'avait fait pendant toute leur conversation, à « monsieur Brodsky » ? Sans doute saisit-elle instinctivement le caractère urgent de la situation à laquelle ils avaient abouti, car elle lança : « Leo ! Leo ! Attends, s'il te plaît ! »

Brodsky se retourna, l'air stupéfait, tandis que Mlle Collins se hâtait vers lui. Elle tenait encore le bouquet, et dans sa confusion Brodsky tendit les deux mains comme s'il proposait de la soulager de ce poids. Mais Mlle Collins ne lâcha pas les fleurs et, malgré son essoufflement, parla avec un calme manifeste : « Monsieur Brodsky, je vous en prie. Attendez un moment. »

Debout côte à côte, ils semblaient mal à l'aise, subitement conscients des passants qui les entouraient, nombreux maintenant à tourner le regard vers eux avec, bien souvent, une curiosité mal dissimulée. Puis Mlle Collins fit un geste dans la direction de son appartement en disant avec douceur : « Le jardin Sternberg est très beau à cette saison. Pourquoi n'irions-nous pas là-bas pour bavarder ? »

Ils se mirent en route, suivis des yeux par un nombre croissant de badauds. Mlle Collins marchait un peu en avant de Brodsky ; tous deux se réjouissaient d'avoir une raison matérielle d'attendre pour engager la conversation le moment où ils auraient atteint leur destination. Ils tournèrent le coin, prirent de nouveau la rue où se trouvait l'appartement, et avant longtemps passèrent devant les immeubles résidentiels. À un ou deux pâtés de maisons de chez elle, Mlle Collins s'arrêta devant une petite barrière en fer située dans un renfoncement discret.

Elle tendit la main vers le loquet mais marqua une pause avant d'ouvrir la barrière. L'idée me vint alors que les quelques pas qu'ils venaient de faire ensemble, le simple fait d'être maintenant côte à côte à l'entrée du jardin Sternberg, tout cela revêtait pour elle une importance qui dépassait tout ce que Brodsky pouvait supposer. Car, à la vérité, ce bref trajet qui conduisait du brouhaha du boulevard jusqu'à la petite barrière en fer, elle n'aurait pu compter le nombre de fois qu'elle l'avait fait en imagination avec lui, au fil des années – depuis l'après-midi d'été où ils s'étaient rencontrés par hasard sur le boulevard, devant la bijouterie. Et, pendant toutes ces années, elle n'avait pas oublié l'air d'indifférence qu'il avait affecté ce jour-là pour s'écarter d'elle, feignant d'être captivé par un objet exposé dans la vitrine.

À ce stade – un an au moins avant le début de l'ivrognerie et des insultes –, ces proclamations d'indifférence constituaient encore la caractéristique principale de tous les contacts survenus entre eux. Cet après-midi-là, alors même qu'elle avait déjà résolu à plusieurs reprises d'amorcer sous une forme ou une autre un processus de réconciliation, elle avait détourné les yeux, elle aussi, et continué à marcher. Elle avait dû aller plus avant sur le boulevard, au-delà des cafés italiens, pour donner libre cours à sa curiosité et regarder derrière elle. Elle s'était alors aperçue qu'il l'avait suivie. Certes, il observait de nouveau attentivement une vitrine, mais il était quand même bel et bien là, à peu de distance.

Elle avait ralenti son allure, supposant qu'il finirait par la rattraper. Comme elle atteignait le coin de sa rue et qu'il n'était toujours pas là, elle avait de nouveau regardé en arrière. Ce jour-là, comme celui-ci, le trottoir large et ensoleillé grouillait de piétons, mais elle avait eu la satisfaction de le voir distinctement s'immobiliser et se retourner vers le kiosque de fleuriste qu'il venait de dépasser. Un sourire lui était venu aux lèvres ; au moment où elle tournait le coin, elle avait été agréablement surprise de se sentir le cœur aussi léger. N'avançant plus désormais qu'au rythme de la flânerie, elle s'était mise à son tour à examiner les vitrines. Elle avait ainsi regardé la pâtisserie, la boutique de jouets, le magasin de nouveautés – à cette époque, la librairie n'était pas encore là ; et tout ce temps, elle essayait de formuler dans sa tête la réflexion qu'elle lui ferait d'entrée de jeu, lorsqu'il la rejoindrait enfin. « Leo, quels enfants nous sommes ! » avait-elle songé à lui dire. Mais cela paraissait finalement trop raisonnable et elle avait pensé à une remarque plus ironique : « Je constate qu'apparemment nous allons dans la même direction », ou quelque chose dans ce goût-là. Puis sa silhouette s'était dessinée au coin de la rue et elle avait vu qu'il tenait un bouquet de fleurs bigarrées. Se détournant vivement, elle s'était remise à marcher, à une allure maintenant plus rapide. Puis, en arrivant à proximité de son appartement, pour la première fois ce jour-là, elle avait éprouvé à l'égard de l'homme qui la suivait un sentiment d'agacement. Elle avait organisé son après-midi dans les moindres détails. Pourquoi choisissait-il précisément ce moment pour essayer d'entrer en rapport avec elle ? Lorsqu'elle était arrivée à sa porte, elle avait de nouveau lancé un regard furtif dans la rue, constatant alors qu'une bonne vingtaine de mètres les séparait encore.

Elle avait fermé la porte derrière elle et, résistant au désir de regarder par la fenêtre, s'était hâtée de gagner sa chambre, à l'arrière du bâtiment. Là, elle avait examiné son visage dans le miroir et avait mis de l'ordre dans ses émotions. Puis, sortant de la chambre, elle s'était arrêtée net dans le couloir, surprise. À l'autre bout, la porte était restée entrouverte et rien ne faisait obstacle à son regard : au-delà du petit salon inondé de soleil, à travers la large baie, sa vue allait jusqu'au trottoir où il se tenait maintenant, le dos tourné vers la maison, comme s'il avait eu rendez-vous avec quelqu'un précisément à cet endroit. L'espace d'un instant, elle n'avait pas bougé. Elle craignait qu'il ne se tournât, ne regardât par la fenêtre et ne l'aperçût. Puis la silhouette de l'homme s'était éloignée, échappant à sa vue, et elle n'avait plus eu à contempler que les façades du trottoir opposé, tout en guettant le tintement de la sonnette.

Une minute s'écoula sans qu'il eût sonné, et de nouveau elle éprouva à son égard un mouvement de colère. Il attendait, comprit-elle, qu'elle vînt le trouver et lui proposer d'entrer. De nouveau, elle parvint à se calmer, et, réfléchissant méthodiquement à la situation, décida de ne rien faire tant qu'il n'aurait pas sonné.

Pendant les instants qui suivirent, elle s'appliqua à attendre. À un moment, elle retourna dans sa chambre, sans raison particulière, puis revint dans le couloir. Enfin, lorsqu'il lui apparut enfin qu'il était parti, elle regagna lentement le vestibule.

Ouvrant la porte, regardant à droite et à gauche, Mlle Collins constata avec surprise qu'il était absolument invisible. Elle s'était attendue à le découvrir tapi dans l'ombre, à quelques portes de chez elle – ou du moins à trouver le bouquet posé sur le seuil. Pour autant, elle n'avait pas éprouvé alors le moindre regret. Un certain soulagement, à coup sûr, et une petite fièvre qui n'avait rien de désagréable à l'idée que le processus de réconciliation avait enfin commencé ; mais pas la moindre trace de regret. En fait, tandis qu'elle s'asseyait dans son petit salon, elle rayonnait d'une joie triomphante à l'idée d'avoir tenu bon. Ces menues victoires, avait-elle pensé, étaient très importantes et l'aideraient à éviter de répéter les erreurs du passé.

Plusieurs mois s'étaient écoulés avant qu'elle ne se dît que, ce jour-là, elle s'était trompée. Même alors, ce n'avait été qu'une vague impression qu'elle n'avait pas examinée de près. Mais, au fil des mois, cet après-midi d'été en était venu à occuper dans ses réflexions une place prépondérante. Sa grande erreur avait été, conclut-elle, d'entrer dans son appartement. C'était trop lui demander – un petit peu trop. Après lui avoir fait faire tout ce chemin, avoir tourné le coin, être passée devant les magasins, elle aurait dû s'arrêter devant la petite barrière en fer, puis, en vérifiant qu'il pouvait encore la voir, pénétrer dans le jardin Sternberg. Là, sans aucun doute, il l'aurait suivie. Et même si, pendant un moment, ils avaient déambulé en silence au milieu des massifs, tôt ou tard ils se seraient mis à parler. Et tôt ou tard il lui aurait donné les fleurs. Durant les vingt et quelques années qui s'étaient écoulées depuis ce jour, Mlle Collins avait rarement posé les yeux sur cette barrière en fer sans ressentir au fond d'elle-même une sorte de tiraillement. Ce matin-ci, donc, alors qu'elle entraînait enfin Brodsky dans le jardin, elle ne le fit pas sans y mettre quelque cérémonie.

Malgré la place essentielle que le jardin Sternberg en était venu à prendre dans l'imagination de Mlle Collins, ce n'était pas un endroit particulièrement attirant. Cet espace cimenté, pas plus grand qu'un parking de supermarché, semblait destiné essentiellement aux amateurs d'horticulture, sans apporter au voisinage ni beauté ni confort. On n'y voyait ni herbe ni arbres, rien que des rangées de parterres floraux, et, à cette heure-là de la journée, sous un soleil omniprésent, le lieu n'offrait aucune source d'ombre. Mais Mlle Collins, regardant tout autour d'elle les fleurs et les fougères, battit des mains, ravie. Brodsky, refermant soigneusement la barrière derrière lui, observa le jardin sans enthousiasme, mais sembla se satisfaire de constater que, à l'exception des fenêtres des immeubles qui les surplombaient, leur intimité était parfaite.

« Je les amène parfois ici, les gens qui viennent me voir, expliqua Mlle Collins. C'est un endroit fascinant. On voit des spécimens qu'on ne trouve nulle part ailleurs en Europe. »

Elle avançait d'un pas tranquille, jetant autour d'elle des regards admiratifs, tandis que Brodsky la suivait à une distance respectueuse. La gêne qu'ils avaient manifestée en présence l'un de l'autre quelques minutes auparavant s'était complètement dissipée, de sorte que quelqu'un qui les aurait aperçus de l'extérieur aurait pu aisément les prendre pour un vieux couple, uni depuis bien des années, faisant au soleil sa promenade accoutumée.

« Mais, bien entendu, continua Mlle Collins en s'arrêtant près d'un arbuste, vous n'avez jamais aimé ce genre de jardins, n'est-ce pas, monsieur Brodsky ? Vous méprisez cette façon d'apprivoiser la nature.

– Tu ne veux pas m'appeler Leo ?

– Très bien. Leo. Vous préféreriez une végétation plus sauvage. Mais, comprenez-vous, il faut une surveillance et une organisation méthodiques pour que certaines de ces espèces puissent survivre. »

Brodsky contempla d'un air solennel la feuille que Mlle Collins était en train de toucher. Puis il dit : « Te rappelles-tu ? Tous les dimanches matin, après avoir pris notre café ensemble au Praga, nous allions dans cette librairie. Tous ces vieux livres. entassés, poussiéreux, partout où on jetait les yeux. Tu te rappelles ? Tu t'impatientais toujours. Mais nous y allions quand même, tous les dimanches, après le café au Praga. »

Mlle Collins garda le silence pendant quelques secondes. Puis elle eut un rire léger et se remit à marcher lentement. « L'homme-têtard », dit-elle.

Brodsky sourit. « L'homme-têtard, répéta-t-il en hochant la tête. C'est ça. Si on y retournait maintenant, peut-être qu'il serait toujours là, derrière son comptoir. L'homme-têtard. Est-ce que nous lui avons jamais demandé son nom ? Il était toujours si poli avec nous. Alors que nous ne lui achetions jamais de livres.

– Sauf le matin où il a crié après nous.

– Il a crié après nous ? Je ne me rappelle pas. L'homme-têtard était toujours si poli. Pourtant, on ne lui achetait jamais de livres.

– Mais si. Une fois, nous sommes entrés, il pleuvait, et nous avons fait très attention à ne pas dégouliner sur ses livres, nous avons secoué nos manteaux sur le seuil, mais il était de très mauvaise humeur ce matin-là et il a crié après nous. Tu ne te rappelles pas ? Il a crié parce que j'étais anglaise. Si, si, il a été très grossier, mais seulement ce matin-là. Le dimanche suivant, il semblait n'en avoir gardé aucun souvenir.

– C'est curieux, reprit Brodsky. Je ne me rappelle pas. L'homme-têtard. J'ai le souvenir d'un homme timide, toujours poli. Je ne me rappelle pas l'incident que tu racontes.

– C'est peut-être ma mémoire qui est défaillante, répondit Mlle Collins. Peut-être que je le mélange avec quelqu'un d'autre.

– Oui, je crois. L'homme-têtard, il était toujours respectueux. Jamais il n'aurait fait une chose pareille. Sous prétexte que tu étais anglaise ? » Brodsky secoua la tête. « Non, il était toujours respectueux. »

Mlle Collins fit une nouvelle pause, son intérêt retenu par une fougère.

« Tous ces gens, à cette époque, dit-elle enfin. Ils étaient comme ça. Ils étaient si polis, si patients. Ils se mettaient en quatre pour être gentils, ils faisaient toutes sortes de sacrifices et puis, du jour au lendemain, Dieu sait pourquoi, le temps qu'il faisait, n'importe quoi, ils explosaient. Et ensuite, retour à la normale. Il y en avait beaucoup dans ce genre-là. Andrzej, par exemple. Il était comme ça.

– Andrzej était fou. Tu sais, j'ai lu ça quelque part, il s'est tué dans un accident de voiture. Oui, j'ai lu ça dans un journal polonais, il y a cinq ou six ans. Mort dans un accident de voiture.

– Comme c'est triste. J'imagine que les gens de cette époque, il y en a peut-être beaucoup qui ne sont plus là.

– J'aimais bien Andrzej, reprit Brodsky. Je l'ai lu dans un journal polonais, une mention au passage, comme quoi il était mort. Un accident de la route. C'était triste. J'ai pensé à ces soirées, dans le vieil appartement. Quand on s'enroulait dans des couvertures, qu'on partageait le café entre nous, avec tous ces livres, tous ces journaux étalés partout, et qu'on parlait. De musique, de littérature, pendant des heures et des heures, en regardant le plafond, et on parlait, on parlait.

– Moi, j'avais toujours envie d'aller me coucher, mais Andrzej ne voulait pas rentrer chez lui. Quelquefois, il restait jusqu'à l'aube.

– C'est exact. S'il n'avait pas le dessus dans une discussion, il refusait de partir. Il ne partait pas tant qu'il n'avait pas l'impression de gagner. C'est pour ça qu'il restait parfois jusqu'à l'aube. »

Mlle Collins sourit, puis soupira. « Comme c'est triste d'apprendre qu'il s'est tué.

– Ce n'était pas l'homme-têtard, déclara Brodsky. C'était l'homme de la galerie de peinture. C'est lui qui nous a engueulés. Un drôle de type, qui faisait toujours semblant de ne pas savoir qui nous étions. Tu te rappelles ? Même dans les jours qui ont suivi la représentation de *Lafcadio*. Les serveurs, les chauffeurs de taxi voulaient me serrer la main, mais quand nous allions à la galerie, rien. Il nous dévisageait avec un visage pétrifié, semblable à lui-même. Et puis, à la fin, quand ça allait mal, nous sommes entrés, il pleuvait ce jour-là, et il s'est mis à crier. Nous mouillions son parquet, voilà ce qu'il disait. Et nous l'avions toujours fait, à chaque fois qu'il pleuvait, ça faisait des années que nous mouillions son parquet, des années, et il en avait marre. C'est lui qui a crié, qui a fait allusion au fait que tu étais anglaise, lui, et pas le têtard. Le têtard s'est toujours montré respectueux, jusqu'à la fin. Le têtard m'a serré la main, je me rappelle, juste avant notre départ. Tu te rappelles ? Nous sommes allés à la librairie, il savait que c'était la dernière fois, il est sorti de derrière son comptoir et il m'a serré la main. La plupart des gens ne voulaient plus me serrer la main, mais lui, oui. Il est resté respectueux, le têtard, d'un bout à l'autre. »

Mlle Collins se protégea les yeux d'une main et regarda au loin, vers l'autre extrémité du jardin. Puis, tout en se remettant à marcher lentement, elle dit : « C'est agréable de se rappeler ce genre de choses. Mais nous ne pouvons pas vivre dans le passé.

– Mais tu t'en souviens, dit Brodsky. Tu te rappelles, le têtard, la librairie. Et l'armoire, tu t'en souviens ? La porte qui était tombée ? Tu te souviens de tout, exactement comme moi.

– Il y a des choses que je me rappelle. D'autres, fatalement, je les ai oubliées. » Elle était maintenant sur ses gardes. « Même dans ce qui remonte à cette époque, il y a des choses qu'il vaut mieux oublier. »

Brodsky sembla soupeser cette affirmation. Il répondit enfin : « Tu as peut-être raison. Le passé est trop bien rempli. J'ai honte, tu sais que j'ai honte, alors finissons-en. Finissons-en avec le passé. Choisissons un animal. »

Mlle Collins continua à marcher, prenant de l'avance sur Brodsky. Puis elle s'arrêta de nouveau et se tourna vers lui. « Je te retrouverai cet après-midi au cimetière, si c'est ce que tu désires. Mais ne va pas imaginer que cela signifie quelque chose. Ça ne veut pas dire que je suis d'accord pour ton animal, ou pour quoi que ce soit d'autre. Mais je vois bien que tu te fais du souci pour ce soir, que tu voudrais parler de tes angoisses avec quelqu'un.

– Pendant tous ces derniers mois, j'ai vu les chenilles, mais j'ai continué, oui, j'ai continué, je me suis préparé. Ça ne servira à rien si tu ne reviens pas.

– La seule chose que j'accepte, c'est de te retrouver brièvement cet après-midi. Une demi-heure, par exemple.

– Mais tu vas y réfléchir. Tu y réfléchiras avant notre rencontre. Tu vas y réfléchir. À l'animal, et tout ça. »

Mlle Collins s'écarta et passa un long moment à examiner un autre arbuste. Elle dit enfin : « Très bien, j'y réfléchirai.

– Tu vois comment ça s'est passé pour moi. Comme ç'a été difficile. Quelquefois, c'était si terrible que j'avais envie de mourir, pour que ça s'arrête, mais j'ai continué parce que cette fois-ci je voyais une issue. Chef d'orchestre, de nouveau. Tu allais revenir. Ce sera comme avant, peut-être même mieux. Quelquefois c'était terrible, les chenilles, je ne peux rien faire de plus pour apporter la preuve. Nous n'avons jamais eu d'enfant. Il nous faut un animal. »

Mlle Collins se remit à marcher, et cette fois-ci Brodsky resta à sa hauteur, contemplant gravement son visage. Mlle Collins semblait de nouveau sur le point de parler, mais, à cet instant précis, Parkhurst lança derrière moi :

« Je ne m'y associe jamais, tu sais. Je veux dire, quand ils commencent à déblatérer sur ton compte. Je ne ris pas, je ne souris même pas, je ne m'en mêle pas du tout. Tu crois peut-être que c'est un truc que je dis comme ça, mais c'est la vérité. Ils me dégoûtent, à faire ce numéro. Et leurs braiments ! Dès que je franchis le seuil, ils se remettent à braire ! Même pas une minute, ils ne me laissent même pas cette chance, pas soixante secondes pour leur montrer que j'ai changé. “ Parkers ! Parkers ! ” Oh ! Ils me dégoûtent...

– Écoute, répliquai-je, à bout de patience, s'ils t'exaspèrent à ce point, pourquoi ne leur dis-tu pas ce que tu as sur le cœur ? La prochaine fois, pourquoi ne pas les affronter ? Dis-leur d'arrêter leurs braiments. Et demande-leur pourquoi au juste ils me détestent à un tel point. Pourquoi mon succès les met dans une telle rage. Oui, pose-leur cette question ! En fait, pour obtenir un effet maximal, pourquoi n'interviendrais-tu pas précisément pendant que tu fais le clown ? Oui, au beau milieu d'une de tes anecdotes, pendant que tu fais tes grimaces et tes imitations d'accents. Pendant qu'ils rient tous et qu'ils te flanquent des bourrades, enchantés de voir que tu n'as pas du tout changé, là, en plein milieu. Demande-leur tout à coup : " Pourquoi ? Pourquoi est-ce que le succès de Ryder vous pose un tel problème ? " Voilà ce qu'il faut faire. Non seulement cela me rendrait service, mais cela montrerait du même coup à ces imbéciles, de la manière la plus élégante, qu'il y a en toi, qu'il y a toujours eu, derrière ta façade de bouffon, un être beaucoup plus profond. Quelqu'un qu'on ne saurait aisément manipuler, quelqu'un qui ne se prête pas aux compromis. Si j'ai un conseil à te donner, c'est celui-là.

– C'est bien gentil à toi ! hurla Parkhurst, furieux. C'est trop facile de me dire ça ! Tu n'as rien à perdre, ils te détestent, de toute façon ! Mais ce sont mes plus vieux amis. Quand je suis ici, entouré de tous ces Européens du continent, la plupart du temps, je me sens bien. Mais de temps à autre, il y a un incident, quelque chose de désagréable, et je me dis en moi-même : " Et alors ? Qu'est-ce que ça peut me faire ? Ce ne sont jamais que des étrangers. Dans mon pays, j'ai de bons amis. Je n'ai qu'à rentrer, ils seront tous là à m'attendre. " C'est trop facile de me donner des conseils aussi astucieux. En fait, tout bien réfléchi, j'ai sans doute tort de dire que cela t'est facile. Je ne vois pas pourquoi tu te montres aussi suffisant. Tu ne peux pas te permettre d'oublier tes vieux amis, pas plus que moi. Ils ont raison, tu sais, tout ce qu'ils disent n'est pas faux. Tu es totalement suffisant, et un beau jour tu en paieras le prix. Tout ça parce que tu es devenu célèbre ! Ils ont raison, tu sais. " Pourquoi ne pas les affronter ? " Quelle arrogance ! »

Parkhurst continua encore un moment dans le même esprit, mais je ne l'écoutais plus. Car sa réflexion sur ma « suffisance » avait mis mes pensées sur une tout autre trajectoire en me rappelant subitement que mes parents n'allaient pas tarder à arriver dans cette ville. Et là, dans le petit salon de Mlle Collins, je fus submergé par une panique glaciale, presque palpable, en me rendant compte que je n'avais pas du tout préparé le morceau que je devais interpréter devant eux ce soir. Cela faisait en fait plusieurs jours, peut-être même plusieurs semaines, que je n'avais pas touché un piano. Quelques heures à peine me séparaient de cette séance particulièrement importante, et je n'avais même pas pris de dispositions pour répéter. Plus je songeais à ma situation, plus elle me paraissait alarmante. Je compris que j'avais laissé le discours que je devais prononcer prendre le dessus dans mes préoccupations et que j'avais négligé, Dieu sait pourquoi, de façon inexplicable, la question plus fondamentale du morceau que j'allais interpréter. L'espace d'un instant, il me fut même impossible de me rappeler quel morceau j'avais décidé de jouer. Était-ce *Structures globales : option II*, de Yamanaka ? Ou bien *Amiante et Fibre*, de Mullery ? Ces deux œuvres, quand j'y réfléchissais, n'avaient laissé dans mon esprit qu'une trace fâcheusement embrumée. Elles contenaient toutes deux, pour autant qu'il m'en souvînt, des passages d'une complexité notoire, mais lorsque je tentai de me remémorer plus précisément ces passages, je m'aperçus que mes efforts étaient presque vains. Et, pendant ce temps, il se pouvait que mes parents fussent déjà arrivés dans cette ville. Je compris qu'il n'y avait pas une minute à perdre, qu'indépendamment de mes diverses obligations je devais impérativement m'arranger pour disposer de deux heures de tranquillité en tête à tête avec un bon piano.

Parkhurst continuait à discourir avec conviction.

« Écoute, je suis désolé, lançai-je en me dirigeant vers la porte. Il faut que je parte tout de suite. »

Parkhurst se dressa d'un bond et prit un ton suppliant.

« Je ne participe pas, tu sais. Non, non, je ne participe pas du tout. » Il me rejoignit, la main tendue comme pour m'agripper le bras. « Je ne souris même pas. C'est dégoûtant, leur façon de se déchaîner sur ton compte...

– Parfait, je t'en suis très reconnaissant, dis-je en m'écartant de lui. Mais il faut que je parte immédiatement. »

Une fois sorti de l'appartement de Mlle Collins, je me précipitai dans la rue, incapable désormais de penser à autre chose qu'à la nécessité de regagner l'hôtel et de m'installer devant le piano du salon. En fait, dans mon extrême préoccupation, non seulement je ne jetai pas un regard à la petite barrière en fer lorsque je passai devant, mais je ne vis Brodsky qui se trouvait devant moi sur le trottoir qu'au moment où je faillis entrer en collision avec lui. Brodsky s'inclina et me salua posément, ce qui me donna à penser qu'il m'observait depuis un moment.

« Monsieur Ryder. Nous nous rencontrons de nouveau.

– Ah, monsieur Brodsky, répondis-je sans ralentir mon allure. Je vous prie de m'excuser, mais je suis terriblement pressé. »

Brodsky se mit à marcher à mon pas, et pendant un moment nous avançâmes de conserve sans échanger une parole. L'idée me vint que cela avait quelque chose d'étrange, mais j'étais trop préoccupé pour chercher à faire la conversation.

Nous tournâmes le coin ensemble et prîmes le large boulevard. Là, le trottoir était plus encombré que jamais – les employés de bureau étaient sortis pour la pause du déjeuner –, et nous fûmes forcés de marcher plus lentement. Ce fut alors que Brodsky s'adressa à moi :

« Toutes ces fariboles l'autre soir. Une grande cérémonie. Une statue. Non, non, il n'en est pas question. Bruno détestait tous ces gens. Je vais l'enterrer tranquillement, moi tout seul, où est le problème ? J'ai trouvé un emplacement ce matin, un endroit discret où je pourrai l'enterrer, rien que moi, il n'aurait voulu personne d'autre, il les détestait tous. Monsieur Ryder, j'aurais voulu de la musique pour lui, de la belle musique. Un endroit bien tranquille, j'ai trouvé ça ce matin, je sais que Bruno aurait apprécié. C'est moi qui creuserai. Pas besoin d'une fosse bien profonde. Et puis je m'assoirai à côté de la tombe, je penserai à lui, à tout ce qu'on a fait ensemble, je dirai au revoir, voilà tout. J'aurais voulu de la musique pour le moment où je penserai à lui, de la belle musique. Est-ce que vous feriez ça pour moi, monsieur Ryder ? Est-ce que vous feriez ça pour Bruno et moi ? Un service, monsieur Ryder. Un service que je vous demande.

– Monsieur Brodsky, dis-je en pressant de nouveau le

pas, je ne comprends pas très bien ce que vous attendez de moi. Mais, je suis contraint de vous le dire, je ne suis pas en mesure d'accepter de nouvelles obligations.

– Monsieur Ryder...

– Monsieur Brodsky, ce qui est arrivé à votre chien m'afflige. Mais, à la vérité, j'ai été obligé de prêter attention à des sollicitations trop nombreuses, et voilà le résultat. Je suis trop débordé pour effectuer les tâches extrêmement importantes en raison desquelles je... » J'éprouvai tout à coup un vif mouvement d'impatience et m'immobilisai brusquement. « Franchement, monsieur Brodsky, lançai-je, criant presque, je dois vous prier, vous et tous les autres, de cesser de me demander des services. Il est temps que cela prenne fin ! Il est temps ! »

L'espace d'un instant, Brodsky me dévisagea d'un air légèrement déconcerté. Puis son regard changea de direction et il parut profondément accablé. Je regrettai immédiatement mon explosion, comprenant aussi qu'il n'était pas raisonnable de reprocher à Brodsky les nombreuses diversions auxquelles j'avais été exposé depuis mon arrivée dans la ville. Je soupirai et repris d'une voix plus conciliante :

« Écoutez, je vais vous faire une suggestion. Je suis en route vers l'hôtel, où je voudrais répéter. J'ai besoin d'au moins deux heures sans le moindre dérangement. Ensuite, selon la tournure que prendra la situation, il se peut que je sois en mesure de m'entretenir de nouveau avec vous de ce qui peut être fait pour votre chien. Je tiens à souligner que je ne peux rien promettre, mais...

– Ce n'était qu'un chien, dit subitement Brodsky. Mais je voudrais lui dire au revoir. J'aurais voulu de la belle musique.

– Très bien, monsieur Brodsky, mais maintenant, il faut que je me dépêche. Les heures me sont vraiment comptées. »

Je me remis en marche. Je m'étais attendu que Brodsky continue à faire route à mes côtés, mais il ne bougea pas. J'hésitai un instant, ne souhaitant pas le laisser ainsi sur le trottoir, mais je me souvins que, maintenant, je ne pouvais plus me permettre d'être détourné de mon dessein. Je me hâtai donc, dépassant les cafés italiens, et ne tournai pas la tête avant d'être arrivé au croisement, où j'attendis que le feu passe au rouge. Pendant un moment, ma vue fut gênée par la foule des piétons, mais je finis par distinguer la silhouette de Brodsky, à l'emplacement précis où je l'avais quitté, légèrement penché en avant pour mieux observer les véhicules qui venaient vers lui. L'idée me vint que l'endroit où je m'étais immobilisé un peu plus tôt était en fait un arrêt de tramway ; si Brodsky était resté là, c'était tout simplement qu'il attendait un tram. Mais le feu passa au rouge et, tandis que je traversais le boulevard, mes pensées s'attachèrent de nouveau à une question bien plus urgente, celle du morceau que je devais exécuter ce soir-là.

23

Lorsque j'entrai dans l'hôtel, j'eus l'impression que le hall était particulièrement animé, mais les dispositions à prendre pour pouvoir m'exercer me préoccupaient alors à tel point que je ne regardai même pas autour de moi. Peut-être même, en m'approchant du bureau pour m'adresser au réceptionniste, dépassai-je d'autres clients qui attendaient leur tour.

« Excusez-moi, mais y a-t-il actuellement quelqu'un au salon ?

– Au salon ? Oh, certainement, monsieur Ryder. Les clients s'y rendent volontiers après le déjeuner, je suppose donc que...

– Il faut que je voie M. Hoffman tout de suite. C'est une question de la plus extrême urgence.

– Mais oui, bien sûr, monsieur Ryder. »

Le réceptionniste décrocha un téléphone et échangea quelques mots. Puis, posant le combiné, il annonça : « M. Hoffman ne va pas tarder, monsieur Ryder.

– Très bien. Mais l'affaire est assez urgente. »

Tout en prononçant ces paroles, je sentis que quelqu'un me touchait l'épaule et me retournai : c'était Sophie.

« Tiens, bonjour, lui dis-je. Qu'est-ce que tu fais là ?

– J'essayais simplement de livrer un colis. Pour papa, tu sais. » Sophie eut un rire gêné. « Mais il est occupé, il est parti à la salle de concert.

– Ah oui, le pardessus ! » Je venais de remarquer le paquet qu'elle portait sur un bras.

« Le temps commence à fraîchir, alors je l'ai apporté, mais lui, il est à la salle de concert et il n'est pas encore revenu. Ça fait presque une demi-heure que nous attendons. S'il ne revient pas d'ici quelques minutes, nous allons devoir renoncer pour aujourd'hui. »

J'aperçus Boris, assis sur un canapé de l'autre côté du hall. Un groupe de touristes debout au milieu de la pièce me bouchait la vue, mais je parvins quand même à voir qu'il était plongé dans le vieux manuel de bricolage que j'avais acheté au cinéma. Sophie suivit mon regard et rit de nouveau.

« Il est vraiment passionné par ce livre, dit-elle. Après ton départ, hier soir, il ne s'en est pas détaché jusqu'au moment d'aller se coucher. Et puis ce matin, dès qu'il s'est levé... » Riant encore, elle tourna de nouveau les yeux vers lui. « C'était une idée formidable de lui acheter ça.

– Je suis ravi que ça lui plaise », répondis-je en me tournant vers le bureau. Je levai la main, m'apprêtant à demander au réceptionniste ce qu'il en était d'Hoffman, mais Sophie s'approcha de moi et me dit d'une voix différente :

« Est-ce que tu as l'intention de continuer longtemps ce jeu-là ? Ça le perturbe complètement, tu sais. »

Je lui jetai un regard perplexe, mais elle continuait à me dévisager d'un air sévère.

« Je sais que ta vie est difficile, en ce moment, poursuivit-elle. Et je me rends bien compte que je n'ai pas arrangé les choses. Mais le fait est qu'il est perturbé et inquiet. Est-ce que ça va durer encore longtemps ?

– Je ne comprends pas bien à quoi tu fais allusion.

– Écoute, je te l'ai dit, je sais que c'est aussi de ma faute. À quoi bon faire comme si de rien n'était ?

– Faire comme si de rien n'était ? C'est une idée de cette Kim, j'imagine ? De venir me jeter toutes ces accusations à la figure ?

– Effectivement, Kim dit toujours que je ferais mieux d'être beaucoup plus franche avec toi. Mais cette fois-ci, ça n'a rien à voir avec elle. Je soulève cette question parce que... parce que je ne supporte pas de voir Boris aussi inquiet. »

Un peu déconcerté, je me tournai de nouveau vers le réceptionniste. Mais, avant que je puisse attirer son attention, Sophie lança :

« Écoute, je ne te mets pas en accusation. Tu t'es montré très compréhensif de bout en bout. Je ne pourrais pas te demander d'être plus raisonnable. Tu ne m'as même pas crié dessus. Mais j'ai toujours su qu'il y aurait forcément de la colère, et c'est sous cette forme qu'elle s'exprime. »

J'éclatai de rire. « Je suppose que cette psychologie de supermarché te vient de tes conversations avec cette Kim, n'est-ce pas ?

– Je l'ai toujours su, continua Sophie sans tenir compte de ma remarque. Tu t'es montré très compréhensif de bout en bout, beaucoup plus qu'on ne pouvait s'y attendre; même Kim le reconnaît. Mais ça n'a jamais été réaliste. Nous ne pouvions pas continuer comme ça, comme si rien ne s'était passé. Tu es en colère. Qui pourrait te le reprocher ? J'ai toujours su qu'il fallait que ça ressorte d'une manière ou d'une autre. Mais je n'avais jamais pensé que ça prendrait cette forme. Pauvre Boris. Il ne comprend pas ce qu'il a fait de mal. »

Je tournai de nouveau le regard vers l'endroit où était assis Boris. Il semblait toujours complètement plongé dans son manuel.

« Écoute, lui dis-je, je ne sais toujours pas trop de quoi tu parles. Tu fais peut-être simplement allusion au fait que Boris et moi nous avons un peu modifié le type de rapports que nous entretenons. Mais il me semble que cela s'impose, étant donné les circonstances. Si je me suis montré un peu distant à son égard ces temps derniers, c'est simplement que je ne veux pas l'induire en erreur sur la nature véritable de notre vie commune, à l'heure actuelle. Nous devons tous être plus prudents. Après ce qui s'est passé, qui sait ce que l'avenir nous réserve à tous les trois ? Il faut que Boris apprenne à mieux tenir le coup, à être plus indépendant. Je suis certain qu'à sa manière il le comprend aussi bien que moi. »

Sophie détourna le regard et sembla réfléchir attentivement à quelque chose. J'étais sur le point d'attirer de nouveau l'attention du réceptionniste lorsqu'elle lança brusquement :

« S'il te plaît. Vas-y maintenant. Parle-lui.

– Y aller ? C'est-à-dire qu'il faut que je m'occupe d'un problème plutôt urgent, et dès qu'Hoffman se présentera...

– S'il te plaît, rien que quelques mots. Cela aurait une énorme importance pour lui. Je t'en prie. »

Elle me regardait fixement. Comme je haussais les épaules, elle se mit en route, me guidant vers l'autre extrémité du hall.

Boris leva les yeux brièvement à notre approche, puis s'intéressa de nouveau à son livre d'un air sérieux. Je croyais que Sophie allait dire quelque chose, mais elle me contraria en se contentant de m'adresser un regard éloquent avant d'aller plus loin, jusqu'à un présentoir à magazines disposé près des fenêtres. Je me retrouvai donc seul, debout devant Boris, pendant que le petit garçon poursuivait sa lecture. Je finis par attraper un fauteuil et par m'asseoir en face de lui.

Boris continua à lire sans faire mine d'avoir remarqué ma présence. Puis, les yeux toujours baissés, il marmonna, comme pour lui-même :

« Ce livre est génial. Ça explique tout. »

Je me demandais comment réagir, mais j'aperçus alors Sophie, nous tournant le dos, qui feignait d'examiner un magazine qu'elle venait de prendre sur le présentoir. Je sentis soudain une vague de colère monter en moi et regrettai amèrement d'avoir traversé le hall à sa suite. Elle était parvenue, compris-je, à manipuler la situation si bien que toute parole adressée par moi à Boris pourrait être considérée par elle comme un triomphe et une preuve de son bon droit. Je jetai un nouveau regard à son dos, légèrement voûté de manière à indiquer clairement qu'elle était passionnée par son magazine, et ma colère ne fit que s'aviver.

Boris tourna une page et poursuivit sa lecture. Au bout d'un moment, il marmonna de nouveau sans lever les yeux :

« Poser du carrelage dans la salle de bains. Je pourrai le faire facilement, maintenant. »

Un choix de quotidiens était posé à proximité, sur une table basse, et je ne voyais pas pourquoi je n'aurais pas lu, moi aussi. Je pris un journal que je déployai devant moi. Quelques instants s'écoulèrent en silence. Puis, tandis que je parcourais un article sur l'industrie automobile allemande, j'entendis Boris dire subitement :

« Pardon. »

Il avait lancé ce mot sur un ton quelque peu agressif, et je me demandai d'abord si Sophie était arrivée à lui donner un coup de coude ou à lui faire signe pendant que je lisais. Mais lorsque je glissai un regard vers Sophie, elle nous tournait toujours le dos et ne semblait pas du tout avoir bougé. Boris continua :

« Je demande pardon d'avoir été égoïste. Je ne le serai plus. Je ne parlerai plus jamais du Numéro Neuf. Je suis bien trop vieux pour ça maintenant. Ça sera facile avec ce livre. C'est génial. Bientôt, je saurai tout faire. Je vais refaire la salle de bains. Avant, je n'avais pas compris. Mais là, ça explique tout, ça explique comment on fait tout. Je ne parlerai plus jamais du Numéro Neuf. »

On avait l'impression qu'il prononçait des phrases qu'il avait mémorisées et répétées. Sa voix avait pourtant un accent d'émotion et j'éprouvai une grosse envie de lui ouvrir les bras et de le réconforter. Mais je vis alors les épaules de Sophie se soulever et s'abaisser, et je me rappelai à quel point elle m'avait contrarié. Je voyais bien, de surcroît, qu'à long terme aucun d'entre nous n'avait intérêt à ce que je laisse Sophie manœuvrer comme elle essayait de le faire maintenant.

Je repliai le journal et me levai, regardant derrière moi pour voir si Hoffman avait fait son apparition. Boris parla alors de nouveau, d'une voix où vibrait une panique évidente.

« Je promets. Je promets que j'apprendrai à tout faire. Ça sera facile maintenant. »

Sa voix tremblait un peu, mais, lorsque je le regardai, ses yeux étaient toujours fixés fermement sur sa page. Son visage m'apparut étrangement congestionné. Je perçus alors un mouvement de l'autre côté du hall et vis Hoffman qui me faisait signe, près du bureau de la réception.

« Il faut que j'y aille maintenant ! criai-je à Sophie. J'ai quelque chose de très important à faire. Je vous verrai tous les deux une autre fois. »

Boris tourna la page, mais ne leva pas les yeux.

« Très bientôt, dis-je à Sophie qui s'était retournée. Nous nous reparlerons très bientôt. Mais maintenant, il faut que je parte. » Hoffman avait gagné le centre du hall et m'attendait d'un air inquiet.

« Désolé de vous avoir fait attendre, monsieur Ryder. J'aurais dû me douter que vous vous présenteriez largement en avance pour une réunion comme celle-ci. J'arrive à l'instant de la salle de conférences et je vous assure, monsieur, que ces gens, ces femmes et ces hommes ordinaires, ils sont extrêmement reconnaissants, ils vous sont très reconnaissants d'avoir accepté de les rencontrer en personne. Ils sont touchés, monsieur Ryder, que vous perceviez la nécessité d'entendre de leur propre bouche le récit des épreuves qu'ils ont traversées. »

Je le dévisageai avec sévérité. « Monsieur Hoffman, il y a apparemment un malentendu. À l'heure qu'il est, j'exige deux heures pour répéter. Deux heures de tranquillité absolue. Je dois vous demander de libérer le salon aussi vite que possible.

– Ah oui, le salon. » Il eut un petit rire. « Je suis désolé, monsieur Ryder, je ne comprends pas bien. Comme vous le savez, le comité du Groupe de soutien mutuel des citoyens est en ce moment même réuni dans la salle de conférences...

– Monsieur Hoffman, vous ne semblez pas mesurer l'urgence de la situation. En raison d'un enchaînement d'événements imprévus, il y a maintenant plusieurs jours que je n'ai pas eu la possibilité de toucher un piano. Je suis forcé d'insister pour qu'on me laisse accéder à cet instrument aussi rapidement que possible.

– Ah oui, monsieur Ryder. Bien entendu, c'est tout à fait compréhensible. Je ferai tout ce que je pourrai pour vous rendre service. Mais en ce qui concerne le salon, ce ne serait pas du tout pratique au moment présent. Comprenez-vous, il est occupé par un grand nombre de clients...

– Vous ne semblez pas hésiter à libérer cette pièce lorsqu'il s'agit de M. Brodsky.

– Oui, oui, en effet. Écoutez, monsieur, si vous insistez pour disposer du piano du salon, de préférence à tous les autres pianos de l'hôtel, c'est avec plaisir que je ferai le nécessaire. Je m'y rendrai personnellement, tout de suite, et je prierai tous les clients de partir, même s'ils sont en train de prendre le café ou Dieu sait quoi. Oui, en dernier recours, je le ferai. Mais avant que je ne prenne des mesures aussi radicales, peut-être aurez-vous la bonté d'envisager d'autres possibilités. Voyez-vous, monsieur, le piano du salon est loin d'être le meilleur de l'hôtel. En fait, certaines des notes basses sont indéniablement douteuses.

– Monsieur Hoffman, si le salon ne convient pas, dites-moi donc, je vous en prie, ce que vous avez d'autre à me proposer. Je ne suis pas particulièrement attaché au salon en tant que tel. Tout ce qu'il me faut c'est un bon piano et un endroit tranquille.

– La salle d'étude. Cela conviendrait beaucoup mieux à vos besoins.

– Eh bien, c'est entendu. Va pour la salle d'étude.

– Parfait. »

Il me fit signe de le suivre. Puis, alors que nous n'avions fait que quelques pas, il s'arrêta et se pencha vers moi d'un air de confidence.

« Je suppose donc, monsieur Ryder, que vous aurez besoin de la salle d'étude dès que vous aurez quitté la réunion ?

– Monsieur Hoffman, je ne voudrais pas être forcé de souligner encore à votre intention le caractère urgent de la situation...

– Ah oui, oui, monsieur Ryder. Bien sûr, bien sûr. Je comprends parfaitement. Donc... vous souhaitez vous exercer avant la réunion. Oui, oui, je comprends parfaitement. Cela ne posera aucun problème, ces gens seront on ne peut plus satisfaits d'attendre un moment. Très bien, pas de problème, par ici, s'il vous plaît. »

Nous quittâmes le hall par une porte que je n'avais pas encore remarquée, située à gauche de l'ascenseur, et nous nous engageâmes bientôt dans un corridor visiblement destiné au service. Les murs ne comportaient aucun ornement et les tubes fluorescents au plafond répandaient une lumière dure et sinistre. Nous passâmes devant une série de larges portes coulissantes derrière lesquelles résonnaient différents bruits de cuisine. Une des portes était ouverte et j'aperçus une pièce violemment éclairée où des récipients métalliques étaient empilés sur un banc de bois.

« Nous sommes forcés de préparer ici même, à l'hôtel, une bonne partie du buffet prévu pour ce soir, expliqua Hoffman. Comme vous pouvez l'imaginer, la salle de concert n'est pas vraiment équipée pour qu'on y fasse la cuisine. »

Le corridor dessinait un angle ; nous dépassâmes des pièces qui me semblèrent destinées à la blanchisserie. À un moment, nous entendîmes, derrière un ensemble de portes, les voix de deux femmes qui se disputaient en poussant des hurlements venimeux, passablement inquiétants. Hoffman ne sembla rien remarquer et continua à marcher en silence. Puis je l'entendis murmurer :

« Non, non, ces simples citoyens. Quoi qu'il en soit, ils seront reconnaissants. Un moment d'attente, ça ne les gênera pas du tout. »

Il s'arrêta finalement devant une porte anonyme. Au lieu de me l'ouvrir, comme je m'y attendais, il en détourna les yeux et s'effaça de manière à s'en écarter.

« Par ici, monsieur Ryder, marmonna-t-il en faisant vivement un geste furtif par-dessus son épaule.

– Merci, monsieur Hoffman. » J'ouvris la porte.

Hoffman restait planté là, droit comme un I, le regard toujours détourné. « Je vous attendrai ici, bredouilla-t-il.

– Inutile, monsieur Hoffman. Je saurai bien retrouver mon chemin tout seul.

– Je serai ici, monsieur. Ne vous en faites pas. »

Ne souhaitant pas perdre mon temps en discussions, je franchis le seuil sans plus tarder.

C'était une pièce longue et étroite, dallée de pierre grise. Les murs étaient couverts de carreaux blancs jusqu'au plafond. J'eus l'impression qu'il y avait à ma gauche une rangée d'éviers, mais j'avais tellement hâte de trouver le piano que je ne fis guère attention à ces détails. Mon regard avait d'ailleurs été attiré immédiatement par les boxes en bois situés sur ma droite. Il y en avait trois côte à côte, peints d'un désagréable vert grenouille. Les portes des deux boxes latéraux étaient fermées, mais la porte de celui du milieu, qui semblait légèrement plus spacieux, était entrebâillée et j'apercevais à l'intérieur un piano dont le couvercle était ouvert. Sans tergiverser, je m'efforçai de pénétrer dans ce cagibi, tâche qui s'avéra pénible et difficile. La porte – qui ouvrait vers l'intérieur – était bloquée dans sa course par le piano lui-même ; pour parvenir à entrer et à refermer la porte, je fus forcé de me tasser dans un coin et d'agripper le battant que je fis passer lentement devant ma poitrine. Je réussis enfin à fermer et à verrouiller la porte, puis j'arrivai, non sans difficulté dans un espace aussi resserré, à extraire le tabouret qui était enfoncé sous le piano. Une fois assis, cependant, je me sentis à peu près à l'aise, et lorsque je fis courir mes doigts d'un bout à l'autre du clavier, je constatai que, malgré ses touches ternies et son vernis griffé, le piano jouissait d'une sonorité moelleuse et délicate, et qu'il était parfaitement accordé. De plus, l'acoustique du box semblait pâtir bien moins qu'on n'eût pu le craindre de son exiguïté.

Ces découvertes m'emplirent d'un immense soulagement et je mesurai tout à coup la tension que j'avais subie depuis une heure. Je respirai profondément, lentement, à plusieurs reprises, et entrepris de me préparer à cette séance de travail importante entre toutes. Ce fut alors que je me souvins que je n'avais pas encore résolu la question du morceau que j'allais jouer ce soir-là. Ma mère, je le savais, trouverait particulièrement émouvant le mouvement central de *Structures globales : option 11*, de Yamanaka. Par contre, mon père préférerait certainement *Amiante et Fibre*, de Mullery. En fait, il se pouvait même qu'il n'apprécie guère l'œuvre de Yamanaka. Je restai à contempler les touches pendant encore quelques instants avant de trancher définitivement en faveur de Mullery.

Cette décision améliora encore mon état d'esprit et je m'apprêtais à attaquer les accords explosifs sur lesquels s'ouvre ce morceau lorsque je sentis un objet dur heurter l'arrière de mon épaule. Je me tournai et m'aperçus, avec consternation, que la porte du cagibi s'était déverrouillée et battait librement.

Je me mis laborieusement debout et refermai la porte. Je m'aperçus alors que le loquet pendait à l'envers sur le chambranle. Après un examen plus attentif et au prix d'un peu d'ingéniosité, je parvins à assujettir la pièce branlante, mais, tandis que je verrouillais de nouveau la porte, je songeai que cette solution avait un caractère temporaire. Le loquet risquait de se détacher à n'importe quel moment. Je pouvais très bien être en plein milieu d'*Amiante et Fibre* – par exemple, un des passages particulièrement vibrants du troisième mouvement – et la porte allait s'ouvrir de nouveau, m'exposant aux regards de quiconque se promènerait dans les alentours de mon box. Et, de toute évidence, si un individu obtus, ne se rendant pas compte que j'étais à l'intérieur, essayait d'entrer, le verrou ne lui opposerait même pas une résistance symbolique.

Toutes ces pensées me traversèrent l'esprit tandis que je reprenais place sur mon tabouret. Mais, au bout d'un petit moment, j'en arrivai à la conclusion que, si je n'utilisais pas pleinement cette occasion de m'exercer, il se pouvait qu'aucune autre ne se présente ultérieurement. Certes, les conditions étaient loin d'être idéales, mais du moins le piano convenait-il parfaitement. En y mettant un peu de détermination, je me persuadai de ne plus m'inquiéter de la porte défectueuse et de me préparer à nouveau à jouer les premières mesures de l'œuvre de Mullery.

Alors, au moment précis où mes doigts s'abaissaient au-dessus des touches, j'entendis un bruit – un petit grincement qui aurait pu être produit par une chaussure ou par un autre vêtement – si près de moi que cela en était alarmant. Je fis pivoter mon tabouret. Je remarquai alors seulement que, si la porte était restée fermée, il lui manquait son panneau supérieur, ce qui lui donnait plus ou moins l'apparence d'une porte d'écurie. J'avais été si préoccupé par le loquet défectueux que ce fait aveuglant m'avait, je ne sais trop comment, complètement échappé. Je voyais maintenant que la porte se terminait par un bord mal raboté, à peine au-dessus de la ceinture. Le panneau avait-il été arraché dans un geste de vandalisme irraisonné ou dans le cadre de travaux de rénovation ? La réponse m'était inconnue. De toute façon, même assis sur mon tabouret, je pouvais voir distinctement le carrelage blanc et les éviers, en me tordant un peu le cou.

Je n'arrivais pas à comprendre comment Hoffman avait eu le toupet de me proposer des conditions de travail pareilles. Certes, personne n'était encore entré dans la pièce, mais il était parfaitement possible qu'un groupe de six ou sept employés de l'hôtel fasse irruption n'importe quand et que ces personnes se mettent à utiliser les éviers. La situation me paraissait intenable et j'étais sur le point de déserter rageusement le cagibi lorsque j'aperçus un chiffon accroché à un clou sur un des montants de la porte, à proximité du gond supérieur.

J'examinai cet objet pendant une seconde, après quoi je repérai un autre clou sur l'autre montant, exactement à la même hauteur. Devinant immédiatement la destination du chiffon et des clous, je me relevai pour les regarder de plus près. Le chiffon s'avéra être une vieille serviette-éponge. L'ayant dépliée et tendue entre les deux clous, je constatai que le rideau ainsi obtenu remplaçait de façon satisfaisante la partie manquante de la porte.

Je me rassis, tout à fait rassuré, et me préparai encore une fois à attaquer les premières mesures. Puis, au moment même où j'allais me mettre à jouer, je fus de nouveau interrompu par le grincement. Je l'entendis une fois, deux fois, et finis par comprendre qu'il provenait du box situé à ma gauche. Il m'apparut alors non seulement que quelqu'un s'était trouvé depuis le début dans le box attenant, mais encore que les cloisons n'apportaient pratiquement aucune isolation phonique ; si je n'avais pas soupçonné jusqu'alors la présence de cette personne, c'était simplement que, pour une raison quelconque, elle n'avait fait aucun bruit.

Furieux, je me levai de nouveau et tirai la porte vers moi ; aussitôt, le loquet se détacha une fois encore et la serviette tomba par terre. Comme je me faufilais hors du cagibi, l'homme d'à côté, ne voyant peut-être plus aucune raison de se contrôler, se racla la gorge bruyamment. Je sortis précipitamment de la pièce, totalement écœuré.

Je fus un peu surpris de trouver Hoffman qui m'attendait

dans le corridor, mais me souvins alors qu'il avait en effet promis de le faire. Il s'appuyait au mur, mais dès que je fis mon apparition il se redressa et se mit au garde-à-vous.

« Et maintenant, monsieur Ryder, dit-il en souriant, si vous voulez bien me suivre. Ces messieurs-dames sont très impatients de vous rencontrer. »

Je le regardai froidement. « Quels messieurs-dames, monsieur Hoffman ?

– Les membres du comité, voyons, monsieur Ryder. Du Groupe de soutien mutuel des citoyens...

« Écoutez, monsieur Hoffman... » J'étais très en colère, mais ce que j'avais à expliquer était si délicat que je dus marquer une pause. Hoffman, remarquant enfin que quelque chose n'allait pas, s'arrêta net au milieu du corridor et m'observa d'un air soucieux.

– Écoutez, monsieur Hoffman, je suis vraiment désolé, pour cette réunion. Mais il est impératif que je parvienne à m'exercer. Je ne peux rien faire d'autre tant que je n'aurai pas eu la possibilité de m'exercer. »

Hoffman parut sincèrement perplexe. « Excusez-moi, monsieur, dit-il en baissant discrètement la voix. Vous ne venez pas de vous exercer à l'instant ?

– Non, pas du tout. J'ai été... je n'ai pas pu le faire.

– Vous n'avez pas pu ? Monsieur Ryder, est-ce que tout va bien ? Je veux dire, vous ne vous sentez pas malade ?

– Je vais parfaitement bien. Écoutez (je poussai un soupir), si vous voulez savoir, je n'ai pas pu m'exercer dans ce local parce que... enfin, franchement, monsieur, les conditions ne permettent pas de jouir de la tranquillité nécessaire. Non, monsieur, laissez-moi parler. On ne jouit pas d'une tranquillité suffisante. Cela peut convenir à certaines personnes, mais moi... Je vais vous expliquer, monsieur Hoffman, je vais vous parler avec franchise. C'est pareil depuis mon enfance. Je n'ai jamais pu m'exercer si je ne bénéficie pas d'une tranquillité complète, absolue.

– C'est vrai, monsieur ? » Hoffman opinait gravement du bonnet. « Je vois, je vois.

– J'espère bien que vous voyez. Les conditions que l'on a ici (je secouai la tête), elles sont très loin d'être satisfaisantes. Or, le problème, c'est que je dois, je dois vraiment parvenir à m'exercer dans de bonnes conditions...

– Mais oui, mais oui, bien sûr. » Il acquiesça d'un air compatissant. « Je crois, monsieur, que je tiens la solution. Dans la salle d'étude de l'annexe, vous trouverez une tranquillité absolue. Le piano est excellent ; quant à la tranquillité, monsieur, je peux vous la garantir. C'est un endroit très, très tranquille.

– Parfait. Apparemment, voilà la solution. L'annexe, dites-vous ?

– Oui, monsieur. Je vous y conduirai dès que vous aurez terminé votre réunion avec le Groupe de soutien mutuel des...

– Écoutez, monsieur Hoffman ! hurlai-je soudain, résistant difficilement à l'envie de l'agripper par le revers de sa veste. Écoutez-moi ! Je m'en fiche, de ce groupe de citoyens ! Ça m'est égal qu'ils passent leur temps à m'attendre ! La situation est simple : si je n'ai pas la possibilité de m'exercer, je vais faire mes bagages et quitter cette ville immédiatement, dans l'heure qui suit ! Eh oui, monsieur Hoffman. Il n'y aura pas d'allocution, pas de musique, rien ! Vous me comprenez, monsieur Hoffman ? Vous me comprenez ? »

Hoffman me regarda, la couleur fuyant son visage. « Oui, oui, marmonna-t-il. Oui, bien sûr, monsieur Ryder.

– Aussi dois-je vous demander (je parvins à maîtriser un peu ma voix)... je vous en prie. Ayez la gentillesse de me conduire à cette annexe sans plus tarder.

– Très bien, monsieur Ryder. » Il eut un rire bizarre. « Je comprends parfaitement. Après tout, ce ne sont que des citoyens ordinaires. Pourquoi quelqu'un comme vous éprouverait-il le besoin... » Puis il se ressaisit et dit d'une voix ferme : « Par ici, monsieur Ryder. Si vous voulez bien me suivre. »

24

Nous avançâmes encore un peu dans le corridor, puis traversâmes une vaste buanderie où vrombissaient plusieurs machines. Hoffman me fit alors passer par une sortie étroite et je me trouvai face à la porte à deux battants du salon.

« Nous allons passer par là, nous irons plus vite », dit Hoffman.

Dès que nous fûmes entrés dans le salon, je compris mieux pourquoi il s'était montré réticent à libérer cette pièce pour moi. Elle était littéralement bondée, pleine de gens qui riaient et bavardaient, parfois vêtus avec une élégance voyante, et je crus d'abord que nous faisions irruption dans une réception privée. Mais tandis que nous nous frayions un chemin à travers la foule, je parvins à repérer plusieurs groupes bien différents. Des gens du pays, pleins d'exubérance, occupaient toute une partie de la pièce. Un autre groupe semblait composé de jeunes Américains fortunés, dont plusieurs chantaient en chœur je ne sais quel hymne estudiantin ; plus loin, des Japonais avaient rassemblé quelques tables et menaient eux aussi grand tapage. Bizarrement, alors que ces groupes étaient visiblement distincts, il y avait entre eux une communication manifeste. Tout autour de moi, les gens déambulaient de table en table, ils s'assénaient des bourrades, se photographiaient et faisaient circuler des assiettes de sandwichs. Un serveur en uniforme blanc, à la mine épuisée, passait parmi eux, un pot de café à chaque main. J'eus l'idée de chercher des yeux le piano, mais j'étais trop occupé à jouer des coudes dans mon effort pour me maintenir à la hauteur d'Hoffman. Je finis par atteindre l'autre extrémité du salon où il me tenait ouverte une nouvelle porte.

Je passai dans un couloir qui donnait sur l'extérieur. Un instant plus tard, j'étais dans un petit parking ensoleillé que je reconnus rapidement : c'était celui où Hoffman m'avait amené, le soir où nous étions allés en voiture au banquet de Brodsky. Le directeur me guida jusqu'à une grosse voiture noire, et quelques minutes après nous avancions lentement dans les encombrements de l'heure du déjeuner.

« La circulation, dans cette ville..., soupira Hoffman. Monsieur Ryder, voulez-vous que je mette la climatisation ? Vous êtes sûr ? Mon Dieu, regardez-moi cette circulation. Heureusement, nous n'aurons pas à supporter ça trop longtemps. Nous allons prendre la route du Sud. »

En effet, sitôt arrivé au carrefour suivant, Hoffman s'engagea sur une route où les véhicules progressaient de façon beaucoup plus fluide, et en un rien de temps nous roulions à bonne vitesse dans la campagne.

« Oui, c'est ce qui fait le charme de notre ville, souligna Hoffman. On n'a pas besoin de rouler longtemps avant de se retrouver dans un cadre agréable. Vous voyez, l'air est déjà meilleur. »

J'exprimai mon assentiment puis gardai le silence, ne souhaitant pas engager une conversation à ce moment. De fait, je commençais à remettre en cause ma décision antérieure de jouer *Amiante et Fibre*. Plus j'y pensais, plus il me revenait le vague souvenir d'une certaine réaction de ma mère, qui avait précisément exprimé son irritation devant ce morceau. Je songeai un instant à choisir une œuvre tout à fait différente, par exemple les *Tunnels éoliens* de Kazan, mais je me souvins alors qu'il fallait deux heures et quart pour exécuter cette composition. Pas de doute, *Amiante et Fibre*, pièce brève et intense, constituait le choix idéal. Aucun morceau de cette longueur ne donnait l'occasion de déployer une gamme d'émotions aussi vaste. Et si l'on s'en tenait aux apparences, on pouvait imaginer que ma mère l'apprécierait vivement. Il restait cependant un petit quelque chose – l'ombre d'un souvenir, sans plus – qui m'empêchait de me sentir parfaitement content de cette décision.

À part un camion à peine visible dans le lointain, nous semblions maintenant nous trouver seuls sur la route. Je regardais les champs qui défilaient de part et d'autre et m'efforçai de nouveau de remettre la main sur ce fragment de souvenir fugace.

« Nous n'en avons plus pour longtemps, monsieur Ryder, annonça Hoffman. Je suis sûr que la salle d'étude de l'annexe vous conviendra beaucoup mieux. C'est un endroit très isolé, l'idéal pour répéter pendant une heure ou deux. Dans très peu de temps, vous serez plongé dans votre musique. Comme je vous envie, monsieur ! Bientôt, vous flânerez parmi vos idées musicales. Comme si vous vous promeniez dans un musée magnifique où, miraculeusement, vous auriez été autorisé à prendre un panier et à emporter tout ce qui vous plairait. Excusez-moi (il eut un petit rire) mais j'ai toujours nourri ce rêve. Ma femme et moi, nous nous promenons ensemble dans un musée extraordinaire, plein d'objets splendides. À part nous, l'endroit est désert. Pas même un gardien. Et un panier est bel et bien passé à mon bras, on nous a dit que nous pouvions prendre ce que nous voulions. Il y aurait des règles, évidemment. Nous n'aurions pas le droit d'en prendre plus que ce que peut contenir notre panier. Et, bien sûr, nous n'aurions pas le droit, par la suite, de vendre quoi que ce soit – mais cela ne nous viendrait pas à l'idée d'abuser ainsi de cette occasion sublime. Nous serions donc là, ma femme et moi, à parcourir ce palais merveilleux. La galerie se trouverait dans une vaste demeure seigneuriale, à la campagne, dominant peut-être d'immenses étendues de terres. Du balcon, on jouirait d'une vue spectaculaire. De grandes statues de lions se dresseraient à chaque coin. Ma femme et moi nous serions là à contempler le paysage, tout en discutant des objets à emporter. Dans ce rêve, je ne sais pas pourquoi, un orage est toujours sur le point d'éclater. Le ciel est gris ardoise, et pourtant les ombres correspondent à ce qu'elles seraient si nous étions éclairés par le plus brillant des soleils d'été. Des plantes grimpantes, du lierre, partout sur la terrasse. Et ma femme et moi, tout seuls, avec notre panier de supermarché encore vide, à discuter de notre choix. » Il rit brusquement. « Pardonnez-moi, monsieur Ryder, je me laisse aller. Je me dis simplement que cela doit se passer comme ça pour quelqu'un comme vous, un génie de votre trempe, quand on vous laisse devant un piano pendant une heure ou deux dans un cadre tranquille. C'est comme ça que ça doit se passer quand on a l'inspiration. Vous allez vous promener au milieu de vos sublimes idées musicales. Vous en examinerez une, vous ferez non de la tête, vous la laisserez de côté. Aussi belle qu'elle soit, ce n'est pas tout à fait ce que vous cherchiez. Oh ! Comme tout doit être beau dans votre tête, monsieur Ryder ! Comme j'aimerais pouvoir vous accompagner au cours du voyage que vous allez entreprendre à l'instant où vos doigts vont se poser sur les touches ! Mais là où vous irez, je ne peux pas vous suivre. Comme je vous envie, monsieur ! »

Je marmonnai une réponse quelconque et nous roulâmes un moment en silence. Puis Hoffman reprit :

« Ma femme, au début, avant notre mariage. Je crois qu'elle imaginait notre vie commune comme ça. Quelque chose dans ce genre, monsieur Ryder. Nous allions pénétrer dans un musée splendide et désert, la main dans la main, un panier au bras. Oh, bien sûr, elle ne s'en serait pas fait une représentation aussi fantaisiste. Vous savez, ma femme est issue d'une longue lignée de gens talentueux. Sa mère était un excellent peintre. Son grand-père, un des plus grands poètes de langue flamande de sa génération. De façon inexplicable, il est resté méconnu, mais cela ne change rien. Et il y en a d'autres dans la famille, tous talentueux, tous autant qu'ils sont. En grandissant dans une famille pareille, elle a toujours trouvé naturel d'être entourée de beauté et de talent. Comment aurait-il pu en être autrement ? Je vous le dis, monsieur, cela a entraîné certains malentendus. En fait, cela a provoqué un malentendu très grave dès le début de notre relation. »

Il se tut de nouveau et contempla pendant un moment la route qui se déroulait devant nous.

« C'est la musique qui nous a réunis, dit-il enfin. Nous passions des heures dans les cafés de la Herrengasse à parler de musique. Plus exactement, je parlais, moi. Je devais parler sans arrêt. Je me rappelle, un jour, je m'étais promené au Volksgarten avec elle et j'avais exposé dans le plus menu détail, pendant une bonne heure, je pense, les sentiments que m'inspirait *Ventilations*, de Mullery. Bien sûr, nous étions jeunes, nous avions le temps de nous consacrer à ce genre d'occupation. Même à l'époque, elle ne parlait pas beaucoup, mais elle écoutait ce que j'avais à dire et je voyais bien que cela la touchait beaucoup. Oui, oui. En fait, monsieur Ryder, je vous ai dit que nous étions jeunes, mais, tout bien considéré, nous n'étions pas si jeunes que ça, ni l'un ni l'autre. Nous avions le genre d'âge où nous aurions pu avoir déjà quelques années de mariage derrière nous. Elle avait peut-être un certain sentiment d'urgence, qui sait ? En tout cas, nous avons parlé de nous marier ; moi, j'étais si amoureux d'elle, monsieur Ryder, j'ai tout de suite été très amoureux d'elle. Et elle était si belle en ce temps-là. Même maintenant, si vous la voyiez, vous sauriez comme elle devait être belle à l'époque. Mais d'une beauté assez spéciale. On voyait tout de suite qu'elle était très sensible aux belles choses. Je n'ai pas peur de l'avouer, j'étais très amoureux d'elle. Je ne peux pas vous dire l'effet que ça m'a fait quand elle a accepté de m'épouser. J'ai cru que ma vie ne serait plus que joie, une joie constante, sans écueils. Mais, quelques jours plus tard, quelques jours après avoir accepté de m'épouser, c'est alors qu'elle est venue me voir dans ma chambre pour la première fois. À l'époque, je travaillais à l'hôtel Burgenhof, et je louais une chambre à proximité, dans la Glockenstrasse, au bord du canal. Pas ce qui se fait de mieux, mais une chambre tout à fait correcte. Un des murs était garni de beaux rayonnages pour les livres, et il y avait un bureau en chêne devant la fenêtre. Et, comme je le disais, la chambre donnait sur le canal. C'était l'hiver, un superbe matin d'hiver ensoleillé, une belle lumière éclairait la chambre. Bien sûr, j'avais mis de l'ordre, tout était impeccable. Elle est entrée et elle a regardé partout, elle a balayé la pièce du regard. Puis elle a demandé calmement : “ Mais où donc composez-vous votre musique ? ” Je me rappelle cela parfaitement, cet instant précis, monsieur Ryder, je m'en souviens comme si j'y étais. Pour moi, c'est un moment décisif de ma vie. Je n'exagère pas, monsieur. Par bien des côtés, je le vois maintenant, ma vie actuelle a commencé à cet instant. Christine, debout près de la fenêtre, la lumière de janvier, sa main sur le bureau, le bout des doigts, comme pour garder l'équilibre. Elle était très belle. Et elle m'a posé cette question, vraiment étonnée. Voyez-vous, monsieur, elle était perplexe. “ Mais où donc composez-vous votre musique ? Il n'y a pas de piano. ” Je ne savais pas quoi dire. Un instant m'a suffi pour comprendre qu'il y avait un malentendu, un malentendu cruel, d'une ampleur catastrophique. Me reprocherez-vous, monsieur, d'avoir ressenti la tentation de me préserver moi-même ? Je n'aurais pas pu mentir de façon grossière. Non, même pour me préserver. Mais ce fut un instant très pénible. Quand j'y pense maintenant, un frisson me parcourt, oui, encore maintenant en vous le racontant. “ Mais où donc composez-vous votre musique ? – Non, il n'y a pas de piano, répondis-je gaiement. Il n'y a rien. Pas de papier à musique, rien du tout. J'ai décidé de ne plus rien composer pendant deux ans. " Voilà ce que je lui ai dit. J'ai été très rapide, je l'ai dit sans manifester le moindre signe de détresse ou d'hésitation. J'ai même donné la date à laquelle j'envisageais de me remettre à composer. Mais à cette période, non, je ne composais plus. Qu'est-ce que je pouvais dire, monsieur ? Croyez-vous que je pouvais regarder cette femme, cet être que j'aimais au-delà de toute expression, qui avait accepté quelques jours auparavant de m'épouser, croyez-vous que je pouvais m'incliner devant mon échec ? Lui dire : " Ma chère amie, tout ceci est un malentendu. Naturellement, je vous libère de toute obligation. Je vous en prie, séparons-nous sur l'heure... " Bien sûr que non, je ne le pouvais pas, monsieur. Vous pensez peut-être que j'ai été malhonnête. C'est un jugement trop dur. En tout état de cause, voyez-vous, à cette période de ma vie, ce que j'ai dit n'était pas à proprement parler un mensonge. J'avais réellement l'intention de me mettre un jour ou l'autre à jouer d'un instrument, et je voulais bel et bien tâter de la composition. Ce n'était pas un mensonge complet. J'ai été insincère, oui, je le reconnais. Mais que pouvais-je faire d'autre ? Je ne pouvais pas la laisser s'envoler. Je lui ai donc expliqué que j'avais pris la décision de cesser de composer pendant deux années entières. Pour m'éclaircir les idées et mieux maîtriser mes émotions, une histoire dans ce goût-là, je me rappelle en avoir parlé pendant un bon moment. Et elle, elle m'écoutait, buvant mes paroles, approuvant les âneries que je lui racontais en hochant la tête, sa belle et intelligente tête. Mais que pouvais-je faire, monsieur ? Et savez-vous, après ce matin-là, elle n'a plus jamais fait allusion à mon travail de composition, jamais, au long de toutes ces années. Au fait, monsieur Ryder, je vois que la question vous vient aux lèvres, je vais vous répondre tout de suite, je vous assure. Jamais, avant ce matin-là, jamais pendant tout le temps où nous nous étions fréquentés, au cours de nos promenades le long du canal, quand nous nous retrouvions pour prendre le café dans la Herrengasse, jamais, au grand jamais, je n'ai cherché intentionnellement à lui faire croire que je composais de la musique. Que j'étais en permanence amoureux de la musique, que mon esprit s'en nourrissait jour après jour, que j'en entendais dans mon cœur chaque matin en me réveillant, tout cela, oui, je le lui ai laissé entendre, et c'était vrai. Mais jamais je ne l'ai délibérément trompée, monsieur. Oh non, jamais. C'était simplement un terrible malentendu. Elle, étant donné ses origines familiales, fatalement, elle a supposé que... Qui sait, monsieur ? Mais jusqu'à ce matin-là, dans ma chambre, jamais je n'avais prononcé un mot qui puisse faire croire une chose pareille. Enfin, comme je le disais, monsieur Ryder, elle n'a plus jamais parlé de cette question, pas une seule fois. Nous nous sommes mariés comme prévu, nous avons acheté un petit appartement du côté de la place Friedrich, j'ai trouvé un bon poste aux Ambassadeurs. Nous avons commencé à vivre ensemble et, pendant quelque temps, nous avons été relativement heureux. Bien sûr, je ne pouvais pas oublier le... le malentendu. Mais ça ne me préoccupait pas trop, moins que vous ne pourriez le supposer. Voyez-vous, comme je l'ai dit, à l'époque, j'avais bien l'intention, le moment venu, quand l'occasion se présenterait, de me mettre à un instrument. Le violon, peut-être. Je formais des projets à l'époque, comme on le fait quand on est jeune, quand on ne se rend pas compte que le temps vous est compté, quand on ne se rend pas compte qu'on a une coquille autour de soi, une coquille si dure qu'on ne-peut-pas-en-sortir ! » D'un seul coup, il lâcha le volant et poussa l'air vers le haut avec ses deux mains, comme pour écarter le dôme invisible qui l'entourait. Ce geste recelait plus de lassitude que de colère, et l'instant d'après il laissa ses mains retomber sur le volant. Il poursuivit en soupirant : « Non, je ne savais rien de tout cela en ce temps-là. J'espérais encore qu'avec le temps je deviendrais le genre d'homme pour qui elle me prenait. En fait, monsieur, je croyais que j'allais justement devenir ce type de personne grâce à sa présence, grâce à son influence. Et pendant la première année de notre mariage, monsieur Ryder, comme je le disais, nous avons été relativement heureux. Nous avons acheté cet appartement, il était tout à fait satisfaisant. Certains jours, je croyais qu'elle avait compris la vérité sur notre malentendu et que ça ne lui faisait rien. Je ne sais pas trop, toutes sortes d'idées me venaient en tête, à cette époque. Et puis, avec le temps, naturellement, l'échéance que j'avais mentionnée, à la fin de la période de deux ans, la date où je devais me remettre à composer est venue et passée. Je l'ai observée attentivement, mais elle n'en a pas soufflé mot. Elle était réservée, c'est vrai, mais elle était toujours réservée. Elle n'a rien dit, elle n'a rien fait qui sorte de l'ordinaire. Mais je crois bien que c'est à peu près à cette période, à l'échéance des deux ans que la tension s'est installée dans nos vies. C'était une sorte de tension sous-jacente, qui semblait toujours présente ; si agréables que soient nos soirées, la tension était quand même là. J'organisais des dîners-surprises dans son restaurant favori. Je lui apportais des fleurs, les parfums qu'elle préférait. Oui, j'ai déployé tous mes efforts pour lui plaire. Mais la tension était toujours présente. Pendant une bonne partie du temps, je m'arrangeais pour ne pas la remarquer. Je me disais que c'était un effet de mon imagination. Je suppose que je ne souhaitais pas reconnaître que la tension était là, et qu'elle devenait de plus en plus forte. Je n'ai été certain qu'elle avait existé que le jour où elle a disparu. Car elle a disparu ; et ce jour-là, j'ai compris en quoi elle avait consisté. C'était un après-midi ; nous étions alors mariés depuis trois ans. Je suis rentré de mon travail, je lui avais apporté un petit cadeau, un livre de poèmes dont elle avait envie, je le savais. Elle ne l'avait pas dit explicitement, mais je l'avais deviné. Je suis entré dans l'appartement et je l'ai trouvée à la fenêtre, d'où elle observait la place. À cette heure-là, on voyait les gens rentrer chez eux après le travail. C'était un appartement bruyant, mais pas si mal que ça pour des gens relativement jeunes. Je lui ai tendu le volume. “ Un petit cadeau ”, lui ai-je dit. Elle a continué à regarder par la fenêtre. Elle était agenouillée sur le canapé, les bras appuyés sur le dossier de manière à pouvoir y reposer sa tête tout en regardant au-dehors. Elle a pris le livre d'un air très las et, sans dire un mot, elle a continué à observer la place. Je suis resté planté au milieu de la pièce à attendre qu'elle dise quelque chose, qu'elle réagisse à mon cadeau. Peut-être qu'elle n'allait pas bien. J'ai attendu, un peu inquiet. Enfin, elle s'est tournée et elle m'a regardé. Pas méchamment, non, pas du tout, mais le regard qu'elle m'a jeté avait quelque chose de particulier. C'était le regard d'une personne qui utiliserait ses yeux pour confirmer ce qu'elle n'a cessé de penser. Oui, voilà ce que c'était, et j'ai su qu'elle m'avait enfin percé à jour. Et c'est à ce moment-là que j'ai compris de quelle nature avait été cette tension. J'avais attendu tout ce temps-là, j'avais attendu ce moment. Et savez-vous, cela peut paraître étrange, mais j'ai éprouvé un énorme soulagement. Enfin, enfin, elle m'avait percé à jour. Quel soulagement ! Je me sentais vraiment libéré. J'ai même poussé un “ Ah ! ” satisfait, en souriant. Elle a dû trouver ça bizarre ; une minute plus tard, je me ressaisissais. Je me suis tout de suite rendu compte – en fait, ce sentiment de libération n'a été que trop bref –, je me suis tout de suite rendu compte des nouveaux dragons que j'allais devoir affronter et, dès l'instant suivant, la prudence a pris le dessus. J'ai compris que j'allais devoir travailler deux fois, trois fois plus dur si je voulais la garder. Mais, voyez-vous, je croyais encore à l'époque qu'à force de travail, même si elle *savait*, qu'en y travaillant assez dur j'arriverais à la conquérir. Quel imbécile j'étais ! Savez-vous que, pendant plusieurs années après ce fameux jour, j'ai continué à y croire, j'ai vraiment cru que j'y parviendrais ? Oh, j'ai fait extrêmement attention. J'ai déployé tous mes efforts pour lui plaire. Et je ne me suis jamais montré présomptueux. Je savais que ses goûts, ses préférences allaient nécessairement changer avec le temps et je guettais donc les moindres nuances, prêt à devancer d'éventuels changements. Oui, même si je suis mal placé pour le dire, monsieur Ryder, au long de ces quelques années j'ai joué mon rôle de mari de ma femme de façon remarquable. Si un compositeur qu'elle avait apprécié pendant des années tombait en défaveur auprès d'elle, je le devinais aussitôt, presque avant qu'elle n'ait elle-même pris conscience de ce changement. Lorsque ensuite il était fait mention de ce compositeur, je disais vivement, alors même qu'elle hésitait à formuler ses réticences, je disais donc : “ À vrai dire, il n'est plus ce qu'il a été. S'il te plaît, ne nous fatiguons pas à aller au concert ce soir. Tu vas t'ennuyer. " Et j'étais récompensé par le soulagement évident qui se peignait sur son visage. Oui, j'étais extrêmement prévenant, et comme je le disais, monsieur, j'y croyais. J'étais ma propre dupe, je l'aimais tant ! Je me persuadais que j'étais lentement en train de la conquérir. Pendant quelques années, j'ai vraiment été sûr de moi. Et puis tout a changé, tout a changé en l'espace d'une soirée. J'ai vu que la situation était insoluble, que tous mes grands efforts se réduisaient à néant. Il a suffi d'une soirée, monsieur. Nous avions été invités chez M. Fischer, il avait organisé une petite réception pour Jan Piotrowski, à la suite de son concert. Nous commencions juste à recevoir des invitations à ce genre de soirées, mon goût passionné pour les arts me valait peu à peu un certain respect dans cette ville. Enfin, quoi qu'il en soit, nous étions donc chez M. Fischer, dans son élégant salon. Ce n'était pas la foule, une quarantaine de personnes au plus, une soirée très informelle. Je ne sais pas si vous connaissez Piotrowski, monsieur. Nous avons découvert un homme charmant, qui avait l'art de mettre tout un chacun à l'aise. La conversation allait bon train, tout le monde était content. À un moment, je me suis approché du buffet ; j'étais en train de garnir mon assiette quand je me suis rendu compte que M. Piotrowski se trouvait juste à côté de moi. J'étais encore assez jeune en ce temps-là, je n'avais pas une grande expérience des célébrités, et j'avoue que je me suis senti un peu intimidé. Mais M. Piotrowski m'a souri aimablement, m'a demandé si la soirée était à mon goût ; bref, il a su me mettre rapidement à l'aise. Là-dessus, il me dit : " Je viens de bavarder avec votre charmante épouse. Elle me parlait de son grand amour pour Baudelaire. J'ai dû lui avouer que je ne connaissais pas à fond l'œuvre de Baudelaire. Elle m'a reproché à juste titre cette lacune déplorable. Elle m'a vraiment fait honte, vous savez. J'ai l'intention de remédier sans retard à cette situation. L'amour de votre femme pour ce poète est absolument contagieux ! " Moi, j'acquiesce et je réponds : " Oui, évidemment. Elle a toujours aimé Baudelaire. – Et avec quelle passion ! reprend Piotrowski. Elle m'a plongé dans la honte. " Et c'est tout ce qui s'est passé, toutes les paroles que nous avons échangées. Mais voyez-vous, monsieur Ryder, je vais vous expliquer ce que je veux dire. Je ne savais pas qu'elle aimait Baudelaire ! Je ne l'avais même jamais soupçonné ! Vous comprenez, maintenant. Elle ne m'avait jamais révélé cette passion ! Et quand Piotrowski m'en a parlé, tout d'un coup, tout s'est mis en place. J'ai vu clairement quelque chose que j'avais essayé de me taire à moi-même pendant toutes ces années. En fait, elle m'avait toujours caché certains aspects de son être. Elle les préservait, comme si tout contact avec ma grossière personne risquait de les détériorer. Comme je le disais, monsieur, je m'en étais peut-être toujours douté. Qu'il y avait tout un pan d'elle-même qu'elle préservait de moi. Qui pourrait le lui reprocher ? Une femme d'une grande sensibilité, élevée dans une famille comme la sienne. Elle n'avait pas hésité à en parler à Piotrowski, mais jamais, pendant toutes nos années de vie commune, elle n'avait fait la moindre allusion à son amour pour Baudelaire. Ensuite, pendant de longues minutes, j'ai déambulé au milieu de la fête, sachant à peine ce que je disais aux gens, échangeant de vagues civilités, en proie à un tumulte intérieur. Puis j'ai lancé un regard de l'autre côté de la pièce, une demi-heure avait dû s'écouler depuis mon entretien avec Piotrowski, j'ai regardé de l'autre côté et je l'ai vue, ma femme, qui riait aux éclats sur le canapé à côté de Piotrowski. Ce n'était pas qu'ils flirtaient, comprenez-moi bien. Non, non, ma femme a toujours respecté les convenances de la façon la plus tatillonne. Mais son rire exprimait un bien-être que je n'avais pas vu chez elle, je m'en rendis compte, depuis nos promenades au bord du canal, avant notre mariage. Avant qu'elle n'ait compris, donc. C'était un grand canapé, deux autres personnes y étaient assises, et il y avait aussi des gens qui s'étaient assis par terre pour être près de Piotrowski. Mais lui, il venait de parler à ma femme et elle riait joyeusement. Mais ce n'est pas seulement ce rire, monsieur Ryder, qui m'en a dit long. Pendant que je les observais, j'étais de l'autre côté de la pièce, pendant que je les observais, donc, il s'est passé quelque chose. Jusqu'à ce moment-là, Piotrowski avait été assis au bord du canapé, les mains jointes autour d'un genou, de cette façon ! Tout en riant et en faisant je ne sais quelle réflexion à ma femme, il s'est renversé en arrière, oui, comme s'il voulait simplement s'enfoncer dans le canapé. Et au moment où il amorçait ce mouvement, très rapidement, très adroitement, ma femme a pris un coussin qui était derrière elle et l'a mis en place pour Piotrowski, de sorte qu'au moment où sa tête a touché le dossier du canapé, le coussin était là. Ç'a été fait si prestement, presque sans y penser, un mouvement très gracieux, monsieur Ryder. Et quand j'ai vu ça, j'ai senti que mon cœur se brisait. C'était un mouvement tout plein de respect naturel, du désir de montrer sa sollicitude, de faire plaisir par un petit geste. Elle révélait ainsi tout un domaine intérieur qui me restait hermétiquement clos. Et j'ai compris à ce moment-là l'immensité de mes illusions. J'ai compris alors ce que je sais depuis, et dont je n'ai jamais douté. Je veux dire, monsieur, que j'ai compris qu'elle me quitterait. Tôt ou tard. Ce n'était qu'une question de temps. Depuis ce soir-là, je le sais. »

Il se tut et sembla de nouveau s'abîmer dans ses pensées. Des terres cultivées s'étendaient maintenant des deux côtés de la route et je voyais des tracteurs évoluer lentement au loin, dans les champs. Je pris la parole :

« Excusez-moi. Cette soirée importante dont vous parlez. Cela fait combien de temps ?

– Combien de temps ? » Hoffman semblait légèrement froissé par cette question. « Oh... Je crois que c'était, voyons, la fois où Piotrowski a donné un concert ici, il doit y avoir vingt-deux ans.

– Vingt-deux ans, répétai-je. Je crois comprendre que votre femme est restée avec vous depuis lors ? »

Hoffman se tourna vers moi, furieux. « Qu'est-ce que vous insinuez, monsieur ? Que je ne sais pas comment vont les choses dans mon propre foyer ? Que je ne comprends pas ma propre femme ? Je suis là à me confier à vous, à vous livrer mes pensées les plus intimes, et vous, vous venez me faire la leçon, comme si vous saviez bien mieux que moi...

– Je vous présente mes excuses, monsieur Hoffman, si j'ai eu l'air de me mêler de ce qui ne me regardait pas. Je voulais simplement souligner...

– Il n'y a rien à souligner, monsieur ! Vous ne connaissez rien de toute cette affaire ! La vérité, c'est que ma situation est désespérée et qu'il en est ainsi depuis assez longtemps. Je m'en suis rendu compte au cours de la soirée chez M. Fischer, c'était clair comme le jour, je l'ai vu aussi clairement que je vois cette route devant moi. Certes, l'événement n'a pas encore eu lieu, mais c'est uniquement parce que... uniquement parce que j'ai fait des efforts. Parfaitement, monsieur, des efforts inouïs ! Peut-être me trouvez-vous risible. Si je sais que c'est une cause perdue, pourquoi est-ce que je me torture ? Pourquoi est-ce que je m'accroche à elle ? Cela vous est facile de poser une question pareille. Mais je l'aime de tout mon cœur, monsieur, aujourd'hui plus que jamais. Pour moi, c'est impensable, je ne pourrais pas la regarder partir, plus rien n'aurait de sens. Certes, je sais que c'est inutile, que tôt ou tard elle me quittera pour un homme dans le genre de Piotrowski, pour quelqu'un comme ça, comme l'homme pour qui elle me prenait, avant de comprendre. Mais vous ne pouvez pas vous moquer d'un homme qui s'obstine. J'ai vraiment fait de mon mieux, monsieur, j'ai fait de mon mieux par les moyens qui étaient à la portée d'un homme comme moi. J'ai travaillé dur, j'ai organisé des événements, participé à des commissions, et, au fil des années, je suis arrivé à prendre une certaine importance dans les sphères musicales et artistiques de cette ville. Et puis, bien sûr, il restait toujours un espoir. Il y avait cet espoir-là, et c'est peut-être la raison pour laquelle je suis parvenu à la garder si longtemps. Désormais, cet espoir est révolu ; cela fait déjà quelques années qu'il est révolu, mais voyez-vous, pendant un certain temps, il y a eu cet unique espoir. Je veux bien entendu parler de notre fils Stephan. S'il avait été différent, si seulement il avait bénéficié de quelques-uns des dons qui ont été prodigués si abondamment dans la famille de sa mère ! Pendant quelques années, nous avons espéré, l'un et l'autre. Chacun de son côté, nous avons observé Stephan en nourrissant notre espérance. Nous lui avons fait prendre des leçons de piano, nous avons veillé sur lui avec soin, nous avons espéré contre tout espoir. Nous avons cherché de toutes nos forces à percevoir une étincelle qui n'était jamais là, oui, nous avons tendu l'oreille, pour des raisons qui nous étaient propres à chacun, nous avions un tel désir d'entendre enfin quelque chose, mais il n'y avait jamais rien...

– Excusez-moi, monsieur Hoffman. C'est ce que vous dites de Stephan, mais moi, je vous assure que...

– Pendant des années, je me suis fait des illusions ! Je me disais : ma foi, son éclosion sera peut-être tardive. Il y a quand même quelque chose, un petit germe. Je me suis raconté des histoires, et ma femme aussi, je crois. Nous avons attendu, attendu, jusqu'à ces dernières années, où tout faux-semblant est devenu dérisoire. Stephan a maintenant vingt-trois ans. Je ne peux plus me raconter qu'il va s'épanouir subitement, demain ou dans deux jours. Il faut que je regarde les choses en face. Il tient de moi. Et maintenant, je sais qu'elle s'en rend compte aussi. Bien entendu, c'est sa mère, elle aime Stephan tendrement. Mais, loin d'être l'instrument de mon salut, il est devenu tout le contraire. Chaque fois qu'elle le regarde, elle voit l'énorme erreur qu'elle a commise en m'épousant...

– Monsieur Hoffman, sincèrement, j'ai eu le plaisir d'écouter Stephan jouer, et il faut que je vous dise...

– C'est une incarnation, monsieur Ryder ! Une incarnation de l'erreur monumentale qui a gâché sa vie. Si vous aviez pu rencontrer sa famille ! Quand elle était jeune, elle devait se faire des idées. Elle devait être sûre qu'un jour elle aurait des enfants pleins de beauté et de talent. Sensibles à la beauté, comme elle. Et puis elle a fait cette erreur ! Bien sûr, elle est mère, et elle aime Stephan profondément. Mais elle ne l'en regarde pas moins, elle ne peut éviter de voir en lui son erreur. Il me ressemble tellement, monsieur. Je ne peux plus le nier. Pas maintenant qu'il est pratiquement adulte...

– Monsieur Hoffman, Stephan est un jeune homme extrêmement doué...

– Vous n'êtes pas forcé de me dire ce genre de choses, monsieur ! Je vous en prie, ne rabaissez pas la relation franche et intime que j'ai souhaité entretenir avec vous en tenant des propos d'une courtoisie aussi galvaudée ! Je ne suis pas un imbécile, je vois bien ce qu'il en est de Stephan.

Pendant un certain temps, il est vrai qu'il a été mon unique espoir, mais depuis lors, depuis que j'ai vu que ça ne servait à rien, et, pour être honnête, je pense que j'ai dû m'en rendre compte il y a au moins six ou sept ans, j'ai essayé – qui pourrait me le reprocher ? –, j'ai essayé de m'accrocher à elle jour après jour, sans voir plus loin que la journée présente. Je lui ai dit : écoute, attends au moins jusqu'à cet événement que je vais organiser. Attends au moins jusqu'à ce que ça soit terminé, tu me verras peut-être d'un autre œil à ce moment-là. Et une fois que l'événement est passé, je lui dis immédiatement : non, attends, il y a autre chose, un autre projet splendide, j'y travaille. S'il te plaît, attends jusque-là. Voilà comment je m'y suis pris, monsieur. Depuis six ou sept ans. Ce soir, je le sais, c'est ma dernière chance. J'ai tout misé là-dessus. Quand je lui en ai parlé l'année dernière, quand je l'ai mise au courant de mes idées pour cette soirée, quand je lui ai brossé un tableau détaillé de mon projet, la disposition des tables, le programme, et j'avais même prévu – vous me pardonnerez – que vous accepteriez l'invitation, vous ou quelqu'un d'une envergure presque comparable, et que vous constitueriez le clou de la soirée, oui, quand je lui ai tout expliqué pour la première fois, quand je lui ai annoncé que grâce à moi, ce médiocre auquel elle est enchaînée depuis si longtemps, M. Brodsky allait conquérir les cœurs et la confiance des citoyens de cette ville et que, sur la crête de cette lame de fond, le cours des choses serait changé – hé hé ! –, je vous garantis, monsieur, elle m'a regardé avec l'air de dire : " C'est reparti pour un tour. " Mais j'ai vu une petite lueur dans ses yeux. Un petit éclair qui disait : " Cette fois-ci, tu vas peut-être arriver à réussir ton coup. Quelle aventure ! " Une lueur, voilà tout, mais ce sont ces lueurs qui m'ont fait vivre pendant tout ce temps, monsieur. Ah, nous y voilà, monsieur Ryder. »

Nous nous étions garés sur le bas-côté, à la lisière d'un pré d'herbe haute.

« Monsieur Ryder, reprit Hoffman. Pour tout vous dire, j'ai pris un peu de retard sur mon programme. Je me demande si je pourrais avoir l'impolitesse de vous demander de vous rendre tout seul à l'annexe. »

En suivant son regard, je vis que le pré montait en pente raide, à flanc de coteau ; au sommet était perchée une petite cabane en bois. Hoffman farfouilla dans la boîte à gants et en sortit une clé.

« Vous trouverez un cadenas sur la porte de la cabane. Le cadre n'est pas luxueux, mais en tout cas vous serez tranquille, comme vous le désiriez. Et le piano est un excellent exemple du genre de pianos droits que Bechstein produisait dans les années vingt. »

Je tournai de nouveau les yeux vers le sommet de la colline et demandai : « Cette cabane, tout en haut ?

– Je reviendrai vous chercher d'ici deux heures, monsieur Ryder. À moins que vous ne souhaitiez disposer d'une voiture plus tôt ?

– Dans deux heures, c'est parfait.

– Très bien, monsieur ; j'espère que ce lieu vous donnera satisfaction. » Hoffman agita la main vers la cabane comme s'il me montrait poliment le chemin, mais il y avait une trace d'impatience dans son geste. Je le remerciai et sortis de la voiture.

25

Je poussai le battant d'une barrière et suivis un raidillon qui menait à la petite cabane en bois. Au départ, le pré était étonnamment boueux, mais à mesure que je montais le terrain devint plus ferme. À mi-chemin, je regardai par-dessus mon épaule et vis les longs méandres de la route qui se déroulaient à travers champs et le toit d'une voiture, peut-être bien celle d'Hoffman, qui s'en allait dans le lointain.

J'étais un peu essoufflé lorsque j'atteignis la cabane et défis le cadenas rouillé qui fermait la porte. De l'extérieur, la bicoque avait tout de l'abri de jardin, mais je fus quand même surpris de m'apercevoir que l'intérieur n'était ni peint ni tapissé. Les murs comme le sol étaient en planches rugueuses, dont certaines étaient gauchies. Je voyais des insectes trottiner le long des fentes, entre les planches disjointes, tandis qu'au-dessus de moi les débris de vieilles toiles d'araignées pendaient aux poutres. Un piano droit d'apparence quelque peu crasseuse occupait presque toute la place disponible, et lorsque je tirai à moi le tabouret et m'installai, je constatai que mon dos touchait presque la paroi.

Cette même paroi comportait la seule fenêtre de la cabane ; en pivotant sur mon tabouret et en tendant le cou, je pouvais voir le pré qui descendait en pente raide jusqu'à la route. Le plancher ne semblait pas être tout à fait de niveau, et quand je me fus remis face au piano j'eus la sensation troublante que j'allais dévaler la colline à reculons. Mais lorsque j'eus ouvert le piano et joué quelques phrases, je m'aperçus qu'il avait une belle sonorité ; les graves, en particulier, étaient d'une chaleur séduisante. Le jeu n'était pas trop léger et l'instrument avait été très correctement accordé. L'idée me vint que le bois brut qui m'entourait avait peut-être été choisi délibérément pour obtenir le niveau optimal d'absorption et de réflexion. À part un grincement presque imperceptible quand j'appuyais sur la pédale forte, les conditions qui m'étaient offertes ne laissaient pas grand-chose à désirer.

Après un bref moment de concentration, j'attaquai le vertigineux début d'*Amiante et Fibre*. Puis, comme le premier mouvement s'apaisait aux abords du passage le plus réfléchi, je me sentis de plus en plus détendu, si bien que je me surpris à jouer presque tout le premier mouvement les yeux fermés.

En commençant le deuxième mouvement, je rouvris les yeux et m'aperçus que le soleil de l'après-midi, entrant à flots par la fenêtre située derrière moi, projetait sur le clavier mon ombre bien découpée. Même les exigences du deuxième mouvement n'ébranlèrent en rien mon calme. En fait, je me rendis compte que je maîtrisais absolument toutes les dimensions de l'œuvre. Je me rappelais comme je m'étais laissé envahir par l'inquiétude tout au long de la journée et il me semblait que j'avais eu une réaction stupide. De plus, maintenant que j'étais plongé dans cette composition, je ne pouvais imaginer que ma mère n'en soit pas émue. La réalité était toute simple : je n'avais aucune raison d'éprouver autre chose que la plus grande assurance relativement au concert de ce soir.

Ce fut en pénétrant dans la mélancolie sublime du troisième mouvement que je discernai un bruit à l'arrière-plan. Je crus tout d'abord que ce bruit était en rapport avec la pédale douce, puis qu'il provenait du sol. Faible, rythmé, il ne cessait que pour reprendre ; pendant un moment, j'essayai de ne pas y prêter attention. Mais il revenait sans relâche, et, enfin, pendant les pianissimos dans le milieu du mouvement, je compris que dehors, non loin de là, quelqu'un creusait.

Ayant découvert que le bruit n'avait rien à voir avec moi, je pus le négliger d'autant plus facilement et je continuai le troisième mouvement, enchanté de l'aisance avec laquelle les nœuds emmêlés des émotions montaient languissamment à la surface avant de se défaire. Je fermai de nouveau les yeux, et ne tardai pas à me figurer le visage de mes parents, assis côte à côte, écoutant avec une expression recueillie et solennelle. Bizarrement, je ne les voyais pas installés dans une salle de concert – ce qui allait être le cas plus tard dans la soirée – mais dans la salle de séjour d'une voisine du Worcestershire nommée Mme Clarkson, une veuve avec laquelle ma mère avait été amie pendant quelque temps. C'était peut-être l'herbe haute autour de la cabane qui m'avait rappelé Mme Clarkson. Sa maison, comme la nôtre, se trouvait au milieu d'un petit pré et forcément, étant toute seule, elle ne parvenait pas à limiter le moins du monde la croissance de l'herbe. Par contre, l'intérieur de la maison était impeccablement tenu. Il y avait un piano dans un coin de la salle de séjour, mais, pour autant qu'il m'en souvienne, je ne l'avais jamais vu ouvert. Peut-être était-il désaccordé ou cassé. Il me revenait pourtant un souvenir bien précis : j'étais assis en silence dans cette pièce, une tasse de thé posée sur un genou, et j'écoutais mes parents qui parlaient de musique avec Mme Clarkson. Mon père venait peut-être de lui demander si elle jouait parfois du piano, car la musique n'était pas un sujet de conversation si fréquent chez Mme Clarkson. En tout cas, sans réelle raison logique, tandis que j'exécutais le troisième mouvement d'*Amiante et Fibre* dans la cabane en bois, je m'offris le plaisir de faire semblant d'être revenu dans la petite maison de Mme Clarkson, en présence de mon hôtesse, de ma mère et de mon père, qui m'écoutaient d'un air grave jouer du piano dans un coin de la salle de séjour, tandis que le rideau en dentelle, agité par la brise d'été, menaçait de frôler mon visage.

Alors que j'abordais les dernières phases du troisième mouvement, je pris de nouveau conscience de ce bruit qui évoquait des coups de bêche. Je ne savais trop s'il avait cessé pendant un moment puis recommencé, ou s'il s'était poursuivi sans interruption, mais quoi qu'il en fût il semblait maintenant beaucoup plus audible. Une idée me traversa subitement l'esprit : l'auteur de ce bruit n'était autre que Brodsky qui creusait la tombe de son chien. De fait, il me revenait qu'il avait annoncé plus d'une fois, ce matin, son intention d'enterrer l'animal dans la journée, et j'avais même un vague souvenir d'avoir conclu avec lui un accord aux termes duquel je jouerais du piano pendant qu'il célébrerait la cérémonie funèbre.

Je commençais à me représenter ce qui avait dû se passer avant mon arrivée à la cabane. Brodsky m'avait certainement précédé et était allé m'attendre un peu au-delà du sommet de la colline, à deux pas de la cabane, en un lieu planté d'arbres où le sol présentait une légère déclivité. Il était resté là tranquillement, ayant posé sa bêche contre un tronc d'arbre et, tout près de là, par terre, presque entièrement caché par l'herbe environnante, le corps de son chien enroulé dans un drap. Comme il me l'avait dit ce matin, il avait prévu une cérémonie très simple, qui n'aurait pour tout ornement que mon accompagnement musical, et, de façon fort compréhensible, il n'avait pas souhaité commencer les opérations avant mon arrivée. Il avait donc attendu un certain temps, une heure, peut-être, contemplant le ciel et la vue qui s'offrait du haut de la colline.

Au début, naturellement, Brodsky avait dû retourner dans sa tête des souvenirs de son défunt compagnon. Mais à mesure que les minutes s'écoulaient sans que je fisse mon apparition, il s'était mis à penser à Mlle Collins et à leur prochain rendez-vous au cimetière. Avant longtemps, Brodsky se remémora un certain matin de printemps, bien des années auparavant, où il avait porté deux fauteuils en osier dans le pré, derrière chez eux. Cela faisait à peine quinze jours qu'ils étaient arrivés dans la ville et, malgré leurs maigres moyens financiers, Mlle Collins avait entrepris avec une énergie considérable de meubler leur nouvelle maison. En cette matinée printanière, elle avait exprimé le désir, lorsqu'elle était venue prendre le petit déjeuner, de se délasser un moment dehors, en profitant du soleil et du grand air.

En repensant à ce matin-là, il s'aperçut qu'il revoyait avec netteté l'herbe jaunie, humide, et le soleil déjà haut tandis qu'il disposait les fauteuils côte à côte. Elle était arrivée quelques minutes après et ils avaient passé un moment ensemble, en échangeant de temps à autre quelques phrases tranquilles. L'espace d'un instant, ce matin-là, ils avaient pu, pour la première fois depuis des mois, sentir que l'avenir leur réservait peut-être encore quelque chose. Brodsky avait d'ailleurs été sur le point de formuler cette impression à haute voix ; mais, se rappelant que cela reviendrait à évoquer le sujet délicat de ses récents échecs, il avait changé d'avis.

C'était alors qu'elle avait fait sa déclaration à propos de la cuisine. Puisqu'il ne se décidait pas à retirer les plaques d'Isorel, ainsi qu'il s'y était engagé plusieurs jours auparavant, elle se trouvait malheureusement dans l'incapacité de réaliser ses propres projets dans cette pièce. Il avait gardé le silence pendant un moment, puis avait répondu très calmement qu'une quantité de tâches l'attendaient dans l'atelier. Comme ils ne pouvaient passer ne serait-ce que quelques minutes ensemble sans que l'ambiance devienne déplaisante, il valait mieux qu'il s'y mette. Il s'était donc levé et il avait traversé la maison pour gagner le petit atelier, dans la cour de devant. Ni l'un ni l'autre n'avait élevé la voix et toute cette altercation n'avait duré que quelques secondes. Il n'y avait pas attaché une grande importance sur le moment, et s'était rapidement concentré sur ses travaux de menuiserie. À deux ou trois reprises, au cours de la matinée, il avait levé les yeux et l'avait vue par la fenêtre poussiéreuse de l'atelier, déambulant sans but à travers la cour. Il avait continué à travailler, s'attendant vaguement à la voir s'encadrer dans la porte, mais à chaque fois elle était rentrée dans la maison. Il était venu prendre le déjeuner – assez tard, il devait le reconnaître – mais elle avait déjà terminé son repas et s'était éclipsée à l'étage. Il avait attendu un moment puis, regagnant son atelier, avait continué à y travailler pendant tout l'après-midi. À la longue, il avait fini par voir la nuit tomber et les lumières s'allumer dans la maison. Peu avant minuit, il était enfin rentré.

Tout le rez-de-chaussée était plongé dans l'obscurité. Dans la salle de séjour, il s'était assis sur une chaise en bois et, tout en contemplant le clair de lune qui tombait sur leur mobilier vétuste, il avait réfléchi à l'étrange déroulement de cette journée. Il n'arrivait pas à se rappeler s'il leur était déjà arrivé de passer une journée entière de cette façon. Décidé à conclure sur une note plus agréable, il s'était levé et avait gravi l'escalier.

En atteignant le palier, il avait vu que la lumière était encore allumée dans leur chambre. Dans le couloir, le plancher avait craqué fortement sous ses pas, annonçant son arrivée aussi clairement que s'il l'avait hélée. Devant leur porte, il avait marqué une pause ; regardant le filet de lumière à la limite du plancher, il avait essayé de rassembler ses esprits. Puis, au moment où il tendait la main vers la poignée, de l'autre côté de la porte avait résonné une toux. Ce n'était qu'une petite toux, très probablement involontaire, et pourtant ce bruit lui avait fait interrompre son geste, puis retirer lentement sa main. Il y avait là quelque chose qui lui rappelait un aspect de la personnalité de sa femme qu'il avait réussi, ces temps derniers, à exclure de ses pensées ; une caractéristique qu'à une époque plus heureuse il avait beaucoup admirée, mais qu'il s'était efforcé de ne plus percevoir – il s'en rendit compte subitement – avec une application croissante, depuis la débâcle qui les avait récemment contraints à prendre la fuite. D'une certaine manière, cette toux recelait tout son perfectionnisme, l'élévation de son esprit, tout ce qui en elle se demanderait toujours si elle employait son énergie de la façon la plus utile possible. Tout à coup, il avait éprouvé à son égard une énorme irritation, à cause de la toux, à cause de la façon dont la journée s'était passée ; il avait fait volte-face et s'était éloigné, sans se soucier des craquements du plancher. Puis, de retour dans l'obscurité pommelée de la salle de séjour, il s'était allongé sur le vieux canapé, couvert d'un pardessus, et s'était endormi.

Le matin, il s'était réveillé tôt et avait préparé le petit déjeuner pour eux deux. Elle était descendue à son heure accoutumée et ils s'étaient salués sans acrimonie. Il avait commencé à exprimer ses regrets de ce qui s'était passé, mais elle l'avait coupé en lui disant qu'ils s'étaient montrés tous les deux extraordinairement puérils. Ils avaient alors continué leur repas, visiblement soulagés l'un et l'autre de ce que la querelle était maintenant terminée. Et pourtant, pendant tout le reste de la journée, pendant plusieurs jours encore, une froideur avait persisté dans leur vie. Et au long des mois ultérieurs, quand les périodes où le silence régnait entre eux se firent plus durables et plus fréquentes et qu'il prit le temps de réfléchir à leur origine, il lui arriva souvent de revenir à cette journée de printemps, à la matinée qui avait commencé pour eux de façon si prometteuse, assis côte à côte sur l'herbe humide.

C'était alors qu'il était perdu dans ces souvenirs que j'étais enfin arrivé à la cabane et m'étais mis à jouer. Pendant les premières mesures, Brodsky avait continué à regarder dans le vide. Puis, en poussant un soupir, il s'était forcé à revenir à la tâche présente et avait pris sa bêche. Il avait tâté le sol avec le bord de son outil mais n'était pas allé plus loin, estimant sans doute que le climat musical ne correspondait pas encore à ses souhaits. Il avait fallu que j'aborde les lenteurs mélancoliques du troisième mouvement pour que Brodsky commence à creuser. La terre était meuble et ne lui avait pas donné trop de mal. Il avait alors traîné le corps du chien dans l'herbe haute et jusque dans la fosse sans faire d'histoires, n'éprouvant même pas la tentation d'écarter le drap pour lui lancer un dernier regard. En fait, il avait commencé à jeter des pelletées de terre sur le corps quand quelque chose, peut-être la tristesse de la musique qui flottait dans l'air jusqu'à lui, l'avait enfin incité à s'arrêter. Alors, se redressant, il s'était accordé quelques instants paisibles pour contempler la tombe à demi comblée. Ce n'était que vers la fin du troisième mouvement que Brodsky avait repris son outil et s'était remis à bêcher.

En terminant le troisième mouvement, j'entendis Brodsky qui peinait encore sur sa tâche et décidai de laisser tomber le finale – il ne convenait vraiment pas à la circonstance – et de recommencer tout simplement ce même mouvement. C'était, me sembla-t-il, le moins que je pouvais faire pour Brodsky après lui avoir imposé une telle attente. Le bruit continua encore un moment, puis cessa alors qu'il me restait presque la moitié du mouvement à jouer. Cela conviendrait sans doute à Brodsky, pensai-je, en lui accordant encore quelques instants à passer au pied de la tombe en compagnie de ses souvenirs ; je m'aperçus que je mettais davantage l'accent sur les nuances élégiaques que je ne l'avais fait auparavant.

Lorsque je fus arrivé de nouveau à la fin du morceau, je restai assis tranquillement au piano pendant plusieurs minutes avant de me lever pour dégourdir mes membres dans cet espace exigu. Le soleil de l'après-midi remplissait maintenant la cabane, et j'entendais des grillons dans l'herbe, tout près de moi. Au bout d'un moment, je songeai qu'il me fallait sortir pour aller dire au moins quelques mots à Brodsky.

Lorsque j'ouvris la porte et que je regardai au-dehors, je fus surpris de voir que le soleil était descendu très bas au-dessus de la route, au pied de la colline. Quelques pas dans l'herbe me ramenèrent au chemin et je gravis les quelques mètres qui me séparaient du sommet. Je pus alors voir que, de l'autre côté, le sol descendait en pente plus douce jusqu'à une agréable vallée. Brodsky était debout un peu plus loin en contrebas, à côté de la tombe, sous un bouquet d'arbres clairsemés.

Il ne se retourna pas lorsque je m'approchai de lui, mais dit doucement, sans quitter la tombe des yeux : « Monsieur Ryder, je vous remercie. C'était très beau. Je vous suis reconnaissant, très reconnaissant. »

Je marmonnai quelque chose et m'immobilisai dans l'herbe, à distance respectueuse de la tombe. Brodsky resta un moment muet, les yeux toujours baissés, puis reprit :

« Ce n'était qu'un vieil animal. Mais je voulais de la belle musique. Je vous suis très reconnaissant.

– Je vous en prie, monsieur Brodsky, c'est avec plaisir. »

Il soupira et tourna les yeux vers moi pour la première fois.

« Vous savez, je ne peux pas pleurer Bruno. J'ai essayé, mais je ne peux pas. Mon esprit est entièrement pris par l'avenir. Et quelquefois par le passé. Je pense à notre vie d'autrefois, vous comprenez. Allons-nous-en maintenant, monsieur Ryder. Laissons Bruno ici. » Il tourna les talons et se mit à descendre lentement vers la vallée. « Partons, maintenant. Adieu, Bruno, adieu. Tu étais un bon ami, mais tu n'étais qu'un chien. Laissons-le, monsieur Ryder. Venez, marchons de conserve. Laissons-le. C'est bien que vous ayez joué pour lui. La plus belle des musiques. Mais je ne peux pas pleurer maintenant. Elle va arriver bientôt. Ce ne sera plus long maintenant. Je vous en prie, marchons. »

Je regardai de nouveau la vallée qui s'étendait au-dessous de nous et remarquai tout à coup qu'elle était entièrement couverte de pierres tombales. Je compris alors que nous nous dirigions précisément vers le cimetière où Brodsky avait convenu de retrouver Mlle Collins. De fait, comme je marchais près de lui, je l'entendis dire :

« Le tombeau de Per Gustavsson. C'est là que nous avons rendez-vous. Aucune raison particulière. Elle m'a dit qu'elle connaissait cette tombe, voilà tout. J'attendrai là-bas, ça ne me gêne pas d'attendre un peu. »

Nous avions marché un moment dans l'herbe folle, mais nous rejoignîmes bientôt un sentier, et tandis que nous descendions la pente je m'aperçus que le cimetière était de plus en plus visible. Le site était tranquille et isolé. Les pierres tombales étaient disposées en rangs ordonnés au fond de la vallée, mais certaines s'éparpillaient de chaque côté, sur les pentes herbues. En ce moment même, remarquai-je, se déroulait un enterrement ; je distinguais les silhouettes sombres des proches du défunt, une trentaine de personnes au total, rassemblées au soleil sur notre gauche.

« J'espère vraiment que ça se passera bien, dis-je. Je parle, évidemment, de votre rencontre avec Mlle Collins. »

Brodsky secoua la tête. « Ce matin, je me sentais bien. Je pensais que nous n'aurions qu'à nous parler pour que tout s'arrange. Mais maintenant, je ne sais pas trop. Ce type, votre ami, ce matin à l'appartement, peut-être qu'il a raison. Peut-être qu'elle ne peut plus me pardonner maintenant. Peut-être que je suis allé trop loin et qu'elle ne me pardonnera jamais.

– Je suis sûr qu'il ne faut pas être si pessimiste. Ce qui s'est passé, c'est de l'histoire ancienne maintenant. Si seulement vous pouviez, tous les deux...

– Toutes ces années, monsieur Ryder, reprit-il. Au fond de moi-même, je ne l'ai jamais vraiment accepté, ce qu'ils disaient de moi en ce temps-là. Jamais je n'ai cru que je n'étais rien d'autre que... que cette nullité. Dans ma tête, oui, j'acceptais peut-être ce qu'ils disaient. Mais dans mon cœur, non, je n'y ai jamais cru. Pas une minute, au long de toutes ces années. J'arrivais toujours à l'entendre, à entendre la musique. Donc, je savais que je valais mieux que ce qu'ils disaient. Et pendant un temps assez bref, après notre arrivée ici, elle aussi, elle le savait. J'en suis certain. Mais ensuite, elle s'est mise à avoir des doutes, comment le lui reprocher ? Je ne lui reproche pas d'être partie. Non, je ne lui en veux pas pour ça. Mais ce que je lui reproche, par contre, c'est de ne pas s'en être mieux sortie. Ça, oui, elle aurait dû mieux s'en sortir ! J'ai fait en sorte qu'elle me haïsse, vous rendez-vous compte de ce que ça m'a coûté ? Je lui ai donné sa liberté, et qu'est-ce qu'elle en fait ? Rien. Elle ne quitte même pas cette ville, elle perd son temps. Oh, ces gens ! Ces minables, ces inutiles à qui elle parle toute la journée. Si j'avais su que c'était tout ce qu'elle allait faire ! C'est douloureux, monsieur Ryder, de repousser quelqu'un qu'on aime. Vous croyez que je l'aurais fait ? Vous croyez que je me serais transformé en cet être méprisable si c'était tout ce qu'elle allait faire ? Ces minables, ces malheureux avec qui elle parle ! Elle qui a eu les buts les plus élevés. Elle allait faire de grandes choses. Voilà comment c'était. Et elle a tout gâché. N'a même pas quitté cette ville. Ça vous étonne que je l'aie insultée de temps en temps ? Si c'était tout ce qu'elle avait l'intention de faire, pourquoi est-ce qu'elle ne l'a pas dit, à l'époque ? Elle croit peut-être que c'est une blague, une bonne blague, d'être un clochard ivrogne ? Les gens se disent, ouais, il est soûl, tout lui est égal. Ce n'est pas vrai. Quelquefois, tout devient clair, très clair, et alors... savez-vous à quel point c'est horrible, monsieur Ryder ? Elle ne l'a jamais saisie, la chance que je lui ai donnée. Même pas quitté la ville. Parler, parler, c'est tout, avec ces minables. J'ai crié après elle, est-ce qu'on peut me le reprocher ? Elle le méritait, tout ce que je lui ai dit, toutes les insultes les plus ignobles, elle les méritait...

– Monsieur Brodsky, je vous en prie ! Ce n'est pas la meilleure façon de vous préparer à cette rencontre extrêmement importante...

– Elle croit peut-être que ça me plaisait ? Que je l'ai fait pour m'amuser ? Je n'étais pas forcé de faire ça. Écoutez, vous voyez bien, quand je veux arrêter de boire, je peux. Elle croit que c'était une bonne blague ?

– Monsieur Brodsky, je ne veux pas me mêler de ce qui ne me regarde pas. Mais l'heure est certainement venue d'écarter de vous pour toujours ce genre de pensées. Tous ces conflits, ces malentendus, il est temps de les oublier. Vous devez essayer de faire le meilleur usage de ce qui reste de vos vies. Essayez de vous calmer, je vous en prie. Il ne faut pas que vous soyez dans cet état pour retrouver Mlle Collins, ou vous le regretterez plus tard. En fait, monsieur Brodsky, si je peux me permettre. vous avez eu tout à fait raison jusqu'à présent de souligner auprès d'elle l'importance de l'avenir. Votre idée d'avoir un animal me paraît excellente. Je crois vraiment que vous devriez vous attacher à cette idée et à d'autres projets de ce type. Il n'existe aucune raison valable de revenir sans cesse sur le passé. Par ailleurs, vous pouvez caresser tous les espoirs en ce qui concerne l'avenir. Pour ma part, je compte bien faire ce que je peux ce soir afin que vous soyez accepté par les gens de cette ville...

– Ah oui, monsieur Ryder ! » Son humeur sembla changer de but en blanc. « Oui, oui, oui ! Ce soir, oui, ce soir, j'ai l'intention de... j'ai l'intention d'être splendide !

– Voilà qui va mieux, monsieur Brodsky.

– Ce soir, je ne ferai aucun compromis, pas question. Oui, c'est vrai, ils se sont acharnés contre moi, j'ai renoncé, nous nous sommes enfuis, nous sommes venus ici. Mais au fond de mon cœur je n'ai jamais vraiment renoncé. Je savais qu'en fait on ne m'avait pas donné ma chance. Et maintenant, ce soir, enfin... J'ai attendu longtemps, je ne ferai pas de compromis. Cet orchestre, ils n'en reviendront pas, je vais leur demander le maximum. Monsieur Ryder, je vous suis reconnaissant. Vous avez été une source d'inspiration. Jusqu'à ce matin, j'avais peur. Peur pour ce soir, peur de ce qui risquait d'arriver. Il faut que je fasse attention, voilà ce que je me disais. Hoffman, toute la bande, allez-y doucement, prudemment, voilà ce qu'ils disaient tous. Au début, allez-y doucement, ils disaient. Faites leur conquête petit à petit. Mais ce matin, j'ai vu votre photo. Dans le journal, le monument Sattler. Je me suis dit, voilà, c'est ça ! Jusqu'au bout, il faut aller jusqu'au bout ! Sans ménagement ! Les gens de l'orchestre, ils n'en reviendront pas ! Et ces gens, tous ceux de la ville, ils n'en reviendront pas, eux non plus. Oui, il faut aller jusqu'au bout ! Elle comprendra enfin. Elle me verra de nouveau tel que je suis, elle verra celui que je n'ai jamais cessé d'être ! Le monument Sattler, voilà, c'est ça ! »

Le sol s'était aplani et nous longions maintenant l'allée centrale gazonnée du cimetière. Je perçus un mouvement derrière nous et, regardant par-dessus mon épaule, vis une des personnes qui assistaient à l'enterrement courir dans notre direction en nous faisant signe avec une certaine insistance. Elle nous rejoignit. C'était un homme brun et trapu âgé d'environ cinquante ans.

« Monsieur Ryder, je suis très honoré, dit-il d'une voix essoufflée quand je me tournai vers lui. Je suis le frère de la veuve. Elle serait ravie si vous vouliez bien vous joindre à nous. »

Je regardai vers l'endroit qu'il indiquait et vis que nous étions arrivés tout près du lieu des funérailles. En fait, la brise m'apportait l'écho de sanglots douloureux.

« Par ici, s'il vous plaît, dit l'homme.

– Mais il me semble qu'en des circonstances aussi intimes...

– Non, non, pas du tout. Ma sœur, tous les autres, ce serait un grand honneur. Je vous en prie, par ici. »

Un peu à contrecœur, je lui emboîtai le pas. Le sol devenait plus boueux à mesure que nous cheminions entre les pierres tombales. Au début, je ne pus repérer la veuve au milieu des rangs de dos courbés, mais en arrivant à proximité du rassemblement je la vis au premier rang, penchée au-dessus de la tombe que l'on n'avait pas encore comblée. Sa détresse paraissait si immense qu'elle avait l'air prête à se jeter sur le cercueil. Peut-être en prévision de cette éventualité, un vieux monsieur aux cheveux blancs la tenait fortement par le bras et l'épaule. Derrière elle, la grande majorité des présents sanglotaient dans une affliction apparemment sincère, mais, même ainsi, les gémissements déchirants de la veuve se détachaient nettement – des plaintes lentes, épuisées, et poussées pourtant à pleins poumons, comme pourrait en faire entendre la victime d'une torture prolongée. Ces cris me donnaient envie de partir, mais l'homme trapu me faisait maintenant signe de m'approcher du premier rang. Comme je ne bougeais pas, il murmura d'une voix assez sonore :

« Monsieur Ryder, s'il vous plaît ! »

Quelques-uns des assistants levèrent alors la tête et nous regardèrent.

« Monsieur Ryder, par ici. »

L'homme trapu me prit par le bras et nous nous enfonçâmes dans la foule. Plusieurs visages se tournèrent vers moi et j'entendis au moins deux voix murmurer : « C'est M. Ryder. » Lorsque nous arrivâmes au premier rang, les pleurs s'étaient en grande partie apaisés et je sentis bien des regards converger sur mon dos. J'adoptai une attitude de respect et de réserve. Je ne pouvais oublier, hélas, que j'étais vêtu d'une veste de sport vert pâle, que je n'avais même pas de cravate et que ma chemise était ornée d'un joyeux motif orange et jaune. Je boutonnai hâtivement ma veste pendant que l'homme trapu essayait d'attirer l'attention de la veuve.

« Eva, disait-il d'une voix douce, Eva. »

Le monsieur aux cheveux blancs se tourna vers nous, mais la veuve n'avait pas l'air d'entendre. Elle restait enfermée dans sa souffrance, répandant sur la tombe ses plaintes cadencées. Son frère me lança un regard avec un embarras évident.

« Je vous en prie, murmurai-je en esquissant un mouvement de retraite, je présenterai mes condoléances un peu plus tard.

– Non, non, monsieur Ryder, s'il vous plaît. Un petit instant. » L'homme trapu posa la main sur l'épaule de sa sœur et répéta, sur un ton maintenant empreint d'une impatience prononcée : « Eva, Eva. » La veuve se redressa, parvint à dominer ses sanglots et nous fit face.

« Eva, déclara son frère. M. Ryder est ici.

– M. Ryder ?

– Toutes mes condoléances, madame », dis-je en inclinant la tête avec gravité.

La veuve me regardait toujours fixement.

« Eva ! » chuchota sévèrement son frère.

La veuve sursauta, regarda son frère, puis tourna de nouveau les yeux vers moi.

« Monsieur Ryder, dit-elle d'une voix étonnamment calme, c'est pour moi un véritable honneur. Hermann (elle indiqua la tombe d'un geste) vous admire beaucoup. » Là-dessus, elle fut de nouveau terrassée par les sanglots.

« Eva !

– Madame, lançai-je vivement, je ne suis venu ici que pour vous présenter mes condoléances émues. Je suis profondément désolé. Mais je vous en prie, madame, mesdames, messieurs, je vais maintenant vous laisser à votre deuil...

– Monsieur Ryder, dit la veuve, et je vis qu'elle s'était ressaisie. C'est vraiment un grand honneur. Je suis sûre qu'ici chacun s'associerait à moi pour vous dire à quel point nous sommes flattés. »

Un chœur de murmures approbateurs s'éleva derrière moi.

« Monsieur Ryder, continua la veuve, êtes-vous content de votre séjour dans notre ville ? J'espère que vous avez pu y trouver au moins deux ou trois choses passionnantes.

– Je suis très heureux d'être ici. Tout le monde se montre d'une gentillesse remarquable. Les habitants de cette ville sont charmants. Je suis vraiment désolé de... de ce décès.

– Vous souhaitez peut-être boire quelque chose. Du thé, du café ?

– Non, non, vraiment, je vous remercie...

– Voyons, vous allez bien boire quelque chose. Comment, personne n'a apporté ni thé ni café ? Rien du tout ? » La veuve dévisagea les assistants d'un air inquisiteur.

« Vraiment, je vous en prie, je ne voulais pas du tout vous interrompre de cette façon. Je vous en prie, continuez ce... ce que vous faisiez.

– Mais il faut que vous preniez quelque chose. Enfin, personne n'a la moindre Thermos de café ? »

Derrière moi, des voix se consultaient avec animation, et quand je regardai par-dessus mon épaule je vis les gens fouiller leur sac ou leur poche. L'homme trapu agitait le bras à l'arrière de la foule ; enfin, on lui fit passer quelque chose. Tandis qu'il examinait l'objet, je vis que c'était une part de gâteau enveloppée de Cellophane.

« Nous ne pouvons vraiment pas faire mieux ? cria l'homme trapu. Qu'est-ce que ça veut dire ? »

Derrière moi montait tout un brouhaha. Une voix, en particulier, demandait rageusement : « Enfin, Otto, où est passé ce fromage ? » Pour finir, un sachet de pastilles de menthe fut remis à l'homme trapu. Celui-ci jeta sur l'assemblée un regard furieux, puis se tourna vers sa sœur pour lui remettre le gâteau et les bonbons.

« Vous êtes vraiment très gentils, dis-je, mais je suis seulement venu pour...

– Monsieur Ryder, dit la veuve d'une voix vibrante d'émotion, il semble que ce soit tout ce que nous ayons à vous offrir. Je ne sais pas ce qu'Hermann aurait dit, de devoir essuyer une telle honte, en ce jour entre tous. Mais voilà : je ne peux que vous présenter mes excuses. C'est donc là tout ce que nous pouvons vous offrir, toute l'hospitalité que nous avons à offrir. »

Derrière moi, les voix qui s'étaient calmées dès que la veuve avait pris la parole se lancèrent dans un charivari de disputes. J'entendis quelqu'un crier : « Ce n'est pas vrai ! Je n'ai jamais rien dit de pareil ! »

Puis le vieux monsieur aux cheveux blancs qui avait auparavant retenu la veuve au bord de la tombe s'avança et s'inclina devant moi.

« Monsieur Ryder, déclara-t-il, pardonnez-nous de vous rendre d'une façon aussi mesquine le grand honneur que vous nous faites. Comme vous pouvez le voir, notre impréparation est lamentable. Je vous assure cependant que tous tant que nous sommes nous éprouvons une profonde reconnaissance. Acceptez, je vous en prie, cette collation, aussi insuffisante soit-elle.

– Monsieur Ryder, asseyez-vous là, s'il vous plaît. » La veuve essuyait avec son mouchoir le dessus plat d'une tombe en marbre voisine de celle de son mari. « S'il vous plaît. »

Je compris qu'il était hors de question de battre en retraite. Je m'approchai d'un air contrit de la tombe que la veuve avait nettoyée pour moi, en disant : « Vraiment, vous êtes trop gentils. »

Dès que je me fus assis sur le marbre pâle, les proches du disparu semblèrent tous s'avancer pour se rassembler autour de moi.

« S'il vous plaît », entendis-je encore. La veuve était debout près de moi et défaisait la Cellophane qui entourait le gâteau. Quand elle l'eut enfin ouvert, elle me tendit l'ensemble, emballage et contenu. Je la remerciai et me mis à manger. C'était une sorte de cake et je devais faire attention à éviter qu'il ne s'émiette entre mes doigts. De plus, la part était beaucoup trop copieuse pour que je pusse la dévorer en quelques bouchées rapides. Pendant que je mangeais, j'eus le sentiment que les assistants ne cessaient de se rapprocher de moi ; pourtant, quand je levai les yeux, je vis qu'ils étaient tous immobiles, les yeux respectueusement baissés. Le silence régna pendant un moment, puis l'homme trapu toussa et dit :

« La journée a été très agréable.

– Très agréable, en effet, répondis-je, quoique j'eusse la bouche pleine. Vraiment très agréable. »

Puis le vieux monsieur aux cheveux blancs s'avança et dit : « Il y a des promenades merveilleuses autour de notre ville, monsieur Ryder. À peu de distance du centre, des promenades rurales magnifiques. Si jamais vous avez une heure de loisir, je serais très heureux de vous emmener en faire une.

– Monsieur Ryder, vous prendrez bien une pastille de menthe ? »

La veuve brandissait le sachet ouvert devant ma figure.

Je la remerciai et fourrai un bonbon dans ma bouche, tout en pressentant que l'association avec le gâteau serait insolite.

« Quant à la ville elle-même, continuait le monsieur aux cheveux blancs, si vous vous intéressez le moins du monde à l'architecture médiévale, vous trouverez nombre de maisons absolument fascinantes. En particulier dans la vieille ville. Je serais très heureux de vous faire visiter le quartier.

– Vraiment, répondis-je, vous êtes très aimable. »

Je continuai à manger, cherchant à terminer le gâteau aussi vite que possible. Il y eut un nouvel intervalle de silence, puis la veuve soupira et dit :

« Finalement, il a fait très beau.

– Oui, rétorquai-je, le temps n'a cessé d'être délicieux ici depuis mon arrivée. »

Cette phrase fut saluée par un murmure général d'approbation, certaines personnes riant même courtoisement, comme si j'avais lancé un mot d'esprit. J'enfonçai dans ma bouche ce qu'il restait de gâteau et je chassai les miettes collées à mes doigts.

« Vous avez tous été extrêmement aimables, dis-je. Mais maintenant, je vous en prie, continuez donc la cérémonie.

– Prenez une autre pastille de menthe, monsieur Ryder. C'est tout ce que nous avons à vous offrir. » La veuve me brandit de nouveau le sachet en plein visage.

Il m'apparut alors subitement qu'à cet instant précis la veuve me vouait une haine particulièrement intense. En fait, l'idée me vint que, malgré leur politesse, pratiquement toutes les personnes présentes, y compris l'homme trapu, m'en voulaient terriblement d'être là. Bizarrement, au moment où cette révélation se faisait jour en moi, une voix à l'arrière dit, pas très fort mais distinctement :

« Qu'est-ce qu'il a de particulier, de toute façon ? On est là pour Hermann. »

Il y eut un tumulte de voix embarrassées et au moins deux murmures indignés : « Qui a dit ça ? »

Le monsieur aux cheveux blancs toussa et dit :

« Le long des canaux aussi, on peut faire de très belles promenades.

– Qu'est-ce qu'il a d'extraordinaire, d'abord ? À venir tout interrompre !

– Tais-toi, imbécile ! répliqua quelqu'un. C'est bien le moment de nous couvrir tous de honte ! »

Plusieurs voix énoncèrent leur soutien à cette dernière remarque, mais une deuxième personne exprimait maintenant haut et fort son agressivité.

« Monsieur Ryder, s'il vous plaît. » La veuve me brandissait de nouveau les pastilles de menthe dans la figure.

« Non merci, vraiment...

– Prenez-en encore. S'il vous plaît. »

Un débat exaspéré mettant en jeu quatre ou cinq personnes se déclencha aux derniers rangs de la foule. Une voix criait : « Il va nous entraîner trop loin. Le monument Sattler, ça va trop loin. »

Les gens qui criaient et se querellaient étaient de plus en plus nombreux, et je sentis qu'une véritable bagarre allait éclater.

« Monsieur Ryder (l'homme trapu se penchait vers moi), ne faites pas attention à eux. C'est le déshonneur de la famille. Depuis toujours. Ils nous font honte. Oui, oui, nous avons honte. N'accroissez pas notre honte en prêtant l'oreille à leurs propos.

– Mais quand même... » J'entrepris de me remettre debout, mais je sentis qu'on me forçait à me rasseoir. Je vis alors que la veuve me tenait l'épaule d'une main ferme.

« Détendez-vous, monsieur Ryder, dit-elle sèchement. Terminez donc votre collation. »

Des disputes se déchaînaient maintenant un peu partout ; vers l'arrière, des personnes semblaient s'empoigner. La veuve me maintenait toujours fermement en place, tout en observant la foule avec une expression de défi altier.

« Ça m'est égal, ça m'est égal ! criait une voix. Nous sommes bien mieux comme ça ! »

Il y eut encore des bousculades, puis un jeune homme grassouillet se fraya un chemin jusqu'au premier rang. Il avait un visage très rond et il était visiblement dans tous ses états. Il me dévisagea avec rage, puis cria :

« Vous avez beau jeu à venir ici comme ça. Planté devant le monument Sattler ! Le sourire aux lèvres ! Ensuite, vous allez repartir. Ce n'est pas si facile quand on est forcé de vivre ici. Le monument Sattler ! »

Le jeune homme au visage rond ne semblait pas accoutumé à faire des déclarations enflammées et l'on ne pouvait guère mettre en doute la sincérité de ses sentiments. Un peu décontenancé, je ne trouvai d'abord rien à répondre. Puis, comme le jeune homme au visage rond se lançait dans une autre salve d'accusations, je sentis quelque chose se rompre en moi. Il m'apparut que, la veille, j'avais fait une erreur de calcul incompréhensible en choisissant d'être photographié devant le monument Sattler. À ce moment-là, assurément, il m'avait semblé que c'était la façon la plus parlante d'émettre un message adéquat à l'intention des citoyens de cette ville. Évidemment, je n'avais que trop bien mesuré les avantages et les inconvénients de ce choix – je me rappelais qu'en prenant mon petit déjeuner, ce matin-là, j'avais soigneusement évalué la situation –, mais je pressentais maintenant que la question du monument Sattler était peut-être encore plus complexe que je ne l'avais supposé.

Encouragées par le jeune homme au visage rond, quelques autres personnes s'étaient mises à hurler dans ma direction. D'autres essayaient de les retenir, mais avec moins d'énergie qu'on n'aurait pu l'espérer. Alors, au milieu du vacarme, je discernai une voix nouvelle qui parlait avec douceur juste derrière mon épaule. C'était une voix masculine, cultivée, sereine, qui me parut vaguement familière.

« Monsieur Ryder, disait la voix. Monsieur Ryder. La salle de concert. Vous devriez vraiment vous mettre en chemin. Ils vous attendent là-bas. Sérieusement, il vaut mieux prévoir une plage de temps assez vaste pour inspecter le matériel et les lieux... »

Puis la voix devint inaudible, un échange de vues particulièrement bruyant ayant éclaté juste devant moi. Le jeune homme au visage rond me montra du doigt et dit quelque chose, qu'il répéta ensuite à plusieurs reprises.

Alors, subitement, le silence s'abattit sur la foule. Je crus d'abord que les proches du défunt s'étaient enfin calmés et qu'ils voulaient me laisser la parole. Mais je remarquai que le jeune homme au visage rond – que toute l'assemblée, en fait – fixait du regard un point situé au-dessus de ma tête. Quelques secondes s'écoulèrent avant que j'eusse l'idée de pivoter sur moi-même, et je vis alors que Brodsky était monté sur une tombe et qu'il se dressait au-dessus de moi.

Peut-être était-ce simplement l'angle sous lequel je le regardais – il était légèrement penché en avant, si bien que je voyais se détacher sur le vaste ciel le dessous de sa mâchoire –, mais il me parut remarquablement imposant. Il semblait nous dominer comme une énorme statue, ses mains ouvertes en suspension dans l'air. En fait, il inspectait la petite foule rassemblée devant lui de la manière, supposai-je, dont il aurait observé un orchestre quelques secondes avant de se mettre à diriger. Quelque chose chez lui donnait l'impression qu'il jouissait d'une étrange autorité sur les émotions qui venaient de déferler en désordre devant lui ; qu'il pouvait les susciter et les faire retomber comme il le souhaitait. Pendant encore un instant, le silence persista. Puis une voix isolée cria :

« Qu'est-ce que vous voulez, vous ? Vieil ivrogne ! »

Cet individu espérait peut-être que ce quolibet déclencherait une autre bordée de cris. Or, personne ne fit mine de l'avoir entendu.

« Vieil ivrogne ! » hasarda de nouveau le perturbateur, mais déjà la conviction s'évanouissait de sa voix.

Le silence se fit alors, et tous les yeux se tournèrent vers Brodsky. Après un laps de temps qui sembla considérable, Brodsky dit :

« Si c'est le nom que vous souhaitez me donner, très bien. Nous verrons. Nous verrons qui je suis. Dans les jours, les semaines, les mois à venir. Nous verrons si c'est à cela que je me réduis. »

Il avait parlé sans hâte, sur un ton calme et puissant qui n'enlevait rien à la forte impression donnée d'emblée. Les assistants le regardaient toujours, comme envoûtés. Puis Brodsky dit tendrement :

« Quelqu'un que vous aimiez est mort. C'est une heure précieuse. »

Je sentis les pans de son imperméable effleurer ma nuque, et je compris qu'il tendait une main vers la veuve.

« C'est une heure précieuse. Allez-y. Caressez votre blessure maintenant. Elle sera là jusqu'à la fin de vos jours. Mais caressez-la maintenant, tant qu'elle est à vif et saignante. Allez-y. »

Brodsky descendit de la tombe, la main toujours tendue vers la veuve. Elle la prit d'un air rêveur ; il plaça alors son autre main dans le dos de la veuve et entreprit de la reconduire doucement jusqu'au bord de la tombe ouverte.

« Allez-y, l'entendis-je dire à mi-voix. Allez-y, maintenant. »

Ils avançaient lentement dans les feuilles mortes jusqu'au moment où elle se trouva de nouveau près de la tombe, le regard baissé vers le cercueil. Puis, comme la veuve se remettait à sangloter, Brodsky s'écarta d'elle délicatement et recula d'un pas. De nombreux assistants s'étaient remis à pleurer, et je vis qu'en un rien de temps la situation serait de nouveau ce qu'elle avait été avant mon arrivée. Pour l'instant, en tout cas, personne ne faisait plus attention à moi et je décidai d'en profiter pour m'éclipser.

Je me levai discrètement et j'avais déjà dépassé toute une série de tombes lorsque j'entendis quelqu'un qui marchait juste derrière moi. Une voix dit :

« Sérieusement, monsieur Ryder, il est grand temps que vous vous rendiez à la salle de concert. On ne peut pas savoir quels réglages de dernière minute seront nécessaires. »

Je me tournai pour reconnaître Pedersen, le conseiller d'un certain âge que j'avais rencontré au cinéma le premier soir. De surcroît, je compris que c'était sa voix que j'avais entendue doucement derrière mon épaule, quelques instants auparavant.

« Ah, monsieur Pedersen, dis-je tandis qu'il se mettait à marcher à mes côtés. Je suis assez content que vous m'ayez rappelé la nécessité d'aller à la salle de concert. Les esprits étaient plutôt échauffés par là-bas, je dois dire, et avec tout ça je commençais à oublier l'heure.

– Moi aussi, en fait, dit Pedersen avec un petit rire. Et je dois, moi aussi, me rendre à une réunion. Son importance n'est pas comparable, mais elle est quand même en rapport avec la soirée. »

Arrivés à l'allée gazonnée qui traversait le cimetière en son milieu, nous nous arrêtâmes tous les deux.

« Vous pourriez peut-être m'aider, monsieur Pedersen, dis-je en regardant autour de moi. J'ai pris des dispositions pour qu'une voiture m'emmène à la salle de concert, et je pense qu'elle m'attend. Simplement, je ne sais pas exactement comment regagner la route.

– Je me ferai un plaisir de vous montrer le chemin, monsieur Ryder. Suivez-moi, s'il vous plaît. »

Nous reprîmes notre marche, nous éloignant de la colline dont j'étais descendu avec Brodsky. Le soleil se couchait maintenant sur la vallée et les ombres projetées par les pierres tombales s'étaient visiblement allongées. Tandis que nous cheminions, je sentis au moins à deux reprises que Pedersen était sur le point de parler, mais à chaque fois il semblait changer d'avis. À la fin, je lui dis d'un ton neutre :

« Certaines des personnes que nous venons de voir avaient l'air vraiment très énervées. Au sujet de ces photos de moi dans le journal, apparemment.

– C'est-à-dire, voyez-vous, monsieur, répondit Pedersen en soupirant, c'est qu'il s'agit du monument Sattler. Max Sattler a conservé aujourd'hui un ascendant aussi grand que jamais sur les sentiments des gens.

– Je suppose que vous avez votre opinion, vous aussi. Je veux dire, au sujet des photos devant le monument Sattler. »

Pedersen eut un sourire gêné et évita mon regard.

« Comment vous expliquer ? dit-il enfin. C'est difficile à comprendre, pour quelqu'un de l'extérieur. Même un expert comme vous. Pour quelle raison Max Sattler, lui et tout cet épisode de l'histoire de la ville, en sont-ils venus à prendre une telle importance pour les gens d'ici ? Ce n'est vraiment pas clair. Sur le papier, ça ne représente apparemment pas grand-chose. Et en plus, tout ça s'est produit il y a presque un siècle. Mais voyez-vous, monsieur Ryder, comme vous l'avez certainement remarqué, Sattler a pris une grande place dans l'imagination des citoyens de la ville. Son rôle, si vous voulez, est devenu mythique. On le craint parfois, parfois on l'exècre. Et en d'autres occasions, son souvenir fait l'objet d'un culte. Comment expliquer cela ? On pourrait présenter les choses ainsi. Il y a quelqu'un que je connais, un bon ami. Il commence à prendre de l'âge, mais il a derrière lui une vie assez satisfaisante. Il jouit d'un certain respect, joue encore un rôle actif dans les affaires municipales. Une vie plutôt réussie. Mais cet homme, de temps à autre, réfléchit à son passé et se demande s'il n'a pas laissé certaines choses lui échapper. Il se demande quelle tournure sa vie aurait prise s'il avait été... un peu moins craintif, disons. Un peu moins craintif, un peu plus passionné. »

Pedersen eut un petit rire. L'allée avait dessiné une courbe et je distinguais devant nous le portail en fer noir du cimetière.

« Il pourrait alors lui arriver de se replonger dans le passé, continua Pedersen. De remonter jusqu'à un moment essentiel, au temps de sa jeunesse, avant qu'il ne se soit figé dans ses habitudes. Il peut se rappeler, par exemple, le jour où une femme a essayé de le séduire. Bien sûr, il ne s'était pas laissé faire, c'était un garçon bien élevé. À moins que ce n'ait été de la lâcheté. Il était peut-être trop jeune, qui sait ? Il se demande s'il aurait pu s'engager sur une autre voie, s'il avait montré un peu plus d'assurance dans le domaine de... de l'amour et de la passion. Vous savez bien comment ça se passe, monsieur Ryder. Vous savez comment les vieillards se mettent parfois à rêver, se demandent comment ça se serait passé si, à la croisée des chemins, une autre voie avait été choisie. Eh bien, dans les villes aussi, toute la communauté des citoyens se pose parfois ce genre de questions. La ville entière regarde en arrière, elle regarde son histoire et s'interroge : " Et si... ? " " Que serions-nous devenus aujourd'hui si seulement nous avions... " Si seulement nous avions quoi, monsieur Ryder ? Laissé Max Sattler nous conduire où il le souhaitait ? Connaîtrions-nous aujourd'hui un sort tout différent ? Serions-nous maintenant une ville comme Anvers ? Comme Stuttgart ? Franchement, je ne le pense pas, monsieur Ryder. Il y a, voyez-vous, certaines caractéristiques de cette ville, certains aspects qui sont absolument incrustés. Tout cela ne changera pas, même en cinq, six ou sept générations. Sattler, sur le plan pratique, était à côté de la question. Ce n'était qu'un homme mû par des rêves fous. Il n'aurait jamais rien changé de fondamental. C'est la même chose dans le cas de l'ami dont je parlais. Il est comme il est. Rien de ce qu'il aurait pu vivre, se fût-il agi d'une expérience déterminante, n'aurait modifié cette réalité. Nous y voici, monsieur Ryder. Si vous descendez ces marches, vous vous retrouverez sur la route. »

Nous avions franchi le haut portail en fer du cimetière et nous étions maintenant dans un vaste jardin dessiné avec soin. Pedersen m'indiquait une haie, sur ma gauche, derrière laquelle j'aperçus un escalier de pierre qui dessinait un arc. J'hésitai un instant, puis je dis :

« Monsieur Pedersen, vous avez été d'une extrême politesse. Mais je tiens à vous en assurer, quand il apparaît que j'ai pu commettre une erreur de jugement, je ne suis pas homme à fuir et à la dissimuler. De toute façon, monsieur, quand on est dans ma position, on ne peut pas éviter ce problème. Je veux dire qu'au cours d'une journée quelconque, je suis appelé à prendre plusieurs décisions importantes, et, à la vérité, je ne peux guère faire plus qu'évaluer de mon mieux les éléments disponibles à ce moment-là et aller de l'avant. Parfois, fatalement, je suis en effet coupable d'une erreur de calcul. Comment pourrait-il en être autrement ? Il y a longtemps que je me suis incliné devant ce fait. Et comme vous le voyez, lorsque cela se produit, j'ai une seule préoccupation : comment réparer l'erreur à la première occasion. Je vous en prie, n'hésitez donc pas à parler franchement. Si vous estimez que j'ai fait une faute en posant devant le monument Sattler, dites-le-moi. »

Pedersen parut mal à son aise. Il tourna la tête pour observer un mausolée dans le lointain et dit enfin : « Écoutez, monsieur Ryder, c'est une opinion qui n'engage que moi.

– Je souhaite vivement en prendre connaissance, monsieur.

– Très bien, si vous y tenez. Entendu, monsieur. À vrai dire, j'ai été plutôt déçu quand j'ai vu le journal ce matin-là. À mon avis, monsieur, comme je viens de vous l'expliquer, la nature même de cette ville lui interdit d'épouser des vues aussi extrêmes que celles de Sattler. S'il attire certaines personnes, c'est précisément parce qu'il est loin, en tant que représentant d'un mythe local. Le faire revenir sous forme de proposition sérieuse... là, franchement, monsieur, les gens d'ici vont s'affoler. Ils vont reculer. Ils vont se mettre tout à coup à se cramponner à ce qu'ils connaissent déjà, même si cela n'a été pour eux qu'une source de malheur. Vous m'avez demandé mon avis, monsieur. J'estime que l'inclusion de Max Sattler dans ces débats a sérieusement compromis tout espoir de progrès. Mais, bien sûr, il reste ce soir. En dernière instance, tout dépend de ce qui se passera ce soir. De ce que vous direz. De la prestation de M. Brodsky. Et comme vous le soulignez, personne n'est plus apte que vous ne l'êtes à se rattraper après un faux pas. » L'espace d'un instant, il sembla examiner une question dans son for intérieur. Puis il secoua gravement la tête. « Monsieur Ryder, le mieux que vous puissiez faire maintenant, c'est d'aller à la salle de concert. Ce soir, tout doit se dérouler conformément au programme.

– Oui, vous avez absolument raison. Je suis sûr que ma voiture m'attend en ce moment même pour m'y emmener. Monsieur Pedersen, je vous remercie de votre franchise. »

26

L'escalier descendait en pente raide, longeant de hautes haies et des buissons. Je me retrouvai finalement près de la route, à regarder le soleil qui se couchait au-dessus d'un champ, de l'autre côté. Les dernières marches aboutissaient à un endroit où la route dessinait un virage prononcé, mais, en le suivant sur une faible distance, je découvris une vue plus large. Je voyais enfin devant moi la colline que j'avais récemment gravie – les contours de la petite cabane se découpaient sur le ciel – et la voiture d'Hoffman qui m'attendait sur le bas-côté où il m'avait déposé quelques heures plus tôt.

J'avançai dans la direction de la voiture, l'esprit empli de ma récente discussion avec Pedersen. Je me rappelais le soir où j'avais fait sa connaissance au cinéma : l'estime qu'il avait pour moi se dégageait alors à l'évidence de ses gestes comme de ses paroles. Maintenant, malgré sa courtoisie, il était clair que je l'avais profondément déçu. Cette idée me troublait singulièrement ; tandis que je marchais le long de la route en regardant le soleil se coucher, je me sentis de plus en plus contrarié de ne pas avoir agi avec toute la prudence souhaitable en ce qui concernait le monument Sattler. Certes, comme je l'avais indiqué à Pedersen, ma décision, à ce moment-là, avait semblé représenter le choix le plus judicieux. Néanmoins, je ne pouvais me défaire du sentiment persistant qu'en dépit de mes multiples obligations, en dépit des contraintes écrasantes qui limitaient ma disponibilité, j'aurais quand même dû être mieux informé. Et maintenant encore, à ce stade tardif, alors que la séance de ce soir était imminente, certains aspects de la conjoncture locale restaient passablement embrouillés. Je comprenais maintenant que j'avais fait une erreur en manquant la réunion du Groupe de soutien mutuel des citoyens ; et cela pour me ménager une répétition qui s'était avérée n'avoir rien d'indispensable.

Lorsque j'arrivai à la voiture d'Hoffman, je me sentis fatigué et découragé. Hoffman, assis au volant, s'affairait à écrire dans un carnet et ne me remarqua pas avant que j'eusse ouvert la portière du côté du passager.

« Ah, monsieur Ryder ! s'exclama-t-il en rangeant prestement son carnet. Vous vous êtes bien exercé, j'espère ?

– Oui, oui.

– Le lieu et l'instrument ? » Il mit le contact précipitamment. « Tout vous convenait ?

– Parfait, monsieur Hoffman, je vous remercie. Mais je dois maintenant gagner la salle de concert aussi vite que possible. On ne peut pas savoir quelles mises au point de dernière minute seront nécessaires.

– Bien entendu. En fait, je dois, moi aussi, me rendre rapidement à la salle de concert. » Il jeta un coup d'œil à sa montre. « Je dois contrôler tout ce qui concerne la restauration. Je m'y trouvais il y a une heure, et j'ai constaté avec satisfaction que tout allait comme sur des roulettes. Mais le chaos peut toujours survenir sans crier gare. »

Hoffman remit la voiture sur la route et nous roulâmes pendant quelques minutes sans dire un mot. Il y avait un peu plus de circulation qu'à l'aller, mais la route était loin d'être encombrée et Hoffman atteignit rapidement une bonne allure. Je regardais les champs et m'efforçais de me détendre, mais mes pensées ne cessaient de revenir à la soirée imminente. Puis j'entendis Hoffman parler :

« Monsieur Ryder, j'espère que cela ne vous ennuiera pas que j'aborde cette question. Rien de bien important. Vous avez sûrement oublié. » Il eut un petit rire et secoua la tête.

« À quoi faites-vous allusion, monsieur Hoffman ?

– Il s'agit simplement des albums de ma femme. Vous vous souviendrez peut-être que je vous en ai parlé dès notre première rencontre. Ma femme, elle a une admiration éperdue pour vous, depuis si longtemps...

– En effet, je me souviens très bien. Elle a constitué des albums de coupures de presse portant sur ma carrière. Non, non, je n'avais pas oublié. En fait, tout au long de ces journées chargées, c'est un moment que je n'ai cessé d'attendre avec impatience.

– Elle s'est consacrée à cette tâche avec une véritable passion, monsieur. Depuis plusieurs années. Quelquefois, elle s'est donné beaucoup de mal pour acquérir des numéros anciens de revues ou de journaux qui contenaient des articles importants sur vous. Croyez-moi, monsieur, son ardeur est impressionnante. Cela serait si important pour elle...

– Monsieur Hoffman, j'ai la ferme intention d'examiner ces albums avant longtemps. Comme je vous le disais, j'attends ce moment avec impatience. Cependant, à l'instant présent, je serais vraiment content que nous profitions de cette occasion pour aborder, disons, certains points liés à la soirée.

– Comme vous voulez, monsieur. Mais je vous assure que tout va pour le mieux. Vous n'avez aucun souci à vous faire.

– Oui, oui, j'en suis convaincu. Cependant, la soirée se rapproche et il serait sans doute opportun d'y consacrer quelque réflexion. Par exemple, monsieur Hoffman, il faudrait songer à mes parents. Je suis certain que les citoyens de la ville s'en occuperont à la perfection, mais il n'en reste pas moins qu'ils sont tous deux de santé fragile et je souhaiterais donc que...

– Mais oui, naturellement, je comprends très bien. Permettez-moi de dire que je suis très touché de voir à quel point vous vous inquiétez pour vos parents. Je n'en suis que plus heureux de vous assurer que des dispositions extrêmement détaillées ont été prises pour veiller à leur bien-être tout au long des festivités. Un groupe de dames de la ville, tout à fait charmantes et compétentes, a été chargé de s'occuper d'eux pendant leur séjour. Quant à la soirée proprement dite, nous avons prévu quelque chose qui sort un peu de l'ordinaire en leur honneur, une petite fantaisie qui vous agréera, j'en suis sûr. Comme vous le savez certainement, notre entreprise locale, Seeler Frères, a été célèbre pendant deux siècles pour les voitures à cheval qu'elle fabriquait ; il fut un temps où elle comptait des clients distingués jusqu'en France et en Angleterre. Il existe encore dans cette ville de superbes exemples du savoir-faire des frères Seeler et j'ai imaginé que vos parents auraient plaisir à arriver à la salle de concert dans un spécimen des plus remarquables, pour lequel nous avons prévu deux pur-sang magnifiquement pansés. Vous pouvez sans doute vous figurer la scène, monsieur Ryder. À cette heure-là, l'esplanade située devant la salle de concerts sera inondée de lumière et les citoyens les plus éminents de notre ville seront attroupés là à rire et à échanger des salutations, portant des vêtements splendides, dans une atmosphère effervescente. Les autos, bien entendu, ne peuvent pas aller jusqu'à l'esplanade : les gens arrivent donc à pied, parmi les arbres. Une fois qu'une foule considérable s'est rassemblée devant le bâtiment – vous vous représentez la chose, monsieur ? –, on entend dans l'ombre des bois le bruit de chevaux qui s'approchent. Les dames et les messieurs cessent de bavarder et tournent la tête. Le bruit de sabots devient plus fort en se rapprochant de la zone éclairée. Et puis voici qu'ils apparaissent, les chevaux magnifiques, le cocher en habit et haut-de-forme, la voiture étincelante de chez Seeler Frères transportant vos sympathiques parents ! Vous imaginez-vous la fièvre, l'excitation qui va parcourir la foule à cet instant ? Bien sûr, on ne demandera pas à vos parents de rouler longtemps dans cette voiture. Seulement sur l'avenue centrale qui traverse le bois. Et je vous assure que la voiture est un chef-d'œuvre de luxe. Ils y trouveront le même confort et la même sécurité que dans une limousine. Évidemment, il y a un léger balancement, mais dans une voiture de cette classe, c'est une caractéristique littéralement apaisante. J'espère que vous vous représentez la chose, monsieur. Je dois vous avouer qu'initialement j'avais prévu ce scénario pour votre propre arrivée, mais je me suis dit finalement que vous préféreriez rester tranquille dans les coulisses, à ce stade. Et en plus il n'est pas souhaitable de casser par une diversion l'effet de votre entrée en scène. Alors, quand nous avons appris l'excellente nouvelle de la venue de vos honorés parents dans cette ville, j'ai tout de suite pensé : " Voilà la solution idéale ! " Oui, monsieur, leur arrivée donnera le ton qui convient. Bien entendu, nous ne voulons pas que vos parents soient ensuite forcés de rester debout. On les conduira aux sièges qui leur sont réservés dans la salle, et cela indiquera au reste de l'assistance que le moment est venu de prendre place. Ensuite, dans un bref délai, la soirée proprement dite commencera. Nous aurons d'abord un bref récital de piano assuré par mon fils, Stephan. Hé hé ! Je reconnais que j'ai fait preuve d'un peu de complaisance. Mais Stephan désirait de tout cœur se produire en public et, à l'époque, j'étais sans doute assez stupide pour croire... Enfin, ce n'est pas le moment de revenir là-dessus. Stephan donnera un petit récital léger, destiné simplement à créer une atmosphère. Pendant cette partie du programme, les lumières resteront allumées, pour que les gens aient la possibilité de trouver leur place, de saluer des connaissances, de bavarder dans les allées, etc. Une fois que tout le monde sera installé, les lumières baisseront. Quelques paroles officielles de bienvenue seront alors prononcées. Puis, peu à peu, les musiciens de l'orchestre arriveront, s'installeront, accorderont leurs instruments. Après un certain intervalle, M. Brodsky fera son apparition. Et alors... alors, ce sera à lui de jouer. Quand il aura fini, et qu'il y aura – espérons-le, soyons-en sûrs – qu'il y aura eu un tonnerre d'applaudissements, et que M. Brodsky aura salué à maintes reprises, une brève pause interviendra. Pas vraiment un entracte : les spectateurs ne seront pas autorisés à quitter leurs sièges. Mais une interruption d'environ cinq minutes où l'éclairage sera remis à fond et où le public pourra prendre un temps de réflexion. Puis, pendant que les gens seront encore occupés à échanger leurs idées, M. von Winterstein viendra sur la scène devant le rideau. Il fera une brève présentation. Quelques minutes au plus – une présentation est-elle vraiment nécessaire, après tout ? Puis il disparaîtra dans les coulisses. Toute la salle sera plongée dans l'obscurité. Et nous en arrivons maintenant au grand moment, monsieur. Au moment de votre entrée en scène. C'est en effet une question que je souhaitais aborder avec vous, puisque, dans une certaine mesure, votre coopération est indispensable. Voyez-vous, monsieur, notre salle de concert est extrêmement belle, mais elle est aussi très ancienne et dépourvue en grande partie de l'équipement qu'on s'est habitué à trouver dans des bâtiments plus modernes. Tout le matériel destiné à la restauration, je crois vous en avoir déjà parlé, n'est absolument pas à la hauteur, ce qui nous oblige à dépendre dans une large mesure des cuisines de l'hôtel. Mais voici où je voulais en venir, monsieur. J'ai emprunté à notre centre sportif – qui est, lui, très moderne et bien équipé – le tableau d'affichage électronique qui est accroché normalement dans le gymnase. À l'heure qu'il est, le gymnase fait bien triste mine ! De vilains câbles noirs pendent à l'emplacement occupé d'ordinaire par le tableau d'affichage. Enfin, monsieur, je reviens à mon affaire. M. von Winterstein gagnera donc les coulisses après sa brève présentation. Toute la salle, l'espace d'un instant, sera plongée dans l'obscurité ; pendant ce temps, le rideau s'ouvrira. Un spot unique s'allumera alors et vous révélera, debout en milieu de scène, derrière un lutrin. À ce moment-là, évidemment, le public se mettra à applaudir à tout rompre. Ensuite, lorsque les applaudissements se seront calmés, avant que vous ayez prononcé un seul mot – si du moins vous en êtes d'accord, bien sûr –, une voix retentira dans la salle, prononçant la première question. La voix sera celle d'Horst Jannings, l'acteur le plus renommé de la ville. Il sera installé dans la cabine de commande du son et utilisera le système de sonorisation. Horst a une chaude et belle voix de baryton, et il articulera lentement chaque question. Et simultanément –

ça, c'est ma petite idée, monsieur ! – les mots s'inscriront sur le tableau d'affichage électronique fixé juste au-dessus de votre tête. Vous comprenez, jusqu'à ce moment-là, en raison de l'obscurité, personne n'aura pu voir le tableau d'affichage. On aura l'impression que les mots apparaissent dans l'air au-dessus de vous. Hé hé ! Pardonnez-moi, mais il m'a semblé que cet effet un peu spécial contribuerait au caractère spectaculaire de votre prestation tout en lui conférant une plus grande lisibilité. Les mots inscrits sur le tableau, si je peux me permettre, aideront une partie des assistants à se rappeler l'importance cruciale des problèmes que vous aborderez. Après tout, il se pourrait que, dans la fièvre de la soirée, certaines personnes oublient de se concentrer. Enfin, voyez-vous, monsieur, avec ma petite idée, ce risque sera largement évité. Chaque question sera là, devant eux, écrite en lettres géantes. Donc, monsieur, si vous en êtes d'accord, voici comment nous procéderons. La première question sera annoncée, inscrite sur le tableau, vous donnerez votre réponse depuis le lutrin, et dès que vous aurez fini Horst lira à haute voix la question suivante, et ainsi de suite. Nous vous demandons une seule chose, monsieur Ryder, c'est, à la fin de chaque réponse, de quitter le lutrin, de venir à l'avant de la scène et de saluer. La raison de cette requête est double. Premièrement, en raison du caractère temporaire du tableau d'affichage, il y a d'inévitables difficultés techniques. L'électricien aura besoin de plusieurs secondes pour charger les questions dans le tableau d'affichage, et il y aura encore un intervalle de quinze à vingt secondes avant que les mots ne commencent à apparaître. Donc, monsieur, si vous venez à l'avant-scène pour saluer, en provoquant ainsi forcément des salves d'applaudissements, nous éviterons que le déroulement de la séance ne soit interrompu par une série de pauses gênantes. Au moment même où les applaudissements s'apaiseront, la voix d'Horst et le tableau d'affichage annonceront la question suivante, ce qui vous laissera tout le temps nécessaire pour regagner le lutrin. Il y a, monsieur, une deuxième raison pour préconiser cette stratégie. Votre venue à l'avant-scène et votre salut feront savoir sans ambiguïté à l'électricien que vous avez terminé votre réponse.

Nous voulons, bien sûr, éviter par tous les moyens une situation où, par exemple, le tableau commencerait à afficher une question alors que vous seriez encore en train de répondre à la précédente. Mais, voyez-vous, comme je vous l'ai expliqué, à cause du décalage dans le temps, c'est un problème qui pourrait aisément survenir. Il suffirait, disons, que vous ayez l'air d'avoir fini alors qu'il s'agirait pour vous d'une simple pause avant une remarque finale et définitive qui s'imposerait alors à vous. Vous voulez formuler cette dernière remarque, mais, pendant ce temps, l'électricien a déjà commencé... Quelle catastrophe ! Mieux vaut ne pas même y penser ! Permettez-moi donc, monsieur, de vous proposer ce procédé simple mais efficace : il suffit que vous veniez à l'avant de la scène après chacune de vos réponses. En fait, monsieur, pour donner à l'électricien quelques secondes de plus pour charger la question suivante, il serait extrêmement utile que vous fassiez un petit signe discret quand vous arrivez à la fin de votre réponse. Un léger haussement d'épaule, par exemple. Bien entendu, monsieur Ryder, toutes ces dispositions seront prises sous réserve de votre approbation. Si l'une ou l'autre de ces idées vous déplaît, n'hésitez pas à le dire franchement. »

Tandis qu'Hoffman parlait, une image de la soirée qui n'était que trop vive avait commencé à se former dans mon esprit. J'entendis les applaudissements, le bourdonnement du tableau électronique au-dessus de ma tête. Je me vis faire mon petit haussement d'épaule, puis m'avancer, sous les feux aveuglants de la rampe, jusqu'à l'avant-scène. Et un étrange sentiment de rêve et d'irréalité m'envahit cependant que je prenais conscience de mon état d'impréparation. Je vis qu'Hoffman attendait ma réponse et murmurai d'une voix lasse :

« Tout cela me semble admirable, monsieur Hoffman. Vous avez élaboré tout cela à la perfection.

– Ah ! Vous êtes donc d'accord ? Tous les détails vous...

– Oui, oui, dis-je en agitant la main avec impatience. Le tableau d'affichage électronique, les quelques pas jusqu'à l'avant-scène, les haussements d'épaule, oui, oui, oui. Tout cela est très bien conçu.

– Ah. » L'espace d'un instant, Hoffman eut l'air perplexe, mais il sembla enfin se rendre à l'idée que je m'étais exprimé avec sincérité. « Parfait, parfait. Dans ce cas, tout est réglé. » Il hocha la tête et se tut pendant un moment. Puis je l'entendis marmonner de nouveau pour lui-même, sans détacher ses yeux de la route : « Oui, oui. Tout est réglé. »

Pendant encore plusieurs minutes, Hoffman ne m'adressa plus la parole, mais continua à marmonner tout seul à mi-voix. Une teinte rose se répandait maintenant dans le ciel ; au gré des sinuosités de la route entre les terres cultivées, le soleil s'encadrait dans le pare-brise, remplissant la voiture de son éclat et nous obligeant à loucher. À un moment, alors que je regardais par la fenêtre de mon côté, j'entendis Hoffman lâcher d'une voix haletante :

« Un bœuf ! Un bœuf, un bœuf, un bœuf ! »

Il n'avait pas parlé beaucoup plus fort qu'auparavant, mais je fus suffisamment surpris pour me tourner vers lui. Je vis qu'Hoffman était toujours perdu dans un univers qui n'était qu'à lui, les yeux braqués droit devant lui, acquiesçant tout seul du menton. Je balayai du regard les prés que nous longions alors : j'y vis un certain nombre de moutons, mais pas l'ombre d'un bœuf. J'eus un vague souvenir d'un éclat similaire de la part d'Hoffman, au cours d'un précédent déplacement en voiture, mais je cessai bientôt de m'intéresser à la question.

Avant longtemps, nous nous retrouvâmes dans les rues de la ville et la circulation fut bientôt très ralentie. Les trottoirs étaient encombrés de gens qui rentraient du travail et beaucoup de devantures arboraient déjà leur éclairage nocturne. Maintenant que j'étais de retour en ville, je sentis mon assurance revenir. L'idée me vint qu'une fois arrivé à la salle de concert, une fois que j'aurais eu la possibilité de monter sur la scène et d'examiner les lieux, beaucoup de choses s'éclairciraient.

« Sérieusement, monsieur, lança brusquement Hoffman, tout suit son cours. Aucune raison de vous inquiéter. Cette ville vous fera honneur, vous verrez. Quant à M. Brodsky, je continue à lui faire la plus grande confiance. »

Je décidai que je devais au moins faire mine d'être optimiste. « Oui, dis-je avec entrain, je suis certain que M. Brodsky sera magnifique ce soir. En tout cas, il avait l'air en pleine forme, tout à l'heure.

– Hein ? » Hoffman me jeta un regard interrogateur. « Vous l'avez vu récemment ?

– Mais oui, au cimetière, tout à l'heure. Comme je le disais, il semblait très sûr de lui...

– M. Brodsky, au cimetière ? Je me demande ce qu'il pouvait bien y faire. »

Hoffman me dévisagea d'un air intrigué, et je songeai un instant à raconter toute l'histoire de l'enterrement et l'intervention saisissante de Brodsky. Mais finalement, je ne pus trouver l'énergie nécessaire et dis simplement :

« Je crois qu'il a un rendez-vous là-bas dans un petit moment. Avec Mlle Collins.

– Avec Mlle Collins ? Grands dieux. De quoi peut-il donc s'agir ? »

Je le regardai, passablement étonné de sa réaction. « Il semble qu'une réconciliation soit désormais réellement envisageable. Si l'on aboutit à une si heureuse conclusion, monsieur Hoffman, ce sera encore une réussite à mettre légitimement à votre actif.

– Oui, oui. » Hoffman retournait une question dans son esprit, le visage contracté par un froncement de sourcils. « M. Brodsky est au cimetière en ce moment même ? Il attend Mlle Collins ? Comme c'est bizarre. Très bizarre. »

À mesure que nous nous enfoncions dans le centre-ville, la circulation devint de plus en plus dense, jusqu'au moment où nous nous immobilisâmes dans une rue étroite, à l'écart des grands axes. Hoffman, qui manifestait tous les signes d'une inquiétude croissante, se tourna de nouveau vers moi.

« Monsieur Ryder, il y a quelque chose dont il faut que je m'occupe. C'est-à-dire que... Bien sûr, je vous rejoindrai au moment voulu à la salle de concerts, mais pour l'instant... » Il regarda sa montre, d'un air visiblement affolé. « Voyez-vous, je dois... je dois m'occuper de quelque chose. » Là-dessus, il agrippa le volant et me regarda fixement. « Monsieur Ryder, voilà ce qu'il en est. En raison de ces sens uniques épouvantables et de cette satanée circulation du soir, il nous faudra encore quelque temps pour atteindre la salle de concert au moyen de ce véhicule. Alors qu'à pied... » Il brandit le bras devant moi et indiqua quelque chose par la fenêtre. « La voici. Devant vos yeux. À quelques minutes de marche. Oui, monsieur, ce toit, là-bas. »

Je vis un dôme de bonne taille qui se dessinait au-dessus des autres bâtiments. En effet, il ne semblait pas être à plus de trois ou quatre rues de là.

« Monsieur Hoffman, si vous êtes sollicité par une tâche urgente, je ne vois pas d'inconvénient à faire le chemin à pied.

– C'est vrai ? Vous me pardonneriez ? »

Les voitures avancèrent de quelques centimètres avant de s'immobiliser de nouveau.

« En fait, je serais content de marcher un peu, dis-je. Le temps paraît agréable. Et comme vous dites, à pied, la distance n'est pas considérable.

– Ces sens uniques infernaux ! Nous risquons de rester coincés dans cette voiture pendant encore une heure ! Monsieur Ryder, je vous serais immensément reconnaissant de bien vouloir me pardonner. Mais voyez-vous, j'ai une tâche... une tâche à accomplir...

– Oui, oui, bien sûr. Je vais descendre ici. Vous avez déjà été très aimable de me servir de chauffeur alors qu'il y a tant de choses à faire. Je vous remercie sincèrement.

– Vous allez rejoindre la salle de concert par-derrière. Il suffit de vous repérer par rapport à ce toit. Vous ne pouvez pas vous tromper si vous ne perdez pas le toit de vue.

– Ne vous inquiétez pas. J'y parviendrai aisément. »

Coupant court à ses excuses, je le remerciai de nouveau et descendis sur le trottoir.

J'étais dans une rue étroite, où je longeai une succession de librairies spécialisées, puis quelques hôtels touristiques d'apparence avenante. Je n'avais aucun mal à garder le dôme dans mon champ de vision, et pendant un moment je me réjouis d'avoir ainsi l'occasion de prendre l'air.

Mais lorsque j'eus traversé deux ou trois rues, mon esprit

se trouva envahi par un certain nombre d'inquiétudes dont je ne parvenais pas à me défaire. Entre autres choses, il m'apparaissait que la séance de questions et réponses ne se déroulerait pas forcément sans encombre. À en juger par le déferlement émotionnel auquel j'avais assisté au cimetière, on ne pouvait pas exclure le risque de réactions déplaisantes. De plus, si la séance de questions et réponses se passait vraiment mal, on pouvait imaginer que mes parents, témoins horrifiés et gênés de cette scène, demanderaient à quitter la salle. En d'autres termes, ils s'en iraient avant que j'aie la possibilité d'accéder au piano, et dans ce cas il devenait difficile de dire si l'occasion de m'entendre jouer se présenterait de nouveau à eux. Pis encore : si la situation était vraiment désastreuse, qui sait si l'un ou l'autre n'aurait pas une attaque. J'étais toujours aussi convaincu que ma mère et mon père partageraient le même ébahissement dès que j'aurais joué quelques mesures, mais la séance de questions et réponses constituait pour moi un obstacle incontournable.

Je m'aperçus que, dans ma préoccupation, j'avais laissé le dôme disparaître derrière d'autres bâtiments. Je n'y attachai d'abord pas grande importance, supposant qu'il n'allait pas tarder à réapparaître. Mais, en fait, à mesure que j'avançais, la rue devint encore plus étroite, tandis que les bâtiments qui m'entouraient semblaient tous avoir six ou sept étages, de sorte que je voyais à peine le ciel, sans parler du dôme. Je décidai de chercher une rue parallèle, mais après m'être engagé dans une rue transversale je me rendis compte que je me perdais dans un dédale de ruelles et que je tournais peut-être en rond, sans parvenir à revoir la salle de concert.

Après plusieurs minutes d'errance, la panique monta en moi et je songeai à aborder un passant pour demander mon chemin. Mais il me sembla alors que l'idée n'était pas judicieuse. Depuis que j'avais commencé à marcher, des gens s'étaient retournés ou s'étaient même arrêtés net sur le trottoir pour me regarder. Je m'en étais vaguement rendu compte, mais, soucieux avant tout de me repérer, je n'en avais pas fait grand cas. Il m'apparaissait maintenant que, étant donné l'imminence du grand événement et l'enjeu crucial de cette soirée, il ne fallait pas qu'on me voie errer dans les rues, visiblement égaré, en proie à l'incertitude. Je fis un effort pour me redresser et j'adoptai l'allure d'une personne dont toutes les affaires sont réglées et qui se promène en ville pour son plaisir. Je me forçai à ralentir et souris aimablement à tous ceux qui posaient les yeux sur moi.

Enfin, je tournai à un autre coin de rue et découvris la salle de concert devant moi, plus proche que jamais. L'artère dans laquelle je venais de m'engager était plus large, bordée de boutiques et de cafés brillamment illuminés. Le dôme était tout près de là, juste au-delà d'un tournant que dessinait la rue.

Non seulement j'éprouvai un vif soulagement, mais toute la perspective de la soirée m'apparut tout à coup beaucoup plus rassurante. Comme je me l'étais déjà dit auparavant, la situation s'éclaircirait certainement lorsque je serais arrivé sur les lieux et que je pourrais monter sur la scène ; fort de cette conviction, je continuai mon chemin animé d'une sorte d'enthousiasme.

Mais lorsque j'eus dépassé le coude de la rue, un spectacle étrange m'accueillit. Un peu plus loin, un mur de brique me barrait la route ; barrait, en fait, toute la largeur de la rue. Je crus d'abord qu'une voie ferrée passait derrière le mur, mais je remarquai alors que les étages supérieurs des immeubles qui bordaient la rue de part et d'autre, loin de s'interrompre au-dessus du mur, continuaient bien audelà. Certes, le mur éveilla ma curiosité ; cependant, il ne me posa d'abord aucun problème, car j'étais sûr qu'en y parvenant je trouverais une ouverture ou un passage souterrain débouchant sur l'autre côté. De toute façon, le dôme, éclairé par des projecteurs et se détachant sur le ciel du crépuscule, était maintenant tout proche.

Lorsque je fus arrivé à proximité du mur, je dus pourtant constater qu'il n'y avait pas moyen de le franchir. Des deux côtés de la rue, les trottoirs venaient tout simplement buter sur la maçonnerie. Je regardai à droite et à gauche, désemparé, puis longeai le mur jusqu'au trottoir d'en face, ne pouvant me résigner à l'idée qu'il n'existait pas la moindre porte, pas même un trou dans lequel je me serais faufilé. Mais je ne trouvai rien ; finalement, après être resté un moment planté devant le mur, les bras ballants, j'interpellai une passante, une dame d'âge mûr qui sortait d'une boutique de cadeaux toute proche :

« Excusez-moi, je désire me rendre à la salle de concert. Comment pourrais-je franchir ce mur ? »

La femme sembla surprise par ma question. « Ah non, répondit-elle. Vous ne pouvez pas franchir le mur. Bien sûr que non. Il bouche la rue complètement.

– Mais c'est extrêmement incommode. Il faut que je me rende à la salle de concert.

– Sans doute, cela doit être incommode, dit la femme comme si cette idée ne lui était jamais venue. Quand je vous ai vu le regarder comme ça, je me suis dit que vous deviez être un touriste. Le mur, c'est une véritable attraction touristique, comme vous pouvez le voir. »

Elle indiqua un tourniquet devant la boutique de cadeaux. En effet, dans la lumière qui venait du magasin, je distinguai toute une série de cartes postales où le mur était mis en vedette.

« Mais qu'est-ce que ça veut dire, ce mur dans un endroit pareil ? demandai-je en élevant la voix malgré moi. C'est littéralement monstrueux. À quoi diable cela peut-il servir ?

– Je comprends vos sentiments. Pour un étranger, surtout quand on est pressé d'atteindre sa destination, ça doit être très ennuyeux. Je suppose qu'on pourrait appeler ça une folie. Le mur a été bâti par un excentrique à la fin du siècle dernier. Bien sûr, c'est quelque chose d'un peu bizarre, mais depuis sa construction il n'a jamais cessé d'être célèbre. En été, tout ce secteur où nous nous trouvons maintenant est absolument bondé de touristes. Des Américains, des Japonais qui sont tous là à prendre des photos du mur.

– C'est absurde ! criai-je, furieux. Indiquez-moi le moyen le plus rapide de rejoindre la salle de concert, je vous prie.

– La salle de concert, monsieur ? Ma foi, c'est assez loin, si vous voulez y aller à pied. Bien sûr, nous en sommes tout proches maintenant (elle leva les yeux vers le dôme), mais matériellement, ça ne veut pas dire grand-chose, à cause du mur.

– C'est totalement ridicule ! » Ma patience était à bout. « Je me débrouillerai pour trouver mon chemin. Visiblement, vous n'êtes pas en mesure de comprendre que les gens sont parfois très occupés, qu'une personne qui a un emploi du temps chargé ne peut pas s'amuser à traîner en ville pendant des heures. En fait, permettez-moi de dire que ce mur est absolument typique de cette ville. Partout, des obstacles grotesques. Et vous, qu'est-ce que vous faites ? Est-ce que vous manifestez tous votre exaspération ? Est-ce que vous exigez qu'il soit abattu immédiatement pour que les gens puissent vaquer à leurs affaires ? Non, vous vous en accommodez pendant presque un siècle. Vous en faites des cartes postales et vous vous convainquez de son charme. Ce mur de brique, charmant ? Quelle monstruosité ! Je vais peut-être utiliser ce mur à titre de symbole, j'en ai bien envie, dans mon allocution de ce soir ! Heureusement pour vous, j'ai déjà composé dans ma tête une bonne partie de ce que j'ai l'intention de dire et, naturellement, à ce stade, j'hésite à faire des changements trop étendus. Bonne soirée ! »

Je laissai cette femme derrière moi et revint rapidement sur mes pas, résolu à ne pas laisser ce contretemps absurde détruire la belle assurance que j'avais enfin retrouvée. Mais à mesure que je cheminais, sans pouvoir oublier que la salle de concert s'éloignait de moi de plus en plus, je sentis que le découragement était de nouveau en train de prendre le dessus. La rue paraissait bien plus longue que je ne me le rappelais, et quand j'en atteignis enfin l'extrémité je me perdis de nouveau dans le dédale des ruelles étroites.

Après plusieurs minutes d'errance infructueuse, je me sentis incapable de continuer et m'arrêtai. Remarquant que j'étais à proximité d'une terrasse de café, je m'effondrai sur une chaise à la table la plus proche et sentis aussitôt le peu d'énergie qu'il me restait s'évanouir. Je me rendais vaguement compte qu'autour de moi les ténèbres s'épaississaient, qu'une lampe électrique était allumée juste derrière ma tête, que cette lumière me révélait vraisemblablement aux passants et aux autres clients, mais je ne trouvais pourtant la force ni de me redresser ni de masquer mon abattement. Un serveur finit par faire son apparition. Je lui commandai un café, puis m'abîmai dans la contemplation de l'ombre de ma tête sur la surface métallique de la table. Tous les périls qui m'avaient troublé auparavant relativement à la soirée à venir affluèrent de nouveau dans mon esprit. Au premier chef, j'étais hanté par l'idée déprimante que ma décision d'être photographié devant le monument Sattler avait définitivement affaibli mon prestige dans cette ville ; de ce fait, j'avais à regagner un terrain considérable et il me faudrait diriger avec une véritable maestria la séance de questions et réponses, faute de quoi les conséquences risquaient d'être catastrophiques. L'espace d'un instant, ces pensées m'accablèrent à tel point que j'étais au bord des larmes. Mais je m'aperçus alors qu'une main était posée sur mon dos et j'entendis quelqu'un répéter doucement au-dessus de ma tête : « Monsieur Ryder, monsieur Ryder. »

Je crus que le serveur m'apportait mon café et lui fis signe de le poser devant moi. Mais la voix ne cessait de répéter mon nom, et en levant les yeux je vis Gustav m'observer d'un air soucieux.

« Tiens, bonjour, dis-je.

– Bonsoir, monsieur. Comment allez-vous ? Il m'a semblé que c'était vous, mais je n'étais pas sûr, alors je suis venu voir. Ça va, monsieur ? Nous sommes tous par là-bas, tous les copains, vous ne voulez pas vous joindre à nous ? Les copains seraient drôlement contents. »

Je regardai autour de moi et vis que j'étais assis en bordure d'une place. Malgré le réverbère situé au beau milieu, la place était en grande partie plongée dans l'obscurité, de sorte que les silhouettes des passants n'étaient guère que des ombres mouvantes. Gustav me montrait l'autre côté où je vis un deuxième café, un peu plus grand que celui que j'avais choisi et dont la porte et les fenêtres dégageaient une chaude lumière. Même de l'endroit où j'étais, je voyais que l'intérieur était le théâtre de toute une animation joyeuse, et des échos d'airs de violon et de rires nous étaient apportés par la brise du soir. Je compris alors seulement que j'étais sur la grand-place, dans la vieille ville, et que j'avais en face de moi le Café hongrois. Tandis que je continuais à regarder autour de moi, j'entendis Gustav dire :

« Les copains, monsieur, ils m'ont demandé je ne sais pas combien de fois de raconter mon histoire. Vous savez, ce que vous avez dit, comme quoi vous étiez d'accord. Je leur avais déjà raconté cinq ou six fois, mais ils en voulaient encore. Ils avaient à peine cessé de rire et de se flanquer des bourrades après le dernier récit, mais voilà qu'ils remettaient ça : " Allez, Gustav, on sait bien que tu ne nous as pas encore tout raconté. Qu'est-ce qu'il a dit exactement, M. Ryder ? – Je vous l'ai déjà raconté, je leur ai dit. Je vous l'ai raconté. Vous savez tout. " Mais ils voulaient entendre encore toute l'histoire et je parie qu'ils vont encore vouloir l'entendre plusieurs fois avant que la soirée soit finie. Bien sûr, monsieur, je prends un air épuisé à chaque fois qu'ils réclament, mais, naturellement, c'est de la blague. En réalité, je suis tout aussi enthousiaste qu'eux et j'aurais plaisir à répéter encore et encore notre conversation de ce matin. Ça fait du bien de les voir de nouveau avec cette expression-là. Votre promesse, monsieur, a fait revenir l'espoir sur leurs visages, et une nouvelle jeunesse. Même Igor qui souriait, qui riait de certaines plaisanteries ! La dernière fois que je les ai vus comme ça, je ne m'en souviens même pas. Ça oui, monsieur, je serais vraiment content de revenir là-dessus encore bien des fois. À chaque fois que j'arrive au moment où vous avez dit : " Très bien. C'est avec plaisir que je prononcerai quelques mots en votre faveur ", à chaque fois que j'en arrive là, faudrait que vous les voyiez, monsieur ! Des hourras et des rires, et des grandes bourrades dans le dos, il y a bien longtemps que je ne les ai pas vus comme ça. On était donc là, monsieur, à boire notre bière et à parler de votre grande générosité, à dire que tant d'années s'étaient écoulées et qu'enfin, à partir de ce soir, notre profession ne serait plus jamais la même, oui, nous étions donc en train de dire tout ça, et j'ai regardé sur la place, par hasard, et je vous ai vu, monsieur. Comme vous le voyez, le propriétaire a laissé la porte ouverte. L'atmosphère est bien plus agréable quand le regard peut porter jusqu'à l'autre côté de la place, à la tombée de la nuit. Enfin bref, je regardais au-dehors et je me disais en moi-même : " Je me demande qui est ce pauvre homme assis tout seul là-bas. " Mais j'ai la vue qui baisse, vous savez, et je ne me suis pas rendu compte que c'était vous, monsieur. Là-dessus, Karl, il me dit en chuchotant, il a dû sentir que ça ne serait pas une bonne idée de parler trop fort, il me dit : " Je me trompe sûrement, mais je me demande si ce n'est pas M. Ryder en personne, là-bas ? " Alors j'ai regardé de nouveau et je me suis dit, ma foi oui, c'est possible. Qu'est-ce qu'il peut bien faire là-bas dans la froidure, l'air si triste ? Je vais aller voir si c'est vraiment lui. Je tiens à souligner, monsieur, que Karl a été très discret. Les autres n'ont pas entendu ce qu'il disait, donc, à part lui, ils ne savent pas pourquoi je me suis éclipsé ; enfin, j'imagine que, maintenant, il y en a peut-être quelques-uns qui regardent par là en se demandant ce que je fabrique. Mais dites-moi, monsieur, est-ce que ça va ? Vous avez l'air soucieux.

– Oh... » Je poussai un soupir et m'essuyai le visage. « Ce n'est rien. Vous savez, à force de voyager, de prendre des responsabilités... De temps à autre, ça devient... » Je conclus ma phrase par un petit rire.

« Mais pourquoi restez-vous dehors tout seul comme ça, monsieur ? L'air du soir est froid, et vous n'avez que votre veste. Et tout ça alors que je vous ai dit que vous serez le bienvenu quand vous voulez au Café hongrois. Est-ce que vous croyez qu'on ne va pas vous accueillir avec un enthousiasme débordant si vous venez nous rejoindre ? Rester assis là tout seul ! Franchement, monsieur ! Vous êtes prié de venir avec nous sans plus tarder. Là, vous pourrez vous détendre et vous amuser pendant un petit moment. Oublier tous vos soucis. Les copains seront fous de joie. S'il vous plaît. »

De l'autre côté de la place, le rectangle de lumière de la porte, la musique, les rires, tout cela était assurément attirant. Je me remis debout et m'essuyai de nouveau le visage.

« Parfait, monsieur. En un rien de temps, ça ira mieux.

– Merci. Merci. Sincèrement, un grand merci. » Je m'appliquais à maîtriser mes émotions. « Je vous suis très reconnaissant. Vraiment. J'espère seulement que je ne suis pas importun. »

Gustav éclata de rire. « Vous vous rendrez vite compte si vous êtes de trop ou pas, monsieur. »

En traversant la place, je songeai que je devais me préparer à me présenter aux porteurs, qui seraient certainement au comble de la gratitude et de la joie en me voyant arriver. Je me sentais de plus en plus maître de moi et j'étais sur le point d'adresser à Gustav une remarque amusée lorsqu'il cessa brusquement d'avancer. Sa main était restée posée doucement sur mon dos quand nous nous étions mis en route et je sentis ses doigts, l'espace d'une seconde, agripper le tissu de ma veste. Je me tournai et aperçus mon compagnon dans la pénombre, complètement immobile, les yeux tournés vers le sol, une main portée au front comme s'il venait de se rappeler un fait important. Avant que j'eusse le temps d'ouvrir la bouche, voilà qu'il secouait la tête et souriait d'un air contraint.

« Excusez-moi, monsieur, je... j'ai seulement... » Il eut un petit rire et se remit en marche.

« Tout va bien ?

– Mais oui, mais oui. Vous savez, monsieur, les copains vont être fous de joie quand vous allez passer le seuil. »

Il me devança d'un ou deux pas et marcha en tête résolument jusqu'à l'autre côté de la place.

27

Il me fallut pénétrer dans le café et sentir la chaleur du feu de bois qui flambait au fond de la salle pour me rendre compte que l'air avait réellement fraîchi. La disposition des lieux avait été modifiée depuis la dernière fois que j'y étais entré. La plupart des tables avaient été repoussées contre les murs, de manière à laisser la place centrale à une vaste table ronde autour de laquelle une bonne dizaine d'hommes buvaient de la bière et menaient grand tapage. Ils semblaient un peu plus jeunes que Gustav, encore qu'ils fussent presque tous bien avancés dans l'âge mûr. À quelque distance, près du comptoir, deux hommes maigres en costume tzigane jouaient une valse allègre sur leurs violons. D'autres clients se trouvaient dans la salle, mais ils semblaient tous accepter de rester à l'arrière-plan, dans des recoins pleins d'ombre, comme s'ils avaient su qu'ils assistaient à une fête qui n'était pas la leur.

Quand nous entrâmes, Gustav et moi, les porteurs se tournèrent tous, bouche bée, se demandant s'ils devaient en croire leurs yeux. Puis Gustav dit : « Oui, les gars, c'est bel et bien lui. Il est venu en personne nous présenter ses vœux de réussite. »

Un grand silence se fit dans le café pendant que tous – porteurs, serveurs, musiciens, clients – fixaient leur regard sur moi. Puis des applaudissements chaleureux éclatèrent. Je ne sais pourquoi, cet accueil me prit au dépourvu et je faillis avoir de nouveau les larmes aux yeux. Je souris, répétant : « Merci, merci », pendant que l'ovation continuait, si bruyante que je m'entendais à peine moi même. Les porteurs s'étaient tous levés, et même les Tziganes avaient glissé leurs violons sous leurs bras pour pouvoir applaudir. Gustav me conduisit jusqu'à la table centrale, et lorsque je m'assis les applaudissements se calmèrent enfin. Les musiciens se remirent à jouer et je me retrouvai encerclé par des visages enthousiastes. Gustav, qui s'était assis à côté de moi, commença à dire :

« Les gars, M. Ryder a eu la bonté de... »

Sans le laisser finir sa phrase, un gros porteur au nez rouge se pencha vers moi et leva son verre de bière. « Monsieur Ryder, vous nous avez sauvés. déclara-t-il. Maintenant, notre histoire sera différente. Mes petits-enfants, ils auront un autre souvenir de moi. C'est une soirée qui compte beaucoup pour nous. »

Je lui répondis par un sourire ; je sentis alors une main m'empoigner le bras et vis un visage émacié et nerveux qui me regardait fixement.

« S'il vous plaît, monsieur Ryder, dit l'homme. S'il vous plaît, vous le ferez vraiment, hein ? Quand le moment viendra, avec tous les problèmes importants que vous avez en tête, devant tous ces gens, vous n'allez pas changer d'avis et...

– Ne sois pas si insolent », dit un autre. L'homme nerveux disparut comme si quelqu'un l'avait tiré en arrière. J'entendis alors derrière moi une voix qui disait : « Bien sûr qu'il ne va pas changer d'avis. À qui crois-tu avoir affaire ? »

Je pivotai sur mon siège, souhaitant rassurer l'homme nerveux, mais déjà quelqu'un d'autre me serrait la main :

« Merci, monsieur Ryder, merci.

– Vous êtes vraiment trop aimables, dis-je en souriant à toute l'assemblée. Mais je... je tiens à vous mettre en garde... »

À ce moment-là, on me bouscula, manquant me faire tomber sur mon voisin. J'entendis quelqu'un s'excuser et quelqu'un d'autre dire : « Ne poussez donc pas comme ça ! » Puis une autre voix dit, tout près de moi : « Je pensais bien que c'était vous, là-bas, dehors, tout à l'heure, monsieur. C'est moi qui ai signalé votre présence à Gustav. C'est vraiment bien bon de votre part de venir ainsi nous voir. Ce soir, ce sera une soirée dont nous nous souviendrons pour toujours. Un tournant pour tous les porteurs de la ville.

– Écoutez, il faut que je vous mette en garde, dis-je d'une voix forte. Je ferai de mon mieux mais je tiens à vous prévenir que je n'ai peut-être pas autant d'influence qu'autrefois. Vous comprenez... »

Mais mes paroles furent couvertes par plusieurs des porteurs qui lancèrent un chœur de hourras en mon honneur. Dès la deuxième reprise, toute l'assemblée des porteurs se joignit aux acclamations, puis la musique cessa temporairement et toutes les personnes présentes unirent leurs voix pour un hourra ultime et assourdissant. De nouveaux applaudissements éclatèrent alors.

« Merci, merci », dis-je, profondément ému. Puis, comme les applaudissements commençaient à s'apaiser, le porteur au nez rouge prit la parole :

« Vous êtes le bienvenu ici, monsieur. Vous êtes une célébrité renommée, mais je voudrais que vous le sachiez, nous autres, nous reconnaissons un type bien quand nous le voyons. C'est un fait, on ne passe pas si longtemps à faire ce métier sans acquérir un certain flair pour ce qui est des qualités humaines. Vous, vous êtes un type bien de la tête aux pieds, on est tous capables de s'en apercevoir. Quelqu'un de réglo et de gentil. Vous croyez peut-être que si nous vous accueillons comme ça maintenant, c'est parce que vous allez nous aider. C'est vrai, nous vous sommes reconnaissants. Mais je les connais, toute cette bande, vous leur êtes sympathique, et ça ne serait pas le cas si vous n'étiez pas un type bien. Si vous étiez orgueilleux ou hypocrite, ils vous auraient repéré. Si, si. Bien sûr, ils auraient quand même été reconnaissants, ils vous auraient bien traité, mais ils n'auraient pas sympathisé avec vous. Ce que j'essaie de vous dire, monsieur, c'est que même si vous n'étiez pas célèbre, si vous n'étiez qu'un inconnu qui débarque ici par hasard, on aurait vu que vous étiez quelqu'un de bien, vous auriez expliqué que vous étiez loin de chez vous et que vous recherchiez un peu de compagnie, et on vous aurait accueilli. On ne vous aurait pas réservé un accueil très différent de celui auquel vous avez eu droit à l'instant, dès qu'on aurait vu que vous étiez vraiment un type bien. En fait, nous autres, nous sommes loin d'être aussi réservés que les gens le prétendent. Désormais, monsieur, vous pouvez considérer chacun de nous comme un ami.

– C'est exact, dit quelqu'un à ma droite. Nous sommes vos amis maintenant. Si jamais vous avez un problème quelconque dans cette ville, vous pouvez compter sur nous.

– Merci infiniment, dis-je. Merci. Je ferai de mon mieux pour vous tous ce soir. Mais je tiens vraiment à vous prévenir...

– Monsieur, je vous en prie. » C'était Gustav qui me parlait doucement à l'oreille. « Cessez de vous faire de la bile, je vous en prie. Tout ira bien. Pourquoi ne pas vous divertir pendant au moins quelques minutes ?

– Mais je souhaitais simplement prévenir vos excellents amis...

– Vraiment, monsieur, continua posément Gustav. Votre dévouement est admirable. Mais vous vous inquiétez outre mesure. Détendez-vous et amusez-vous. Pendant quelques minutes. Regardez-nous. Tous, ici, nous avons des soucis. Moi-même, je vais devoir regagner prochainement la salle de concert, reprendre le travail. Mais quand nous nous retrouvons comme nous le faisons ici, nous sommes heureux d'être entre amis et nous oublions les soucis. Nous nous délassons et nous divertissons. » Puis Gustav éleva la voix pour couvrir le vacarme. « Allons, montrons à M. Ryder que nous savons nous amuser ! Montrons-lui comment nous faisons ! »

Cette déclaration fut saluée par des hourras et une nouvelle salve d'applaudissements qui se transformèrent en battements de mains rythmés tout autour de la table. Suivant la cadence ainsi donnée, le jeu des Tziganes s'accéléra et certains des clients quittèrent leur rôle d'observateur pour se mettre eux aussi à taper dans leurs mains. Je remarquai qu'ailleurs dans la salle d'autres petits groupes interrompaient leurs conversations et faisaient pivoter leurs chaises comme pour assister à un spectacle attendu avec impatience. Un grand maigre au teint basané qui devait être le patron sortit de son arrière-salle et resta sur le seuil, appuyé au chambranle, visiblement décidé à ne rien manquer de la suite des événements.

Pendant ce temps, les porteurs continuaient à taper dans leurs mains, de plus en plus joyeux, certains d'entre eux frappant le sol avec leurs pieds pour souligner le tempo. Puis deux serveurs accoururent et se mirent hâtivement à débarrasser la table. Les bocks, les tasses à café, les sucriers, les cendriers, tout disparut en un clin d'œil. Aussitôt l'un des porteurs, un barbu assez corpulent, grimpa sur la table. Sous sa barbe broussailleuse, il avait un teint rubicond, effet du trac ou de la boisson, je n'aurais su dire. Quoi qu'il en fût, sitôt juché sur la table il ne sembla guère bloqué par d'éventuelles inhibitions et se mit à danser en souriant jusqu'aux oreilles.

C'était une danse étrange, plutôt statique : les pieds quittaient à peine la surface de la table et l'accent était mis sur les qualités sculpturales du corps humain plutôt que sur l'agilité ou la grâce en mouvement. Le porteur barbu adoptait une pose de dieu grec, la position de ses bras évoquant la présence d'un fardeau invisible, puis, tandis que les battements de mains et les cris d'encouragement continuaient, il modifiait délicatement l'angle de sa hanche ou pivotait lentement. Je me demandai un instant si tout ce numéro était censé être comique, mais, malgré les rires exubérants qui jaillissaient autour de la table, il fut bientôt évident que l'affaire n'avait rien de délibérément satirique. Comme mes yeux étaient fixés sur le porteur barbu, quelqu'un me donna un coup de coude :

« C'est ça, monsieur Ryder. Notre danse. La danse des porteurs. Vous en avez sûrement entendu parler.

– Oui, dis-je. Bien sûr. C'est donc ça, la danse des porteurs.

– Oui, c'est ça. Mais vous n'avez encore rien vu. » Mon interlocuteur me décocha un immense sourire et un nouveau coup de coude.

Je m'aperçus qu'un carton d'emballage volumineux passait de main en main. Cette caisse avait à peu près les dimensions d'une valise, mais à en juger par la façon dont chaque porteur l'envoyait à son voisin, elle devait être vide et légère. Elle fit le tour de la table en quelques minutes puis, à un stade donné de la danse, fut lancée au porteur barbu. Toute cette série de gestes donnait l'impression d'une manœuvre déjà répétée à maintes reprises. À l'instant précis où le porteur barbu changeait de pose et levait de nouveau les bras, le carton fendit les airs et atterrit de plein fouet sur ses mains.

Le porteur barbu réagit comme s'il avait reçu une dalle de pierre, ce qui arracha à son public un grondement inquiet ; l'espace d'une ou deux secondes, il sembla en passe de fléchir sous la charge. Mais, enfin, au prix d'un effort considérable, il se redressa tant et si bien qu'il se retrouva droit comme un I, le carton serré contre sa poitrine. Pendant que des acclamations saluaient cet exploit, le porteur barbu entreprit lentement de hisser le carton au-dessus de sa tête, jusqu'au moment où il parvint à le brandir au-dessus de lui, les deux bras absolument tendus. En réalité, naturellement, cette prouesse n'en était pas une ; mais le jeu de scène était empreint d'une telle dignité, d'une telle force dramatique que je me joignis aux acclamations d'aussi bon cœur que s'il avait vraiment soulevé un poids énorme. Le porteur barbu se mit alors à créer, non sans adresse, l'impression illusoire qu'il soulevait un fardeau de plus en plus léger. Avant longtemps, il tenait la caisse d'une main tout en faisant de petites pirouettes ; de temps à autre, il jetait l'objet par-dessus son épaule et le rattrapait derrière son dos. Plus la charge devenait légère, plus ses collègues se montraient exubérants. Puis, comme les exploits du porteur barbu se faisaient de plus en plus désinvoltes, ses collègues se mirent à échanger des regards qui parcouraient tout le cercle de l'assistance, des sourires, des coups de coude, jusqu'au moment où l'un des compagnons, un petit homme noueux au visage orné d'une fine moustache, se hissa à son tour sur la table.

Celle-ci trembla sous le poids et s'inclina, mais les autres porteurs rirent comme si ces signes menaçants s'intégraient au spectacle, puis ils tinrent la table fermement pendant que le porteur noueux prenait place. Le barbu feignit d'abord de ne pas voir son collègue et continua à exhiber sa maîtrise dans le maniement de la caisse, pendant que le porteur noueux se tenait derrière lui d'un air maussade comme quelqu'un qui attend de pouvoir enfin danser avec la cavalière de ses rêves. Enfin, le barbu vit l'homme noueux et lui lança le carton. En l'attrapant, l'homme noueux recula, titubant, et l'on eût pu croire qu'il allait tomber de la table. Mais il se rétablit juste à temps, puis, au prix de gros efforts, se redressa, tenant la caisse sur son dos. Pendant ce temps, le barbu, qui. s'associait maintenant aux applaudissements et souriait avec allégresse, descendit de la table, aidé par de nombreuses mains.

Le porteur noueux suivit à peu près la même séquence que son prédécesseur, mais en l'enrichissant de maints jeux de scène comiques. Il provoqua l'hilarité générale en multipliant les grimaces et en esquissant des chutes à la façon d'un comédien du cinéma muet. Pendant que je le regardais, les battements de mains cadencés, les violons tziganes, les rires, les hululements de feinte surprise semblaient remplir non seulement mes oreilles mais tous mes sens. Puis, comme un troisième porteur venait remplacer l'homme noueux sur la table, je sentis que la chaleur humaine commençait à me submerger. Les conseils de Gustav me parurent alors d'une sagesse profonde. En effet, à quoi bon tous ces tracas ? Il était indispensable, de temps à autre, de se laisser aller complètement et de se faire plaisir.

Je fermai les yeux et laissai l'agréable ambiance vibrer autour de moi, me rendant à peine compte que je tapais toujours dans mes mains et que mon pied marquait la mesure sur le plancher. L'image de mes parents se forma dans mon esprit : tous deux, dans leur voiture attelée, approchaient de l'esplanade située devant la salle de concert. Je voyais les gens de la ville – les messieurs en frac noir, les dames parées de capes, de châles et de bijoux – interrompre leurs conversations et se tourner tous dans la même direction, attentifs au bruit des sabots qui résonnaient dans l'ombre du sous-bois. Alors la voiture resplendissante apparaissait soudain dans le flot des lumières et les beaux chevaux passaient au petit trot, puis s'arrêtaient, leur souffle s'élevant dans l'air nocturne. Ma mère et mon père jetaient un coup d'œil par la vitre de la voiture, portant sur leur visage les prémices d'une impatience joyeuse mais aussi une expression de prudence, de réserve, un refus de céder complètement à leur espoir de voir la soirée déboucher sur un triomphe étincelant. Enfin, tandis que le cocher en livrée se hâtait de les aider à descendre et qu'une file de dignitaires se formait pour les accueillir, ils adoptaient ce sourire résolument calme qui était pour moi un souvenir d'enfance associé aux rares occasions où mes parents avaient des invités à déjeuner ou à dîner.

J'ouvris les yeux et vis qu'il y avait maintenant deux porteurs sur la table qui exécutaient ensemble un numéro amusant. Celui qui tenait le carton chancelait et trébuchait, prêt à s'effondrer, menaçant de rouler à terre, puis, au dernier moment, laissait son collègue se charger du fardeau. Je remarquai alors que Boris – qui était sans doute là depuis le début, assis dans un coin du café – s'était approché de la table et levait vers les deux porteurs des yeux visiblement émerveillés. À le voir rire et applaudir au bon moment, il était évident que le petit garçon connaissait par cœur tous les numéros. Il était assis entre deux porteurs costauds et basanés qui se ressemblaient tant qu'ils pouvaient bien être frères. Pendant que je les observais, Boris fit une réflexion à l'un d'eux ; l'homme éclata de rire et pinça gaiement la joue du garçonnet.

Toute cette activité semblait attirer de plus en plus de gens venus de la place et le café commençait à être bondé. Je remarquai également que les deux musiciens tziganes que j'avais vus à mon arrivée avaient été rejoints par trois autres ; la musique de leurs violons fusait maintenant de toute part, débordante d'énergie comme jamais. Puis quelqu'un dans le fond – j'eus l'impression qu'il ne s'agissait pas d'un porteur – s'exclama : « Gustav ! » et en un rien de temps ce cri fut repris à notre table. « Gustav ! Gustav ! » scandaient les porteurs, sur le ton d'une invocation. Bientôt, même le porteur à l'air nerveux qui m'avait adressé la parole auparavant et qui était maintenant en vedette sur la table – assurant une prestation pleine de verve, sinon de dextérité – se joignit au chœur, si bien que tout en faisant glisser la caisse sur son dos, puis autour de sa hanche, il entonnait : « Gustav ! Gustav ! »

Je cherchai Gustav des yeux – il n'était plus près de moi – et vis qu'il était allé trouver Boris et lui murmurait quelque chose à l'oreille. Un des frères basanés posa une main sur l'épaule de Gustav et je compris qu'il implorait le vieux porteur de se présenter au public. Gustav sourit et fit non de la tête, l'air modeste, ce qui ne fit qu'inciter ses compagnons à l'appeler de plus belle. Maintenant, presque tous les assistants scandaient son nom, et même ceux qui étaient restés sur la place semblaient reprendre le même refrain. Enfin, glissant à Boris un sourire las, Gustav se mit debout.

Étant de quelques années le plus âgé des porteurs, Gustav parut avoir un peu plus de mal à se hisser sur la table, mais de nombreuses mains se tendirent pour l'aider. Une fois sur la table, il se redressa et sourit au public. Le porteur à l'air nerveux lui passa la caisse, puis descendit rapidement.

D'emblée, le numéro de Gustav se distingua de celui qu'avaient institué les autres danseurs. Au lieu de faire croire que le carton était extrêmement lourd au moment où il le recevait, il le posa sans effort sur une épaule qu'il haussa avec dédain. Cette mimique suscita des rires sonores et unanimes. J'entendis quelques exclamations : « Ce bon vieux Gustav ! » ou bien : « Faites-lui confiance ! » Puis, comme il continuait à prendre sa charge à la légère, un serveur se fraya un chemin jusqu'à la table, sur laquelle il jeta une véritable valise. Vu la façon dont elle oscillait au bout de son bras et le bruit sourd qu'elle fit en tombant, la valise n'était certainement pas vide. Elle atterrit tout près des pieds de Gustav et un murmure circula dans la foule. Puis l'invocation scandée reprit, plus rapide que jamais : « Gustav ! Gustav ! Gustav ! » Je voyais Boris suivre attentivement le moindre geste de son grand-père, le visage empreint d'une immense fierté, battant des mains vigoureusement et s'associant à la psalmodie générale. Gustav, voyant Boris, lui sourit de nouveau, puis il se pencha et agrippa la poignée de la valise.

Tandis que Gustav, toujours courbé, hissait la valise jusqu'à sa hanche, il me parut évident qu'il ne truquait pas le poids de son fardeau. Il se redressa, la caisse toujours sur l'épaule, la valise à la main, et, ce faisant, ferma les yeux ; son visage sembla se rembrunir. Mais personne n'eut l'air de penser que cela fût anormal – aussi bien, peut-être Gustav faisait-il toujours cette mine avant de réaliser un exploit – et la psalmodie et les battements de mains continuèrent, assourdissants, couvrant le couinement des violons. De fait, l'instant d'après, Gustav avait rouvert les yeux et souriait largement à toute l'assistance. Puis, soulevant encore plus haut la valise, il parvint à la coincer sous son bras, et dans cette posture – la valise sous un bras, le carton sur l'autre épaule – il se mit à danser, esquissant avec les pieds des mouvements lents et traînants. Il y eut des acclamations et des hourras, et j'entendis quelqu'un, près de l'entrée, demander : « Mais que fait-il maintenant ? Je n'y vois rien. Qu'est-ce qu'il fait ? »

Puis Gustav hissa la valise encore plus haut et continua à danser, la valise sur une épaule, le carton sur l'autre. Parce que la valise était beaucoup plus lourde que la caisse, il était forcé de se pencher très nettement d'un côté, mais à cela près il semblait être à l'aise et ses pas continuaient à faire preuve d'une certaine vivacité. Boris, rayonnant, cria à son grand-père quelques mots qui m'échappèrent et auxquels Gustav répondit par un mouvement amusé de la tête, ce qui provoqua de nouvelles salves de cris et de rires.

Tandis que Gustav continuait sa danse, je pris conscience d'une certaine agitation derrière moi. Depuis un moment, quelqu'un m'enfonçait un coude dans le dos avec une régularité pénible, mais j'avais supposé que la personne responsable de ce problème partageait simplement le désir unanime de mieux voir le spectacle. Quand je me retournai enfin, je m'aperçus que juste derrière moi, malgré la foule qui les cernait de toutes parts, deux serveurs, agenouillés sur le sol, remplissaient une valise. Ils y avaient déjà empilé un bon nombre d'objets, apparemment des planches à découper en bois provenant de la cuisine. Un des deux hommes disposait les planches de façon à les serrer les unes contre les autres tandis que son collègue faisait de grands gestes irrités, montrant alternativement le fond du café et la place qui restait encore libre dans la valise. Je vis alors arriver d'autres planches à découper, par lots de deux ou trois, passées de main en main dans la foule. Les serveurs travaillaient vite, entassant les planches tant et si bien que la valise sembla pleine à déborder. Mais de nouvelles planches, ou même des tronçons de planches cassées, continuaient à être livrés, et les serveurs, faisant preuve de l'adresse que confère l'expérience, trouvaient moyen de les fourrer aussi dans la valise. Ils auraient peut-être pu en emballer encore davantage, mais la masse de gens qui se pressait contre eux sembla venir à bout de leur patience et ils rabattirent enfin le couvercle, tirèrent sur les courroies et, passant devant moi, hissèrent la valise sur la table.

Boris braqua sur la nouvelle valise des yeux écarquillés puis dévisagea Gustav d'un air hésitant. Son grand-père se trémoussait lentement, un peu à la façon d'un matador. Pour l'instant, l'effort qu'il devait faire pour tenir le carton et la valise sur ses épaules semblait l'empêcher de remarquer le défi qui venait de lui être proposé. Boris observa attentivement son grand-père, guettant le moment où il verrait la deuxième valise. Visiblement, tout le monde partageait la même attente, mais Gustav continuait imperturbablement sa danse, feignant de ne rien avoir remarqué. C'était certainement une ruse de sa part ! À tous les coups, son grand-père taquinait le public, et d'une seconde à l'autre, Boris en était sûr, il ramasserait la lourde valise, laissant peut-être tomber le carton vide pour ce faire. Mais pour une raison ou une autre, Gustav ne la voyait toujours pas, et maintenant les gens criaient et la montraient du doigt. Alors, enfin, Gustav la repéra et son visage – coincé en sandwich entre le carton et la première valise – revêtit une expression de désarroi. Autour de Boris, tout le monde rit et applaudit encore plus fort. Gustav continuait à pivoter lentement sur lui-même, mais son regard était fixé sur la nouvelle valise, sans rien perdre de son air troublé, et, l'espace d'un instant, il vint à l'esprit de Boris que, peut-être, son grand-père ne faisait pas tout à fait semblant d'être inquiet. Mais tout autour de lui les gens riaient aux éclats, des gens qui avaient bien des fois vu son grand-père faire le même numéro, et une minute après Boris riait, lui aussi, et encourageait Gustav. La voix du petit garçon capta l'attention de Gustav et, une fois de plus, grand-père et petit-fils échangèrent des sourires.

Puis Gustav débarrassa son épaule du carton vide ; il le laissa glisser le long de son bras puis, avec un mépris qui était presque gracieux, il envoya l'objet dans la foule. De nouveau, les rires se mêlèrent aux acclamations et la caisse, passée de main en main au-dessus des têtes des spectateurs, disparut au fin fond de la salle. Gustav baissa encore les yeux vers la nouvelle valise et hissa la première plus haut sur son épaule. Il afficha de nouveau une expression grave et préoccupée – cette fois-ci, nul ne pouvait douter qu'elle fût simulée – et Boris s'associa à l'éclat de rire général. Gustav fléchit alors les genoux. Il le fit très lentement, soit en raison de difficultés physiques, soit par sens de la mise en scène, et se retrouva enfin accroupi, la première valise toujours tenue sur une épaule, son bras libre se tendant vers la poignée de l'autre valise. Puis, posément, lentement, tandis que les applaudissements continuaient, il se mit de nouveau debout, tout en soulevant la plus lourde des deux valises.

Gustav singeait maintenant de terribles efforts, à la manière du porteur barbu au moment où il avait attrapé la caisse en carton. Boris était tout yeux, et la fierté montait en lui. De temps à autre, il se tournait pour observer les visages admiratifs des spectateurs qui se pressaient autour de lui. Même les musiciens tziganes jouaient maintenant des coudes pour mieux voir, utilisant sournoisement la vigueur et l'adresse acquises en maniant l'archet pour écarter leurs concurrents. Un violoneux était ainsi parvenu jusqu'à l'avant de la foule, et jouait maintenant tout contre la table.

Gustav se mit alors à remuer de nouveau les pieds. Le poids des deux valises, surtout celle qui était pleine de planches à découper et qu'il ne tenta pas de hisser sur son épaule – sans doute était-ce matériellement impossible –, ne laissait à sa démarche qu'une élasticité toute symbolique, mais ses mouvements n'en étaient pas moins imposants et la foule atteignit l'extase. « Ce bon vieux Gustav ! » entendit-on de nouveau, et Boris aussi, qui n'avait pourtant guère l'habitude de désigner ainsi son grand-père, lança à pleins poumons : « Ce bon vieux Gustav ! Ce bon vieux Gustav ! »

De nouveau, le vieux porteur sembla entendre la voix de Boris malgré le vacarme. Certes, cette fois, il ne se tourna pas pour faire signe au petit garçon – il feignait d'être fortement préoccupé de ses valises et ne pouvait donc dissiper ainsi son attention –, mais une désinvolture nouvelle vint animer ses mouvements. Il se mit de nouveau à tourner lentement sur lui-même et son dos perdit la moindre trace de voussure. L'espace d'un instant, Gustav fut splendide, dressé comme une statue sur la table, une valise sur l'épaule, une autre à la hanche, pivotant au son des applaudissements et de la musique. Puis il sembla trébucher, mais se rattrapa presque aussitôt, et la foule poussa un « ooh ! » et rit de nouveau devant cette petite variation.

Boris perçut alors un remue-ménage derrière lui et vit que les deux serveurs étaient de retour, s'agitant de nouveau autour d'un objet posé sur le sol, écartant ceux qui les entouraient pour dégager l'espace nécessaire à leur tâche. Les deux hommes étaient à genoux et s'affairaient autour d'un volumineux sac de golf. Leur attitude était nerveuse et revêche : peut-être étaient-ils agacés par la façon dont les gens qui se pressaient autour d'eux semblaient leur envoyer sans cesse des coups de genou. Boris jeta un coup d'œil à son grand-père, puis, lorsque à nouveau il regarda derrière lui, vit un des serveurs élargir l'ouverture du sac comme si l'on avait été sur le point d'y introduire une masse importante. De fait, l'autre serveur apparut, fendant la foule à reculons, écartant les gêneurs avec brusquerie sur son passage et traînant quelque chose sur le sol. En revenant un peu en arrière dans la foule, Boris put voir qu'il s'agissait d'un mécanisme quelconque. C'était difficile de bien regarder – les jambes des gens lui barraient la vue –, mais cela avait tout l'air d'un vieux moteur provenant d'une motocyclette ou peut-être d'un bateau de plaisance. Les deux serveurs peinaient pour le fourrer dans le sac de golf, étirant l'étoffe déjà tendue, s'escrimant sur la fermeture Éclair. Boris leva de nouveau les yeux et vit que son grand-père avait encore la haute main sur les deux valises ; il ne sembla pas éprouver la nécessité de s'arrêter. D'ailleurs, la foule n'avait pas du tout l'intention de l'y autoriser. Il y eut alors un mouvement autour de lui. C'était fait : les deux serveurs avaient hissé le sac de golf sur la table.

Pendant un moment, le brouhaha s'accrut tandis que ceux qui étaient à l'avant faisaient circuler vers ceux de l'arrière la nouvelle de l'arrivée du sac de golf. Gustav ne le remarqua pas immédiatement, car il se concentrait, les yeux fermés. Mais les appels de la foule l'incitèrent bientôt à regarder autour de lui. Il fixa le sac et, l'espace d'une seconde, parut très grave. Puis il sourit et continua à tourner lentement sur lui-même. Enfin, comme auparavant, mais sans l'aisance qu'il avait alors manifestée, il fit glisser sur son bras la plus légère des deux valises. Tandis qu'elle tombait, Gustav, en un suprême effort, parvint à lever le bras de façon que la valise fût hissée au-dessus de la foule. Étant bien plus lourde que le carton vide, elle ne pouvait guère décrire un bel arc de cercle et alla rebondir sur la table avant de tomber dans les bras des porteurs du premier rang. Cette valise, à l'instar du carton, disparut dans la foule et de nouveau tous les yeux furent fixés sur Gustav. Son nom fut de nouveau entonné et le vieil homme regarda attentivement le sac de golf posé près de ses pieds. Il ne portait plus qu'un seul fardeau, et, bien que ce fût la valise pleine de planches à découper, ce relatif allégement sembla lui donner une énergie nouvelle. Il fit la grimace et secoua la tête d'un air dubitatif devant le sac, ce qui poussa la foule à l'encourager de plus belle. « Allez, Gustav, montre-leur ! » cria le porteur assis à côté de Boris.

Gustav entreprit alors de soulever la lourde valise jusqu'à l'épaule où il avait tenu auparavant la plus légère des deux. Il s'y prit très posément, les yeux fermés, d'abord en appui sur un genou plié, avant de se redresser lentement. Ses jambes tremblèrent une ou deux fois, mais ensuite son maintien devint ferme. La valise bien arrimée sur son épaule, il tendit sa main libre vers le sac de golf. Tout à coup, la peur traversa Boris et il cria : « Non ! » mais sa voix se perdit dans les rires, les acclamations et les soupirs de la foule.

« Vas-y, Gustav ! criait son voisin. Montre-leur ce que tu sais faire ! Montre-leur !

– Non ! Non ! Grand-père ! Grand-père !

– Ce bon vieux Gustav ! lançait tout un concert de voix. Vas-y ! Montre-leur ce que tu sais faire !

– Grand-père ! Grand-père ! » Boris allongeait maintenant les bras vers la table pour attirer l'attention de son grand-père, mais le visage de Gustav restait sombre et concentré, contemplant avec une intensité extraordinaire la bandoulière du sac de golf posé à ses pieds. Puis le vieux porteur commença à se baisser de nouveau, tout son corps tremblant sous le poids de la valise juchée sur son épaule, sa main cherchant prématurément à s'emparer de la bandoulière située encore un peu trop bas. Une tension nouvelle apparut dans la salle, comme si l'on avait senti que Gustav s'attaquait enfin à un haut fait qui était peut-être au-delà de la limite de ses remarquables possibilités. L'ambiance restait pourtant joyeuse, et son nom était scandé sur un ton enthousiaste.

Boris scruta d'un air suppliant les visages des adultes qui l'entouraient et agrippa le bras du porteur le plus proche.

« Non, non, ça suffit ! Grand-père en a assez fait ! »

Le porteur barbu – c'était lui – regarda le petit garçon avec surprise, puis répondit en riant : « Ne t'inquiète pas, ne t'inquiète pas. Ton grand-père est formidable. Il peut le faire, il peut en faire beaucoup plus. Beaucoup plus. Il est formidable.

– Non ! Grand-père en a assez fait, maintenant ! »

Mais personne, même le porteur barbu qui avait passé un bras rassurant autour des épaules de Boris, non, personne n'écoutait. Car Gustav était maintenant pratiquement accroupi sur la table, la main à deux ou trois centimètres de la bandoulière. Et voici qu'il s'en était emparé ; le corps toujours ramassé sur lui-même, il la plaçait sur son épaule libre. Il tira dessus pour mieux la centrer et recommença sa progression vers la verticalité. Boris hurlait et cognait sur la table ; Gustav finit par le remarquer. Son grand-père avait déjà commencé à redresser ses jambes, mais il s'arrêta et, l'espace d'une seconde, leurs regards se croisèrent.

« Non. » Boris fit un geste de refus. « Non. Grand-père en a assez fait. »

Gustav ne pouvait peut-être pas entendre, avec tout ce tapage, mais il sembla bien comprendre le sens de l'intervention de son petit-fils. Il hocha vivement la tête, un sourire rassurant éclaira son visage. Puis, de nouveau, il ferma les yeux pour mieux se concentrer.

« Non ! Non ! Grand-père ! » Boris se cramponna de nouveau au bras du porteur barbu.

« Mais qu'est-ce qui se passe donc ? » demanda le barbu, qui riait aux larmes. Puis, sans attendre de réponse, il concentra toute son attention sur Gustav, scandant le nom de son héros avec une vigueur inégalée.

Gustav continuait lentement à se redresser. Une fois, deux fois, son corps trembla comme s'il allait craquer. Son visage se congestionna étrangement. Ses mâchoires se crispaient terriblement, ses joues se déformaient, les muscles de son cou saillaient. Même dans le tohu-bohu, on croyait entendre les halètements du vieux porteur. Pourtant, à l'exception de Boris, personne ne semblait rien remarquer.

« Ne t'inquiète pas, ton grand-père est formidable ! répéta le barbu. Ce n'est rien du tout ! Il fait ça chaque semaine ! »

Gustav continuait à se redresser, le sac de golf pendu à une épaule, la valise juchée sur l'autre. Enfin, il fut debout, parfaitement droit, le visage secoué de tremblements mais triomphant, et pour la première fois depuis de longues minutes les battements de mains rythmés furent remplacés par des applaudissements délirants et des acclamations. Les violons aussi attaquèrent une mélodie plus lente et plus grandiose qui convenait à ce finale. Gustav pivota lentement, les yeux à peine ouverts, la douleur et la dignité s'affrontant sur son visage convulsé.

« Ça suffit ! Grand-père ! Arrête ! Arrête ! »

Gustav tournait toujours, résolu à faire parade de sa réussite devant tous les spectateurs présents. Puis quelque chose sembla céder subitement en lui. Il s'immobilisa et, l'espace d'un instant, sembla vaciller doucement, comme sous le souffle d'une brise. Une seconde plus tard il avait recouvré son assise et poursuivait sa rotation. Une fois revenu à la position exacte où il se trouvait quand il s'était redressé, il commença à faire descendre la valise posée sur son épaule. Il la laissa tomber sur la table à grand bruit, ayant estimé qu'elle était trop lourde pour qu'on pût la jeter vers la foule sans risquer de blesser un spectateur, puis il la poussa du bout du pied, et elle glissa enfin, arrivée au bord de la table, jusque dans les bras de ses collègues prêts à la recevoir.

Les ovations et les applaudissements duraient toujours, puis une partie de l'assistance entonna une chanson – une ballade en hongrois au rythme ondoyant – sur la mélodie jouée par les Tziganes. Le chant se répandit de bouche en bouche et bientôt toute la salle s'y fut associée. Là-haut, sur la table, Gustav se défaisait du sac de golf qui tomba avec un choc métallique. Cette fois-ci, il ne tenta pas de le pousser jusqu'à la foule, mais leva les bras en l'air pendant une seconde – ce simple geste sembla l'épuiser – puis se hâta de descendre de la table. De nombreuses mains s'offrirent pour l'aider, et Boris regarda son grand-père rejoindre sain et sauf le plancher de la salle.

L'assistance semblait maintenant préoccupée de son chant. La ballade avait un caractère suave et nostalgique ; tout en chantant, les gens commençaient à entrelacer leurs bras pour pouvoir se balancer ensemble. Un des violoneux tziganes grimpa sur la table, où il fut rapidement rejoint par un autre, et bientôt, à eux deux, ils donnaient la cadence à toute la salle, bougeant leur corps en mesure tout en jouant.

Boris fendit la foule pour rejoindre son grand-père qui reprenait lentement son souffle. Bizarrement, alors que Gustav, quelques secondes auparavant, avait concentré sur lui tous les regards, personne ne semblait maintenant prêter une grande attention au grand-père et au petit-fils qui s'embrassaient tendrement, les yeux fermés, sans chercher à se cacher l'un à l'autre leur immense soulagement. Après un moment qui parut assez long, Gustav sourit à Boris, mais le petit garçon continuait à serrer étroitement son grand-père contre lui, sans ouvrir les yeux.

« Boris, dit Gustav. Boris. Je voudrais que tu me promettes quelque chose. »

Pour toute réponse, le petit garçon continua à étreindre son grand-père.

« Boris, écoute. Tu es un bon garçon. Si jamais il m'arrivait quelque chose, au cas où cela se passerait, il faut que tu prennes ma place. Vois-tu, ta mère et ton père, ce sont des gens bien. Mais quelquefois, c'est dur, pour eux. Ils ne sont pas forts, comme toi et moi. Alors tu comprends, s'il m'arrive quelque chose, si je ne suis plus là, c'est toi qui dois être fort. Il faut que tu t'occupes de ta mère et de ton père, que tu préserves la force de la famille, que tu maintiennes son unité. » Gustav desserra son étreinte et sourit à Boris. « Tu me le promets, hein, Boris ? »

Boris sembla accorder à la question un instant de réflexion, puis il acquiesça gravement. Là-dessus, ils semblèrent engloutis par la foule et je ne parvins plus à les voir. Quelqu'un me tirait par la manche, insistant pour que je donne mon bras et que je participe au chant.

Je regardai autour de moi et vis que les autres violoneux étaient à leur tour montés sur la table, se joignant aux deux premiers ; toute la salle semblait maintenant tourner autour de cet axe dans l'unité d'un même chant. De nouveaux arrivants avaient afflué dans le café. Ce n'était plus qu'une masse serrée de corps indissociables. Je vis aussi que la porte était toujours ouverte sur la place et que dehors, dans la nuit, les gens ondulaient et chantaient. Je nouai mon bras à celui d'un homme corpulent – un porteur, supposai-je – et à celui d'une grosse dame, sans doute une passante qui venait d'arriver, et je me retrouvai à faire la ronde autour de la pièce, flanqué de mes deux compagnons. Je ne connaissais pas la chanson que nous chantions, mais je finis par m'apercevoir que la plupart des gens ignoraient eux aussi les paroles et ne parlaient d'ailleurs pas le hongrois ; ils se contentaient de chanter des syllabes qui ressemblaient vaguement à l'idée qu'ils se faisaient des paroles. L'homme et la femme qui m'encadraient, par exemple, ne chantaient absolument pas la même chose, et ils ne se montraient l'un et l'autre ni gênés ni hésitants. Il me suffit à vrai dire de faire un peu attention pour constater qu'ils chantaient en charabia, mais cela n'avait visiblement guère d'importance, et avant longtemps je me laissai entraîner par l'atmosphère générale et me mis à chanter, fabriquant des mots qui me paraissaient vaguement hongrois. Je ne sais pourquoi, cela fonctionnait à la perfection : les mots sortaient tout seuls de ma bouche avec une facilité surprenante, et je me retrouvai en train de chanter avec beaucoup de sentiment.

Au bout d'une vingtaine de minutes, je vis que la foule commençait enfin à se raréfier. Je constatai également que les serveurs balayaient et remettaient les tables à leur place antérieure partout dans le café. Il subsistait cependant un groupe assez important dont je faisais partie, et nous virevoltions toujours autour de la salle, les bras entrelacés, en chantant avec passion. Les Tziganes étaient toujours perchés sur la table et ne semblaient pas vouloir s'arrêter de jouer. Tout en tournoyant autour de la pièce, tiré et poussé sans rudesse par mes compagnons, je sentis que quelqu'un me tapait sur l'épaule. Je regardai derrière moi : l'homme, qui était sans doute le patron du café, me souriait. Il était grand et dégingandé, et comme je continuais ma farandole il eut l'obligeance de me suivre, adoptant pour ce faire une démarche traînante, le dos voûté, qui évoquait Groucho Marx.

« Monsieur Ryder, vous avez l'air très fatigué. » Il me criait aux oreilles, mais j'arrivais à peine à l'entendre dans le bruit de notre chant. « Et vous avez devant vous une soirée longue et importante. Pourquoi n'iriez-vous pas vous reposer quelques minutes ? Nous avons une chambre confortable à l'arrière, ma femme a préparé le canapé avec des couvertures et des coussins, et elle a allumé le chauffage à gaz. Vous verrez, c'est très confortable. Vous pourriez vous rouler en boule et dormir un peu. La chambre n'est pas grande, c'est vrai, mais comme elle est à l'arrière, c'est très calme. Personne ne viendra vous déranger, nous y veillerons. Vous allez trouver ça très confortable. Franchement, monsieur, je trouve que vous devriez profiter du bref laps de temps qui vous reste avant que la soirée ne commence vraiment. Je vous en prie, venez par ici. Vous avez l'air si fatigué. »

Certes, cette séance de chant en bonne compagnie était fort à mon goût, mais je me rendis compte que j'étais en effet accablé de fatigue et que cette proposition était pleine de bon sens. En fait, l'idée d'une petite sieste me paraissait de plus en plus attirante, et comme le patron continuait à me suivre, le sourire aux lèvres et traînant les pieds, je me mis à éprouver à son égard une profonde gratitude, non seulement en raison de sa suggestion, mais aussi parce qu'il accueillait les clients dans cet établissement merveilleux et qu'il se montrait généreux avec les porteurs, un groupe dont les citoyens de cette ville méconnaissaient visiblement la valeur. Je dénouai mes bras de ceux de mes voisins à qui je fis mes adieux en souriant ; le patron posa une main sur mon épaule et m'entraîna vers une porte située au fond du café.

Il me fit traverser une pièce noyée dans l'obscurité – je distinguai des marchandises empilées contre les murs –, puis il ouvrit une autre porte par laquelle on apercevait une lueur douce et chaude.

« Nous y voilà, dit le patron en me faisant entrer. Vous n'avez qu'à vous reposer sur ce canapé. Laissez cette porte fermée, et s'il fait trop chaud, baissez le poêle jusqu'au cran inférieur. Ne vous en faites pas, la sécurité est garantie. »

Le chauffage était la seule source de lumière dans la pièce. La lueur orange me permit de discerner le canapé, qui sentait un peu le moisi, mais pas au point que cela fût gênant. Avant que j'eusse le temps de m'en rendre compte, la porte avait été refermée et j'étais seul. Je m'installai sur le canapé, qui était juste assez long pour moi à condition de plier un peu les jambes, et j'étalai sur moi la couverture que la femme du patron avait laissée à mon intention.

QUATRIÈME PARTIE

28

Je m'éveillai dans la terreur d'avoir abusé du sommeil. Ma première pensée fut que le matin était déjà là et que j'avais manqué l'ensemble des événements de la soirée. Mais il me suffit de me redresser sur le canapé pour constater que seule la lueur du chauffage à gaz ponctuait les ténèbres.

Je gagnai la fenêtre et tirai le rideau. Mon regard inspecta une étroite arrière-cour encombrée de grosses poubelles sur lesquelles une ampoule oubliée dispensait un faible éclairage, mais je notai des traces de clarté dans le ciel et la peur me reprit que l'aube fût imminente. Lâchant le rideau, j'entrepris de quitter la chambre avec l'amer regret d'avoir accepté le moment de repos que m'avait proposé le patron.

Je me glissai dans la petite pièce intermédiaire où j'avais vu des marchandises empilées le long des murs. Elle était dans le noir absolu et, en cherchant une sortie, je me heurtai à deux reprises à des objets durs. Je finis par déboucher dans la salle où nous avions dansé et chanté avec tant de bonheur si peu de temps auparavant. Un rai de lumière filtrait par les fenêtres qui donnaient sur la place et je distinguai des chaises empilées sur les tables. Je parvins à les contourner et à atteindre la porte principale d'où je jetai un regard à travers les panneaux de verre.

Dehors, rien ne bougeait. Le réverbère planté au milieu de la place vide expliquait la lumière qui s'insinuait dans le café, mais je crus voir à nouveau que le ciel portait des indices d'aurore. Laissant mon regard flotter sur la place, je sentis monter ma colère. J'avais laissé trop de choses me distraire de mes priorités – au point de sacrifier au sommeil une partie substantielle de la soirée la plus déterminante de ma vie. Ma colère se teinta de désespoir et me porta au bord des larmes.

Continuant de scruter le ciel nocturne, je finis néanmoins par me demander si je n'avais pas imaginé les signes avant-coureurs du matin. Un examen plus attentif me montra que la nuit demeurait impénétrable. L'idée me vint qu'il était encore tôt et que rien ne justifiait mon début de panique. Peut-être atteindrais-je la salle de concert à temps pour assister à l'essentiel du programme et pour y apporter en tout cas ma propre contribution.

Pendant ces ruminations, je n'avais pas cessé de secouer machinalement la porte. Je remarquai enfin les verrous que j'ouvris un à un pour m'aventurer sur la place.

L'air me parut d'une délicieuse fraîcheur après l'atmosphère confinée du café et, si je n'avais été à ce point pressé par le temps, j'eusse volontiers fait quelques pas pour m'éclaircir les idées. Les choses étant ce qu'elles étaient, je partis d'un pas résolu à la recherche de la salle de concert.

Je passai les minutes suivantes à arpenter les rues désertes bordées de cafés fermés et de boutiques closes sans distinguer le moindre dôme. La douce lumière des réverbères rehaussait le charme de la vieille ville, mais plus je marchais, plus j'avais de mal à réprimer un sentiment de panique. Je m'étais fort raisonnablement attendu à rencontrer quelques taxis en maraude dans la nuit ou, à tout le moins, les clients de tel ou tel lieu de loisirs nocturnes auprès de qui j'aurais pu solliciter des renseignements. Mais, à l'exception de quelques chats errants, je semblais être la seule créature éveillée à des kilomètres à la ronde.

Après avoir franchi une ligne de tramway, je me trouvai sur le quai d'un canal dont un vent glacial striait la surface. Mais la salle de concerts restait invisible et je ne pus me défendre du sentiment que j'étais en train de m'égarer pour de bon. J'avais résolu d'essayer un tournant qui se dessinait à quelques pas devant moi – une venelle qui partait à angle aigu – lorsque des pas se firent entendre, et je vis une femme surgir de la ruelle.

Je m'étais tellement fait à l'idée que les rues étaient absolument désertes que je tombai en arrêt. Ma surprise était d'autant plus vive qu'elle arborait une ample robe de soirée. Elle s'était immobilisée, elle aussi, mais elle parut bientôt me reconnaître et s'avança vers moi, le sourire aux lèvres. Lorsqu'elle passa dans le rond de lumière du réverbère, je vis qu'elle approchait ou venait de franchir le seuil de la cinquantaine. Malgré un soupçon d'embonpoint, son maintien respirait la grâce.

« Bonsoir, madame, dis-je. Peut-être pourriez-vous m'aider. Je cherche la salle de concert. Suis-je dans la bonne direction ? »

Elle était parvenue à ma hauteur. Elle sourit à nouveau et dit : « Non, en fait, c'est par là. J'en viens. J'étais sortie prendre l'air, mais je me ferai un plaisir de vous y mener, monsieur Ryder. Si vous n'y voyez pas d'objections, évidemment.

– Ce serait avec joie, madame, mais je m'en voudrais d'abréger votre promenade.

– Non, non, voilà près d'une heure que je marche, il est temps que je rentre. En fait, j'étais censée attendre et arriver avec les autres, mais l'idée stupide m'est venue d'assister aux préparatifs pour le cas où l'on aurait besoin de moi. Bien entendu, ma présence s'est révélée parfaitement inutile. Excusez-moi, monsieur Ryder, j'ai omis de me présenter : Christine Hoffman. Mon mari dirige l'hôtel où vous séjournez.

– Ravi de vous rencontrer, madame Hoffman. Votre époux m'a beaucoup parlé de vous. »

Je regrettai cette remarque dès qu'elle eut franchi mes lèvres. Je jetai un rapide regard à Mme Hoffman, mais la lumière n'éclairait plus franchement son visage.

« C'est par ici, monsieur Ryder, dit-elle. Pas très loin. »

Le vent gonfla les manches de sa robe du soir au moment où nous reprîmes notre marche. Je toussotai et dis :

« Puis-je déduire de vos propos, madame, que la soirée n'a pas vraiment commencé ? Les invités, etc., ne sont pas tous arrivés ?

– Les invités ? Oh, non ! Je dirais que les premiers ne se présenteront pas avant au moins une heure.

– Ah ! Parfait ! »

Nous poursuivîmes notre déambulation le long du canal. Nous nous retournions de temps à autre pour admirer le reflet des réverbères dans l'eau.

« Je me demandais, monsieur Ryder, finit-elle par dire, si mon mari, lorsqu'il vous a parlé de moi... s'il vous a donné l'impression que j'étais... plutôt froide. Je me demande s'il vous a laissé cette impression. »

Je ris brièvement. « Il m'a surtout donné l'impression de vous être infiniment dévoué, madame. »

Elle continua son chemin en silence, et je me demandais si elle avait vraiment entendu ma réponse lorsqu'elle reprit :

« Quand j'étais jeune, monsieur Ryder, personne n'aurait jamais songé à me décrire de la sorte. Comme une femme froide. En tout cas, enfant, j'étais tout sauf froide ! Même maintenant, je n'arrive pas à me voir sous ce jour. »

Je marmonnai une vague formule diplomatique. Puis, tournant le dos au canal, nous empruntâmes une étroite rue transversale qui me permit de voir enfin le dôme de la salle de concert illuminée trancher sur le ciel nocturne.

« Même maintenant, poursuivait Mme Hoffman à mes côtés, tôt le matin, je fais ces rêves. Toujours au petit matin... Ce sont toujours des rêves de... de tendresse. Il ne s'y passe pas grand-chose. Ils ne viennent d'ailleurs que par bribes, en général. Par exemple, j'observe mon fils Stephan. Je le regarde jouer dans le jardin. Nous étions très proches autrefois, monsieur Ryder, quand il était petit. Je le réconfortais, je partageais ses menus triomphes. Nous étions si proches quand il était petit ! J'ai aussi des rêves qui concernent mon mari. L'autre matin, j'ai rêvé qu'ensemble nous défaisions une valise. Nous étions dans une chambre à coucher et nous déballions une malle posée sur le lit. Peut-être dans une chambre d'hôtel à l'étranger. Peut-être à la maison. En tout cas, nous défaisions cette valise... avec une forte sensation de... bien-être entre nous. Nous étions là, à partager cette tâche. Il sortait une babiole, moi une autre et nous causions, de rien en particulier. Nous causions en déballant notre valise, voilà tout. Ce rêve ne date que d'avant-hier matin. Je me suis réveillée et, sans quitter le lit, j'ai regardé poindre l'aube de l'autre côté des rideaux avec un vif sentiment de bonheur. Je me suis dit : " Voilà à quoi cela pourrait vraiment ressembler bientôt. " Un peu plus tard, dans la journée, nous donnerions corps à un instant en tout point semblable. Nous ne serions pas forcément en train de défaire une valise, bien entendu, mais la journée nous offrirait l'occasion de réaliser quelque chose ensemble et il y aurait une petite chance... Sur quoi je me suis rendormie. Heureuse. Puis le matin est venu. C'est étrange, n'est-ce pas, monsieur Ryder ? Mais cela ne rate jamais : à peine le jour a-t-il commencé que cette autre chose, cette force surgit et prend le dessus. Et j'ai beau faire, entre nous tout se passe de travers, pas comme je le souhaiterais. Je lutte contre cela, monsieur Ryder, mais, année après année, je n'ai cessé de perdre du terrain. C'est quelque chose qui... qui m'arrive. Mon époux fait des efforts considérables, il s'escrime à me venir en aide mais cela ne sert à rien. Le temps que je descende pour le petit déjeuner, tout ce que j'ai éprouvé dans mon rêve s'est évanoui depuis longtemps. »

Des voitures garées sur le trottoir nous avaient contraints à marcher l'un derrière l'autre, et Mme Hoffman avait pris quelques pas d'avance. Je la rattrapai et lui demandai :

« Comment la définiriez-vous, cette force dont vous parlez ? »

Elle eut un rire inattendu. « Je ne voulais pas avoir l'air de donner dans le surnaturel, monsieur Ryder ! La réponse évidente serait que tout cela est en rapport avec M. Christoff. Je l'ai cru quelque temps. En tout cas, mon mari en est persuadé. Comme bien des gens dans cette ville, j'ai cru qu'il suffirait de tourner notre affection vers quelqu'un de plus conséquent que M. Christoff, mais depuis peu j'en doute. J'en suis venue à croire que c'est peut-être en moi que cela se passe. Une sorte de maladie dont je serais frappée. Peut-être est-ce en partie cela, vieillir. Après tout, nous vieillissons et des parties de nous commencent à mourir. Peut-être nous engageons-nous sur la voie de la mort affective. Cela vous paraît-il pensable, monsieur Ryder ? Je crains que tel soit le fond de l'affaire : nous allons congédier M. Christoff pour constater, au moins dans mon cas précis, que rien n'a changé. »

Nous tournâmes un autre coin de rue. Les trottoirs étaient si étroits que nous dûmes emprunter le centre de la chaussée. Ayant l'impression qu'elle attendait une réponse, je finis par dire :

« Madame Hoffman, à mon avis, vieillissement ou pas, je dirais qu'il est essentiel que vous gardiez le moral, que vous ne cédiez pas à cette... comment dire ? »

Mme Hoffman leva les yeux vers le ciel nocturne et continua d'avancer sans répondre. Enfin, elle dit : « Ces rêves délicieux du petit matin. Souvent, lorsque la journée s'engage et que rien de tout cela n'arrive, je me le reproche amèrement. Mais je vous jure que je n'ai pas baissé les bras, monsieur Ryder. Si j'avais renoncé, il me resterait fort peu de choses dans la vie. Je me refuse encore à me défaire de mes rêves. Je persiste à rêver qu'un jour je vivrai dans une famille chaleureuse et fortement soudée. Mais ce n'est pas tout, monsieur Ryder. Peut-être suis-je idiote d'y croire, voyez-vous, c'est à vous de me le dire, mais j'espère bien l'attraper un jour, le rattraper, ce je-ne-sais-quoi. J'espère m'en emparer et alors, quelle importance, les tortures incessantes qui me travaillent depuis si longtemps ? Toutes ces années seront complètement gommées. Je sais qu'il suffira d'un seul moment, d'un instant minuscule, pourvu que ce soit le bon. Comme si un cordon cédait et provoquait la chute d'une tenture qui vous masquait un monde neuf, tout un univers de soleil et de chaleur. Vous semblez n'en pas croire vos oreilles, monsieur Ryder. Est-il délirant de penser qu'en dépit de toutes ces années un seul moment, le bon moment, changera tout ? »

Ce qu'elle avait pris pour de l'incrédulité n'en était aucunement. Au contraire, ses paroles m'avaient remémoré la prestation imminente de Stephan et sans doute était-ce ce frémissement qu'elle avait perçu. Je m'empressai de le lui dire, avec une ardeur peut-être excessive.

« Madame Hoffman, je m'en voudrais d'éveiller des espoirs fallacieux, mais il est parfaitement possible que vous rencontriez un moment de cet ordre dans un très proche avenir. Un événement qui vous surprendra, vous contraindra à une réévaluation globale, vous forcera à tout voir sous un jour meilleur et tout neuf, un événement qui effacera jusqu'au souvenir de ces déplorables années. Je m'en voudrais de susciter de faux espoirs, je dis que cela est possible, rien de plus. Un instant de cet ordre risque même de se produire ce soir. Aussi est-il essentiel que vous gardiez le moral. »

Je m'interrompis à l'idée que je tentais le destin. Si impressionné que j'eusse été par le bref passage que j'avais entendu Stephan jouer, à ma connaissance le jeune homme était tout à fait capable de flancher par excès de nervosité. En fait, plus j'y songeais, plus je regrettais d'avoir entrouvert des perspectives aussi exaltantes. Mais, ramenant les yeux sur Mme Hoffman, je constatai que mes paroles ne l'avaient ni surprise ni enflammée. Peu après, elle dit :

« Lorsque le hasard m'a placée sur votre chemin, je n'étais pas simplement sortie me dégourdir les jambes, comme je l'ai prétendu, monsieur Ryder. Je m'efforçais d'être prête, parce que l'éventualité à laquelle vous faites allusion ne m'a naturellement pas échappé. Un soir comme celui-ci, oui, bien des choses sont possibles. Alors je m'y préparais. Je n'ai pas honte de l'avouer, j'ai peur ; parce que, voyez-vous, il m'est arrivé de vivre des moments de cet ordre et de ne pas avoir la force de les saisir. Qui sait combien de chances analogues me seront encore offertes ? Aussi m'efforçais-je d'être prête, monsieur Ryder. Ah ! nous y sommes. Voici l'arrière du bâtiment. Cette porte vous mènera dans les cuisines. Je vais vous indiquer l'entrée des artistes. Personnellement, je n'entrerai pas tout de suite. Je crois que j'ai encore besoin de prendre l'air quelques instants.

– Je suis ravi de vous avoir rencontrée, madame Hoffman. C'est fort aimable à vous de m'avoir guidé en ces heures pour vous décisives. J'espère de tout cœur que la soirée vous donnera pleine satisfaction.

– Merci, monsieur Ryder. Je suis sûre qu'à vous non plus, les préoccupations ne manquent pas. J'ai été enchantée de notre rencontre. »

29

Tandis qu'elle disparaissait dans la nuit, je tournai les talons et gagnai rapidement la porte qu'elle m'avait signalée. Je le fis en me disant qu'il me fallait tirer tous les enseignements de la fausse alerte que je venais de connaître. Il était impératif de ne pas me laisser détourner des tâches cruciales qui m'attendaient. En fait, à l'instant de pénétrer enfin dans le bâtiment, tout me parut soudain d'une grande simplicité. Après tant d'années, j'allais enfin jouer de nouveau devant mes parents. La priorité absolue consistait donc à faire en sorte que mon récital fût aussi puissant et bouleversant que me le permettaient mes moyens. Même la séance de questions et réponses devait passer au second plan. Les aléas des jours précédents se révéleraient négligeables si, à l'occasion de cette soirée, j'arrivais à réaliser mon objectif principal.

Une simple veilleuse éclairait faiblement la large porte blanche. Il me fallut peser de toutes mes forces pour l'ouvrir et c'est en trébuchant que je pénétrai dans le bâtiment.

Bien que Mme Hoffman m'eût assuré qu'il s'agissait de l'entrée des artistes, mon impression immédiate fut que j'avais débouché dans les cuisines. Je me trouvais dans un large couloir sombre et nu, durement éclairé par les bandeaux fluorescents du plafond. De tous côtés affluaient des appels et des cris mêlés au fracas de lourds objets métalliques et aux sifflements d'eau ou de vapeur. Un chariot de service, à côté duquel deux hommes en uniforme se chamaillaient furieusement, me faisait face. L'un d'entre eux tenait une bande de papier qui s'était déroulée presque jusqu'à ses pieds et sur laquelle il ne cessait de pointer violemment l'index. J'envisageai de les interrompre pour leur demander où je pourrais trouver Hoffman – mon premier souci étant désormais d'inspecter la salle et le piano avant l'arrivée du public –, mais ils me parurent tellement enfermés dans leur querelle que je résolus de passer outre.

Dans le couloir, qui décrivait une large courbe, je croisai

nombre de gens, mais ils me semblèrent tous débordés et, pour ainsi dire, éreintés. La plupart d'entre eux, revêtus d'uniformes blancs, portaient des sacs pesants ou poussaient des chariots d'un air affolé. Répugnant à les arrêter, je continuai de suivre le couloir, espérant tomber, dans une autre partie du bâtiment, sur les loges ou, avec un peu de chance, sur Hoffman ou sur quelqu'un qui me ferait faire la tournée des lieux. Mais je me rendis soudain compte qu'une voix derrière moi lançait mon nom et je me retournai. Un homme courait à ma poursuite. Son allure m'était familière et je ne tardai pas à reconnaître le porteur barbu qui avait ouvert le bal au café, au début de la soirée.

« Monsieur Ryder, s'exclama-t-il, pantelant, Dieu merci, je vous ai trouvé ! Enfin ! C'est la troisième fois que je fais le tour du bâtiment ! Il tient bien le coup mais nous sommes pressés de le faire transporter à l'hôpital et il refuse de bouger avant de vous avoir parlé. Il n'en démord pas. S'il vous plaît, par ici, monsieur. Mais il tient bien le coup, Dieu le garde.

– Qui tient bien le coup ? Que s'est-il passé ?

– Eh bien, voilà, monsieur ; nous avons intérêt à faire vite, si vous n'y voyez pas d'inconvénient. Excusez-moi, monsieur Ryder, je ne me suis pas expliqué. C'est Gustav. Il a eu un malaise. Je n'étais pas là personnellement quand c'est arrivé, mais deux des copains, Wilhelm et Hubert, ils travaillaient avec lui ici, à tous les préparatifs, et ils ont fait passer le mot. Sitôt informé, je me suis évidemment précipité sur les lieux, comme tous les autres. Gustav travaillait sans problème, semble-t-il, et puis il est allé aux toilettes, et un bon moment après il n'en était pas ressorti. Ça ne lui ressemble absolument pas, à Gustav. Alors, Wilhelm est allé voir. Apparemment, monsieur, il l'a trouvé penché sur un lavabo, la tête dans la cuvette ou presque. Il n'était pas encore trop malade à ce stade. Il a dit à Wilhelm que la tête lui tournait un peu, voilà tout, et de ne pas en faire une histoire. Wilhelm, étant ce qu'il est, ne savait trop que faire, d'autant que Gustav lui avait ordonné de ne pas faire d'histoires. Alors il est allé chercher Hubert. Dès le premier regard, Hubert a décidé que Gustav devait s'étendre. Ils se sont donc glissés de chaque côté de notre ami pour l'aider, et c'est alors qu'ils ont compris qu'il s'était évanoui, toujours debout, agrippé au lavabo. Il se cramponnait très fort, et Wilhelm dit qu'il a fallu lui décrocher les doigts l'un après l'autre. Puis Gustav a semblé revenir un peu à lui, alors ils l'ont pris chacun par un bras et ils l'ont sorti de là, et Gustav s'est mis à répéter qu'il ne voulait pas faire d'histoires, qu'il allait très bien et qu'il pouvait reprendre son travail. Mais Hubert n'a pas voulu en entendre parler et il l'ont installé dans une des loges inoccupées. »

Il ouvrait la marche le long du corridor d'un pas très rapide. Il ne cessait de me parler par-dessus son épaule, mais s'interrompit soudain pendant que nous contournions un chariot de service.

« Tout cela est passablement inquiétant, dis-je. Quand exactement cela s'est-il produit ?

– Il y a environ deux heures, je dirais. Au départ, il ne semblait pas tellement mal et il affirmait qu'il lui suffirait de quelques minutes pour reprendre son souffle. Mais Hubert était inquiet et a fait passer le message, et nous nous sommes regroupés en un rien de temps, tous autant que nous étions. Nous avons déniché un matelas pour l'allonger et une couverture, mais il semblait aller de mal en pis et nous en avons discuté tous ensemble et nous avons conclu qu'il lui fallait quelqu'un de qualifié, mais Gustav ne voulait pas en entendre parler. Il s'est brusquement échauffé et il a dit qu'il devait vous parler, à vous, monsieur. Il a beaucoup insisté, disant qu'il irait bien assez tôt à l'hôpital, si telle était notre décision, mais pas avant de vous avoir parlé, et il était là, empirant sous nos yeux, mais il n'y avait pas moyen de le raisonner, monsieur, alors nous sommes partis à votre recherche. Dieu merci, je vous ai trouvé. C'est là, tout au bout, la porte du fond. »

J'avais cru que le couloir continuait sans interruption, mais je constatai qu'il aboutissait à un mur couleur crème qui se dressait droit devant nous. La dernière porte était entrebâillée. S'arrêtant sur le seuil, le porteur barbu jeta un regard précautionneux dans la pièce. Puis il me fit signe et j'entrai à sa suite.

Une bonne dizaine de personnes s'étaient agglutinées derrière la porte. Toutes se tournèrent vers nous puis s'écartèrent précipitamment. Je supposai qu'il s'agissait des autres porteurs mais ne pris pas le temps de les examiner de près, mon regard étant attiré par la silhouette de Gustav à l'autre bout de la pièce.

Il était couché sur un matelas à même le dallage, une couverture sur le corps. L'un des porteurs accroupis à ses côtés lui parlait à mi-voix mais, dès qu'il me vit, il se leva. En un clin d'œil, la pièce était vide. La porte s'était refermée derrière moi et je me retrouvai seul avec Gustav.

La petite loge ne contenait pas de mobilier, pas même une chaise en bois. Elle n'avait pas de fenêtre et, bien que la grille de ventilation située au ras du plafond émît un faible bourdonnement, l'air sentait le renfermé. Le sol était froid et dur et l'on avait éteint le plafonnier, à moins qu'il ne fût en panne, si bien que les ampoules qui encadraient le miroir de maquillage constituaient notre seul éclairage. Je parvins néanmoins à voir que le visage de Gustav avait pris une étrange teinte grisâtre. Il était sur le dos, parfaitement immobile sauf lorsqu'une vague de douleur le submergeait, le contraignant à chaque fois à enfoncer sa tête plus profondément dans le matelas. Il m'avait souri dès mon entrée mais en silence, sans doute afin d'épargner ses forces en vue du moment où nous serions seuls. Il dit d'une voix ténue mais étrangement sereine :

« Je suis désolé, monsieur, de vous avoir traîné ici de la sorte. C'est rageant, surtout ce soir entre tous, au moment même où vous alliez nous rendre cet inestimable service !

– Certes, acquiesçai-je vivement, mais vous, dites-moi, comment vous sentez-vous ? »

Je m'accroupis à ses côtés.

« Pas très bien, j'imagine. Je crois qu'il va falloir songer à aller à l'hôpital vérifier une ou deux choses. »

Il retint son souffle pour résister à une nouvelle déferlante de douleur. Pendant quelques secondes, une lutte silencieuse s'ensuivit sur le matelas. Le vieux porteur, qui avait fermé les yeux, les rouvrit et dit :

« Il fallait que je vous parle, monsieur. Il y a quelque chose...

– Je vous en prie. Permettez-moi de vous assurer d'emblée que mon soutien à votre cause n'a nullement fléchi. En fait, j'attends avec impatience l'occasion de démontrer à tous ceux qui seront rassemblés ce soir l'injustice du traitement que vous subissez depuis tant d'années, vous et vos collègues. Je suis parfaitement décidé à faire la lumière sur les nombreux malentendus... »

Je m'interrompis, comprenant qu'il s'efforçait d'attirer mon attention.

« Je n'ai pas douté une seconde, monsieur, dit-il après une pause, que vous tiendriez parole. Je vous suis infiniment reconnaissant de prendre ainsi fait et cause pour nous autres, mais c'est d'un problème bien différent que je souhaitais vous entretenir. »

Il marqua une nouvelle pause, et une autre bataille silencieuse commença sous la couverture.

« Vraiment, dis-je, je me demande s'il ne serait pas sage de gagner l'hôpital sans tarder.

– Non, non, je vous en prie. Dès que je serai à l'hôpital, il sera peut-être trop tard. Voyez-vous, il est grand temps que je lui parle, à Sophie, je veux dire. Il faut vraiment que je lui parle. Je sais que vous êtes débordé ce soir mais, voyez-vous, personne d'autre n'est au courant. De la situation entre moi et Sophie. Notre arrangement. Je sais que c'est beaucoup demander, monsieur, mais peut-être vous serait-il possible d'aller lui expliquer ? Vous êtes le seul à pouvoir faire ça.

– Excusez-moi, dis-je, sincèrement dérouté. Lui expliquer quoi exactement ?

– Lui expliquer pourquoi notre arrangement... doit s'interrompre maintenant. Ça ne sera pas facile de l'en persuader après toutes ces années. Mais si vous pouviez essayer de lui montrer pourquoi nous devons essayer d'y mettre un terme maintenant... Je me rends compte que c'est beaucoup vous demander, mais il vous reste un peu de temps avant d'entrer en scène et, comme je le disais, vous êtes le seul à savoir... »

Sa voix s'amenuisa pendant qu'une autre vague de douleur le submergeait. Je sentis tous ses muscles se bander sous la couverture, mais, cette fois, il continua de fixer son regard sur moi et parvint à garder les yeux ouverts alors même que toute sa carcasse tremblait. Dès que son corps se détendit, j'intervins :

« C'est vrai, il reste un peu de temps avant que ma présence soit requise. Très bien, je vais voir ce que je peux faire. J'essaierai qu'elle comprenne. En tout cas, je la ramènerai ici aussi vite que possible. Espérons tout de même que vous vous rétablirez bientôt et que la situation présente se révélera moins critique que vous ne l'avez craint.

– Monsieur, s'il vous plaît, je vous serais très reconnaissant de l'amener ici rapidement. En attendant, bien entendu, je ferai de mon mieux pour tenir.

– Oui, oui ! Je pars tout de suite. Je vous en prie, soyez patient. J'irai aussi vite que possible. »

Je me levai et m'orientai vers la porte. Je l'avais presque atteinte lorsqu'une pensée me vint et, pivotant sur les talons, je retournai vers la silhouette étendue à terre.

« Boris, dis-je, m'accroupissant de nouveau. Et Boris ? Dois-je aussi le ramener ? »

Gustav leva les yeux vers moi, prit une profonde inspiration et ferma les yeux. Constatant que son silence se prolongeait, je dis :

« Peut-être est-il préférable qu'il ne vous voie pas dans l'état où vous êtes ? »

Je crus distinguer un assentiment à peine perceptible mais il garda le silence et n'ouvrit pas les yeux.

« Après tout, dis-je, il a de vous une certaine image. Peut-être souhaitez-vous qu'il garde de vous ce souvenir ? »

Cette fois, Gustav acquiesça de façon plus marquée.

« J'ai cru bon de vous poser la question, voilà tout, dis-je en me redressant. Très bien, je n'amènerai donc que Sophie. Je ne serai pas long. »

J'avais atteint la porte et je tournais déjà la poignée lorsque, soudain, il hurla derrière moi :

« Monsieur Ryder ! »

Cet appel avait été lancé d'une voix si étonnamment forte et avec une intensité si étrange que j'eus peine à croire qu'il émanait de Gustav. Lorsque je me retournai pour le regarder, il avait à nouveau les yeux clos et semblait parfaitement immobile. Une fois de plus, je me hâtai vers lui, non sans appréhension, mais il ouvrit les yeux et leva son regard sur moi.

« Amenez Boris aussi, dit-il d'une voix paisible. C'est un grand, maintenant. Qu'il me voie comme je suis. Il doit apprendre à vivre. À faire face. »

Ses yeux se refermèrent et, voyant ses traits se crisper, je me dis qu'il subissait un autre accès de douleur. Mais ce n'était plus pareil ; baissant sur lui des yeux inquiets, je constatai que le vieux pleurait. Je continuai de l'observer un instant, incertain de la conduite à tenir. Finalement, je lui touchai délicatement l'épaule :

« Je ferai diligence », chuchotai-je.

Sortant de la loge, je vis les autres porteurs agglutinés près du seuil tourner vers moi des regards anxieux. Je les contournai tant bien que mal et dis d'un ton ferme :

« Veillez-le étroitement, messieurs. Je me vois investi d'une mission urgente. Aussi vous faudra-t-il m'excuser pour l'instant. »

Quelqu'un ébaucha une question mais je filai sans m'arrêter.

Mon plan était de trouver Hoffman et d'exiger qu'il me fît conduire séance tenante à l'appartement de Sophie. Mais, en dévalant le couloir, je me rendis compte que je ne savais absolument pas où chercher le directeur, d'autant que le corridor avait pris un tout autre aspect depuis le moment où je l'avais arpenté avec le porteur barbu. Les serveurs poussant des chariots de service n'avaient pas disparu mais, maintenant, les couloirs étaient essentiellement peuplés de personnes dont tout laissait supposer qu'elles faisaient partie de l'orchestre invité. Des enfilades de loges avaient surgi de part et d'autre. Nombre d'entre elles avaient leurs portes ouvertes et les musiciens bavardaient et riaient par groupes de deux ou de trois, s'interpellant parfois d'un côté du couloir à l'autre. Il m'arriva de passer devant une porte fermée d'où s'échappaient les notes d'un instrument, mais, dans l'ensemble, les musiciens me parurent d'une humeur étonnamment frivole. Je me disposais à m'arrêter pour demander à l'un d'entre eux où je pourrais trouver Hoffman lorsque, par la porte entrebâillée d'une des loges, j'aperçus soudain le directeur en personne. Je gagnai cette porte et l'ouvris plus franchement.

Hoffman, debout devant une psyché, étudiait son image.

Il était en habit et je notai qu'il s'était si lourdement maquillé le visage qu'une partie de la poudre lui était tombée sur les épaules et les revers. Il marmonnait à voix basse sans décrocher le regard de son reflet. Continuant de l'observer depuis le seuil, je le vis alors accomplir un mouvement étrange : se cassant soudain en deux au niveau de la taille, il raidit le bras et le dressa de sorte que le coude faisait saillie, avant de se frapper le front du poing, une fois, deux fois, trois fois. Cela sans lâcher des yeux le miroir ni interrompre son chuchotement. Sur quoi il se redressa et contempla sa propre image en silence. L'idée me vint qu'il se disposait à renouveler toute l'opération, aussi m'empressai-je de m'éclaircir la voix et de dire :

« Monsieur Hoffman ! »

Il sursauta et me dévisagea d'un air surpris.

« Je vous ai dérangé, dis-je. Veuillez m'en excuser. »

Hoffman promena un regard désemparé autour de lui avant de recouvrer une apparence de calme. « Monsieur Ryder, dit-il avec un sourire, comment allez-vous ? J'espère que tout se déroule conformément à vos désirs.

– Monsieur Hoffman, une urgence vient de se présenter. Ce qu'il me faut, en cet instant précis, c'est une voiture pour atteindre ma destination au plus tôt. Je me demande si cela pourrait s'arranger sans tarder.

– Une voiture, monsieur Ryder ? Maintenant ?

– L'affaire est d'une extrême urgence. Bien entendu, j'ai l'intention de revenir dans les plus brefs délais, largement à temps pour satisfaire mes divers engagements.

– Oui, certes. » Hoffman semblait vaguement troublé. « Une voiture, cela ne devrait pas poser de problème. Bien entendu, monsieur Ryder, dans des circonstances normales, j'aurais été en mesure de vous assurer les services d'un chauffeur, faute de quoi je me serais fait une joie de vous conduire moi-même. Malheureusement, à cet instant précis, mon équipe croule sous les tâches. Quant à moi, j'ai tant de choses à superviser, sans parler du modeste discours qu'il me faut bien répéter, ha, ha ! Car vous n'ignorez pas que je prononcerai moi-même une petite allocution ce soir. Pour dérisoire que cette prestation puisse incontestablement paraître à côté de votre propre contribution, voire à côté de celle de notre cher M. Brodsky, lequel, soit dit en passant, semble avoir pris du retard, j'ai néanmoins le sentiment qu'il m'incombe de m'y préparer au mieux de mes capacités. Mais oui, M. Brodsky accuse un léger retard, c'est vrai, mais cela n'a rien d'inquiétant. En fait, ceci est sa loge, je l'inspectais. Excellente loge. J'ai la conviction absolue que son arrivée est imminente. Comme vous le savez, monsieur Ryder, je me suis chargé personnellement de sa... euh, de sa cure ; et quelle satisfaction ce fut de constater sa guérison ! Quelle flamme ! Quelle dignité ! Au point qu'en cette soirée décisive, je ne nourris pas l'ombre d'un doute. Oh oui ! ma confiance est totale. Il est vrai qu'une rechute à ce stade relèverait de l'impensable. Un désastre pour toute la ville, sans parler de la catastrophe que ce serait pour moi, naturellement. Bien entendu, rien de plus mesquin que ce dernier souci mais, néanmoins, mille excuses, permettez-moi de le préciser à titre personnel, une rechute au cours de cette soirée décisive mettrait un terme à tous mes espoirs. Au seuil de la victoire, elle marquerait ma fin, une fin humiliante. Je ne pourrais plus jamais regarder personne en face dans cette ville. Je n'aurais plus qu'à me cacher. Mais que fais-je ? Je m'égare, à vous parler de scénarios aussi improbables. Je me fie absolument à M. Brodsky. Il sera là.

– J'en suis persuadé, monsieur Hoffman, dis-je. En fait, je suis convaincu que la manifestation de ce soir sera une belle réussite.

– Oui, oui, je le sais ! rugit-il avec impatience. Inutile de me rassurer sur ce point. Je n'aurais même pas mentionné le fait, car après tout, il reste largement assez de temps avant le début des festivités, je ne l'aurais pas mentionné du tout n'étaient les événements de ce début de soirée.

– Les événements ?

– Mais oui. C'est vrai, vous n'en avez pas entendu parler. Comment l'auriez-vous pu ? C'est peu de chose, monsieur, mais une série de faits se sont produits cet après-midi qui expliquent que lorsque j'ai fini par prendre congé de M. Brodsky, il y a de cela quelques heures, il dégustait un petit verre de whisky. Non, non, monsieur ! Je vois bien ce que vous pensez. Ah, non ! Il m'a pleinement consulté et c'est après mûre réflexion que j'ai transigé, considérant que, tout compte fait, dans ces circonstances très exceptionnelles, un petit verre ne tirerait pas à conséquence. J'ai jugé cela préférable, monsieur. Peut-être me suis-je trompé, l'avenir nous le dira, mais, personnellement, je ne le pense pas. Bien sûr, si j'ai pris la mauvaise décision, alors, la soirée... une catastrophe du début jusqu'à la fin ! Je n'aurai plus qu'à me terrer jusqu'à la fin de mes jours. Mais il faut avouer, monsieur, que les choses se sont singulièrement compliquées en début de soirée et que je me suis trouvé dans l'obligation de trancher. Toujours est-il que j'ai laissé M. Brodsky à son domicile en compagnie de son petit verre de whisky. Je suis convaincu qu'il s'en tiendra là. La seule chose qui me tracasse maintenant, c'est que j'aurais peut-être dû agir en ce qui concerne ce placard. Mais encore une fois, je suis sûr que ce souci traduit un excès de prudence. Après tout M. Brodsky a fait de si remarquables progrès qu'il mérite indéniablement une confiance absolue. Absolue ! » Depuis quelque temps, il tripotait son nœud papillon. Il se tourna vers le miroir pour l'ajuster.

« Monsieur Hoffman, dis-je, que s'est-il passé exactement ? S'il est arrivé quelque chose à M. Brodsky, ou s'il s'est produit un événement de nature à modifier la situation globale en quelque manière que ce soit, il me semble que je devrais en être informé immédiatement. Vous êtes bien d'accord, monsieur Hoffman ? »

Le directeur émit un rire. « Monsieur Ryder, vous voilà parti sur la plus fausse des pistes. Il n'y a pas l'ombre d'un souci à se faire. Regardez-moi. Suis-je inquiet ? Non. Toute ma réputation repose sur cette soirée et pourtant ne suis-je pas le calme et la confiance incarnés ? Je vous le dis, monsieur, rien, absolument rien ne justifie que vous vous inquiétiez.

– Monsieur Hoffman, à quoi faisiez-vous allusion, il y a quelques instants, en parlant d'un placard ?

– Un placard ? Oh, c'est simplement celui que j'ai découvert ce soir chez M. Brodsky ! Vous savez peut-être qu'il vit depuis de longues années dans une vieille ferme isolée, non loin de la route du Nord. Je n'en étais pas à ma première visite, bien entendu, mais, sans doute parce que les choses y étaient un peu en désordre – il est incontestable que M. Brodsky a une conception assez personnelle du rangement –, je n'avais jamais examiné sa résidence avec une attention poussée, je veux dire que c'est seulement ce soir que j'ai découvert qu'en fait il disposait encore d'un petit stock d'alcool. Il m'a certifié qu'il l'avait carrément oublié. Ce n'est qu'au moment où le sujet est venu sur le tapis ce soir, quand je lui ai dit : “ Eh bien, vu le caractère très exceptionnel de la situation, compte tenu de cette troublante affaire avec Mlle Collins, etc. ”, c'est seulement dans ces circonstances, voyez-vous, que je lui ai signifié mon accord, considérant que, tout compte fait, malgré le risque minime, oui, le mieux pour lui serait de s'accorder un tout petit verre de whisky, histoire de se stabiliser les nerfs. N'oubliez pas, monsieur, que cette histoire avec Mlle Collins l'avait plongé dans un vif désarroi. C'est seulement alors, lorsque je lui ai proposé d'aller chercher une flasque dans ma voiture, que M. Brodsky s'est rappelé l'existence d'un placard qu'il n'avait toujours pas vidé. Aussi nous sommes-nous rendus dans sa cuisine, je suppose qu'on peut l'appeler ainsi. M. Brodsky a fort joliment retapé l'endroit au cours des derniers mois. Il a procédé à des améliorations considérables et maintenant on n'a plus à craindre outre mesure l'intrusion des éléments, même si, convenons-en, on ne saurait encore parler de fenêtre au sens strict du terme – enfin, il a ouvert ce placard, qui était d'ailleurs couché sur le flanc, et à l'intérieur, ma foi, se trouvaient une douzaine de vieilles bouteilles d'alcool, ou à peu près. Essentiellement du whisky. M. Brodsky s'en est montré aussi surpris que moi-même. L'idée m'est venue, je dois l'admettre, qu'il m'incombait d'intervenir et que mon devoir était d'emporter les bouteilles ou peut-être de les vider sur le sol. Mais, monsieur, vous le comprenez certainement, c'eût été une insulte, un affront considérable au courage et à la détermination dont M. Brodsky a fait preuve, et, comme son ego avait déjà subi un choc notable ce soir du fait de Mlle Collins...

– Excusez-moi, monsieur Hoffman, mais quel est cet incident dont vous ne cessez de parler touchant Mlle Collins ?

– Ah ! Mlle Collins, oui, eh bien, c'est une autre histoire. C'est cet incident qui m'a mené jusqu'à la ferme de M. Brodsky. Voyez-vous, monsieur Ryder, ce soir, je me suis trouvé porteur d'un fort triste message. Personne ne m'eût envié cette mission. Le fait est que j'éprouvais un certain malaise depuis quelque temps, dès avant leurs retrouvailles d'hier, au zoo. Je veux dire que je m'inquiétais pour Mlle Collins. Qui eût soupçonné que les choses évolueraient si vite de leur côté ? Surtout après tant d'années ! Oui, oui, j'étais inquiet. Mlle Collins est une dame très attachante, pour laquelle je nourris la plus haute considération. Il m'était insupportable de voir sa vie déchirée à nouveau. Voyez-vous, monsieur Ryder, Mlle Collins est une femme d'une immense sagesse, toute la ville en témoignera. Malgré quoi, et je suis sûr que vous m'approuveriez si vous viviez ici, il y a toujours eu en elle quelque chose de vulnérable. Nous en sommes tous venus à la respecter énormément et bien des gens ont trouvé ses conseils d'une inestimable valeur. Il n'empêche, comment dire, que nous ne nous sommes jamais départis d'une attitude un peu... protectrice à son égard. Lorsque M. Brodsky est... redevenu presque lui-même au fil des mois, bien des problèmes ont surgi dont nous n'avions pas pris l'exacte mesure, à commencer par moi, personnellement, si bien que le souci finit par me gagner. Vous imaginez donc ma réaction, monsieur, lorsque, vous raccompagnant ce soir à l'issue de votre répétition, je vous ai entendu mentionner par hasard et en toute innocence le fait que Mlle Collins avait bien voulu accepter un rendez-vous avec M. Brodsky et que vous avez précisé que M. Brodsky l'attendait déjà au cimetière Saint-Pierre... Mon Dieu, les actions s'enchaînaient bien vite ! Indéniablement, notre M. Brodsky fut en son temps une sorte de Rudolf Valentino... Monsieur Ryder, j'ai compris que je me devais d'intervenir. Il m'était impossible de laisser la vie de Mlle Collins renouer avec le malheur, surtout en conséquence d'une évolution dont je portais, fût-ce indirectement, la responsabilité. Donc, en début de soirée, après que vous m'avez fort courtoisement autorisé à vous abandonner en pleine rue, j'ai saisi l'occasion de me rendre au domicile de cette dame. Bien entendu, elle n'a pas manqué d'être surprise, surprise que je sois venu personnellement en cette soirée importante entre toutes. En d'autres termes, ma simple présence en disait long. Elle m'a introduit immédiatement dans son salon et je l'ai priée d'excuser le caractère inopiné de ma visite, en soulignant qu'il m'était impossible d'aborder le sujet épineux à propos duquel je souhaitais l'entretenir avec le soin et le tact dont j'eusse aimé faire preuve dans une situation normale. Elle a parfaitement compris, bien entendu. " Je mesure, dit-elle, les pressions qui s'exercent sur vous ce soir, monsieur Hoffman. " Nous avons pris place au petit salon et j'ai abordé la question sans détours en lui avouant que j'avais eu vent du rendez-vous prévu. Sur quoi elle a baissé les yeux comme une écolière et dit d'un ton penaud : " C'est vrai, monsieur Hoffman. Au moment même où vous approchiez de ma porte, je me préparais. Cela fait plus d'une heure que j'essaie différentes tenues ou coiffures. À mon âge ! Comique, n'est-ce pas ? Oui, monsieur Hoffman, c'est tout à fait vrai. Il est venu ce matin et il m'a convaincue. J'ai accepté de le rencontrer. " Elle a murmuré quelque chose de cet ordre. Un marmonnement sans commune mesure avec le ton habituel de cette dame élégante. Aussi ai-je continué. Bien entendu, je l'ai fait avec une délicatesse hors pair. J'ai signalé avec tact les pièges possibles. " Tout cela est bel et bon, mademoiselle Collins, mais... " J'ai utilisé plusieurs fois des formules de ce genre. J'ai avancé aussi prudemment que me l'autorisait mon emploi du temps. Bien entendu, un autre soir, si nous avions eu le loisir de badiner ou d'échanger de menus propos, j'ose dire que je m'en serais tiré avec les honneurs, mais peut-être cela n'aurait-il pas changé grand-chose. À vrai dire, la réalité était difficile à regarder en face, si habilement que j'aie contourné les problèmes. Lorsque je l'ai finalement forcée à affronter la vérité, lorsque je lui ai dit : " Mademoiselle Collins, toutes ces vieilles blessures vont se rouvrir, elles vont faire mal, elles vont vous torturer, elles vont vous briser, mademoiselle Collins, dans les semaines, dans les jours qui viennent ! Comment pouvez-vous avoir oublié, comment pouvez-vous vous exposer à revivre ces épreuves, l'humiliation, l'immense blessure ? Tout cela reviendra, avec plus de virulence que jamais, après tous les efforts que vous avez consentis au cours des années pour vous bâtir une vie nouvelle... " Lui ayant exposé la situation en ces termes, oh, je puis vous assurer, monsieur, que la tâche me fut rude, j'ai senti qu'au fin fond d'elle-même quelque chose s'effritait, alors même qu'elle s'évertuait à préserver un simulacre de sérénité. Je distinguais la masse de souvenirs qui lui revenaient. Les vieilles blessures, les vieilles douleurs qui la reprenaient. Croyez-moi, ça n'a pas été facile, monsieur, mais j'avais le sentiment que mon devoir m'ordonnait de poursuivre. Elle a fini par dire d'une voix infiniment douce : " Mais, monsieur Hoffman, j'ai promis de le rencontrer et, ce soir, il va compter sur moi. Il a toujours besoin de moi avant les grandes soirées comme celle-ci ! " À quoi j'ai rétorqué : " Mademoiselle Collins, c'est vrai, il sera déçu. Mais je ne reculerai personnellement devant aucun effort pour lui expliquer. De toute façon, il saura déjà, tout au fond de son cœur, comme vous le savez vous-même, que ce rendez-vous est une mauvaise idée, qu'il vaut mieux ne pas toucher au passé. " Elle a jeté par la fenêtre un regard songeur et dit : " Mais il sera là à m'attendre ? " À quoi j'ai répliqué : " J'irai, mademoiselle Collins ! Oui, je suis très pris ce soir mais j'attache tant d'importance à cette affaire que je me dois d'assumer cette mission. En fait, je vais m'y rendre sur-le-champ. Je vais aller au cimetière l'informer de la situation. Soyez tranquille, mademoiselle Collins, je déploierai tous mes efforts pour le réconforter. Je l'inviterai à penser à l'avenir, au défi capital qu'il doit relever ce soir. " Voilà le genre de propos que je lui ai tenu, monsieur Ryder, et, bien qu'il me faille avouer qu'elle a paru absolument anéantie au premier abord, c'est une dame raisonnable et une partie d'elle savait sans nul doute que la raison était de mon côté, à preuve qu'elle m'a fort gentiment touché le bras et dit : " Allez le retrouver tout de suite. Faites au mieux. " Je me levais pour prendre congé lorsque je me suis rendu compte qu'il me restait une obligation douloureuse à satisfaire. " Oh ! mademoiselle Collins, ai-je dit, pour ce qui est de la manifestation de ce soir, vu les circonstances, j'incline à penser que vous feriez mieux de rester chez vous. " Elle a acquiescé, des larmes plein les yeux. “ Après tout, ai-je repris, nous devons tenir compte des sentiments qui l’agitent. Dans les circonstances présentes, votre simple présence dans la salle risquerait de l’influencer à une heure décisive. ” Elle a acquiescé de nouveau et m’a signifié qu’elle comprenait parfaitement. Après lui avoir présenté mes excuses, je me suis dirigé seul jusqu’à la porte, et c’est alors, bien que j’eusse mille autres affaires à régler, le bacon, la livraison du pain, etc., que j’ai perçu à quel point la priorité des priorités consistait à aider M. Brodsky à franchir heureusement cet obstacle inattendu, le dernier. Aussi me suis-je rendu en voiture au cimetière. J’y suis parvenu à la nuit tombée et il m’a fallu errer quelque temps parmi les sépultures avant de le repérer, assis sur une pierre tombale, l’air déprimé. Me voyant approcher, il a levé les yeux avec lassitude et dit : “ Vous êtes venu me prévenir. Je savais que cela n’aurait pas lieu ! ” Ce qui facilitait ma tâche, me direz-vous, mais je vous garantis, monsieur, que se trouver porteur de telles nouvelles n’a rien de facile. J’ai acquiescé solennellement et dit qu’en effet il avait raison, elle ne viendrait pas. Après avoir considéré tous les aspects de la situation, elle s’était ravisée. Elle avait de surcroît résolu de ne pas venir à la salle de concert. J’estimais superflu d’entrer dans les détails et, constatant l’ampleur de son désarroi, j’ai détourné un instant les yeux et fait mine d’examiner la tombe voisine de celle sur laquelle il avait pris place. “ Ah, ce bon vieux Kaltz, ai-je dit aux arbres, sachant que M. Brodsky en profitait pour pleurer en silence. Ah, ce cher M. Kaltz, combien d’années cela fait-il que nous l’avons mis en bière ? On dirait que c’était hier, mais je constate que cela fait déjà quatorze années. Ah, quelle solitude il a connue avant sa mort ! ” J’ai brodé sur ce thème pour permettre à M. Brodsky de pleurer à loisir. Puis, pressentant qu’il avait dompté ses larmes, je me suis tourné vers lui pour lui proposer de gagner la salle de concert en ma compagnie afin de se préparer. Mais il a refusé mon offre : il était trop tôt, la tension serait trop forte s’il traînait trop longtemps sur les lieux. Je me suis dit qu’il avait sans doute raison et je lui ai proposé de le raccompagner à son domicile. Il a accepté et c’est ainsi que nous avons traversé le cimetière pour regagner mon véhicule. Pendant tout le trajet le long de la route du Nord, il est resté bouche cousue, à regarder par la fenêtre d'un air absent, et, périodiquement, les larmes lui noyaient les yeux. Alors, j'ai réalisé que nous n'étions pas sortis du tunnel, que l'issue était plus incertaine qu'il ne m'avait paru quelques heures plus tôt. Mais ma confiance demeurait intacte, monsieur Ryder. Elle l'est encore. Nous sommes parvenus à sa ferme. Il l'a joliment rénovée, savez-vous ? Plusieurs pièces jouissent maintenant d'un véritable confort. Nous sommes entrés dans la pièce principale. Sitôt la lampe allumée, mon regard a parcouru les lieux, tandis que je parlais de choses et d'autres. J'ai proposé mon entremise pour que quelqu'un vienne examiner le problème de la lèpre qui ronge ses murs. Inattentif à mes paroles, il demeurait dans son fauteuil, les yeux perdus dans le lointain. Puis il a manifesté le désir de boire un petit verre. J'ai rétorqué que c'était impossible. Sur quoi il a précisé avec le plus grand calme que ce n'était pas du tout comme quand il voulait un verre autrefois. Cela n'avait rien à voir : cette façon de boire était derrière lui pour de bon. Mais il venait de subir une atroce désillusion, il avait le cœur brisé – ce sont ses propres termes. Il avait le cœur brisé mais il n'oubliait pas tout ce qui dépendait de la prestation de ce soir. Il savait qu'il était dans l'obligation de réussir. S'il me demandait à boire, ce n'était pas du tout comme autrefois, je devais quand même être capable de le comprendre... Je l'ai dévisagé et j'ai vu qu'il disait la vérité. J'avais sous les yeux un homme éploré et déçu mais conscient de ses responsabilités. Il avait fini par se connaître mieux que la plupart des hommes ne peuvent espérer le faire et il se maîtrisait parfaitement. Ce qu'il me disait, c'est que dans cette situation critique il lui fallait un petit verre pour surmonter ce traumatisme affectif et pour assumer les impératifs de la soirée. Ah, monsieur Ryder, je l'ai souvent entendu demander à boire naguère, mais, cette fois, c'était tout autre chose et ça se voyait. Je l'ai regardé droit dans les yeux et j'ai dit : “ Monsieur Brodsky, puis-je vous faire confiance ? J'ai dans la voiture une flasque qui contient une petite dose de whisky. Si je vous autorisais un petit verre, puis-je être assuré que vous vous en tiendrez là ?

Un petit verre et pas plus ? ” À quoi il a répondu, affrontant franchement mon regard : “ Ce n’est pas comme autrefois, je vous le jure ! ” Je suis donc allé jusqu’à la voiture. La nuit était très sombre. Les arbres agités par le vent faisaient un bruit terrible. J’ai pris la flasque et je l’ai rapportée là-bas. Il avait quitté son fauteuil. J’ai traversé la maison et je l’ai trouvé dans sa cuisine. Il s’agit en fait d’un appentis rattaché au corps de bâtiment et dont M. Brodsky a su tirer un parti fort habile. Oui, c’est là que je l’ai trouvé, ouvrant le placard, le fameux placard couché sur le flanc dont il avait oublié jusqu’à l’existence, me dit-il lorsqu’il s’est rendu compte que je venais de rentrer, et là, du whisky, par bouteilles entières. Il en a sorti une. Il l’a débouchée, s’en est versé une petite dose dans un gobelet puis, en me regardant droit dans les yeux, il a répandu le reste à terre. Je précise que le sol de sa cuisine est de terre battue, pour l’essentiel, si bien que les dégâts étaient minimes. Voilà. Il a vidé le reste sur le sol et nous avons regagné la grande pièce. Il a repris place dans son fauteuil et entrepris de déguster son whisky. Je l’ai regardé très attentivement et j’ai bien vu qu’il ne buvait pas à la manière d’autrefois, ne serait-ce que du fait qu’il parvenait à se contenter de petites gorgées. J’ai su alors que j’avais pris la bonne décision. Je l’ai informé que je devais repartir, que je m’étais déjà absenté bien trop longtemps. Il me fallait superviser la livraison du bacon et du pain. Je me suis levé, et alors nous avons su, l’un et l’autre, sans échanger le moindre mot, ce qui pesait sur mon esprit, à savoir le placard. M. Brodsky m’a regardé droit dans les yeux et il a dit : “ Ce n’est pas comme autrefois. ” Cela m’a suffi. Imposer plus longtemps ma présence aurait sapé son moral. C’eût été une insulte ! D’ailleurs, je vous l’ai dit, à scruter son visage, une confiance absolue m’avait envahi. Je suis donc parti sans hésiter. Mais il y a quelques minutes, monsieur, l’étincelle du doute m’a traversé l’esprit. J’ai néanmoins la certitude rationnelle qu’il faut l’attribuer à la tension inéluctable à l’approche d’un grand événement. Il nous aura rejoints sous peu, j’en mets ma main au feu, et j’ai l’absolue conviction que la soirée sera un succès, un grand succès.

– Monsieur Hoffman, dis-je, sentant mon impatience

prendre le dessus, si d'avoir laissé M. Brodsky en train de siroter du whisky vous réjouit, ma foi, cela vous regarde. Je suis loin d'être convaincu de la pertinence de votre décision, mais vous connaissez la situation infiniment mieux que moi. Quoi qu'il en soit, puis-je me permettre de vous rappeler que j'ai personnellement besoin d'aide ? Comme je vous l'ai expliqué, il me faut un véhicule dans les meilleurs délais. L'affaire est urgente, monsieur Hoffman !

– Ah, oui, une voiture ! » Hoffman promena un regard songeur autour de la pièce. « Le plus simple, monsieur Ryder, serait peut-être que vous empruntiez la mienne. Elle est garée dehors, devant la sortie de secours, là-bas ! » Il désignait un point situé un peu plus loin dans le couloir. « Allons bon, où sont passées les clés ? Ah, les voici ! Elle tire légèrement à gauche. Je me proposais de la donner à réparer, mais je suis tellement débordé ! Je vous en prie, faites-en libre usage, elle ne me sera pas nécessaire avant demain matin. »

30

Je sortis du parking la grande voiture noire d'Hoffman et débouchai sur une route sinueuse, assombrie de part et d'autre par des sapins. Ce n'était visiblement pas le chemin habituel pour quitter les lieux. La route criblée de nids-de-poule ne bénéficiait d'aucun éclairage et son étroitesse interdisait à deux véhicules de s'y croiser. Je conduisais avec précaution, scrutant les ténèbres, craignant à tout instant un obstacle ou un virage aigu. Puis j'atteignis une ligne droite et les phares me montrèrent que je traversais une forêt. Je pris de la vitesse et roulai quelques minutes dans le noir avant d'apercevoir un scintillement derrière le rideau d'arbres à ma gauche. Alors, ralentissant de nouveau, je compris que c'était la façade illuminée de la salle de concert qui se détachait sur la nuit.

J'avais dépassé le bâtiment, qui ne m'était perceptible que de biais, mais je distinguais une bonne partie de son impressionnante façade. D'imposantes colonnades de pierre se dressaient de part et d'autre de l'arche centrale, et de hautes fenêtres montaient jusqu'au vaste toit en forme de dôme. Inquiet de savoir si les premiers invités étaient arrivés, j'arrêtai la voiture, baissai la vitre pour agrandir mon champ de vision et me soulevai sur mon siège, mais les arbres m'empêchaient de rien voir au niveau du sol.

J'avais encore le regard rivé sur la salle de concerts lorsque l'idée me vint qu'en ce moment même il se pouvait fort bien que mes parents fussent sur le point d'y faire leur entrée. L'évocation qu'avait tracée Hoffman de leur équipage surgissant des ténèbres pour déboucher sous le regard admiratif de la foule me revint en mémoire avec une étonnante vivacité. D'ailleurs, à ce moment précis – j'étais encore penché à la vitre –, j'eus la nette impression de percevoir à une faible distance le bruit de leur véhicule qui passait. Je coupai le moteur et tendis à nouveau l'oreille, penchant la tête encore plus loin. Puis je sortis de la voiture et demeurai tout ouïe dans l'obscurité.

Le vent frissonnait dans les arbres lorsque me parvinrent une fois de plus les mêmes résonances lointaines, le choc des sabots, le tintement des clochettes, les grincements d'un attelage. Les sons s'atténuèrent, voilés par le bruissement des arbres. Je continuai d'écouter quelques instants sans rien entendre de plus. Finalement, je tournai les talons et regagnai la voiture.

Debout sur la route, j'avais éprouvé un calme voisin de la sérénité, mais à peine eus-je redémarré que m'envahit un puissant mélange de frustration, de panique et de colère. En ce moment même, mes parents étaient en train d'arriver et moi, loin d'avoir complété mes préparatifs, je m'éloignais de la salle de concerts pour régler une affaire complètement étrangère à la situation. Je n'arrivais pas a comprendre comment j'avais pu me laisser piéger de la sorte et ma colère ne cessa de monter pendant que je traversais la forêt. Je résolus d'expédier au plus tôt la tâche qui m'attendait présentement et de regagner la salle de concert au plus vite, mais la pensée me vint que je ne savais ni comment parvenir au domicile de Sophie ni même si cette route forestière m'emmenait dans la bonne direction. Un sentiment d'inanité commençait à me submerger. J'accélérai néanmoins, écarquillant les yeux sur la forêt qui défilait sous le pinceau des phares.

Soudain, j'aperçus deux silhouettes qui gesticulaient devant moi. Elles se trouvaient directement sur mon chemin et, bien qu'elles se fussent écartées à mon approche, elles continuèrent de multiplier les signaux d'urgence. Ralentissant, je vis un groupe de cinq ou six personnes qui semblaient bivouaquer sur le bas-côté autour d'un réchaud portable. Ma première idée fut qu'il s'agissait de nomades, mais je distinguai une femme d'âge mûr, élégamment vêtue, suivie d'un homme bien mis aux cheveux grisonnants qui se pencha vers ma vitre. Derrière eux, les autres, assis autour du réchaud, sur ce qui était probablement des cageots dressés sur le flanc, se levaient pour se diriger eux aussi vers ma voiture. Je notai qu'ils tenaient tous des quarts de camping en fer-blanc.

Je baissai la vitre. La femme me dévisagea et dit :

« Ah ! quelle joie que vous soyez passé par là ! Voyez-vous, nous sommes bloqués en pleine discussion. Impossible de nous mettre d'accord. L'éternel problème ! Nous n'arrivons jamais à nous entendre à l'heure de l'action.

– Reste, dit solennellement l'homme aux cheveux gris, qu'il va nous falloir parvenir bientôt à une conclusion. »

Mais, avant que l'occasion leur eût été donnée de rouvrir la bouche, je constatai que la silhouette qui avait surgi derrière eux et qui maintenant se penchait pour me regarder était celle de mon vieux camarade de classe Geoffrey Saunders. Il me reconnut, se fraya un passage et frappa à la portière :

« Ah ! je me demandais quand je te reverrais ! lança-t-il. Très franchement, vois-tu, j'ai été un peu froissé que tu ne sois pas venu prendre une tasse de thé alors que tu avais promis, et tout ça. Bon, je suppose que ce n'est pas le moment d'en discuter, mais tout de même, c'est un peu culotté de ta part, mon vieux ! De toute façon, tu as intérêt à sortir de là. » Sur quoi il ouvrit la portière et s'écarta. Je me disposais à protester lorsqu'il reprit : « Tu ferais mieux de venir prendre une tasse de café. Et ça te permettra de participer à nos délibérations.

– Très franchement, Saunders, dis-je, ce n'est pas le moment idéal pour moi.

– Allons, allons ! » Un rien d'irritation s'était glissé dans sa voix. « Tu sais, j'ai vraiment beaucoup réfléchi sur ton cas depuis notre rencontre de l'autre soir. Des souvenirs d'école, et tout ça. Ce matin, par exemple, au réveil, je me suis rappelé, tu as sans doute oublié, le jour où on nous a chargés d'orienter les participants à un cross, des gars plus jeunes que nous. Ça devait être en première, je pense. Tu ne t'en souviens sans doute pas, mais j'y pensais ce matin, au lit. Nous attendions, debout devant le pub, en face d'un champ immense, et tu étais dans tous tes états. Allez, viens, mon vieux, sors de là ! Je ne peux pas te parler dans ces conditions. » Il continuait à me tenir impatiemment la portière. « Bon, voilà qui est mieux. » Sans lâcher la timbale qu'il tenait dans une main, de sa main libre il m'agrippa le coude au moment où je sortais à contrecœur de la voiture. « Oui, je pensais à ce jour-là, un de ces matins d'octobre voilés de brume comme on en a toujours en Angleterre. Nous attendions paisiblement que ces gamins surgissent en haletant du brouillard et, je me rappelle, tu n'arrêtais pas de répéter : " Toi, ça va. C'est facile, pour toi ", et ton malheur était si manifeste que j'ai fini par te dire : " Écoute, il n'y a pas que toi, mon vieux. Tu n'es pas le seul à avoir des ennuis. " Et je t'ai raconté l'époque où, j'avais sept ou huit ans, nous étions partis en vacances, comme d'habitude, mes parents, mon petit frère et moi. Nous étions allés dans une de ces stations balnéaires anglaises, Bournemouth ou quelque chose comme cela, peut-être était-ce l'île de Wight. Il faisait beau et tout, mais, tu sais, il y avait quelque chose qui ne collait pas. Ça n'accrochait pas entre nous. Classique pour les vacances familiales, bien entendu, mais je ne le savais pas à l'époque, je n'avais que sept ou huit ans. Quoi qu'il en soit, ça ne se passait pas bien et, un après-midi, mon père a décampé en catastrophe, je veux dire, sans préavis. On regardait un truc sur la plage et ma mère nous signalait quelque chose du doigt lorsqu'il a détalé. Sans crier, sans rien dire. Il a pris le large, voilà tout. Nous ne savions que faire, donc nous l'avons suivi. Maman, le petit Christopher et moi, nous lui avons filé le train. Pas directement sur ses talons, toujours à vingt ou trente mètres, histoire de ne pas le perdre de vue. Mon père a continué d'avancer à grandes enjambées. Il a longé la plage, grimpé le sentier des falaises. Il est passé devant les cabines de bain et les gens qui prenaient le soleil, puis il a bifurqué vers la ville, dépassé la zone des tennis et traversé le quartier commerçant. Nous avons dû le suivre une bonne heure. Au bout d'un certain temps, nous en avions fait une sorte de jeu. On disait : " Allez, il n'est plus fâché, maintenant, il fait semblant. " Ou bien : " Il joue à bouder, regarde ! " Et on riait, on riait. À y regarder de plus près, on pouvait effectivement croire qu'il faisait le guignol. Il lui arrivait d'avoir une démarche bizarre. Je l'ai dit à Christopher, qui était tout petit. Je lui ai dit que papa marchait comme ça pour rigoler, rien de plus, et il a ri comme s'il s'était agi d'un jeu formidable. Ma mère riait aussi : " Ah, c'est quelqu'un, votre père, les gamins ! " Et de pouffer... Nous avons continué et j'étais le seul, tu vois, même si je n'avais que sept ou huit ans, j'étais le seul à savoir que mon père ne faisait pas du tout cela pour plaisanter, que ça ne lui était pas du tout passé et qu'il enrageait peut-être de plus en plus parce que nous lui filions le train. Peut-être qu'il souhaitait s'asseoir sur un banc ou entrer dans un pub et ne pouvait pas à cause de nous. Tu te rappelles ? Je t'ai tout raconté ce jour-là. Et, à un moment, j'ai regardé ma mère parce que je voulais que cela s'arrête, et c'est alors que j'ai réalisé qu'elle avait fini par se convaincre que mon père faisait cela pour du beurre ; et le petit Christopher voulait absolument le rattraper, tu vois, et lui faire coucou dans le dos. Et moi, je devais continuer de rire et d'inventer des prétextes : " Non, c'est interdit, c'est pas de jeu. On doit rester loin derrière, sans ça, ça ne compte pas ! " Mais maman, vois-tu, elle disait : " Oui, oui, si vous essayiez de lui tirer la chemise et de revenir avant qu'il vous rattrape ! " Et moi, je devais sans cesse répéter, parce que j'étais le seul, tu comprends, j'étais le seul, je devais répéter : " Non, non, attendons, il faut rester derrière, derrière. " Il avait une démarche bizarre, mon père. Une sorte de gesticulation étrange à voir, comme ça, de loin. Écoute, vieux, pourquoi tu ne t'assieds pas ? Tu as l'air vanné et sacrément inquiet.

Assieds-toi, c'est tout simple, et aide-nous à prendre une décision. »

Geoffrey Saunders m'indiquait un cageot à oranges renversé près du réchaud. J'éprouvais en effet une immense lassitude, et je décidai que, quelles que fussent les tâches qui m'attendaient, je m'en acquitterais mieux après une petite pause et une tasse de café. Sentant mes genoux trembler, je me perchai de façon extrêmement instable sur le cageot. Les gens se groupèrent autour de moi avec beaucoup de gentillesse. Quelqu'un me tendit une timbale de café. Un autre m'avait posé une main sur le dos et répétait : « Détendez-vous, du calme, du calme !

– Merci, merci », dis-je et, prenant le café, je l'avalai goulûment bien qu'il fût brûlant.

L'homme aux cheveux gris et au costume s'était accroupi en face de moi. Me fixant droit dans les yeux, il dit d'une voix suave : « Il faut parvenir à une décision. Vous allez devoir nous aider.

– Une décision ?

– Oui, à propos de M. Brodsky.

– Ah, en effet. » Je bus une petite gorgée à la timbale en fer-blanc. « Oui, je sais, je me rends compte que tout dépend de moi maintenant.

– N'exagérons rien ! » dit l'homme aux cheveux gris.

Je le considérai à nouveau. Il respirait le réconfort, le calme, la bonté. Pour l'heure, je vis bien qu'il était extrêmement grave.

« Je n'irai pas jusqu'à dire que tout dépend de vous. Simplement, vu la situation, chacun de nous est appelé à prendre ses responsabilités. J'estime, je l'ai dit clair et net, qu'il faut l'enlever.

– L'enlever ? »

L'homme aux cheveux gris hocha gravement la tête. C'est alors que je notai le stéthoscope suspendu à son cou et compris qu'il s'agissait d'un membre des professions médicales.

« Ah oui, dis-je, il faut l'enlever ? »

Jetant un regard alentour, je sursautai en voyant par terre, non loin de la voiture, un tas de ferraille inextricable. L'idée me traversa vaguement que je portais la responsabilité de ces dégâts. Peut-être avais-je causé un accident sans le savoir. Je me levai. Plusieurs mains se tendirent aussitôt pour consolider ma démarche. Je me dirigeai vers le tas de métal et vis qu'il s'agissait d'une carcasse de bicyclette. La ferraille était affreusement tordue et, au beau milieu, je vis avec horreur Brodsky, allongé, le dos par terre, qui m'observait calmement pendant que je m'approchais de lui.

« Monsieur Brodsky ! m'exclamai-je avec stupeur.

– Ah, Ryder ! » lança-t-il d'une voix étonnamment exempte de douleur.

Je pivotai vers l'homme aux cheveux gris qui avait surgi derrière moi pour lui dire : « Je suis prêt à jurer que n'y suis pour rien. Je ne me rappelle avoir provoqué aucun accident d'aucune sorte. Je conduisais, voilà tout. »

L'homme aux cheveux gris acquiesça d'un air compréhensif, me fit signe de me taire et, me tirant un peu à l'écart, chuchota : « Il a presque à coup sûr tenté de se suicider. Il est soûl, fin soûl.

– Ah. Je vois.

– Je suis persuadé qu'il a tenté de mettre fin à ses jours. Mais voilà, il n'a réussi qu'à s'emmêler les pinceaux. La jambe droite est quasi intacte, quoique coincée. La gauche est également coincée, mais c'est elle qui me tracasse. Elle est en piteux état.

– Je vois », dis-je, en jetant à nouveau un regard vers Brodsky par-dessus mon épaule. Il sembla le remarquer et lança dans les ténèbres : « Ryder ! Salut !

– Nous avons commencé à en discuter bien avant votre arrivée, reprit l'homme aux cheveux gris. J'estime qu'il faut l'enlever. L'amputation nous laisserait une chance de lui sauver la vie. À l'issue des délibérations, la majorité des présents s'est ralliée à cette vue, encore que les deux dames là-bas soient contre. Elles tiennent à ce qu'on attende l'ambulance. Mais j'ai le sentiment que ce serait courir un risque grave. Je parle en professionnel.

– Ah oui. Oui, je vois ce que vous voulez dire.

– J'estime que la jambe gauche doit partir sans délai. Je suis chirurgien. Hélas, je n'ai pas mon matériel avec moi. Pas d'anesthésiant, pas d'analgésique, rien. Pas même une aspirine. Je n'étais pas en service, comprenez-vous. J'étais simplement sorti me dérouiller les jambes, comme tous ces autres braves gens. Il se trouve que j'ai gardé ce stéthoscope dans ma poche, mais rien d'autre. Votre arrivée est de nature à changer les choses. Vous avez du matériel dans la voiture ?

– Dans la voiture ? En fait, je n'en sais rien. Voyez-vous, c'est une voiture d'emprunt.

– De location, voulez-vous dire.

– Pas exactement, je l'ai empruntée à une connaissance.

– Je vois. » Il fixa gravement le sol pour réfléchir en silence. Par-dessus son épaule, je pouvais voir les autres qui nous observaient avec anxiété. Puis le chirurgien dit :

« Peut-être ne verriez-vous pas d'inconvénient à jeter un œil dans le coffre ? Il peut s'y trouver quelque chose d'utile. Un instrument tranchant qui me permettrait de réaliser l'intervention. »

Je réfléchis avant de dire : « Volontiers, mais peut-être conviendrait-il que j'échange d'abord quelques mots avec M. Brodsky. Voyez-vous, je le connais dans une certaine mesure et il est indispensable que je m'entretienne avec lui avant... avant que soit prise une décision aussi radicale.

– Soit, dit le chirurgien, mais j'estime, en tant que professionnel, que nous avons peut-être déjà perdu trop de temps. Je vous serais reconnaissant d'aller aussi vite que possible. »

Je revins vers Brodsky et plongeai sur lui mon regard.

« Monsieur Brodsky..., commençai-je, mais il m'interrompit aussitôt.

– Ryder, au secours ! Il faut que j'arrive à la joindre.

– Mlle Collins ? N'avez-vous pas d'autres motifs d'inquiétude en ce moment ?

– Non, non, il faut que je lui parle. Tout est clair. Je vois clair maintenant. Depuis que cela s'est produit, je ne sais pas, j'étais à vélo, quelque chose m'a heurté, un véhicule, une voiture, qui sait ? J'étais sans doute ivre, les détails m'échappent, mais je me rappelle bien le reste, j'ai tout compris, je vois, c'est clair : il le souhaite depuis toujours, cet échec. C'est lui, c'est lui qui a tout fait.

– Qui ça ? Hoffman ?

– L'infâme. Quelle bassesse ! Il n'y a pas plus vil. Je ne m'en étais pas rendu compte, mais maintenant, je sais, tout est clair depuis que ce véhicule m'a heurté, Dieu sait ce que c'était. Une voiture ? Un camion ? Depuis, j'y vois clair. Il est venu me voir ce soir. Compréhensif en diable. J'attendais au cimetière. J'attendais, le cœur battant. Des années que j'attends. Vous ne le savez pas, Ryder, mais cela fait longtemps que j'attends. Même lorsque j'étais soûl, j'attendais. " La semaine prochaine, je me disais, la semaine prochaine, j'arrête de boire et je vais la voir. Je lui proposerai un rendez-vous au cimetière Saint-Pierre. " Des années et des années que je me répétais ça et voilà que j'y étais enfin ! J'attendais sur la tombe de Per Gustavsson où j'allais autrefois m'asseoir avec Bruno. J'ai attendu quinze minutes, puis une demi-heure, puis une heure, et voilà que c'est lui qui débarque, il me pose la main là, sur l'épaule. " Elle a changé d'avis, qu'il dit. Elle ne viendra pas. Elle ne viendra même pas ce soir au concert. " Il est aussi aimable que d'habitude. Je l'écoute. " Prenez un whisky, ça vous calmera, la situation est exceptionnelle. – Mais je ne peux pas, je lui dis. Du whisky ! Comment pourrais-je ? Vous êtes fou ! – Mais non, mais non ! Prenez un whisky, qu'il dit, rien qu'une goutte, ça vous remettra les nerfs en place. " J'ai cru que c'était par gentillesse. Maintenant, je vois qu'il avait décidé dès le départ que ça ne devait pas marcher. Il croyait que je n'y arriverais jamais. Que je n'y arriverais jamais, parce que je suis... je suis... de la crotte. Voilà ce qu'il pensait. Mais j'ai dessoûlé. J'ai bu de quoi tuer un cheval, mais, depuis ce véhicule, j'ai dessoûlé. Je vois. Tout est clair maintenant. C'est lui. Il est plus vil que moi. Je ne le laisserai pas faire. Je vais y arriver. Aidez-moi, Ryder. Je ne lui laisserai pas le champ libre. Je vais aller tout de suite à la salle de concert. Je vais leur montrer. À tous. Au monde entier. C'est prêt. La musique, elle est là tout entière dans ma tête, tout entière, là. Je vais leur montrer à tous, mais il faut qu'elle vienne ! Il faut que je lui parle ! Aidez-moi, Ryder, menez-moi chez elle. Il suffit qu'elle vienne. Qu'elle s'assoie dans la salle, c'est tout. Alors, elle se rappellera. Quelle ignominie ! Mais maintenant, j'y vois clair. Aidez-moi, Ryder !

– Monsieur Brodsky ! dis-je, l'interrompant, un chirurgien est sur les lieux. Il va devoir réaliser une intervention. Cela risque d'être un peu douloureux.

– Aidez-moi, Ryder, aidez-moi seulement à la rejoindre. Votre voiture, votre voiture ! Conduisez-moi chez elle. Je déteste cet appartement, si vous saviez comme je le hais ! J'avais pris l'habitude de stationner au-dehors. Menez-moi jusqu'à elle, Ryder, emmenez-moi maintenant.

– Monsieur Brodsky, il semble que la gravité de votre état vous échappe. Il y a peu de temps à perdre. D'ailleurs, j'ai promis au chirurgien de fouiller le coffre. Je ne serai pas long.

– Elle a tellement peur ! Mais il n'est pas trop tard ! On pourrait avoir un animal. Mais peu importe pour l'instant, au diable l'animal ! Qu'elle vienne à la salle de concerts, voilà tout ce que je demande. Qu'elle vienne ! Je n'en demande pas plus. »

Je quittai Brodsky pour gagner la voiture. Après avoir ouvert le coffre, je constatai qu'Hoffman y avait entassé pêle-mêle une chaise cassée, une paire de caoutchoucs et une série de boîtes en plastique. Puis je mis la main sur une lampe de poche qui facilita mon inspection et je découvris dans un coin une scie à métaux. Elle avait l'air un peu graisseuse mais je glissai un doigt sur la lame et les dents me parurent suffisamment aiguisées. Je refermai le coffre et entrepris de rejoindre les autres qui poursuivaient leurs débats debout autour du réchaud. En approchant, j'entendis le chirurgien dire : « L'obstétrique a cessé d'être une discipline passionnante comme du temps de mes études !

– Excusez-moi, dis-je, j'ai trouvé ça.

– Ah ! dit le chirurgien en se tournant vers moi. Merci. Et vous avez parlé avec M. Brodsky. Bien. »

J'éprouvai une soudaine rancœur de me retrouver embringué à ce point dans cette affaire et je lançai avec un rien d'animosité, en parcourant du regard le cercle des visages : « Cette ville ne dispose-t-elle pas des ressources qui conviennent pour des éventualités comme celle-ci ? Vous m'avez bien dit que vous aviez appelé une ambulance ?

– Voici près d'une heure que nous en avons demandé

une, de la cabine là-bas, rétorqua Geoffrey Saunders. Malheureusement, les ambulances sont rares ce soir, à cause du gala dans la salle de concert. »

Je suivis la direction donnée par son doigt et vis qu'en effet, un peu en retrait de la route, presque à l'orée des ténèbres de la forêt, se dressait une cabine publique. Sa vue me ramena à la tâche urgente dont je ne m'étais qu'à demi acquitté et l'idée me vint qu'un coup de téléphone à Sophie me permettrait non seulement de la prévenir, mais aussi d'obtenir des indications sur le moyen de parvenir jusqu'à son appartement.

« Si vous voulez bien m'excuser, dis-je en m'écartant. J'ai un appel à passer d'urgence. »

Je me dirigeai vers les arbres et me glissai dans la cabine téléphonique. Alors que je fouillais mes poches à la recherche de pièces de monnaie, je vis, à travers le panneau de verre, la silhouette du chirurgien qui, abritant avec tact la scie derrière son dos, se dirigeait posément vers Brodsky, toujours allongé. Geoffrey Saunders et les autres tournaient en rond, l'air gêné, l'œil rivé sur le fond de leur timbale ou sur leurs chaussures. Puis le chirurgien se retourna pour leur dire quelque chose et deux hommes, Geoffrey Saunders et un jeune en blouson de cuir marron, le rejoignirent d'un pas réticent. Ils demeurèrent quelques secondes à contempler Brodsky tous les trois d'un air sinistre. Je me retournai pour composer le numéro de Sophie. Après plusieurs sonneries, j'entendis sa voix somnolente et légèrement inquiète. Je pris une profonde inspiration :

« Écoute, dis-je, tu n'imagines pas la pression que je subis en ce moment. Tu crois que je me tourne les pouces ? Le temps file et je n'ai toujours pas eu une seconde pour inspecter la salle de concert ! Au lieu de quoi il y a toutes ces missions que les gens n'arrêtent pas de me confier. Tu crois que c'est du nanan ? Te rends-tu compte du sens que revêt cette soirée pour moi ? Mes parents viennent ce soir. Eh oui, ils viennent enfin ! Ce soir ! Peut-être sont-ils déjà arrivés et regarde ce qui se passe ! Me laisse-t-on le loisir de me préparer ? Non, on me charge d'une corvée après l'autre. Ce satané débat par exemple ! Ils se sont même équipés d'un tableau d'affichage électronique, incroyable ! Que suis-je censé faire ? Tout leur semble aller de soi. Que veulent-ils que je fasse, cette nuit entre toutes les nuits ? C'est d'ailleurs partout pareil. Ils attendent tout de moi ! Ils vont sans doute m'écharper, ce soir. Cela ne m'étonnerait pas. Mes réponses leur paraîtront insatisfaisantes et ils me lyncheront. Et moi, qu'est-ce que je deviens ? Je peux fort bien ne pas arriver jusqu'au piano, ou encore mes parents peuvent partir au moment où la foule se déchaînera...

– Allons, calme-toi, dit Sophie. Tout se passera très bien. Ils ne s'en prennent jamais à toi. Tu dis toujours qu'il vont t'écharper, et jusqu'ici personne, pas une seule personne au cours de toutes ces années, ne s'en est prise à toi !

– Mais tu ne comprends pas ce que je te dis. Il ne s'agit pas d'une soirée comme les autres ! Mes parents viennent. S'ils m'écharpent ce soir, ce sera...

– Personne ne va t'écharper, coupa-t-elle à nouveau. Tu dis ça à chaque fois. Des quatre coins de la planète, à cette étape, tu m'appelles pour me tenir le même discours : " Ils vont se retourner contre moi, ils vont me démasquer... " Et ensuite ? Quelques heures après, tu rappelles, tranquille comme Baptiste et très content de toi. Je te demande comment cela s'est passé et tu sembles légèrement surpris que je puisse poser la question. " Oh, parfaitement bien ! " dis-tu à chaque fois. Une simple formule de ce genre, rien de plus, et tu passes à autre chose, comme si rien de tout cela ne valait d'être discuté.

– Attends un peu. De quoi parles-tu ? Qu'est-ce que c'est que ces coups de téléphone ? Te rends-tu compte des exploits que je réalise pour parvenir à te les passer ? Parfois, alors que je cours comme un dératé, je me débrouille pour trouver un trou dans mon emploi du temps et pour t'appeler, histoire de vérifier que tu vas bien. Le plus souvent, d'ailleurs, c'est toi qui pleures dans mon gilet. À quoi riment ces insinuations ?

– Cette discussion ne s'impose pas. Ce que je veux dire, c'est que tout se passera bien ce soir.

– Facile à dire un soir comme celui-ci ! Tu es exactement comme les autres ! Tu crois que tout est gagné d'avance ! Tu crois qu'il me suffit de débarquer et que tout coule de source ! »

Je me rappelai soudain Gustav allongé sur son matelas, dans la loge dénudée, et je m'interrompis brusquement.

« Qu'y a-t-il ? » demanda Sophie.

Je continuai quelques instants à rassembler mes esprits, puis je dis : « Écoute, j'ai quelque chose à te dire. Une mauvaise nouvelle. Je suis désolé. »

À l'autre bout de la ligne, Sophie resta muette.

« Ton père, dis-je. Il a eu un malaise. Il est à la salle de concert. Tu dois venir immédiatement. »

Je marquai une nouvelle pause, mais Sophie se taisait toujours. « Il tient bien le coup, repris-je un instant après, mais il faut que tu viennes tout de suite. Boris aussi. En fait, c'est pour cela que j'appelais. Je dispose d'une voiture. Je vais venir vous chercher. »

La ligne resta silencieuse un long moment, me sembla-t-il. Puis Sophie dit :

« Je m'excuse pour hier soir. À la galerie Karwinsky, je veux dire. » Elle marqua un temps et je pensais qu'elle allait retomber dans son mutisme mais elle reprit : « J'ai été lamentable. Ne fais pas semblant, c'est inutile. Je sais que j'ai été lamentable. Je n'y comprends rien, mais je ne suis pas à la hauteur dans ce genre de situations. Je n'y arrive pas, c'est tout. Il va falloir que j'affronte ce problème. Je ne serai jamais du genre à voyager de ville en ville et à t'accompagner pour toutes ces cérémonies. J'en suis tout bonnement incapable. Désolée.

– Mais quelle importance ? dis-je d'une voix douce. Cette galerie, hier, l'affaire m'était complètement sortie de la tête. Qu'importe l'impression que tu peux faire à des gens de cet acabit. Il n'y en a pas un pour racheter l'autre, et tu étais de loin la plus belle femme de l'assistance.

– Difficile à croire, lança-t-elle avec un rire inopiné. Je suis une vieille pie maintenant.

– Mais tu vieillis de façon admirable.

– Quelle horreur ! » Elle rit à nouveau. « Comment oses-tu ?

– Je suis désolé, dis-je en riant à mon tour. Je voulais dire que tu n'as pas vieilli du tout, pas de manière notable en tout cas.

– Pas de manière notable ?

– Je ne sais pas. » Confus, je renouvelai mon rire. « Peut-être étais-tu laide et hagarde. Je ne me rappelle plus. »

Sophie rit encore puis retomba dans le silence. Quand elle reprit la parole, sa voix avait retrouvé son sérieux. « Mais j'ai été lamentable. Jamais je ne pourrai partir en voyage avec toi, tant que je serai comme ça.

– Écoute, je promets que ces voyages vont bientôt s'arrêter. Cette fois, si tout va bien, on ne sait jamais... ça pourrait être la bonne.

– Et puis je suis désolée, mais je n'ai encore rien trouvé. Je jure que je vais bientôt nous trouver quelque chose. Quelque chose de vraiment confortable. »

Sur le coup, je ne trouvai rien à répondre. Nous nous tûmes quelques secondes, puis je l'entendis dire :

« Tu ne m'en veux vraiment pas ? D'avoir été comme ça hier ? D'être comme ça tout le temps ?

– Cela m'est parfaitement égal. Tu peux te conduire comme tu veux lors des festivités de ce genre. Tu peux faire ce que tu veux, cela ne fait aucune différence. Tu vaux mieux que tout le reste de l'assistance. »

Sophie resta silencieuse. Après quelque temps, je repris :

« J'en suis en partie responsable. Pour la maison, je veux dire. Ce n'est pas juste de te laisser chercher seule. Peut-être qu'à partir de maintenant, si tout se passe bien ce soir, nous pourrons nous y prendre autrement. Nous pourrions chercher ensemble. »

La ligne resta silencieuse et je me demandai une seconde si Sophie était partie. Mais elle reprit, d'une voix lointaine et songeuse :

« Nous trouverons forcément bientôt, non ?

– Oui, bien sûr. Nous chercherons ensemble. Boris aussi. Nous trouverons.

– Et tu vas arriver dans pas longtemps, n'est-ce pas, pour nous emmener voir papa ?

– Oui, oui, je viens aussi vite que je peux. Alors essayez d'être prêts tous les deux.

– D'accord. » Dans sa voix toujours distante n'entrait aucun sentiment d'urgence. « Bien. Je vais réveiller Boris. D'accord ! »

En sortant de la cabine téléphonique, je crus distinguer les prémices de l'aube. Je me dirigeai vers la foule agglutinée autour de Brodsky, et là, je vis en m'approchant le chirurgien agenouillé qui maniait la scie avec ardeur. Brodsky semblait accepter l'épreuve en silence mais, à l'instant même où j'atteignais la voiture, il poussa un hurlement abominable dont l'écho se répercuta à travers les arbres.

« Il faut que j'y aille ! » lançai-je à personne en particulier. D'ailleurs, personne ne sembla m'entendre. Mais au moment où je claquais la portière et lançais le moteur, tous les visages se tournèrent vers moi avec des expressions horrifiées. Sans me laisser le temps de refermer la vitre, Geoffrey Saunders surgit au pas de course :

« Enfin, aboya-t-il, tu ne peux pas partir comme ça ! Dès qu'on l'aura dégagé, il va falloir le déplacer. Tu vois bien que nous allons avoir besoin de ta voiture. Enfin ! Ça tombe sous le sens !

– Écoute, Saunders, dis-je avec fermeté, je n'ignore pas qu'ici vous avez vos problèmes. Je serais ravi de vous fournir une aide plus conséquente mais j'ai fait de mon mieux, et moi aussi j'ai des problèmes à résoudre.

– Ça c'est toi tout craché, mon vieux, lança-t-il. Absolument typique !

– Écoute, tu n'as pas l'ombre... vraiment, Saunders, tu ne te rends absolument pas compte. J'ai plus de responsabilités que tu n'imagines. Écoute, nous n'avons pas le même genre de vie, voilà tout ! »

J'avais hurlé cette déclaration. Je notai que le chirurgien s'était interrompu et retourné pour me regarder. Brodsky lui-même semblait avoir oublié sa douleur pour me dévisager avec stupéfaction. Gêné, je dis d'un ton plus conciliant :

« Vous m'excuserez, mais j'ai un problème de la dernière urgence à régler. Le temps que vous en ayez fini et que M. Brodsky soit tant soit peu transportable, je gage que l'ambulance sera arrivée. De toute façon, je suis désolé, mais il m'est impossible d'attendre une minute de plus. »

Sur quoi je relevai promptement la vitre et m'engageai à nouveau sur la route forestière.

31

La route traversait la forêt. Enfin, les arbres se firent moins denses et j'entrevis au loin les faibles lueurs de l'aube. Puis les arbres disparurent et j'atteignis les rues de la ville déserte.

Un feu rouge me contraignit à m'arrêter. Je profitai de cette halte silencieuse – aucun autre véhicule n'était en vue – pour inspecter les alentours et je finis par reconnaître le quartier où je venais de pénétrer. J'étais déjà – je le constatai avec soulagement – tout près de chez Sophie. En fait, la rue d'en face me mènerait directement à son domicile, j'en étais sûr. Le souvenir me vint qu'elle habitait au-dessus d'un salon de coiffure. Lorsque les feux changèrent, je franchis l'intersection et longeai la rue silencieuse en scrutant attentivement les immeubles que je dépassais. J'aperçus, loin devant moi, deux silhouettes qui attendaient au bord du trottoir et je donnai un coup d'accélérateur.

Sophie et Boris, en vestes légères, semblaient avoir froid dans l'air du petit matin. Ils se ruèrent vers la voiture et Sophie se pencha en glapissant :

« Tu en as mis un temps ! Qu'est-ce qui t'a retardé ? »

Avant que j'aie pu répondre, Boris lui posa une main sur le bras et dit : « Ne t'inquiète pas, ça va, nous arriverons à temps ! »

Je regardai le petit garçon. Il portait un gros cartable semblable à une sacoche de docteur, ce qui lui conférait un air de gravité presque comique. Mais son attitude était étrangement rassurante et il me sembla qu'il avait réussi à calmer sa mère.

Je m'étais attendu que Sophie prît place à mes côtés, mais ils se glissèrent tous les deux à l'arrière.

« Je suis désolé, dis-je en faisant demi-tour, mais je ne m'y retrouve pas encore très bien dans ce quartier.

– Qui est avec lui en ce moment ? demanda Sophie, la voix de nouveau très tendue. On s'occupe de lui ?

– Il est avec ses collègues. Ils sont tous là, toute la bande.

– Tu vois, lança doucement la voix de Boris derrière moi, je te l'avais dit. Ne t'inquiète pas, tout ira bien ! »

Sophie poussa un long soupir, mais Boris semblait de nouveau avoir réussi à l'apaiser. Un instant plus tard, je l'entendis dire :

« Ils s'occupent bien de lui. Ne t'inquiète pas. Ils s'occupent bien de lui, n'est-ce pas ? »

Naturellement, la question s'adressait à moi. Je commençais à m'irriter du rôle qu'il avait assumé. Qu'ils se fussent assis tous les deux à l'arrière, comme si j'avais conduit un taxi, cela ne m'enchantait guère et je résolus de ne pas répondre.

Pendant les minutes qui suivirent, nous voyageâmes en silence. Nous parvînmes au carrefour et je me concentrai pour me rappeler l'itinéraire qui nous ramènerait à la route forestière. Nous longions encore des rues désertes lorsque Sophie dit, d'une voix que le bruit du moteur rendait à peine audible : « C'est un avertissement. »

Ignorant si elle s'adressait à moi, je m'apprêtais à jeter un regard par-dessus mon épaule lorsqu'elle reprit de la même voix douce :

« Boris, tu m'écoutes ? Nous devons regarder les choses en face : c'est un avertissement. Ton grand-père vieillit. Il faut qu'il ralentisse. Inutile de se voiler la face. Il faut qu'il ralentisse. »

Boris répondit quelque chose mais sa voix m'était inaudible.

« Il y a longtemps que j'y réfléchis. Je ne t'en ai pas parlé parce que je sais que ton grand-père compte énormément pour toi, mais cela fait un bout de temps que j'y songe. Il y a eu d'autres signes, bien avant celui-ci. Les faits sont là. Nous ne pouvons pas continuer à nous dérober devant cette menace : il vieillit et il faut qu'il ralentisse. J'ai mon plan. Je ne te l'ai jamais dit, mais il y a longtemps que j'y réfléchis. Je vais avoir un entretien avec M. Hoffman, une bonne discussion sur l'avenir de grand-père. Je me suis informée. Je me suis adressée à M. Sedelmayer, à l'Hôtel Impérial et aussi à M. Weissberg, des Ambassadeurs. Je ne t'en ai jamais parlé, mais je voyais bien que grand-père perdait de sa vigueur, alors je me suis renseignée. Il n'est pas du tout inhabituel, lorsque quelqu'un a travaillé dans un hôtel aussi longtemps que ton grand-père, il n'est pas du tout inhabituel qu'à un certain stade on lui confie un travail légèrement différent qui lui permet de réduire ses activités. À l'Impérial, il y a un homme qui est bien plus vieux que ton grand-père. On le voit dès qu'on entre dans le hall. C'est l'ancien chef de cuisine. Quand l'âge lui a interdit de continuer, ils ont choisi cette solution. Il porte un uniforme splendide et il se tient dans un coin du hall, derrière le grand bureau d'acajou avec l'écritoire. M. Sedelmayer dit que cela marche très bien et qu'il mérite largement sa paie. Les clients, surtout les habitués, seraient scandalisés de ne pas le retrouver assis au comptoir en entrant dans le hall. Sa présence rehausse la distinction de l'établissement. Eh bien, je me suis dit que je pourrais en parler à M. Hoffman. Grand-père pourrait remplir ce genre de fonction. Bien entendu, sa paie en serait affectée mais il pourrait garder sa petite chambre, il l'aime tellement. Et il aurait ses repas. Ils pourraient le mettre derrière un bureau, comme à l'Impérial. Peut-être préférerait-il rester debout dans le hall, en grande tenue. Je ne tiens pas à précipiter les choses, mais il ne faut pas trop tarder. Il n'est plus tellement jeune et c'est un avertissement. Inutile de se voiler la face. Faire semblant ne mène à rien. »

Sophie marqua une pause. J'avais ramené la voiture à la lisière de la forêt. L'aube prenait des colorations violettes.

« Ne t'inquiète pas, dit Boris. Grand-père s'en sortira. »

J'entendis Sophie pousser un profond soupir. Elle reprit : « Et puis, cela lui laissera plus de temps. Il sera infiniment moins occupé et tu pourras passer plus souvent l'après-midi avec lui dans la vieille ville ou ailleurs – tu iras où tu voudras. Mais il lui faudra un bon manteau. C'est pour cela que je le lui apporte dès maintenant. Il est temps de le lui donner. Cela fait assez longtemps que je l'ai. »

Un froissement m'incita à jeter un rapide regard dans mon rétroviseur et je remarquai à côté de Sophie le paquet en papier d'emballage qui contenait le pardessus de son père. Je dus l'interroger sur notre itinéraire et elle sembla noter ma présence pour la première fois depuis notre départ. Elle se pencha pour me chuchoter dans l'oreille :

« Je m'attendais à un incident de ce genre. Je vais en parler à M. Hoffman sans délai. »

Je murmurai une vague approbation et allumai les phares pour aborder les ténèbres de la forêt.

« Les autres, dit Sophie, ils continuent comme s'ils avaient la vie devant eux. Je n'en ai jamais été capable. »

Elle garda le silence pendant les minutes qui suivirent mais je devinais sa présence tout près de moi et, Dieu sait pourquoi, je m'attendais à sentir à tout instant ses doigts sur mon visage. Elle dit d'une voix sereine :

« Je me rappelle, après la mort de maman, la solitude que ça a été ! »

Je la regardai à nouveau dans le rétroviseur. Elle était toujours penchée vers moi mais elle avait les yeux fixés sur les arbres qui défilaient de chaque côté.

« Ne t'inquiète pas ! dit-elle, et je l'entendis froisser l'emballage du pardessus. Je veillerai à ce qu'on s'en sorte tous très bien. Tous les trois. J'y veillerai. »

Je garai la voiture sur un petit parking non loin de la salle de concert. Une porte surmontée d'une veilleuse encore allumée nous faisait face et, bien que ce ne fût pas celle que j'avais empruntée précédemment, je sortis de la voiture pour me hâter dans sa direction. Un coup d'œil par-dessus mon épaule me permit de voir Boris aider sa mère à sortir de la voiture. Il s'obstinait à tenir une main protectrice dans son dos tandis qu'ils gagnaient le bâtiment d'un pas alerte. La sacoche qu'il tenait de l'autre main lui brinquebalait maladroitement dans les jambes.

La porte donnait sur le long couloir circulaire et nous dûmes presque aussitôt nous écarter pour laisser passer un chariot de vivres poussé par deux hommes. La température semblait avoir monté de quelques degrés et l'air sentait nettement le renfermé, mais je ne tardai pas à remarquer, tout près, deux musiciens en smoking qui conversaient aimablement dans une embrasure et je compris avec soulagement que nous n'étions pas loin de l'endroit où j'avais laissé Gustav.

J'étais passé en tête. Le corridor était de plus en plus encombré de membres de l'orchestre. La plupart étaient déjà en tenue mais il semblait que pour eux l'heure en fût encore aux futilités. Ils rivalisaient de cris et de rires retentissants. Nous faillîmes nous heurter à un homme qui venait de surgir d'une loge, portant facétieusement son violoncelle à la manière d'une guitare. Puis quelqu'un dit :

« Oh, c'est monsieur Ryder, n'est-ce pas ? Nous nous sommes rencontrés. Vous vous rappelez ? »

Quatre ou cinq hommes qui venaient dans l'autre sens s'étaient arrêtés pour nous regarder. Ils portaient le smoking et il me suffit d'un instant pour constater qu'ils étaient ivres. Celui qui m'avait interpellé tenait un bouquet de roses qu'il agita d'un air nonchalant en marchant sur moi.

« Le cinéma, l'autre soir, dit-il. M. Pedersen nous a présentés. Comment allez-vous, monsieur ? Mes amis me disent que je me suis couvert de honte cette nuit-là et que je vous dois mille excuses.

– En effet ! dis-je, le reconnaissant. Comment allez-vous ? Je suis heureux de vous revoir mais, hélas, j'ai une urgence en cours.

– J'espère ne pas m'être montré grossier, dit l'ivrogne, qui avança sur moi jusqu'à ce que son visage touchât presque le mien. Mes grossièretés ne sont jamais intentionnelles. »

Ses compagnons s'esclaffèrent en sourdine.

« Mais non. Vous ne m'avez infligé aucune grossièreté, dis-je, mais pour l'instant, il va falloir que vous m'excusiez...

– Nous étions en quête du maestro, dit l'ivrogne. Non, non, pas vous, monsieur ! Notre maestro à nous ! Nous lui portons des fleurs, voyez-vous, en gage de respect. Savez-vous où nous pourrions le trouver, monsieur ?

– Je n'en ai malheureusement aucune idée. Je ne crois pas que vous trouverez M. Brodsky dans ce bâtiment à l'heure qu'il est.

– Non ? Pas encore arrivé ? » L'ivrogne se tourna vers ses compagnons. « Notre maestro n'est pas encore des nôtres. Comment l'interprétez-vous ? » Puis, à moi : « Nous lui avons apporté des fleurs ! » Il secoua derechef le bouquet, libérant quelques pétales qui s'échappèrent vers le sol. « En gage de tendresse et de respect, de la part de ses concitoyens. Et à titre d'excuse, bien entendu. Nous l'avons si longtemps mal compris. » Ses compagnons émirent d'autres rires étouffés. « Notre maestro bien-aimé se fait attendre. Eh bien, dans ce cas, nous avons intérêt à traîner encore un peu avec ses musiciens, à moins que nous ne retournions au bar. Qu'en dites-vous, les amis ? »

Je vis que Sophie et Boris observaient la scène avec une impatience croissante.

« Veuillez m'excuser », murmurai-je. Sur quoi j'entrepris de m'éloigner. Derrière moi monta une nouvelle éruption de rires assourdis, mais je résolus de ne pas regarder en arrière.

Nous finîmes par gagner des régions plus paisibles et nous distinguâmes devant nous, au bout du couloir, les porteurs amassés devant le seuil de la dernière loge. Sophie hâta le pas. Soudain, elle s'arrêta, alors que nous étions encore à quelque distance. De leur côté, les porteurs, remarquant notre approche, avaient promptement fait la haie et l'un d'eux, un moustachu au corps noueux que je reconnus pour l'avoir vu au Café hongrois, se dirigea vers nous. Apparemment embarrassé, il commença par ne s'adresser qu'à moi.

« Il tient bien le coup, monsieur ! Il tient bien le coup ! »

Puis il se tourna vers Sophie et, baissant les yeux, murmura : « Il tient bien le coup, mademoiselle Sophie ! »

Sophie se contenta de jeter par-dessus leurs épaules un regard hébété sur la porte légèrement entrebâillée de la loge. Subitement, comme pour justifier sa présence, elle lança d'un air brusque :

« Je lui ai apporté quelque chose, tenez ! » Elle brandit son paquet : « Voilà ce que je lui ai apporté. »

Quelqu'un appela dans la loge et deux autres porteurs parurent sur le seuil. Sophie ne bougeait toujours pas et, l'espace d'un instant, personne ne sembla savoir quelle conduite adopter. Boris fit alors une enjambée et brandit son grand sac noir.

« Je vous en prie, messieurs ! dit-il. Rangez-vous, s'il vous plaît. De ce côté, si vous le voulez bien ! »

De la main, il invitait les porteurs à dégager la porte. Ahuris, les deux hommes plantés sur le seuil restèrent à leur place. Boris leur adressa un geste impatient : « Par ici, messieurs, s'il vous plaît ! »

Après avoir dégagé devant la loge un espace suffisant, il coula un regard vers sa mère. Sophie fit quelques pas avant de s'arrêter, fixant sur la porte que les deux porteurs avaient laissée entrouverte un regard qui trahissait à nouveau une sorte d'appréhension. Personne ne semblait sûr de la suite. Ce fut une fois de plus Boris qui rompit le silence :

« Tu m'attends ici, s'il te plaît, maman », dit-il. Sur quoi il pivota et disparut dans la loge.

Sophie se détendit visiblement. Elle se rapprocha de quelques pas et se pencha avec indolence, ou presque, pour voir si une partie de la pièce était visible. Constatant que Boris avait presque fermé la porte derrière lui, elle se redressa et demeura à attendre, comme on fait la queue pour un autobus, son paquet posé sur ses bras croisés. Boris, toujours agrippé à sa sacoche de docteur, refit bientôt surface. Il ferma soigneusement la porte derrière lui.

« Grand-père dit qu'il est très heureux de notre venue, dit-il d'une voix paisible, l'œil fixé sur sa mère. Il est très content. »

Il ne cessait de la dévisager d'un air qui ne laissait pas de me désarçonner. Je compris enfin qu'il attendait que Sophie lui confiât un message à l'intention de Gustav. De fait, Sophie enchaîna après un instant de réflexion :

« Dis-lui que je lui ai apporté quelque chose. Un cadeau. Je le lui donne dans un instant. Le temps... de le préparer, c'est tout. »

À peine Boris eut-il plongé dans la loge que Sophie plaça le pardessus sur un de ses bras et commença à lisser les plis du papier d'emballage. Était-ce l'absurdité criante de ce geste ? Soudain me revinrent à l'esprit les nombreux impératifs de mon emploi du temps. Je me rappelai qu'il me restait encore à vérifier, entre autres, l'équipement de la salle et que mes chances de procéder à cet examen de manière tant soit peu utile s'amenuisaient de minute en minute.

« Je reviens, dis-je à Sophie. Je dois procéder à certaines vérifications. »

Absorbée par son paquet, elle ne me répondit pas. Je me disposais à répéter ma formule d'une voix plus sonore lorsque, soucieux de ne pas concentrer indûment l'attention sur ma personne, je me ravisai et me hâtai de partir discrètement à la recherche d'Hoffman.

32

J'avais progressé de quelques pas à peine lorsque je discernai une étrange effervescence dans le couloir. Une bonne dizaine de personnes se bousculaient en hurlant et en gesticulant : ma première pensée fut que, la tension ne cessant de s'accroître, une querelle avait éclaté parmi le personnel de la cuisine, mais je notai que cette masse se déplaçait lentement vers moi et qu'elle était étonnamment disparate. Certains étaient en smoking, tandis que d'autres, en anorak, en imperméable ou en jeans, semblaient sortir tout droit de la rue. Quelques musiciens s'étaient joints à cette cohorte.

Un des plus vociférants avait un aspect familier et j'essayais de me rappeler où je l'avais vu lorsque je l'entendis crier :

« Monsieur Brodsky, vraiment, je me dois d'insister ! »

Je reconnus alors le chirurgien aux cheveux gris que j'avais rencontré auparavant dans la forêt et je m'aperçus qu'au cœur de cette foule se trouvait en effet Brodsky, qui évoluait avec la lenteur et la détermination d'un spectre. La peau de son visage et de son cou avait blanchi et s'était fripée de manière effrayante.

« Mais il dit qu'il va bien ! Pourquoi ne le laissez-vous pas décider ? » rétorqua en hurlant un homme d'âge mûr en tenue de soirée. Des voix proclamèrent aussitôt leur soutien et suscitèrent un chœur de protestations.

Brodsky poursuivait sa lente progression, ignorant le tumulte qui l'entourait. On l'eût dit porté par la foule, mais comme il se rapprochait je vis qu'il marchait seul à l'aide d'une béquille dont l'étrangeté força mon attention. Il s'agissait d'une planche à repasser que Brodsky tenait pliée et à la verticale sous son aisselle.

Pendant que j'observais ce spectacle, les gens parurent me remarquer l'un après l'autre et tomber dans un silence déférent, si bien que la foule s'apaisait en se rapprochant. Seul le chirurgien continua de brailler :

« Monsieur Brodsky ! Monsieur Brodsky ! Votre organisme a subi un choc des plus sévères ! Je vous intime l'ordre de vous asseoir, de vous reposer et de vous détendre ! »

Brodsky, les yeux rivés au sol, concentrait toutes ses forces sur chacun de ses pas et il lui fallut un moment pour me voir. Enfin, percevant un changement dans son entourage, il leva les yeux.

« Ah, Ryder ! s'exclama-t-il. Vous voici !

– Monsieur Brodsky ! Alors, comment vous sentez-vous ?

– Bien », répondit-il calmement.

La foule s'était un peu écartée, ce qui lui permit de franchir plus facilement la distance qui le séparait encore de moi. Lorsque je le complimentai sur la façon dont il avait si rapidement maîtrisé l'art de marcher à l'aide d'une béquille, il baissa les yeux sur sa planche à repasser comme s'il se rappelait son existence pour la première fois depuis longtemps.

« L'homme qui m'a ramené ici, dit-il, avait cette chose à l'arrière de sa camionnette. Ce n'est pas trop mal. C'est robuste et ça me permet de marcher correctement. Le seul problème, Ryder, c'est que ça a tendance à s'ouvrir, regardez ! »

Il secoua la planche à repasser qui commença effectivement à se déplier. Un crochet l'empêchait de s'ouvrir tout à fait mais je compris à quel point cette défaillance, pour limitée qu'elle fût, pouvait être de nature à provoquer une sérieuse irritation.

« Il me faudrait un bout de ficelle, dit Brodsky d'une voix un peu morose, un truc comme ça. Mais le temps presse. »

Baissant les yeux vers l'endroit qu'il indiquait, je ne pus m'empêcher de braquer un regard de stupéfaction et de terreur sur la jambe gauche de son pantalon, nouée juste au-dessous de la cuisse.

« Monsieur Brodsky, dis-je, me contraignant à relever les yeux, comment croire que vous vous portez à merveille ? Aurez-vous l'énergie de diriger l'orchestre ce soir ?

– Parfaitement. Je vais bien. Je dirigerai et ce sera de toute beauté. Une splendeur digne de mes certitudes de toujours. Et elle verra, de ses yeux et de ses oreilles. Eh oui, pendant toutes ces années, je n'ai pas été le dernier des crétins. Des années que c'est en moi et que ça attend. Elle me verra ce soir, Ryder ! Une splendeur !

– Vous faites allusion à Mlle Collins. Mais viendra-t-elle ?

– Elle viendra, elle viendra. Oh, oui ! Oui ! Il a tout fait pour l'en empêcher, pour la terroriser, mais elle viendra, ça oui ! Je vois clair dans son jeu, maintenant, Ryder ! Je suis allé chez elle. C'était loin et ça n'a pas été facile, mais cet homme a fini par passer, ce brave homme que voici. » Brodsky parcourut la foule du regard et désigna vaguement quelqu'un. « Il est passé en camionnette. Nous sommes allés chez elle. J'ai frappé à la porte, frappé, frappé. Quelqu'un, un voisin, a cru que c'était comme autrefois, vous savez, je faisais cela dans le temps, je frappais si longtemps en pleine nuit qu'ils finissaient par appeler la police, mais j'ai dit : “ Mais non, pauvre buse, je ne suis plus ivre ! J'ai eu un accident qui m'a dessoûlé. Tout ! Je comprends tout maintenant ! ” Je lui ai hurlé tout cela, au voisin, un vieux plein de soupe. “ Je comprends tout ! Je vois clair, tout ce qu'il a manigancé pendant tout ce temps ! ” Oui, voilà ce que j'ai crié, et puis elle est apparue à la porte. Elle ! Elle est venue et elle m'a entendu parler au voisin et je la voyais complètement déroutée, de l'autre côté de la vitre. Alors, j'ai oublié le voisin et je me suis mis à lui parler, à elle. Elle a écouté mais elle n'a pas ouvert tout de suite. Alors, je lui ai dit : “ Écoute, j'ai eu un accident ! ” Et elle m'a ouvert. Où est ce satané tailleur ? Où est-il passé ? Il était censé préparer ma jaquette. » Brodsky promena son regard sur la foule. Une voix jaillit tout au fond : « Il ne tardera pas, monsieur Brodsky. Tenez, le voici ! »

Un petit homme armé d'un centimètre de couturière surgit en effet et entreprit de prendre ses mensurations.

« Qu'est-ce que c'est ? Qu'est-ce que c'est ? » grommela Brodsky. Puis il me dit : « Je n'ai pas d'habit. Ils en avaient un tout prêt, qu'ils prétendent avoir livré chez moi. Va savoir. J'ai eu cet accident et je ne sais pas où ils l'ont fourré. Il va falloir m'en dénicher un autre. Un habit et une chemise de soirée. Haut de gamme. Elle va voir quel a été mon propos pendant toutes ces années.

– Monsieur Brodsky, coupai-je, vous me racontiez... Mlle Collins, dois-je comprendre que vous avez fini par la persuader de venir ce soir ?

– Oh, elle viendra ! Elle me l'a promis. Elle ne manquera pas deux fois à sa promesse. Elle m'a fait faux bond au cimetière. J'ai attendu, attendu, mais elle n'est pas venue. Ce n'était pas de sa faute. C'est lui, le directeur de l'hôtel ! Il l'a intimidée. Mais je lui ai dit, à elle : " Il est trop tard pour avoir peur maintenant. Nous avons eu peur toute notre vie et maintenant l'heure du courage a sonné ! " Au début, elle ne m'écoutait pas. Elle me demandait sans cesse : " Mais qu'as-tu fait ? " Elle n'avait pas son calme habituel. Elle était au bord des larmes, les mains sur le visage, des pleurs plein les yeux, sans même se soucier des voisins qui pouvaient tout entendre, au beau milieu de la nuit, et elle me disait : " Leo, Leo (oui, c'est comme cela qu'elle m'appelle maintenant), Leo, qu'est-ce que tu t'es fait à la jambe ? Il y a du sang ! " Et je lui ai dit : " Ce n'est rien, ça n'a aucune importance, un petit accident de rien du tout, sauf qu'un docteur passait par là, mais ne t'occupe pas de cela maintenant, je lui ai dit, l'essentiel, c'est qu'il faut que tu viennes ce soir, n'écoute pas cette canaille, ce tenancier, ce... garçon d'étage. Il nous reste si peu de temps. " Ce soir, elle allait comprendre ce que j'ai voulu dire toutes ces années. Je n'étais pas aussi nul qu'elle le croyait. Et elle a dit qu'elle ne pouvait pas venir, qu'elle n'était pas prête, et puis toutes ces blessures, elles allaient se rouvrir, et j'ai dit : " N'écoute pas ce garçon d'étage, ce... portier de nuit. On n'a plus le temps. " Le doigt pointé sur ma jambe, elle a dit : " Mais qu'est-ce qui s'est passé ? Ça saigne ! " Et j'ai dit : " Ça ne fait rien ! " Je hurlais à ce stade. " Ça ne fait rien ! ai-je hurlé. Tu vois bien qu'il faut que je te fasse venir. Tu dois venir. Il faut que tu voies toi-même. Il faut que tu viennes ! " Et alors j'ai vu qu'elle avait compris que je parlais pour de bon. Je l'ai vu dans ses yeux. Les choses changeaient, derrière. La peur s'y dissipait. Quelque chose s'y mettait à vivre et j'ai su que j'avais gagné, enfin ! et que ce nettoyeur de cabinets avait perdu, et je lui ai dit, serein : " Bon ! je lui ai dit, tu vas venir ! " Et elle a fait signe que oui, calmement, et j'ai su que je pouvais lui faire confiance. Il n'y avait pas l'ombre d'un doute, Ryder. Elle a fait signe que oui, et j'ai su que je pouvais lui faire confiance, alors j'ai fait volte-face et je suis reparti. Où est-il, ce brave ? Il m'a ramené en camionnette mais j'aurais fait le trajet à pied ! Je n'ai pratiquement plus rien qui cloche.

– Mais, monsieur Brodsky, dis-je, êtes-vous sûr d'avoir la force de monter en scène ? Après tout, vous avez subi un terrible accident ! »

Bien que ce n'eût pas été dans mes intentions, mon retour à ce thème déclencha une autre bordée de vociférations. Le chirurgien se fraya un passage jusqu'au premier rang et, d'une voix qui couvrait celle des autres, martelant sa paume du poing, il lança :

« Monsieur Brodsky, j'insiste. Ne serait-ce que dix minutes : vous avez besoin de repos.

– Je vais bien, je vais bien, foutez-moi la paix ! » hurla Brodsky en reprenant son cheminement. Puis, se tournant vers moi (j'étais resté sur place) : « Si vous voyez ce groom, Ryder, dites-lui que je suis arrivé. Dites-le-lui. Il croyait que je n'irais jamais aussi loin. Il me prend pour de la crotte de chien ! Dites-lui que je suis arrivé. Vous verrez le plaisir que cela va lui faire ! »

Sur quoi il se lança dans le corridor, poursuivi par la meute qui se chamaillait.

Je continuai dans la direction opposée à la recherche d'une trace de la présence d'Hoffman. Dans le corridor, les membres de l'orchestre se faisaient plus rares et nombre de loges s'étaient refermées. J'envisageai un instant de faire demi-tour et de jeter un regard plus attentif par les portes encore ouvertes lorsque j'entrevis la silhouette du directeur à quelques pas devant moi.

Il me tournait le dos et déambulait lentement, la tête courbée. Bien que je fusse trop loin pour l'entendre, il m'apparut clairement qu'il répétait son discours. Au moment où je me rapprochai, je le vis basculer vers l'avant. Je crus d'abord qu'il allait tomber, mais je compris ensuite qu'il effectuait une fois de plus l'étrange numéro que je l'avais vu répéter dans le miroir de la loge de Brodsky. Se pliant en deux, le bras dressé, le coude saillant, il se cognait le front du poing. Il n'avait pas fini lorsque je surgis en toussant derrière lui. Il se redressa en sursaut et se tourna vers moi :

« Ah, monsieur Ryder ! Je vous en prie, ne vous inquiétez pas. Je suis sûr que M. Brodsky va arriver d'un instant à l'autre.

– Certainement, monsieur Hoffman. En fait, si vous étiez en train de répéter le discours que vous entendez présenter au public pour excuser son absence, j'ai l'honneur de vous informer que c'est peine perdue. M. Brodsky est désormais des nôtres. » D'un geste, je désignai le couloir. « Il vient d'arriver. »

L'espace d'une seconde, Hoffman parut pétrifié, puis il se reprit et dit :

« Ah ! Bien ! Quel soulagement ! Mais bien sûr, bien entendu, je n'en ai jamais douté. » Il eut un petit rire, scruta le couloir d'un bout à l'autre dans les deux sens comme s'il espérait entrevoir Brodsky, puis émit un autre rire et dit : « Eh bien, le mieux serait que j'aille m'occuper de lui.

– Monsieur Hoffman, avant cela, j'apprécierais beaucoup que vous m'informiez de la situation actuelle de mes parents. J'espère qu'ils sont arrivés jusqu'ici sans encombre, n'est-ce pas ? Et l'attelage – qu'il me semble avoir entendu au moment où je passais en voiture devant la façade –, j'imagine qu'il a obtenu le succès escompté ?

– Vos parents ? » Retrouvant sa mine hésitante, Hoffman me posa la main sur l'épaule et dit : « Ah oui, vos parents ! Voyons, voyons.

– Monsieur Hoffman, je vous ai confié, à vous et à vos collègues, le soin de leurs personnes. Ni l'un ni l'autre ne sont en parfaite santé.

– Bien sûr, bien sûr, ne vous inquiétez pas. Mais mille

choses requièrent mon attention, et le retard de M. Brodsky, encore que d'après vous il aurait refait surface, ah, ah... » Il n'acheva pas sa phrase et son regard parcourut une fois de plus le couloir. Je lui demandai d'une voix glaciale :

« Monsieur Hoffman, où se trouvent mes parents à l'heure qu'il est ? En avez-vous la moindre idée ?

– En ce moment précis, soyons honnête, moi personnellement je... Mais je puis vous assurer qu'ils sont entre des mains compétentes. Je serais bien évidemment ravi de veiller moi-même sur tous les détails de la soirée, mais vous comprendrez que... ah, ah ! Mlle Stratmann serait plus à même de vous fournir une réponse précise. Elle a reçu mandat de veiller étroitement à leur bien-être. Non qu'ils risquent de se voir délaisser pendant leur séjour dans notre ville... Je me suis même vu dans l'obligation d'insister auprès de Mlle Stratmann pour qu'ils ne paient pas d'un excès de fatigue les débordements d'hospitalité dont ils seront inévitablement l'objet de toutes parts.

– Monsieur Hoffman, je crois comprendre que vous n'avez aucune idée de l'endroit où ils se trouvent en ce moment précis. Où pourrai-je trouver Mlle Stratmann ?

– Oh, elle doit être quelque part par là, monsieur Ryder ! Si nous faisions quelques pas ? Allons voir comment va M. Brodsky. Je suis convaincu que nous ne manquerons pas de croiser Mlle Stratmann en chemin. Il se peut même qu'elle soit au bureau. Quoi qu'il en soit, monsieur... (il se raidit et sa voix se fit impérieuse) attendre ici ne nous mènera pas à grand-chose. »

Nous nous engageâmes de conserve dans le couloir. Quelques pas semblèrent lui suffire pour recouvrer son sang-froid et il dit avec un sourire :

« Maintenant, nous pouvons être sûrs que tout se déroulera au mieux. Vous, monsieur, vous avez l'air d'un homme qui sait exactement ce qu'il fait. Quant à M. Brodsky, il est arrivé : donc, nous sommes parés. Tout va se dérouler exactement comme prévu. Une merveilleuse soirée nous attend. »

Son pas changea soudain et je vis qu'il fixait des yeux ronds droit devant nous. Suivant son regard, je repérai Stephan, debout, l'air troublé, au milieu du corridor. Le jeune homme nous aperçut et se dirigea rapidement vers nous.

« Bonsoir, monsieur Ryder », dit-il. Puis, baissant la voix, à Hoffman : « Père, pourrions-nous échanger quelques mots ?

– Nous sommes débordés, Stephan. M. Brodsky arrive à l'instant.

– Je l'ai appris. Mais, voyez-vous, père, cela concerne mère.

– Ah oui. Ta mère.

– Le problème, c'est qu'elle se promène au foyer à un quart d'heure de ma prestation. Je viens de la voir, déambulant au foyer, et je lui ai dit que je n'allais pas tarder à passer, et elle a dit : " Vois-tu, chéri, j'ai quelques problèmes à régler. J'essaierai d'assister à la fin de ton récital mais il y a des problèmes que je dois absolument régler d'abord. " Voilà ce qu'elle m'a dit, alors qu'elle ne semblait pas excessivement occupée. Il est temps que mère et vous, vous preniez place. Je suis prévu dans moins d'un quart d'heure.

– Oui, oui. J'arrive d'une minute à l'autre. Quant à ta mère, je suis persuadé qu'elle va liquider très vite ce qu'elle a en cours. Inutile de te tracasser à ce point. Rentre dans ta loge et prépare-toi, voilà tout.

– Mais qu'est-ce qui la retient au foyer ? Elle se balade là, à bavarder avec le premier venu. Bientôt, d'ailleurs, elle y sera seule. Les gens gagnent leurs sièges.

– Je suppose qu'elle se dégourdit les jambes avant de s'installer. Allons, Stephan, calme-toi. Il t'incombe de mettre la soirée sur de bons rails. Nous comptons tous sur toi. »

Le jeune homme réfléchit, puis sembla se rappeler mon existence.

« Vous avez été tellement gentil, monsieur Ryder ! dit-il avec un sourire. Vos encouragements m'ont été infiniment précieux.

– Vos encouragements ? » Hoffman me décocha un regard stupéfait.

« Oh, oui ! dit Stephan. M. Ryder n'a mesuré ni son temps ni ses éloges. Il m'a écouté répéter et m'a prodigué les encouragements les plus chaleureux dont j'aie bénéficié depuis des années. »

Les yeux d'Hoffman couraient de l'un à l'autre. Un sourire d'incrédulité papillonna sur ses lèvres, puis il me dit :

« Vous avez pris le temps d'écouter Stephan ? Lui ?

– Effectivement. J'ai déjà essayé de vous en parler, monsieur Hoffman. Votre fils est très doué et, quoi qu'il arrive par ailleurs ce soir, son jeu fera sensation.

– Ah oui ? Vous le croyez vraiment ? Mais le fait demeure, monsieur, que Stephan ici présent... (Hoffman eut un petit rire embarrassé et lui envoya une petite tape dans le dos) ainsi, Stephan, tu te disposerais enfin à nous faire honneur !

– Je l'espère, père, mais mère continue de traîner au foyer. Peut-être est-ce vous qu'elle attend ? C'est vrai, les femmes n'aiment pas s'installer seules dans des soirées de ce genre. Peut-être n'est-ce que cela. Peut-être vous rejoindra-t-elle dès que vous prendrez place. Mon problème, c'est que je dois passer dans très peu de temps.

– Très bien, Stephan. Je m'en occupe. Ne t'inquiète pas. Retourne à ta loge et prépare-toi. M. Ryder et moi avons simplement quelques problèmes à régler au préalable. »

Bien qu'une certaine tristesse fût encore visible sur le visage de Stephan, nous le quittâmes et reprîmes notre chemin.

« Il vaudrait mieux que je vous prévienne, monsieur Hoffman, dis-je après quelques pas dans le couloir. Vous risquez de trouver M. Brodsky dans des dispositions légèrement hostiles... euh... envers vous.

– Envers moi ? » Hoffman parut surpris.

« Je veux dire que lorsque je l'ai vu, il y a quelques instants, il exprimait un certain agacement à votre égard. Il semble nourrir je ne sais quel grief contre vous. J'ai cru bon de vous en informer. »

Hoffman grommela des paroles qui me furent inaudibles. La courbe du corridor nous révéla ce qui était visiblement la loge de Brodsky. Une petite foule de badauds traînait devant la porte. Le directeur ralentit puis s'arrêta.

« Monsieur Ryder, je viens de réfléchir aux récents propos de Stephan. Tout compte fait, j'estime qu'il serait judicieux de rejoindre mon épouse, de vérifier qu'elle va bien. Après tout, ses nerfs, une soirée comme celle-ci, vous comprenez ?

– Bien sûr.

– Aussi me pardonnerez-vous. Je me demandais, monsieur, si je pourrais vous prier de vérifier que tout va bien là-bas, du côté de M. Brodsky. Quant à moi, personnellement, à vrai dire... (il consulta sa montre) il est temps que je gagne mon fauteuil. Stephan a tout à fait raison. »

Il eut un petit rire et rebroussa chemin.

J'attendis qu'il eût disparu pour me diriger vers l'attroupement qui stationnait devant la porte de Brodsky. Certains semblaient attendre par simple curiosité. D'autres se querellaient à mi-voix. Le chirurgien aux cheveux gris, campé sur le seuil, lançait une phrase péremptoire à un membre de l'orchestre en agitant une main exaspérée vers l'intérieur de la loge. Je fus surpris de constater que la porte était grande ouverte. Comme je m'en approchais, la tête du petit tailleur que j'avais déjà vu en jaillit, hurlant : « M. Brodsky veut une paire de ciseaux, une grande paire de ciseaux ! » Un homme détala et le tailleur redisparut à l'intérieur. Je me frayai un chemin à travers la foule et glissai un regard dans la pièce.

Brodsky était assis, le dos à la porte, et scrutait son image dans le miroir de maquillage. Il avait enfilé un frac dont le petit tailleur pinçait et tirait les épaulettes. Il portait également une chemise de soirée, mais il n'avait pas mis son nœud papillon.

« Ah, Ryder ! dit-il, saisissant mon reflet. Entrez. Vous savez, ça fait un bail que je n'ai pas revêtu ce genre de tenue. »

Sa voix semblait plus calme qu'à notre dernière rencontre et je me rappelai ses allures dominatrices au cimetière, lorsqu'il avait surgi face aux proches du défunt.

« Voilà, monsieur Brodsky », dit le tailleur en se redressant. Ils prirent le temps d'inspecter le frac dans le miroir. Puis Brodsky secoua la tête :

« Non, non, encore un peu plus serré. Là, et là. Trop d'étoffe !

– Cela ne prendra qu'un instant, monsieur Brodsky ! » Le tailleur enleva hâtivement son frac à Brodsky et disparut, me gratifiant d'une rapide courbette au passage.

Brodsky continua d'examiner son reflet, tâta d'un air songeur son col cassé, s'empara d'un peigne et recoiffa sa chevelure dont je notai qu'il l'avait enduite de gomina.

« Comment vous sentez-vous ? demandai-je en me rapprochant.

– Bien ! dit-il lentement en continuant de prendre soin de sa coiffure. Je me sens bien maintenant.

– Et votre jambe ? Êtes-vous certain de pouvoir assurer, avec une blessure d'une telle gravité ?

– Ma jambe, ce n'est rien. » Il posa le peigne et examina l'effet obtenu. « C'était moins terrible qu'il n'y paraissait. Je suis tout à fait remis. »

Comme il disait ces mots, je distinguai dans le miroir le chirurgien qui n'avait pas quitté le seuil de tout ce temps. Je le vis s'avancer dans la pièce avec toutes les apparences d'un homme qui ne parvient plus à se contenir. Mais, sans lui laisser le temps d'ouvrir la bouche, Brodsky vociféra dans le miroir :

« Je suis rétabli ! Cette blessure, ce n'est rien ! »

Le chirurgien battit en retraite jusqu'au seuil mais continua de fusiller du regard le dos de son patient.

« Mais, monsieur Brodsky, dis-je avec calme, vous avez perdu un membre. Ce n'est pas rien.

– J'ai perdu un membre, il est vrai. (Brodsky se consacrait de nouveau à sa chevelure.) Mais il y a des années de cela, Ryder, bien des années. Sans doute durant mon enfance. Cela fait si longtemps que le souvenir m'échappe. Cette buse de docteur ne s'en est même pas rendu compte. Je m'étais emmêlé les pattes dans cette bicyclette, mais il n'y avait que ma jambe artificielle de piégée. Le crétin ne s'en est même pas rendu compte. Et ça se prétend chirurgien ! J'ai l'impression, Ryder, de m'être passé de cette jambe toute ma vie ! Depuis combien de temps ? On perd la mémoire quand on arrive à nos âges. Une blessure, on n'y prête même plus attention. Cela devient une sorte de vieille amie ! Bien entendu, ça vous titille de temps à autre, mais il y a si longtemps que je vis avec ! Cela a dû se produire dans mon enfance. Un accident de chemin de fer, en Ukraine peut-être, quelque part dans la neige, qui sait ? Peut-être... Mais cela n'a plus d'importance. J'ai l'impression de n'avoir eu qu'une jambe toute ma vie. Rien de terrible. On se débrouille. Ce crétin de docteur m'a scié ma jambe de bois. Il y a eu du sang. Ça saigne encore. Il me faut des ciseaux, Ryder, j'en ai envoyé chercher. Pas pour la blessure ! Pour ma jambe de pantalon, je veux dire. Satanée jambe de pantalon ! Comment voulez-vous que je conduise mon orchestre avec cette gaine qui claque au vent. Mais cet abruti, ce carabin m'a scié ma jambe de bois, qu'y puis-je ? Il va falloir... (il mima des ciseaux taillant l'étoffe juste au-dessus du genou) faire quelque chose, rendre ça aussi élégant que possible. Ce dégénéré, non seulement il me bousille ma jambe de bois mais il m'écorche le moignon. Des années que cette blessure n'a pas saigné comme ça. L'andouille ! Avec sa face de carême, il se prend pour un ponte et il me saucissonne ma jambe de bois ! À la scie ! Et en plus il m'entaille le moignon. Pas étonnant que ça pisse le sang. Du sang partout ! Moi qui l'ai perdue il y a des siècles, en tout cas, c'est l'impression que ça me donne. Toute une vie pour m'y accoutumer et ce débile, avec sa scie, ça saigne encore ! » Il se pencha pour écraser quelque chose dans le tapis avec sa chaussure. « J'ai envoyé chercher des ciseaux. Il faut que j'aie l'air splendide, en pleine forme, Ryder ! La coquetterie n'est pas mon fort, ce n'est pas ça qui m'inspire, mais honneur oblige, dans des circonstances de ce genre. Elle va me voir ce soir. Jusqu'à la fin de nos jours, elle gardera le souvenir de cette nuit. L'orchestre, ils sont bons, vous savez ! Tenez, que je vous montre ! » Il se pencha et sortit une baguette de chef d'orchestre qu'il brandit en pleine lumière. « Une baguette extra ! Un toucher sensationnel. Cela se sent. Pour moi, cela change tout. La pointe, ça compte toujours ! C'est vital. Elle est exactement comme il faut. » Il fixa sa baguette. « Cela fait longtemps mais je n'ai pas peur. Je leur montrerai a tous, ce soir, et pas de compromis. Je foncerai bille en tête, comme vous me l'avez appris, Ryder. Max Sattler. Mais quel crétin, ce type ! Un débile ! Un vrai gardien d'hôpital ! »

Brodsky brailla ces derniers mots dans le miroir avec un plaisir manifeste et je vis le chirurgien qui l'observait depuis le seuil, l'air abasourdi, battre honteusement en retraite puis s'éclipser.

À peine eut-il disparu que Brodsky montra pour la première fois des signes de tension. Il ferma les yeux et s'appuya sur le bras de son fauteuil en respirant péniblement. L'instant d'après, un homme bondit dans la pièce, armé d'une paire de ciseaux.

« Ah, enfin ! » s'écria Brodsky en s'en emparant. Sitôt l'homme parti, il les posa sur la tablette qui courait le long du miroir et entreprit de se lever. Il utilisa le dos de son fauteuil pour se mettre sur pied puis il tendit une main vers la planche à repasser accotée au mur, près du miroir. Je fis un pas pour lui venir en aide mais, avec une agilité surprenante, il atteignit seul la planche à repasser et se la glissa sous le bras.

« Vous voyez, dit-il, considérant d'un œil triste sa jambe de pantalon vide, il va falloir s'en occuper !

– Souhaitez-vous que je rappelle le tailleur ?

– Non, non, ce type ne saura pas quoi faire ! Je le ferai moi-même. »

Brodsky continua de scruter sa jambe de pantalon vide. Ce spectacle me remit en mémoire les urgences de divers ordres qui requéraient mon attention. Mon premier devoir était de retrouver Sophie et Boris et de m'informer sur l'état de Gustav. Il n'était pas impossible qu'une décision cruciale le concernant eût été reportée jusqu'à mon retour. Je toussotai et dis : « Si cela ne vous dérange pas, monsieur Brodsky, il faut que j'y aille. »

Brodsky contemplait toujours sa jambe de pantalon.

« Ce sera splendide, ce soir, Ryder, murmura-t-il. Elle va voir. Enfin. »

33

La scène n'avait guère changé en mon absence, devant la loge de Gustav. Peut-être les porteurs s'étaient-ils légèrement écartés du seuil. Ils conféraient à voix basse de l'autre côté du couloir. Sophie était demeurée à peu près dans la position où je l'avais vue la dernière fois, son paquet plié sur le bras, l'œil fixé sur la porte entrebâillée. Me voyant arriver, l'un des porteurs s'avança vers moi et chuchota :

« Il tient toujours bien le coup, monsieur, mais Josef est parti chercher le docteur. Nous avons décidé que nous ne pouvions pas laisser traîner plus longtemps. Voilà. »

J'acquiesçai puis demandai avec calme, en désignant Sophie du regard : « Elle n'y est pas allée ?

– Pas encore, monsieur, mais je suis convaincu que Mlle Sophie le fera sous peu. »

Nous la considérâmes un instant.

« Et Boris ? demandai-je.

– Oh, il s'y est rendu à plusieurs reprises, monsieur !

– À plusieurs reprises ?

– Oh, oui ! Il s'y trouve en ce moment même ! »

Je hochai la tête et me dirigeai vers Sophie. Elle n'avait pas perçu mon retour et sursauta lorsque je lui touchai doucement l'épaule. Puis elle dit avec un rire :

« Il est là-dedans ! Papa !

– Oui. » Elle modifia légèrement sa position et se pencha de côté comme pour mieux voir au-delà du seuil.

« Tu ne vas pas le lui donner, ce pardessus ? » demandai-je.

Sophie baissa les yeux sur son paquet et dit : « Oh, si ! Si, si ! J'allais précisément... » Elle s'interrompit, se pencha de nouveau et appela :

« Boris ? Boris ! Viens ici une minute ! »

Quelques secondes après, Boris surgit, impassible, et ferma soigneusement la porte derrière lui.

« Alors ? » dit Sophie.

Boris m'accorda un bref regard, se tourna vers sa mère et dit : « Grand-père dit qu'il est désolé. Il a dit de dire qu'il était désolé.

– C'est tout ? C'est tout ce qu'il a dit ? »

Un éclair d'incertitude traversa le visage du gamin, puis il dit d'un ton rassurant : « J'y retourne, il va encore parler.

– Mais c'est tout ce qu'il t'a dit pour l'instant : qu'il était désolé ?

– Ne t'inquiète pas. J'y retourne.

– Un instant ! »

Sophie entreprit de déchirer l'emballage du pardessus.

« Apporte cela à ton grand-père. Donne-le-lui. Regarde si cela lui va. Dis-lui que je pourrai toujours y faire des retouches. »

Elle laissa tomber le papier déchiré et brandit un pardessus marron foncé. Boris s'en empara sans autre cérémonie et redisparut dans la loge. Peut-être à cause du pardessus qui prenait dans ses bras des allures démesurées, il laissa la porte entrouverte derrière lui et un bruit de voix ne tarda pas à filtrer dans le couloir. Je vis que Sophie s'efforçait d'en saisir des bribes sans quitter sa place. Derrière nous, les porteurs observaient la même distance respectueuse, mais je vis bien qu'eux aussi fixaient la porte avec anxiété.

Les minutes passèrent. Puis Boris ressortit.

« Grand-père dit merci, lança-t-il à Sophie. Il est très heureux maintenant. Il a dit qu'il était très heureux.

– C'est tout ce qu'il a dit ?

– Il a dit qu'il était heureux. Avant, il n'était pas très à l'aise, mais maintenant que le pardessus est arrivé... Il dit que cela signifie beaucoup pour lui. » Boris jeta un regard par-dessus son épaule puis ses yeux revinrent se fixer sur sa mère : « Il dit que le pardessus lui fait très plaisir.

– C'est tout ce qu'il a dit ? Pas un mot sur... Est-ce que ça lui va ? Est-ce qu'il aime la couleur ? »

Mon attention s'étant concentrée sur Sophie, je ne suivis pas de près ce que fit Boris ensuite. Je n'eus en tout cas pas l'impression qu'il eût fait quoi que ce fût de remarquable. Il marquait simplement, me sembla-t-il, une légère pause pour réfléchir à sa réponse lorsque Sophie explosa :

« Pourquoi fais-tu ça ? »

Le gamin écarquilla les yeux.

« Pourquoi fais-tu ça ? Tu sais très bien ce que je veux dire, ça, comme ça ! » Elle l'empoigna par les épaules et le secoua violemment. « Exactement comme son grand-père, hurla-t-elle en se tournant vers moi. Il le singe ! » Puis, à la masse des porteurs qui lui jetaient des regards inquiets : « C'est son grand-père. C'est lui qu'il copie. Vous avez vu ce mouvement d'épaule ? Ce mélange de dédain et de suffisance ! Regardez ! Exactement comme son grand-père ! » Elle continua de le secouer en lui jetant des regards venimeux. « Ah, c'est comme ça ! Tu te prends pour quelqu'un de génial, c'est ça ! C'est ça ? »

Boris se dégagea et recula en titubant.

« Tu as vu ? me demanda Sophie, cette mimique ! Exactement comme son grand-père ! »

Boris s'écarta encore de quelques pas puis se baissa, ramassa sa sacoche de docteur noire et s'en barda la poitrine. Je crus qu'il allait éclater en sanglots, mais il parvint à se contrôler au dernier moment.

« Ne t'inquiète pas, commença-t-il, puis il s'interrompit et remonta la sacoche noire encore plus haut sur sa poitrine. Ne t'inquiète pas, je vais, je vais... » Il renonça et jeta un regard alentour. La porte qui donnait sur la pièce d'à côté était proche. Le gamin pivota et s'y engouffra comme une flèche, claquant la porte derrière lui.

« Es-tu folle ? dis-je à Sophie. Il est assez bouleversé comme ça. »

Sophie observa quelques instants de silence, poussa un soupir et franchit l'espace qui la séparait de la porte par laquelle Boris s'était éclipsé. Elle frappa et entra.

J'entendis Boris prononcer des paroles qui me furent inaudibles, bien que Sophie eût laissé la porte ouverte.

« Excuse-moi, entendis-je Sophie lui répondre. Je ne l'ai pas fait exprès. »

La réponse de Boris ne me parvint pas.

« Non, ça va, reprit Sophie d'une voix douce. Tu as été merveilleux. » Après une pause, elle reprit : « Maintenant, il faut que j'aille parler à ton grand-père. Je dois y aller. »

Boris répondit brièvement.

« Oui, d'accord, dit Sophie, je vais lui demander de venir attendre avec toi. »

Le gamin se lança dans une longue phrase.

« Non, il ne le fera pas, l'interrompit Sophie peu après. Il sera gentil avec toi. Non, je te promets, ça ira. Je vais lui demander de venir, mais il faut que j'aille parler à grand-père maintenant, avant que le docteur n'arrive. »

Elle sortit, ferma la porte, vint tout près de moi et dit d'une voix parfaitement posée

« Je t'en prie, va attendre avec lui. Il est très ému. Il faut que j'aille parler à papa. » Sur quoi, sans me laisser le temps d'esquisser un mouvement, elle me plaça une main sur le bras et dit : « S'il te plaît, montre-toi aussi chaleureux qu'autrefois avec lui. Cela lui manque tellement.

– Je regrette, mais je ne vois pas à quoi tu fais allusion. S'il est ému, c'est parce que tu...

– Je t'en prie, dit Sophie. Peut-être que tout ça, c'est de ma faute, mais, par pitié, il faut que ça s'arrête. S'il te plaît, va le rejoindre et tiens-lui compagnie.

– Bien sûr que je vais le rejoindre, répliquai-je froidement. Pourquoi ne le ferais-je pas ? Tu ferais mieux d'aller voir ton père. Il n'a sans doute rien perdu de la conversation. »

Je pénétrai dans la pièce où Boris s'était réfugié et je découvris avec surprise qu'elle ne ressemblait à aucune des loges que j'avais vues dans le corridor. En fait, elle avait tout l'air d'une salle de classe, avec sa succession de petits pupitres et de chaises soigneusement alignés et son grand tableau noir. Vaste et faiblement éclairée, elle était envahie d'ombres épaisses. Boris, assis à un pupitre près du fond, leva brièvement les yeux au moment où j'entrais. Je ne lui dis rien et entrepris d'inspecter les lieux.

Le tableau noir était orné d'un fougueux gribouillage dont je me demandai vaguement s'il était l'œuvre de Boris. Je poursuivis ma déambulation, examinant les statistiques et les cartes affichées aux murs. Le gamin poussa alors un profond soupir. Je lui décochai un regard et vis qu'il avait hissé la sacoche noire sur ses genoux et s'efforçait d'en extraire quelque chose. Il finit par en sortir un épais volume qu'il posa devant lui.

Je me détournai et repris ma déambulation. Lorsque mon regard se posa de nouveau sur lui, je vis qu'il feuilletait son livre avec une expression admirative ; je me rendis compte qu'il s'était replongé dans la lecture du manuel de bricolage. Saisi d'une assez vive irritation, je fis volte-face pour regarder une affiche qui mettait en garde contre l'usage des solvants. Derrière moi, Boris déclara :

« J'aime vraiment beaucoup ce livre. Il explique tout. »

Il s'était efforcé de prononcer ces mots comme pour lui-même, mais j'étais si loin du pupitre où il était assis qu'il lui avait fallu hausser le ton de façon tout à fait artificielle. Je résolus de ne pas répondre et continuai à errer nonchalamment dans la pièce.

Quelques instants plus tard, Boris poussa un nouveau soupir.

« Maman se met parfois dans des états ! »

Ici encore, on n'avait pas le sentiment qu'il se fût vraiment adressé à moi. Aussi ne répondis-je pas. D'ailleurs, quand je finis par me tourner vers lui, il feignait d'être absorbé par sa lecture. Je gagnai d'un pas incertain l'autre bout de la pièce, où je découvris, punaisée au mur, une grande feuille intitulée Objets perdus. La liste était longue, dans des écritures de toutes sortes. Il y avait une colonne pour la date, une pour l'article perdu, une pour le nom du propriétaire. Je ne sais pourquoi, elle me parut divertissante et je l'examinai longuement. Les premières entrées semblaient de bonne foi : perdu, un stylo ; perdu, une pièce de jeu d'échecs ; perdu, un portefeuille. À partir du milieu, elles devenaient facétieuses. Un quidam prétendait avoir perdu trois millions de dollars ; Gengis Khan déclarait avoir perdu le continent asiatique !

« J'aime vraiment beaucoup ce livre ! lança Boris derrière moi. Il vous explique tout. »

Je perdis brusquement patience. Je marchai sur lui d'un pas vif et assénai une claque sur le pupitre.

« Écoute, pourquoi t'obstines-tu à lire ce truc ? demandai-je. Qu'est-ce que ta mère t'a raconté ? Que c'est un merveilleux cadeau, je suppose ? Eh bien, non ! C'est cela qu'elle t'a dit, que c'était un merveilleux cadeau, que je l'avais soigneusement choisi à ton attention ? Mais regarde-le ! (Je tentai de le lui arracher mais il s'y accrocha en l'enveloppant de ses bras.) Ce n'est qu'un vieux guide sans intérêt dont on aura voulu se défaire. T'imagines-tu qu'un bouquin de ce genre, qu'un truc pareil, puisse t'apprendre quoi que ce soit ? »

J'essayai de le lui soustraire mais il s'était plié en deux sur le pupitre et protégeait le livre de tout le corps, dans un silence horripilant. Décidé à lui arracher la chose une fois pour toutes, je donnai une nouvelle secousse.

« Écoute, c'est un cadeau minable, absolument minable. Pas l'ombre d'une pensée ou d'un sentiment. Une idée venue par raccroc, sans intention sincère ! Cela saute aux yeux, page après page, et toi, tu t'extasies sur ce merveilleux cadeau. Allez, donne-le-moi, donne ! »

Craignant peut-être de voir son manuel partir en lambeaux, Boris leva soudainement les bras et je me retrouvai avec le bouquin au bout des doigts, accroché par un des côtés de la couverture. Boris se cantonna dans son mutisme et je me trouvai un peu bête de m'être laissé aller à cet esclandre. Je jetai un œil sur le livre qui pendait au bout de ma main et le projetai à l'autre bout de la pièce, où il heurta un pupitre avant de disparaître dans la zone d'ombre. Le calme me revint aussitôt et je respirai profondément. Lorsque je ramenai mon regard sur Boris, je le vis assis, tout raide, l'œil vissé sur la partie de la salle où avait atterri son manuel. Puis il se leva et fila le récupérer. Mais il n'avait pas franchi la moitié du parcours que la voix insistante de Sophie nous parvint du couloir.

« Boris, viens voir une seconde, ce ne sera pas long ! »

Boris hésita, jeta un nouveau regard du côté où avait atterri son manuel et sortit.

« Boris ! entendis-je Sophie dire dans le couloir, va demander à grand-père comment il se sent maintenant. Et demande-lui s'il veut que je fasse des retouches au pardessus. Les boutons du bas sont peut-être mal placés. Cela pourrait battre, par grand vent, s'il reste longtemps debout sur le pont. Va lui demander mais ne lui parle pas trop longtemps. Pose-lui la question et reviens tout de suite. »

Le temps que je regagne le couloir, le gamin était déjà entré dans la loge de Gustav. Je retrouvai une scène familière. Sophie, tendue, immobile, les yeux braqués sur la porte ; les porteurs, légèrement en retrait, l'air anxieux. Mais Sophie avait une expression affligée que je n'avais pas remarquée auparavant et j'éprouvai un brusque élan de tendresse à son égard. Je me rapprochai et lui enveloppai du bras les épaules.

« C'est une période difficile pour nous tous, dis-je avec douceur. Une période très difficile. »

J'entrepris de l'attirer vers moi. Elle m'écarta d'une secousse, l'œil braqué sur la porte. Heurté par cette rebuffade, je lançai rageusement :

« Écoute, il faut se serrer les coudes dans de telles circonstances ! »

Sophie ne répondit pas. Puis Boris ressortit de la loge.

« Grand-père dit que le pardessus correspond exactement à ses vœux et qu'il l'aime d'autant plus que c'est un cadeau de maman. »

Sophie poussa un grognement exaspéré.

« Mais veut-il que j'y fasse des retouches ? Pourquoi ne le dit-il pas ? Le médecin ne va pas tarder.

– Il a dit... il a dit qu'il l'aimait beaucoup, ce pardessus. Il l'aime beaucoup.

– Demande-lui pour les boutons du bas. S'il reste longtemps sur le pont en plein vent, il faut qu'ils soient bien placés. »

Boris rumina la question puis acquiesça et regagna la loge.

« Écoute, dis-je à Sophie, tu n'as pas l'air de mesurer le stress que je subis en ce moment précis. Te rends-tu compte que mon entrée en scène est imminente ? Il va me falloir répondre à des questions complexes qui engagent l'avenir de cette communauté. Il va y avoir un tableau d'affichage électronique. Tu comprends ce que cela signifie ? Toi, c'est bien joli, tu te tracasses pour cette histoire de boutons, etc., mais te rends-tu compte que je suis sous pression ? »

Sophie tourna vers moi un visage égaré et parut sur le point de dire quelque chose. À cet instant précis, Boris refit son apparition. Cette fois, il dévisagea solennellement sa mère sans desserrer les lèvres.

« Alors ? Qu'est-ce qu'il a dit ? demanda Sophie.

– Il dit qu'il l'adore, ce pardessus. Il dit qu'il lui rappelle un manteau que maman avait quand maman était petite. La couleur sans doute. Il dit qu'il y avait un ours dessiné dessus, sur le manteau que maman avait dans le temps.

– Faut-il des retouches ? Pourquoi ne répond-il pas franchement ? Le médecin va débarquer d'un instant à l'autre.

– Tu n'as pas l'air de comprendre, coupai-je. Il y a làbas des gens qui comptent sur moi. Ils ont installé un tableau d'affichage électronique, le grand jeu, quoi. Il veulent que je m'avance vers la rampe après chaque réponse. C'est un stress considérable. Tu n'as pas l'air... »

Je m'interrompis quand j'entendis Gustav appeler. Sans tarder, Boris tourna les talons et regagna la loge, nous laissant attendre son retour ensemble, Sophie et moi, pendant un moment qui parut très long. Lorsqu'il finit par revenir, le gamin, sans nous accorder un regard, franchit à longues enjambées l'espace qui le séparait des porteurs.

« Messieurs, je vous en prie ! lança-t-il en s'inclinant comme pour montrer la voie. Grand-père aimerait que vous entriez tous. Il souhaite vous voir rassemblés autour de lui. »

Il leur ouvrit la route. Après une légère hésitation, les porteurs défilèrent en hâte devant nous, certains glissant un mot gêné ou deux à Sophie.

Dès que le dernier fut entré, je glissai un regard dans la pièce, mais Gustav m'était invisible à cause de la foule amassée sur le seuil. Seul me parvint le bruit de trois ou quatre voix entrecroisées. Je m'apprêtais à me rapprocher lorsque Sophie fila devant moi et s'engouffra dans la pièce. Après quelques instants de vive agitation, les voix s'éteignirent.

Je gagnai le seuil à grands pas. Les porteurs avaient formé la haie pour Sophie, si bien que je distinguais sans peine Gustav sur son matelas. On lui avait étalé le pardessus marron sur le haut du corps, en plus de la couverture grise dont j'avais gardé le souvenir. Il n'avait pas d'oreiller et la force lui manquait visiblement pour redresser la tête, mais il leva vers sa fille des yeux qu'éclairait un sourire très doux.

Sophie s'était arrêtée à deux ou trois pas de l'endroit où il reposait. Elle me tournait le dos, si bien que son expression m'échappait, mais il me sembla qu'elle avait le regard posé fixement sur lui. Après quelques instants de silence, elle dit :

« Tu te rappelles le jour où tu es venu m'apporter ma tenue de natation à l'école ? Je l'avais oubliée à la maison et ça m'avait tracassée toute la matinée. Je me demandais ce que j'allais faire et puis tu es venu, avec le sac de sport bleu, celui qui avait une corde en guise de bandoulière. Tu es venu directement dans la classe, tu te rappelles, papa ?

– Ce manteau me tiendra chaud maintenant ! dit Gustav. C'est ce qu'il me fallait.

– Tu n'avais qu'une demi-heure de libre. Alors tu avais couru tout le long depuis l'hôtel. Tu es entré dans la classe, le sac de sport bleu à la main.

– J'ai toujours été très fier de toi.

– Ça m'avait turlupinée toute la matinée. Je me demandais ce que j'allais faire.

– Ce pardessus est superbe. Regarde le col ! Et là, tout le long, c'est du vrai cuir.

– Excusez-moi ! » dit une voix près de moi. Je me retournai et vis un jeune homme à lunettes muni d'une sacoche de docteur qui essayait de se glisser dans la pièce. Sur ses pas venait un autre porteur, que je reconnus pour l'avoir vu au Café hongrois. Ils pénétrèrent dans la loge. Le jeune médecin se précipita vers Gustav, s'agenouilla à ses côtés et entreprit de l'ausculter.

Sophie le dévisageait en silence puis, comme si elle avait admis que c'était au tour de quelqu'un d'autre de bénéficier de l'attention de son père, elle recula de deux ou trois pas. Boris la rejoignit et ils restèrent un instant debout, côte à côte, presque à se toucher. Mais Sophie, apparemment insensible à la présence du petit garçon, ne quitta pas des yeux le dos courbé du médecin.

C'est alors que les nombreuses tâches qu'il me restait à accomplir avant ma prestation me revinrent en mémoire. Le médecin étant arrivé, il m'apparut que le moment en valait un autre pour s'éclipser. Je me faufilai silencieusement dans le corridor et j'étais sur le point de repartir à la recherche d'Hoffman lorsque je perçus un mouvement derrière moi et sentis qu'on m'agrippait le bras.

« Mais où diable pars-tu ? chuchota Sophie d'un ton rageur.

– Décidément, tu ne te rends vraiment pas compte ! Je suis débordé. Ils ont installé un tableau d'affichage électronique, le grand jeu. C'est effrayant, le nombre de choses qui dépendent de moi ! ripostai-je en essayant de libérer mon bras.

– Et Boris ! Il a besoin de toi ici. Nous avons tous les deux besoin de toi ici.

– Écoute ! Visiblement, tu ne comprends pas. Mes parents ! Tu n'es pas au courant ? Mes parents ! Ils vont arriver d'un instant à l'autre. Il y a une foule de choses dont je dois m'occuper. Tu ne te rends vraiment pas compte ! » Je parvins enfin à me dégager.

« Écoute, je reviens ! lançai-je par-dessus mon épaule en hâtant le pas. Je reviens dès que je peux. »

34

Je longeais le corridor d'un pas vif lorsque je remarquai que plusieurs personnes étaient alignées le long du mur. Il me suffit d'un regard pour constater qu'elles portaient toutes des tenues de cuisiniers et, autant que je pus distinguer, attendaient leur tour de grimper dans un petit réduit noir. La curiosité me prit. Je ralentis et m'orientai vers eux.

Je vis que le réduit, de la taille d'un placard à balais, était perché à quelque cinquante centimètres du sol. Une brève série de marches y menait et, à la mine des postulants, je supposai qu'il devait abriter un urinoir, ou peut-être une fontaine à eau. Mais je m'aperçus en m'approchant que l'homme qui occupait le sommet des marches était complètement penché en avant, le postérieur saillant, et qu'il avait tout l'air de quelqu'un qui fourrage dans un cagibi, pendant que ceux qui faisaient la queue gesticulaient et braillaient impatiemment pour qu'il en finisse. Lorsqu'il se retira du cagibi et regarda prudemment derrière lui à la recherche de la marche du haut, quelqu'un poussa une exclamation et fit un signe dans ma direction. Toutes les têtes se tournèrent. L'instant d'après, la queue s'était évanouie, chacun s'écartant précipitamment pour me laisser le passage. L'homme qui venait de libérer le cagibi dégringola les marches à toute allure, s'inclina et m'invita du geste à lui succéder.

« Merci, dis-je. Mais je crois qu'il y avait du monde avant moi. »

Un tumulte de protestations s'éleva et plusieurs mains me poussèrent activement vers le petit palier. La porte étroite du cagibi s'était refermée. Je tentai de l'ouvrir mais je découvris qu'il fallait la tirer, ce qui me contraignit à jouer les acrobates sur la marche du haut. J'eus alors la surprise de constater que mon regard plongeait de très haut dans la salle de concert. Le fond du cagibi manquait et je vis que j'aurais pu, en me penchant et en m'étirant un peu, toucher le plafond de la salle si j'avais poussé la témérité jusque-là. La vue avait beau être impressionnante, l'ensemble du dispositif me parut aussi stupide que dangereux. En fait, le placard s'inclinait nettement vers l'avant et le spectateur imprudent risquait de glisser jusqu'à l'ouverture. Seul un frêle cordage avait été disposé à hauteur de la taille pour empêcher un plongeon vers le public. Si ce placard avait une raison d'être, elle m'échappait, à moins qu'il ne s'agît d'un système qui permettait de tendre des bannières d'un côté à l'autre de la salle.

Je déplaçai précautionneusement les pieds de manière à les caser à l'intérieur puis me cramponnai aux montants de la porte pour observer le spectacle qui se déroulait au-dessous de moi.

Environ les trois quarts des sièges étaient occupés mais on n'avait pas encore baissé l'éclairage, et les gens papotaient et se saluaient de toutes parts. D'aucuns hélaient des connaissances à plusieurs rangs de distance. D'autres, agglutinés dans les allées, devisaient en riant. Le flux des arrivants s'écoulait sans trêve par les deux portes principales. Les pupitres étincelaient dans la fosse d'orchestre. Sur la scène proprement dite, le rideau était ouvert. Un piano à queue solitaire attendait, couvercle levé. Fixant de ces hauteurs l'instrument sur lequel je devais assurer sous peu une prestation décisive entre toutes, il me parut probable que la chance ne me serait pas donnée de l'examiner de plus près et la contrariété que m'inspirait la façon dont j'avais géré mon emploi du temps depuis mon arrivée en ville me saisit de nouveau.

C'est alors que je vis Stephan Hoffman sortir des coulisses. Aucune annonce n'avait précédé son entrée, l'éclairage n'avait pas fléchi et Stephan, évitant tout cérémonial, gagna le piano d'un pas alerte, mais la mine soucieuse, sans même accorder un regard au public. Aussi l'essentiel de l'auditoire ne témoigna-t-il que d'une curiosité médiocre et la plupart des gens continuèrent-ils de causer ou de s'interpeller. Leur surprise fut évidente lorsqu'il attaqua les mesures explosives sur lesquelles s'ouvre *Passions de verre*, mais l'immense majorité conclut sans doute en quelques secondes que le jeune homme était simplement venu tester le piano ou le système d'amplification. À peine avait-il exécuté quelques mesures qu'un objet sembla accrocher son regard ; son jeu s'alanguit comme si on l'avait soudain débranché. Il suivait quelque chose des yeux et il finit par jouer bras tendus, tête tordue. Je compris qu'il regardait s'éclipser deux silhouettes dans la foule et je parvins en me penchant un peu plus à distinguer de justesse Hoffman et sa femme qui sortaient de mon champ de vision, tout en bas.

Stephan cessa de jouer, fit pivoter son siège et braqua des yeux écarquillés sur ses parents. Ce geste sembla dissiper les doutes qui subsistaient encore dans la foule : Stephan procédait bien à une vérification de son. Chacun dut avoir à cet instant l'impression qu'il guettait les signaux des techniciens placés à l'autre bout de la salle et, dans l'indifférence générale, il finit par s'arracher à son tabouret pour quitter la scène à grandes enjambées.

C'est seulement après avoir atteint les coulisses qu'il donna libre cours à l'indignation qui le submergeait. Sa désertion après quelques mesures seulement restait encore entourée pour lui d'un sentiment d'irréalité totale. Tout juste s'il y consacra une pensée tandis qu'il dévalait les marches de bois et franchissait l'enfilade des portes du fond de théâtre.

Un essaim de machinistes et de serveurs bourdonnait dans le couloir où il fit surface. Il s'orienta vers le hall où il espérait trouver ses parents mais à peine avait-il fait quelques pas qu'il aperçut son père qui se dirigeait vers lui, seul et préoccupé. Pour sa part, le directeur de l'hôtel ne le remarqua qu'au moment où ils allaient se heurter. Il s'arrêta et dévisagea son fils avec stupeur.

« Quoi, tu n'es pas en train de jouer !

– Père, pourquoi êtes-vous partis comme cela, toi et mère, et où est-elle passée ? A-t-elle eu un malaise ?

– Ta mère, dit Hoffman après un soupir compassé, ta mère a estimé que le moment était venu de partir. Bien entendu, je l'ai escortée et... Allons, je vais être franc, Stephan. Il faut que je te le dise : je partage son sentiment et je n'ai pas résisté à sa suggestion. Quel regard tu me jettes, Stephan ! Oui, je sais, je t'ai laissé tomber. Je te l'avais promise, cette chance, cette occasion de jouer devant toute la ville, devant l'ensemble de nos amis et collègues. Oui, je te l'ai promise. Peut-être est-ce toi qui l'as sollicitée, peut-être m'as-tu pris de court à un moment où je pensais à autre chose, qui sait comment cela s'est produit ? D'ailleurs, qu'importe ! Le fait est que j'ai dit oui, j'ai promis, et il n'était pas dans mes intentions de revenir sur ma promesse, voilà, c'est de ma faute. Mais il faut que tu essaies de comprendre, Stephan, ce que cela représente pour nous, tes parents, combien il nous est pénible d'assister...

– Je vais parler à mère... » Stephan fit mine de s'éloigner. Hoffman parut un instant consterné puis il agrippa sans ménagement le bras de son fils avec un petit rire embarrassé.

« Tu ne peux pas faire cela, Stephan ! Ce que je veux dire, c'est que ta mère s'est rendue aux toilettes, ah, ah !... De toute façon, à mon avis, le mieux est que tu la laisses cuver, pour ainsi dire. Mais Stephan, qu'as-tu fait ? Tu devrais être en train de jouer ! Bah, peut-être cela vaut-il mieux, quelques questions gênantes, sans doute, mais guère plus...

– Père, je vais retourner jouer. Je vous serais reconnaissant de regagner votre siège et je vous prie de persuader mère de revenir.

– Stephan, Stephan ! (Hoffman hocha la tête et posa la main sur l'épaule de son fils.) Je tiens à ce que tu saches toute l'estime que nous te portons. Tu nous inspires, à l'un et l'autre, une immense fierté. Mais ce rêve que tu nourris depuis toujours – en ce qui concerne ta musique, j'entends –, ta mère et moi, nous n'avons jamais eu le cran de te le dire. Loin de nous, bien sûr, l'idée de t'amputer de tes rêves. Mais ça, tout cela... (il embrassa d'un geste l'ensemble de la salle) tout cela ne constitue qu'un épouvantable malentendu. Nous n'aurions jamais dû laisser les choses aller si loin. Vois-tu, Stephan, ton jeu ne manque pas de charme. Tes dons s'y manifestent à la perfection. D'ailleurs, nous avons toujours pris plaisir à t'entendre jouer à la maison. Mais la musique, la musique sérieuse, la musique du niveau que l'on peut attendre lors de soirées comme celle-ci, cela, vois-tu, c'est autre chose. Non, non, ne m'interromps pas. J'essaie de te dire quelque chose...

quelque chose que j'aurais dû te dire il y a fort longtemps. Nous sommes ici dans la salle de concert municipale. Le public de concert, cela n'a rien à voir avec des amis ou des parents qui vous prêtent une oreille complaisante au salon. Les vrais publics de concert sont accoutumés à un certain niveau, à un niveau professionnel, Stephan, comment dire...

– Père ! coupa Stephan, tu ne te rends pas compte. Je me suis exercé sans relâche. C'est vrai, j'ai choisi très tard le morceau que je vais interpréter, mais je m'y suis acharné, et si seulement tu daignais venir, tu verrais...

– Stephan, Stephan ! » Hoffman hocha de nouveau la tête. « S'il suffisait de travailler ! Si seulement cela suffisait ! Mais hélas, certains d'entre nous ne sont pas nés avec le don, voilà tout. Nous ne le portons pas en nous, et ça, c'est un fait auquel nous devons nous résigner. C'est terrible d'avoir à te le dire, surtout à un moment pareil et après t'avoir si longtemps bercé d'illusions. J'espère que tu nous pardonneras, à ta mère et à moi, de nous être montrés si faibles si longtemps. Mais, considérant le plaisir manifeste que tu y prenais, nous n'en avons pas eu le courage, même si ce n'est pas une excuse, je le sais. C'est atroce. Tel que tu me vois, mon cœur saigne pour toi, vraiment, il saigne pour toi. J'espère que tu arriveras à nous pardonner. C'est une erreur épouvantable que de t'avoir laissé aller si loin, de t'avoir propulsé sur scène aux yeux de la ville tout entière ; mais ta mère et moi nous t'aimons trop pour supporter ce spectacle. Voir notre fils tant aimé en butte à la risée universelle, c'est trop ! Voilà, je l'ai dit, j'ai joué cartes sur table. C'est cruel, mais enfin je te l'ai dit. J'ai cru pouvoir m'en tirer. Je me suis cru de taille à affronter les ricanements et les sourires de fiel. Mais, au pied du mur, ta mère a constaté que c'était au-dessus de ses forces, et moi de même ! Qu'y a-t-il ? Pourquoi refuses-tu de m'écouter ? Ne mesures-tu pas la douleur que cette situation nous cause ? Ah, qu'il est difficile de parler à cœur ouvert, fût-ce à son propre fils !

– Père, je vous en prie, je vous en supplie, venez m'écouter. Ne serait-ce que quelques minutes. Vous jugerez par vous-même, mère aussi. Je vous en prie, je vous en supplie, persuadez-la. Alors, tous les deux, je sais que vous verrez.

– Stephan, il est temps de remonter sur scène. Ton nom figure dans le programme. Tu as fait ton entrée. Maintenant, le minimum est d'essayer, que chacun constate qu'au moins tu fais tout ton possible. Voilà ce que je te conseille. Laisse faire, ne t'inquiète pas de leurs gloussements, même s'ils jubilent ouvertement, comme s'il ne s'agissait pas d'une partition profonde et solennelle mais d'une pantomime désopilante. Même dans ce cas, garde en mémoire la fierté que tu inspires à ta mère et à ton père, rappelle-toi qu'ils sont fiers que tu aies au moins eu le courage de faire face à l'adversité. Oui, tu dois affronter cette épreuve. Stephan, il faudra que tu nous pardonnes. Nous t'aimons, mais nous t'aimons trop pour assister à ça ! Franchement, Stephan, je crois que cela briserait le cœur de ta mère. Maintenant, il faut que tu y ailles, le temps presse, va, va ! »

Hoffman pivota sur les talons, la main au front comme s'il chancelait sous les assauts d'une violente migraine, et s'éloigna de Stephan en titubant. Ayant fait quelques pas, il se raidit brusquement et ramena son regard sur son fils.

« Stephan, lança-t-il d'une voix sévère, l'heure est venue de remonter sur scène. »

Stephan lui jeta un regard éberlué puis, constatant que sa cause était sans espoir, il tourna les talons et repartit dans le couloir.

Le temps qu'il franchît l'enfilade de portes qui menait à la scène, il se retrouva en proie à une multitude de pensées et d'émotions diverses. De n'avoir pu convaincre ses parents de regagner leurs sièges lui inspirait une frustration bien naturelle. L'incident semblait aussi avoir ravivé dans les profondeurs de son âme une crainte sournoise qu'il n'avait pas éprouvée depuis plusieurs années. Et si son père avait dit vrai ? Ne s'était-il pas bercé d'illusions ? Mais avant même d'être parvenu en coulisses, la confiance lui revint, doublée du besoin vindicatif de découvrir sans l'aide de quiconque de quoi il était capable.

Lorsqu'il revint en scène, il constata que les lumières

avaient été un peu baissées. La salle était pourtant loin d'être obscure, et nombre des invités étaient encore debout. Ici ou là, des vagues de spectateurs se levaient pour laisser un retardataire gagner son siège. Le brouhaha ne s'atténua guère lorsque le jeune homme s'installa au piano, et ce fut dans la rumeur qu'il attendit posément d'avoir recouvré son calme. Puis ses mains s'abattirent sur le clavier, comme elles l'avaient fait la première fois, libérant, avec la même précision rêche, le mélange d'exultation et d'effroi qui caractérise l'introduction de *Passions de verre*.

Avant qu'il eût atteint la moitié du bref prologue, le public avait cessé toute agitation. Dès la fin du premier mouvement, un silence sans faille régnait dans la salle. Les bavards des bas-côtés s'étaient figés, les yeux braqués sur la scène. Les spectateurs assis étaient dans le recueillement. Un petit attroupement de retardataires venus du foyer s'était constitué à l'une des entrées. Au moment où il attaqua le second mouvement, les machinistes plongèrent la salle dans le noir, ce qui mit un terme à mes observations. Mais la stupeur qui s'était emparée du public était indubitable. Certes, une bonne part de cette réaction était due à la surprise d'un public ébahi qui découvrait qu'un jeune homme issu de ses propres rangs était capable de prouesses techniques aussi saisissantes. Mais cette maestria n'expliquait pas tout. Du jeu de Stephan émanait une indéfinissable intensité que nul n'aurait pu méconnaître. J'eus en outre l'impression que nombre des assistants voyaient dans ce préambule inattendu une sorte de présage. Après un pareil prélude, que leur réservait le reste de la soirée ? S'avérerait-elle décisive dans l'histoire de la ville ? Telles semblaient être les questions tacites qui se profilaient sur les visages stupéfaits de la foule que je surplombais.

Stephan prit congé sur une lecture nostalgique et légèrement voilée d'ironie de la coda. Une ou deux secondes de silence marquèrent sa conclusion, puis la salle éclata en applaudissements enthousiastes. Le jeune homme se leva d'un bond pour saluer. Il était visiblement aux anges et, si cette apothéose ne faisait qu'aggraver la frustration due à la défection de ses parents, il n'en laissa rien paraître. Il s'inclina plusieurs fois sous les acclamations puis, se rappelant peut-être que sa contribution ne constituait qu'une modeste partie du programme, il battit vivement en retraite et disparut.

Les applaudissements résonnèrent quelque temps avant de refluer en un murmure excité. Sur quoi, avant que les gens eussent vraiment eu le temps d'échanger des commentaires, un individu au visage austère couronné d'une chevelure argentée surgit des coulisses. Il s'avança vers le lutrin avec autant de lenteur que de fatuité, et je reconnus l'homme qui, le premier soir, avait présidé au banquet en l'honneur de Brodsky.

Le public fit silence mais, pendant trente bonnes secondes, l'homme au visage austère ne desserra pas les lèvres et se contenta de contempler la salle d'un air dédaigneux. Finalement, il remplit ses poumons avec une lassitude manifeste et dit :

« Bien que mon désir soit que cette soirée vous apporte beaucoup de bonheur, j'aimerais vous rappeler que nous ne sommes pas réunis pour un spectacle de cabaret. Des questions primordiales sont en jeu, ne vous y trompez pas. Des problèmes qui engagent l'avenir, voire même l'identité de notre cité. »

Il broda plusieurs minutes sur ce thème, ponctuant son discours pompeux de longues pauses consacrées à scruter la salle d'un œil revêche. Je commençai à m'ennuyer et, me rappelant la file de ceux qui attendaient l'occasion de me succéder dans le cagibi, je décidai de céder la place. Mais, au moment précis où je m'arrachais à cet espace confiné, je me rendis compte que l'homme au visage austère venait de changer de ton pour introduire un nouveau personnage.

Il apparut que le personnage en question se définissait non seulement comme la pierre angulaire de tout le système de bibliothèques de la ville, mais aussi comme la seule personne apte à « saisir la guiche d'une goutte de rosée à l'extrémité d'une feuille d'automne ». L'homme au visage austère gratifia le public d'un ultime regard méprisant, marmonna un nom et sortit d'un pas raide. La salle éclata en acclamations, destinées de toute évidence à l'homme au visage austère plutôt qu'à celui qu'il venait de présenter. Lequel n'apparut qu'une bonne minute plus tard, salué par des salves d'applaudissements plutôt hésitantes.

De petite taille, l'air propret, moustachu et le crâne dégarni, il portait un classeur qu'il installa sur le pupitre. Il en dégrafa quelques feuilles qu'il se mit à manipuler sans même lever les yeux pour saluer la présence du public. Une certaine agitation se fit jour dans la salle. La curiosité me reprit et, décidant que ceux qui faisaient la queue ne verraient pas d'inconvénient à attendre quelques instants de plus, je me relogeai précautionneusement à l'orée du placard.

Lorsque l'homme au crâne dégarni prit enfin la parole, ce fut si près du microphone que sa voix résonna, grave et tremblante.

« J'aimerais présenter ce soir des morceaux choisis de mon œuvre, couvrant chacune de mes trois périodes. Nombre de ces poèmes vous seront familiers en raison des lectures que j'en ai données au Café Adèle, mais je veux croire que vous n'objecterez pas à les réentendre dans ce cadre monumental, et je puis vous annoncer dès à présent que le bouquet final sera une petite surprise, dont je suis prêt à parier qu'elle vous procurera un certain plaisir, sinon un plaisir certain. »

Il se remit à fourrager dans ses papiers et des chuchotements s'élevèrent dans la foule. Ayant enfin procédé à son choix, l'homme au crâne dégarni toussa fortement dans le microphone, ce qui rétablit le silence.

Ses poèmes, presque tous rimés, étaient pour la plupart relativement brefs. Cela allait des poissons du parc municipal aux tempêtes de neige en passant par des bris de fenêtres dont le souvenir perdurait depuis l'enfance, le tout sur un ton incantatoire et curieusement suraigu. Mon attention diminua, puis je me rendis compte qu'une partie du public, celle que je surplombais directement, s'était mise à parler de façon tout à fait audible.

Les voix étaient encore raisonnablement discrètes mais, à mesure que j'écoutais, elles semblèrent s'enhardir. Finalement, pendant que le chauve déclamait un long poème sur les chats que les ans avaient vus se succéder chez sa mère, le bruit qui montait jusqu'à moi devint comparable à celui d'un groupe de bonne taille dont la conversation aurait atteint une intensité sonore à peu près normale. Au mépris de toute prudence, je me déplaçai jusqu'à l'extrême bord du placard et, les deux mains agrippées aux montants en bois, je plongeai mon regard sur la salle.

Le bruit de voix émanait en effet d'un groupe assis juste au-dessous de moi mais dont les effectifs étaient moindres que je ne l'avais supposé. Sept ou huit personnes, apparemment résolues à ne plus prêter attention à l'aède, conversaient à leur aise. Certains avaient pivoté sur leur siège pour ce faire. Je me disposai à les étudier de plus près lorsque, plusieurs rangs derrière, je repérai Mlle Collins.

Elle arborait la robe de soirée noire dont l'élégance m'avait frappé au banquet le premier soir, et le même châle sur les épaules. La tête légèrement inclinée, un doigt tendu sur le menton, elle considérait avec commisération l'homme au crâne dégarni. Je l'observai un certain temps, mais rien dans son apparence ne suggérait autre chose que le calme ou la sérénité.

Mon regard revint à la bande de trublions, qui venait de sortir un jeu de cartes. C'est alors que je me rendis compte que le noyau de ce groupe était constitué des ivrognes que j'avais croisés au cinéma le soir de mon arrivée et plus récemment revus dans le couloir.

La partie se fit de plus en plus bruyante, au point que les « youpi » enthousiastes s'ajoutèrent aux rires. Quoique des regards désapprobateurs fussent dardés dans leur direction, peu à peu, une fraction de plus en plus importante du public se mit à parler, de façon moins débridée, il est vrai.

Le chauve, apparemment sourd à ces perturbations, continuait de déclamer poème après poème avec autant de sérieux que de passion. Il tenait la scène depuis vingt minutes lorsqu'il marqua une pause et, rassemblant quelques feuillets, dit :

« Nous abordons maintenant ma deuxième période. Certains d'entre vous n'ignorent pas qu'elle s'ouvrit sur un incident décisif, qui me rendit impossible de créer avec mes outils d'antan : je me réfère à la découverte des infidélités de mon épouse. »

Il baissa la tête comme si ce souvenir l'attristait encore.

C'est le moment qu'un des membres du groupe que je surplombais choisit pour hurler : « Faut croire qu'il utilisait les mauvais outils ! » Ses compagnons s'esclaffèrent. Sur quoi, un blagueur lança : « Le mauvais ouvrier en veut toujours à ses outils !

– Et sa femme donc ! » reprit le plaisantin.

Cet échange lancé ostensiblement à la cantonade provoqua nombre de gloussements. L'homme au crâne dégarni en perçut-il plus que des bribes ? Toujours est-il qu'il s'arrêta et, sans un regard pour les railleurs, se remit à farfouiller dans ses papiers. S'il avait été dans ses intentions d'ajouter quelques mots pour présenter sa deuxième période, il renonça à cette idée et reprit sa récitation.

La deuxième période de son œuvre ne différait pas ostensiblement de la première, et dans la salle l'agitation prit des proportions impressionnantes. Ce fut au point que, quelques minutes après, un des pochards ayant vociféré un sarcasme qui m'échappa, une partie importante du public ne cacha plus sa joie. L'homme au crâne dégarni sembla soudain comprendre que le public lui échappait, leva les yeux au beau milieu d'une phrase et resta pour ainsi dire sous le choc à cligner des yeux dans la lumière. La solution évidente eût consisté à quitter la scène. Une option plus digne eût été de lire trois ou quatre poèmes avant de s'éclipser. Il opta pour une tout autre politique et se remit à déclamer sur un rythme dicté par la panique, sans doute avec l'intention de boucler au plus tôt le programme qu'il s'était assigné. Non seulement son discours s'entacha d'incohérence mais sa démarche ne fit que stimuler des adversaires désormais convaincus de la proximité de l'hallali. Des quolibets de plus en plus nombreux fusèrent. Ils n'étaient plus l'exclusivité du groupe situé au-dessous de moi, et toutes les saillies furent saluées par des rires issus de tous les coins de la salle.

L'homme au crâne dégarni se résigna enfin à tenter de reprendre les choses en main, écarta son classeur et se mit silencieusement en position de suppliant derrière son pupitre. La foule, dont une bonne part riait, s'apaisa, peut-être par curiosité autant que par remords, et l'homme au crâne dégarni parvint à imposer sa voix.

« Je vous ai promis une petite surprise, dit-il. Eh bien, la voici : un poème tout neuf. Je l'ai achevé la semaine dernière. Je l'ai expressément conçu pour le gala de ce soir. Il s'intitule tout simplement : *Brodsky le Conquérant*. Si vous permettez... »

Il se remit à manipuler ses feuillets mais, cette fois, le public garda le silence. Enfin il se pencha et entreprit sa déclamation. Quelques vers plus tard, il leva rapidement les yeux et sembla surpris de constater que le silence régnait encore dans la salle. Il gagnait en confiance au fur et à mesure et ses mains vinrent bientôt marquer ses envols pour souligner les formules cruciales.

J'avais imaginé que le poème serait consacré à un portrait global de Brodsky mais il fut bientôt clair que l'œuvre ne traitait que de la lutte qui l'avait opposé à l'alcool. Les premières strophes le comparaient à une kyrielle de héros mythiques. Diverses métaphores le montraient décochant des épieux sur des cohortes d'envahisseurs du haut d'une colline. On vit Brodsky luttant à bras-le-corps contre un serpent de mer, Brodsky enchaîné à un rocher. Le public écoutait dans une attitude respectueuse, voire recueillie. Je vérifiai d'un coup d'œil la réaction de Mlle Collins sans pouvoir distinguer le moindre changement. Elle avait conservé la même position et observait le poète d'un air intéressé encore que distant, l'index posé sur le côté du menton.

Plusieurs minutes après, le poème changea de terrain et, renonçant aux décors mythologiques, aborda des incidents réels du passé récent de Brodsky, incidents qui, pour autant que je pusse deviner, étaient passés dans la légende locale. La plupart de ces allusions m'étaient évidemment lettre morte mais je fus sensible à l'effort qui y était fait pour le revaloriser et lui rendre sa dignité, épisode après épisode. D'un point de vue littéraire, cette partie me parut en net progrès par rapport à la précédente mais l'évocation de situations concrètes et familières eut pour effet de briser l'empire tout relatif que l'homme au crâne dégarni s'était assuré sur le public. Une allusion à « la tragédie de l'arrêt d'autobus » relança les ricanements, lesquels se généralisèrent avec l'évocation de Brodsky croulant sous le nombre, épuisé par la bataille et contraint à la reddition derrière la cabine téléphonique. Lorsque l'homme au crâne dégarni chanta la vaillance de son héros le jour de l'excursion scolaire, la salle fut secouée d'un rire unanime.

J'eus alors la conviction que rien ne pourrait plus sauver l'homme au crâne dégarni. Le péan à la tempérance reconquise de Brodsky fut littéralement ponctué, vers après vers, de tornades de rires. Je tournai à nouveau mes regards vers Mlle Collins et je vis que, hormis l'index qui courait rapidement sur son menton, elle ne donnait aucun signe de désarroi. L'homme au crâne dégarni, à peine audible parmi les railleries et les rires, parvint néanmoins à conclure et, rassemblant ses feuillets d'un air scandalisé, quitta la scène d'un pas d'automate. Une partie de la salle, sentant peut-être que les choses étaient allées trop loin, applaudit généreusement.

Pendant les minutes qui suivirent, la scène demeura vide et le public ne tarda pas à parler à plein volume. Passant en revue les visages que je surplombais, je constatai avec intérêt que si l'on pouvait lire de l'allégresse dans bien des regards, nombre de spectateurs courroucés morigénaient les rieurs. Puis le projecteur revint éclairer la scène et Hoffman fit son entrée.

Le directeur de l'hôtel, apparemment furieux, se rua sans autre forme de procès vers le lutrin.

« Mesdames et messieurs, je vous en prie ! cria-t-il, alors même que la foule commençait de se calmer. Je vous demande de vous rappeler l'importance de cette soirée. Pour citer M. von Winterstein, nous ne nous sommes pas déplacés pour un spectacle de cabaret ! »

Cette admonestation farouche n'eut pas l'heur d'enchanter certaines parties de l'assistance. Un « Oh ! » ironique s'éleva du groupe au-dessous de moi, mais Hoffman poursuivit :

« Je suis particulièrement choqué de constater que tant d'entre vous s'acharnent à nourrir une vision inepte et surannée de M. Brodsky. Compte non tenu des autres mérites, et ils sont nombreux, du poème de M. Ziegler, sa thèse centrale, à savoir que M. Brodsky a définitivement triomphé des démons qui l'assaillirent naguère, n'est aucunement sujette à caution. Ceux d'entre vous qui ont choisi de se gausser des éloquents développements auxquels M. Ziegler s'est livré sur ce point trouveront bientôt, oui, j'en suis sûr, très bientôt, dans les instants qui viennent, matière à se repentir. Oui, ils auront honte, autant que j'ai eu honte au nom de notre ville, au cours des minutes qui viennent de s'écouler. »

Il martelait le lutrin du poing et une fraction étonnamment forte du public se lança dans les vifs applaudissements de l'indignation vertueuse. Hoffman, visiblement soulagé mais en partie incertain de la réponse à donner à cet accueil, s'inclina maladroitement à plusieurs reprises. Avant que les applaudissements eussent entièrement cessé, il se concentra et lança à voix forte dans le microphone : « M. Brodsky mérite de figurer parmi les personnalités éminentes de notre communauté. C'est une source d'inspiration spirituelle et culturelle pour nos jeunes, un porte-flambeau pour ceux d'entre nous qui, quoique plus avancés en âge, se sont égarés dans les pages sombres de l'histoire de notre cité que nous traversons aujourd'hui. M. Brodsky ne mérite rien de moins. Regardez-moi ! Sur cette affirmation, je parierais ma réputation, ma crédibilité. Mais qu'ai-je besoin de le préciser puisque, dans quelques instants, vous n'aurez qu'à en croire vos propres oreilles. Nous voici loin de la présentation que j'entendais faire et je déplore d'avoir dû procéder à cette mise au point, mais ne perdons plus de temps. Permettez-moi d'appeler sur scène nos invités fort estimés, l'orchestre de la fondation Nagel, à Stuttgart, sous la houlette de notre héroïque concitoyen, M. Leo Brodsky ! »

Des applaudissements fournis le raccompagnèrent en coulisses. Pendant les minutes qui suivirent, rien ne se passa, puis la fosse d'orchestre s'illumina et les musiciens firent leur apparition. Une autre salve d'applaudissements fut suivie d'un silence tendu, tandis que les musiciens s'affairaient sur leurs sièges, accordaient leurs instruments et manipulaient leurs pupitres. Même la bande des incontrôlés semblait avoir admis le sérieux des événements à venir. Après avoir remisé leurs cartes, ils attendaient, attentifs, le regard droit devant eux.

L'orchestre finit par être en place et l'un des projecteurs s'orienta sur une zone voisine des coulisses. Une bonne minute s'écoula avant que n'en monte un martèlement sourd qui s'amplifia jusqu'au moment où Brodsky pénétra dans le cercle de lumière. Il marqua un temps, peut-être pour laisser au public le loisir de digérer son apparition.

Certes, nombre des présents auraient eu peine à le reconnaître. Il avait fière allure avec sa tenue de soirée, son éblouissante chemise de gala blanche et sa chevelure gominée, encore que la pitoyable planche à repasser qui continuait de lui servir de béquille tendît incontestablement à saper cet effet. D'autant que, comme je le notai au moment où il entreprit de gagner son poste, sa planche à repasser heurtant le sol à chaque pas, il avait procédé à un surprenant bricolage sur sa jambe de pantalon vide. Son refus de laisser le tissu flotter à tout vent était parfaitement compréhensible mais, au lieu de le nouer à la hauteur du moignon, il avait cisaillé l'étoffe, obtenant une découpe dont les sinuosités lui descendaient à trois ou quatre centimètres au-dessous du genou. Certes, une solution parfaitement élégante était impossible, mais ce semblant d'ourlet me parut ostentatoire et de nature à focaliser l'attention sur sa blessure.

Mais lorsqu'il traversa la scène, il apparut que je m'étais complètement trompé sur ce point. J'eus beau attendre que la foule manifestât la stupeur que devait lui inspirer son état, tel ne fut pas le cas. J'eus même l'impression que la salle ne remarquait absolument pas la jambe manquante et se contentait d'attendre dans un silence attentif qu'il eût atteint l'estrade.

Était-ce l'épuisement ou la tension ? Il semblait incapable de manier sa planche à repasser avec l'aisance qui lui avait valu mon admiration dans le corridor. En fait, il donnait fâcheusement de la bande et je me dis que tant qu'on n'aurait pas remarqué sa blessure, ce genre de démarche éveillerait fatalement des suspicions d'ébriété. Il se trouvait à plusieurs pas de l'estrade lorsqu'il s'arrêta pour jeter un regard contrarié à sa planche, à qui il avait pris fantaisie de se rouvrir. Il la secoua avant de reprendre sa progression. Il parvint à effectuer quelques pas mais, un des éléments de la planche ayant cédé, celle-ci s'avisa de se déployer sous lui au moment précis où il pesait dessus, si bien que Brodsky et sa planche à repasser s'effondrèrent d'un bloc.

La réaction du public fut étrange. Au lieu des cris d'alarme qu'on eût été en droit d'attendre, il observa pendant une ou deux secondes un silence réprobateur. Puis un murmure parcourut la salle, une sorte de bourdonnement, comme si la foule réservait sa conclusion face à des signes décourageants. De même, les trois accessoiristes qui vinrent lui prêter main-forte le firent avec une nonchalance flagrante, vaguement teintée d'aversion. Avant qu'ils eussent atteint Brodsky qui, à terre, se débattait sans relâche avec sa planche à repasser, le chef d'orchestre leur hurla rageusement de ficher le camp. Les trois hommes pilèrent net et se mirent à l'observer avec une sorte de fascination morbide.

Brodsky continua de s'évertuer quelques instants. Il semblait tantôt essayer de se mettre sur pied, tantôt chercher d'abord à libérer la partie de ses vêtements piégée dans le mécanisme de la planche. Il émit une bordée de jurons sans doute destinée à son ustensile mais dont le système d'amplification diffusa on ne peut plus distinctement chaque syllabe. Je jetai un nouveau regard à Mlle Collins et vis qu'elle avait décollé le dos de son siège. Puis, constatant que les prouesses de Brodsky se prolongeaient, elle s'adossa de nouveau et reposa son index sur son menton.

C'est alors que Brodsky réalisa un exploit : il parvint non seulement à ériger la planche à repasser de tout son long mais aussi à se relever. Il se dressa fièrement sur sa jambe valide, les mains agrippées à sa planche, les coudes en éventail, comme s'il se disposait à l'enfourcher. Enfin, il décocha un regard furibond aux trois machinistes qui esquissèrent une retraite en coulisses et fixa son public.

« Je sais, je sais ! » dit-il à voix basse ; mais les microphones de la rampe recueillaient ses paroles avec tant de précision qu'il était parfaitement audible. « Je sais ce que vous croyez ! Eh bien, vous avez tort ! »

Avec un regard méprisant, il ramena son attention sur sa pénible situation, se redressa un peu, caressa la surface molletonnée de sa planche comme s'il venait seulement d'en découvrir la destination originelle, tourna son regard vers l'auditoire et lança :

« Chassez ce genre d'idée de votre esprit. » Sur quoi, avec un mouvement de menton vers le plancher, il ajouta : « Ce n'était qu'une petite anicroche, rien de plus. »

Un murmure parcourut la salle, puis le silence revint.

Pendant les instants qui suivirent, Brodsky, couvant sa planche à repasser, resta immobile, l'œil braqué sur l'estrade. Je compris qu'il mesurait la distance qui l'en séparait. De fait, l'instant d'après, il entreprit sa traversée. Il soulevait l'ensemble de la planche, la projetait en avant, la faisait bruyamment retomber avant de remorquer son unique jambe. En un premier temps, le public parut décontenancé, mais certains spectateurs, le voyant progresser de manière régulière, en conclurent qu'ils assistaient à une sorte de numéro de cirque et se mirent à applaudir, initiative qui fut rapidement reprise d'un bout à l'autre de la salle si bien que le reste de sa marche vers l'estrade s'effectua sur un fond de bravos sonores.

Parvenu à destination, il lâcha sa planche à repasser, empoigna la barre semi-circulaire, se posta soigneusement en équilibre contre la rambarde et leva sa baguette.

L'ovation destinée au numéro de la planche à repasser s'éteignit et c'est dans un silence tendu que la salle reprit son attente. Les musiciens regardaient avec une légère nervosité Brodsky qui, tout à la joie, semblait-il, d'être revenu à la barre après tant d'années, continua un certain temps de distribuer alentour les sourires et les regards. Enfin il leva sa baguette. Les musiciens se figèrent mais Brodsky se ravisa et, laissant retomber la baguette, fit face à son public pour lui lancer, avec un sourire plein d'allant : « Vous me prenez tous pour un pitoyable ivrogne ! Nous allons voir si je ne suis que cela. »

Le microphone le plus proche se situant à une certaine distance, il semble que seule une partie du public entendit cette apostrophe. Quoi qu'il en fût, la seconde d'après, il avait relevé sa baguette et plongé l'orchestre dans les demi-croches de l'âpre ouverture de *Verticalité*, de Mullery.

Sa façon d'attaquer le morceau ne me parut pas particulièrement aberrante, mais le public, lui, ne s'y attendait visiblement pas. De nombreux spectateurs sursautèrent sur leurs sièges et je vis que la prolongation des discordances de la sixième et de la septième mesure suscitait des émois voisins de la panique. Même les regards de certains des musiciens faisaient anxieusement la navette entre leur chef et la partition. Brodsky continua néanmoins de monter régulièrement en intensité sans renoncer à un tempo exagérément lent. Il atteignit enfin l'explosion de la douzième mesure dont les notes éclatèrent pour atterrir dans un bruissement d'ailes. Une sorte de soupir parcourut l'assistance mais, presque aussitôt, la musique reprit de l'ampleur.

Brodsky prenait de temps en temps appui sur sa main libre pour garder son assiette, mais il s'était engagé dans les profondeurs de son être et semblait parvenir à tenir debout avec un minimum de soutien. Il balançait le torse. Il remuait les deux bras avec abandon. Au début du premier mouvement, certains musiciens commencèrent à jeter des regards contrits au public, comme pour dire : « Mais si, je vous jure, nous exécutons ses ordres. » L'orchestre finit néanmoins par entrer dans la vision de Brodsky. Je vis d'abord les violons décoller, enthousiastes, puis d'autres, de plus en plus nombreux, se perdre dans leur interprétation. Avant même qu'il l'eût plongé dans la mélancolie du deuxième mouvement, l'orchestre semblait s'être entièrement rallié à l'autorité de son chef. De leur côté, les spectateurs avaient renoncé à leur agitation et semblaient en extase.

Brodsky profita de la forme plus flexible du deuxième mouvement pour s'aventurer dans des territoires encore plus étranges. Même moi, pour accoutumé que je fusse à toutes les approches possibles de Mullery, la fascination me gagna. Négligeant de façon presque perverse les structures apparentes, les concessions tonales et les grâces mélodiques de la partition, il se concentra sur les formes de vie insolites cachées sous la coquille, conférant au morceau un aspect presque sordide, une abjection proche de l'exhibitionnisme, comme si la gêne que lui inspirait la nature de ses découvertes le contraignait à aller encore plus loin. Pour déconcertant qu'il fût, l'effet était spectaculaire.

Je ramenai mon regard sur la foule. Ce public de province était incontestablement subjugué par tant de puissance émotionnelle. Peut-être le débat serait-il moins piégé que je ne le craignais. Si la prestation de Brodsky envoûtait le public, la qualité de mes réponses revêtirait une importance moins déterminante : je n'aurais qu'à reprendre à mon compte un sortilège auquel le public aurait déjà succombé et les insuffisances de ma documentation ne m'empêcheraient pas de m'acquitter de ma tâche en multipliant les formules diplomatiques parsemées de pointes d'humour. Si, au contraire, Brodsky laissait les spectateurs dans les affres de l'angoisse, il n'en aurait pas moins accompli la moitié d'un travail que faciliteraient mon prestige et mon expérience. Pour l'instant, le malaise régnait encore sur la salle. Je me demandai ce qui se passerait lorsque Brodsky attaquerait les perturbations irascibles du troisième mouvement.

C'est alors que l'idée me vint de chercher mes parents dans l'assistance. Je me dis, presque au même moment, que puisque je l'avais maintes fois survolée sans constater leur présence, j'avais vraiment bien peu de chances de découvrir leurs visages au-dessous de moi. Je pris néanmoins le risque de me pencher un peu plus pour inspecter le public. Mais j'eus beau me décrocher le cou, certaines parties de la salle m'étaient invisibles et je compris qu'il me faudrait descendre sur les lieux. Même si je n'arrivais pas à y dénicher mes parents, cela me permettrait du moins de retrouver Hoffman et Mlle Stratmann et d'exiger qu'on me dise où ils se trouvaient. De toute façon, je ne pouvais continuer à suivre les événements du haut de ma tour de guet. Aussi fis-je précautionneusement volte-face pour quitter le placard.

Me retrouvant juché en haut du petit escalier, je vis que la file d'attente s'était considérablement allongée. Au moins vingt personnes faisaient la queue et j'eus un peu honte d'avoir profité si longtemps de ce dispositif. Tout le monde parlait avec exaltation mais mon apparition ramena le silence. Je marmonnai une vague formule d'excuse en descendant les marches puis je m'engageai au pas de course dans le couloir tandis que mon successeur gagnait avec entrain l'entrée du cagibi.

Le corridor était plus paisible, essentiellement en raison d'une accalmie dont bénéficiait le personnel de service. Je dépassais tous les quelques pas un chariot immobile, parfois lourdement chargé, auquel s'appuyaient des hommes en tenue de travail occupés à fumer et à boire dans des gobelets en plastique blanc. Lorsque je m'arrêtai pour m'enquérir du moyen le plus rapide de parvenir à la salle, celui à qui je m'étais adressé se contenta de désigner d'un geste une porte située derrière moi. Je le remerciai, ouvris la porte et me retrouvai en haut d'un escalier mal éclairé.

Je descendis au moins cinq paliers avant de pousser le lourd battant d'une double porte et de me retrouver dans les abysses qui s'étendaient derrière la scène. Je distinguai dans la pénombre des toiles de fond rectangulaires appuyées au mur figurant un donjon, un ciel baigné de lune, une forêt. Loin au-dessus de ma tête, des câbles d'acier tissaient leur toile. L'orchestre m'était parfaitement audible et je m'orientai sur la musique en évitant tant bien que mal les nombreux objets similaires à des caisses qui encombraient mon chemin. Je finis par grimper à tout hasard sur une volée de marches en bois qui me menèrent dans les coulisses. Je me disposais à faire demi-tour – mon intention avait été d'effectuer une entrée discrète du côté des premiers rangs de l'orchestre – lorsque je notai dans la musique qui m'emplissait désormais les oreilles un élément nouveau, aussi inquiétant qu'insolite. Je marquai un temps.

Je passai une bonne minute à écouter avant de risquer un pas pour jeter un regard inquisiteur à la lisière du rideau qui me bouchait la vue. J'opérai avec une prudence considérable, car je désirais, bien évidemment, éviter à tout prix que la foule aperçût mon visage et se mît à applaudir. Je constatai cependant que Brodsky et l'orchestre ne m'étaient perceptibles que de biais et que le public n'avait sans doute que peu de chances de m'apercevoir.

Bien des choses avaient changé pendant que je déambulais dans le bâtiment. Sans doute Brodsky s'était-il laissé emporter : la sonorité de l'orchestre révélait désormais l'empreinte du doute. La technique devenait hésitante, ce qui est souvent le signe d'une mésentente entre un chef et ses exécutants. Les musiciens, que je voyais maintenant de près, arboraient des expressions d'incrédulité et de détresse teintées d'écœurement. Mes yeux s'accoutumaient à l'éclat de la rampe et je contemplai le public. Seuls les tout premiers rangs m'étaient perceptibles, mais il m'apparut clairement que les gens échangeaient des regards anxieux, toussaient de manière embarrassée, hochaient la tête. À ce moment même, une femme se leva pour partir. Brodsky, apparemment désireux d'aller encore plus loin, continuait de diriger avec fougue. Je vis deux des violoncelles échanger des regards et secouer la tête. Ce signe de mutinerie déclarée n'échappa pas à Brodsky dont le style devint si franchement frénétique que la musique s'engagea sur les terres périlleuses d'une perversité malsaine.

L'ayant surtout vu de dos, je n'avais pas été en mesure de saisir son expression. Mais les contorsions de plus en plus prononcées auxquelles il se livrait l'amenèrent à pivoter, ce qui me permit d'entrevoir plus pleinement son visage. C'est alors que s'imposa à moi l'hypothèse que son comportement était déterminé par une cause toute différente. Je redoublai d'attention et constatai que ses convulsions et ses spasmes obéissaient à un rythme qui le dépassait ; je compris que, sans doute depuis quelque temps déjà, il était en proie à une violente douleur. Sitôt le fait reconnu, les signes m'en parurent incontestables. Son seul objectif était de continuer et ce n'était pas seulement la passion qui contractait ses traits.

Je compris qu'il m'incombait d'intervenir et j'analysai rapidement la situation. Brodsky devait achever le mouvement en cours et franchir les rigueurs du dernier mouvement avant d'affronter le labyrinthe de l'épilogue. Le capital de sympathie qu'il s'était constitué s'érodait à toute allure. Selon toute vraisemblance, le public ne tarderait pas à retrouver les voies de l'insoumission. Plus j'y songeais, plus l'évidence s'imposait qu'il fallait mettre un terme à sa prestation. Le moment était-il venu d'entrer en scène pour provoquer cette interruption ? J'étais probablement, de tous les assistants, le seul à être en mesure de le faire sans donner au public le sentiment d'un désastre.

Pourtant, je tardai à agir, prenant quelques minutes pour passer en revue les modes d'intervention possibles. Surgirais-je en agitant les bras pour donner le signal de la pause ? Outre son apparente présomption, cette démarche risquait de suggérer de ma part une certaine désapprobation, ce qui ne manquerait pas d'entraîner des conséquences catastrophiques. Peut-être serait-il plus habile d'attendre le début de l'andante pour me présenter discrètement en affichant un sourire courtois destiné à Brodsky comme à l'orchestre et en réglant mon pas sur le rythme de la musique, comme si mon entrée en scène avait été prévue de longue date. Le public ne manquerait pas d'éclater en applaudissements, ce qui me permettrait, toujours souriant, de féliciter Brodsky puis ses musiciens. Avec un peu de chance, il aurait alors la présence d'esprit de terminer l'exécution de l'œuvre par un decrescendo et de saluer bien bas. Ma présence suffirait sans doute à conjurer le risque que la foule lui cherchât noise. Je continuerais à applaudir et à sourire, comme si nul ne pouvait nier la beauté de l'interprétation que venait de nous donner Brodsky. Sous mon influence, le souvenir de la première partie de sa prestation se raviverait peut-être même suffisamment pour le rétablir dans les bonnes grâces du public. Il saluerait à maintes reprises, je l'espérais bien, avant de s'éclipser, et l'on me verrait l'aider chaleureusement à quitter son estrade. Je pourrais par exemple plier sa planche à repasser et la lui tendre pour qu'il l'utilise à nouveau comme béquille. Je pourrais ensuite l'escorter jusqu'aux coulisses en jetant de fréquents regards au public pour relancer les ovations, etc. Pour peu que mon appréciation des faits fût sans faille, j'avais des chances d'aboutir à une issue honorable.

C'est alors que se produisit un événement qui était peut-être joué d'avance. Brodsky fit décrire à sa baguette un arc de cercle ambitieux en décochant simultanément, de son autre main, un grand coup de poing dans le vide. On eut l'impression qu'il décollait. Il s'éleva de quelques centimètres dans les airs avant de s'écraser sur l'avant-scène, entraînant dans sa chute la barre, la planche à repasser, la partition et le pupitre.

Je m'attendais que les gens se précipitassent à son secours, mais le hoquet de surprise qui salua son effondrement se mua en un silence embarrassé. Brodsky gisait, immobile, face contre terre. Une rumeur sourde parcourut à nouveau toute la salle. Un des violons finit par ranger son instrument pour se diriger vers Brodsky. Des machinistes et des musiciens lui emboîtèrent le pas, mais il restait quelque chose d'hésitant dans la façon dont ils vinrent faire cercle autour du gisant, comme s'ils s'attendaient à réprouver ce qu'ils découvriraient.

C'est à peu près à ce moment que je retrouvai ma lucidité. J'avais passé un bon moment à hésiter, à m'interroger sur les conséquences de mon apparition. Mais je me décidai enfin à accourir sur la scène pour me joindre à ceux qui volaient au secours de Brodsky. Comme j'approchais, le violoniste poussa un cri, tomba à genoux et entreprit de l'examiner avec un sentiment d'urgence ravivé. Il leva les yeux et chuchota sur un ton horrifié :

« Mon Dieu, il a perdu une jambe. Ahurissant, qu'il lui ait fallu si longtemps pour s'évanouir ! »

Les souffles s'étranglèrent de stupéfaction et la dizaine de personnes qui s'étaient rassemblées autour du corps, dont moi, échangèrent des regards. D'emblée, nous eûmes la certitude mystérieuse que l'information ne devait pas filtrer à l'extérieur et nous serrâmes les rangs pour interdire au public le spectacle du blessé. Les plus proches se demandèrent à voix basse s'il fallait emporter l'accidenté en dehors de la scène. Quelqu'un fit un signe et le rideau commença de se refermer. Très vite, il apparut que Brodsky se trouvait pile sur son parcours et des bras se tendirent pour le tirer à l'écart au moment où le rideau venait barrer la scène.

Ce déplacement eut pour effet de lui rendre à demi ses esprits, et lorsque le violoniste le retourna pour le mettre sur le dos Brodsky ouvrit les yeux et scruta avidement nos visages avant de dire, d'une voix quasi somnolente :

« Où est-elle ? Pourquoi ne suis-je pas dans ses bras ? »

Nous échangeâmes des regards, puis quelqu'un murmura :

« Mlle Collins. Il veut sans doute parler de Mlle Collins. »

À peine ces mots furent-ils prononcés qu'une toux discrète nous incita à nous retourner et nous découvrîmes Mlle Collins, pour ainsi dire adossée au rideau. Elle semblait parfaitement paisible et nous considérait avec une attention polie encore que légèrement inquiète. Seule la façon dont ses mains se joignaient sur sa poitrine, un tout petit peu plus haut qu'on n'aurait pu s'y attendre, trahissait un tourment intérieur

« Où est-elle ? » redemanda Brodsky de sa voix ensommeillée. Sur quoi, il se mit à chantonner *in petto* d'une voix douce.

Le violoniste leva les yeux vers nous : « Est-il soûl ? En tout cas, il sent l'alcool ! » Brodsky cessa de chanter, laissa ses yeux se refermer et renouvela sa question :

« Où est-elle ? Pourquoi ne vient-elle pas ? »

Cette fois, Mlle Collins répondit, pas très fort, mais très distinctement, depuis le rideau.

« Je suis ici, Leo. »

Bien qu'elle eût prononcé ces mots sur un ton proche de la tendresse, elle ne bougea pas lorsque nous nous écartâmes pour lui laisser le passage. Le spectacle de la silhouette étendue sur le plancher finit néanmoins par lui inspirer une expression de détresse. Brodsky, les yeux toujours clos, se remit à chantonner puis ouvrit les yeux et inspecta soigneusement les alentours. Son regard alla d'abord au rideau, peut-être dans l'espoir d'entrevoir le public. Le trouvant fermé, il ramena les yeux sur les visages qui l'observaient avec curiosité et finit par orienter son regard vers Mlle Collins.

« Embrassons-nous ! dit-il. Aux yeux du monde entier ! Le rideau ! »

Non sans effort, il se redressa un peu et cria : « Préparez-vous à rouvrir le rideau ! » puis, d'une voix douce, à Mlle Collins : « Viens, serre-moi dans tes bras ! Serre-moi dans tes bras et qu'ils ouvrent le rideau. Nous allons leur montrer, au monde entier ! » Il se laissa lentement retomber et se retrouva sur le dos. « Allons, viens ! » murmura-t-il.

Mlle Collins, qui avait paru sur le point de parler, se ravisa et jeta un regard au rideau. Une expression de crainte lui traversa les yeux.

« Qu'ils voient cela, qu'ils voient qu'après tout nous n'avons pas cessé d'être ensemble, que nous nous sommes aimés toute notre vie. On va leur montrer. Qu'ils le voient lorsque le rideau s'ouvrira ! »

Mlle Collins, qui n'avait cessé de le dévisager, ébaucha un mouvement dans sa direction. Les gens s'écartèrent discrètement. Certains allèrent jusqu'à détourner les yeux. Elle s'arrêta avant de l'avoir tout à fait rejoint et dit, d'une voix un peu tremblante :

« Nous pouvons nous tenir la main, si tu veux !

– Non, non ! C'est le finale ! Embrassons-nous carrément. Qu'ils voient ! »

Mlle Collins hésita une seconde, se dirigea vers lui et s'agenouilla. Je constatai que ses yeux s'étaient emplis de larmes.

« Mon amour, reprit Brodsky d'une voix de velours, reprends-moi dans tes bras, ma blessure me fait tellement mal ! »

Mlle Collins retira soudainement la main qu'elle avait commencé à lui tendre, se leva d'un bond, lui décocha un regard glacial et reprit d'un pas vif le chemin du rideau.

Brodsky ne parut pas remarquer son départ. Il fixait le plafond d'un œil vide, les bras en croix, comme s'il s'était attendu que Mlle Collins descendît des cieux.

« Où es-tu ? reprit-il. Qu'ils voient, lorsqu'on ouvrira le rideau. Qu'ils voient qu'à la fin nous nous sommes retrouvés. Où es-tu ?

– Je ne viendrai pas, Leo. Où que tu ailles maintenant, ce sera seul ! »

Brodsky perçut sans doute son changement de ton, car, sans quitter des yeux le plafond, il laissa retomber ses bras sur le côté.

« Ta blessure ! dit calmement Mlle Collins. Ta sempiternelle blessure ! » Son visage s'enlaidit d'une grimace. « Mon Dieu, comme je te hais ! Je te hais parce que tu as gâché ma vie. Jamais je ne te pardonnerai. Ta blessure, ta stupide petite blessure. Le voilà, ton seul amour, Leo. Ta vilaine petite blessure. Je sais comment cela se passerait, même si nous essayions, même si nous arrivions à rebâtir quelque chose sur ces ruines. Ce serait pareil pour ta musique. Mais oui. Même si tu étais rentré en grâce aujourd'hui, même si tu devenais la gloire de cette ville, tu détruirais tout jusque dans les moindres détails et tu en sèmerais les débris autour de toi, comme tu l'as déjà fait, tout cela à cause de cette blessure ! La musique et moi, nous ne sommes que des maîtresses auprès desquelles tu cherches consolation. Tu y retourneras sans cesse, à ton véritable amour. Ta blessure ! Et tu sais ce qui m'enrage ? Leo, tu m'écoutes ? C'est que ta blessure, elle n'a absolument rien de spécial. Ne serait-ce que dans cette ville, je connais une foule de gens qui en ont de bien pires. Et pourtant, tous autant qu'ils sont, ils continuent avec infiniment plus de courage que tu n'en as jamais montré. Ils vivent, ils font quelque chose de leur vie. Mais toi, Leo, regarde-toi, tu passes ton temps à soigner ta blessure ! Écoute-moi, Leo ! Je ne veux pas que tu perdes une seule de mes paroles. Cette blessure, c est la seule chose qui te reste. J'ai essayé de tout te donner, autrefois, mais cela ne t'intéressait pas et tu ne m'auras pas deux fois. Tu as gâché ma vie, Leo. Ah, que je te déteste ! Tu m'entends ? Regarde-toi ! Qu'est-ce qui va t'arriver, maintenant ? Eh bien, je vais te le dire : tu vas plonger dans l'horreur, tu vas rentrer tout seul dans l'obscurité et je ne t'y accompagnerai pas. Vas-y seul ! Suis ton chemin avec cette stupide petite blessure ! »

Brodsky, dont la main s'agitait depuis quelque temps dans les airs, enchaîna dès qu'elle se tut :

« Je pourrais... je pourrais redevenir chef d'orchestre. La musique ! Il y a un instant, juste avant que je ne tombe, c'était bon. Tu as entendu ? Je pourrais redevenir chef d'orchestre.

– Leo, est-ce que tu m'écoutes ? Tu ne seras jamais un chef d'orchestre digne de ce nom. Tu ne l'as jamais été, même dans le temps. Tu ne pourras jamais te rendre utile aux gens de cette ville, à supposer qu'ils le souhaitent, parce que leur vie, tu t'en moques, voilà la vérité. Ta musique ne parlera jamais que de cette stupide petite blessure, elle ne dépassera jamais ce niveau, elle restera toujours superficielle, elle n'aura jamais de valeur pour un autre que toi. Au moins, moi, je peux dire en toute modestie que j'ai fait de mon mieux pour aider les pauvres gens de cette ville. Mais toi, regarde-toi : tu ne t'es jamais soucié que de ta blessure. C'est pour ça que, même dans le temps, tu n'as jamais été un vrai musicien. Et ce n'est pas maintenant que tu vas le devenir. Leo, est-ce que tu m'écoutes ? Je veux que tu m'entendes ! Leo, tu ne seras jamais qu'un charlatan. Un imposteur, lâche et irresponsable ! »

Soudain, un homme corpulent au visage rubicond franchit d'un bond le rideau.

« Votre planche à repasser, monsieur Brodsky ! » lança-t-il d'une voix allègre en brandissant la chose. Sur quoi, sentant que l'atmosphère lui était contraire, il battit en retraite.

Mlle Collins dévisagea l'intrus, bouche bée, décocha à Brodsky un ultime regard et franchit en sens inverse la brèche du rideau.

Brodsky garda le visage tourné vers le plafond mais ses yeux s'étaient refermés. Je me frayai un chemin jusqu'à lui, m'agenouillai à ses côtés et écoutai son cœur battre.

« Nos marins, murmura-t-il, nos marins ivres, où sont-ils maintenant ? Où êtes-vous ? Où êtes-vous ?

– C'est moi, dis-je. Ryder. Monsieur Brodsky, il faut aller chercher de l'aide au plus tôt.

– Ryder. » Il ouvrit les yeux et croisa mon regard. « Ryder. C'est peut-être vrai ?

– Ne vous tracassez pas, monsieur Brodsky. Votre musique était splendide. Surtout les deux premiers mouvements.

– Non, non ! Là n'est pas la question. Tout cela n'a pratiquement plus d'importance ! Je pensais à l'autre chose qu'elle a dite. Que je dois m'en aller tout seul, rentrer tout seul dans les ténèbres. C'est peut-être vrai. » Soudain, il souleva la tête et accrocha mon regard. « Je ne veux pas y aller. Je ne veux pas partir !

– Monsieur Brodsky, Je vais essayer de la ramener. Comme je vous l'ai dit, votre interprétation était marquée au sceau d'une grande originalité, surtout les deux premiers mouvements. Je suis sûr qu'il y aura moyen de la raisonner. Si vous voulez bien m'excuser, je reviens dans un instant. »

Libérant mon bras de sa prise, je franchis en hâte le rideau.

35

Je constatai avec surprise que la salle était métamorphosée. Les lumières s'étaient rallumées et le public s'était pour ainsi dire volatilisé. Près des deux tiers des spectateurs étaient sortis et la plupart des autres causaient sur les bas-côtés. Mais je ne m'attardai pas à observer les lieux car j'avais entrevu Mlle Collins qui remontait l'allée centrale en direction de la sortie. Je gagnai le parterre et me ruai à sa poursuite à travers les essaims d'invités. Je parvins à portée de voix au moment précis où elle atteignait la porte.

« Mademoiselle Collins, une seconde, je vous prie ! »

Elle se retourna, me vit et me jeta un regard réfrigérant. Désarçonné, je me figeai au milieu de l'allée. Ma résolution de la rattraper pour m'entretenir avec elle s'évanouit si brusquement que je me retrouvai à considérer mes souliers avec gêne. Lorsque je finis par relever la tête, je constatai qu'elle était partie.

Je restai quelque temps à me demander si je n'avais pas été stupide de la laisser filer si aisément, puis je sentis que mon attention était peu à peu attirée par les conversations qui se poursuivaient autour de moi.

À ma droite se tenait notamment un groupe de six ou sept personnes d'âge mûr. J'entendis un des hommes dire :

« Mme Schuster prétend que le gars n'a pas dessoûlé un seul jour pendant toute cette histoire. Comment peut-on nous demander de respecter ce genre d'individu, quel que soit son talent ? Quel exemple pour nos enfants ! Nous avons laissé les choses aller trop loin.

– Au dîner de la comtesse, enchaîna une femme, je suis prête à jurer qu'il était soûl, même s'ils se sont débrouillés pour le dissimuler.

– Excusez-moi, dis-je, les interrompant, mais vous parlez sans savoir. Je puis vous assurer que vos informations sont tout à fait erronées. »

Je m'attendais que ma seule présence les frappât de stupeur et les réduisît au silence, mais ils me considérèrent d'un œil courtois, comme si je m'étais contenté de leur demander s'ils ne voyaient pas d'inconvénient à ce que je me joignisse à eux. Sur quoi ils reprirent leur conversation.

« Personne ne tient à entonner les louanges de Christoff, ce temps n'est plus, dit le premier. Mais, comme vous dites, cette interprétation frôlait le mauvais goût.

– Le mauvais goût, sinon l'indécence. Voilà : cela avait quelque chose d'indécent.

– Excusez-moi, dis-je, revenant à la charge avec plus de vigueur, mais il se trouve que j'ai prêté une oreille très attentive aux prouesses de M. Brodsky avant qu'il ne s'effondre, et mon appréciation diffère de la vôtre. À mon avis, il a en quelque sorte innové, relevé un défi, créé quelque chose de très proche de l'âme de ce morceau. »

En réponse à mon regard glacial, ils me dévisagèrent d'un air enjoué. Certains rirent poliment comme si j'avais émis quelque plaisanterie. Puis le premier dit :

« Personne ne défend Christoff. Il y a longtemps que nous l'avons percé à jour. Mais une interprétation du genre de celle que nous venons d'entendre, ça permet de relativiser.

– Apparemment, dit un autre, Brodsky en tient pour les idées de Max Sattler. Il a passé une bonne partie de la journée à le clamer à tous les vents. Sans doute était-ce sous l'influence de la boisson, mais, l'homme étant soûl en permanence, nous ne verrons jamais plus clair dans sa pensée. Max Sattler ! Voilà qui explique bien des choses !

– Christoff, lui, avait au moins le sens de la structure, un système à quoi l'on pouvait se raccrocher.

– Messieurs, hurlai-je à leur intention, vous m'écœurez ! »

Ils ne m'accordèrent pas l'ombre d'un regard et je m'éloignai, furieux.

Descendant l'allée, je vis que tout le monde semblait débattre des événements qui venaient de se dérouler sous leurs yeux. Je notai que nombre des spectateurs ne parlaient que pour satisfaire le besoin de se libérer par la parole, comme ils l'eussent fait après un incendie ou un accident. Comme j'atteignais l'avant de la salle, j'aperçus deux femmes en pleurs près d'une troisième qui répétait pour les réconforter : « Tout va bien, c'est fini maintenant, tout est fini. » Une forte odeur de café régnait dans cette partie de la salle et de nombreux invités, munis de tasses et de soucoupes, buvaient comme pour recouvrer leur calme.

L'idée me vint alors que je devais regagner le niveau supérieur pour voir ce qu'il advenait de Gustav. Me frayant un passage à travers la cohue, je quittai la salle par une des issues de secours.

Je me retrouvai dans un couloir vide et feutré. Comme celui d'en haut, il décrivait une ample courbe mais il était visiblement destiné aux invités. La moquette y était généreuse, les lumières chaudes et tamisées. Des peintures aux cadres dorés à la feuille d'or ornaient les murs. Je ne m'étais pas attendu que le couloir fût désert à ce point et j'hésitai un instant sur la direction à prendre. Au moment où je m'ébranlais, j'entendis appeler derrière moi :

« Monsieur Ryder ! »

Je me retournai et vis Hoffman qui me hélait à quelques pas de distance. Il m'interpella à nouveau mais il restait mystérieusement cloué sur place, si bien que c'est moi qui, en fin de compte, dus rebrousser chemin.

« Monsieur Hoffman, dis-je en me rapprochant, la tournure prise par les événements me navre.

– Un désastre, monsieur, un pur désastre !

– Tout à fait désolant. Mais ne vous abandonnez pas à un désespoir excessif, monsieur Hoffman. Vous avez tout mis en œuvre pour assurer le succès de cette soirée. Permettez-moi d'ailleurs de souligner que ma prestation reste encore à venir. Je vous assure que je ferai de mon mieux pour redresser la situation. En fait, monsieur, je me demandais si nous ne pourrions pas faire l'économie du débat tel que nous l'avions prévu. Ma suggestion serait que je me contente d'un petit discours conçu en fonction de ce qui s'est passé. Je pourrais par exemple dire en quelques mots que nous conserverons dans nos cœurs la trace de l'extraordinaire interprétation dont M. Brodsky nous a gratifiés avant son malaise, et que nous nous efforcerons de rester aussi fidèles que possible à l'esprit de cette prestation, quelque chose de ce genre. Je ferai court, naturellement.

Peut-être pourrais-je même dédier mon propre récital à M. Brodsky ou à sa mémoire, selon son état à l'instant où je parlerai.

– Monsieur Ryder ! » laissa gravement tomber Hoffman ; et j'eus la certitude qu'il ne m'avait pas écouté. Il avait l'air très préoccupé et il semblait ne m'avoir observé que pour guetter l'occasion de m'interrompre. « Monsieur Ryder, il y a un problème dont j'aimerais discuter avec vous, un petit problème.

– Ah ! De quoi s'agit-il, monsieur Hoffman ?

– Un problème sans importance, du moins pour vous. Pour moi et pour mon épouse, il n'est pas tout à fait négligeable. » Soudain son visage se contracta de fureur et il tendit brutalement le bras. Je crus d'abord qu'il se préparait à me frapper, mais je compris qu'il désignait derrière moi une partie du couloir où je distinguai dans la pénombre d'une alcôve la silhouette d'une femme qui nous tournait le dos. Le recoin était muni de miroirs et sa tête frôlait de si près le verre que son reflet semblait s'écarter d'elle à l'oblique. Pendant que j'examinais cette silhouette, Hoffman, croyant peut-être que son premier geste m'était resté incompréhensible, lança à nouveau le bras en arrière et dit :

« Je fais allusion, monsieur, aux albums de mon épouse.

– Les albums de votre épouse ? Ah oui, en effet. C'est vrai, elle a fort gentiment... Mais, dites-moi, monsieur Hoffman, le moment est-il bien choisi ?

– Monsieur Ryder, vous vous rappellerez que vous aviez promis de les parcourir. Nous étions donc convenus, en tenant compte de vos obligations, monsieur – loin de moi l'idée de vous importuner –, nous étions convenus, sans doute ne l'avez-vous pas oublié, monsieur, d'un signal. Vous étiez censé m'adresser un signe au moment où vous seriez disposé à examiner ces albums. Vous vous rappelez, monsieur ?

– Bien entendu, monsieur Hoffman ; et il était parfaitement dans mes intentions...

– Je vous ai épié sans relâche, monsieur Ryder, chaque fois que je vous ai aperçu, tantôt autour de l'hôtel, tantôt dans le foyer ou prenant votre café, et que de fois me suis-je dit : “ Ah, il semble avoir une seconde ! Peut-être est-ce le bon moment ? » Et j'ai attendu le signal sans vous lâcher des yeux, mais l'avez-vous jamais donné ? Que non ! Et voici que votre séjour touche à sa fin ou presque. Il vous reste quelques heures avant votre envol vers Helsinki où vous attend votre prochain contrat. Je suis allé jusqu'à m'imaginer, monsieur, que c'était peut-être moi qui d'aventure avais manqué l'occasion, que j'avais un instant baissé ma garde et que, me retournant, j'avais pris les ultimes instants de votre signal pour un geste d'un autre ordre. Bien entendu, s'il s'avérait que vous m'avez fait signe à plusieurs reprises et que c'est moi qui ai été trop obtus pour le percevoir, alors, naturellement, je vous présenterais mes excuses les plus plates, dût ma dignité en souffrir ! Je ramperais à vos pieds ! Mais je crois pouvoir avancer, monsieur, que vous ne me l'avez pas adressé, ce signal. En clair, monsieur, que vous avez traité... traité... (il jeta un regard vers la silhouette immobile plus bas dans le couloir et baissa la voix) traité ma femme avec mépris. Tenez, les voici. »

C'est alors seulement que je remarquai les deux gros volumes qu'il avait glissés sous son bras. Il m'en tendit un.

« Voici, monsieur, les fruits de la dévotion de mon épouse à votre mirifique carrière. Comme elle vous admire ! Cela se voit. Regardez ces pages. » Il se débattit pour ouvrir l'un des albums sans lâcher celui qu'il tenait coincé sous son aisselle. « Regardez, monsieur, même des coupures insignifiantes venant d'obscurs magazines ; des phrases prononcées par d'autres à votre propos. Mesurez le culte dont vous êtes l'objet. Regardez, monsieur, tenez, ici, et là ! Et vous qui ne trouvez même pas le temps de feuilleter ses albums ! Que suis-je censé lui dire maintenant ? » Son bras se tendit à nouveau vers la silhouette qui attendait plus bas dans le couloir.

« Je suis désolé, dis-je. Absolument navré, mais, voyez-vous, mon emploi du temps ici semble avoir atteint un degré de confusion peu commun. Très sincèrement, je me proposais de... » Je compris alors que, dans le chaos qu'était devenue cette soirée, je devais, pour ma part, garder la tête froide. Je marquai un temps avant de lancer d'un ton impérieux : « Monsieur Hoffman, peut-être votre femme accepterait-elle plus facilement mes sincères excuses si elle les entendait de ma propre bouche. J'ai eu l'immense plaisir de la rencontrer il y a quelques heures. Si vous me conduisiez maintenant jusqu'à elle, peut-être serait-elle en mesure de dissiper rapidement ce malentendu. Ensuite, bien évidemment, il va me falloir entrer en scène, dire quelques mots sur l'affaire Brodsky et assurer ma prestation. Mes parents, en particulier, risquent de céder à l'impatience. »

Hoffman, légèrement déconcerté, tenta de raviver sa propre colère : « Regardez ces pages, monsieur, regardez-les ! » Mais son ardeur l'avait quitté et il leva sur moi un regard déconfit. « Soit, allons-y ! » murmura-t-il en homme qui vient de subir une défaite scandaleuse.

Mais il ne bougea pas tout de suite et j'eus l'impression qu'il remuait des souvenirs lointains. Puis, d'un pas résolu, il entreprit de se diriger vers son épouse. Je le suivis à quelques pas.

Mme Hoffman se tourna à notre approche. Je gardai mes distances mais, sans même poser un regard sur son mari, c'est à moi qu'elle s'adressa :

« Ravie de vous revoir, monsieur Ryder. Hélas, la soirée ne semble pas à la hauteur de nos espérances.

– Hélas, non ! dis-je. Croyez que je le regrette. »

Puis, avançant d'un pas, j'ajoutai : « Une chose en entraînant une autre, il semble que j'aie négligé un certain nombre de tâches dont j'espérais vivement m'acquitter. »

Je m'attendais qu'elle répondît à cette avance, mais elle se contenta de me fixer avec intérêt, comme si elle attendait la suite. Hoffman s'éclaircit la gorge et dit : « Ma chérie, je savais votre désir ! » Il brandit les albums, un dans chaque main, avec un sourire falot.

Mme Hoffman le dévisagea avec horreur. « Donne-moi ces albums, lança-t-elle d'une voix sévère. Qui t'a permis ? Rends-les-moi.

– Ma chérie... » Il eut un petit rire bête et son regard plongea sur ses souliers.

Mme Hoffman, le visage contracté par la fureur, avait gardé la main tendue. Le directeur de l'hôtel lui tendit le premier puis le second album. Son épouse vérifia des yeux leur nature, puis sembla accablée par la gêne.

« Ma chère, marmonna Hoffman, j'ai pensé que cela ne ferait pas de mal, voilà tout. » Il renonça une fois de plus et rit.

Mme Hoffman le fusilla du regard puis se tourna vers moi et dit : « Monsieur Ryder, je suis désolée que mon époux ait cru bon de vous importuner avec de telles vétilles. Je vous souhaite le bonsoir. »

Elle glissa les albums sous son bras et entreprit de s'éloigner, mais à peine avait-elle effectué quelques pas qu'Hoffman s'écria :

« Des vétilles ! Mais non, cela n'a rien de futile. Pas plus que l'album sur Kosminsky, ou celui sur Stefan Hallier. Futiles ? Ah, non ! Si seulement je pouvais croire à leur insignifiance ! »

Sa femme s'arrêta sans se retourner. Hoffman et moi distinguions son dos immobile dans la pénombre du corridor. Hoffman se dirigea dans sa direction.

« Cette soirée est un désastre. Pourquoi ne pas le reconnaître ? Pourquoi continuer de me supporter ? Année après année, j'enchaîne bourde sur bourde. Au lendemain du Festival de la jeunesse, ta patience avait sûrement atteint son terme. Mais non, tu m'as encore supporté. Vint la semaine de l'Exposition ! Tu as supporté. Tu m'as donné ma chance, une fois de plus. D'accord, je t'ai suppliée, je sais. Je t'ai implorée de me laisser encore une chance et tu n'as pas eu le courage de me la refuser. En un mot, tu m'as fait cadeau de cette soirée, et qu'ai-je à te montrer en échange ? Un champ de ruines ! Notre fils s'est ridiculisé devant l'élite des citoyens de cette ville. C'est de ma faute, oui, je le sais, je l'ai encouragé, même au dernier moment. Je savais qu'il était de mon devoir d'y mettre le holà, mais je n'en ai pas eu la force. Je l'ai laissé aller jusqu'au bout. Crois-moi, ma chère, mes intentions étaient autres. Dès le début, je me suis dit : Je lui en parlerai demain ; nous prendrons le temps d'avoir une discussion en bonne et due forme ; demain, nous en parlerons à loisir, demain, demain ! Je n'ai pas cessé de tergiverser. Oui, j'ai été faible, je l'admets, même ce soir. Je me disais : encore quelques minutes et je le lui dirai, et puis je me disais : non, non ! Je n'y arrivais pas et il a persévéré. Oui, notre Stephan, il a persévéré, là, sous les yeux du monde entier, il a joué du piano. Il est devenu la risée universelle ! Et encore, si l'histoire s'arrêtait là ! Mais tout le monde, toute la ville connaît le nom du responsable de cette soirée, et toute la ville sait qui s'est chargé de la guérison de M. Brodsky. Très bien, j'ai échoué. Je ne suis pas parvenu à lui faire prendre le tournant. C'est un ivrogne. J'aurais dû voir dès le début que cela ne servait à rien. En ce moment même, les décombres de notre soirée s'amassent autour de nous. Même M. Ryder ici présent ne saurait sauver cette soirée. Sa présence ne fait qu'accroître notre gêne. Le meilleur pianiste du monde ! Je le fais venir, et pourquoi ? Pour participer à cette déchéance ? Pourquoi m'a-t-on autorisé à approcher si peu que ce soit mes mains malhabiles de ces entités divines que sont la musique, l'art, la culture ? Toi qui viens d'une famille accomplie, tu aurais dû épouser qui tu voulais. Quelle erreur tu as commise ! Une erreur ? Non. Une tragédie ! Mais pour toi, il n'est pas trop tard. Tu es encore belle, alors pourquoi attendre ? Quelle autre preuve te faut-il ? Quitte-moi ! Abandonne-moi ! Trouve un homme digne de toi. Un Kosminsky, un Hallier, un Ryder, un Leonhardt ! Comment as-tu pu te méprendre à ce point ? Quitte-moi, je t'en supplie, quitte-moi. Tu comprends combien il est haïssable de te servir de geôlier. Non, pis : d'être le boulet qui t'enchaîne les chevilles. Quitte-moi, quitte-moi ! » Sur quoi il s'inclina et, se frappant le front du poing, effectua le mouvement que je l'avais vu répéter plus tôt dans la soirée. « Mon amour, mon amour, quitte-moi ! Me voici dans une position impossible. Demain, ce soir, tous ces faux-semblants, c'est fini. Enfin ! Toute la ville en parle. Même les petits enfants sont au courant. Maintenant, chaque fois qu'ils me verront faire le jacques, ils sauront que je sonne creux. Pas de talent, pas de sensibilité, pas de finesse, je n'ai rien. Ah, quitte-moi, quitte-moi ! Je ne suis qu'un bœuf, voilà ! Un bœuf, un bœuf, voilà ce que je suis, un bœuf ! »

Il réédita son geste, le coude saillant à un angle bizarre tandis qu'il se frappait le front avant de tomber à genoux et d'éclater en sanglots.

« Un monceau de ruines ! grommelait-il à travers ses sanglots. Ce n'est plus qu'un monceau de ruines ! »

Mme Hoffman s'était retournée et considérait attentivement son époux. Elle ne semblait nullement surprise de cet éclat et une sorte de tendresse, teintée d'une vague langueur, filtrait dans son regard. Elle fit un pas timide, puis un autre, vers la silhouette courbée de son mari avant de tendre la main comme pour lui effleurer le sommet du crâne. La main papillonna une seconde au-dessus d'Hoffman et se retira sans le toucher. L'instant d'après, elle avait tourné les talons et disparu dans le couloir.

Hoffman, insensible aux mouvements de son épouse, continuait de sangloter. Je pris le temps de l'observer car j'hésitais sur la marche à suivre. Subitement, je me rendis compte qu'il y avait beau temps qu'on devait m'attendre sur scène. Je me rappelai aussi avec émotion que rien ne m'avait permis de retrouver la trace de mes parents dans le bâtiment, que j'avais parcouru dans ses moindres recoins. Mes sentiments envers Hoffman, qui jusqu'alors relevaient plus ou moins de la pitié, basculèrent soudain et je marchai droit sur lui pour lui hurler aux oreilles :

« Monsieur Hoffman, il n'est pas impossible que vous ayez transformé votre soirée en un tas de décombres ! En revanche, je n'ai pas l'intention de couler avec vous. Je me propose de monter sur scène et d'honorer mon contrat. Je ferai de mon mieux pour ramener un minimum d'ordre dans le déroulement de cette soirée. Mais j'exige de le savoir d'abord, et une fois pour toutes : monsieur Hoffman, qu'en est-il de mes parents ? »

Hoffman leva la tête et sembla légèrement surpris de constater la disparition de sa femme. Me toisant avec un brin d'irritation, il se mit debout.

« Que me voulez-vous, monsieur ? demanda-t-il d'un air las.

– Mes parents, monsieur Hoffman ! Où sont-ils ? Vous m'avez garanti qu'on prendrait soin d'eux. Et, pourtant, j'ai eu beau regarder, je ne les ai pas vus dans la salle. Je compte bientôt entrer en scène et j'espère que mes parents sont confortablement installés dans leurs fauteuils. Si bien, monsieur, que je me vois dans l'obligation d'exiger une réponse : où sont-ils ?

– Vos parents, monsieur... » Hoffman prit une profonde

inspiration et passa une main exténuée dans sa chevelure. « Il faut poser la question à Mlle Stratmann, c'est elle qui devait les prendre en charge. Je me suis contenté de superviser l'ensemble des événements. Compte tenu du fait que j'ai complètement échoué, comme vous le constatez, vous pouvez difficilement vous attendre que je sois en mesure de répondre à votre question...

– Certes ! ripostai-je, avec une impatience de plus en plus marquée. Dans ce cas, où trouverai-je Mlle Stratmann ? »

Hoffman poussa un soupir et désigna un endroit au-delà de mon épaule. Me retournant, j'aperçus une porte derrière moi.

« Elle est là-dedans ? » demandai-je d'un air rébarbatif.

Hoffman acquiesça, gagna d'un pas chancelant l'alcôve tapissée de miroirs où nous avions trouvé son épouse et jeta un regard à son reflet.

Je frappai sèchement à la porte. Constatant que personne ne répondait, je décochai un regard accusateur à Hoffman. Il s'était penché sur le rebord de l'alcôve. Je me disposais à donner libre cours à mon exaspération lorsque, de l'intérieur, une voix m'invita à entrer. Je jetai un ultime regard au dos toujours courbé d'Hoffman et ouvris la porte.

36

Le vaste bureau moderne où je me trouvais n'avait rien de commun avec tout ce que j'avais rencontré jusqu'alors dans le bâtiment. C'était une sorte d'annexe, toute en verre, semblait-il. Aucune lampe n'y brillait et je vis que l'aube avait fini par poindre. Le matin laissait flotter de douces taches de soleil sur les piles de papier branlantes, les meubles de classement, les annuaires et les dossiers qui parsemaient les bureaux. La pièce en contenait trois, mais Mlle Stratmann était seule.

Elle semblait occupée et je trouvais étrange qu'elle eût éteint, car la pâle lueur qui baignait la pièce permettait à peine de lire ou d'écrire. Je supposai donc qu'elle avait momentanément banni tout éclairage pour jouir du spectacle du soleil levant, là-bas, derrière les arbres. De fait, au moment où j'entrai, elle se tenait à son bureau, un combiné téléphonique à la main, le regard perdu de l'autre côté des immenses panneaux de verre.

« Bonjour, monsieur Ryder, dit-elle en se tournant vers moi. Je suis à vous dans un instant. » Puis, au téléphone : « Oui, dans cinq minutes environ. Et les saucisses. Qu'ils les mettent à griller dans quelques minutes. Les fruits aussi devraient être déjà prêts.

– Mademoiselle Stratmann, dis-je en me dirigeant vers son bureau, il existe des questions plus urgentes que l'horaire de cuisson des saucisses. »

Elle me décocha un bref regard et répéta : « Je suis à vous dans un instant, monsieur Ryder ! » Sur quoi elle se remit à parler au téléphone et commença de prendre des notes.

« Mademoiselle Stratmann, lançai-je d'un ton plus ferme, je me vois dans l'obligation de vous demander d'abandonner ce téléphone et d'écouter ce que j'ai à vous dire.

– Ne quittez pas ! ordonna Mlle Stratmann à son interlocuteur. J'ai là un problème qui exige une réponse rapide. Cela ne me prendra qu'un instant. » Sur quoi, posant le récepteur, elle me fusilla du regard : « Que se passe-t-il, monsieur Ryder ?

– Mademoiselle Stratmann, dis-je, au cours de notre premier entretien vous m'avez assuré que je serais tenu pleinement informé de tous les aspects de mon séjour ici. Que je bénéficierais de vos conseils sur mon emploi du temps et la nature de mes divers engagements. J'ai cru pouvoir vous compter au nombre de ceux en qui l'on peut placer sa confiance. Je suis au regret de vous dire que vous avez trompé mes espérances, dans une très large mesure.

– Monsieur Ryder, je ne vois pas à quoi rime ce réquisitoire. Y a-t-il quelque chose en particulier dont vous soyez mécontent ?

– Je suis mécontent de tout, mademoiselle Stratmann. Certaines informations importantes ne m'ont pas été communiquées au moment où elles m'étaient indispensables. On ne m'a pas tenu informé des modifications de dernière minute de mon ordre du jour. Je n'ai reçu ni soutien ni assistance en des circonstances décisives, si bien que je n'ai pas été en mesure de me préparer comme je l'eusse souhaité. Néanmoins et malgré tout, je maintiens mon intention d'entrer en scène sous peu et d'essayer de sauver ce qui peut l'être de cette soirée désastreuse pour vous tous, citoyens de cette ville. Mais, au préalable, je me dois de vous poser une question : mes parents ? Voici quelque temps qu'ils sont arrivés en grand équipage, mais j'ai eu beau les chercher dans la salle, je ne les ai pas trouvés. On ne les a installés ni aux premières loges ni dans les rangs réservés aux personnalités. D'où ma question, mademoiselle Stratmann : où sont-ils ? Et pourquoi ne s'est-on pas occupé d'eux avec tout le soin promis ? »

Mlle Stratmann me dévisagea longuement dans la lueur de l'aube avant de pousser un soupir.

« Monsieur Ryder, je me proposais de vous en parler depuis quelque temps. Nous nous sommes réjouis d'apprendre de vous, il y a des mois, que vos parents se proposaient d'effectuer un séjour dans notre ville. Cette nouvelle nous a tous enchantés. Mais vous rappellerai-je, monsieur Ryder, que c'est par vous et vous seul que nous avons été mis au courant de leurs intentions ? Or, dans les trois derniers jours et plus particulièrement ce jour même, j'ai fait tout ce qui était en mon pouvoir pour retrouver leur piste. J'ai appelé à maintes reprises l'aéroport, la gare, les compagnies d'autocars et tous les hôtels de la ville sans trouver le moindre indice de leur passage. Personne n'a eu de leurs nouvelles. Personne ne les a vus. Alors, monsieur Ryder, je vous retourne la question : êtes-vous certain de leur venue ? »

Pendant qu'elle parlait, un certain nombre de doutes m'avaient assailli et j'eus bientôt le sentiment que quelque chose s'effondrait en moi. Afin de masquer mon embarras, je me détournai pour contempler la naissance de l'aurore.

« Eh bien, finis-je par dire, j'étais sûr qu'ils viendraient cette fois.

– Tout à fait sûr ? » dit Mlle Stratmann, dont j'avais

visiblement blessé l'honneur professionnel et qui dardait sur moi un regard accusateur. « Vous rendez-vous compte monsieur Ryder, de la peine que tout le monde s'est donnée ici pour préparer leur visite ? Le dispositif médical, l'accueil, les chevaux, la voiture... Une association féminine a passé plusieurs semaines à échafauder le programme de leurs divertissements. Vous étiez absolument sûr qu'ils viendraient ?

– Naturellement, dis-je avec un petit rire. Je n'aurais pas mis tout le monde sur le pied de guerre si j'avais nourri le moindre doute à cet égard. Effectivement... (un autre rire m'échappa) j'étais convaincu que cette fois ils viendraient enfin. Il n'était certes pas déraisonnable de ma part d'espérer leur venue cette fois. Après tout, je suis au summum de mes capacités. Et combien de temps suis-je encore censé rouler ma bosse ? Bien entendu, je serais désolé d'avoir imposé à qui que ce soit des tracas inutiles, mais nous n'en viendrons sûrement pas là. Ils sont forcément dans les parages. D'ailleurs, je les ai entendus. Quand j'ai arrêté la voiture dans les bois, j'ai cru les entendre arriver. La... l'équipage avec les chevaux. Je les ai entendus. Ils étaient forcément là. À coup sûr, il n'est pas déraisonnable... »

Je m'effondrai sur la chaise la plus proche et c'est alors que je me rendis compte que je sanglotais. Ce faisant, je me rappelai soudain combien la simple éventualité de leur visite était demeurée fragile. Je ne comprenais plus du tout comment j'avais pu me montrer aussi catégorique, au point d'exiger des explications auprès d'Hoffman puis de Mlle Stratmann, comme je venais de le faire. Je continuai à sangloter jusqu'au moment où je sentis que Mlle Stratmann se penchait sur moi.

« Monsieur Ryder, monsieur Ryder ! » répétait-elle d'une voix douce. Tandis que je retenais mes larmes, elle dit d'une voix bienveillante : « Monsieur Ryder, peut-être personne ne vous a-t-il mis au courant, mais il fut un temps, cela fait bien des années, où vos parents ont effectivement séjourné dans notre ville. »

J'arrêtai de sangloter et levai les yeux sur elle. Elle me gratifia d'un sourire puis se dirigea lentement vers la baie vitrée et fixa son regard sur l'aube.

« Sans doute prenaient-ils leurs vacances ensemble, dit-elle, les yeux perdus au loin. Ils sont arrivés par le train et ils ont passé deux ou trois jours à visiter la ville en long et en large. Oh, cela ne date pas d'hier, comme je vous l'ai dit, et votre réputation était loin de valoir celle dont vous jouissez maintenant. Mais tout de même, vous n'étiez pas tout à fait un inconnu, et quelqu'un, un employé de l'hôtel, peut-être... En tout cas, on leur a demandé s'ils vous étaient apparentés, à cause du nom, comprenez-vous, et parce qu'ils étaient anglais. C'est comme ça que ça s'est su : ce gentil couple de vieux Anglais, c'étaient vos parents. Sans doute le cérémonial fut-il plus modeste qu'il ne le serait aujourd'hui, mais on s'est très bien occupé d'eux, vraiment. Et puis, au cours des ans, à mesure que vous deveniez célèbre, les gens se sont remémorés cette visite. Je n'ai personnellement que de vagues souvenirs de leur passage, j'étais si petite à l'époque, mais je me rappelle avoir entendu des gens en parler. »

J'examinais soigneusement son dos.

« Mademoiselle Stratmann, vous ne me dites pas cela pour me réconforter, hein ?

– Non, non, c'est la pure vérité ! Tout le monde vous confirmera mes dires. Je n'étais qu'une enfant, je vous l'ai dit, mais une foule de gens seraient en mesure de vous fournir des détails. D'ailleurs, tout cela est étayé par toutes sortes de documents.

– Ils avaient l'air heureux ? Ils riaient ensemble ? Ils avaient plaisir à prendre des vacances ?

– J'en jurerais, monsieur Ryder. Ils ont énormément apprécié leur séjour, à tous égards. Ils ont d'ailleurs laissé à tout le monde le souvenir d'un couple particulièrement agréable, très gentil et aux petits soins l'un envers l'autre.

– Mais je me demande, mademoiselle Stratmann, si l'on s'est bien occupé d'eux. Voilà ce que je vous demande.

– Évidemment, on s'est bien occupé d'eux. Et ils se sont bien amusés. Ils ont vécu une période de grand bonheur dans notre ville.

– Qu'en savez-vous ? De votre propre aveu, vous n'étiez qu'une enfant.

– Je me réfère à ce que tout le monde raconte là-dessus.

– Si une parcelle de ce que vous dites est vrai, comment se fait-il que personne n'ait abordé le sujet en ma présence depuis mon arrivée ? »

Mlle Stratmann hésita une seconde puis se retourna vers les arbres et le soleil levant.

« Je l'ignore, dit-elle d'une voix douce en hochant la tête. Je ne me l'explique pas mais vous n'avez pas tort. Les gens en parlent moins qu'on ne pourrait s'y attendre. Je suis pourtant sûre de ce que j'avance. Je me rappelle tout cela très distinctement. »

Dehors, des chants d'oiseaux saluaient le matin. Mlle Stratmann garda les yeux fixés sur les arbres lointains. Peut-être d'autres souvenirs d'enfance lui traversaient-ils l'esprit. Je l'observai un moment avant de dire :

« Vous affirmez qu'ils ont été bien reçus.

– Oh oui ! souffla Mlle Stratmann, les yeux perdus dans le lointain. Je suis sûre qu'ils ont été très bien traités. Ce devait être au printemps, qui est ici un pur délice, et la vieille ville... vous avez eu l'occasion d'en apprécier le charme. Les gens ont dû les orienter, les gens de la rue. Leur signaler les édifices qui valaient le détour, le musée de l'artisanat, les ponts... S'ils se sont arrêtés pour prendre un café ou une collation, et qu'ils ont hésité à passer commande, question de langue peut-être, le serveur ou la serveuse ont dû se montrer tout à fait serviables. Oh, oui ! Je crois qu'ils y ont pris bien du plaisir.

– Mais vous dites qu'ils sont arrivés en train. On les a aidé à porter leurs bagages ?

– Oh, les porteurs de la gare ont dû s'en occuper immédiatement. Sortir tous les bagages, les porter au taxi, le chauffeur a dû prendre le relais, il les aura sans doute conduits à leur hôtel, et voilà. Je suis sûre qu'ils n'ont même pas eu à se poser le problème de leurs bagages.

– L'hôtel ? Quel hôtel était-ce ?

– Un hôtel très confortable, monsieur Ryder. L'un des meilleurs de la ville, à l'époque. Ils l'ont forcément adoré. Ils ont dû savourer chaque instant de ce séjour.

– Ils n'étaient pas trop près des grandes artères ? Ma mère a toujours détesté le bruit de la circulation.

– Oh, en ce temps-là, la circulation posait infiniment

moins de problèmes qu'aujourd'hui ! Je me rappelle avoir joué à la corde ou à la balle en pleine rue, avec mes amies, dans le quartier résidentiel. Pas question que les enfants s'y risquent de nos jours. Oui, nous y jouions parfois des heures durant. Mais, pour revenir à votre question, monsieur Ryder (Mlle Stratmann se retourna et m'adressa un sourire nostalgique), l'hôtel où descendirent vos parents était à l'abri de la circulation. C'était un endroit idyllique. Il a disparu mais, si vous le souhaitez, je peux vous en montrer une photographie. Aimeriez-vous le voir, voir l'hôtel où sont descendus vos parents ?

– J'en serais très heureux, mademoiselle Stratmann. »

Elle sourit à nouveau et regagna son bureau de l'autre côté de la pièce. Je pensais qu'elle allait ouvrir un placard mais elle changea de direction au dernier moment et se dirigea vers le mur du fond, tendit le bras et tira sur un cordon qui lui permit de dérouler une sorte de panneau mural. Je vis alors que ce n'était ni un graphique ni une carte, mais une gigantesque photographie en couleurs, qu'elle laissa se dérouler presque au ras du sol. Un mécanisme s'enclencha et la bloqua. Regagnant son bureau, Mlle Stratmann alluma la lampe et en braqua le faisceau sur la photographie.

Nous passâmes les instants qui suivirent à examiner en silence l'image ainsi déroulée sous nos yeux. L'hôtel semblait être la réplique miniature de ces châteaux de contes de fées que se faisaient bâtir les rois déments de l'autre siècle. Il se dressait au bord d'une vallée escarpée couverte de fleurs printanières et de fougères. Le cliché avait été réalisé un jour de grand soleil depuis l'autre versant du vallon : on obtenait ainsi une composition équilibrée, de celles qui conviennent aux cartes postales ou aux calendriers.

La voix de Mlle Stratmann me parvint. « Je crois que vos parents occupaient cette chambre-ci. » Elle avait fait surgir de nulle part une règle qu'elle avait pointée sur une fenêtre de l'une des tourelles. « De là, ils devaient jouir d'une vue magnifique, n'est-ce pas ?

– Oui, effectivement. »

Mlle Stratmann baissa sa baguette. Je gardai les yeux fixés sur la fenêtre en question en essayant d'imaginer la vue qu'on devait avoir depuis cette croisée. Ma mère surtout avait dû adorer ce genre de panorama. Même si un de ses mauvais jours l'avait contrainte à garder la chambre, ce spectacle avait dû lui être d'un grand réconfort. Sans doute avait-elle regardé la brise courir au fond de la vallée, froisser les fougères et le feuillage des arbres rabougris qui gravissaient l'autre versant de la vallée. Sans doute avait-elle apprécié aussi l'ampleur de ce ciel. Je notai alors, au tout premier plan – dans le coin en bas à droite –, un tronçon de la route d'où l'opérateur avait sans doute réalisé son cliché. Depuis sa chambre, ma mère l'apercevait très certainement. Elle avait dû être en mesure d'assister au déroulement de la vie locale, voir passer les rares voitures, la camionnette de l'épicier, peut-être même une charrette et son cheval, plus, de temps à autre, un tracteur ou de jeunes randonneurs. Ce genre de spectacle avait dû lui être d'un immense réconfort. Forcément.

Les yeux toujours braqués sur la fenêtre, je me remis à pleurer, mais ces pleurs étaient moins irrépressibles, bien que ruisselant sans cesse le long de mon visage. Mlle Stratmann les remarqua mais elle sembla cette fois juger inutile d'y faire obstacle. Elle sourit gentiment dans ma direction avant de se rapprocher du panorama.

Je sursautai en entendant frapper à la porte. Mlle Stratmann sursauta également puis lança : « Vous m'excuserez, monsieur Ryder », et alla ouvrir.

Je pivotai sur mon siège pour voir entrer un homme en uniforme blanc qui remorquait un chariot de service. Il le fit pénétrer dans la pièce de manière à maintenir la porte ouverte et fixa son regard sur la naissance du jour.

« Encore une belle journée qui commence, dit-il, nous gratifiant chacun d'un sourire. Voici votre petit déjeuner, mademoiselle. Est-ce que je le pose là, sur votre bureau ?

– Le petit déjeuner ! » Mlle Stratmann semblait déroutée. « Nous ne sommes pas censés le servir avant une bonne demi-heure !

– M. von Winterstein nous a enjoints de le servir dès maintenant, mademoiselle, et, à mon avis, il n'a pas tort. Au point où nous en sommes, les gens ont bien besoin d'un petit déjeuner.

– Oh ! » L'embarras de Mlle Stratmann ne s'était pas

dissipé. Elle se tourna vers moi comme pour solliciter mon avis, puis elle demanda au serveur : « Tout se passe bien, là-bas ?

– Tout va bien, mademoiselle. Bien entendu, la défaillance de M. Brodsky a suscité un brin de panique, mais maintenant tout le monde est très content et s'amuse beaucoup. M. von Winterstein, voyez-vous, a prononcé un très joli discours au foyer, il y a quelques minutes, en évoquant notre beau patrimoine et tout ce dont nous pouvons nous enorgueillir. Il a évoqué l'ampleur de nos réalisations à travers les siècles, en soulignant à quel point les problèmes affreux qui accablent les autres villes nous sont épargnés. Dommage que vous n'ayez pas été là pour l'entendre. Cela nous a tous réconfortés. Nous nous sommes sentis fiers de nous et de notre ville. Maintenant, tout le monde passe un bon moment. Regardez donc ceux-là. » Il fit un geste vers la baie vitrée ; dehors, en effet, dans la faible lumière de l'aube, on distinguait des silhouettes qui traversaient précautionneusement la pelouse, l'assiette à la main, cherchant des yeux où s'asseoir.

« Excusez-moi ! dis-je en me levant. Je dois aller m'acquitter de ma tâche. Je vais être en retard. Mademoiselle Stratmann, merci infiniment de votre gentillesse, merci pour tout, mais il vous faudra m'excuser... »

Sans attendre une réponse, je contournai le chariot et regagnai le couloir.

37

De pâles lueurs filtraient dans les ténèbres du corridor. Je jetai un regard vers l'alcôve aux miroirs, où j'avais laissé Hoffman, mais il ne s'y trouvait plus. Je me hâtai en direction de la salle et repassai devant les tableaux aux cadres dorés. Je croisai un autre serveur poussant un chariot de petit déjeuner et qui se penchait pour frapper à une porte mais, à cette exception près, le corridor était désert.

Je continuai de marcher d'un pas vif, cherchant la sortie

de secours qui m'avait permis d'accéder au corridor, la première fois. J'étais animé du désir insurmontable de m'acquitter de ma prestation. Quelles que fussent les désillusions que je venais de subir, je savais qu'elles ne diminuaient en rien mes responsabilités envers ceux qui attendaient depuis de longues semaines l'instant où ils me verraient m'asseoir au piano. En d'autres termes, il était de mon devoir de donner ce soir une interprétation qui atteindrait au moins mon niveau habituel. J'étais absolument convaincu que se contenter de moins reviendrait à ouvrir une porte mystérieuse qui me ferait basculer dans une zone obscure et inconnue.

Au bout de quelque temps, le corridor me sembla prendre des allures insolites. Le papier peint virait au bleu profond, des photos dédicacées avaient remplacé les peintures. Comprenant que j'avais manqué ma porte, je vis que j'approchais d'une autre, plus importante, qui portait le mot *Scène*. Je résolus de la franchir.

Je tâtonnai plusieurs secondes dans le noir avant de comprendre que j'étais une fois de plus en coulisses. Je distinguais le piano faiblement éclairé par une ou deux ampoules, au beau milieu de la scène vide ; le rideau était resté fermé. Je sortis calmement des coulisses pour faire mon entrée en scène.

Un regard vers l'endroit où l'on avait allongé Brodsky suffit à me montrer qu'il ne restait aucune trace de sa présence. Je tournai la tête vers le piano, ne sachant trop comment procéder. Si je me contentais de prendre place sur le tabouret et de commencer à jouer, les techniciens auraient peut-être le bon sens d'ouvrir le rideau et d'allumer les projecteurs. Mais, en fonction de la tournure prise par les événements, le risque demeurait – Dieu seul savait ce qui s'était passé – que les machinistes eussent déserté leur poste comme un seul homme et qu'il n'y eût personne pour ouvrir le rideau. D'ailleurs, le public, la dernière fois que je l'avais vu, s'était déjà levé pour bavarder nerveusement. Aussi décidai-je que la meilleure politique consistait à passer de l'autre côté du rideau pour procéder à une annonce qui donnerait aux spectateurs comme aux techniciens une chance de se préparer. Je me hâtai de répéter mentalement quelques formules, gagnai la brèche qui s'ouvrait dans les replis du rideau et écartai franchement les lourdes tentures.

Je m'étais attendu à trouver une salle en émeute. Le spectacle qui m'attendait me coupa le souffle. Non seulement le public s'était volatilisé mais tous les sièges avaient disparu. L'idée me vint que la salle était peut-être munie d'une sorte de mécanisme qui permettait, à l'aide d'un simple levier, d'escamoter les sièges en sous-sol, la salle faisant double emploi comme piste de danse ou tout autre usage, mais je me rappelai que l'âge du bâtiment rendait cette hypothèse très peu vraisemblable. Je me rabattis sur l'idée que les sièges étaient mobiles et empilables et qu'on les déménageait par crainte des incendies. Quoi qu'il en fût, devant moi s'étendait un vaste espace sombre et vide, privé de tout éclairage artificiel. Par contre, on avait retiré du plafond de larges pans rectangulaires et à travers les espaces ainsi dégagés le jour projetait jusqu'au sol des colonnes de lumière pâle.

Sous cet éclairage glauque, j'eus l'impression de distinguer quelques silhouettes tout au fond de la salle. Elles semblaient conférer. Peut-être étaient-ce les accessoiristes qui finissaient de ranger. L'un d'entre eux s'éloigna à grandes enjambées sonores.

Je restai à l'orée de la scène, me demandant que faire. Sans doute avais-je passé beaucoup plus de temps que je ne le croyais dans le bureau de Mlle Stratmann. Une heure peut-être. Aussi le public avait-il visiblement abandonné l'espoir de me voir paraître. Une annonce pourrait peut-être rassembler les invités dans la salle en quelques minutes et mon récital pourrait se dérouler de manière tout à fait satisfaisante, même en l'absence de sièges. Restait à savoir où tout le monde était passé. Je compris qu'il me faudrait trouver Hoffman, ou celui qui l'avait remplacé à la tête des opérations, pour discuter de la prochaine étape.

Je descendis et entrepris de traverser la salle. Je n'en avais pas franchi la moitié avant que les ténèbres ne me fissent éprouver un sentiment de désorientation. Changeant de direction, j'allai vers la colonne de lumière la plus proche. À cet instant, une silhouette manqua me frôler.

« Excusez-moi ! dit la personne. Je vous demande pardon. »

Je reconnus la voix de Stephan et dis : « Salut ! Vous, au moins, vous êtes encore là !

– Oh, monsieur Ryder ! Désolé, je ne vous avais pas vu. » Il semblait las et déprimé.

« Vous devriez être de bonne humeur, repris-je. Votre prestation était de toute beauté et le public en a été très touché.

– Oui, je crois qu'ils m'ont fait bon accueil.

– Eh bien, mes félicitations ! Après tout le mal que vous vous êtes donné, ce doit être extrêmement gratifiant !

– Oui, sûrement. »

Nous nous mîmes à déambuler côte à côte dans le noir. Les lueurs venues du plafond compliquaient notre progression plus qu'autre chose, mais Stephan semblait savoir où il allait.

« Vous savez, monsieur Ryder, reprit-il quelques instants après, je vous suis rudement reconnaissant. Vos encouragements m'ont été infiniment précieux. Mais la vérité est que je n'ai pas été à la hauteur ce soir, en tout cas pas selon mes critères à moi. Le public m'a généreusement applaudi, certes, mais c'est parce qu'ils ne s'attendaient pas à quelque chose d'aussi insolite. Moi, je sais qu'en fait la route sera longue. Mes parents ont raison.

– Vos parents ? Mon Dieu ! Vous devriez les chasser complètement de vos pensées.

– Mais non, monsieur Ryder ! Vous n'avez pas compris. Mes parents, voyez-vous, placent la barre très haut. Le public ce soir était gentil, sympathique, mais, à la vérité, il ne s'y connaît guère. Qu'a-t-il vu ? Un garçon du pays parvenu à un certain niveau. Ça les a épatés. Mais j'entends être jugé selon les vrais critères et je sais que mes parents le souhaitent aussi. Ma décision est prise, monsieur Ryder. Je pars. Il faut que j'aille étudier dans une autre ville plus importante, sous la houlette d'un Lubetkin ou d'un Peruzzi. Je comprends maintenant qu'ici je n'atteindrai jamais le niveau auquel j'aspire. Non, pas dans cette ville. Voyez comme ils ont applaudi une interprétation joliment banale, somme toute, de *Passions de verre*. Cela dit tout. Je ne m'en étais pas vraiment rendu compte, mais je suppose qu'on pourrait me décrire comme un poisson trop gros pour son bocal. Mieux vaut prendre le large et voir ce dont je suis vraiment capable. »

Nous n'avions pas cessé de marcher et nos pas résonnaient dans la salle. Je dis :

« C'est peut-être la sagesse même. En fait, je suis convaincu que vous avez raison. Partir, la grande ville, des défis à relever, je suis sûr que cela vous fera du bien. Mais veillez à ne pas vous mettre à l'école de n'importe qui. Si vous le souhaitez, je vais y réfléchir et je verrai si je peux vous donner un coup de pouce.

– Ah, monsieur Ryder, si vous le faisiez, je vous en serais éternellement reconnaissant ! Oui, j'ai besoin de savoir jusqu'où je peux aller. Et puis, un jour, je reviendrai et je leur montrerai, oui, je leur montrerai comment il faut jouer *Passions de verre* pour de vrai. » Il émit un rire sans réelle gaieté.

« Vous êtes jeune, vous avez du talent à revendre. L'avenir vous appartient. Vraiment, vous devriez avoir un moral d'acier.

– Je le suppose. Peut-être tout cela m'intimide-t-il. Je n'ai compris que ce soir la longueur de la pente qu'il me reste à gravir. Vous allez rire, mais je m'imaginais que j'allais emporter le morceau ce soir, voyez-vous. Cela m'apprendra à vivre dans ce genre de trou. On se met à penser petit. Oui, je croyais toucher au but dès ce soir. Vous voyez combien ma façon de penser a été ridicule. Mes parents sont dans le vrai : il me reste un tas de choses à apprendre.

– Vos parents ? Écoutez, je vous conseille de les évacuer de votre esprit pour l'instant. Si je peux me permettre, je ne comprends vraiment pas comment ils peuvent...

– Ah, nous y voici ! C'est par là... » Nous étions parvenus à une sorte d'entrée que Stephan débarrassa de la tenture qui la recouvrait. « C'est par là...

– Excusez-moi, mais qu'est-ce qui se trouve par là ?

– La serre. Peut-être n'en avez-vous pas entendu parler. Elle est très célèbre, pourtant. Elle a un siècle de moins que la salle proprement dite mais elle est presque aussi connue, maintenant. C'est là que tout le monde est parti prendre le petit déjeuner. »

Nous nous retrouvâmes dans un couloir dont un des murs était percé d'une longue série de fenêtres. Par les plus proches, j'apercevais le ciel bleu pâle du matin.

« Au fait, dis-je comme nous reprenions notre marche, je m'interrogeais sur M. Brodsky, je veux dire sur son état. Est-il... décédé ?

– M. Brodsky ? Oh non, il va s'en tirer, j'en suis sûr ! Ils l'ont transporté. Je crois avoir entendu dire qu'ils l'emportaient à la clinique Saint-Nicolas.

– La clinique Saint-Nicolas ?

– C'est là qu'on envoie les vagabonds. Les gens en causaient il y a un instant dans la serre : " Tout à fait ce qu'il lui faut ; ils savent comment régler les problèmes comme le sien, là-bas. " À vrai dire, cela m'a un peu choqué. En fait, monsieur Ryder, soit dit en confidence, cela m'a aidé à prendre ma décision. À prendre la décision de partir. J'estime que la prestation de M. Brodsky est la plus belle chose qu'on ait entendue dans cette salle depuis bien des années, en tout cas depuis que j'ai l'âge d'apprécier la musique. Et vous avez vu ce qui s'est passé. Ils n'en voulaient pas. Cela les a pris à rebrousse-poil. C'était beaucoup plus qu'ils n'en demandaient. Son effondrement les a soulagés. Ils savent maintenant qu'il leur faut autre chose, quelque chose d'un peu moins radical.

– Qui ne soit pas tellement différent de M. Christoff, peut-être ? »

Stephan réfléchit. « Un peu différent, quand même. Un nouveau nom, en tout cas. Ils se rendent compte que Christoff, cela ne colle pas tout à fait. Ils veulent mieux, mais pas ça. »

Les fenêtres commençaient à dévoiler la vaste étendue des pelouses et le soleil qui montait, au-dessus de la rangée d'arbres, dans le lointain.

« Que pensez-vous qu'il arrivera à M. Brodsky ? demandai-je.

– M. Brodsky ? Oh, il va simplement redevenir ce qu'il a toujours été ici. Il finira ses jours dans la peau de l'ivrogne de la ville, je suppose. Ils ne vont certainement pas le laisser redevenir quelqu'un, pas après ce soir. Je vous l'ai dit, ils l'ont emmené à Saint-Nicolas. J'ai grandi dans cette ville, monsieur Ryder, et je l'aime encore à bien des égards. Mais j'ai hâte de partir, maintenant.

– Peut-être devrais-je essayer ? Je veux dire, de m'adresser à la foule dans la serre, de prononcer quelques mots sur M. Brodsky, de mettre les choses au point, de rectifier l'image qu'ils se font de lui. »

Stephan médita la proposition puis secoua la tête :

« Peine perdue, monsieur Ryder.

– Mais, vous savez, toute cette affaire ne me plaît pas plus qu'à vous. On ne sait jamais, quelques paroles venant de moi...

– Je ne crois pas, monsieur Ryder. Même vous, ils ne vous écouteront plus, pas après la séance qu'il leur a offerte. Cela a ravivé toutes leurs peurs. D'ailleurs, il n'y a pas de microphone dans la serre, rien du tout, pas même une estrade d'où vous pourriez les interpeller. Vous ne parviendriez même pas à vous faire entendre dans le tohubohu. C'est grand, voyez-vous, presque autant que la salle proprement dite. D'un bout à l'autre, cela doit faire... eh bien, à supposer que vous décriviez une diagonale absolument rectiligne en bousculant tables et invités, cela vous ferait au moins cinquante mètres. C'est drôlement spacieux, vous verrez. Si j'étais vous, monsieur Ryder, je me détendrais maintenant et j'irais prendre mon petit déjeuner. Après tout, vous devez songer à Helsinki. »

La serre, du genre monumental en effet, baignait dans la lumière matinale. Partout, les gens parlaient avec entrain, certains à table, d'autres debout en petits groupes. J'en vis qui buvaient du café ou des jus de fruits, d'autres qui mangeaient une assiette plate ou creuse à la main, et je perçus tour à tour de fortes odeurs de petits pains frais, de croquettes de poisson et de bacon tandis que nous fendions la foule. Je vis des serveurs s'affairer, des plats et des pots de café à la main. Des voix ravies s'entrecroisaient de toutes parts. L'atmosphère me fit irrésistiblement songer à des retrouvailles, alors que ces gens se voyaient tous les jours. Les événements de la soirée les avaient visiblement contraints à se réévaluer et à réévaluer leur communauté en profondeur si bien que, pour des motifs qui m'échappaient, l'humeur était à l'échange de congratulations.

Stephan avait raison. Interpeller cette foule n'avait guère de sens. Les inviter à regagner la salle pour m'entendre serait encore plus absurde. J'éprouvai soudain une vive lassitude doublée d'une faim violente. Je résolus de m'asseoir et de profiter moi aussi du petit déjeuner. Mais j'eus beau inspecter les alentours, aucune chaise n'était disponible. Qui plus est, je constatai en me retournant que Stephan m'avait quitté, ayant été hélé par les convives d'une des tables que nous venions de dépasser. Je le regardai recevoir un accueil chaleureux et j'attendis plus ou moins qu'il fît les présentations. Mais il semblait complètement absorbé par la conversation et se mit très vite au diapason de ses joyeux compagnons.

Décidant de l'abandonner à ses occupations, je me frayai un chemin dans la foule. J'imaginais qu'un serveur me repérerait tôt ou tard et m'apporterait en courant une assiette et du café. Peut-être même me piloterait-il jusqu'à un siège ? Mais les serveurs qui se ruaient dans ma direction me dépassaient à chaque fois en me bousculant presque et je me retrouvais condamné à les regarder servir quelqu'un d'autre.

Il me fallut un certain temps pour comprendre que je me tenais aux abords de l'entrée principale. Les portes étaient grandes ouvertes et les invités s'étaient dispersés sur la pelouse. Je sortis faire quelques pas et je fus surpris par le froid, mais ici encore des groupes de gens parlaient, buvaient leur café ou mangeaient debout. Certains s'étaient tournés face au soleil levant, tandis que d'autres flânaient pour se dégourdir les jambes. Un des groupes s'était même installé sur l'herbe humide comme pour un pique-nique, au milieu d'un étalage d'assiettes et de pots de café.

Je repérai, non loin de là, sur l'herbe, un chariot sur lequel se penchait un serveur affairé. La faim me tenaillait. Je me dirigeai donc vers lui mais, à l'instant même où j'allais lui tapoter l'épaule, il se retourna et déguerpit, les bras chargés de trois grandes assiettes sur lesquelles j'eus le temps d'entrevoir des œufs brouillés, des saucisses, des champignons et des tomates. Je le regardai filer et décidai de monter la garde près du chariot jusqu'à son retour.

Je profitai de cette attente pour inspecter les alentours et vis combien mes angoisses sur mon incapacité à satisfaire les diverses exigences de la ville à mon égard avaient été superflues. Comme toujours, mon expérience et mon instinct s'étaient révélés plus que suffisants pour franchir le cap. La soirée m'avait certes déçu mais, à la réflexion, cette réaction me parut sans objet. Si un groupe de citoyens parvenait à atteindre une sorte d'équilibre sans faire appel à une personnalité extérieure, ma foi, tant mieux.

Plusieurs minutes après, le serveur n'avait toujours pas reparu. Alléché par les arômes qui s'échappaient des gamelles brûlantes, je décidai que rien ne m'interdisait de me servir. Je pris une assiette et je me penchais déjà pour dénicher des couverts sur les rayons du bas lorsque je sentis des gens debout derrière moi. Je pivotai pour me retrouver nez à nez avec les porteurs.

Ils semblaient être une douzaine. Tous ceux que j'avais vus rassemblés au chevet de Gustav m'avaient rejoint. Au moment où je m'étais retourné, certains avaient baissé les yeux mais quelques-uns continuèrent de me fixer intensément.

« Mon Dieu ! m'écriai-je, m'appliquant à masquer le fait que je me disposais a me servir moi-même mon petit déjeuner. Mon Dieu ! Que s'est-il passé ? Je me proposais bien entendu d'aller aux nouvelles, pour Gustav. J'ai supposé qu'on l'avait évacué sur un hôpital, c'est-à-dire qu'il était en d'excellentes mains. En tout cas, je comptais m'y rendre aussi vite que je... »

Je m'interrompis en percevant les expressions de douleur qui marquaient leurs visages.

Le barbu fit un pas et toussa maladroitement. « Il nous a quittés il y a une demi-heure, monsieur. Il avait souffert par intermittence pendant des années mais il s'était tout à fait rétabli, si bien que cela a été tout à fait inattendu pour nous. Tout à fait inattendu...

– Toutes mes condoléances. » Je constatai qu'en effet ma douleur était grande. « Je suis navré, vraiment. Merci d'être venus me l'apprendre tous ensemble. Comme vous le savez, je le connaissais depuis quelques jours seulement, mais il s'est montré particulièrement gentil avec moi, il m'a aidé à porter mes bagages et ainsi de suite. »

Les collègues du barbu le dévisageaient comme pour l'encourager à parler. Il prit une profonde inspiration.

« Bien entendu, monsieur Ryder, dit-il, si nous sommes venus vous chercher, c'est parce que nous savions que vous tiendriez à apprendre la nouvelle au plus tôt. Mais aussi (il baissa soudain les yeux), mais aussi, voyez-vous, parce que, avant de rendre l'âme, Gustav n'a pas cessé de poser la question, de nous demander si vous aviez prononcé votre petit discours, je veux dire celui que vous étiez censé prononcer en notre faveur, monsieur... Jusqu'à la dernière seconde, il a manifesté un vif désir de le savoir. »

Tous les porteurs avaient baissé les yeux et attendaient ma réponse en silence.

« Ah ! dis-je. Vous ignorez donc ce qui s'est passé à la salle de concert ?

– Nous n'avons pas quitté Gustav, répondit le barbu. On vient seulement de l'emporter. Veuillez nous excuser. C'est sacrément grossier de notre part de n'avoir pas assisté à votre intervention, surtout si vous avez eu la bonté de ne pas perdre de vue la petite promesse que vous nous aviez faite...

– Écoutez, dis-je d'une voix amène, bien des choses ont tourné autrement que prévu. Je suis surpris que la rumeur n'en soit pas parvenue jusqu'à vous mais je suppose que, comme vous dites, dans ces circonstances... Je suis navré, mais le fait est que bien des choses, dont le modeste plaidoyer que j'avais préparé en votre faveur, ne se sont pas déroulées suivant nos prévisions.

– Seriez-vous en train de nous dire, monsieur... » Le barbu s'interrompit et courba la tête pour marquer sa déconvenue. Ses collègues, qui ne m'avaient pas quitté du regard, baissèrent à nouveau les yeux l'un après l'autre. Puis l'un d'eux, au fond du groupe, lança d'un ton presque rageur :

« Gustav n'a pas arrêté. Jusqu'au bout, il n'a pas arrêté de demander si nous avions des nouvelles de M. Ryder. Il n'arrêtait pas de poser la question. »

Certains de ses collègues s'empressèrent de le calmer. Suivit un long silence que le barbu, le regard toujours planté dans l'herbe, finit par briser.

« Peu importe. Nous persévérerons. Nous continuerons le combat. Nous redoublerons d'efforts. Nous ne laisserons pas tomber Gustav. Il fut l'âme de notre mouvement et son départ ne changera rien. La pente sera rude, elle l'a toujours été, nous le savons, et ce n'est pas maintenant que les choses vont devenir plus faciles, mais nous n'en rabattrons pas sur nos exigences, non, nous ne faiblirons pas. La mémoire de Gustav nous aidera à tenir. Il va de soi, monsieur, que votre petit discours, si les circonstances s'y étaient prêtées, nous eût été, monsieur... d'un immense secours, voilà qui est clair, mais il est bien évident, bien sûr, que si, dans la conjoncture, il vous a paru déplacé...

– Écoutez, dis-je à bout de patience, vous apprendrez bien assez tôt ce qui s'est passé. Je suis étonné que vous n'ayez pas pris la peine de vous informer sur les vastes problèmes qu'affronte votre ville. Vous ne semblez d'ailleurs pas avoir la moindre idée de la vie qu'on m'impose ni des responsabilités qui pèsent sur mes épaules. En ce moment même, tel que vous me voyez, je dois songer au récital qui m'attend à Helsinki. Si tout ne s'est pas déroulé conformément à vos prévisions, vous m'en voyez navré, mais de quel droit, vraiment, venez-vous me tracasser de la sorte ? »

Les mots se tarirent dans ma bouche. Au loin, à droite, un chemin menait de la salle de concert aux bois environnants. J'avais noté que, depuis peu, des invités quittaient l'édifice pour s'enfoncer sous les arbres. Sans doute regagnaient-ils leur domicile afin de prendre une ou deux heures de repos avant d'attaquer la journée. Je venais de repérer dans ce flot Sophie et Boris qui suivaient le sentier d'un air méditatif. Le petit garçon avait une fois de plus enlacé sa mère d'un bras protecteur. Hormis ce détail, rien n'aurait signalé leur détresse à un spectateur occasionnel. Je tentai de distinguer l'expression de leurs visages, mais ils étaient trop loin. L'instant d'après, ils disparurent à leur tour.

« Je suis navré, repris-je d'une voix plus affable en faisant face aux porteurs, mais vous devrez m'excuser.

– Nous ne laisserons pas le niveau baisser, déclara fermement le barbu, les yeux toujours rivés au sol. Nous gagnerons. Un jour. Vous verrez.

– Veuillez m'excuser ! »

Au moment même où je m'apprêtais à partir, le serveur jaillit de nulle part et bouscula les vieux pour regagner son chariot. Me rappelant l'assiette que je tenais toujours derrière mon dos, je la lui jetai au visage.

« Le service, ce matin, un vrai désastre ! » lançai-je d'un ton glacial avant de m'éloigner à grands pas.

38

Le chemin coupait droit à travers le bosquet, si bien que je distinguais clairement les grandes grilles de fer à l'autre bout. Sophie et Boris avaient progressé à une vitesse étonnante, et, bien que je marchasse aussi vite que je pus, au bout de quelques minutes, à peine avais-je réduit la distance qui nous séparait. De surcroît, j'étais sans cesse gêné par un groupe de jeunes gens qui me précédaient de peu et qui, chaque fois que j'essayais de les doubler, accéléraient le pas ou se déployaient de façon à occuper toute la largeur du chemin. Finalement, lorsque je vis que Sophie et Boris allaient déboucher dans la rue, je me mis à courir et écartai les jeunes qui me barraient le passage sans plus me soucier de l'impression que je créais.

Ensuite, je poursuivis en petite foulée, mais je n'étais pas encore assez près pour crier lorsque Sophie et Boris franchirent les grilles. Le temps que j'y parvienne moi-même, mon souffle venait par saccades et je fus contraint de marquer une pause.

J'avais débouché sur un des boulevards proches du cœur de la cité. Le soleil matinal éclairait le trottoir d'en face. Les boutiques étaient encore fermées mais on voyait déjà nombre de piétons qui prenaient comme tous les jours le chemin du travail. Je vis alors sur ma gauche une file de gens qui s'apprêtaient à monter dans un tramway ; Sophie et Boris avaient pris place tout au bout. Je me remis au trot mais le tram devait être plus loin que je ne l'avais cru car, malgré mon allure soutenue, je ne l'atteignis pas avant que la queue tout entière eût embarqué et que le véhicule fût sur le point de prendre le large. Il me fallut gesticuler frénétiquement pour que le chauffeur arrête sa machine ; je pus alors me hisser à bord en haletant.

Dans le tram brinquebalant, je longeai en titubant l'allée centrale. J'étais si essoufflé que je remarquai à peine que le véhicule était à moitié plein et c'est seulement lorsque je m'effondrai sur un siège à l'arrière qu'il me vint à l'esprit que je devais avoir dépassé Sophie et Boris. Toujours haletant, je me penchai sur le côté pour observer l'allée.

Le véhicule était divisé en deux sections distinctes séparées par la zone de sortie. À l'avant, les sièges étaient disposés en deux longues rangées qui se faisaient face et je distinguai Sophie et Boris assis côte à côte, au soleil, non loin de la cabine du conducteur. La vue que j'avais d'eux était bouchée par des passagers, debout vers la sortie, qui se tenaient aux poignées prévues à cet effet. Je me penchai encore plus. À ce moment précis, l'homme qui se trouvait en face de moi – dans la seconde moitié du véhicule, les sièges étaient disposés deux à deux, face à face – se frappa la cuisse et dit :

« Encore une journée de soleil, on dirait. »

Sa tenue était soignée quoique modeste. Il portait un court blouson à fermeture Éclair et je supposai que c'était un ouvrier qualifié d'une catégorie ou d'une autre, un électricien peut-être. Je lui adressai un bref sourire, sur quoi il commença à me parler du bâtiment où lui et ses collègues travaillaient depuis plusieurs jours. Je lui prêtai une oreille distraite, quitte à lui accorder un sourire ou un grognement approbateur de temps à autre. Cependant, j'avais de plus en plus de mal à apercevoir Sophie et Boris, les gens qui se levaient pour s'amasser près de la sortie étant de plus en plus nombreux.

Le tramway s'arrêta, les passagers sortirent et ma perspective s'améliora. Boris, qui semblait n'avoir rien perdu de sa pondération, avait une main posée sur l'épaule de Sophie et considérait les autres passagers d'un œil soupçonneux comme s'ils avaient constitué une menace pour sa mère. Le visage de Sophie m'était encore caché. En revanche, je la voyais, toutes les quelques secondes, agiter la main avec irritation comme pour chasser un insecte qui voletait autour d'elle.

J'étais sur le point de changer mon angle de vue lorsque je me rendis compte que l'électricien venait mystérieusement d'aborder un autre sujet, à savoir ses parents. Ils avaient franchi tous les deux le cap des quatre-vingts ans, me disait-il, et, bien qu'il fît de son mieux pour leur rendre visite tous les jours, cela devenait de plus en plus compliqué à cause de son travail. Une inspiration me vint et je l'interrompis :

« Excusez-moi, mais, à propos de parents, il semble que les miens soient venus dans cette ville il y a quelques années. En touristes, vous comprenez. Cela a dû se passer il y a un bon paquet d'années. Simplement, celle qui m'en a parlé n'était qu'une enfant à l'époque et n'a pas conservé d'eux un souvenir distinct. Alors je me demandais, puisqu'on parlait de parents, bon, je n'ai pas l'intention d'être grossier, mais je suppose que vous devez frôler la soixantaine, je me demandais si vous-même aviez le moindre souvenir de leur visite.

– Voilà qui est tout à fait possible, dit l'électricien, mais il faudrait me les décrire un peu.

– Eh bien, ma mère est une femme plutôt grande. Elle a des cheveux noirs qui lui descendent jusqu'aux épaules, le nez plutôt busqué, à la manière d'un oiseau, ce qui lui donne une allure un peu sévère, même quand il n'est pas dans ses intentions de l'être. »

L'électricien réfléchit un instant. Son regard se posait sur la ville qui défilait autour de nous. « Oui, dit-il. Oui, je crois que je me rappelle une dame qui ressemblait tout à fait à ça. C'était seulement pour quelques jours. Le temps de visiter les monuments, ce genre de choses.

– C'est cela. Vous vous rappelez donc.

– Mais oui. Elle avait l'air très sympathique. Ça a dû se passer, oh, il y a au moins treize ou quatorze ans, voire plus. »

Je fis un signe de tête enthousiaste. « Cela correspond aux propos de Mlle Stratmann. Oui, c'était ma mère. Dites-moi, avait-elle l'air de prendre plaisir à son séjour ici ? »

L'électricien réfléchit sérieusement puis dit : « Pour

autant que je me rappelle, la ville avait l'air de lui plaire, oui. En fait (il venait de remarquer mon air un peu anxieux), en fait, je suis sûr que oui. » Il se pencha et me tapota gentiment le genou. « Je suis prêt à parier que cela lui a bien plu. Écoutez, il suffit d'y réfléchir : c'était normal, non ?

– Oui, j'imagine », dis-je en orientant mon regard vers la vitre. Le soleil se déplaçait maintenant à l'intérieur du tram. « Je suppose. Simplement... (je poussai un profond soupir) simplement, j'aurais aimé le savoir à l'époque, j'aurais aimé que quelqu'un ait songé à m'en informer. Et mon père ? Ça avait l'air de lui plaire ?

– Votre père ? » L'électricien se croisa les bras et fronça légèrement les sourcils.

« Il devait être très maigre à l'époque, dis-je, les cheveux grisonnants. Il avait une veste qu'il mettait tout le temps, en tweed vert pâle avec des pièces de cuir aux coudes. »

L'électricien continua de réfléchir et finit par secouer la tête. « Je suis désolé, je ne peux pas dire que je me rappelle votre père.

– Mais c'est impossible, Mlle Stratmann m'a assuré qu'ils sont venus ensemble.

– Je n'en doute pas. Simplement, moi, personnellement, je n'ai aucun souvenir de votre père. Votre mère, oui, mais votre père... »

Il secoua à nouveau la tête.

« Mais c'est ridicule, qu'est-ce que ma mère serait venue faire ici seule ?

– Je ne dis pas qu'il n'était pas avec elle, simplement que je n'ai aucun souvenir de lui. Allons, ne vous mettez pas martel en tête, je n'aurais pas été aussi franc si j'avais su que j'allais vous bouleverser comme ça. J'ai une mémoire épouvantable, tout le monde vous le dira. Pas plus tard qu'hier, j'ai oublié ma boîte à outils chez mon beau-frère après déjeuner. J'ai perdu quarante minutes à retourner la chercher ! Ma boîte à outils ! » Il rit. « Vous voyez, j'ai une mémoire lamentable. Je suis la dernière personne à qui confier une information importante. Je suis persuadé que votre père a dû venir ici avec votre mère, surtout si d'autres personnes en témoignent. Mais vraiment, vraiment, je suis la dernière personne sur qui on puisse compter ! »

Mais je m'étais déjà détourné pour observer, une fois de plus, l'avant du véhicule où Boris avait fini par céder à son émotion. Sa mère l'avait enlacé et je voyais les sanglots secouer ses épaules. Soudain, il me sembla qu'aller vers lui était la seule chose importante au monde. Je murmurai une brève excuse à l'adresse de l'électricien puis je me levai et entrepris d'aller vers l'avant.

J'allais parvenir à leur hauteur lorsque le tram vira sèchement, ce qui me contraignit à me raccrocher au poteau le plus proche pour ne pas perdre l'équilibre. Lorsque je regardai à nouveau, je me rendis compte que Sophie et Boris n'avaient absolument pas perçu mon approche, bien que je fusse maintenant tout près d'eux. Ils étaient encore profondément enlacés et ils avaient les yeux fermés. Des flaques de soleil dansaient sur leurs bras et leurs épaules. Il émanait du réconfort qu'ils se prodiguaient réciproquement une telle impression d'intimité que nul, même moi, n'aurait pu s'y immiscer. Je continuai de les observer et je sentis naître en moi un étrange sentiment d'envie, malgré l'évidence de leur détresse. Je me rapprochai tant que je crus sentir la texture même de leur étreinte.

Sophie ouvrit enfin les yeux. Elle me jeta un regard inexpressif pendant que l'enfant continuait à pleurer sur sa poitrine.

« Je suis désolé, finis-je par dire, je m'excuse pour tout, je viens seulement d'apprendre la nouvelle, au sujet de ton père. Bien entendu, j'ai accouru dès que j'ai appris... »

Quelque chose dans son expression m'interdit de poursuivre. Elle continua quelques instants de me considérer avec froideur, puis elle dit d'un air las :

« Laisse-nous. Tu es toujours resté à l'extérieur de notre amour. Regarde-toi maintenant : te voici à l'extérieur de notre chagrin. Laisse-nous. Va-t'en ! »

Boris s'arracha à elle et se tourna pour me regarder avant de dire à sa mère : « Non, non, il faut qu'on reste ensemble. »

Sophie secoua la tête. « Non, cela ne sert à rien. Laisse-le tranquille, Boris. Qu'il aille éparpiller sa compétence et sa sagesse aux quatre coins du monde. C'est de cela qu'il a besoin. Qu'il le fasse, c'est tout. »

Boris me fixa d'un air à la fois étonné et confus puis regarda sa mère. Il se disposait sans doute à dire quelque chose lorsque Sophie se leva.

« Viens, Boris, on descend. Allez, Boris, viens. »

De fait, le tram avait ralenti et plusieurs passagers quittaient déjà leur place. Quelques-uns me bousculèrent au passage. Sophie et Boris se glissèrent vers la porte. Toujours agrippé à mon poteau, je regardai Boris gagner la sortie. À un moment, il se retourna pour me regarder et je l'entendis dire :

« Mais on doit rester ensemble. On doit. »

Je vis alors derrière lui le visage de Sophie qui me considérait avec un étrange détachement et j'entendis sa voix dire :

« Il ne sera jamais des nôtres. Tu dois comprendre cela, Boris. Il ne t'aimera jamais comme un vrai père. »

D'autres personnes passèrent en me bousculant. Je levai une main en l'air.

« Boris ! » appelai-je.

Le petit garçon qui lambinait dans la foule me jeta un dernier regard.

« Boris, l'excursion en autobus, tu te rappelles ? Cette excursion au lac artificiel. Rappelle-toi, Boris, comme c'était bien... Comme tout le monde s'est montré gentil avec nous dans le bus... Les petits cadeaux qu'ils t'ont faits, les... et les chansons, tu te rappelles, Boris ? »

Les passagers avaient commencé à descendre. Boris me jeta un ultime regard et disparut. D'autres personnes me bousculèrent et le tram s'ébranla de nouveau.

Quelques instants après, je me retournai pour regagner mon siège. L'électricien m'adressa un sourire jovial quand je repris ma place en face de lui. Puis je me rendis compte qu'il s'était penché vers moi et qu'il me tapotait l'épaule. Je compris que je sanglotais.

« Écoutez, disait-il, tout semble aller de travers sur le coup. Mais ça passe, rien ne va jamais aussi mal qu'on ne croit. Allez, courage ! » Il ânonna quelque temps des formules creuses de cet acabit pendant que je continuais de sangloter, puis je l'entendis dire : « Dites, et si vous preniez votre petit déjeuner ? Un petit quelque chose à se mettre sous la dent, comme nous tous ? Vous vous sentirez forcément mieux après. Allez vous chercher quelque chose à grignoter. »

Je levai les yeux et vis que l'électricien tenait sur les genoux une assiette sur laquelle se trouvaient un croissant largement entamé et une noisette de beurre. Il avait les genoux couverts de miettes.

« Ah, dis-je en me redressant et recouvrant une allure plus digne, où vous êtes-vous procuré ça ? »

L'électricien désigna un endroit derrière mon épaule. Je me retournai et je vis qu'une petite foule s'était regroupée à l'extrémité du tram où trônait une sorte de buffet. Je notai également que l'arrière du véhicule était maintenant bondé et qu'autour de nous les passagers mangeaient et buvaient. Le petit déjeuner de l'électricien était modeste en comparaison de la plupart des autres. J'en vis qui abattaient de vastes assiettées de bacon, de tomates et de saucisses.

« Allez, répéta l'électricien, allez vous chercher un petit déjeuner, après on causera de vos ennuis. À moins qu'on n'oublie tout ça, si vous préférez, qu'on parle de ce qui vous chante, n'importe quoi qui vous remonterait le moral : foot, cinéma, tout ce que vous voudrez. Mais la première chose à faire, c'est de prendre un petit quelque chose. Vous avez l'air de quelqu'un qui n'a pas mangé depuis longtemps.

– Vous avez tout à fait raison, dis-je. Maintenant que j'y songe, cela fait une éternité que je n'ai pas mangé. Mais dites-moi, je vous prie, où va-t-il, ce tram ? Il faut que je rentre à l'hôtel pour faire mes bagages. Je m'envole ce matin pour Helsinki, voyez-vous. Aussi ne devrais-je pas tarder à regagner mon hôtel.

– Oh, ce tram vous mènera plus ou moins dans tous les coins de la ville. C'est ce qu'on appelle le circuit du matin. Il y a aussi le circuit du soir. Deux fois par jour, un tram décrit tout le circuit. Oui, on peut aller n'importe où avec ce tram. Même topo le soir. Mais l'atmosphère y est tout à fait différente. Oui, c'est un tram merveilleux.

– Une pure merveille, en effet ! Eh bien, vous m'excuserez, mais je crois que je vais suivre votre suggestion et me procurer un petit déjeuner. En fait, vous avez parfaitement raison : rien que d'y penser, je me sens tout ragaillardi.

– Voilà, c'est comme ça qu'il faut prendre les choses ! » déclara l'électricien en brandissant son bout de croissant en guise de salut.

Je me levai et me dirigeai vers l'arrière du véhicule. Des arômes divers flottaient jusqu'à moi. Les gens étaient nombreux à se servir. Je distinguai par-dessus leurs épaules un ample buffet en demi-lune, juste au-dessous de la vitre arrière du tram. On y trouvait pratiquement tout ce qu'on pouvait espérer, des œufs brouillés, des œufs au plat, un assortiment de viandes froides et de saucisses, des pommes de terre sautées, des champignons, des tomates frites et même un vaste plateau de rollmops et de produits de la mer, plus deux énormes paniers débordants de croissants et de petits pains variés, une jatte de fruits frais, quantité de pots de café et de carafes de jus de fruits. Tout le monde avait hâte d'atteindre la nourriture, mais l'atmosphère n'en était pas moins chaleureuse : les gens n'arrêtaient pas de se passer les plats ou d'échanger des remarques pétillantes d'allégresse.

Je m'emparai d'une assiette. En levant les yeux, je vis défiler les hauts lieux de la ville dans la vitre arrière et je sentis mes forces me revenir. Les choses n'avaient pas si mal tourné, après tout. Cette ville m'avait apporté son lot de déceptions mais ma présence y avait été hautement appréciée, sans aucun doute, autant que dans toutes les autres villes d'ailleurs. Et voici qu'au terme de ma visite, ou presque, je me trouvais devant un somptueux buffet qui m'offrait pratiquement tout ce que j'avais souhaité consommer au petit déjeuner. Les croissants me parurent particulièrement prometteurs. À voir la façon dont les passagers s'en gavaient d'un bout à l'autre du véhicule, on ne pouvait douter ni de leur fraîcheur ni de leur qualité. En fait, tout ce qui s'offrait à mon regard me parut follement attirant.

Je commençai par me servir un peu de tout. Je me voyais déjà de retour sur mon siège. J'échangerais des propos affables avec l'électricien et j'observerais les rues du petit matin entre deux bouchées. En l'occurrence, l'électricien était, à bien des égards, l'interlocuteur idéal. Un homme d'une bonté manifeste mais qui veillait à ne pas se mêler des affaires d'autrui. Je le regardai achever son éternel croissant. Il n'était visiblement pas pressé de descendre. Il semblait même parti pour rester un bon bout de temps. Considérant que la ligne était circulaire, pour peu que notre conversation fût divertissante, il était tout à fait du genre à repousser l'heure de descendre jusqu'au moment où son arrêt se présenterait de nouveau. Quant au buffet, il était visiblement conçu pour durer. Nous aurions donc loisir de nous arracher à notre conversation de temps à autre pour regarnir nos assiettes. Je me voyais nous exhortant réciproquement à en reprendre. « Allez, rien qu'une saucisse, voilà, passez-moi votre assiette, je vais vous la chercher. » Nous resterions assis là, ensemble, à manger en échangeant des considérations sur les derniers matches ou sur tout autre chose pendant que, dehors, le soleil monterait à l'assaut du ciel et illuminerait les rues de l'autre côté du véhicule. Et c'est seulement lorsque nous en aurions absolument terminé, lorsque nous aurions causé tout notre soûl, que l'électricien jetterait un bref coup d'œil à sa montre, pousserait un long soupir et me signalerait le retour de l'arrêt correspondant à mon hôtel. Moi aussi, je pousserais un soupir et je me lèverais avec réticence en brossant les miettes éparpillées sur mes genoux. Nous nous serrerions la main. Nous nous souhaiterions une bonne journée. Lui aussi devait descendre sous peu, me dirait-il, et je me joindrais à la foule des passagers qui se presserait joyeusement près de la sortie. Lorsque le tram s'arrêterait, j'adresserais peut-être un dernier signe de la main à mon compagnon, puis je descendrais, enfin certain de pouvoir envisager mon séjour à Helsinki avec fierté et assurance.

Je remplis ma tasse de café presque à ras bord, me la calai soigneusement dans une main et, tenant mon assiette généreusement chargée dans l'autre, j'entrepris de regagner ma place.

Cet ouvrage a été réalisé par la
SOCIÉTÉ NOUVELLE FIRMIN-DIDOT
Mesnil-sur-l'Estrée
pour le compte des Éditions 10/18
en juin 1999

Imprimé en France
Dépôt légal : juin 1999
N° d'édition : 3027 – N° d'impression : 45552